GUERRA E PAZ

Edição em 4 volumes – **Volume 2**

Livros do autor na Coleção **L&PM** POCKET:

A felicidade conjugal seguido de *O diabo*
Guerra e Paz (Edição em 4 volumes)
Infância, Adolescência, Juventude
A morte de Ivan Ilitch
Senhor e servo e outras histórias

LEON TOLSTÓI

GUERRA E PAZ

Edição em 4 volumes – Volume 2

Tradução de João Gaspar Simões

www.lpm.com.br

L&PM POCKET

Coleção **L&PM** POCKET, vol. 626

Texto de acordo com a nova ortografia.

Título original: *Voyna i mir*
Tradução adquirida conforme acordo com a Editora Nova Aguilar, 2007

Primeira edição na Coleção **L&PM** POCKET: julho de 2007
Esta reimpressão: outubro de 2017

Tradução: João Gaspar Simões
Capa: Ivan Pinheiro Machado sobre obra *Alexandre I e Napoleão I* ©Rue des Archives
Revisão: Renato Deitos e Jó Saldanha

T654g

Tolstói, Leon, 1828-1910.
　　Guerra e Paz / Leon Nikolaievitch Tolstói; tradução de João Gaspar Simões. – Porto Alegre: L&PM, 2017.
　　4 v. ; 18 cm. – (Coleção L&PM POCKET; v.626)

　　ISBN 978-85-254-1672-8

　　1.Literatura russa-Romances. I.Título.II.Série.

　　　　　　　　　　　　　　　　　　　　　　　　　CDU 821.161.1-3

Catalogação elaborada por Izabel A. Merlo, CRB 10/329.

© desta edição, L&PM Editores, 2007

Todos os direitos desta edição reservados a L&PM Editores
Rua Comendador Coruja, 314, loja 9 – Floresta – 90.220-180
Porto Alegre – RS – Brasil / Fone: 51.3225.5777 – Fax: 51.3221.5380

Pedidos & Depto. Comercial: vendas@lpm.com.br
Fale conosco: info@lpm.com.br
www.lpm.com.br

Impresso no Brasil
Primavera de 2017

Sumário

Apresentação: O grande livro da paz / VII

GUERRA E PAZ – Volume 2
    Quarta Parte / 361
    Quinta Parte / 424
    Sexta Parte / 512
    Sétima Parte / 598
    Oitava Parte / 658

Apresentação:
O grande livro da paz

Guernica de Pablo de Picasso está para o povo espanhol assim como *Guerra e Paz* de Leon Tolstói está para o povo russo. Ambos, na sua linguagem – pintura e literatura – atingiram um patamar de excelência artística alcançado apenas por um punhado entre milhões de postulantes. Picasso retratou em seu vasto painel a alma, o sacrifício e a grandeza do povo espanhol e, acima de tudo, produziu um símbolo da paz. Tolstói, em seu enorme e magnífico romance, retratou igualmente o sacrifício, o patriotismo e a grandeza do povo russo e, por sua vez, construiu também um monumento à paz.

Guerra e Paz está entre as grandes obras produzidas pelo ser humano, como *Guernica*, *David* de Michelangelo, *A flauta mágica* de Mozart, *Monalisa* de Leonardo da Vinci. Copioso, às vezes irregular, no seu conjunto de mais de mil e quinhentas páginas ele possui, no entanto, luz própria como os grandes astros. Brilha como um livro maior entre milhões de livros, deslumbra como só uma verdadeira obra de arte é capaz de deslumbrar, e emociona como só as grandes histórias conseguem emocionar.

Aristocrata russo, filho do Conde Nicolau Ilich Tolstói e da princesa Maria Nikolaievna Volkonski, Leon Tolstói nasceu em 9 de setembro de 1828 na enorme propriedade patriarcal de Yasnaia Poliana na província de Tulna. Teve uma infância carente e complicada; sua mãe morreu quando ele tinha dois anos e seu pai foi vítima fatal de uma apoplexia antes de Tolstói completar dez anos. Órfãos de pai e mãe, o jovem Leon e seus três irmãos foram criados por parentes próximos na província de Kazan, onde Leon começou seus estudos universitários. Pouco tempo depois foi morar em São Petersburgo, local em que completou os estudos, seguindo então para Moscou, onde viveu intensamente as famosas noites moscovitas entre jovens aristocratas, muita bebida e belas mulheres.

Estimulado por seu irmão, o tenente Nicolai Tolstói, Leon alistou-se no exército e participou da guerra da Turquia e da guerra da Crimeia, em 1854, onde conheceu profundamente a vida militar, os horrores e os heroísmos de uma guerra. Depois de longos períodos, desligou-se do exército e já com mais de trinta anos de idade casou-se com a bela moscovita Sofia Bers, que lhe deu uma feliz estabilidade e treze filhos. É neste período, de volta aos domínios patriarcais de Yasnaia Poliana, que produz a parte mais importante da sua obra, como *Guerra e Paz* (1865-1869) e *Anna Karenina* (1875-1878).

Em uma de suas viagens a Paris, no início da década de 1860, em visita ao irmão que estava doente na capital da França, conheceu o filósofo anarquista Joseph Proudhon, cujas ideias coincidiam em muito com a filosofia que ele difundia entre seus empregados e vizinhos. Já reconhecido como um dos maiores e mais populares escritores russos de todos os tempos, Tolstói foi admirado por seus contemporâneos russos Fiódor Dostoiévski, Ivan Turguêniev, Anton Tchékhov e festejado por Flaubert que, ao ler as traduções francesas de *Guerra e Paz* e *Anna Karenina*, comparou-o a Shakespeare. Leon Tolstói viveu grande parte de sua longa vida pregando obstinadamente sua própria filosofia, o chamado *tolstoísmo*. Hoje, diríamos que ele seria "filosoficamente alternativo", mas, na sua época, com a sua celebridade e alta posição social, acabou provocando um enorme escândalo na sociedade moscovita. Muito mais do que um excêntrico, foi considerado um herege, e em 1901 foi excomungado pela Igreja Ortodoxa Russa, que não aceitava a sua pregação religiosa misturada com ideias libertárias e radicais. Era vegetariano, contra a propriedade privada e anarquista convicto, portanto, contra qualquer tipo de governo. Graças ao seu enorme prestígio pessoal e literário, Tolstói influenciou objetivamente o movimento anarquista. O grande teórico – igualmente aristocrata –, o príncipe Piotr Kropotkin, cita o autor de *Guerra e Paz* como um dos mais importantes pensadores anarquistas em seu artigo escrito especialmente para a *Enciclopédia Britânica* em 1911. Em pouco tempo, o *tolstoísmo* tinha adeptos em toda a Europa. No final de sua vida, Tolstói trocou intensa correspondência com Mahatma Gandhi, cuja teoria de "resistência não violenta" tinha muita semelhança com algumas das suas teses. Em busca de coerência, afastou-se da sociedade e até da família (sua mulher impediu-o de doar todos os bens para seus seguidores, conforme ele exigia), morrendo em 20 de novembro de 1910, aos 82 anos, numa modesta estação de trem de Astapovo, cercado de poucos fanáticos seguidores e de uma filha que aderiu à sua cruzada.

Escreveu sob o efeito de sua "filosofia" os livros *Ressurreição* e *Minha fé* (1879), que lhe custaram a excomunhão da Igreja Anglicana. Os poucos trechos de *Guerra e Paz* que destoam do poderosíssimo conjunto da obra são justamente as partes em que comenta os fatos históricos à luz de sua doutrina.

Resultado de sua experiência de vida, tanto na corte do tsar como no exército russo, *Guerra e Paz* é a história das guerras napoleônicas na Rússia de 1805 – quando da vitória de Napoleão na batalha de Austerlitz, enfrentando os exércitos russos e austríacos –, até a retirada de Napoleão da Rússia e o incêndio de Moscou, em 1812.

Pode-se dizer que o projeto de Tolstói pode ter sido inspirado por Balzac. Assim como *A comédia humana* narrou a vida social e privada da França no primeiro quarto do século XIX, Leon Tolstói traçou com *Guerra e Paz* um grande e impressionante painel da vida e da resistência do povo russo à invasão do exército de Napoleão entre os anos de 1805 e 1812.

Como fio condutor da história temos a saga de duas grandes famílias aristocráticas interagindo em um meio dominado pelo paradoxo da frivolidade e da iminência da guerra. São mais de quinhentos personagens que contracenam no terror das batalhas, na vida mundana da corte, com suas contradições, paixões avassaladoras, e tipos inesquecíveis. Tolstói descreve com precisão as dificuldades da vida cotidiana e as dramáticas privações durante a guerra que atingia a nobreza e o povo em geral. É admirável o intenso realismo com que o autor descreve o impressionante incêndio de Moscou e a retirada melancólica de Napoleão da Rússia, com seu exército em frangalhos, destruído pelo terrível inverno russo. Assim como Friedrich Engels, numa carta a Karl Marx, dizia que havia compreendido melhor a sociedade francesa com a *A comédia humana* do que em todos os ensaios de economia e história que havia lido, pode-se dizer que é impossível conhecer a sociedade russa do início do século XIX, seus conflitos, seus hábitos, sua cultura e sua personalidade sem ler *Guerra e Paz*. Tudo está lá. O que Balzac fez em quase uma centena de histórias, Tolstói fez neste seu caudaloso livro. Ambas as obras permaneceram como documentos definitivos de suas épocas e de seus povos.

Oficial do exército russo, veterano de várias batalhas, Tolstói conheceu os horrores e a irracionalidade da guerra. E todo o seu pacifismo e seu repúdio às guerras está registrado em *Guerra e Paz*. Tolstói é também meticuloso ao extremo no que diz respeito à verdade histórica; são absolutamente precisas as descrições das batalhas e as "participações" de Napoleão, do tsar Alexandre I e do generalíssimo Kutuzov, comandante-geral das tropas russas. A trama ficcional se justapõe aos acontecimentos reais. A frivolidade de Ana Mikailovna, a bravura dos aristocratas André Bolkonski, Nicolau Rostov, a figura fascinante e controvertida do conde Pedro Bezukov, a apaixonante Natacha, a bela e pérfida Helena Bezukov, o ambiente de uma sociedade traumatizada pelo terror da guerra que a tudo destrói e separa os amantes – tudo está em *Guerra e Paz*, um livro que atravessa os séculos como um clássico humanista que, descrevendo a guerra de maneira magistral, faz a sua mais pungente e eterna condenação.

Ivan Pinheiro Machado
2007

Principais obras de Leon Tolstói

Infância (1852), *Adolescência* (1854), *Juventude* (1857) (**L&PM** POCKET, 2012)
Contos de Sebastopol (1856)
A felicidade conjugal (1858) (**L&PM** POCKET, 2008)
Os cossacos (1863)
Guerra e Paz (1865-1869) (**L&PM** POCKET, 2007)
Anna Karenina (1877)
Uma confissão (1882)
A morte de Ivan Ilitch (1886) – (**L&PM** POCKET, 1997)
A sonata de Kreutzer (1889)
O que é arte? (1898)
Ressurreição (1899)

GUERRA E PAZ

Volume 2

QUARTA PARTE

CAPÍTULO PRIMEIRO

Nos princípios de 1806, Nicolau Rostov veio para casa em gozo de licença. Denissov também regressava a Voroneje e Rostov conseguira persuadi-lo a acompanhá-lo até Moscou e a hospedar-se na casa dos seus. Na antepenúltima muda de posta, para festejar o encontro com o seu camarada, Rostov bebera duas ou três garrafas na companhia do amigo. Às portas da capital, apesar dos barrancos da estrada, estendido ao comprido no fundo do trenó de posta, Denissov continuava a dormir, enquanto Rostov, à medida que se aproximava do seu destino, mostrava-se mais e mais impaciente.

"Estaremos lá, não demora! Estaremos lá, não demora! Oh, estas ruas insuportáveis, estas lojas, estas caleches, estas luzes, estes *izvochtchiks*", ia ele dizendo para consigo mesmo quando, nas barreiras, lhe verificaram a licença e entraram finalmente em Moscou.

— Denissov, cá estamos! Ainda dormes? — gritou, lançando instintivamente o corpo para frente, como se assim esperasse acelerar a marcha do trenó.

Denissov não respondeu.

— Olha a encruzilhada onde costuma estar Zakar[1], o cocheiro, e lá está ele, Zakar, sempre com o mesmo cavalo. E aqui está a lojinha onde nós costumávamos comprar *prianiki*. Vamos! Hein!

— Qual é a casa? — perguntou o postilhão.

— Lá adiante, ao fundo, a grande, não vês? Aquela é que é a nossa casa! Denissov! Estamos chegando.

Denissov ergueu o pescoço, tossiu e não disse palavra.

— Dimitri — gritou Rostov para o lacaio sentado ao lado do postilhão. — Há luz na nossa casa?

— Sim, senhor, está iluminado o gabinete do papá.

— Ainda não teria ido para a cama? Hein! Que te parece? Olha o que te digo, não te esqueças de tirar já da mala a minha nova samarra húngara — acrescentou, cofiando o bigodinho novo.
— Vamos!, anda, mais depressa! — gritou para o postilhão. — Eh!

---
1. Forma russa do nome Zacarias. (N.E.)

acordas ou não, Vassia? – disse, sacudindo Denissov, que voltara a adormecer. – Vamos, francamente! Tens três rublos para vodca, francamente! – prosseguia, e já poucas casas o separavam da sua. Parecia-lhe que os cavalos não saíam do lugar. Finalmente, o trenó virou à direita, em direção à entrada. Rostov viu a cornija tão sua conhecida, com o seu gesso quebrado, os degraus da entrada, o marco do passeio. Saltou do trenó em andamento e correu para a porta. A casa lá estava, imóvel, pouco hospitaleira, como que absolutamente alheia àquele que acabava de chegar. No vestíbulo ninguém. "Ah! Deus meu, terá acontecido alguma coisa?", pensou Rostov. Deteve-se alguns instantes, o coração apertado, e logo continuou a correr através do corredor e das escadas tão suas conhecidas, de degraus irregulares. Lá estava o mesmo puxador na porta, cuja sordidez irritava a condessa. Continuava a abrir-se com a mesma facilidade de outros tempos. Na antecâmara estava uma vela acesa. O velho Mikailo dormia deitado em cima de uma arca. Prokofi, o lacaio, tão forte que era capaz de erguer um carro pelo rodado traseiro, voltou-se quando a porta se abriu e imediatamente o seu ar sonolento e indiferente se converteu em susto, num susto a que vinha misturar-se uma certa alegria.

– Ah! Deus do Céu! O condezinho! – exclamou, ao reconhecer o menino. – Que aconteceu? Meu querido menino! – E Prokofi, todo trêmulo, precipitou-se para a porta do salão, naturalmente para anunciar o acontecimento, mas, refletindo, voltou atrás e deixou-se cair contra o ombro do seu amo.

– Está tudo bem? – perguntou Rostov, soltando os braços.

– Graças a Deus! Está tudo bem! Acabaram agora mesmo de jantar. Deixa-me olhar-te, Excelência!

– Está tudo bem mesmo?

– Está, está, graças a Deus!

Rostov, que se esquecera por completo de Denissov, sem querer que ninguém o anunciasse, atirou a peliça, e, em bicos de pés, correu para o salão grande, às escuras. Tudo estava como antes: as mesmas mesas de jogo, os mesmos lustres enfiados nas mesmas camisas. O jovem já fora pressentido em casa, e mal entrara no salão uma porta lateral abrira-se e a família rompeu com fragor, caindo sobre ele aos abraços e aos beijos. Depois, por outras portas, veio chegando mais gente; e houve abraços, beijos, exclamações, lágrimas de alegria. Rostov não era capaz de saber quem era o pai, quem era Natacha, quem era Pétia.

Todos gritavam, falavam e o abraçavam ao mesmo tempo. Só uma pessoa faltava: a mãe. Rostov deu por isso.

— Eu não sabia... Nikoluchka... meu querido!

— Aí está ele... o nosso... o meu amigo Kólia... Como estás mudado! Luz! Sirvam o chá!

— Dá cá um beijo!

— E a mim também, queridinho!

Sônia, Natacha, Pétia, Ana Mikailovna, Vera, o velho conde, todos o apertavam contra o peito. Os criados, as criadas de quarto, que enchiam o salão, todos falavam ao mesmo tempo, soltando exclamações.

Pétia dependurava-se nas suas pernas.

— E eu! — clamava ele.

Natacha beijocava-o, depois puxava-o para si, beijava-o por todo o rosto, agarrava-se pelas abas do dólmã, dava cabriolas e soltava gritos agudos.

Só se viam lágrimas de alegria, olhares cheios de ternura; só se ouviam beijos.

Sônia, vermelha como *kumatch,* enfiara-lhe o braço, e toda ela era plenitude, uma plenitude que lhe subia aos olhos felizes, sempre à procura dos de Rostov. Já fizera dezesseis anos e estava muito bonita, sobretudo naquele momento em que a alegria se estampava em seu rosto. Olhava para Rostov e não podia tirar dele os olhos, toda sorridente, como que sufocada de felicidade. Rostov estava-lhe muito reconhecido, mas não deixava de esperar e de procurar alguém. A velha condessa ainda não aparecera. E eis que se ouvem passos junto à porta. Eram tão rápidos que não acreditava que pudessem ser de sua mãe.

Mas eram, era ela, era ela com um vestido novo que ele nunca lhe vira, um vestido que mandara fazer na sua ausência. Todos se afastaram, e Rostov correu para ela. Uma vez um ao pé do outro, a mãe deixou-se cair contra o peito do filho, rompendo em soluços. Sem forças para levantar a cabeça, escondia o rosto nos frios alamares do dólmã.

Denissov, de que ninguém ainda se apercebera, entrara e detivera-se a olhar para toda aquela gente, esfregando os olhos.

— Vassili Denissov, um amigo do Nicolau! — exclamou, apresentando-se ao conde, que o interrogava com os olhos.

— Bem-vindo seja! Bem sei, bem sei! — disse o conde, apertando Denissov nos seus braços e dando-lhe um beijo. — O Nikoluchka avisou-me... Natacha, Vera, aqui está ele, é o Denissov.

As mesmas caras juvenis, felizes e cheias de vida precipitaram-se sobre a hirsuta figura de Denissov, rodeando-o.

– Meu querido Denissov! – exclamou Natacha, que, não podendo refrear o seu entusiasmo, foi para ele, pegou-lhe nos braços e pôs-se a beijá-lo. Todos se sentiram embaraçados com aquela atitude de Natacha.

O próprio Denissov corou, mas, sorrindo, tomou-lhe a mão e levou-a aos lábios.

Conduziram Denissov ao aposento preparado para ele, e toda a família Rostov se reuniu no quarto do divã à volta de Nikoluchka.

A velha condessa, sem abandonar a mão do filho, que a cada momento levava aos lábios, sentou-se a seu lado. Os demais, todos em volta, bebiam cada um dos seus gestos, cada uma das suas palavras, cada um dos seus olhares, não deixando de o fixar com olhos amorosos e extasiados. O irmão e as irmãs debatiam-se, roubando-se mutuamente os lugares mais próximos, e lutavam uns com os outros para lhe entregarem a xícara de chá, o lenço, o cachimbo.

Rostov sentia-se muito feliz com todas estas demonstrações de afeto, mas os primeiros momentos após o seu regresso haviam-no tornado tão feliz que a alegria que sentia agora era pouca coisa e continuava à espera, esperava sempre, uma felicidade maior.

No dia seguinte, os viajantes, fatigados da viagem, não se levantaram antes das dez horas.

No quarto contíguo ao deles viam-se, atirados, os sabres, as mochilas, as cartucheiras, as malas abertas, as botas enlameadas. Dois pares de botas, com as respectivas esporas, depois de engraxadas, acabavam de ser alinhadas junto à parede. Criados traziam bacias de mãos, água quente para a barba e roupas limpas. Havia no ambiente um cheiro de tabaco e de utensílios militares.

– Eh! Grichka, o meu cachimbo! – gritou Vassili Denissov com voz rouca. – Rostov, levanta-te!

Rostov, esfregando os olhos grudados pelo sono, ergueu a cabeça hirsuta do macio travesseiro.

– Que aconteceu? Já é tarde?

– É. Já deram dez horas – respondeu a voz de Natacha, e no quarto contíguo ouviu-se um roçagar de vestidos engomados, um segredar e risos de moças; através da porta entreaberta surgiu alguma coisa azul, fitas, cabelos pretos e rostos joviais. Eram Natacha, Sônia e Pétia que vinham espreitar para ver se ele estaria levantado.

– Nikolenka, de pé! – ouviu-se da porta a voz de Natacha.
– É já!
Entretanto, Pétia, que no quarto contíguo descobrira os sabres e se apropriara de um deles, cheio daquele entusiasmo tão próprio dos rapazes mais novos diante do aparato bélico de um irmão mais velho, esquecendo-se de que não era decente para as irmãs ver homens em trajes menores, abriu a porta.
– É o teu sabre? – gritou.
As meninas deram um salto à retaguarda. Denissov, assustado, tratou de esconder as pernas debaixo da colcha, lançando um olhar aflito ao camarada. A porta deixou passar Pétia, depois voltou a fechar-se. Atrás dela ouviam-se risos.
– Nikolenka, veste o teu roupão – disse Natacha.
– É o teu sabre? – repetiu Pétia. – Ou é o seu? – acrescentou, com profunda veneração, dirigindo-se à espessa bigodeira preta de Denissov.
Rostov calçou-se com pressa, enfiou um roupão e apareceu à porta. Natacha já tinha enfiado uma das botas de esporas e tratava de se introduzir dentro da outra. Sônia girava sobre os tacões, fazia inchar o balão da saia e ia acocorar-se naquele momento. Estavam ambas de azul e com os vestidos do mesmo feitio, que eram novos, muito rosadas, frescas e risonhas. Sônia fugiu, e Natacha, enfiando o braço no do irmão, levou-o para o quarto do divã, onde se puseram a tagarelar. Ainda não tinham tido tempo de perguntar um ao outro essas mil pequenas coisas que só a eles interessavam. Natacha ria a cada palavra que trocavam, não porque fosse para rir o que diziam, mas apenas por se sentir alegre e lhe não ser possível reprimir essa transbordante alegria.
– Ah! Que bom que é! – dizia ela a cada momento.
Rostov, graças àqueles calorosos eflúvios de ternura, sentia pela primeira vez de há um ano para cá desabrochar-se no seu coração e na sua face aquele riso infantil que o abandonara por completo desde que saíra de casa.
– Agora ouve – dizia ela –, agora és um verdadeiro homem, não é assim? Nem sabes como eu estou contente por seres meu irmão. – Puxou-lhe pelos bigodes. – Ah! Como eu gostaria de conhecer bem a vocês, homens. Diz-me cá, parecem-se conosco? Hein?
– Por que é que Sônia fugiu? – perguntou Rostov.
– Oh! Há muito que dizer a esse respeito. E, conta-me lá, como que vais tratá-la? Vais tratá-la por tu ou por senhora?

– Isso eu verei na hora.
– Não a trates por tu, peço-te, depois te direi por quê.
– Mas por quê?
– Bom, vou dizer-te por quê. Tu sabes que Sônia é minha amiga, uma amiga por quem eu seria capaz de queimar um braço. Olha, queres ver?

Natacha arregaçou a manga de musselina e mostrou, debaixo do braço delgado, magricela e mole, junto ao ombro, num ponto ordinariamente escondido pelos próprios vestidos de baile, um sinal vermelho.

– Fui eu que me queimei para lhe provar a minha amizade. Aqueci uma régua no fogão e coloquei-a aqui.

Sentado num divã cheio de almofadas na antiga sala de estudo, diante de si os olhos extraordinariamente animados de Natacha, Rostov sentia-se de novo mergulhado naquele mundo familiar da sua infância, que a ninguém mais podia interessar senão a ele próprio, mas que lhe proporcionava os melhores prazeres da sua existência, e a aventura do braço queimado com a régua em brasa não lhe pareceu uma coisa insignificante; compreendia-a sem se surpreender.

– É só isso? – perguntou ele.

– Ah, somos tão amigas, tão amigas! A história da régua é uma estupidez... Mas somos amigas para toda a vida. Ela, quando gosta de alguém, é para toda a vida. Eu mesma não sou assim; me esqueceria depressa.

– E então de que se trata?

– Pois bem, é que ela gosta de mim e também de ti.

Natacha ficou de repente toda corada.

– Sim, lembras-te, antes da partida... Sim, ela disse que mesmo que tu esquecesses tudo... "Hei de sempre gostar dele, mas quero que ele se sinta livre..." Não é verdade que isto é lindo, que isto é nobre? Sim, sim, não é lindo? Não é nobre? Responde! – exclamou Natacha, com um tom de voz tão grave e tão comovido que se via perfeitamente já ter chorado mais do que uma vez ao pensar nisso.

Rostov ficou pensativo.

– Eu nunca quebrarei a minha palavra – declarou ele. – Aliás, a Sônia é tão maravilhosa que era preciso eu ser um grande imbecil para me negar à felicidade com ela.

– Não, não – tornou Natacha com vivacidade. – Já conversamos as duas sobre o assunto. Tínhamos a certeza de que havias de falar assim. Mas não pode ser, porque, é preciso que compreendas, se tu te considerasses ligado pela tua palavra, acabarias por casar com ela por obrigação, o que não pode ser.

Rostov apercebeu-se de que tudo aquilo era muito sensato. Desde que a vira na véspera que Sônia o impressionara pela gentileza. Há pouco, embora a tivesse visto apenas de relance, ainda lhe parecera melhor. Era uma encantadora mocinha de dezesseis anos, que, evidentemente, o amava com paixão, disso não podia duvidar um só momento. Por que é que não a desposava agora? Ah! Eram tantos os seus motivos de alegria e tantas as coisas que o preocupavam! Sim! – refletia Rostov – elas têm razão. É preciso que eu continue livre.

– Bom, então, ótimo, havemos de voltar a falar no assunto. Ah! Que contente eu me sinto por tornar a ver-te! E olha lá – acrescentou –, tu não atraiçoaste Bóris?

– Que patetice é essa?! – exclamou Natacha, rindo. – Não penso nele nem em ninguém, nem quero mesmo pensar seja em quem for.

– Quê? Tu não pensas em ninguém? Então em que pensas?

– Eu? – respondeu Natacha com um sorriso pleno de felicidade. – Viste o Duport?

– Não.

– O célebre Duport, o bailarino, nunca o viste? Então é inútil; não podes compreender. Eu, eu sou assim.

Natacha, arredondando os braços, pegou na saia, à imitação das bailarinas, deu alguns passos correndo, voltou-se, fez uma pirueta, juntou os pés, batendo um no outro, e ergueu-se em pontas.

– Hein! Olha para isto! Seguro-me. Vês? – disse ela. Mas não conseguia aguentar-se na ponta dos pés. – Aqui tens o que eu quero ser! Nunca me casarei, e hei de vir a ser bailarina. Mas não digas a ninguém.

Rostov teve um ataque de riso tão forte e tão sincero que Denissov, no quarto contíguo, sentiu ciúmes daquele riso; Natacha, sem se poder conter, desatou a rir também.

– Não é verdade que é lindo? – repetia ela a cada momento.

– É, mas então já não queres casar com Bóris?

Natacha ficou toda escarlate.

– Não quero casar com ninguém. E hei de dizer a ele mesmo assim que o vir.

– Não pode ser.

— E, depois, tudo isto são patetices — prosseguiu ela. — E Denissov, que tal? É simpático?

— Muito, muito simpático.

— Bom, adeus, vai te arrumar. E, ouve, mete medo, o Denissov?

— Por que é que ele havia de meter medo? Não, Vaska é bom rapaz.

— Como é que tu lhe chamas? Vaska?... Que graça. Então é simpático?

— Claro que é.

— Então não te demores para o chá. Tomamo-lo juntos.

Natacha voltou a erguer-se em pontas e atravessou o quarto à maneira das bailarinas, sorrindo como só o fazem as mocinhas de quinze anos. Rostov, ao dar com Sônia no salão, ficou muito corado. Não sabia que atitude tomar diante dela. Na véspera tinham-se beijado, nas primeiras efusões do regresso, mas agora compreendia que isso não podia ser. Sentia sobre ele os olhares interrogadores de toda a gente, da mãe e das irmãs em particular, sempre à espera de ver o que ele faria. Beijou-lhe a mão e não a tratou por tu. Encontrando-se, porém, os olhos de ambos diziam *tu* e atiravam beijos um ao outro. O olhar de Sônia pedia-lhe perdão de haver ousado lembrar-lhe, por intermédio da Natacha, a promessa dele e agradecia-lhe o amor que lhe tinha. O dele, por sua vez, agradecia-lhe por ela ter-lhe restituído a sua palavra e protestava, firme, que de uma maneira ou de outra nunca deixaria de a amar, pois não lhe era possível viver sem gostar dela.

— Em todo o caso, é curioso — disse Vera, aproveitando um momento em que toda a gente estava calada —, é curioso que Sônia e Nikolenka agora não se tratem por tu; parecem dois estranhos.

A observação era acertada, como em geral acontecia a tudo quanto ela dizia, mas, como sempre, igualmente, um grande embaraço se apoderou de todos, e não só de Sônia, de Nicolau e de Natacha, como até da própria condessa, que não via com bons olhos aqueles amores do filho. Semelhante inclinação podia fazê-lo perder algum brilhante partido. E ela também corou como qualquer mocinha. Denissov, com grande espanto de Rostov, de farda nova, penteado e perfumado, entrou na sala com a mesma elegância que costumava ter no campo de batalha, e junto das senhoras comportou-se como um verdadeiro mundano, o que não deixou de surpreender o amigo.

CAPÍTULO II

No seu regresso a Moscou, Nicolau Rostov fora recebido pela família como o melhor dos filhos, um herói, o incomparável Nikoluchka; pelos seus outros parentes, como um rapaz encantador, distinto e bem-educado; pelos seus conhecidos, como um belo tenente de hussardos, um excelente dançarino e um dos melhores partidos da capital.

Toda Moscou conhecia os Rostov. Naquele ano, o velho conde estava próspero, visto haver renovado as hipotecas sobre os seus domínios. Eis por que Nikoluchka dispunha de um cavalo trotador, usava calções de montar à última moda e botas altas como mais ninguém usava em Moscou, de biqueira aguçada, e esporas de prata. Levava uma rica vida. Regressando à casa, Rostov experimentava a impressão agradável de quem se readapta, após um longo intervalo, a antigos hábitos de existência. Tinha a sensação de que crescera e de que era agora um homem completo. As suas aventuras de criança, o seu desespero na altura em que fizera exame de catequese e em que fora reprovado, os seus pedidos de dinheiro ao cocheiro Gavrilo, os beijos trocados com Sônia às escondidas, tudo isso lhe vinha à lembrança como criancices de que estava muito longe. Agora era tenente de hussardos, vestia um dólmã agaloado em prata, com a cruz de S. Jorge de soldado, e adestrava o seu trotador para as corridas na companhia de amadores hípicos conhecidos, reputados e respeitáveis. Conhecera uma senhora com quem passava as noites. Dirigia a mazurca nos bailes dos Arkarov, falava da guerra com o marechal de campo Kamenski, frequentava o clube inglês e tratava por tu um coronel quarentão a quem Denissov o apresentara.

A sua paixão pelo imperador enfraquecera um pouco desde que estava em Moscou. Nunca o via, nem tinha ocasião para isso; mas, por vezes, falava dele, dizia o quanto o estimava, dando a entender que falando assim calava alguma coisa e que nos seus sentimentos havia uma parte de mistério que o comum dos mortais não podia entender. No fundo do seu coração compartilhava da adoração geral da cidade por Alexandre Pavlovitch, a quem chamavam então correntemente "um anjo de carne e osso".

Durante a sua estada em Moscou, enquanto não regressava ao regimento, Rostov antes se afastou de Sônia do que dela se aproximou. Ela era muito bonita, muito gentil e, claro, amava-o apaixonadamente; mas ele atravessava então aquele período da juventude em que o homem parece ter tanta coisa a fazer que lhe falta tempo para se ocupar de ninharias, com que receia prender-se, e estima antes de mais nada a liberdade, que lhe é indispensável para tudo o mais. Quando pensava em Sônia durante essa estada em Moscou dizia consigo mesmo: "Sim! Há muitas, muitas mais como ela, que eu ainda não conheço. Tenho tempo de pensar em amores quando eu realmente desejar; agora não, agora tenho mais em que pensar". Além disso, parecia-lhe humilhante para o homem que então era comprazer-se no convívio de mulheres. Frequentava os bailes e as reuniões femininas sempre com o ar de quem está contrariado. As corridas e as visitas "à casa dela", isso era outra coisa: isso ficava bem a um verdadeiro hussardo.

No princípio de março, o velho conde Ilia Andreitch Rostov andava muito ocupado com a organização de um banquete no clube inglês em honra do príncipe Bagration.

O conde, de *robe de chambre*, ia e vinha ao longo dos salões, dando as suas ordens ao ecônomo do clube e ao famoso Feoktiste, cozinheiro-chefe, acerca dos espargos, dos pepinos frescos, dos morangos, das viandas e do peixe para o banquete. O conde era membro e presidente do clube desde a sua fundação. Tinham-lhe confiado a missão de organizar o banquete em honra de Bagration, pois ninguém sabia como ele, com grandiosidade e generosamente, preparar uma festa de gala, e poucos eram os que podiam e estavam dispostos – esse o seu caso – a puxar do seu dinheiro se viesse a faltar alguma coisa. O cozinheiro e o ecônomo do clube ouviam, satisfeitos, as instruções do conde, pois estavam cientes de que com ele, melhor do que com qualquer outro, muito teriam a ganhar com uma refeição de alguns milhares de rublos.

– E, presta atenção, é preciso cristas-de-galo, sim, cristas-de-galo na sopa de tartaruga, sabias?

– Entradas, três, não é verdade? – perguntou o cozinheiro.

O conde concentrou-se.

– Sim, nada menos... Uma *mayonnaise*... uma... – contou pelos dedos.

– Então temos de mandar vir esturjões grandes? – perguntou o ecônomo.

– É claro, não pode deixar de ser, e temos de lhes pegar, mesmo que eles não baixem o preço. Ah, valha-nos Deus, ia me esquecendo... Ainda precisamos de outra entrada. Ah! Santo Deus! – Apertou a cabeça entre as mãos. – E quem vai fornecer as flores? Mitenka! Eh! Mitenka! A galope, Mitenka, vai ao meu domínio de Podmoskovni – disse para o intendente, que acorrera ao chamamento –, corre, depressa, e diz ao jardineiro Maksimka que trate de mandar arranjar imediatamente trabalhadores, porque quero aqui todas as flores das estufas devidamente acondicionadas em feltro. Sexta-feira preciso aqui de duzentos vasos de flores.

Depois de ter dado ainda instruções diversas, preparava-se para descansar um pouco junto da condessa quando se lembrou de um pormenor necessário; voltou atrás, chamou o cozinheiro e o ecônomo, e pôs-se de novo a dar ordens. À porta ouviu-se um passo ligeiro, um tilintar de esporas e o jovem conde entrou, bem-posto, bonito e fresco, com o seu bigodinho novo. Via-se que a vida ociosa e tranquila de Moscou lhe restabelecera as boas cores.

– Ah, meu rapaz, é de perder a cabeça – disse o velho, sorrindo, um pouco envergonhado por ver-se surpreendido pelo filho em tais transes. – Ajuda-me, ao menos! Agora precisamos de cantores. Músicos já tenho, mas não seria bom arranjarem-se tziganos? Vocês, militares, vocês morrem por isso.

– Realmente, meu pai, não creio que Bagration, quando fazia os preparativos da batalha de Schoengraben, tivesse menos preocupações que o pai neste momento – disse o filho sorrindo também.

O velho conde fingiu-se zangado.

– Bom, já que tanto falas, faz alguma coisa em meu lugar.

E voltou-se para o cozinheiro, que, observador e malicioso, com uma respeitosa bonomia, olhava para o pai e para o filho.

– Vês como é a juventude, Feoktiste? – disse ele. – Está sempre a fazer troça de nós, dos velhos.

– Pois claro, Excelência. Comer um bom jantar eles sabem, o que não estão é para se incomodarem com os preparativos.

– É isso mesmo, é isso mesmo! – exclamou o conde, pegando nas duas mãos do filho, muito alegre. – Ora aqui tens já com que te entreter. Mete-te imediatamente no trenó de dois cavalos e vai à casa do Bezukov dizer-lhe que o conde Ilia Andreitch te manda pedir-lhe morangos e ananases frescos. Não precisas procurar noutra parte. Se ele não estiver em casa, vai ter com as princesas e depois dirige-te ao Razguliai[2]; o cocheiro Itatka sabe onde é. Lá encontrarás o tzigano Iliuchka, sabes?, aquele que dançou na casa do conde Orlov, lembras-te?, de casaco branco, e o traga aqui.

---

2. Nome de um cabaré moscovita muito célebre, que deu o seu nome a um bairro da cidade. (N.E.)

— E quer que eu traga também as bailarinas? – perguntou Nicolau, rindo. – Eh! Eh!

Nesse momento, em passos surdos, com o ar apressado, preocupado, e com a expressão de devota que nunca a abandonava, entrou Ana Mikailovna. Embora habituada a encontrar todos os dias o conde de roupão, este mostrava-se sempre muito embaraçado e pedia-lhe muita desculpa de assim estar vestido.

— Não tem importância, conde, meu bom amigo – disse ela, conservando os olhos modestamente no chão. – Eu irei à casa de Bezukov. Pedro acaba de chegar, e estou certa de que porá todas as suas estufas à nossa disposição. E eu preciso muito lhe falar. Mandou-me uma carta de Bóris. Graças a Deus, está finalmente em serviço no estado-maior.

O conde mostrou-se contentíssimo de que Ana Mikailovna se encarregasse de uma parte das suas tarefas e mandou atrelar para ela o trenó pequeno.

— Diga a Bezukov que está convidado. Vou inscrevê-lo. E como vão agora as coisas com a mulher? – perguntou.

Ana Mikailovna revirou os olhos e na sua expressão pintou-se um profundo desgosto.

— Ai, meu amigo, que infeliz que ele está – suspirou. – Se é verdade o que se diz, que horror! Quem é que havia de imaginar, quando todos estávamos tão contentes com a sua felicidade! E que boa alma, que alma celeste a desse moço Bezukov! Lastimo-o de todo o coração e hei de fazer tudo o que depender de mim para consolá-lo.

— Mas o que aconteceu? – perguntaram, ao mesmo tempo, pai e filho.

Ana Mikailovna lançou um profundo suspiro.

— Diz-se que Dolokov, o filho de Maria Ivanovna – articulou ela, em tom misterioso –, a comprometeu aos olhos de todos. Pedro tinha-o acolhido, convidara-o para a sua casa de Petersburgo e... Chega ela, e aí temos aquele vadio a fazer-lhe a corte. – Exprimindo-se deste modo tinha a intenção de lamentar Pedro, mas certas entoações e meios sorrisos deixavam antes adivinhar simpatia por "aquele vadio", como ela dizia. – Dizem que Pedro está muito abatido.

— Isso não o impedirá de vir ao clube: até é uma distração. Vai haver uma festa magnífica.

No dia seguinte, 3 de março, às duas horas da tarde, duzentos e cinquenta membros do clube inglês e cinquenta convidados lhes os seus serviços, viam-se os lacaios, de libré, cabeleiras postiças, meias de seda e escarpins. A maioria dos convidados compunha-se de personagens idosas e respeitáveis, de largos e resolutos traços, grossos dedos, vozes e gestos opiniosos. Sentadas nos seus lugares reservados, formavam suas rodas habituais. A minoria compreendia os hóspedes de passagem, principalmente moços, a cujo número pertenciam Denissov, Rostov e Dolokov, o último dos quais retomara os galões de oficial do regimento Semionovski. Na expressão destes jovens, especialmente dos militares, havia um matiz de deferência assaz desdenhosa para com os velhos. Pareciam dizer-lhes: "Não nos recusamos a manifestar-vos respeito e consideração, mas ficai sabendo que o futuro é nosso". Nesvitski estava presente, na sua qualidade de velho sócio do clube. Pedro, que por ordem da mulher deixara crescer os cabelos, já não usava lunetas e se vestia na moda, passeava pelos salões com um ar sombrio e triste. Ali, como de resto em toda a parte, cercava-o uma multidão que se dobrava diante da sua riqueza, enquanto ele, habituado a reinar, a todos tratava com uma menosprezadora indiferença.

Pela idade devia estar junto dos jovens, mas pela fortuna fazia parte da roda dos velhos, das pessoas respeitáveis. Por isso ia passando alternadamente do grupo de uns para o dos outros. Os velhos mais em destaque formavam o centro dos grupos de que se aproximavam com respeito os próprios desconhecidos desejosos de ouvir falar as personalidades importantes. As rodas mais numerosas eram à volta do conde Rostoptchine, de Valuiev e de Narichkine. Rostoptchine contava que os russos haviam sido espezinhados pelos austríacos em debandada e tinham se visto obrigados a abrir caminho à baioneta pelo meio deles.

Valuiev contava, confidencialmente, que Uvarov não fora enviado a Petersburgo senão para conhecer a opinião dos moscovitas sobre Austerlitz.

Num terceiro grupo, Narichkine falava do conselho de guerra em que Suvorov se pusera a cantar de galo perante as inépcias dos generais austríacos. Chinchine, que estava presente, tratou de fazer humor, dizendo que Kutuzov nem sequer tivera habilidade para aprender com Suvorov a arte pouco complicada do cocorocó. Mas os velhos fulminaram com o olhar o gracejador de mau gosto, dando-lhe a entender que naquele recinto e àquela hora não era decente falar daquele modo de Kutuzov.

O conde Ilia Andreitch Rostov, preocupado, de botas moles, ia, num passo rápido, da sala de jantar ao salão, cumprimentando apressadamente, e com igual familiaridade, as personalidades importantes e as de pouca monta, todas suas conhecidas, ao mesmo tempo que procurava, de quando em quando, com o olhar, o seu belo rapagão. Fitava-o jovial e piscava-lhe o olho amistosamente. O jovem Rostov estava à janela com Dolokov; tinha-o conhecido havia pouco e parecia muito interessado nesse conhecimento. O velho conde aproximou-se e apertou-lhe a mão.

– Dá-me o prazer de passar lá por casa, visto que és íntimo do meu rapagão... Estiveram lá ambos, foram ambos heróis... Olha, o Vassili Ignatitch... Viva, meu velho – disse ele para um ancião que passava; mas não teve tempo de acabar o cumprimento: houve um tumulto geral, e um lacaio apareceu, dizendo, fora de si: – Está a chegar!

Ouviram-se toques de campainha. Os membros da direção do clube acorreram; os convidados, distribuídos pelas diversas salas, como centeio revolvido à pá, vieram juntar-se todos no mesmo lugar, ficando estacionados no salão nobre mesmo, junto da porta.

Bagration surgiu no limiar do vestíbulo, de cabeça descoberta e sem a espada, que deixara, segundo o regulamento do clube, no bengaleiro. Não trazia a barretina debruada de pele de astracã e o chicote em bandoleira, como Rostov o vira na véspera de Austerlitz, mas vestia um uniforme novo, cingido, e ostentava as condecorações russas e estrangeiras e a cruz de S. Jorge do lado esquerdo do peito. Via-se perfeitamente que mandara cortar o cabelo e aparar as suíças de propósito para a recepção, e isso alterava-lhe desvantajosamente a fisionomia. Tinha um ar endomingado, o que, mercê dos seus traços másculos e duros, lhe dava um todo algo cômico. Beklechov e Fedor Petrovitch Uvarov, que tinham chegado ao mesmo tempo que ele, detiveram-se junto da porta para deixar passar aquele ilustre visitante. Bagration sentiu-se embaraçado com a polidez que lhe manifestaram; houve uma suspensão geral, e por fim decidiu-se a passar. Caminhava, sem saber que rumo dar aos braços, embaraçado e tímido, ao longo do parquete do salão nobre. Com certeza estava muito mais à vontade quando, em Schoengraben, debaixo de uma chuva de balas, avançava pelos campos lavrados à frente do regimento de Kursk. Os membros mais destacados do clube acolheram-no junto da primeira porta, manifestando-lhe, em algumas breves palavras, a alegria que sentiam por tornar a ver um hóspede tão querido, e, sem aguardar qualquer resposta, tomaram conta dele e conduziram-no ao salão. Foi quase impossível entrar ali, tanta a gente que se comprimia, tentando ver, por cima dos ombros dos que estavam à frente, a figura de Bagration, como se se tratasse de um animal exótico. O conde Ilia Andreitch, rindo, gritava em voz forte: – Deixem-no passar, meus senhores, deixem-no passar – e, empurrando os que estavam ao seu alcance, introduziu o convidado no salão, indicando-lhe o divã central. As personagens graúdas, sócios em evidência do clube, cercaram o recém-chegado. Ilia Andreitch, abrindo de novo caminho através da turba, voltou a atravessar o salão e, na companhia de um sócio do clube, reapareceu daí a pouco, com uma grande salva de prata, que apresentou a Bagration. Na salva havia uma composição em verso composta e impressa em honra do herói. Bagration, ao ver a salva, lançou à volta de si um olhar aflito, como que implorando proteção. Mas todos os olhares lhe pediam que se resignasse. Quando viu que nada podia fazer, pegou com ambas as mãos, num gesto enérgico, a salva de prata, fitando, furioso, o conde, que a trouxera. Alguém, delicadamente, tomou-lhe a salva das mãos, pois de outra maneira era muito capaz de a manter assim pela noite adiante e era até pessoa para se sentar à mesa com ela.

Chamaram-lhe a atenção para a composição em verso. "Está bem! eu já a leio", parecia dizer Bagration. Depois, fitando no papel os olhos fatigados, principiou a ler com um ar concentrado e sério. Então o autor dos versos pegou o papel e deu começo à leitura. Bagration ouvia, a cabeça caída sobre o peito.

> Sê tu a glória do século de Alexandre
> E o guardião de Titus no seu trono;
> Sê terrível na guerra e na paz homem de bem,
> Rifeu na tua pátria e César no combate.
> Napoleão, no apogeu da sua glória,
> Aprende à tua custa a temer Bagration
> E a não ousar outra vez provocar os russos Alcides...

Mal acabara de ler estes poucos versos quando o chefe da mesa gritou, numa voz atroadora: – O jantar está servido! – A porta abriu-se, e na sala de jantar romperam os acordes da polaca: "Trovões da vitória retumbai, alegra-te, russo valoroso!". O conde Ilia, o olhar colérico fito no autor dos versos, que prosseguia na sua leitura, inclinou-se profundamente diante de Bagration. Todos se ergueram, fazendo votos para que o jantar fosse melhor do que a poesia, e, com Bagration à frente, deram entrada na sala do banquete. Convidaram o herói a sentar-se no lugar de honra, entre dois Alexandres, Beklechov e Narichkine, alusão ao nome do imperador. Os trezentos convivas tomaram lugar à mesa consoante a sua classe e as suas prerrogativas, os mais nobres mais perto do conviva homenageado: coisa facilmente compreensível, aliás, pois a água corre sempre para onde o solo é mais baixo.

Antes de se dar começo ao banquete, Ilia Andreitch apresentou o filho ao príncipe. Este reconheceu-o e disse algumas palavras inconsequentes e embaraçadas como todas, de resto, que veio a pronunciar naquela noite. O conde relanceava um olhar entre alegre e orgulhoso a todos os presentes enquanto durou essa breve conversa.

Nicolau Rostov, bem como Denissov e o seu novo amigo, sentaram-se juntos, quase no meio da mesa. Diante deles estava Pedro, ao lado do príncipe Nesvitski. O conde Ilia Andreitch sentava-se em frente de Bagration, junto de outros magnatas do clube, que faziam as honras da casa como representantes da cordial hospitalidade moscovita.

O conde não tinha perdido o seu tempo. A refeição por ele organizada, víveres magros e gordos, era suntuosa. Antes de tudo terminado, não pôde deixar de manifestar grandes inquietações. Trocava olhares de entendimento com o chefe de mesa, dava ordens em voz baixa aos lacaios, e não sem emoção ia aguardando o aparecimento de cada prato, aliás todos muito do seu conhecimento. Tudo correu às mil maravilhas. Quando da chegada do segundo prato, ao entrar na sala um gigantesco esturjão – ao vê-lo Ilia Andreitch corou jubiloso e confuso –, os lacaios principiaram a fazer saltar as rolhas das garrafas de champanhe. Depois do peixe, que não deixou de causar sensação, o conde trocou um olhar com os membros do clube: "Vai haver muitos brindes, seria talvez oportuno principiar", segredou-lhes ele, e levantou-se, de copo na mão. Todos se calaram, muito atentos ao que ele ia dizer.

– À saúde do nosso soberano, o imperador! – exclamou, com os seus bons olhos orvalhados de lágrimas de alegria e triunfo. Nesse mesmo instante ouviu-se entoar: "Trovões da vitória, retumbai". Todos os presentes se levantaram gritando "hurra!", e Bagration gritou "Hurra!", com a voz do campo de batalha de Schoengraben. Por entre as trezentas vozes ouviu-se distintamente a voz entusiasta do jovem Rostov. Mal podia suster as lágrimas. "À saúde do imperador", gritou, "Hurra!". Depois de ter bebido de um trago, quebrou a taça no chão. Muitos outros lhe seguiram o exemplo. E as aclamações prolongaram-se por muito tempo. Quando se restabeleceu o silêncio, os lacaios apanharam os cristais partidos e todos tornaram a sentar-se, satisfeitos com a manifestação. Ilia Andreitch levantou-se ainda uma vez, lançou um golpe de vista ao apontamento que tinha ao lado do prato, e em seguida pronunciou um *toast* em honra do herói da última campanha, o príncipe Piotre Ivanovitch Bagration, e mais uma vez os seus olhos azuis se umedeceram de lágrimas. "Hurra!", gritaram de novo os trezentos convivas, e em vez da orquestra cantores executaram uma cantata composta por Paulo Ivanovitch Kutuzov:

> Para os russos não há obstáculos,
> a garantia da vitória está na coragem.
> Nós temos os nossos Bagrations,
> E os inimigos nos cairão aos pés.

Mal os cantores se calaram, novos *toasts* se ouviram, e Ilia Andreitch mais comovido ficou, e as taças continuaram a partir-se, e os gritos foram cada vez mais vibrantes. Bebeu-se à saúde de Beklechov, de Narichkne, de Uvarov, de Dolgorukov, de Apraksine, de Valuiev, à saúde da direção do clube, do seu administrador, de todos os seus membros e de todos os seus convidados, e, por fim, muito em particular, ao organizador do banquete, o conde Ilia Andreitch. Ao ouvir este último brinde, o conde puxou o lenço e, nele escondendo o rosto, rompeu em soluços.

CAPÍTULO IV

Pedro estava sentado diante de Dolokov e de Nicolau Rostov. Bebeu e comeu muito e com avidez, como era seu costume. Mas aqueles que o conheciam bem puderam verificar que mudara muito. Esteve calado durante toda a refeição. De sobrolho carregado, ora lançava em torno os olhos de míope, ora de olhar fixo e ar inquieto, metia os dedos pelo nariz. Tinha um aspecto triste e sombrio. Parecia não ver nem ouvir o que se passava em volta de si, concentrando todos os seus pensamentos num único problema, penoso e insolúvel.

A questão angustiosa que o atormentava dizia respeito às alusões da princesa, em Moscou, à intimidade de Dolokov e da sua própria mulher, alusões essas agravadas por uma carta anônima, recebida nessa manhã, em que lhe diziam, no tom cínico de gracejo característico de tal gênero de missivas, que ele não via lá muito bem, apesar das lunetas, e que só para ele ainda era segredo a ligação da mulher com Dolokov. Pedro não acreditava numa só palavra da princesa nem da carta, mas era-lhe muito penoso agora olhar para Dolokov, sentado à sua frente. De cada vez que, por acaso, o seu olhar pousava nos belos olhos canalhas do oficial, logo se sentia invadido por monstruosos e tremendos sentimentos, e afastava a vista. Confrontando, sem querer, todo o passado da mulher com o que diziam na carta compreendia poder muito bem ser a expressão da verdade o que nela constava, ou podia, pelo menos, parecer a verdade, desde que isso não dissesse respeito à sua *própria mulher*, dele, Pedro Bezukov. Lembrava-se involuntariamente de Dolokov, a quem haviam restituído os galões depois da campanha, no momento em que regressara a Petersburgo e se apresentara em sua casa. Aproveitando as relações que entre eles existiam dos tempos de deboche, viera diretamente para sua casa. Pedro acolhera-o, emprestara-lhe dinheiro. Recordava-se do sorriso de Helena ao exprimir-lhe o desagrado que lhe causara a instalação do hóspede em sua casa e lembrava os elogios cínicos de Dolokov à beleza de sua mulher. E percebia que desde então até à vinda para Moscou ele não mais os havia abandonado um só instante que fosse.

"Sim, é muito bom rapaz", pensava. "É um fato. Sentiria um prazer muito especial em desonrar o meu nome e em troçar de mim, precisamente por eu ter dado alguns passos em seu favor e lhe ter testemunhado a minha proteção e o meu auxílio. Eu sei, eu compreendo o sabor que isso lhe acrescentaria à traição, se fosse verdade o que se diz. Mas eu não acredito, não tenho o direito de acreditar, não posso.". E lembrava-se da expressão cruel de Dolokov, por exemplo, no momento em que amarrara o polícia ao dorso do urso e o atirara à água, ou quando certa vez desafiara em duelo alguém sem motivo ou matara o cavalo de um postilhão. E tinha muitas vezes a mesma expressão ao olhar para ele. "Sim, é um brigão", dizia Pedro para consigo. "Para ele, matar um homem é coisa sem importância. Está convencido de que todos têm medo dele e isso deve dar-lhe um prazer muito especial. Deve supor que eu também tenho medo dele. E a verdade é que tenho." E estes pensamentos despertavam ainda em Pedro sentimentos tremendos e monstruosos. Dolokov, Denissov e Rostov, sentados na sua frente, pareciam alegríssimos. Rostov conversava alegremente com os seus dois amigos, um deles um bravo hussardo e o outro, brigão de renome e declarado maroto. De tempos a tempos, lançava a Pedro um olhar motejador, a Pedro, que a todos impressionava com a sua fisionomia maciça, secreta e preocupada. Aliás, a pouca simpatia que Rostov lhe testemunhava vinha, primeiro, do fato de Pedro, do seu ponto de vista, dele, hussardo, não passar de um civil ricaço, marido de uma beleza famosa, e ainda por cima de pouco tino, e depois, de Pedro, de tão preocupado e distraído que estava, não parecer reconhecê-lo, a ele, Rostov, e nem sequer lhe ter retribuído o seu cumprimento.

Quando da saúde ao imperador, Pedro, pensativo, não se levantara nem pegara a taça.

– Então? – gritou-lhe Rostov, fitando-o com uma severidade solene. – Não ouve? À saúde do nosso soberano o imperador!

Pedro, com um suspiro, levantou-se, submisso, esvaziou a taça e, enquanto esperava que todos os demais voltassem a sentar-se, fitou Rostov com o seu bondoso sorriso nos lábios.

– Ora esta! E eu não o tinha reconhecido – observou. Mas Rostov já o esquecera. Estava todo absorvido a gritar "Hurra!".

– Por que é que não se deu a conhecer? – perguntou Dolokov a Rostov.

– Diabos o levem, imbecil! – replicou este último.

– Devemos ser amáveis para com os maridos das mulheres bonitas – gracejou Denissov.

Pedro não ouvia o que se dizia, mas desconfiava de que falavam dele. Corou e voltou-se para outro lado.

– Bom, agora vamos fazer uma saúde às mulheres bonitas – tornou Dolokov, muito sério, embora com um sorriso nos cantos da boca, dirigindo-se a Pedro.

– À saúde das mulheres bonitas, Petrucha, e daqueles que gostam das mulheres bonitas – insistiu.

Pedro, de olhos baixos, bebeu sem olhar para Dolokov e sem lhe responder. Um lacaio que andava a distribuir exemplares da cantata de Kutuzov entregou um a Pedro na sua qualidade de convidado de distinção. E Pedro dispunha-se a pegá-lo quando Dolokov se debruçou para ele, lhe arrancou o papel das mãos e se pôs a ler. Pedro relanceou-o com um olhar e suas pálpebras abaixaram-se. Os pensamentos terríveis e maus que o haviam atormentado durante a refeição tumultuaram de novo no seu íntimo e apossaram-se dele por completo. Estendeu o corpo obeso por cima da mesa.

– Com licença! – gritou.

Ao ouvirem esta voz estridente e ao perceberem a quem ela se dirigia, Nesvitski e o seu vizinho da direita, assustados, apressaram-se em serenar Bezukov.

– Então, calma, que é isso? – murmuraram-lhe, baixinho, assustadíssimos.

Dolokov fitou Pedro com os seus olhos cintilantes, alegres e cruéis, sorrindo, como se dissesse: "Eh! gosto disso!".

– Larga – disse ele acentuando a palavra.

Pedro, muito pálido, os lábios trêmulos de cólera, arrancou-lhe o papel das mãos.

– O senhor... o senhor é um miserável!... Exijo-lhe satisfações – balbuciou, repelindo a cadeira e erguendo-se.

No mesmo instante em que Pedro fazia este gesto e pronunciava estas palavras, veio-lhe a sensação nítida de que o problema da culpabilidade da mulher, que tão poderosamente o atormentara naqueles últimos dias, se encontrava definitiva e incontestavelmente resolvido pela afirmativa. Sentiu que a odiava e que para sempre estava separado dela. Embora Denissov lhe pedisse que não o fizesse, Rostov anuiu em servir de testemunha a Dolokov, e depois do banquete teve uma conversa com Nesvitski, a testemunha de Bezukov, sobre as condições em que se realizaria o duelo. Pedro voltou para casa, e Rostov, na companhia de Dolokov e de Denissov, ficou no clube até muito tarde, a ouvir os tziganos e os cantores militares.

– Bom, então é amanhã, em Sokolniki[3] – frisou Dolokov, ao despedir-se de Rostov nos degraus do clube.

– E tu estás calmo? – perguntou Rostov.

Dolokov parou.

– Olha, em duas palavras vou revelar-te o segredo do duelo. Se na véspera de um duelo escreveres o teu testamento e redigires cartas emocionantes aos teus parentes, se pensares na hipótese de poderes ser morto, é que és um imbecil e estás perdido. Se, pelo contrário, fores para esse duelo com firme intenção de matar o teu adversário, e o mais cedo e o melhor que puderes, tudo correrá às mil maravilhas. Era o que me dizia o nosso matador de ursos de Kostroma. "Quem é que não há de ter medo de um urso?",

---

3. Grande mata situada a nordeste de Moscou, antiga área de caça dos tsares. (N.E.)

dizia ele. "Mas quando a gente põe os olhos no bicho, adeus medo, e aí estamos nós prontos a fazer tudo para que a fera não nos escape." Pois bem, eu, nestes casos, é o que costumo fazer. *À demain, mon cher!*

No dia seguinte, às oito horas da manhã, Pedro e Nesvitski chegaram ao bosque de Sokolniki, onde já encontraram Dolokov, Denissov e Rostov. Pedro dava a impressão de estar preocupado com qualquer coisa menos com o que ia passar-se. Estava amarelento de tez e os traços estavam fatigados. Via-se que não pregara olho em toda a santa noite. Olhava distraidamente em torno de si e piscava os olhos como se estivesse um sol muito forte. Duas coisas o preocupavam exclusivamente: a culpabilidade da mulher, de que não tinha a menor dúvida após aquela noite de insônia, e a inocência de Dolokov, sem razão alguma para poupar a honra de um homem, tanto mais quando esse homem lhe era, em verdade, um estranho. "Sem dúvida que eu, no seu lugar, teria feito o mesmo", dizia Pedro para consigo. "Sim, é mais do que certo que teria feito o mesmo; e então, a que propósito este duelo, este assassinato? Ou sou eu quem o mata, ou então será ele quem me atingirá na cabeça, num braço, num joelho. Se eu pudesse ir embora, fugir, esconder-me em qualquer parte!" E precisamente no momento em que estes pensamentos lhe vinham à cabeça perguntava, com um ar especialmente sereno e desprendido, coisa que impressionou os que o observavam:

– Está tudo pronto?

Quando tudo estava em ordem, enterrados na neve os sabres que marcavam o limite que não poderia transpor-se, e as pistolas carregadas, Nesvitski aproximou-se de Pedro.

– Faltaria ao meu dever, conde – disse-lhe com voz tímida – e não justificaria a confiança e a honra que me deu escolhendo-me para sua testemunha, se neste grave, gravíssimo momento, não lhe dissesse toda a verdade. Sou de opinião de que esta pendência não tem motivos bastante importantes que a justifiquem e que não merece que se derrame sangue por ela... O conde teve culpa, não tem inteira razão, deixou-se exaltar...

– Ah! sim, é espantosamente estúpido... – disse Pedro.

– Nesse caso, deixe que eu transmita o seu pesar, e estou persuadido de que o seu adversário aceitará as suas desculpas – prosseguiu Nesvitski, que, como todos os circunstantes e em geral todos os que testemunham casos do mesmo gênero, não podia acreditar que as coisas fossem até o duelo. – Não preciso dizer-lhe, conde, que é muito mais nobre reconhecermos os nossos erros do que praticarmos um ato irreparável. Não houve ofensa grave nem de uma nem da outra parte. Consinta que eu vá parlamentar.

– Não, para quê? – disse Pedro. – Isto não tem importância... Então! Está tudo pronto? Diga-me apenas onde é que eu devo colocar-me para disparar – acrescentou com uma doçura um pouco afetada.

Pegou a pistola e perguntou como se disparava. Era a primeira vez que pegava numa pistola, mas não o queria confessar.

– Ah! Sim, bem sei, não sabia, tinha-me esquecido.

– Nenhuma desculpa foi apresentada, nada, decididamente – disse Dolokov a Denissov, que por seu lado fazia tentativas de conciliação, e também ele se aproximou do local designado.

O duelo ia travar-se a uns oitenta passos da estrada onde tinham ficado os trenós, numa clareirazinha de um pinheiral coberto de neve que o degelo dos dias anteriores principiava a derreter. As testemunhas, ao procederem à medição do terreno, haviam deixado impressos na neve mole o contorno dos pés desde o ponto em que estavam até os sabres de Nesvitski e de Denissov, que delimitavam o campo, cravados a dez passos um do outro. Tudo estava pronto há uns três minutos, e no entanto uma hesitação qualquer impedia o começo do duelo. O silêncio era geral.

CAPÍTULO V

– Bom! Vamos a isto – disse Dolokov.

– Vamos – tornou Pedro, sem deixar de sorrir.

A situação tornava-se grave. Era evidente que aquele caso, principiado tão às pressas, ninguém já o podia deter, e ia seguir o seu curso à margem da vontade dos homens. Tinha de ir até o fim.

Denissov foi o primeiro a avançar até a marcação e declarou:

– Visto os adversários se terem recusado à conciliação, não acham hora de começar? Peguem as pistolas e quando ouvirem dizer "três" principiem a avançar.

– Um! Dois! Três! – gritou violentamente e afastou-se. Os dois homens aproximaram-se, seguindo o caminho aberto, vendo-se pouco a pouco melhor através do nevoeiro. Os adversários tinham o direito, ao avançarem para o limite fixado, de disparar quando quisessem. Dolokov caminhava em passos lentos, fixando Pedro com os seus olhos azuis, claros e brilhantes. Na sua boca, como sempre, desenhava-se um sorriso.

"Então, quando me apetecer, posso disparar", disse Pedro para si mesmo ao ouvir a palavra "três!", e pôs-se a andar, a passos rápidos, afastando-se do caminho batido e seguindo em plena neve. Tinha a pistola na mão, no extremo do braço estendido, como se receasse ferir-se a si próprio com aquele engenho. Mantinha o braço esquerdo estudadamente à retaguarda, pois o seu desejo seria servir-se dele para firmar o direito, e sabia que isso não era permitido. Depois de ter dado cinco ou seis passos, como se afastasse do caminho traçado, olhou para os pés, lançou um rápido olhar a Dolokov e disparou, puxando o gatilho como lhe tinham ensinado. Como não esperava ouvir uma detonação tão forte, estremeceu, depois sorriu com a impressão que experimentara e ficou imóvel. A fumaça, que o nevoeiro ainda tornou mais espessa, não o deixou ver nada nos primeiros momentos, mas não ouviu a segunda detonação, que ele esperava. Ouviram-se apenas os passos precipitados de Dolokov e a sua silhueta desenhou-se através do nevoeiro. Tinha uma mão apoiada no flanco esquerdo e com a outra segurava a pistola descaída. Estava pálido. Rostov correu para ele e disse-lhe alguma coisa.

– Não... – respondeu Dolokov, de dentes cerrados. – Não... ainda não acabou. – E dando ainda alguns passos titubeantes e trôpegos, até junto do sabre, caiu no chão ao lado deste. Tinha a mão esquerda ensanguentada, que limpou no uniforme, apoiando-se nela. O rosto estava pálido, sombrio e todo trêmulo.

– Façam fa... – principiou ele, sem poder concluir a frase. – Façam fa... – articulou com esforço.

Pedro, com um soluço, precipitou-se e ia ultrapassando o espaço marcado como limite quando Dolokov gritou: – Na baliza! – e Pedro, percebendo do que se tratava, deteve-se junto do sabre. Não havia mais de dez passos a separá-los. Dolokov meteu a cabeça na neve e encheu a boca avidamente, em seguida soergueu o busto, endireitou-se e sentou-se, procurando um ponto de apoio. Continuava a mastigar e a chupar a neve que metera na boca. Os lábios tremiam-lhe, mas não deixava de sorrir, e seus olhos brilhavam com a força que fazia e com o exaspero que sentia no meio da luta que travava consigo próprio. Levantou a pistola e pôs-se a mirar.

– Mantenha-se de perfil, não se exponha aos tiros – disse Nesvitski.

– Proteja-se! – não pôde deixar de gritar o próprio Denissov, testemunha do adversário.

Pedro, com o seu afável sorriso de piedade e de pesar, sem defesa, estendia os braços e as pernas, oferecendo precisamente de frente a Dolokov o seu largo peito, enquanto o fitava com tristeza. Denissov, Rostov e Nesvitski fecharam os olhos. Ao mesmo tempo que a detonação, ouviu-se Dolokov:

– Errei o alvo! – gritou com cólera, voltando a deixar-se cair, sem forças, a face na neve.

Pedro apertou a cabeça entre as mãos, voltou as costas e desapareceu no meio do pinheiral, dando grandes passadas em plena neve e dizendo em voz alta palavras sem sentido:

– Estúpido... Estúpido! A morte... Mentira... – repetia ele, o rosto descomposto.

Nesvitski foi ao seu encontro, deteve-o e reconduziu-o para casa.

Rostov e Denissov levaram o ferido.

Dolokov, de olhos fechados, estava estendido no trenó e nada respondia ao que lhe perguntavam. No entanto, ao chegarem a Moscou, voltou repentinamente a si, e, erguendo penosamente a cabeça, pegou na mão de Rostov, que estava a seu lado. Este sentiu-se impressionado pela fisionomia completamente transformada e pelo ar ao mesmo tempo solene e enternecido de Dolokov.

– Então, como te sentes? – perguntou-lhe Rostov.

– Mal! Mas não é disso que se trata, meu amigo – disse-lhe ele, numa voz entrecortada. – Onde estamos? Em Moscou, bem sei. Eu, não é nada, mas ela, matei-a, matei-a... Ela não vai suportar isto. Ela não suportará...

– Quem? – perguntou Rostov.

– Minha mãe, minha mãe, o meu anjo, o meu anjo adorado, minha mãe...

E Dolokov chorava, apertando a mão do amigo.

Quando se sentiu mais calmo, explicou a Rostov que vivia com a mãe, e que se a mãe o visse assim moribundo não suportaria o golpe. Suplicou-lhe que a fosse preparar.

Rostov cumpriu a sua missão, e assim veio a saber, com grande surpresa sua, que Dolokov, essa peste do Dolokov, esse brigão do Dolokov, vivia em Moscou na companhia de sua velha mãe e de sua irmã corcunda e que era o mais carinhoso dos filhos e dos irmãos.

CAPÍTULO VI

Pedro, nesses últimos tempos, raramente se encontrava sozinho com a mulher. Tanto em Petersburgo como em Moscou a casa estava sempre cheia de gente. Na noite que se seguiu à do duelo, como lhe acontecia muitas vezes, não se retirou para o seu quarto, mas ficou no imenso gabinete do pai, nesse mesmo gabinete onde este falecera. Deitou-se num divã, disposto a dormir, a fim de esquecer tudo o que acontecera, mas não lhe foi possível. Elevou-se dentro de si subitamente uma tal tempestade de sentimentos, de pensamentos, de recordações as mais diferentes, que não só não lhe foi possível passar pelo sono, como não pôde sequer ficar deitado, e teve de erguer-se do divã para percorrer a sala de um lado para outro, em grandes passadas. Lembrava-se dela nos primeiros tempos de casados, os ombros nus, os olhos esmagados de paixão, e imediatamente via a seu lado o bonito e cínico rosto de Dolokov, atrevido e escarninho, exatamente como no dia do banquete, e logo em seguida se lhe deparava esse mesmo rosto pálido, trêmulo, doloroso, o rosto que tinha quando rodopiou e caiu, pesado, sobre a neve.

"Que aconteceu?", perguntava a si mesmo. "Matei o *amante*, sim, matei o amante de minha mulher. Eis o que se passou. E por quê? Como *é* que eu desci a isto? Mas por que casaste com ela?", respondeu-lhe uma voz íntima.

"Mas em que é que procedeste mal?", perguntava ele a si próprio. "Nisto apenas: em teres casado sem amor; em que a enganaste enganando-te a ti próprio." E esse instante em que, depois do jantar, na casa do príncipe Vassili, ele lhe dissera, finalmente, aquelas palavras que se recusavam a sair-lhe da boca: "Amo-a", representou-se vivo na sua memória. "É daí que vem todo o mal."

"Eu sentia então", continuou ele para consigo, "eu bem sentia então que não era isso que eu lhe devia ter dito, que eu não tinha o direito de falar assim. E, no entanto, nem por isso deixou de acontecer o que aconteceu."

Lembrava-se da lua de mel, e essa recordação fazia-o corar. Um incidente, sobretudo, o humilhava e o enchia de vergonha: pouco tempo depois do casamento, viera uma manhã ao seu gabinete, com um roupão de seda, ao sair do quarto de cama. Encontrara aí o seu intendente principal, que respeitosamente lhe fizera uma vénia e que, ao vê-lo naquele traje íntimo, se permitira um ligeiro sorriso, como a testemunhar-lhe a parte que tomava na felicidade do seu amo.

"E quantas vezes me senti orgulhoso dela, orgulhoso da sua altiva beleza, do seu tato mundano", pensava. "Sentia-me orgulhoso da intimidade da minha casa, onde ela recebia toda a Petersburgo; sentia-me orgulhoso de a ver tão inacessível. E havia razões de sobra para me sentir orgulhoso! Dizia comigo mesmo que não a compreendia. Quantas vezes, ao pensar no seu caráter, eu supunha que a culpa era minha, que era eu quem não compreendia a sua serenidade perpétua, o seu ar sempre satisfeito, a ausência de toda a espécie de preferências ou desejos, quando a solução do enigma consistia apenas em que ela era uma mulher dissoluta. E quando encontrei a solução, tudo se tornou claro! Anatole ia procurá-la para lhe pedir dinheiro emprestado e beijava-lhe os ombros nus. Ela não lhe dava dinheiro, mas consentia que ele lhe beijasse os ombros. Se o pai, gracejando, lhe excitava o ciúme, ela respondia-lhe, sorrindo, tranquila, não ser tão parva que estivesse disposta a sentir ciúmes. 'Pedro pode fazer o que quiser', dizia ela de mim. E um dia em que eu lhe perguntei se não sentia qualquer indício de gravidez, pôs-se a rir com um ar distante, dizendo-me não ser tão parva que estivesse disposta a ter filhos e que, de qualquer maneira, filhos *meus* é que ela nunca teria."

Lembrou-se depois da trivialidade das suas ideias, da vulgaridade das expressões que lhe eram familiares, não obstante a educação que tivera num meio altamente aristocrático: "Não sou tão parva como isso... Experimenta e verás... Ora, vai passear". Muitas vezes, considerando o êxito de que ela gozava junto das pessoas dos dois sexos, jovens e velhos, Pedro não podia compreender por que não a amava. "Não, nunca a amei", dizia para consigo. "Eu sabia muito bem que ela era uma mulher dissoluta, mas nunca tive coragem de o reconhecer. E agora, lá estava Dolokov, meio deitado na neve, procurando sorrir, talvez a morrer, respondendo com uma falsa bravata às minhas palavras de arrependimento!"

Pedro fazia parte do grupo de pessoas que, apesar da fraqueza natural do seu caráter, nunca procuram confidentes dos seus desgostos. Ruminava-os sempre consigo próprio.

"Ela, só ela, só ela é culpada de tudo", prosseguia para consigo mesmo. "Mas que hei de fazer? Por que é que me prendi a ela? Por que é que lhe disse 'Amo-a' quando era mentira, e, pior ainda, por que essa mentira? A culpa é minha e devo aguentá-la... Eh! O quê? A desonra do meu nome, uma vida infeliz? Eh! que vem a ser tudo isto? A vergonha do nome, a honra, tudo isso é relativo, tudo isso depende do meu próprio ser."

"*Eles* executaram Luís XVI", refletia, "porque *eles* eram de opinião de que ele tinha faltado à sua palavra e que era um criminoso, e eles tinham razão do seu ponto de vista, como tinham razão igualmente os que sofreram por ele o martírio e lhe deram um lugar ao lado dos santos. Depois executaram Robespierre, porque era um déspota. Quem é que tinha razão? Quem é que estava errado? Ninguém. Vive enquanto estás vivo, amanhã morrerás, como eu podia ter morrido há uma hora. Valerá a pena atormentar-se quando a vida não é mais que um segundo relativamente à eternidade?"

Precisamente nesse instante, quando ele se sentia calmo com todos estes raciocínios, surgiu ela, de súbito, na sua imaginação, e precisamente tal como era nesses momentos em que lhe testemunhava o seu mentiroso amor. Sentiu o sangue afluir-lhe ao coração e de novo se viu obrigado a levantar-se, a caminhar, a partir e a dilacerar tudo que lhe caía nas mãos. "Por que é que eu lhe disse: amo-a?", repetia a todo o momento.

E ao formular-se pela décima vez, pelo menos, esta interrogação, pôs-se a rir sozinho, lembrando-se da frase de Molière: "*Mais que diable allait-il faire dans cette galère?*".

Durante a noite tocou a campainha para chamar o criado de quarto e mandou-o preparar as bagagens, a fim de partirem para Petersburgo. Pensava ser-lhe impossível voltar a encontrar-se frente a frente com a mulher. Resolveu partir no dia seguinte e deixar-lhe uma carta onde lhe diria ter intenção de se separar dela para sempre.

Pela manhã, quando o criado de quarto entrou no seu gabinete com o café, Pedro, estendido na otomana, dormia, com um livro aberto na mão. Acordou sobressaltado e ficou muito tempo assustado antes de perceber onde se encontrava.

– A senhora condessa manda perguntar se Vossa Excelência a pode receber – disse o criado de quarto.

Pedro ainda não tivera tempo de pensar na resposta e já a condessa em pessoa, num *déshabillé* de cetim branco, bordado em prata, com a cabeça descoberta, com o lindo rosto coroado *en diadème* pelas suas duas espessas tranças, penetrava no gabinete com um ar tranquilo e imponente. No entanto, na sua fronte de mármore, ligeiramente arqueada, havia uma ruga de cólera. Com a sua calma soberana não quis falar diante do criado de quarto. Ouvira falar do duelo e viera para conversar sobre o caso. Esperou que o criado pousasse a bandeja e saísse. Pedro olhava-a timidamente através das lunetas, e, tal qual uma lebre rodeada por uma matilha de cães que se mantém de orelha murcha, diante do inimigo, Pedro fingiu continuar a ler. Depois, sentindo o absurdo e a impossibilidade da sua atitude, lançou-lhe ainda um olhar tímido. Ela não se sentou, mas, olhando-o e sorrindo com desdém, aguardou que o criado saísse.

– Que vem a ser isto agora? Que fez? Estou lhe perguntando! – disse-lhe ela severamente.

– Eu? Que fiz eu? – balbuciou Pedro.

– Ora, aqui está o grande valente! Então, diga alguma coisa, que significa esse duelo? Que quis provar com isso? Então? Estou a falar com o senhor!

Pedro revolveu-se pesadamente no divã, abriu a boca, mas não pôde articular palavra.

– Visto que não responde, sou eu quem vai falar – prosseguiu Helena. – Acredita em tudo o que lhe dizem. Contaram-lhe... – Despediu uma gargalhada... – que Dolokov era meu amante. – Falava francês e disse a palavra sem qualquer embaraço, com o seu cinismo de linguagem habitual. – E acreditou no que lhe disseram? E agora o que provou com isto? O que provou com este duelo? Isto apenas: que o senhor é um asno, coisa que toda a gente já sabia. E para chegar a que conclusão? Para fazer de mim a mofa de toda Moscou; para fazer com que se diga que, em estado de embriaguez, fora de si, provocou em duelo um homem de quem tinha ciúmes sem razão... – Helena ia erguendo a voz progressivamente e ia aquecendo... – um homem que vale mais do que o senhor em todos os aspectos...

– Hein!... Hein... – falou asperamente Pedro, piscando os olhos, sem a olhar e sem fazer um movimento.

– E que o leva a pensar que ele é meu amante?... Diga! É por me agradar a companhia dele? Se o senhor fosse mais espirituoso e mais amável, talvez preferisse a sua.

– Basta... peço-lhe – exclamou Pedro, em voz ofegante.

– E por que é que eu hei de me calar? Nada me impede de falar e de proclamar que deve haver muito poucas mulheres com um marido como o senhor que não tivessem arranjado *des amants,* coisa que aliás não fiz.

Pedro quis dizer uma palavra e olhou-a com uma expressão tão estranha que ela não a compreendeu, depois voltou a deitar-se. Sofria fisicamente naquele momento: tinha o peito opresso e não podia respirar. Dava-se conta de que era preciso fazer algo para pôr um ponto final àquele sofrimento, mas ao mesmo tempo o que ele queria fazer era terrível demais.

– É melhor que nos separemos – disse ele, numa voz entrecortada.

– Separemo-nos, se assim o quer, mas com a condição de me dar com que viver... – disse Helena. – Separarmo-nos, como se isso me metesse medo!

Pedro saltou do divã e lançou-se, cambaleante, sobre ela.

– Eu mato-te! – gritou, e, agarrando, com uma força que ele próprio desconhecia, o tampo de mármore da mesa, deu um passo para ela, agitando-o no ar.

Helena fez uma expressão de terror, soltou um grito agudo e atirou-se para trás. O sangue do pai tinha falado no íntimo de Pedro. Sentia a embriaguez e o prazer da raiva. Atirou o tampo de mármore, que se partiu em pedaços, e, de punhos cerrados, caminhou para ela, gritando: – Sai! – numa voz tão terrível que toda a casa a ouviu, repassada de terror. Só Deus sabe o que ele teria sido capaz de fazer naquele momento se Helena não tivesse fugido.

Uma semana mais tarde Pedro deu à mulher uma procuração para a administração de todos os seus bens na Grande Rússia, isto é, mais de metade da sua fortuna, e sozinho dirigiu-se a Petersburgo.

CAPÍTULO VII

Dois meses tinham decorrido desde que se soubera em Lissia Gori da batalha de Austerlitz e do desaparecimento do príncipe André. Apesar de todas as cartas recebidas por intermédio da embaixada e de todos os inquéritos, o seu corpo não fora encontrado e o seu nome não figurava na lista dos prisioneiros. O pior para a família era que não deixava de subsistir a esperança de que ele tivesse sido recolhido no campo de batalha pelos habitantes e de que talvez se encontrasse algures, curado ou moribundo, só, no meio de estranhos, impossibilitado de dar notícias. Os jornais, por intermédio dos quais o velho príncipe tivera conhecimento da derrota, tinham mencionado, e, como sempre, demasiado lacônica ou vagamente, que os russos, depois de brilhantes combates, haviam sido obrigados a bater em retirada e que esta se efetuara em boa ordem. Ele compreendera, através dessa versão oficial, que os russos tinham sido batidos. Uma semana depois das notícias dos jornais recebera uma carta de Kutuzov informando-o do destino do filho.

"O seu filho", escrevia ele, "diante de mim, com a bandeira na mão, à frente do seu regimento, caiu como um herói digno de seu pai e da sua pátria. Muito lamentamos, tanto eu como todo o exército, não podermos confirmar ainda se morreu ou se está vivo. Ainda não se perdeu a esperança de que o seu filho esteja vivo, pois a verdade é que de outro modo seria de esperar que o seu nome viesse mencionado entre os dos oficiais cujos corpos foram encontrados no campo de batalha, e cuja lista me foi entregue."

Tendo recebido estas notícias já tarde, pelo anoitecer, quando estava só no seu gabinete, o velho príncipe, no dia seguinte, deu, como de costume, o seu passeio matinal; mas conservou-se taciturno diante do intendente, do jardineiro e do arquiteto, e, posto tivesse aspecto de encolerizado, não disse uma palavra a ninguém.

Quando, à hora habitual, entrou a princesa Maria no seu gabinete, estava ele ao torno, como de costume, e não voltou sequer a cabeça.

– Ah! princesa Maria! – exclamou subitamente, numa voz que não era a sua voz habitual, atirando fora a goiva. A roda continuou a girar, graças à velocidade adquirida. Por muito tempo Maria se lembrou do estridor da roda que lentamente se desvanecia e que para ela passou a fazer parte de tudo o que depois se seguiu.

Aproximou-se, viu a expressão do rosto do pai e sentiu-se de repente desfalecer. Pelos seus olhos perpassou como que uma nuvem. Aquele rosto, não propriamente triste nem abatido, mas mau e como que refletindo uma luta sobre-humana, fazia-lhe adivinhar uma tremenda desgraça suspensa sobre ela e prestes a esmagá-la, a maior desgraça que ainda conhecera, uma desgraça irreparável, inconcebível, a morte de um ser amado.

– *Mon père*! *André*! – exclamou a desajeitada e desgraciosa princesa, mas com um tal encanto indizível de dor e de esquecimento de si própria que o pai não pôde suportar o seu olhar e se afastou para chorar.

– Tenho notícias. Não está nem entre os prisioneiros nem entre os mortos. Se Kutuzov escreve – prosseguiu com violência e numa voz forte, como se, por esta violência, quisesse afastar a filha –, é que foi morto.

A princesa não caiu nem desmaiou. Estava já pálida, mas quando soube a notícia o seu rosto transformou-se e raios emanaram dos seus belos olhos luminosos. Parecia que uma alegria, uma alegria superior, independente das tristezas e das alegrias deste mundo, submergia a poderosa dor que sentia. Esqueceu todo o medo que tinha do pai, aproximou-se dele, pegou-lhe nas mãos, puxou-o para si e passou-lhe um braço pelo pescoço seco e nodoso.

– *Mon père* – disse ela. – Não se afaste de mim, choremos os dois juntos.

– Os miseráveis, os brigões! – exclamou o velho, afastando dela a face. – Perdem o exército, fazem morrer homens! E para quê? Bom, vai prevenir Lisa.

A princesa deixou-se cair sem forças numa poltrona, junto do pai, e rompeu em soluços. Via outra vez neste momento o irmão no instante em que ele se despediu de ambas, dela e de Lisa, o seu ar carinhoso e ao mesmo tempo altivo. E via-o de novo no momento em que dependurava ao pescoço, gracejando, mas muito comovido no fundo, a pequena imagem que ela lhe dera. "Teria fé? Ter-se-ia arrependido da sua incredulidade? Estará ele agora na mansão do repouso e da felicidade eternas?", dizia para consigo.

– *Mon père*, diga-me, como foi? – perguntou, no meio das suas lágrimas.

– Vai, vai, ficou na batalha em que foram mortos os melhores soldados russos, onde pereceu a glória russa. Vai, princesa Maria. Previne Lisa. Eu também vou, também vou contigo.

Quando a princesa Maria voltou dos aposentos do pai, a princesinha estava à sua mesa de costura e olhou para a cunhada com seu ar concentrado, misto de contentamento e de tranquilidade íntima, peculiar às mulheres no período da gravidez. Percebia-se bem que os seus olhos não viam a princesa Maria, mas se fixavam no mais profundo dela própria, no acontecimento feliz e misterioso que estava a preparar-se.

– Maria – disse ela, pousando o seu bordado e recostando-se na poltrona –, deixa ver a tua mão.

Pegou a mão da princesa e pousou-a no seu ventre. Os olhos sorriam-lhe enquanto esperavam, o lábio sombreado por um ligeiro buço soergueu-se e assim ficou, como se fosse uma criança feliz.

Maria ajoelhou diante dela e escondeu o rosto nas pregas do vestido da cunhada.

– Aqui, aqui? Sentes? Que engraçado! E sabes, Maria, vou gostar tanto dele – dizia Lisa, os olhos cintilantes de felicidade.

Maria não podia erguer a cabeça. Chorava.

– Que tens tu, Macha?

– Nada... Senti-me triste... sim, ao pensar em André... – disse ela, sufocando as lágrimas nos joelhos da cunhada.

Por várias vezes durante aquela manhã tentou prepará-la e, cada vez em que tentou, as lágrimas não a deixaram falar. Esse pranto, que a princesinha não percebia, atormentava-a, apesar de pouco perspicaz. Nada disse, mas tinha um olhar inquieto, como quando se espera alguma coisa. Antes da refeição, viu entrar o velho príncipe, que sempre lhe metera medo, o qual, desta vez, trazia uma cara especialmente má e inquieta e voltou a sair sem dizer palavra. Ela pousou os olhos em Maria, depois ficou pensativa, com essa expressão recolhida em si própria tão vulgar nas mulheres grávidas, e de súbito rompeu a chorar.

– Por certo tem notícias do André – disse ela.

– Não, bem sabes que ainda não houve tempo para isso, mas *mon père* anda inquieto e eu, atormentada.

– Então, não se sabe nada?

– Não, nada – respondeu Maria, olhando firmemente com os seus luminosos olhos.

Estava resolvida a nada lhe dizer e a persuadir o pai a que ocultasse a recepção das más notícias até o momento do parto da princesinha, para muito breve. Tanto Maria como o velho príncipe, cada um a seu modo, iam suportando e escondendo a sua dor. O príncipe não queria esperar: decidira que André estava morto e, posto houvesse enviado à Áustria um dos seus subordinados, com a incumbência de descobrir o rasto do filho, já encomendara em Moscou um monumento que pensava mandar erigir no parque e dizia a todos que ele fora morto. Procurava fazer a vida de sempre, sem alterar coisa alguma aos seus hábitos, mas as forças atraiçoavam-no: os seus passeios eram menos longos, comia e dormia menos e tornava-se mais fraco de dia para dia. Quanto à princesa Maria, essa continuava a ter esperança. Rezava pelo irmão como se ele estivesse vivo e a todo o momento esperava a nova do seu regresso.

CAPÍTULO VIII

– *Ma bonne amie* – dizia a princesinha na manhã do dia 19 de março, depois da primeira refeição, e o seu lábio, sombreado por um ligeiro buço, erguia-se um pouco, como de costume. Mas como desde a chegada da terrível nova tanto os sorrisos como o tom das vozes e até o próprio andar das pessoas em casa só acusavam aflição, parecia que também ela, desta vez, afinara pelo tom geral, sem, aliás, perceber qual a razão daquela tristeza comum, e o seu sorriso refletia a mágoa de todos.

– Minha boa amiga, eu receio que o *fruschtik*[4], como diz o nosso cozinheiro Foka, desta manhã não me tenha feito mal.

– Que tens, minha pomba? Estás tão pálida! Ah! Que pálida estás! – disse, assustada, a princesa Maria, aproximando-se, no seu passo lento e mole, da jovem princesinha.

– Excelência, não seria melhor mandar chamar Maria Bogdanovna? – perguntou-lhe uma das criadas de quarto então presente. Maria Bogdanovna era a parteira do lugar, que há quinze dias se instalara em Lissia Gori.

– Realmente – replicou Maria –, talvez seja necessário. Eu vou. *Courage, mon ange*! – E deu um beijo em Lisa, disposta a sair.

– Ah! não, não! – exclamava a princesinha, e no seu rosto, além da palidez e da dor física, refletia-se a infantil apreensão pelas dores inevitáveis.

– Não, é do estômago... Diga que é do estômago, diga, Maria, diga.... – E pôs-se a chorar como uma criança caprichosa que sofre e contorce os braços com certo exagero.

Maria saiu a correr em busca de Maria Bogdanovna.

– *Mon Dieu! Mon Dieu*! Oh! – continuava a gemer a paciente.

No caminho encontrou a parteira, que vinha ao seu encontro, esfregando as mãos nédias e brancas, com uma expressão importante e serena.

– Maria Bogdanovna! Parece-me que começou – disse Maria, fixando a parteira com os olhos assustados e muito abertos.

---
4. Do alemão, *frühstück*, café da manhã. (N.E.)

– Pois ainda bem – volveu-lhe Maria Bogdanovna, sem alterar o passo. – Isto são coisas, menina, são coisas de que as meninas não entendem.

– E o médico de Moscou sem chegar! – suspirou a princesa. Para dar satisfação aos desejos de Lisa e do príncipe André, tinham mandado vir, para este momento, um médico parteiro de Moscou, e a todo o instante esperavam a sua chegada.

– Não é nada, princesa, não se aborreça – disse Maria Bogdanovna –, mesmo sem o médico tudo há de correr bem.

Maria, dos seus aposentos, ouviu, cinco minutos depois, que transportavam alguma coisa pesada. Viu os criados levarem para o quarto o divã de couro do gabinete do príncipe André. Os homens que o levavam tinham um aspecto calmo e solene.[5]

Maria, sozinha no seu quarto, era toda ouvidos para o que estava a ocorrer em casa, abrindo a porta de quando em quando, sempre que alguém passava perto, e observando o movimento do corredor. Várias mulheres passaram e voltaram a passar, num passo tranquilo; olhavam para a princesa e afastavam-se. Maria não teve coragem de as interrogar, voltou a fechar a porta, recolheu-se outra vez aos seus aposentos, tornou a sentar-se na sua poltrona, pegou seu livro de orações e ajoelhou-se diante das imagens. Infelizmente, com grande surpresa sua, verificou que a oração não lhe trazia sossego. De súbito, a porta do quarto abriu-se e no limiar, com um lenço na cabeça, surgiu a velha ama de Maria, Praskovia Savichna, que, por ordem expressa do príncipe, quase nunca entrava nos aposentos da princesa.

– Vim fazer-te companhia, Machenka – disse a ama –, e aqui tens as velas do casamento dos príncipes que eu trouxe comigo para as acender diante dos santos, meu anjo – acrescentou, num suspiro.

– Ah, como eu gosto de ter ver, ama.

– Deus é misericordioso, minha querida menina.

A ama acendeu, diante do oratório, as velas, envoltas em papel dourado, e sentou-se à porta a fazer meia[6]. Maria pegou um livro e pôs-se a ler. Quando se ouviam passos ou vozes, a princesa e a ama olhavam uma para a outra, aquela com olhos assustados e de quem interroga, esta com uma expressão serena. As impressões que a princesa Maria estava a sentir eram as mesmas que pouco

---

5. Era costume as mulheres darem à luz sobre um divã. (N.E.)
6. Na presença do amo, o servo conserva-se sempre à porta do quarto. (N.E.)

a pouco iam se apoderando de todas as pessoas da casa. Dando ouvidos à crendice segundo a qual quanto menos se atentar nos sofrimentos da parturiente tanto melhor ela passa, todos fingiam ignorar o que sucedia. Ninguém falava no parto, mas todo o pessoal da casa, além da sua gravidade normal e das boas maneiras habituais entre a gente do príncipe, traía um ar preocupado, modos carinhosos, como se aguardassem um grande e incompreensível acontecimento que iria realizar-se dentro de instantes.

Na grande peça destinada à criadagem, tinham deixado de se ouvir risos. No vestíbulo, os lacaios, calados, estavam prontos para tudo. No compartimento dos servos haviam acendido as *lutchines* e as candeias e ninguém dormia. O velho príncipe, no seu gabinete, andava de um lado para o outro na ponta dos pés e enviara Tikon a colher informações junto de Maria Bogdanovna.

– Diz-lhe apenas: "O príncipe mandou-me perguntar-te o que há de novo", e vem logo contar-me o que ela te disser.

– Comunica ao príncipe que os trabalhos de parto já principiaram – respondera Maria Bogdanovna, olhando significativamente para o mensageiro.

Tikon foi transmitir o recado ao príncipe.

– Está bem – tornou-lhe este, fechando a porta, e Tikon, pelo lado de fora, não voltou a ouvir o menor ruído no gabinete.

Pouco depois voltou a entrar no aposento sob o pretexto de arrumar as velas. Ao ver o amo estendido no divã ficou um instante a observar-lhe o rosto desassossegado, abanou a cabeça, aproximou-se dele, sem dizer palavra, beijou-o no ombro, e saiu sem tocar nas velas nem dizer por que havia entrado no gabinete. O mais solene dos mistérios deste mundo continuava a decorrer. A tarde passou, veio a noite. O sentimento de expectativa e de enternecimento de todos perante o incompreensível, em vez de se atenuar, aumentou. Ninguém tinha vontade de dormir.

Era uma daquelas noites de março em que o inverno parece querer recuperar os seus direitos, desencadeando, com uma fúria desenfreada, as suas últimas tempestades de neve. Ao encontro do médico de Moscou, esperado a todo o momento, fora mandado um trenó à estrada real, e alguns homens a cavalo, munidos de lanternas, haviam sido colocados à entrada do caminho vicinal com a missão de o guiarem através dos atoleiros e das poças de neve derretida.

A princesa Maria há muito já pousara o livro que estava lendo. E ali continuava sentada, sem dizer nada, os olhos luminosos fitos no rosto enrugado da ama, que ela conhecia em seus mais pequeninos detalhes, nas madeixas dos seus cabelos brancos, que lhe saíam do lenço amarrado à cabeça, e nas dobras do seu queixo.

A ama Savichna, sempre a fazer meia, ia contando, na sua voz tranquila, sem que ela própria ouvisse ou entendesse o que estava a dizer, uma história que cem vezes já narrara, isto é, a maneira como a falecida princesa mãe dera à luz a princesa Maria, em Kichiniev, assistida apenas por uma matrona da Moldávia.

– Deus é misericordioso; não são precisos *doktures*[7] para nada.

De súbito um golpe de vento veio sacudir o caixilho da janela (em obediência às ordens do príncipe, assim que chegavam as andorinhas eram retirados os duplos caixilhos das janelas) e, abalando o fecho malpremido, afastou os cortinados de seda e apagou a vela, ao mesmo tempo em que o frio e a neve penetravam no quarto. A princesa Maria estremeceu; a ama largou a meia e, aproximando-se da janela, debruçou-se e segurou o caixilho aberto. O vento frio açoitava-lhe as pontas do lenço da cabeça e os caracóis brancos dos cabelos.

– Princesa, minha filha, vem alguém pela avenida! – exclamou ela, segurando o caixilho sem o fechar. – E traz lanternas. Naturalmente é o *doktur*...

– Ah! meu Deus! Louvado seja Deus! – exclamou Maria. – É preciso ir ao seu encontro, não sabe russo.

Atirou um xale para os ombros e saiu ao encontro dos visitantes. Ao atravessar o vestíbulo viu, através da janela, uma carruagem, de lanternas acesas, parada diante da escadaria. Foi até à escada. No corrimão havia uma lanterna cuja luz o vento agitava. Filipe, o criado, de aspecto alterado, estava embaixo, no patamar, com uma lanterna na mão. Mais abaixo ainda, no cotovelo da escadaria, ouviam-se passos abafados. E uma voz falava, não de todo desconhecida da princesa Maria.

– Louvado seja Deus! – dizia a voz. – E meu pai?

– Foi-se deitar – respondia a voz de Demiane, o mordomo, que descera até o fim da escadaria.

---

[7]. Outrora na Rússia os médicos eram quase todos estrangeiros, especialmente alemães, que não falavam ou falavam mal a língua do país. (N.E.)

A voz ainda pronunciou mais algumas palavras, a que Demiane respondeu, e os passos abafados aproximaram-se do cotovelo invisível da escadaria.

"É André!", exclamou para si mesma a princesa Maria. "Não, não pode ser, seria realmente extraordinário!", e no mesmo momento em que estes pensamentos lhe atravessavam o espírito surgiu no patamar, onde estava o criado com a luz, a silhueta do príncipe André, com a gola da peliça toda salpicada de neve. Sim, era ele, mas pálido e emagrecido, o rosto mudado, os traços alterados e estranhamente amaciados. Galgou a escada e abraçou-se à irmã.

– Não receberam a minha carta? – perguntou, e sem aguardar resposta, que não lhe dariam, naturalmente, pois a princesa estava incapaz de falar, voltou-se para o médico, a quem encontrara na última estação de posta, e na sua companhia voltou a subir a escada, tomando outra vez a irmã nos braços.

– Que estranho acaso! – exclamou ele. – Macha, minha querida! – e depois de tirar a peliça e as botas, entrou nos aposentos da esposa.

CAPÍTULO IX

A princesinha, de touca branca, estava reclinada num monte de travesseiros. As dores tinham diminuído. As madeixas de seus cabelos negros emolduravam-lhe as faces febris e cobertas de suor. Na sua encantadora boquinha rosada entreaberta, com o lábio sombreado pelo ligeiro buço, havia um sorriso alegre. O príncipe André entrou e parou diante dela, junto do divã sobre o qual jazia. Os olhos de Lisa, com uma expressão infantil, detiveram-se nele, perturbados e cheios de susto, sem mostrar qualquer nova expressão. "Gosto de toda a gente, nunca fiz mal a ninguém, por que é que sofro assim? Ajudem-me!", diziam os seus olhos.

Via o marido, mas não podia compreender o que significava aquela aparição súbita. O príncipe André contornou o divã e depôs-lhe um beijo na testa.

– Minha adorada – disse-lhe ele, usando uma palavra que nunca costumava empregar –, Deus é misericordioso...

A princesinha interrogou-o com os olhos, num trejeito de criança mimada. "Esperava que me ajudasses, e nada, nada. És como os outros!", diziam os olhos dela. Não estava admirada de o ver; não compreendia por que é que ele tinha aparecido. A chegada dele não tinha a mínima relação com os sofrimentos que a torturavam e com o consolo que esperava. As dores recomeçaram, e Maria Bogdanovna pediu ao príncipe André que saísse.

O médico entrou no quarto. O príncipe André saiu e dirigiu-se ao quarto da irmã. Ali começaram a falar em voz baixa, mas a conversa interrompia-se a todo o momento. Escutavam e esperavam.

– *Allez, mon ami* – disse-lhe a princesa Maria.

André voltou para os aposentos da mulher e sentou-se no quarto contíguo ao dela, disposto a esperar. Uma mulher com o rosto transtornado saiu do quarto da parturiente e ao ver o príncipe André ficou perturbada. Este apertou a cabeça nas mãos e assim esteve alguns minutos. Queixumes que faziam lembrar gemidos de um animal ferido ouviram-se através da porta. André levantou-se e aproximou-se, na intenção de abri-la. Alguém a segurava pela parte de dentro.

– Não pode entrar, não pode entrar! – arquejou uma voz assustada.

Pôs-se a andar no quarto de um lado para o outro. Os gemidos cessaram: decorreram ainda alguns segundos. De repente ouviu-se um grito pavoroso, que nada tinha de humano: não era ela quem assim podia gritar.

André acorreu precipitadamente: o grito extinguira-se; agora era um gemido de criança que se ouvia.

"A que propósito esta criança?", disse André para consigo no primeiro momento. "Uma criança? Que criança?. Por que é que está aqui uma criança? Será um recém-nascido?"

De súbito compreendeu a alegria que este grito significava; os olhos encheram-se de lágrimas, e apoiado ao parapeito da janela principiou a soluçar como se fosse um menino. A porta abriu-se. O médico, com as mangas arregaçadas, sem sobrecasaca, pálido e com um estremecimento nervoso na face, entrou no quarto onde estava o príncipe André. Este quis interrogá-lo, mas ele olhou-o com um ar alucinado e voltou a sair sem dizer palavra. Depois apareceu uma mulher, mas, ao ver o príncipe, quedou-se, indecisa, no limiar da porta. André entrou no quarto. A mulher estava estendida, morta, na mesma posição em que ele a vira cinco minutos antes, e a mesma expressão, não obstante a fixidez do olhar e a palidez das faces, estampava-se naquele encantador rosto infantil com o lábio sombreado por uma ligeira penugem.

"Gosto de todos e não fiz mal a ninguém, que é que fizeram de mim?", dizia aquele encantador e lastimoso rosto de morta.

A um canto, alguma coisa de ínfimo e vermelho rosnava e choramingava entre as mãos brancas e trêmulas de Maria Bogdanovna.

Duas horas mais tarde o príncipe André entrava, em lentos passos, no gabinete do pai. O velho não dormia. Estava à porta, e assim que esta se abriu tomou entre as suas mãos rudes e secas, como se fossem tenazes, o pescoço do filho e soluçou como uma criança.

No dia seguinte, pela manhã, foi o enterro da princesinha, e, para lhe dizer adeus, André subiu os degraus do estrado e olhou-a dentro do ataúde. Ela tinha a mesma fisionomia, mas de olhos fechados. "Ah! que é que fizeram de mim?", continuava a dizer, e André sentiu no seu íntimo como que uma laceração e confessou-se a si próprio culpado de um pecado irreparável e inesquecível. Não podia chorar. O velho também se aproximou e beijou a mãozinha de cera da defunta, sossegadamente estendida, e o seu rosto pareceu-lhe dizer também: "Ah! por que é que me tratou assim?". E o velho, ao ver a expressão deste rosto, voltou a face, iracundo.

Passaram-se cinco dias, e foi o batizado do principezinho Nicolau Andreievitch. A parteira segurava com o queixo as roupinhas da criança, enquanto o sacerdote, com uma pena de pato, ungia as palmas das mãos e as plantas dos pés vermelhas e enrugadas da criança.

O padrinho, que era o avô, todo trêmulo, com receio de o deixar cair, deu a volta à velha pia batismal com a criança nos braços e foi entregá-la à madrinha, a princesa Maria. André, tremendo de medo, com receio de que afogassem a criança, ficara na sala contígua, aguardando o fim da cerimônia. Foi com alegria que o olhou quando a ama o trouxe, e abanou a cabeça satisfeito quando esta lhe disse que o pedaço de cera com cabelos da criança lançado na pia não fora ao fundo, mas ficara à tona da água[8].

CAPÍTULO X

A participação de Nicolau no duelo Dolokov-Bezukov fora abafada, graças ao velho conde, e em vez de ser degradado, como se esperava, Rostov foi nomeado ajudante de campo do general

---

8. Se o pedaço de cera não vai ao fundo, quer dizer que a criança sobreviverá. (N.E.)

governador de Moscou. Por causa disso não lhe fora possível ir para o campo com toda a família e passara o verão inteiro no desempenho das suas novas funções. Dolokov restabeleceu-se, e Rostov, durante a convalescença, tornou-se seu amigo. Dolokov, enquanto doente, foi tratado em casa da mãe, que o amava apaixonadamente. A velha Maria Ivanovna, que se afeiçoara a Rostov em virtude da amizade deste pelo seu Fédia, falava-lhe muitas vezes do filho:

– Sim, conde, o meu filho é nobre demais, tem uma alma pura demais – dizia ela – para o século em que vivemos. Ninguém gosta da virtude, que ofusca a todos. Mas diga-me, conde, acha que foi justo, acha que foi digno o que fez Bezukov? Fédia, com toda a sua nobreza de alma, era-lhe afeiçoado e ainda agora mesmo nunca fala mal dele. Pois não é verdade que pregaram juntos muitas peças, por exemplo aquela ao polícia em Petersburgo? E a verdade é que Bezukov nada sofreu com isso, enquanto que Fédia pagou as favas. E o que ele sofreu! Sim, voltaram a dar-lhe os galões, mas como não o fazerem? Ah! sim, bravos, filhos da pátria como ele não andam por aí aos pontapés. E esse duelo? Ouça o que eu lhe digo. Terá essa gente coração, honra? Sabendo que ele é filho único, provocaram-no e dispararam contra ele à queima-roupa. Felizmente Deus teve pena de nós. E por quê? Sim, quem é que no nosso tempo não é vítima de intrigas? Há o direito de uma pessoa ser ciumenta àquele ponto? Ainda podia compreender se ele lhe tivesse dito antes alguma coisa, mas há um ano que aquilo durava. E, ouça, ele desafiou-o pensando que Fédia não quereria se bater com ele porque lhe devia dinheiro. Que baixeza! Que vilania! Bem sei, o senhor compreendeu o Fédia, meu caro conde, por isso eu gosto tanto do senhor, creia. São poucos os que o compreendem. É uma alma tão elevada, tão pura!

O próprio Dolokov, durante a convalescença, dizia-lhe coisas que não era de esperar na sua boca.

– Consideram-me má pessoa – dizia. – Está bem, suponhamos que sou assim. Não quero conhecer senão as pessoas a quem estimo; e por essas sou capaz de dar a própria vida. Quanto aos demais, a esses era capaz de os esmagar a todos se os viesse a encontrar no meu caminho. Tenho uma mãe a quem idolatro, de quem não sou digno, dois ou três amigos, entre os quais te conto, e, quanto aos outros, esses apenas os considero na medida em que me podem ser úteis ou nefastos. E quase todos eles são prejudiciais, especialmente as mulheres. Sim, meu velho – prosseguia ele –, tenho encontrado homens dignos, de sentimentos nobres e elevados. Mas entre as mulheres, até hoje, só encontrei criaturas que se vendem, e, quer sejam condessas ou cozinheiras, é o mesmo. Ainda não encontrei essa pureza celeste, essa dedicação que procuro na mulher. Se um dia encontrasse uma mulher assim era capaz de dar a vida por ela. Quanto às que eu conheço... – Fez um gesto de desprezo. – E, acredita, se me interessa viver é apenas na esperança de ainda vir a encontrar essa criatura celeste, que me regenerará, me purificará, me resgatará. Mas tu não me podes compreender.

– Pelo contrário, compreendo-te muito bem – respondeu-lhe Rostov, completamente dominado pelo seu novo amigo.

No outono a família Rostov estava de regresso a Moscou. No princípio do inverno, Denissov voltou também a Moscou e instalou-se em sua casa. Esse inverno de 1806, o primeiro que Nicolau Rostov passou em Moscou, foi um dos mais alegres e felizes para ele e para a família Rostov. Atraíra consigo à casa dos pais muitos rapazes; Vera estava uma linda jovem de vinte anos; Sônia, uma mocinha de dezesseis, em todo o encanto da sua juventude; Natacha, meio criança meio mulher, engraçada como uma criança, fascinante como uma donzela.

Nessa época a casa de Rostov estava envolvida numa atmosfera especial de carinhosos sentimentos, como costuma acontecer onde há moças muito gentis e muito jovens. No meio desses rostos frescos, expressivos, sorrindo a cada passo – naturalmente à sua própria felicidade –, no meio desse rodopio de fogosa animação, ouvindo esse gorjeio feminino, tão inconsequente, mas tão afetuoso para qualquer pessoa, e tão cheio de esperança, e o ressoar do canto e da música, misturados, quem quer que fosse o jovem que entrasse naquela casa logo se sentia predisposto para o amor e para a felicidade, atmosfera em que respirava toda aquela juventude.

Um dos primeiros rapazes que tinham sido ali levados por Rostov fora Dolokov, que a todos agradara, menos a Natacha, que quase se indispusera com o irmão por sua causa. Sustentara teimosamente ser ele má pessoa, que no duelo com Bezukov quem tivera razão fora Pedro, que Dolokov fora o culpado, e que era pouco amável e muito pretensioso.

– Podes dizer o que quiseres – gritava ela, obstinada –, é mau e não tem coração. Mas o teu Denissov, desse, gosto. Pode ser um depravado e tudo quanto quiserem. Seja como for, gosto dele, e compreende-se muitíssimo bem. Não sei explicar... No outro tudo é calculado antecipadamente, e é disso que eu não gosto; quanto a Denissov...

– Sim, Denissov é outra coisa – replicava Nicolau, deixando perceber que, comparado com Dolokov, o próprio Denissov não valia um caracol. – É preciso compreender a grande alma que é Dolokov, é preciso vê-lo junto da mãe, que coração o seu...

– Isso não sei; a verdade é que perto dele não me sinto à vontade. E, sabes? Está apaixonado pela Sônia.

– Aí estás tu a dizer disparates....

– Vais ver se eu não tenho razão.

As suposições de Natacha eram exatas. Dolokov, que de resto não apreciava a sociedade das mulheres, começou a frequentar assiduamente a casa dos Rostov, e, embora ninguém falasse no assunto, foi coisa tacitamente assente que vinha por causa de Sônia. E esta, posto nunca ousasse dizê-lo, sabia que assim era; sempre que Dolokov aparecia ficava muito corada.

O jovem oficial jantava muitas vezes na casa dos Rostov, não perdia espetáculo em que a família comparecesse e ia ao baile dos *Adolescentes*, a casa de Ioguel, onde a família Rostov era assídua. Mostrava-se particularmente atencioso para com Sônia e olhava para ela de tal maneira que esta não lhe sustentava o olhar sem ruborizar-se muito, e tanto a velha condessa como Natacha, perante isso, também se sentiam corar.

Era evidente que aquele estranho colosso se achava sob a irresistível influência daquela graciosa moreninha que amava outro.

Rostov notara haver algo entre Dolokov e Sônia, mas não tinha opinião formada acerca da natureza dessas novas relações. "Nesta casa as pequenas estão sempre enamoradas de alguém", dizia ele para si próprio, pensando em Sônia e em Natacha. Mas a verdade é que já não estava tão à vontade diante de Sônia e Dolokov e já não se demorava tanto em casa.

No outono de 1806, voltou a falar-se na guerra com Napoleão e mesmo com mais entusiasmo ainda que no ano anterior. Foi decretado o recrutamento na proporção de dez em mil homens para o exército regular e de nove em mil para a milícia. Por toda a parte se lançava o anátema a Bonaparte e em Moscou não se falava noutra coisa senão na guerra iminente. Quanto à família Rostov, esses preparativos bélicos só lhe tocavam porque Nikoluchka se recusava terminantemente a permanecer em Moscou e apenas aguardava o termo da licença de Denissov para regressar à sua unidade após as festas. Esta próxima partida não o impedia de se divertir; pelo contrário, dava-lhe uma grande excitação.

Passava a maior parte do seu tempo fora de casa em jantares, saraus e bailes.

CAPÍTULO XI

No terceiro dia das festas do Natal, jantava Nicolau na casa dos pais, coisa que raramente lhe acontecia naqueles últimos tempos. Era um jantar oficial de despedida, pois eles partiam, Denissov e Nicolau, de regresso ao regimento, logo após o Dia de Reis. Havia vinte talheres, e Dolokov e Denissov eram convidados. Nunca na casa dos Rostov houvera tanta ternura no ar, nunca ali se estivera mergulhado numa atmosfera tão apaixonada como naqueles dias de festa. "Aproveita estes momentos de felicidade, ama e sê amado! Esta é a única coisa real no mundo; o resto é tolice. Só isso deve interessar", eis o que parecia aconselhar aquela atmosfera.

Nicolau, como sempre, depois de haver esgotado duas parelhas sem ter podido ir a todos os lugares aonde queria e para onde fora convidado, chegou em casa precisamente quando o jantar ia para a mesa. Mal entrou logo se sentiu envolvido naquela atmosfera de carinho que pairava na casa e sentiu o curioso embaraço de alguns dos convivas. Sônia, Dolokov, a velha condessa, e até mesmo, de certo modo, Natacha, estavam particularmente comovidos. Nicolau compreendeu ter-se passado alguma coisa entre Sônia e Dolokov antes do jantar e, com a delicadeza de coração que lhe era própria, durante toda a refeição mostrou-se enternecido e reservado para com os dois. Nessa noite devia realizar-se um baile promovido pelo mestre de dança Ioguel, em honra dos seus alunos de ambos os sexos.

– Nikolenka, vais à casa de Ioguel? Peço-te, não deixes de ir – dizia Natacha. – Ele conta contigo, e Vassili Dimitritch (era Denissov) também vai.

– Iria a qualquer parte às ordens da condessa! – replicou Denissov, que, por graça, representava em casa o papel de cavaleiro de honra de Natacha. – Estou até disposto a dançar o *pas de châle*.

– Irei, se tiver tempo. Estou convidado para a casa dos Arkarov. Há lá hoje uma recepção – disse, por sua vez, Nicolau.

– E tu? – acrescentou, dirigindo-se a Dolokov. Mas, mal tinha feito a pergunta, logo se deu conta da indiscrição.

– Sim, é possível... – replicou Dolokov, friamente e com azedume, lançando um olhar a Sônia; depois, de sobrecenho carregado, fitou Nicolau com o mesmo olhar com que fixara Pedro no jantar do clube.

"Alguma coisa se passou", disse Nicolau consigo mesmo, e as suas suspeitas mais se avolumaram quando viu que Dolokov saía logo após o jantar. Chamou Natacha e perguntou-lhe o que havia.

– Andava precisamente à tua procura – disse-lhe ela, vindo ao seu encontro. – Eu bem dizia e tu não querias acreditar – prosseguiu, vitoriosa. – Declarou-se a Sônia.

Posto Sônia muito pouco o preocupasse nesses últimos tempos, sentiu como que se rasgar o coração ao ouvir o que lhe dizia Natacha. Dolokov era um partido invejável e de certos aspectos até mesmo brilhante para uma órfã sem fortuna como Sônia. Aos olhos da velha condessa e do mundo seria absurdo recusar uma proposta daquelas. Por isso, a primeira reação de Nicolau ao tomar conhecimento do fato foi de irritação contra Sônia. E dispunha-se a dizer que estava muito bem, que era perfeitamente natural pôr de parte os compromissos da infância e que o que era preciso era aceitar, mas não teve tempo.

– Pois não queres saber? Recusou, recusou redondamente! – exclamou Natacha. – Disse-lhe que gostava de alguém – prosseguiu ela depois de uma ligeira pausa.

"Era isso mesmo que eu esperava da minha Sônia!", pensou Nicolau para consigo.

– E recusou, por mais que a mãe lhe pedisse, e estou convencida de que não mudará de atitude...

– A mãe pediu-lhe? – articulou Nicolau, despeitado.

– Pediu – volveu Natacha. – Ouve, Nikolenka, não te zangues, mas eu sei que nunca casarás com ela. Estou convencida disso só Deus sabe por quê, mas tenho a minha opinião formada a tal respeito.

– Ora aí está uma coisa que tu não podes afirmar – replicou Nicolau. – Mas tenho de falar com ela. Que encanto aquela Sônia! – acrescentou, sorrindo.

– Sim, é encantadora! Vou dizer-lhe que venha ter contigo.

E Natacha saiu, depois de ter beijado o irmão.

Momentos depois entrava Sônia, muito confusa, muito perturbada, com uma expressão de pessoa que cometeu uma falta.

Nicolau aproximou-se dela e beijou-lhe a mão. Era a primeira vez, após o seu regresso, que se encontravam a sós e que falavam de coisas sentimentais.

– Sophie – principiou ele, no começo timidamente e depois com ousadia crescente –, teve coragem de recusar um partido tão brilhante e tão vantajoso? É um bom rapaz, um nobre coração... É meu amigo...

Sônia interrompeu-o:

– Sim, recusei – apressou-se a dizer.

– Se foi por mim, receio que da minha parte...

Sônia interrompeu-o de novo. Lançou-lhe um olhar entre súplice e assustado.

– Nicolau, não me diga isso.

– Digo, devo dizê-lo. Talvez seja presunção da minha parte, mas vale mais falar. Se recusou por minha causa, eu, pela minha parte, devo dizer-lhe toda a verdade. Gosto de você, quero-lhe, estou convencido disso, quero-lhe mais do que a qualquer outra...

– E é quanto basta para mim – disse Sônia, corando.

– Sim, mas já gostei várias vezes e ainda posso vir a gostar de outras, embora não tenha por ninguém tanta amizade, confiança e amor que tenho por você. E, depois, ainda sou muito novo. A mãe não vê isto com bons olhos. E é por isso, numa palavra, que eu não estou disposto a comprometer-me. Peço-lhe que pense na declaração de Dolokov – concluiu, articulando com esforço o nome do amigo.

– Não me fale assim. Não quero nada. Gosto de você como um irmão e sempre hei de gostar de você; de nada mais preciso.

– É um anjo e eu não sou digno de você. O receio que tenho é de não poder corresponder ao que espera de mim.

E Nicolau beijou-lhe outra vez a mão.

CAPÍTULO XII

Era na casa de Ioguel que se realizavam os mais alegres bailes de Moscou. Eis o que afirmavam as mães ao olharem para as suas adolescentes ensaiando o novo passo de dança que acabavam de aprender; eis o que diziam as próprias adolescentes e os adolescentes, que dançavam até cair extenuados; era também a opinião dos rapazes e moças de mais idade que tinham ido ali por mera condescendência e que se divertiam lá como em parte alguma. Naquele mesmo ano, já ali se haviam preparado dois casamentos. As duas lindas princesas Gortchakov ali haviam encontrado noivos, e estes enlaces mais tinham feito aumentar o prestígio dos bailes. A particularidade destas festas estava no fato de não haver nem dono nem dona de casa. Havia apenas o bom do Ioguel, o qual, leve como uma pena, se desfazia em reverências segundo as regras da sua arte e dava lições pagas a todos os seus convidados. Outra particularidade desses bailes era só ir ali quem, de fato, queria dançar e divertir-se, como sabem divertir-se as meninotas de treze a catorze anos que pela primeira vez vestem vestidos compridos. Todas, salvo raríssimas exceções, eram ou pareciam ser muito bonitas; todas tinham um sorriso tão triunfante, olhares tão ardentes! Acontecia que as melhores alunas dançavam até o *pas de châle* e entre elas distinguia-se Natacha, cuja graça dava na vista. Mas naquele último baile do ano estabelecera-se que só se devia dançar a escocesa, a inglesa e a mazurca, que então principiava a estar na moda. Ioguel pedira a Bezukov que lhe cedesse um dos salões do seu palácio, e o êxito da festa estava assegurado na opinião de todos. Havia lindas carinhas no baile, e as meninas Rostov figuravam entre as mais belas. Ambas resplandeciam de felicidade e alegria. Nessa noite, Sônia, muito orgulhosa com a declaração de Dolokov e por não a haver aceitado e ter tido uma explicação com Nicolau, ainda estava em casa, muito desassossegada e sem deixar que a criada lhe acabasse de pentear as tranças. Toda ela resplandecia de exuberância e jovialidade.

Natacha, não menos orgulhosa por ser a primeira vez que aparecia de vestido comprido num baile a valer, ainda estava mais radiosa. Ambas trajavam vestidos brancos de musselina, enfeitados com fitas cor-de-rosa.

Natacha, assim que entrou na sala, sentiu-se como que instantaneamente deslumbrada. Apaixonava-se não em particular por quem quer que fosse, mas por todas as pessoas ao mesmo tempo. Enamorava-se no mesmo instante do primeiro em que pousava os olhos.

– Ah! que bonito! – dizia a todo o momento para Sônia.

Nicolau e Denissov iam e vinham, percorrendo as salas, com olhares amáveis e protetores para os que dançavam.

– Que linda que ela é! Há de vir a ser uma beleza! – exclamava Denissov.

– Quem?

– A Condessa Natacha. E que bem que dança! Que graça que tem! – acrescentou, depois de uma ligeira pausa.

– De quem estás tu aí a falar?

– De quem? Da tua irmã – replicou ele, com impaciência. Rostov sorriu.

– Meu caro conde, o senhor é um dos meus melhores alunos, é preciso dançar... – disse o insignificante Ioguel ao aproximar-se de Nicolau. – Olhe quanta moça bonita.

E dirigiu o mesmo pedido a Denissov, que também fora aluno seu.

– Não, meu caro, ficarei a olhar – replicou este. – Já não se lembra de como eu aproveitei mal as suas lições?

– Oh! Não! – exclamou JogueI. – Não era dos mais atentos, mas tinha jeito, sim, senhor, tinha jeito.

A orquestra rompeu com uma mazurca, dança então em pleno êxito, novidade que era. Nicolau não pôde desculpar-se e foi convidar Sônia. Denissov sentou-se ao pé das senhoras idosas e, apoiado no sabre, batendo o compasso com o pé, principiou a contar-lhes histórias alegres e para fazê-las rir, vendo dançar a juventude. Ioguel, no primeiro par, dançava com Natacha, o seu orgulho e a sua melhor aluna. Deslizando, suave e molemente, nos seus escarpins, foi o primeiro a lançar-se sala afora com Natacha intimidada, mas que lhe acompanhava atentamente o passo. Denissov não a perdia de vista, marcando o compasso com o sabre, como se dissesse que, se não dançava, era apenas por não querer e não por não saber. No meio de uma das figuras interpelou Rostov, que passava perto.

– Não é nada disso – disse ele. – Que mazurca polaca é essa? De resto, ela dança maravilhosamente.

Como sabia que na Polônia Denissov ganhara fama pela maneira como dançava a mazurca polaca, Nicolau correu para Natacha.

– Vai convidar Denissov. Ele dança isto maravilhosamente!

Quando chegou a vez de Natacha, esta levantou-se e, deslizando, levíssima, nos seus sapatinhos de cetim, atravessou, muito corada, a sala, na direção onde estava Denissov. Percebeu que os circunstantes a olhavam aguardando o que ela ia fazer. Nicolau, de longe, viu os dois a discutir, sorrindo. E viu que Denissov recusava, mas ria. Dirigiu-se para eles.

– Faça-me isso, Vassili Dimitritch – dizia Natacha. – Venha cá, por favor.

– Oh! tenha pena de mim, condessa – dizia Denissov.

– Então, Vassia, vai com ela – interveio Nicolau.

– Vocês fazem-me festas como se eu fosse o seu gatinho[9] – disse Denissov, de brincadeira.

– Prometo-lhe que hei de cantar uma noite inteira para você – volveu Natacha.

– Feiticeira, faz de mim o que lhe apetece – consentiu Denissov por fim, tirando o sabre.

Saiu da fila das cadeiras, agarrou com energia a mão do seu par, ficou muito direito, com o pé avançado, aguardando o compasso. Era a cavalo ou a dançar a mazurca que deixava de se notar a sua pequena estatura e que adquiria uma atitude marcial. Enquanto esperava o compasso, deu um olhar de soslaio, ao mesmo tempo vitorioso e brincalhão, para o seu par, depois, subitamente, bateu com o pé no chão e saiu como uma bola de borracha, arrastando consigo a sua dama. Assim, num pé só, percorreu metade do salão, sem fazer o menor ruído. Parecia ir lançar-se sobre as cadeiras diante dele. Mas de súbito as esporas retiniram, e, de pernas alargadas, deteve-se um instante em cima dos tacões, batendo com os pés no chão. Depois deu uma volta rápida, bateu com a perna direita contra a esquerda e recomeçou a girar sobre si mesmo. Natacha adivinhava todos os seus movimentos e, inconscientemente, seguia-lhe as evoluções, abandonando-se. Ora a fazia rodopiar pela mão direita ou pela esquerda, ora, ajoelhando, a arrastava, fazendo-a descrever um círculo em volta dele. Em seguida dava um pulo de súbito e lançava-se para a frente, rápido, como se quisesse, de um salto só, percorrer todas as salas para de novo parar e de novo principiar uma figura nova e imprevista. Quando voltou a depor a dama no seu lugar, fazendo-a rodopiar magistralmente com um bater de esporas, Natacha esqueceu-se da reverência. Fitou-o com os seus olhos espantados, sorrindo, como se não o conhecesse.

– Que quer dizer isto? – dizia.

Embora Ioguel houvesse declarado que aquilo não era a verdadeira mazurca, todos os presentes ficaram maravilhados com o virtuosismo de Denissov. Vinham-no convidar a cada passo, e as pessoas de idade, sorrindo, começaram a falar da Polônia e dos bons tempos de outrora. Denissov, muito corado por causa da dança e enxugando a testa, veio sentar-se ao lado de Natacha e não a deixou até o fim da noite.

---

9. Vassia, diminutivo de Vassili, nome tradicional do gato. Era também o nome de Denissov. (N.E.)

CAPÍTULO XIII

No dia seguinte, Rostov não viu Dolokov na casa de seus pais e nunca mais lá voltou a encontrá-lo. Na manhã do outro dia recebeu dele um bilhete nestes termos:

Como não tenho intenção de voltar a aparecer em tua casa por motivos que tu muito bem conheces, e como regresso a minha unidade, ofereço hoje aos meus amigos um jantar de despedida. Peço-te que venhas, pois, ao Hotel de Inglaterra.

Rostov, ao sair do teatro aonde fora com os seus e Denissov, chegou às dez horas do dia marcado ao Hotel de Inglaterra. Conduziram-no imediatamente à melhor sala, reservada para aquela noite por Dolokov. Estavam aí reunidas umas vinte pessoas em volta de uma mesa. Quem presidia era Dolokov, que se sentava no meio de duas velas. Em cima da mesa havia dinheiro em ouro e papel e o oficial se fazia de banqueiro. Nicolau, que não voltara a vê-lo depois da declaração a Sônia e da recusa de que fora objeto, sentiu-se um pouco embaraçado por se ver na sua presença.

O frio e brilhante olhar de Dolokov pousou nele assim que Nicolau entrou no aposento, como se o esperasse há muito.

– Há quanto tempo não nos víamos! – disse-lhe ele. – Obrigado por teres vindo. Assim que eu acabar a banca, temos aí o Iliuchka com os seus cantores.

– Foi a teu convite que vim – disse Rostov, corando.

Dolokov não respondeu.

– Podes fazer a tua parada – disse-lhe a certa altura.

Lembrou-se naquele momento da curiosa conversa que certo dia haviam tido. "Não há ninguém com mais sorte no jogo do que os imbecis", dissera-lhe ele.

– Ou terás medo de jogar comigo? – perguntou-lhe, sorrindo, Dolokov, que parecia adivinhar o que ia no pensamento de Rostov.

Este sorriso fez compreender a Nicolau que o amigo estava no estado de espírito em que o vira quando do jantar do clube ou quando sentia a necessidade, esmagado pelo tédio de uma vida terra a terra, de se evadir por um ato estranho e violento.

Rostov sentia-se embaraçado. Procurou, sem o encontrar na sua imaginação, o gracejo digno de servir de resposta ao que Dolokov acabava de dizer. E ainda não o conseguira; já Dolokov, fitando-o nos olhos, dizia lentamente, e destacando as palavras, de maneira a que todos os presentes pudessem entender.

– Lembras-te do que uma vez dissemos: que não há ninguém com mais sorte no jogo do que os imbecis? É para ganhar que uma pessoa deve jogar, e eu quero experimentar.

"Devemos experimentar a sorte ou jogar para ganhar?", disse Rostov para consigo.

– Realmente, era bem melhor que não jogasses – acrescentou, pousando as cartas, que acabava de baralhar. – Banca, meus senhores.

Tendo posto o seu dinheiro na banca, Dolokov preparava-se para dar as cartas. Rostov sentou-se a seu lado e a princípio absteve-se de jogar. Dolokov lançou-lhe um olhar de lado.

– Então, não jogas? – disse-lhe.

Coisa curiosa, Nicolau sentiu-se como que obrigado a pegar uma carta, a pousar sobre ela uma soma insignificante e a principiar a jogar.

– Não tenho dinheiro comigo – murmurou.

– Tens crédito.

Rostov apostou cinco rublos na sua carta e perdeu, fez nova parada e voltou a perder. Dolokov "matou", o que quer dizer que ganhou dez cartas seguidas de Rostov.

– Meus senhores – disse ele, depois de ter estado algum tempo a servir de banqueiro –, peço-lhes que ponham o dinheiro em cima das cartas, de outro modo posso enganar-me nas contas.

Um dos jogadores alegou esperar que se dignassem ter confiança nele.

– Evidentemente, mas tenho medo de me enganar – replicou Dolokov. – Por isso peço-lhes o favor de porem o dinheiro em cima das cartas. Quanto a ti, não te importes, depois faremos as contas os dois – disse ele, dirigindo-se a Rostov.

O jogo prosseguiu; um lacaio ia servindo champanhe. Todas as cartas de Rostov foram "mortas" e o seu débito já subia a oitocentos rublos. Dispunha-se a inscrever esta soma numa carta, mas, enquanto lhe ofereciam champanhe, mudou de parecer e quis inscrever vinte rublos.

– Deixa – disse Dolokov, fingindo não reparar –, não tarda muito que te tenhas refeito. Perco com todos e "mato" todas as tuas cartas. Terás tu medo de mim?

Rostov pediu desculpa, deixou ficar os oitocentos rublos e apresentou um sete de copas, com um canto dobrado, que apanhara do chão. Lembrar-se-ia disso perfeitamente mais tarde. Apresentou o seu sete de copas, depois de ter escrito sobre ele, com a ponta de um giz, oitocentos rublos em algarismos direitos, bem desenhados, despejou a taça de champanhe um pouco amornado que lhe apresentavam, sorriu ao ouvir as palavras de Dolokov e, esperando, com o coração a bater, um sete, olhou para as mãos de Dolokov, que tinha o baralho. Ganhar ou perder aquele sete de copas representava muito para ele. No domingo anterior o conde Ilia Andreitch dera-lhe dois mil rublos, e, contra o seu costume de falar de dificuldades de dinheiro, acrescentara ser a última soma que lhe dava até maio, e que, portanto, seria bom ele mostrar-se desta vez mais econômico. Nicolau respondera que lhe chegava perfeitamente e que lhe dava a sua palavra de honra de que se contentaria com aquele dinheiro até a primavera. Naquele momento ainda dispunha de mil e duzentos rublos. Eis por que daquele sete de copas dependia não só a perda de mil e seiscentos rublos, mas também a necessidade de quebrar a palavra que dera. Com o coração a bater fitava as mãos de Dolokov, dizendo para consigo: "Vamos, venha de lá depressa essa carta e vou daqui cear com Denissov, Natacha e Sônia, e tenho a certeza de nunca mais na minha vida voltar a pegar numa carta". E naquele momento todos os pequenos nadas da vida familiar, as partidas de Pétia, as conversas com Sônia, os *duos* com a Natacha, o jogo do *piquet* com o pai, a recordação da sua cama tão sossegada da rua Povarskaia, tudo isso lhe perpassava pela mente com toda a força, toda a nitidez e todo o encanto de uma felicidade há muito passada, perdida e sem preço. Era-lhe impossível admitir que um estúpido acaso, fazendo com que um sete estivesse à direita e não à esquerda, o pudesse privar de semelhante felicidade, de novo reconquistada e que de novo o iluminava com os seus raios, para o mergulhar num abismo de desgraças ainda não experimentadas e desconhecidas. Era qualquer coisa que não devia ser, mas, nem por isso, deixava de observar os movimentos das mãos de Dolokov. Essas mãos ossudas e vermelhas, cobertas de pelos até os punhos, pousaram as cartas, pegaram a taça que lhe apresentavam e o cachimbo.

— Quer dizer que não tens medo de jogar comigo? — repetiu Dolokov, e, como se quisesse contar uma história brejeira, recostou-se no espaldar da cadeira e pôs-se a falar, com todo o sossego, e a sorrir:

— Sim, meus senhores, vieram dizer-me que eu em Moscou tinha fama de mentiroso. É por isso que lhes peço que estejam prevenidos.

– Vamos, parte – disse Rostov.

– Oh! Estas más-línguas de Moscou – tornou Dolokov sorrindo e voltando a pegar as cartas.

– Ah! – exclamou Rostov, puxando os cabelos. O sete de que ele precisava estava por cima da primeira carta do baralho. Tinha perdido mais do que podia pagar.

– Então, que é isso? Não te vás espetar – disse-lhe Dolokov, de lado e continuando a partir.

CAPÍTULO XIV

Um hora e meia depois, os jogadores não consideravam mais que mera brincadeira as paradas que tinham feito.

Todo o interesse do jogo se concentrava em Rostov. Em vez de mil e seiscentos rublos, na sua conta havia uma longa coluna de algarismos, que contara até dez mil, mas que naquele momento, como ele confusamente pensava, devia atingir os seus quinze mil. Na realidade o total ultrapassava já os vinte mil. Dolokov já não ouvia o que se dizia nem contava mais histórias. Seguia o mais insignificante movimento das mãos de Rostov e de tempos em tempos lançava os olhos à sua conta. Decidira continuar o jogo até o total atingir os quarenta e três mil rublos. Fixara esses algarismos porque era quanto somavam a sua idade e a de Sônia. Rostov, com a cabeça entre as mãos, apoiava os cotovelos na mesa coberta de inscrições, de nódoas de vinho e de cartas espalhadas. Obcecava-o a mesma penosa impressão, sempre a mesma: aquelas mãos ossudas e vermelhas, peludas até os punhos, aquelas mãos que ao mesmo tempo amava e odiava pareciam tomar conta dele.

"Seiscentos rublos, um ás, *paroli*, um nove... Já não há maneira de me salvar!... Oh! que bem se estava em casa.. . O valete sobre uma paz[10]... Mas não pode ser!... Por que me trata ele desta maneira...?" E tudo isto, ao mesmo tempo, lhe afluía ao cérebro. Acontecia-lhe fazer uma parada mais forte, mas Dolokov recusava o jogo e indicava ele próprio a soma a jogar. Nicolau obedecia e encomendava-se a Deus, como o fizera no campo de batalha, na ponte de Amsteten; ou então punha-se a imaginar que aquela carta, a primeira do monte de cartas amarrotadas em cima da mesa, talvez o salvasse; outras vezes empenhava-se em contar os alamares do dólmã que vestia; perguntava a si mesmo em que

---
10. Termos do jogo do faraó. (N.E.)

carta tinha o palpite da sua perdição; lançava olhares de angústia aos outros jogadores ou então contemplava o rosto impassível do seu parceiro e fazia tudo para lhe adivinhar o pensamento.

"Sim, ele sabe muitíssimo bem o que esta perda representa para mim. É impossível que queira a minha ruína. É meu amigo. Tenho amizade por ele... Mas não tem culpa. Que há de fazer, se a sorte o favorece? Eu também não sou culpado", refletia. "Não pratiquei qualquer má ação. Matei, ofendi ou quis mal a alguém? Então como é que se explica esta tremenda pouca sorte? E quando é que principiou? Apenas há instantes. Aproximei-me desta mesa, na esperança de ganhar cem rublos, de comprar aquela caixinha para oferecer à mãe no dia dos seus anos e de ir embora. Que feliz, que livre, que alegre eu estava então! E não avaliava a felicidade de que gozava! Quando é que tudo isso acabou para dar lugar a esta tremenda situação? Em que se manifesta uma tal transformação? Estou sentado no mesmo lugar, a esta mesa, com o gesto de apanhar e de mostrar as cartas, de olhar aquelas mãos ossudas e sutis. Quando e como é que isto foi possível? Que é que aconteceu? Estou em perfeita saúde, vigoroso, sou a mesma pessoa, e não me mudei daqui. Não, isto não pode ser! Com certeza tudo isto vai acabar em nada!"

Estava vermelho, coberto de suor, embora não fizesse muito calor na sala, e a sua fisionomia causava medo e dó ao mesmo tempo, sobretudo em virtude do esforço que fazia para parecer sereno.

O total atingiu a soma fatal de quarenta e três mil rublos. Rostov preparava já a carta que devia fazer *paroli* com os três mil que acabava de ganhar quando Dolokov atirou o baralho de cartas para cima da mesa, pegou o giz e se pôs a inscrever rapidamente, com a sua letra miúda e firme, partindo o giz, a soma que Rostov perdera.

– Vamos cear! São horas de cear! Aí estão os tziganos!

E, com efeito, entrava nesse momento, trazendo consigo o frio que fazia lá fora, um certo número de mulheres e de homens amulatados, que falavam entre si com um sotaque tzigano. Nicolau compreendeu que tudo estava acabado, mas disse com indiferença:

– Bom! Mais uma partida? Tenho aqui uma cartinha boa.
– Afetava não estar interessado senão pela distração do jogo.

"Está tudo acabado, estou perdido", dizia para si mesmo. "Uma bala na cabeça é tudo o que me resta a fazer." E nem por isso deixou de dizer alegremente:

— Então, mais esta cartinha.

— Bom – disse Dolokov, que tinha concluído a soma. – Muito bem. Vinte e um rublos jogados – dizia, apontando para o número 21, por cima dos quarenta e três mil, e, pegando as cartas, dispôs-se a jogar. Rostov, submisso, apagou o seu *paroli* e em vez de seis mil escreveu, com todo o cuidado, 21.

— É-me completamente indiferente – murmurou –, o que me interessa é saber se "matarás" a minha carta ou me darás aquele 10.

Dolokov pôs-se a jogar com toda a seriedade. Oh! como Rostov, naquele momento, odiava aquelas mãos vermelhas, de dedos curtos, e peludos até os punhos, que o tinham em seu poder... O 10 ganhou.

— Tem quarenta e três mil rublos na sua conta, conde – disse Dolokov, que se levantou da mesa, distendendo o corpo. – Tanto tempo sentado cansa uma pessoa.

— Sim, também eu, não posso mais – disse Rostov.

Dolokov, como se quisesse lembrar-lhe que não lhe ficava bem gracejar, interrompeu-o:

— Quando é que poderei receber o que me deve, conde?

Rostov, corando, levou-o consigo para uma sala contígua.

— Não te posso pagar tudo de uma só vez, espero que aceites uma letra – disse-lhe ele.

— Ouve, Rostov – replicou Dolokov, com um sorriso aberto e fitando-o nos olhos. – Conheces o provérbio: feliz nos amores, infeliz no jogo. A tua prima está apaixonada por ti, bem sei.

"Oh! Como é terrível sentir-me nas mãos deste homem!", disse Rostov consigo. Tinha diante dos olhos a dor que iria dar ao pai e à mãe quando lhes confessasse o que perdera. E concebia a felicidade que representava o poder desembaraçar-se de tudo aquilo, e para si mesmo dizia que Dolokov, ciente de que lhe poderia evitar toda aquela vergonha e todo aquele sofrimento, o que queria era brincar com ele como o gato brinca com o rato.

— A tua prima... – principiou Dolokov. Nicolau, porém, interrompeu-o:

— A minha prima nada tem que ver com isto e não é para aqui chamada! – exclamou furioso.

— Então, quando me pagas? – perguntou Dolokov.

— Amanhã – respondeu Rostov, e desapareceu.

CAPÍTULO XV

Dizer "até amanhã" mantendo um tom natural não era difícil, mas regressar para casa sozinho, tornar a ver irmãs, irmão, pai e mãe, resignar-se a uma confissão e pedir um dinheiro a que não tinha direito depois de, sob palavra, haver declarado não precisar dele, eis o que era terrível.

Ainda ninguém dormia em casa. A gente nova, depois de voltar do teatro e de ter ceado, havia se sentado ao cravo. Assim que penetrou no salão grande, Nicolau sentiu-se envolvido por aquela atmosfera poética e sentimental naquele inverno corrente em casa e naqueles últimos dias, após a declaração de Dolokov e do baile na casa de Ioguel, concentrada em torno de Sônia e de Natacha, como uma nuvem antes de uma tempestade. As moças, com os vestidos azuis que tinham levado ao teatro, muito bonitas, e sabendo que o estavam, felizes e sorridentes, rodeavam o cravo, de pé. Vera, no salão, jogava xadrez com Chinchine. A condessa velha, aguardando o filho e o marido, fazia uma paciência com uma idosa senhora nobre que vivia na sua companhia. Denissov, os olhos brilhantes e os cabelos desgrenhados, sentara-se, numa pose teatral, diante do cravo, e, percorrendo o teclado com os seus curtos dedos, tirando acordes e revirando os olhos inchados, com a sua vozinha rouca mas justa cantava uma poesia de que era autor, e que tentava musicar:

> Feiticeira diz-me cá – que impulso é este
> que me leva a acordar sonhos adormecidos?
> Que fogueira me acendeste no coração
> que arrebatadamente se me insinuou na alma?

Cantava com voz apaixonada, e seus olhos, negros como ágata, fixavam-se em Natacha, perturbada mas feliz:

– Soberbo! Magnífico! – exclamava Natacha. – Mais outra estância – prosseguia, sem reparar em Nicolau.

"Cá em casa tudo está na mesma", dizia este de si para consigo, relanceando a vista para o outro salão, onde viu que estava Vera, bem como a mãe na companhia da senhora idosa.

– Ah! Cá está o Nikolenka!

Natacha correu para ele.

– O pai está? – perguntou Nicolau.

– Que contente estou por tu teres vindo! – exclamou Natacha, sem lhe responder. – Divertimo-nos tanto! Sabes? Vassili Dimitritch ficou mais um dia por minha causa.

– Não, o pai ainda não voltou – disse Sônia.

– Até que enfim, queridinho, vem cá, meu filho! – exclamou a voz da condessa no salão.

Nicolau caminhou para a mãe, beijou-lhe a mão e, sentando-se, calado, junto da mesa, pôs-se a seguir-lhe os dedos, que iam distribuindo as cartas. No salão grande continuavam a ouvir-se risos e ditos engraçados dirigidos a Natacha.

– Está bem, está bem – condescendia Denissov. – Mas agora já não pode recusar. Agora tem de cantar a barcarola. Peço-lhe!

A condessa envolveu num olhar o filho, muito calado.

– Que tens tu? – perguntou-lhe.

– Nada – respondeu ele, como se estivesse irritado com uma pergunta que lhe faziam pela centésima vez. – O pai ainda demora muito?

– Acho que não.

"Nada mudou neles. Não sabem nada! Onde poderei encontrar refúgio?", dizia para consigo, voltando a aproximar-se do cravo, no salão grande.

Sônia estava sentada e tocava os primeiros compassos do prelúdio da barcarola de que Denissov tanto gostava. Natacha preparava-se para cantar. Denissov devorava-a com os olhos.

Nicolau pôs-se a andar de um lado para o outro.

"Que prazer terá ela de cantar? Como é que ela pode cantar? Que alegres que estão todos aqui!", dizia consigo mesmo.

Sônia fez soar os primeiros acordes do prelúdio.

"Meu Deus! Sou um homem ao mar! Um homem desonrado! Uma bala na cabeça, eis tudo quanto me resta: bonitas horas para cantar! Ir-me embora? Mas para onde? E daí, que cantem, que é que isso me faz?"

Nicolau, sempre de um lado para o outro, na sala, lançou um olhar para o grupo de Denissov e das moças, evitando encontrar-lhes os olhos.

– Nikolenka, que tens tu? – parecia perguntar-lhe o olhar de Sônia, pousado nele. Sônia tinha percebido imediatamente que alguma coisa lhe acontecera.

Nicolau desviou a vista. Também Natacha, com a sua perspicácia, notara imediatamente o estado de espírito do irmão. Mas naquele momento tamanha era a sua alegria, estava tão longe de tudo que fosse tristeza, dor ou censura que, como é frequente entre a gente nova, propositadamente se enganava a si própria.

"Não! Não estou disposta a sacrificar a minha alegria pensando nas tristezas dos outros, e aliás", cogitava, "estou convencida de que me engano: naturalmente está tão alegre como eu.".

– É agora, Sônia – disse ela dando alguns passos para o meio do salão, visto ali, segundo pensava, as condições acústicas serem melhores.

De cabeça erguida, os braços pendentes como os das bailarinas, Natacha, num passo elástico e martelado, avançou até o meio da sala e estacou.

"Olhem para mim, aqui estou eu!", parecia dizer, em resposta ao olhar apaixonado com que Denissov a seguia.

Natacha emitiu a sua primeira nota, a garganta dilatou-se, o peito solevou-se, o seu olhar tornou-se sério. Não pensava naquele instante em nada de particular, e as notas se desprenderam dos lábios, sorridentes. Eram notas que qualquer um pode soltar mil vezes, com os mesmos intervalos e as mesmas pausas, ficando nós completamente frios, e que na milésima primeira vez que as ouvimos estremecemos e choramos.

Naquele inverno, pela primeira vez, Natacha dispusera-se a cantar a sério, sobretudo por causa de Denissov, que estava rendido ao seu talento. Já não cantava como as crianças: já não o fazia, como antes, numa espécie de aplicação infantil e brincalhona; mas ainda não tinha chegado à perfeição, no dizer dos entendidos que a escutavam. "Tem uma linda voz, mas não está trabalhada", comentavam. Este juízo, porém, apenas o formulavam muito depois de Natacha se haver calado. No momento em que aquela voz, ainda pouco trabalhada, cheia de suspiros defeituosos, de garganteios penosos, ressoava, esses juízes severos calavam-se, incapazes de outra coisa que não fosse deixarem-se invadir por aquele canto ainda rude e só com um desejo: continuarem a ouvi-lo. Aqueles acentos ainda virgens, aquela força que a si mesmo se desconhecia, aquela doçura de veludo, sem preparação alguma, tudo dizia tão bem com as faltas de técnica que se diria nada poder ser alterado naquela voz sem estragar o conjunto.

"Que vem a ser isto?", dizia para consigo Nicolau, abrindo muito os olhos enquanto ia ouvindo aquela voz. "Que lhe teria acontecido? Que bem que ela hoje está a cantar!" Subitamente tudo no mundo deixou de existir para ele salvo a nota, a frase que ia seguir-se; tudo se desvaneceu diante do compasso a três tempos: "*Oh, mio crudele affetto...* Um, dois, três... *Oh, mio crudele affetto...* Um, dois, três... Um... Ah! que estúpida é a vida!", dizia Nicolau consigo mesmo. "Tudo isso, e a infelicidade e o dinheiro e Dolokov e a cólera e a honra, tudo isso não passa de uma grande tolice... Isto, sim, isto é verdade... Continua, Natacha, continua, minha querida, continua, minha menina. Será capaz de dar este *si*? E deu! Louvado seja Deus." E ei-lo ali, sem reparar que ele próprio estava cantando, que cantava a segunda voz para aguentar aquela alta nota. "Ah! que bem! E fui eu quem deu esta nota? Que lindo!"

Oh! como aquela nota tinha vibrado, e que comovido Rostov se sentiu no mais íntimo da sua alma! E era como se estivesse separado do mundo inteiro, como se estivesse mais alto que o mundo todo. "O que vale ao lado disto o que se perde no jogo e todos esses Dolokov e todas as palavras empenhadas?... Tudo isso não passa de fatuidade! Uma pessoa pode assassinar, roubar, e no entanto sentir-se feliz..."

CAPÍTULO XVI

Havia muito tempo que Rostov não sentia tanto prazer em ouvir música como naquela noite. Mas assim que Natacha acabou de cantar a sua barcarola, voltou-lhe o sentimento da realidade. Saiu da sala sem dizer nada e desceu para o seu quarto. Um quarto de hora mais tarde, o velho conde, muito alegre e satisfeito, chegava do clube. Nicolau, ao ouvi-lo entrar, foi procurá-lo.

– Então, divertiste-te? – inquiriu Ilia Andreitch, sorrindo, orgulhoso, para o filho.

Nicolau quis responder afirmativamente, mas não pôde: as lágrimas iam romper-lhe dos olhos. O conde, com o cachimbo na boca, não notava o estado de espírito do filho.

"Então, é preciso ter coragem", disse consigo, tomando uma resolução. E, de súbito, num tom desprendido, de que ele próprio sentiu vergonha, no mesmo tom com que teria pedido uma carruagem para o levar a algum lugar, disse ao pai:

– Pai, vim procurá-lo para lhe falar de negócios. Já me esquecia. Preciso de dinheiro.

– Que dizes tu?! – exclamou o pai, que estava bem-disposto. – Eu bem te disse que não te ia chegar. Precisas de muito?

– Preciso... de muito – respondeu Nicolau, corando, e com um sorriso desprendido e tolo, de que por muito tempo sentiu remorsos. – Perdi algum dinheiro, isto é, perdi muito, muito mesmo, quarenta mil rublos.

– Quê? Com quem?... Estás a brincar?! – exclamou o conde, cuja nuca se cobrira subitamente de uma vermelhidão apoplética, coisa frequente entre os velhos.

– Comprometi-me a pagar essa dívida amanhã – replicou Nicolau.

– Ah!... – balbuciou o pai, deixando-se cair no divã sem forças e num estado desesperado.

– Que hei de fazer? Não é coisa que acontece a qualquer pessoa? – redarguiu o filho, num tom desprendido e ousado, quando, no fundo de si mesmo, estava a chamar-se a si próprio canalha, covarde, perdido para a vida inteira. Teria querido beijar as mãos do pai, pedir-lhe perdão de joelhos, e tomava aquele ar indiferente, quase descortês, para dizer que aquelas coisas aconteciam a qualquer pessoa.

O conde Ilia Andreitch, surpreendido por aquele tom, baixou os olhos e, embaraçado, apressou-se a responder:

– Sim, sim, não vai ser fácil, tenho os meus receios, vai ser difícil arranjar essa importância... São coisas que acontecem! Sim, essas coisas acontecem...

E o conde saiu da sala, lançando, de soslaio, um olhar ao filho. Nicolau contava encontrar resistência, mas nunca aquela atitude.

– Pai! Pai! – gritou, seguindo atrás do conde, chorando. – Perdoe-me!

E agarrando-lhe a mão, pousou nela os lábios, soluçando.

Enquanto se desenrolava esta explicação de Nicolau com o conde, mãe e filha tinham uma conversa não menos importante. Natacha, muito comovida, refugiara-se junto da mãe.

– Mãe! Mãe!... ele fez-me...

– Que é que ele fez?

– Fez-me, fez-me uma declaração. Mãe! Mãe! – A condessa não podia crer no que ouvia. Denissov tinha feito uma declaração. Uma declaração a quem? Àquela garota da Natacha, que ainda mal deixara de brincar com as bonecas e ainda estudava.

– Cala-te, Natacha, tudo isso são patetices – disse ela, na esperança de que realmente fosse uma brincadeira.

– Patetices? Nada disso. Falo sério – replicou Natacha, furiosa. – Venho eu pedir-lhe o seu conselho, e a mãe diz-me que são patetices.

A condessa encolheu os ombros.

— Se é verdade que o senhor Denissov te fez uma declaração, responde-lhe que é tolo e está tudo dito.

— Mas, não, não é tolo — replicou Natacha, muito séria e com um ar focalizado.

— Então que queres que eu te diga? Nessa idade todas vocês têm os seus namoricos. Se gostas dele, casa com ele e deixa-nos em paz — volveu-lhe a condessa com irritação.

— Não, mãe, eu não gosto dele, penso que não gosto dele.

— Então por que esperas? Diz-lhe isso mesmo.

— Mãe, a mãe está zangada? Não se zangue, mãe querida, acha que eu sou culpada?

— Não, mas que pretendes que eu faça? Queres que eu vá lhe falar? — voltou a mãe, sorrindo.

— Não, eu me encarregarei disso sozinha; mas que hei de dizer? É tudo tão fácil para a senhora. Ah! se a mãe visse como ele me falou! De resto, eu vi bem que ele não queria, mas escapou-lhe.

— Isso não é razão para não o rejeitares.

— Não, não, tenho tanta pena dele! É tão simpático!

— Então aceita-o. Aliás, já vai sendo tempo de te casares — acrescentou a mãe num tom entre zangado e irônico.

— Ah, mãezinha, tenho tanta pena dele! Não sei que hei de lhe responder.

— Não és tu quem deve lhe falar, mas eu — concluiu a condessa, irritada apenas por alguém ter ousado tratar como uma mulher aquela miúda da Natacha.

— De maneira alguma. Sou eu quem vai lhe falar sozinha, e a mãe fica a escutar à porta. — E Natacha entrou a correr no salão grande, onde Denissov continuava sentado ao pé do cravo, com a cabeça nas mãos.

Estremeceu ao ouvir aproximar-se aquele passo ligeiro.

— Natacha — disse, dirigindo-se a ela precipitadamente —, decida você o meu destino. Está nas suas mãos.

— Vassili Dimitritch, tenho tanta pena de você!... Ah! é tão bom... Mas não pode ser... não... e hei de gostar sempre muito de você.

Denissov inclinou-se para lhe beijar a mão e ela ouviu um ruído abafado de soluços, que a perturbou. Pousou os lábios nos seus cabelos hirsutos e emaranhados. No mesmo instante, ouviu-se o frufru precipitado do vestido da condessa, que se aproximava.

— Vassili Dimitritch, muito obrigada pela honra que nos concede – disse ela numa voz comovida, que a Denissov se lhe afigurou severa –, mas a minha filha é muito nova e eu sempre pensei que, como amigo de meu filho, se dirigiria primeiro a mim. Não me teria obrigado, nesse caso, a esta atitude de recusa.

— Condessa – principiou Denissov, de olhos baixos e com uma expressão de quem se sente culpado; quis dizer mais alguma coisa, mas a sua voz se engasgou.

Natacha não podia vê-lo naquela atitude de sofrimento sem se comover. Rompeu em ruidosos soluços.

— Condessa, procedi mal – pôde dizer por fim Denissov, numa voz entrecortada –, mas, creia-me, tenho uma tal adoração pela sua filha e por toda a sua família, que daria duas vidas... – Lançou um olhar à condessa e viu que ela conservava uma expressão severa. – Bom, adeus, adeus, condessa – acrescentou, beijando-lhe a mão, e, sem olhar Natacha, saiu da sala num passo rápido e decidido.

No dia seguinte Rostov viu partir Denissov, que não quis ficar um só dia mais em Moscou. Todos os seus amigos o haviam acompanhado a casa dos tziganos, e era-lhe impossível saber como o haviam metido no trenó e como tinha percorrido as três primeiras estações de posta.

Depois de Denissov partir, Rostov, à espera do dinheiro que o pai não pudera arranjar imediatamente, ficou ainda quinze dias em Moscou, sem sair de casa, quase sempre entretido com as moças nos seus aposentos.

Sônia mostrava-se mais terna e mais afetuosa do que nunca. Parecia querer mostrar-lhe que o dinheiro por ele perdido no jogo era um ato que ainda lhe despertava maior amor, e Nicolau, pelo seu lado, considerava-se agora indigno dela.

Enchia o álbum das meninas com versos e músicas, e, logo que mandou os quarenta e três mil rublos e lhe foi enviado o recibo de Dolokov, partiu, em fins de novembro, sem se despedir de nenhum dos seus amigos, a fim de reingressar no seu regimento, então na Polônia.

QUINTA PARTE

CAPÍTULO PRIMEIRO

Depois da conversa que tivera com a mulher, Pedro partira para Petersburgo. Na estação de posta em Torjok não havia cavalos, ou o dono da posta não os quis dar. Pedro viu-se obrigado a esperar. Deitou-se, sem se despir, num divã de cabedal, diante de uma mesa redonda sobre a qual estendeu os pés com as suas botas forradas, e pôs-se a pensar.

– Quer que traga as malas? É preciso arranjar a cama, trago-lhe chá? – perguntou o criado de quarto.

Pedro não respondeu, pois não ouvia nada, não via nada. As suas reflexões duravam desde a última estação de posta e nelas se mantinha tão absorvido que não prestava a mínima atenção ao que se passava à sua volta. Não só não lhe interessava saber se chegaria a Petersburgo mais cedo ou mais tarde, ou se poderia dispor ou não de uma cama na estação de posta, como, em relação aos pensamentos em que cogitava, isso era-lhe indiferente: tanto se lhe dava passar algumas horas naquele local ou a vida inteira.

O dono da estação de posta, a mulher, o criado de quarto, uma vendedora de bordados de Torjok, todos tinham vindo oferecer-lhe os seus préstimos. Pedro, sem alterar a posição das pernas, olhava para eles através dos cristais de seu pincenê sem chegar a compreender o que queriam e como é que eles todos poderiam viver sem ter resolvido os problemas que o preocupavam. E eram sempre os mesmos desde o dia em que ele regressara de Sokolniki, depois do duelo, e passara uma tão penosa noite de insônia; simplesmente, agora, no isolamento da viagem, esses problemas haviam se tornado mais prementes. Fosse qual fosse o curso dos seus pensamentos, regressava sempre a estas mesmas perguntas, que não podia resolver e que não podia deixar de se formular. Parecia-lhe estar falseada na sua cabeça a engrenagem de que dependia toda a sua vida. Certo parafuso não podia continuar a desempenhar as suas funções nem sair de onde estava encaixado, e girava sempre, sem sentido, na sua ranhura, sendo impossível fazê-lo parar.

O dono da estação de posta entrou e rogou humildemente a Sua Excelência que se dignasse a esperar duas horazinhas, comprometendo-se, depois disso, a arranjar para Sua Excelência, acontecesse o que acontecesse, os cavalos de posta de que ele precisava. Mentia, naturalmente, e apenas tinha em vista extorquir algum dinheiro do viajante.

"Fará bem ou mal?", perguntava Pedro aos seus botões. "Para mim faz bem; mas para o viajante que se seguir faz mal, e também para ele próprio, isso é inevitável, pois não tem outra maneira de viver. Garantiu-me que um oficial lhe tinha batido por ter feito a mesma coisa, mas o oficial lhe bateu é porque queria seguir depressa. Eu disparei contra Dolokov porque me considerava ofendido, e Luís XVI foi guilhotinado porque o consideravam um criminoso, e se um ano mais tarde mandaram matar aqueles que o tinham guilhotinado, é porque também havia razões para isso. O que é o mal? O que é o bem? O que devemos nós amar? O que devemos odiar? O que é a vida? O que é a morte? Que forças dirigem tudo isto?"

E não havia resposta a nenhuma destas perguntas, salvo uma resposta ilógica, que não explicava coisa alguma. Esta resposta era: "Um dia hás de morrer e tudo acabará. Tu morrerás e saberás tudo ou deixarás de formular estas perguntas". Mas morrer era uma coisa horrível.

A vendedora de bordados de Torjok, na sua voz estridente, oferecia as suas mercadorias, e em especial chinelas de camurça. "Tenho centenas de rublos que não sei em que empregar, e ali está aquela mulher com a sua peliça esfarrapada a olhar para mim cheia de timidez", pensava Pedro. "E por que é que ela precisa de dinheiro? Poderá este dinheiro proporcionar-lhe, por pouco que seja, a felicidade e o sossego da alma? Haverá alguma coisa no mundo capaz de fazer com que ela ou eu estejamos menos expostos ao mal e à morte, essa morte que acabará com tudo e que chegará hoje ou amanhã, pouco importa o momento, pelo menos aos olhos da eternidade?" E de novo fez andar o parafuso que girava no vácuo e o mecanismo continuou a trabalhar sempre no mesmo lugar.

O criado apresentou-lhe um romance de Madame de Susa, meio aberto. Pôs-se a ler a história dos trabalhos e das lutas virtuosas de uma certa Amélie de Mansfeld. "É por que é que ela há de lutar contra o seu sedutor", pensava ele, "visto gostar dele? Deus não pode ter-lhe introduzido no coração tendências contrárias à Sua vontade. A minha ex-mulher, essa não lutou, e talvez ela tivesse tido razão." E Pedro disse ainda para si mesmo:

"Nada foi inventado. Apenas podemos saber que não sabemos nada. E este é o mais alto grau da sabedoria humana".

Em si próprio e em torno de si tudo lhe parecia confuso, absurdo e repugnante. Mesmo nesse afastamento de tudo que o cercava Pedro encontrava uma espécie de gozo e de excitação.

– Atrevo-me a pedir a Sua Excelência que permita que este senhor se sente aqui – disse o dono da estação de posta, entrando e trazendo consigo um segundo viajante, que ali parara por falta de cavalos.

Este viajante era um velho de pequena estatura, ossudo, de tez amarelenta, cheia de rugas, e sobrancelhas brancas proeminentes sobre uns olhos brilhantes cinzento-indecisos.

Pedro tirou as pernas de cima da mesa, levantou-se e estendeu-se na cama que lhe tinham preparado, lançando de tempos em tempos um olhar ao recém-chegado, o qual, de aspecto taciturno e fatigado, sem se dignar a olhar para o seu companheiro, se ia despindo, com dificuldade, ajudado pelo criado. Tendo ficado apenas com uma pele de carneiro surrada com forro de ganga e os pés magros e ossudos metidos numas botas de feltro, instalou-se no divã e deixou cair em cima do travesseiro a sua grande cabeça, de têmporas largas e cabelo rapado; depois pôs-se a fitar Bezukov. Pedro sentiu-se impressionado com a expressão severa, inteligente e penetrante desse olhar. Veio-lhe um grande desejo de entabular conversa com o viajante, mas quando se dispunha a interrogá-lo sobre a sua viagem reparou que ele já fechara os olhos e que ficara imóvel, com as velhas mãos rugosas cruzadas, numa das quais tinha um anel de metal com uma caveira. Parecia ora descansar ora refletir tranquilamente em algum árduo problema. O seu criado também era um velhinho de tez amarelenta e todo enrugado, sem bigode nem barba, não por se ter barbeado, mas por ausência de pelo. Este velhinho tirava das malas agilmente o necessário, preparava a mesa do chá e trouxera um samovar onde a água fervia. Quando tudo estava pronto, o amo abriu os olhos. Aproximando-se da mesa, encheu de chá um copo para si, encheu outro para o velho e deu a ele. Pedro principiou a agitar-se e teve a impressão clara de que se tornava obrigatório e até mesmo inevitável entabular uma conversa com o viajante.

O criado pousou o seu copo vazio, virado de fundo para o ar, em cima do pires e sobre ele um cubo de açúcar que não utilizara, e perguntou ao amo se era necessária mais alguma coisa.

– Nada. Dá cá o meu livro – disse-lhe o amo.

Deu-lhe um livro, que Pedro julgou ser um livro de orações, e o desconhecido principiou a ler atentamente. Pedro continuou a olhar para ele. De súbito, viu-o fechar o livro e pô-lo de lado, e outra vez, de olhos cerrados, deitar-se para trás na almofada do divã, retomando a posição anterior. Pedro não teve tempo de afastar os olhos: o velho abriu os seus e fitou-o de maneira resoluta e severa.

Pedro sentiu-se perturbado e quis evitar aquele olhar, mas os olhos brilhantes do velho atraíam-no irresistivelmente.

CAPÍTULO II

– Ao conde Bezukov que eu tenho o prazer de dirigir a palavra, se não me engano – disse o viajante, em voz alta e sem pressa.

Pedro, sem dizer palavra, interrogou o interlocutor olhando-o por detrás dos cristais das lunetas.

– Tenho ouvido falar do senhor – continuou o velho – e da desgraça de que é vítima. – Acentuou a palavra, como se quisesse dizer: "Sim, seja qual for o nome que lhe queira dar, é uma desgraça, eu sei que o que lhe aconteceu em Moscou é uma desgraça". – Creia que sinto muito.

Pedro corou, apressou-se em saltar da cama e inclinou-se para o velho com um sorriso forçado e tímido.

– Não foi por mera curiosidade que lhe falei disso, mas por mais graves razões.

Calou-se o velho sem deixar de fitar Pedro e convidou-o, dando-lhe lugar no divã, a que se sentasse a seu lado.

– Eu sei que é infeliz – prosseguiu ele. – É novo e eu sou velho. Na medida das minhas forças, muito gostaria de poder auxiliá-lo.

– Ah! sim – disse Pedro, com o seu sorriso forçado. – Ficar-lhe-ei muito reconhecido... De onde vem?

O recém-chegado tinha uma expressão bem pouco cordial, mesmo fria e severa até. No entanto a sua palavra e a sua expressão atraíam irresistivelmente o conde Bezukov.

– Mas se a minha conversa, por esta ou aquela razão, lhe for desagradável – disse o velho –, peço-lhe que me diga francamente.

No seu rosto perpassou, sem ser esperado, um sorriso paternal e afetuoso.

– Mas de maneira alguma, pelo contrário, gostei muito de conhecê-lo. – E, lançando outro olhar ao anel do seu novo amigo, examinou-o mais de perto. Era uma caveira com dois ossos cruzados, insígnia da franco-maçonaria.

– Permita-me que lhe pergunte – disse ele. – É franco-maçom?

– Sim, pertenço à fraternidade dos franco-maçons – disse o viajante, fixando Pedro com uma insistência cada vez maior. – E em meu nome e em nome deles aqui tem a minha mão fraternal.

– Tenho medo – balbuciou Pedro, sorrindo hesitante entre a confiança que lhe inspirava aquele indivíduo e o seu hábito de troçar das crenças maçónicas –, tenho medo de estar muito longe da compreensão... como é que hei de dizer? Tenho receio de que as minhas ideias relativamente ao universo em geral sejam tão opostas às suas que não possamos nos entender.

– Conheço as suas ideias – replicou o maçom –, e essas opiniões de que fala e que lhe parecem o resultado de um pensamento pessoal são as ideias da maioria das pessoas, são o fruto, sempre o mesmo, do orgulho, da indolência e da ignorância. Desculpe-me, meu caro senhor, mas se eu não o tivesse conhecido não teria entabulado conversa com o senhor. As suas opiniões são um erro lamentável.

– Exatamente como se eu pretendesse afirmar que era o senhor quem estava em erro – disse Pedro, com um breve sorriso.

– Nunca me atreveria a afirmar que estou na posse da verdade – voltou o maçom, que cada vez impressionava mais o interlocutor com a nitidez e a firmeza das suas palavras. – Ninguém por si só pode atingir a verdade. Só pedra a pedra, com o concurso de todos, graças a milhões de gerações, desde o nosso primeiro pai, Adão, até hoje, vai erguendo o templo digno de ser habitado pelo Grande Deus – acrescentou, cerrando os olhos.

– Devo confessar-lhe que não creio, não creio... em Deus – disse Pedro com esforço e como penalizado, sentindo, no entanto, a necessidade de dizer toda a verdade.

O franco-maçom observou-o atento, sorrindo como sorriria um homem rico, com as mãos cheias de dinheiro, dirigindo-se ao pobre que lhe dissesse que lhe faltavam cinco rublos para ser feliz.

– É certo que o senhor não O conhece – disse-lhe ele –, o senhor não O pode conhecer. O senhor não O conhece, e é por isso mesmo que é infeliz.

– Sim, é verdade, sou infeliz – corroborou Pedro –, mas que hei de fazer?

– O senhor não O conhece, e é por isso que é infeliz. O senhor não O conhece e Ele está aqui. Está em mim. Está nas minhas palavras. Está em ti e até mesmo nas palavras sacrílegas que acabas de proferir! – disse o velho numa voz severa e trêmula. Calou-se e suspirou, procurando, claramente, retomar a serenidade. – Se Ele não existisse – continuou em voz baixa –, nós não estaríamos aqui, o senhor e eu, a falar Dele. De quê? De que é e de quem falamos então? Quem é que tu acabas de negar? – prosseguiu, com uma exaltação severa e autoridade na voz. – Quem é que O inventou então se Ele não existe? De onde é que te veio então a ideia de um ser tão incompreensível? De onde é que então o mundo inteiro e tu próprio tiraram a noção da existência de um ser inacessível, de um ser todo-poderoso, eterno e infinito em todos os seus atributos?...

Calou-se e ficou silencioso por muito tempo. Pedro não pôde nem quis romper esse silêncio.

– Existe, mas é difícil compreendê-lo – recomeçou, sem olhar de frente o interlocutor. Com os olhos fitos diante de si e com as suas mãos de velho, que não podia manter paradas, mercê da agitação interior que o tomava, ia virando as páginas do livro. – Se se tratasse de um homem de cuja existência tu duvidasses, eu traria esse homem, pegar-lhe-ia pela mão e o mostraria. Mas como é que eu, miserável mortal, saberia mostrar a sua força todo-poderosa, a sua eternidade, a sua misericórdia infinita àquele que é cego, ou àquele que tapa os ouvidos, ou àquele que fecha os olhos para não vê-lo, para não compreendê-lo e para não ver e para não compreender a sua própria miséria, a sua própria corrupção? – Ficou um momento calado. – Quem és tu? Que és tu? Julgas-te um sábio só porque és capaz de pronunciar essas palavras sacrílegas – prosseguiu ele, com um sorriso amargo e desdenhoso – e ainda és mais tolo e mais insensato do que o garoto que se entretém com o movimento artisticamente combinado de um relógio e que seria capaz de dizer que pelo fato de não compreender a finalidade de todas aquelas engrenagens também não acredita no artista que o fez. Conhecê-lo é difícil... Durante séculos, desde o nosso primeiro pai, Adão, até os nossos dias, trabalhamos nessa ciência e ainda estamos muito longe do fim a alcançar; mas é nesta impossibilidade que se revelam a nossa fraqueza e a Sua grandeza.

Pedro, com o coração angustiado, fitando no franco-maçom os seus olhos brilhantes, escutava-o sem o interromper, sem lhe fazer qualquer pergunta e de todo o seu coração acreditava nas palavras desse homem, um estranho para ele. Seriam as deduções lógicas daqueles discursos que o tinham persuadido, ou, como acontece às crianças, a entoação, o acento de convicção e sinceridade do seu interlocutor? Estaria ele abalado por essa emoção que chegava a interromper a voz do orador ou por esses olhos cintilantes de um homem que envelhecera agarrado à sua fé, ou por essa serenidade, essa segurança, a consciência do apóstolo que se lia em todo aquele ser e que tanto mais perturbava a ele, Pedro, quanto era certo ser ele próprio covarde e sem energia moral? Fosse como fosse, o certo é que ele desejava de todo o seu coração adquirir fé e experimentava um alegre sentimento de serenidade, de renovação e como que de regresso à vida.

– Não se chega lá pela inteligência, mas pela experiência da vida – disse o franco-maçom.

– Não compreendo – interrompeu Pedro, sentindo, com angústia, erguerem-se nele as dúvidas. Tinha medo de verificar a obscuridade e a fraqueza dos argumentos do interlocutor, tinha receio de não acreditar nele. – Não compreendo como é que o espírito humano não pode alcançar esse conhecimento de que o senhor fala.

O velho sorriu, e o seu sorriso era benigno e paternal.

– A suprema sabedoria e a verdade são como um orvalho muito puro de que nós gostaríamos de nos sentir repassados. Poderei eu recolher este puro orvalho num vaso impuro e pensar que ele é a própria pureza? Só graças a uma redenção interior poderei fazer com que este orvalho que eu venha a recolher em mim atinja um certo grau de pureza.

– Sim, sim, é assim mesmo – exclamou Pedro com alegria.

– A sabedoria suprema não se baseia apenas na razão, nas ciências profanas como a física, a história, a química e outras em que o conhecimento intelectual está dividido. A sabedoria suprema é una. A sabedoria suprema só conhece uma ciência – a ciência do todo, a ciência que explica toda a criação e o lugar que o homem ocupa. Para instilar esta ciência em nós próprios temos de purificar e de renovar o nosso eu interior, e assim, antes de conhecermos, devemos crer e tornarmo-nos perfeitos. E para atingirmos esta finalidade há no interior da nossa alma uma luz divina, que é a consciência.

– Sim, sim – aprovou Pedro.

– Contempla com os olhos da alma o teu ser interior e pergunta a ti mesmo se estás contente contigo. Onde é que chegaste guiado apenas pela inteligência? Quem és tu? É novo, rico, inteligente, cultivado, meu caro senhor. Que fez de todos estes bens que lhe foram concedidos? Está contente consigo e com a sua existência?

– Não, odeio-a – exclamou Pedro, franzindo as sobrancelhas.

– Odeia-a? Então transforme-a, purifique-se, e à medida que se for purificando conhecerá a sabedoria. Lance um olhar à sua existência, meu caro senhor. Como é que a passou? Em orgias e no deboche. Tendo recebido tudo da sociedade e sem nada lhe restituir, adquiriu a riqueza. Que uso fez dela? Que fez pelo próximo? Já pensou nas dezenas de milhares dos seus escravos? Ajudou-os, porventura, física e moralmente? Não. Tirou benefício do seu trabalho para levar uma vida desregrada. Eis o que o senhor fez. Escolheu porventura uma profissão em que fosse útil ao próximo? Não. Tem passado a vida inteira ocioso. Em seguida, veio o casamento, meu caro senhor, e o senhor assumiu a responsabilidade da conduta de uma mulher. E o que fez? Não a ajudou a procurar o caminho da verdade e arrastou-a para o abismo da mentira e da infelicidade. Um homem ultrajou-o e o senhor matou-o, e é o senhor quem diz agora que não acredita em Deus e que odeia a sua própria existência. Não há nada de estranho em tudo isso, meu caro senhor!

Tendo assim falado, o franco-maçom, como se se sentisse fatigado por uma longa conversa, de novo voltou a recostar-se na almofada do divã, fechando os olhos. Pedro pôs-se a contemplar aquele rosto de velho, severo e imóvel, que parecia quase sem vida, e remexeu os lábios sem dizer uma palavra. Teria querido dizer: "Sim, que miserável vida de ociosidade e deboche!", mas não ousou romper o silêncio.

O franco-maçom teve uma tosse rouca, como é próprio dos velhos, e chamou o criado.

– E então, os cavalos? – perguntou, sem olhar para Pedro.

– Trouxeram-nos agora mesmo. Não descansou um bocadinho?

– Não, manda atrelar.

"Irá ele embora, deixando-me só, sem ter dito tudo que queria dizer e sem me prometer o seu apoio?", dizia Pedro para consigo, e, erguendo-se, pôs-se a andar de um lado para o outro através do quarto, de cabeça baixa, lançando olhares furtivos para onde estava o franco-maçom. "Sim, nunca tinha pensado nisso, mas a verdade é que tenho levado uma vida desprezível de deboche. É certo que a detestava e que não era o meu ideal. Este homem conhece a verdade, e se estivesse disposto, podia revelá-la para mim."

Era isso mesmo que Pedro lhe queria dizer, mas não ousava. Tendo o viajante acabado de arranjar as bagagens com suas velhas mãos assaz diligentes, pôs-se a abotoar a peliça. Assim que acabou, voltou-se para Bezukov e disse-lhe, em tom indiferente e cortês:

– Aonde se dirige, meu caro senhor?

– Eu?... Eu vou para Petersburgo – replicou Pedro numa voz hesitante de criança. – Estou-lhe muito reconhecido. Estou inteiramente de acordo com o senhor. E não vá julgar que sou uma pessoa tão pervertida como pensa. De todo o coração gostaria de poder vir a ser o homem que o senhor quereria que eu fosse. Mas nunca encontrei ninguém que me ajudasse... De resto, sou eu, claro está, o maior culpado. Ajude-me, instrua-me, e talvez eu venha a ser...

Pedro nada mais pôde dizer. A emoção estrangulou-o, e afastou-se.

O franco-maçom ficou calado por muito tempo, como quem reflete.

– A ajuda só Deus a pode dar – disse ele –, mas aquela que a nossa ordem está em condições de lhe prestar, essa ela prestará, meu caro senhor. Como vai para Petersburgo, entregue isto ao conde Villarski. – Abriu a pasta e escreveu alguma coisa numa grande folha de papel que dobrou em quatro. – Permita que lhe dê ainda mais um conselho. Assim que chegar à capital, consagre os primeiros dias à solidão, faça o seu exame de consciência e não volte à sua vida antiga. Agora desejo que faça boa viagem, meu caro senhor – acrescentou ao ver entrar o criado – e que seja feliz.

Este viajante chamava-se Osip Alexeievitch Bazdeiev, como Pedro veio a saber pelo livro da posta. Era franco-maçom e martinista[11] dos mais conhecidos desde os tempos de Novikovki.

---

11. Martinistas: discípulos de uma seita mística fundada pelo judeu-português Martinez Pascalis. (N.E.)

Muito tempo depois da sua partida, Pedro, sem se deitar nem dar ordem para que atrelassem os cavalos, ainda continuava a ir e vir na sala da posta, pensando no seu passado corrupto e figurando-se, com o entusiasmo da renovação, um futuro venturoso para ele e irrepreensível na sua virtude, coisa que lhe parecia agora muito fácil de realizar. Pelo que imaginava, apenas era um homem corrompido por haver esquecido, sem querer, quanto era belo ser virtuoso. Na sua alma não havia vestígios das suas antigas dúvidas.

Acreditava firmemente na possibilidade de uma união fraternal dos homens com vista a auxiliarem-se mutuamente no caminho da virtude, e era assim que imaginava a franco-maçonaria.

CAPÍTULO III

Uma vez em Petersburgo, Pedro não comunicou a ninguém que tinha chegado, não foi a parte alguma e passou os seus dias a ler um livro de Tomás de Kempis, obra que lhe viera já não sabia de onde. E o único proveito que extraía dessa leitura era a satisfação, para ele desconhecida até esse momento, de poder acreditar na possibilidade de atingir a perfeição e de realizar entre os homens esse amor fraternal e atuante que lhe havia revelado Osip Alexeievitch. Oito dias depois da sua chegada, o jovem conde polaco Villarski, que Pedro conhecia de vista da sociedade petersburguesa, apresentou-se uma tarde em sua casa, com um ar oficial e solene que havia assumido para se apresentar como testemunha de Dolokov. Fechou a porta assim que entrou e, depois de se certificar de que não havia mais ninguém na sala além de Pedro, dirigiu-se a ele nestes termos:

– Vim visitá-lo, conde – disse-lhe sem se sentar – a fim de cumprir uma missão e fazer-lhe uma proposta. Uma pessoa altamente colocada na nossa ordem intercedeu para que o senhor seja admitido entre nós antes do prazo habitual e pediu-me que fosse seu padrinho. Considero um dever sagrado dar cumprimento às suas disposições. Estará o senhor disposto, sob o meu patrocínio, a entrar na fraternidade dos irmãos franco-maçons?

O tom frio e severo deste homem, que Pedro se habituara a ver quase sempre nos bailes sorrindo amavelmente no meio dos mais brilhantes ornamentos da sociedade elegante, impressionou-o.

– Sim, é esse o meu desejo – respondeu.

Villarski aprovou com um aceno de cabeça.

– Uma pergunta, conde, à qual eu peço que me responda com toda a sinceridade, não como futuro maçom, mas como homem de bem. Renegou as suas opiniões antigas, acredita em Deus?

Pedro refletiu um momento.

– Sim... sim, creio em Deus – disse ele.

– Nesse caso... – continuou Villarski, mas Pedro interrompeu-o.

– Sim, acredito em Deus – repetiu mais uma vez.

– Nesse caso, podemos seguir – voltou Villarski. – A minha carruagem está à sua disposição.

Durante todo o trajeto, Villarski conservou-se calado. Quando Pedro lhe perguntou o que tinha a fazer e o que devia responder, contentou-se em afirmar que irmãos mais dignos do que ele iriam experimentá-lo e que ele não tinha a dizer senão a verdade.

Assim que chegaram à porta do edifício onde estava instalada a loja, subiram uma escada escura e penetraram numa pequena antecâmara iluminada onde, sem que qualquer criado os ajudasse, despiram as peliças. Dali passaram para outra dependência. Um homem de estranhas roupagens surgiu no limiar da porta. Villarski, indo ao seu encontro, disse-lhe algumas palavras em francês em voz baixa e aproximou-se de um pequeno armário em que Pedro viu umas vestes como nunca vira. O seu companheiro pegou um lenço, vendou-lhe os olhos e atou-o com um nó na nuca, deixando uma madeixa de cabelo desastradamente metida no nó. Depois puxou-o para si, abraçou-o e conduziu-o, levando-o pela mão. Pedro, incomodado com a venda que lhe repuxava os cabelos, fazia caretas e ao mesmo tempo sorria com um ar embaraçado. A sua espessa figura, os braços balouçando, com o rosto todo contraído e sorridente, ia seguindo Villarski com passos tímidos e hesitantes.

Depois de ter dado uns dez passos, o guia deteve-o.

– Aconteça o que acontecer – disse-lhe ele –, tudo deve suportar com coragem caso esteja firmemente resolvido a dar entrada na nossa instituição. – Pedro acenou afirmativamente com a cabeça. – Quando ouvir bater à porta – acrescentou Villarski –, tire a venda. Coragem e que seja bem-sucedido. – E saiu, depois de ter lhe apertado a mão.

Uma vez só, Pedro continuou a sorrir. Por duas ou três vezes encolheu os ombros, impaciente, levou a mão à venda, como a querer arrancá-la, e voltou a deixá-la cair. Os cinco minutos decorridos depois que lhe haviam vendado os olhos parecia-lhe uma longa hora. Tinha as mãos dormentes, as pernas se vergavam. Parecia extraordinariamente cansado. As impressões que sentia eram das mais complexas e das mais variadas. Tinha medo do que estava a se passar com ele, e receava mais ainda mostrar que o tinha. Estava curiosíssimo por saber o que lhe iriam fazer e o que lhe iam revelar, mas nele dominava a alegria de ver chegar o momento em que finalmente entrasse no caminho da renovação e da vida ativa e virtuosa com que sonhava desde o seu encontro com Osip Alexeievitch. Na porta ressoaram umas pancadas violentas. Pedro desatou a venda e olhou em volta de si. A dependência estava às escuras. Havia apenas um recanto iluminado em que bruxuleava uma lamparina, sobre alguma coisa branca. Pedro aproximou-se e verificou que a lamparina estava pousada em cima de uma mesa preta onde havia um livro aberto. O livro eram os Evangelhos, e o objeto branco em que ardia a lamparina, uma caveira. Leu as conhecidas palavras "No princípio era o Verbo e o Verbo era Deus", em seguida deu a volta à mesa e viu uma grande caixa aberta a transbordar. Era um caixão cheio de ossos. Pedro não sentiu a mínima surpresa perante o que via. No seu desejo de principiar uma vida completamente nova, totalmente diferente da anterior, contava com coisas extraordinárias, muito mais extraordinárias ainda do que aquelas que estava a ver. A caveira, o caixão, o Evangelho, por isso esperava ele, e parecia-lhe que devia esperar ainda muito mais. Esforçou-se por sentir qualquer emoção como um sentimento devoto. "Deus, a morte, o amor, a fraternidade humana", dizia dentro de si mesmo, procurando que estas palavras encerrassem não emoções obscuras, mas símbolos de felicidade. A porta abriu-se e alguém entrou.

À pálida luz que, apesar de tudo, permitia que Pedro distinguisse os objetos, apareceu um homem de pequena estatura. Ao passar da luz para a obscuridade, parou: depois, em passos prudentes, aproximou-se da mesa na qual pousou as suas pequenas mãos enluvadas.

O recém-chegado usava um avental de pele branca que lhe cobria o peito e parte das pernas; no pescoço tinha uma espécie de colar debaixo do qual apareciam uns altos babados brancos que lhe emolduravam o rosto alongado, iluminado pela parte inferior.

– Por que veio aqui? – disse ele, voltando-se para o lado de onde vinha o ruído que Pedro estava a fazer. Por que, se não acredita na verdadeira luz, se não a vê, por que veio aqui, que quer de nós? A sabedoria, a virtude, a cultura?

Logo que a porta se abrira e que o desconhecido entrara, Pedro sentira-se tomado por um sentimento de temor e de respeito semelhante ao que costumava experimentar na infância quando se confessava: encontrava-se frente a frente com um homem muito afastado pela sua condição e muito perto do ponto de vista da fraternidade humana. Com palpitações que lhe cortavam a respiração, aproximou-se do reitor – o nome que se dá na franco-maçonaria ao irmão encarregado de preparar o recipiendário que aspira a entrar na organização. Mais de perto reconheceu tratar-se de um dos seus amigos, um certo Smolianinov, e impressionou-o pensar que aquele homem seu conhecido para ele devia ser apenas um irmão e um iniciador virtuoso. Ficou muito tempo sem poder encontrar palavras, obrigando o reitor a repetir as perguntas.

– Sim, eu... eu... quero regenerar-me – acabou por articular.

– Bom – disse Smolianinov, que prosseguiu. – Tem alguma noção dos meios de que a nossa santa ordem dispõe para fazê-lo alcançar o seu objetivo? – A sua voz era calma e segura.

– Sim... espero... ser guiado... socorrido... na minha regeneração – disse Pedro, a voz trêmula e as palavras difíceis, ao mesmo tempo o resultado da emoção e do pouco hábito de exprimir em russo ideias abstratas.

– Que noção tem da franco-maçonaria?

– Penso que a franco-maçonaria é a fraternidade e a igualdade dos homens que têm a virtude por objetivo – replicou Pedro, que, à medida que ia falando, sentia vergonha de empregar palavras por demais vulgares para a solenidade do momento. – Eu julgo...

– Bom – apressou-se em responder o reitor, visivelmente satisfeito com a resposta. – Procurou na religião os meios de alcançar esse fim?

– Não, sempre a considerei contrária à verdade, e não a segui – disse Pedro tão baixo que o maçom não ouviu e pediu-lhe que repetisse. – Eu era ateu – acrescentou.

– Procura a verdade a fim de se conformar com as suas leis na vida; por conseguinte, procura a sabedoria e a virtude, não é assim? – prosseguiu o reitor, depois de um instante de silêncio.

– Procuro, procuro – afirmou Pedro.

O franco-maçom tossicou, cruzou sobre o peito as mãos enluvadas e retomou a palavra.

– Devo agora revelar-lhe os principais objetivos da nossa ordem e, se essa finalidade concordar com a sua, terá vantagem em fazer parte da nossa agremiação. O essencial, e por conseguinte a base sobre a qual assenta a ordem e que nenhuma força humana pode destruir, é a conservação e a transmissão à posteridade dos importantes mistérios que chegaram até nós vindos dos séculos mais recuados e até mesmo do primeiro homem, mistérios de que depende talvez o destino do gênero humano. Mas como estes mistérios são de tal ordem que ninguém pode conhecê-los e tirar deles partido desde que não se tenha preparado por uma longa e cautelosa purificação de si próprio, nem toda a gente se pode vangloriar de os possuir facilmente. Eis por que o nosso segundo objetivo consiste em predispor os nossos irmãos tanto quanto possível para purificar os seus corações e para elevar e esclarecer a sua razão, graças aos meios que a tradição nos desvendou, em nome daqueles que se esforçaram por esclarecer esses mistérios, e torná-los assim capazes de recebê-los. Pela purificação e regeneração dos nossos adeptos esforçamo-nos, em terceiro lugar, por corrigir igualmente a humanidade inteira, oferecendo-lhe modelos de honestidade e de virtude, e assim procuramos com todas as nossas forças combater o mal que reina no mundo. Reflita nisto, que eu voltarei a visitá-lo – acrescentou e saiu.

"Lutar contra o mal que reina no mundo...", repetiu Pedro para si mesmo, e diante dos seus olhos perpassou a sua ação futura nesse sentido. Parecia-lhe estar perante homens tal como ele próprio quinze dias antes e mentalmente dirigia-lhes uma alocução. Esses homens eram representados a ele como corruptos e infelizes, a quem ele levaria auxílio nas suas palavras e nos seus atos. Eram representados a ele como os opressores a quem ele arrancaria as suas vítimas. Dos três objetivos enumerados pelo reitor, este último, a regeneração do gênero humano, era o que mais lhe agradava. Os graves mistérios de que aquele homem falara, ainda que excitassem a sua curiosidade, não se lhe afiguravam essenciais. Quanto ao segundo objetivo, a purificação e a regeneração próprias, interessava-lhe pouco, desde que naquele mesmo momento experimentava a grande satisfação de se encontrar já totalmente liberto dos seus vícios de outrora e unicamente preparado para o bem. Meia hora depois, o reitor voltou para comunicar ao recipiendário as sete virtudes, correspondentes aos sete degraus do templo de Salomão, que cada maçom deve cultivar em si próprio. Estas virtudes eram as seguintes: 1ª A modéstia, que guarda os segredos da ordem; 2ªA obediência aos seus superiores; 3ª Os bons costumes; 4ª O amor da humanidade; 5ª A coragem; 6ª A generosidade; e 7ª O amor da morte.

– Em sétimo lugar – disse-lhe o reitor –, esforçai-vos, pensando muitas vezes na morte, por chegar a encará-la não como uma inimiga terrível, mas como uma amiga... que liberta desta vida de misérias a alma atormentada pelos trabalhos da virtude para introduzi-la na mansão da recompensa e do repouso.

"Sim, deve ser assim", dizia Pedro quando, depois de ter pronunciado estas palavras, o reitor desapareceu outra vez, deixando-o entregue às suas reflexões solitárias. "Deve ser assim, mas eu sinto-me ainda tão fraco que amo a minha existência, cujo sentido só agora se vai descobrindo pouco a pouco aos meus olhos." Mas as cinco outras virtudes que Pedro enumerava, contando pelos dedos, essas sentia-as na sua alma: a *coragem*, a *generosidade*, os *bons costumes*, o *amor da humanidade* e particularmente a *obediência aos superiores*, que até para ele não era uma virtude, mas antes uma venturosa sorte, de tal modo, com efeito, ele se sentia feliz por poder agora escapar ao seu livre-arbítrio e submeter a sua vontade àquele e àqueles que possuíam a incontestável verdade. Quanto à sétima virtude, Pedro tinha-a esquecido e não foi capaz de se lembrar dela.

Pouco depois, pela terceira vez, voltou a aparecer o reitor, e perguntou-lhe se ele continuava decidido na sua resolução e se estava disposto a submeter-se a tudo quanto dele exigissem.

– Estou pronto para tudo – disse Pedro.

– Devo fazer-lhe saber ainda – voltou ele – que a nossa ordem ensina a sua doutrina não só pela palavra, mas por outros meios, que agem sobre aquele que procura verdadeiramente a sabedoria e a virtude talvez mais poderosamente ainda do que as explicações orais. Esta sala, com a decoração que tem diante dos olhos, já deve estar a agir sobre o seu coração, se o seu coração é sincero, mais fortemente que as palavras. É natural que à medida que for sendo iniciado venha a tomar contato com outros meios de ensino do mesmo gênero. A nossa ordem imita as sociedades antigas, que desvendavam a sua doutrina através dos hieróglifos. O hieróglifo – acrescentou ele – é o símbolo das coisas que não impressionam os nossos sentidos e que possuem qualidades semelhantes àquelas que ele representa.

Pedro sabia perfeitamente o que era um hieróglifo, mas não tinha coragem de abrir a boca. Ouvia em silêncio, pressentindo, por tudo quanto escutava, que iriam principiar as provas.

– Se está decidido, devo proceder à sua iniciação – disse então o reitor, aproximando-se dele. – Em testemunho da sua generosidade, peço-lhe que me entregue tudo quanto possui de precioso.

– Mas eu nada trouxe comigo – disse Pedro, que supunha estarem a pedir-lhe tudo o que ele possuía.

– O que traz consigo: relógio, dinheiro, anéis...

Pedro apressou-se a entregar a bolsa do dinheiro, o relógio, e levou muito tempo para tirar do grosso dedo o anel de casamento. Quando acabou, o franco-maçom disse:

– Em sinal de obediência, peço-lhe que dispa a sua roupa.

Pedro tirou o fraque, o colete e a bota do pé esquerdo, consoante a indicação do reitor. Este levantou a camisa do lado esquerdo do peito e, abaixando-se, dobrou a barra da calça, na perna esquerda, à altura do joelho. Pedro preparava-se para descalçar também a bota do pé direito e dobrar a outra perna da calça, para assim poupar esse trabalho àquele homem, mas o franco-maçom disse-lhe não ser preciso e deu-lhe um chinelo para calçar no pé esquerdo. Com um sorriso infantil em que havia embaraço, hesitação e troça de si mesmo, sorriso que, sem querer, se lhe espalhava pelo rosto, Pedro continuava de pé, os braços balouçando e as pernas afastadas, diante do seu iniciador, aguardando novas ordens.

– E por fim, em sinal de sinceridade, queira confessar-me qual é a sua principal fraqueza – disse-lhe este.

– A minha fraqueza! – exclamou Pedro. – Eu tenho tantas...

– A fraqueza que dentre todas mais o faz hesitar no caminho da virtude.

Pedro ficou calado, refletindo.

"O vinho? A carne? A ociosidade? A preguiça? A exaltação? A cólera? As mulheres?" Mentalmente ia enumerando os seus vícios, pesando um por um, sem saber a qual deles dar preferência.

– As mulheres! – disse, em voz baixa, quase imperceptível.

O maçom não pestanejou e ficou por muito tempo silencioso depois desta resposta. Por fim caminhou para Pedro, pegou o lenço que estava em cima da mesa e de novo lhe vendou os olhos.

– Pela última vez, digo-lhe: entre em si próprio, ponha um freio às suas paixões e procure a felicidade, não nessas paixões mas no seu próprio coração. A fonte da felicidade não está fora de nós, mas em nós mesmos...

Pedro sentia-se já penetrado por um manancial reconfortante de felicidade que naquele momento lhe enchia o coração de alegria e de enternecimento.

CAPÍTULO IV

Pouco tempo depois, vieram buscar Pedro na dependência escura, não o reitor, mas o seu padrinho, Villarski, a quem reconheceu pela voz.

Às perguntas que este lhe fez sobre a firmeza das suas resoluções, Pedro replicou: – Sim, sim, consinto – e com o seu sorriso irradiante de criança, com o gordo peito nu, marchando timidamente, coxeando, um dos pés calçado e o outro descalço, caminhou enquanto Villarski mantinha uma espada com a ponta apoiada no seu peito nu.

Levaram-no ao longo de corredores, obrigando-o a dar voltas para diante e para trás e por fim conduziram-no à porta da loja. Villarski tossiu; como resposta ouviram-se pancadas com o maço maçônico e a porta abriu-se. Alguém com voz de baixo – Pedro conservava os olhos vendados – perguntou-lhe quem era, onde e quando tinha nascido etc. Conduziram-no em seguida para outro local, sem lhe tirarem a venda dos olhos, falando-lhe constantemente, por alegorias, das dificuldades da sua viagem, da santa amizade, do Supremo Arquiteto do Universo, da coragem com que devia suportar os sofrimentos e enfrentar os perigos. Durante todo o trajeto Pedro notou que lhe chamavam ora aquele que procura, ora aquele que sofre, ora ainda aquele que pede, e que iam batendo sempre de maneira diferente com os maços e as espadas. Enquanto o aproximavam de um certo objeto, notou que uma hesitação e uma confusão se apoderavam dos guias. Percebeu que as pessoas que o rodeavam estavam a discutir umas com as outras em voz baixa e que uma delas insistia para que o conduzissem a um certo tapete. Em seguida, pegaram-lhe na mão direita, que pousaram sobre algo, e disseram-lhe que apoiasse um compasso, com a esquerda, no seio esquerdo, em seguida fizeram-no repetir, à medida que iam lendo, a fórmula de juramento de fidelidade às regras da ordem. Depois apagaram as velas, acenderam álcool, o que Pedro percebeu pelo cheiro, dizendo-lhe que ia contemplar uma pequena luz. Tiraram-lhe a venda e Pedro viu, como em sonhos, à pálida luz do álcool, algumas pessoas com aventais semelhantes ao do reitor, de pé diante dele, todas com uma espada apontada ao seu peito. Entre eles estava um homem com uma camisa branca ensanguentada. Ao ver isto, Pedro fez um movimento de peito na direção das espadas, como se quisesse ser trespassado. Mas as espadas afastaram-se e de novo lhe amarraram a venda.

– Agora já viste a pequena luz – disse-lhe uma voz. Depois acenderam as velas outra vez, disseram-lhe que ia agora ver a grande luz, de novo lhe desataram a venda e uma dúzia de vozes clamou de repente: *Sic transit gloria mundi.*

Pouco a pouco, Pedro foi voltando a si e pôs-se a observar a sala onde se encontrava e as pessoas que o rodeavam. Em volta de uma comprida mesa coberta com um pano negro estavam sentados doze homens que envergavam trajes iguais aos que ele vira anteriormente. Alguns deles, pessoas da sociedade petersburguesa, eram seus conhecidos. No lugar da presidência estava um jovem desconhecido para ele, que tinha, pendente do pescoço, uma condecoração especial. À sua direita sentava-se o sacerdote italiano que ele vira havia um ano na casa de Ana Pavlovna. Estavam presentes também um alto dignitário e um governador suíço que ele encontrara outrora na casa dos Kuraguine. Todos se conservavam num silêncio solene escutando o presidente, que empunhava um maço. Suspensa da parede, via-se uma estrela flamejante; a um dos lados da mesa desdobrava-se uma pequena tapeçaria representando diversos atributos, no outro erguia-se uma espécie de altar com o Evangelho e uma caveira. A toda a volta perfilavam-se sete castiçais, como os que se veem nas igrejas. Dois dos irmãos conduziram Pedro ao altar, fizeram-no abrir as pernas em forma de esquadro e intimaram-no a que se deitasse no chão, dizendo que assim se prosternava perante as portas do templo.

– É preciso que ele receba primeiramente a colher de pedreiro – murmurou um dos presentes.

– Basta – disse outro.

Pedro, estupefato, sem compreender, olhava em volta com os seus olhos de míope e, de súbito, sentiu que a dúvida lhe entrava no espírito:

"Onde estou eu? Que estou fazendo? Não estarão a troçar de mim? Não virei a me envergonhar quando me lembrar de tudo isto?" Mas a dúvida foi breve. Fitou as caras sérias que o rodeavam, recordou-se de tudo quanto já fizera, e reconheceu consigo mesmo que não podia deter-se a meio caminho. Sentiu-se aterrado ao verificar que duvidara, e, esforçando-se por recuperar o primitivo enternecimento, prosternou-se perante as portas do templo. E, efetivamente, um enternecimento mais violento ainda do que o anterior se apoderou dele. Depois de ter estado prostrado algum tempo, disseram-lhe que se erguesse, ataram-lhe o avental de carneira branca igual ao que os outros traziam e puseram-lhe na mão uma colher de pedreiro e três pares de luvas. Depois o grão-mestre dirigiu-lhe a palavra. Disse-lhe que tudo devia fazer para não macular a brancura daquele avental, emblema da firmeza e da inocência. Em seguida, referindo-se à colher de pedreiro, explicou-lhe que com ela devia esforçar-se por purgar o seu coração dos vícios e aplanar condescendentemente o coração do próximo. Quanto ao primeiro par de luvas de homem, disse-lhe que ele não poderia compreender-lhe o significado, mas que era bom que o conservasse; quanto ao segundo par, de homem também, disse que o devia trazer às reuniões; e por fim, quanto ao terceiro, esse de mulher, declarou: "Irmão, estas luvas de mulher também te foram igualmente atribuídas. Dá-as à mulher que tu respeitares acima de todas. Este presente será o penhor da pureza do teu coração para com aquela que deves escolher como digna companheira de um pedreiro-livre". E, após um momento de silêncio, acrescentou: "Mas cautela, meu irmão, não consintas que mãos impuras calcem essas luvas". Enquanto o grão-mestre falava, Pedro julgou perceber nele uma certa perturbação. E ele próprio se sentiu também confuso. Corou, com as lágrimas nos olhos, como costuma acontecer às crianças, olhou apreensivamente à roda e reinou um silêncio embaraçoso.

O silêncio foi interrompido por um dos irmãos, que, ao conduzir Pedro em direção à tapeçaria, se pôs a ler, num caderno, a explicação de todas as figuras aí representadas: o Sol, a Lua, o maço, o fio de prumo, a colher de pedreiro, a pedra bruta e cúbica, a coluna, as três janelas etc. Em seguida foi-lhe apontado o seu lugar, mostraram-lhe as insígnias da loja, disseram-lhe o santo e a senha, consentindo, por fim, que se sentasse O grão-mestre procedeu à leitura do regulamento. Este era muito extenso, e Pedro, possuído de alegria, de emoção e de embaraço, sentia-se incapaz de compreender qualquer coisa. Não conseguiu ouvir com atenção senão os dois últimos parágrafos: "Nos nossos templos", dizia o grão-mestre, "não conhecemos outros graus além daqueles que separam a virtude do vício. Evita oposições que possam destruir a igualdade. Corre em auxílio do teu irmão, seja ele quem for, ajuda aquele que se extraviar, levanta aquele que cair e jamais nutras cólera ou ódio contra o teu irmão. Sê amável e afável. Alimenta em todos os corações a chama da virtude. Partilha a felicidade que tiveres com o teu próximo e que a inveja não perturbe nunca esta bem-aventurança. Perdoa ao teu inimigo, e vinga-te dele fazendo-lhe o bem. Desde que cumpras assim a lei suprema voltarás a encontrar os trilhos da tua antiga grandeza perdida".

Terminada que foi a leitura, levantou-se, estreitou Pedro nos seus braços e beijou-o. Este, os olhos cheios de lágrimas de alegria, olhava em roda, sem saber o que responder quer às felicitações que sobre ele afluíam quer aos cumprimentos dos que com ele queriam estreitar relações. Não distinguia particularmente qualquer amigo seu; em toda aquela gente apenas via irmãos com os quais muito desejava trabalhar.

O grão-mestre bateu com o maço em cima da mesa. Todos sentaram-se nos seus lugares, e um dos presentes leu algumas linhas sobre o dever de humildade.

Em seguida alguém propôs que se cumprisse o último rito. O grande dignitário que desempenhava as funções de irmão mendicante percorreu a assembleia. Pedro teria desejado inscrever-se no rol das coletas com toda a sua fortuna, mas receava dar assim uma prova de orgulho e inscreveu apenas uma importância igual à de todos os demais.

A sessão estava terminada, e ao regressar à casa Pedro julgou-se de volta de uma longa viagem que durara dezenas de anos; parecia-lhe estar completamente transformado e que se despedira para sempre do tempo passado e de todos os seus antigos hábitos.

CAPÍTULO V

No dia imediato ao da sua iniciação, Pedro estava lendo em sua casa e a procurar compreender o significado do quadrado em que um dos lados simboliza Deus, o outro, o mundo moral, o outro, ainda, o mundo físico e o último, uma miniatura dos dois anteriores. De tempos em tempos, levantava os olhos do livro e do quadrado, e na sua imaginação se representava o seu novo plano de vida. Na véspera, na loja, tinham-lhe dito que a história do seu duelo havia chegado aos ouvidos do imperador e que seria prudente para ele afastar-se de Petersburgo. Pensava ausentar-se para os seus domínios do sul e aí dedicar-se aos seus camponeses. Sonhava, feliz, com esta sua nova vida quando, de improviso, viu entrar o príncipe Vassili.

– Meu amigo, que fizeste tu em Moscou? Por que é que te indispuseste com a Liolia, meu caro? Estás completamente enganado! – exclamou, assim que assomou à porta. – Sei tudo, posso garantir-te que Helena está tão inocente diante de ti como Cristo diante dos judeus.

Pedro ia responder, mas o príncipe interrompeu-o.

– E por que é que tu, sem rodeios, não te dirigiste diretamente a mim, como a um amigo? Sei tudo, compreendo tudo, procedeste como é próprio de um homem que preza a sua honra, talvez com um tudo-nada de precipitação, mas não falemos mais nisso. Pensa, contudo, na situação em que nos colocas, a ela e a mim, perante a sociedade, e até mesmo perante a corte – acrescentou, baixando a voz. – Ela em Moscou e tu aqui. Pensa bem nisto, meu caro. – Apertou-lhe a mão. – Tudo isto não passa de um mal-entendido. Tu próprio já deves ter dado por isso, creio eu. Vamos escrever-lhe os dois imediatamente e ela não tardará a vir. Tudo se há de explicar. De outra maneira, sempre te direi, meu caro, que podes vir a sofrer com isto.

O príncipe Vassili lançou-lhe um olhar significativo:

– Sei de fonte limpa que a imperatriz viúva está interessadíssima no caso. Como sabes, ela gosta muito de Helena.

Pedro, por mais de uma vez, esteve para responder, mas não só o príncipe não lhe permitia, como também receava replicar-lhe num tom que implicasse recusa definitiva a qualquer acordo, tom que aliás estava decidido a empregar para com o sogro. Além disso, lembrava-se dos termos do mandamento maçônico: "Sê amável e afável". Franzia o sobrolho, corava, levantava-se e voltava a sentar-se, lutando consigo mesmo numa das circunstâncias mais penosas por que ainda tivera de passar: dizer a uma pessoa, cara a cara, palavras desagradáveis, dizer àquele homem, por pior que ele fosse, coisas que ele não esperaria ouvir de ninguém. Tão habituado estava a submeter-se ao ar do príncipe, a um tempo de indiferença e segurança, que nem mesmo naquele momento se sentia com forças para resistir. No entanto, tinha a certeza de que o seu futuro dependia das palavras que proferisse. Continuaria ele pelo mesmo caminho, ou tomaria, de fato, os novos rumos tão atraentes que os pedreiros-livres lhe haviam mostrado e nos quais estava firmemente convencido de vir a encontrar uma vida regenerada?

– Então, meu caro – disse o príncipe Vassili, em tom de zombaria –, diz-me que sim, e eu lhe escreverei em teu nome, trataremos de matar o bezerro da fábula e...

Mas o príncipe não pôde concluir a frase. Pedro, o rosto toldado pela cólera, tal qual seu falecido pai, disse em voz baixa, sem olhar para o interlocutor:

– Príncipe, eu não o mandei chamar; vá-se embora, peço-lhe, vá-se embora – repetiu, sem poder crer nas suas próprias palavras, e sentindo-se contente por ver a expressão de embaraço e de receio que se pintava no rosto do visitante.

– Que tens tu? Estás doente?

– Vá-se embora – repetiu, mais uma vez, na sua voz trêmula. E o príncipe Vassili não teve outro remédio senão sair, sem mais explicações.

Oito dias mais tarde, Pedro, depois de se despedir dos seus amigos da maçonaria e de lhes ter deixado, como oferenda, importantes somas, partiu para as suas terras. Os seus novos irmãos deram-lhe cartas para os pedreiros-livres de Kiev e de Odessa e prometeram escrever-lhe para o guiarem na sua nova carreira.

CAPÍTULO VI

O caso de Pedro e Dolokov fora abafado, e não obstante a severidade que o imperador costumava mostrar nesse tempo para com os duelos, o certo é que nem as testemunhas nem os adversários se viram envolvidos em qualquer processo. Mas a história do duelo, agravada pelo rompimento de Pedro com a mulher, era comentadíssima na sociedade. Se é certo que esta tinha mostrado indulgência e estima para com Pedro enquanto ele fora filho ilegítimo, que o havia adulado e festejado enquanto fora o melhor partido de todo o império, depois do seu casamento, assim que mães e filhas casadouras deixaram de pôr nele qualquer esperança, os seus créditos desceram muito na opinião da alta sociedade, tanto mais que ele não sabia nem queria atrair a benevolência de pessoa alguma. Então todos o acusavam, a ele só, do que acontecera, diziam-no um ciumento insuportável, capaz de acessos de furor sanguinários tal qual seu falecido pai. E quando, depois da partida do marido, Helena reapareceu em Petersburgo, todas as pessoas conhecidas a acolheram não só com simpatia, mas também com um não sei quê de respeito, em lembrança da sua infelicidade. Quando em conversa, o nome do marido vinha a talho de foice, assumia um ar de dignidade, que então adotara, um pouco inconscientemente e apenas graças a um tato especial, que era bem seu. Esse ar queria dizer estar resolvida a suportar sem lamentações a sua desventura e o marido ser para ela como que uma cruz enviada por Deus. O príncipe Vassili, esse, era mais franco na expressão do que pensava. Encolhia os ombros quando lhe vinham falar de Pedro e, levando um dedo à testa, dizia:

– Um parafuso a menos, sempre fui dessa opinião.

– E eu bem o disse – confirmava Ana Pavlovna – e ainda há pouco repeti diante de todos – insistia, especialmente, na prioridade – que ele era um rapaz com o cérebro desarranjado, completamente estragado pelas ideias corruptas do século. Já o dizia quando todos lhe cantavam hinos, na altura em que ele regressou do estrangeiro. E não sei se se lembram daquela noite em que ele quis armar em Marat. Como é que tudo isto acabou? Desde essa ocasião que fui contrária a tal casamento, e tinha previsto tudo quanto aconteceu.

Ana Pavlovna continuava a organizar recepções, da mesma maneira, nos seus dias livres, e como só ela sabia, e onde se reunia, antes de mais nada, a nata da verdadeira alta sociedade, a fina flor da essência intelectual da sociedade de Petersburgo, como ela própria costumava dizer. Além dessa fina seleção de convidados, as suas recepções eram célebres porque primava em apresentar aos convidados em cada uma delas uma nova e interessante personalidade, e que em nenhum outro lado em Petersburgo mais clara e seguramente se podia apreciar a temperatura política dos meios legitimistas da corte.

No fim de 1806, quando foram conhecidos todos os tristes pormenores do desbaratamento por Napoleão do exército prussiano em Iena e Auerstaedt e a capitulação da maior parte dos redutos fortificados, já o exército russo se encontrava na Prússia e principiara a segunda guerra contra o imperador dos franceses, Ana Pavlovna deu em sua casa uma recepção. A elite da verdadeira alta sociedade consistia na encantadora e infeliz Helena, abandonada pelo marido, em Mortemart, no sedutor príncipe Hipólito, havia pouco chegado de Viena, em dois diplomatas, na tia, num jovem cujos únicos predicados consistiam em se dizer dele que se tratava de um homem de muito mérito, numa dama de honra promovida pouco antes, e que se fazia acompanhar da mãe, e em mais algumas pessoas de menor notoriedade.

A personalidade que Ana Pavlovna primava em apresentar a seus convidados como novidade da noite era Bóris Drubetskoi, chegado havia pouco a Petersburgo, proveniente do exército prussiano, como correio e ajudante de campo de uma muito alta personalidade.

A temperatura que nessa noite acusava ali o termômetro político era a seguinte: "Por mais que os soberanos e os altos postos", dizia-se, "façam por se entender com Bonaparte, a fim de atrair para mim ou para nós dissabores e aborrecimentos, a nossa opinião acerca dele não pode modificar-se. Não deixaremos nunca de a este respeito exprimirmos francamente a nossa maneira de ver, e tudo quanto poderemos dizer ao rei da Prússia e aos demais é isto: tanto pior para eles... *Tu l'as voulu, Georges Dandin*, eis tudo quanto nos cabe dizer." Este o grau de temperatura que atingira na casa de Ana Pavlovna o termômetro político. Quando Bóris, preparado para a apresentação aos convidados, penetrou na sala quase toda a sociedade já estava reunida, e a conversa, orientada pela dona da casa, girava em torno das relações diplomáticas da Rússia com a Áustria e da esperança que então lavrava de conseguir-se uma aliança com esse país.

Bóris, no seu elegante uniforme de ajudante de campo, galhardo, fresco e rosado, entrou na sala com o seu ar desembaraçado e foi conduzido, como era de praxe, à presença da tia, a quem tinha de apresentar as suas homenagens, misturando-se depois ao grupo principal dos convidados. Ana Pavlovna deu-lhe a beijar a mão seca, apresentou-o a algumas das personalidades que ele não conhecia, esclarecendo-o em voz baixa acerca de cada uma delas.

O príncipe Hipólito Kuraguine, um rapaz encantador. Mr. Kroug, encarregado de negócios de Copenhague, um espírito profundo, ou então, simplesmente: Mr. Shitoff, um homem de muito mérito.

Bóris, durante o período de serviço, graças às diligências de Ana Mikailovna, aos seus gostos particulares e à discrição do seu caráter, conseguira a mais invejável das situações. Era ajudante de campo de uma alta personalidade, desempenhara uma importante missão na Prússia e acabava de chegar daquele país como correio. Havia-se iniciado inteiramente naquela disciplina não regulamentada que tanto lhe agradara em Olmutz e de harmonia com a qual um alferes podia ocupar uma posição incomparavelmente muito mais elevada que a de um general, e segundo a qual, para se triunfar na carreira, não havia necessidade de esforço, de trabalho, de coragem ou de perseverança, mas simplesmente de um talento especial para tratar com os distribuidores de recompensas. E o certo é que ele próprio se surpreendia com os seus rápidos êxitos e com o fato de ver os outros não compreenderem o interesse de semelhantes manobras. Esta revelação transformara por completo a sua existência, as suas relações com os seus conhecimentos anteriores, todos os seus projetos de futuro. Não era rico, mas empregava os seus últimos rublos vestindo-se muito melhor do que os demais. Preferia privar-se de muita coisa que lhe desse prazer a apresentar-se numa carruagem ordinária ou a permitir que o vissem nas ruas de Petersburgo envergando um uniforme velho. Não se relacionava nem procurava relacionar-se senão com as pessoas de posição mais elevada do que a sua e que, por conseguinte, lhe poderiam vir a ser úteis. Adorava Petersburgo e tinha o maior desdém por Moscou. Era-lhe pouco agradável lembrar-se dos Rostov e do seu entusiasmo de infância por Natacha, e desde que se incorporara no exército nunca mais pusera os pés em sua casa.

Convidado para a recepção de Ana Pavlovna, honra que considerava passo importante na sua carreira, imediatamente compreendera o seu papel e deixara que esta aproveitasse o interesse que ele poderia ter para ela, dedicando-se a observar atentamente cada uma das personagens presentes e a pesar as possibilidades e as vantagens das relações a estabelecer com esta ou com aquela. Sentou-se no lugar que lhe indicaram, ao lado da bela Helena, e apurou o ouvido para a conversa geral.

– Viena acha as bases do tratado proposto tão inaceitáveis, que nem uma série de êxitos, os mais brilhantes, modificaria a situação, e põe em dúvida os meios que nos permitiriam essas vitórias. É a frase autêntica do gabinete de Viena. A dúvida é que é lisonjeira! – Era assim que falava o *chargé d'affaires* da Dinamarca.

– A dúvida é que é lisonjeira! – replicou *l'homme à l'esprit profond*, com um fino sorriso nos lábios.

– É preciso distinguir entre o gabinete de Viena e o imperador da Áustria – atalhou Mortemart. – O imperador nunca poderia ter pensado em semelhante coisa, é o próprio gabinete que o diz.

– Não, meu caro Visconde – acorreu Ana Pavlovna.

– *L'Urope...*

– Pronunciava *l'Urope* sem qualquer razão, julgando utilizar deste modo uma sutileza de linguagem a que se podia dar o luxo falando, como falava, o francês. – A Europa nunca será nossa aliada sincera.

E encaminhou em seguida a conversa para a firmeza e a coragem do rei da Prússia, na intenção de levar Bóris a entrar em cena.

Este ouvia com toda a atenção aquele que falava, aguardando a sua vez, e de tempos em tempos relanceava a vista à sua vizinha, a bela Helena, a qual, por várias vezes, respondera com um sorriso aos olhares do belo e jovem ajudante de campo.

Muito naturalmente, a propósito da situação da Prússia, Ana Pavlovna pediu a Bóris que contasse a sua viagem a Glogau e que dissesse o que pensava do estado do exército prussiano. Bóris, sem se apressar, num francês puro e correto, expôs alguns pormenores muito interessantes acerca das tropas e da corte, evitando cuidadosamente, em toda a sua exposição, formular uma opinião pessoal sobre os fatos que relatava. Durante algum tempo monopolizou a atenção geral, e Ana Pavlovna pôde verificar que os seus convidados muito apreciavam a novidade que ela lhes oferecia. Helena, mais do que ninguém, prestou atenção à conversa de Bóris. Por várias vezes o interrogou sobre as suas viagens e pareceu muito preocupada com a situação do exército prussiano. Quando Bóris se calou, virou-se para ele com o seu sorriso habitual:

– É absolutamente indispensável que venha me visitar – disse-lhe, num tom que podia fazer acreditar que, mercê de certas combinações misteriosas para ele, a sua visita era indispensável.

– Terça-feira, entre as 8 e as 9. Dar-me-á grande prazer.

Bóris deu-se pressa em prometer-lhe que estava à sua disposição e preparava-se para uma longa conversa quando Ana Pavlovna chamou Helena com o pretexto de que a tia desejava ouvir as histórias do militar.

– Conhece o marido dela, não é verdade? – disse Ana ao oficial, assumindo um ar de mistério e assinalando, com um gesto, a bela Helena. – Ah! que encantadora e infeliz mulher! Não fale no nome dele diante dela, peço-lhe, não fale no nome dele! É muito penoso para ela.

CAPÍTULO VII

Quando Bóris e Ana Pavlovna se acercaram novamente do grupo, o príncipe Hipólito era o centro da conversa. Chegando-se para a borda da poltrona em que se sentava, pronunciou: "O rei da Prússia!", e pôs-se a rir. Toda a gente se voltou para o seu lado.

– O rei da Prússia? – interrogou, depois voltou a rir e tornou a enterrar-se na sua poltrona, retomando o seu ar sério e calmo. Ana Pavlovna aguardou alguns instantes e, vendo que decididamente Hipólito nada mais dizia, pôs-se a contar como esse ímpio do Bonaparte roubara em Potsdam a espada de Frederico, o Grande.

– É a espada de Frederico, o Grande que eu... – ia a dizer, mas Hipólito interrompeu-a.

– O rei da Prússia – e mais uma vez, quando todos se mostravam atentos às suas palavras, não teve mais o que dizer e calou-se.

Ana Pavlovna mostrou uma expressão descontente. Mortemart, o amigo de Hipólito, disse-lhe bruscamente:

– Então que quer o senhor com o seu rei da Prússia?

Hipólito pôs-se a rir como se se sentisse embaraçado.

– Não, não é nada, queria apenas dizer... – Pensava repetir um gracejo que ouvira em Viena e para que procurara toda a noite um a propósito. – Queria apenas dizer que fizeram mal em ir para a guerra por causa do rei da Prússia[12].

Bóris pôs-se a sorrir com circunspecção, de modo a que o seu sorriso pudesse ser interpretado ao mesmo tempo como censura ou como aprovação, consoante a maneira como o gracejo viesse a ser recebido. Todos se puseram a rir.

– O vosso jogo de palavras é mau, é muito espirituoso, mas injusto... – disse Ana Pavlovna, ameaçando-o com o dedo. – Nós não fizemos a guerra pelo rei da Prússia, mas em nome dos bons princípios. Ah! Sempre me saiu tão mau este príncipe Hipólito!

Durante toda a noite nunca mais a conversa se esgotou, abordando principalmente boatos políticos. Mas foi sobretudo no fim que mais se animou, quando se falou das recompensas concedidas pelo imperador.

– Se N. N. recebeu o ano passado uma tabaqueira com o retrato – disse *l'homme à l'esprit profond* –, por que é que S. S. não poderá receber uma igual?

---

12. Em francês, "fazer alguma coisa pelo rei da Prússia" significa fazer alguma coisa em vão. (N.E.)

– Peço perdão, uma tabaqueira com o retrato do imperador é uma recompensa, uma distinção... – replicou o diplomata – um presente, antes.

– Teve antecedentes, o caso de Schwarzenberg.

– Pode ser... – objetou uma terceira pessoa.

– Aposto. O grande cordão, é diferente...

Quando se levantaram para partir, Helena, que tinha falado muito pouco durante toda a noite, renovou junto de Bóris o pedido que lhe fizera, ou, antes, a ordem amável e instante para que viesse vê-la na terça-feira seguinte.

Quando no dia aprazado, pela noite, Bóris entrou no suntuoso salão de Helena, não pôde compreender de princípio, claramente, a necessidade que ela tivera de vê-lo. Outras pessoas da sociedade estavam presentes, e a condessa poucas palavras lhe dirigiu. Apenas quando ele se despediu, beijando-lhe a mão, ela lhe segredou, em voz muito baixa, deixando nesse momento, estranhamente, de sorrir: "Venha amanhã jantar... à noite. É preciso que venha... venha".

Durante aquela sua primeira estada em Petersburgo, Bóris tornou-se íntimo da condessa Bezukov.

CAPÍTULO VIII

A guerra reacendia-se e o teatro das operações aproximava-se das fronteiras russas. Por toda a parte se ouvia clamar contra Bonaparte, o inimigo do gênero humano. Milícias e recrutas agrupavam-se pelas aldeias, e do teatro da guerra chegavam notícias contraditórias, falsas, como sempre, e por isso mesmo interpretadas de maneiras completamente diferentes.

A vida do velho príncipe Bolkonski, do príncipe André e da princesa Maria mudara muito de 1805 para cá.

Em 1806, o velho príncipe fora designado para o cargo de um dos oito chefes da milícia[13] nomeados para toda a Rússia. Apesar da sua decrepitude, que muito se acentuara durante o período em que supusera o filho morto, julgou de seu dever não recusar as funções que o imperador em pessoa lhe confiara, e esta atividade nova que se lhe oferecia ajudava-o a recuperar a coragem e o vigor. Andava continuamente a girar pelos três distritos que tinha a seu cargo. Cumpria escrupulosamente as suas

---

13. A milícia era um exército auxiliar, mobilizado entre os camponeses em momentos críticos. (N.E.)

obrigações. Era severo, quase cruel, para com os subordinados, e descia aos mais pequenos pormenores da sua tarefa. A princesa Maria deixara de ter lições de Matemática com o pai e só penetrava no gabinete do ancião pela manhã, acompanhada da ama e do principezinho Nicolau, como lhe chamava o avô, quando o velho príncipe estava em casa. A criança, com a ama e Savichna, a velha criada, ocupavam os aposentos da falecida princesa, e Maria passava a maior parte do tempo ao pé do sobrinho, procurando substituir o melhor que podia a mãe do pequenino. Mademoiselle Bourienne parecia também apaixonadamente afeiçoada à criança, e a princesa Maria, privando-se muitas vezes dessa alegria, deixava à amiga a satisfação de afagar o seu anjinho, como ela dizia, e de brincar com ele.

Junto do altar da igreja de Lissia Gori tinham mandado levantar um oratório sobre o túmulo da princesinha, e aí haviam erguido um monumento de mármore, encomendado na Itália, que representava um anjo de asas abertas pronto a voar. Este anjo tinha o lábio superior um pouco soerguido, como se fosse sorrir, e um dia André e a irmã, ao saírem do oratório, verificaram – coisa curiosa – que aquele rosto lembrava o da finada. Mas, mais estranho ainda, coisa que André não confessou a Maria, é que ele encontrava nos traços que o artista por acaso dera à fisionomia a mesma expressão de lamentosa queixa que ele próprio lera no rosto da mulher morta: "Ah! por que me trataram assim?".

Pouco tempo depois do seu regresso, o velho príncipe atribuíra ao filho a parte que lhe competia na herança e dera-lhe Bogutcharovo, domínio importante situado a quarenta verstas de Lissia Gori. Fosse por causa das penosas lembranças que andavam ligadas a essa casa, ou porque não pudesse suportar por mais tempo o caráter do pai, ou ainda porque tivesse necessidade de solidão, o príncipe André tomara conta da sua nova propriedade, onde mandara fazer obras, e lá passava a maior parte do seu tempo.

Depois da campanha de Austerlitz, o príncipe André tomara a resolução de não voltar a servir no exército. Quando a guerra recomeçou e que toda a gente teve de partir, para não reingressar no serviço ativo passou a desempenhar funções, sob as ordens paternas, no engajamento das milícias. O pai e o filho, depois da campanha de 1805, pareciam ter trocado as suas opiniões mútuas relativamente aos acontecimentos. O velho príncipe, esporeado pela sua nova atividade, esperava os melhores resultados da campanha em marcha; André, pelo contrário, que não tomava parte na guerra e a deplorava secretamente, via tudo sob a mais negra perspectiva.

No dia 26 de fevereiro de 1807, o velho príncipe partiu para uma inspeção. André, como em geral era seu costume, durante as ausências do pai, ficou em Lissia Gori. Havia já três dias que o pequeno Nicolau não passava bem de saúde. Os cocheiros que tinham conduzido o velho príncipe regressaram trazendo da cidade cartas e papéis para o príncipe André.

O criado de quarto, com as cartas, não o encontrando no gabinete, dirigiu-se aos aposentos da princesa Maria, onde também não o encontrou. Disseram-lhe que estava no quarto do filho.

– Com sua licença, Excelência, está ali o Petruchka com uns papéis – disse uma das criadas ao príncipe André, que se havia sentado numa cadeirinha de criança e, de mãos trêmulas e sobrancelhas carregadas, vertia o conteúdo de um frasco num meio copo de água.

– Que é? – perguntou, contrariado, e um movimento involuntário fez com que despejasse algumas gotas a mais. Lançando tudo fora, voltou a pedir água. Uma criada veio trazê-la.

No quarto havia uma cama de criança, duas arcas, duas poltronas, uma mesinha, um gueridom e uma cadeira pequena, aquela precisamente em que o príncipe André se sentava. Os cortinados estavam repuxados e havia apenas uma vela acesa em cima da mesa, por detrás de um caderno de música, para que a luz não incidisse sobre a cama.

– Meu amigo – disse-lhe Maria, que estava ao pé do doentinho –, espera um pouco... é melhor assim.

– Ah! por amor de Deus, estás sempre a dizer disparates – replicou o príncipe André, em voz baixa e em tom irritado, na intenção evidente de ferir a irmã.

– Meu amigo, era melhor não o acordar, ele adormeceu – voltou ela, num tom insistente.

André ergueu-se e na ponta dos pés aproximou-se do leito com a poção que colocara no copo.

– Achas realmente que não devemos acordá-lo? – interrogou ele, indeciso.

– Como tu quiseres... realmente... eu supunha... mas, como tu quiseres – acrescentou a princesa Maria, envergonhada de ver que a sua opinião triunfava. Chamou-lhe a atenção para a criada, que continuava à espera.

Era a segunda noite que passavam à cabeceira da criança, que ardia em febre. Durante aquelas quarenta e oito horas, em que, muito pouco confiantes no médico da casa, haviam mandado chamar outro na cidade, tinham experimentado tudo. Moídos pela insônia e pela inquietação, atiçavam um contra o outro o seu mal-estar, dirigindo-se mutuamente censuras.

– Petruchka está ali com uns papéis que vêm da parte do pai de Vossa Excelência – disse a criada em voz baixa.

O príncipe André saiu.

– Ah! chega em boa hora! – exclamou, e, depois de receber as instruções orais que o pai lhe transmitia pelo criado, bem como as cartas, voltou para junto do filho. – E então? – perguntou.

– Na mesma. Espera, peço-te. Karl Ivanitch[14] está sempre a dizer que o sono é o melhor dos remédios – murmurou Maria.

André aproximou-se da cama e tomou o pulso da criança. A sua mãozinha escaldava.

– Que vão passear, tu e o teu Karl Ivanitch! – Foi em busca da poção e voltou para junto do leito.

– André, não faças isso! – implorou a irmã.

Franziu o sobrolho, colérico, e, como se olhar para ela o fizesse sofrer, debruçou-se para a criança com o copo na mão.

– Exijo-o – disse. – Vamos, dá-lhe tu o remédio.

Maria encolheu os ombros, mas, pegando, submissa, a poção, procurou ministrá-la com a ajuda da criada. A criança chorava e engasgava-se. André, com as mãos na cabeça, saiu do quarto e foi sentar-se na sala contígua.

Continuava com as cartas fechadas na mão. Abriu-as, maquinalmente, e pôs-se a ler. O velho príncipe, em papel azul, no seu miúdo cursivo, aqui e ali recorrendo a uma abreviatura, escrevia-lhe nos seguintes termos:

Acabo de saber, por um correio, uma feliz nova, caso não se trate de invenção. Bennigsen, segundo se diz, teria desbaratado Bonaparte em Eylau. Em Petersburgo o entusiasmo é geral e as recompensas chovem sobre o exército. Embora se trate de um alemão, felicito-o. Não sei o que tem feito o comandante de Kortchevo, um tal Kandrikov; até a data ainda não conseguimos receber reforços nem víveres. Vai imediatamente procurá-lo e diz-lhe que lhe farei saltar os miolos se dentro de oito dias não tiver em meu poder o que é preciso. Voltei a receber carta de

---

14. O nome indica que o médico é alemão. (N.E.)

Petienka[15], na qual me fala da batalha de Preussisch-Eylau; tomou parte nela, é tudo verdade. Quando as pessoas não se metem naquilo a que não são chamadas, até mesmo um alemão é capaz de bater Bonaparte. Diz-se que bateu em retirada em completa desordem. Não te esqueças: dirige-te sem delongas a Kortchevo e cumpre as minhas ordens!

Soltando um suspiro, o príncipe André abriu a segunda carta. Era de Bilibine: duas páginas numa caligrafia miúda. Voltou a dobrá-la sem a ler e recomeçou a carta do pai, que terminava: *dirige-te sem delongas a Kortchevo e cumpre as minhas ordens!*

"Não, queira desculpar, não irei enquanto o meu filho não estiver restabelecido", disse ele para consigo mesmo e encaminhou-se para a porta na intenção de ver o que se passava no quarto da criança.

Maria continuava junto da cama, embalando o pequeno com toda a suavidade.

"É isto mais uma notícia desagradável para mim", pensava, rememorando a carta do pai. "Sim, os nossos derrotaram Bonaparte agora, precisamente quando eu já não estou em armas. É verdade, é verdade, o destino está sempre a troçar de mim... Pois seja – faça-se a sua vontade!..." E pôs-se a ler a carta, escrita em francês, que lhe enviava Bilibine. Olhava para as linhas sem perceber metade do que lia e fazia-o apenas para, por momentos, deixar de pensar no que por demasiado tempo o havia exclusivamente atormentado.

CAPÍTULO IX

Bilibine encontrava-se nesse momento adido ao quartel-general, na condição de diplomata, e na sua carta, com seus gracejos e seus boleios à francesa, descrevia toda a campanha, usando uma franqueza bem russa, franqueza essa que não recuava nem diante dos juízos pessoais nem diante da própria zombaria. Dizia pesar-lhe a discrição diplomática e sentir-se feliz por ter alguém como André a quem escrever, pessoa com quem não se importava de se abrir, derramando toda a bílis acumulada desde que via o que se estava a passar no exército. A carta, de data já não muito recente, era anterior à batalha de Preussisch-Eylau.

Desde o nosso grande êxito de Austerlitz, como sabe, meu caro príncipe, que não mais me separei dos quartéis-generais. Pelo que se

---

15. Petienka é Bagration. (N.E.)

vê, tomei gosto à guerra, e estou-lhe no papo. É inacreditável o que vi durante estes três meses.

Começo *ab ovo*. O inimigo do gênero humano, como sabe, ataca os prussianos. Os prussianos são aqueles nossos fiéis aliados que em três anos apenas nos enganaram três vezes. Damos por eles o corpo ao manifesto. Mas, ao que parece, o inimigo do gênero humano não quer saber dos nossos lindos discursos, e, com o seu modo impolido e selvagem, lança-se sobre os prussianos sem lhes dar tempo de terminarem a parada e num abrir e fechar de olhos deixa-os a deitar a língua pela boca afora e trata de se instalar no Palácio de Postdam.

"Desejo ardentemente", escreve o rei da Prússia a Bonaparte, "que Vossa Majestade seja recebido e tratado no meu palácio da maneira que mais lhe agradar, e nessa intenção tomei todas as medidas que as circunstâncias me permitem. Tomara que o tenha conseguido! Os generais prussianos primam em ser corteses para com os franceses e depõem as armas à primeira intimação."

O comandante da guarnição de Glogau, com dez mil homens sob o seu comando, pergunta ao rei da Prússia o que deve fazer caso seja intimado a render-se... Tudo isto são fatos reais.

Numa palavra, esperando apenas impor-nos pela nossa firme atitude militar, eis-nos em guerra a valer, e, o que é pior, em guerra nas nossas próprias fronteiras *com e pelo rei da Prússia*. Tudo está a postos, falta-nos apenas uma coisa sem importância – o general em chefe. Como se chegou à conclusão de que o êxito de Austerlitz teria sido mais decisivo se o general em chefe fosse menos jovem, passa-se revista aos octogenários, e, entre Prozorofski e Kamenski, escolhe-se o último. O general chega-nos em *kibik*[16] à moda de Suvorov, e é acolhido com manifestações no meio de aclamações de alegria e triunfo.

No dia 4, chega o primeiro correio de Petersburgo. Transportam as malas para o gabinete do marechal, que gosta de fazer tudo pelas suas próprias mãos. Chamam-me para ajudar na distribuição das cartas e tomar conta das que nos são destinadas. O marechal segue o nosso trabalho e aguarda os despachos que lhe são dirigidos. Procuramos; nem um. O marechal impacienta-se, ele próprio decide procurar e encontrar cartas do imperador para o conde T., para o príncipe V. e quejandos. Então, aí o temos num dos seus ataques de fúria negra. Despede raios e coriscos contra toda a gente, apodera-se das cartas, abre-as e lê as que o imperador endereça a outros. "Ah! É assim que se comporta para comigo? Não tem confiança em mim! Ah! Dá instruções para me espiarem. Fora daqui!". E ei-lo que redige a famosa ordem do dia para o general Bennigsen:

"Estou ferido, não posso montar a cavalo e portanto comandar o exército. O senhor levou o seu corpo de exército derrotado para Pultusk, onde este se encontra sem lenha e sem forragens e desprovido do necessá-

---
16. Tipo de carruagem. (N.E.)

rio, por isso, como ainda ontem o disse ao conde Boekshevden, é preciso retirar para a nossa fronteira, o que tem de fazer-se hoje mesmo.

"As minhas expedições a cavalo", escreveu ao imperador, "provocaram-me uma ferida proveniente do abuso da sela, o que, além de outros inconvenientes, me impede por completo de montar e comandar um exército da importância deste; eis por que confiei o comando ao general mais antigo, o conde Boekshevden, transmitindo-lhe todos os serviços, e aconselhei-o a que, no caso de lhe faltarem mantimentos, se retirasse para mais perto de nós, para o interior da Prússia, visto que não há pão para mais de vinte e quatro horas e em alguns regimentos já acabou totalmente; foi isso, pelo menos, o que declararam os comandantes de divisão Ostermann e Siedmorietski, e nos lares dos camponeses tudo foi devorado. Quanto a mim, aguardando o meu restabelecimento, fico no hospital de Ostrolenko. Ao transmitir, com data de hoje, o presente relatório a Vossa Majestade, tenho a honra de lhe participar que, se o exército permanecer ainda quinze dias no seu atual acampamento, quando chegar a primavera não restará um só soldado válido.

"Permita Vossa Majestade que um velho se retire para o campo, levando consigo a vergonha de não ter podido cumprir o grande e glorioso destino para que fora escolhido. Aguardarei aqui, no hospital, a vossa muito augusta autorização, para que não venha a desempenhar no exército o papel de 'escriba' em vez do de *chefe*. A minha retirada do exército não produzirá a mais ligeira sensação – é um cego que se retira do exército, nada mais. Homens como eu encontram-se na Rússia aos pontapés."

O marechal zangou-se com o imperador e castigou-nos a todos; não é lógico?

E aqui tem o primeiro ato. No ato seguinte, o interesse e o absurdo crescem, como é natural. Depois da partida do marechal, chegou-se à conclusão de que nós estávamos à vista do inimigo e era preciso travar batalha. Boekshevden é general em chefe por antiguidade, mas o general Bennigsen não é dessa opinião, tanto mais que, estando com o seu corpo de exército diante do inimigo, quer aproveitar a ocasião para uma batalha *aus eigener Hand*[17], como dizem os alemães. E teve-a. Foi a batalha de Pultusk, que tem sido considerada uma grande vitória, mas que, na minha opinião, de vitória nada tem. Nós, civis, temos, como sabe, o mau hábito de decidir quando uma batalha é uma vitória ou uma derrota. O que se retira depois do combate é, em nossa opinião, aquele que a perdeu, e foi por isso que nós perdemos a batalha de Pultusk. Em resumo, nos retiramos no fim da batalha, mas enviamos um correio a Petersburgo com a notícia de uma vitória, e o general não cede o comando em chefe a Boekshevden na esperança de receber de Petersburgo, em reconhecimento da sua vitória, o título de general em chefe. Durante este interregno iniciamos um plano de manobras extre-

---

17. Por suas próprias mãos. (N.E.)

mamente interessante e original. A nossa finalidade não consiste, como seria de esperar, em evitar o inimigo ou atacá-lo, mas unicamente em evitar o general Boekshevden, o qual, por direito de antiguidade, seria o nosso chefe. Visamos este objetivo com tanta energia que até mesmo quando atravessamos um rio não vadeável queimamos as pontes para cortarmos a ligação com o nosso inimigo, que, de momento, não é Bonaparte, mas Boekshevden. Este livrou-se de ser atacado e aprisionado por forças inimigas Superiores graças a uma das nossas belas manobras, que nos livrava dele. Boekshevden persegue-nos, fugimos. Assim que ele atravessa para a margem do rio onde nós estamos, nós passamos para a margem contrária. Finalmente, o nosso inimigo Boekshevden apanha-nos e ataca-nos. Os dois generais zangam-se. Chega mesmo a haver um desafio para duelo da parte de Boekshevden e um ataque de epilepsia da parte de Bennigsen. Mas, no momento crítico, o correio que leva a notícia da nossa vitória de Pultusk traz-nos de Petersburgo a nomeação do general em chefe, e o primeiro inimigo, Boekshevden, está liquidado: podemos pensar agora no segundo, Bonaparte. Mas então acontece que nesse momento se ergue diante de nós um terceiro inimigo, o exército ortodoxo, que pede, clamando, pão, carne, *suchari*, feno, que sei eu! Os armazéns estão vazios, os caminhos, impraticáveis. O exército ortodoxo lança-se na pilhagem e de maneira tal que o que viu na última campanha não pode lhe dar a menor ideia do que está se passando. Metade dos regimentos forma tropas livres, as quais percorrem o país levando tudo a ferro e fogo. Os habitantes estão completamente arruinados, os hospitais transbordam de doentes e a fome grassa por toda a parte. O quartel-general já por duas vezes foi atacado por bandos de salteadores e o próprio general em chefe viu-se obrigado a pedir o auxílio de um batalhão para correr com eles. Em um desses ataques levaram-me a minha mala vazia e o meu penhoar. O imperador quer conceder a todos os comandantes de divisão autorização para fuzilar os salteadores, mas tenho o meu receio de que esta medida venha a obrigar metade do exército a fuzilar a outra metade.

De princípio, o príncipe André limitara-se a deixar errar os olhos pela carta, mas depois, sem dar por isso, e embora conhecesse o grau de veracidade que devia atribuir às asserções de Bilibine, sentiu-se cada vez mais interessado pela leitura. Ao chegar a este ponto amarfanhou a carta e deitou-a fora.

O que o irritava não era o que ela dizia, mas o sentir que o que estava a ocorrer no teatro da guerra, e que lhe era estranho, podia emocioná-lo àquele ponto. Fechou os olhos, passou a mão pela testa, como para afastar as preocupações que a sua leitura lhe despertara, e apurou o ouvido para o que estava a acontecer no quarto do filho. De súbito pareceu-lhe ouvir atrás da porta um ruído estranho. Invadiu-o uma onda de terror; teve medo de que o estado da criança se tivesse agravado enquanto estivera entretido na leitura. Aproximou-se da porta na ponta dos pés e abriu-a.

Nesse momento viu que a velha criada, com ar apavorado, escondia alguma coisa e que Maria já não estava junto da cama.

– Meu amigo – murmurou por detrás dele a voz da irmã, com um acento, assim se lhe afigurou, verdadeiramente desesperado.

Como acontece muitas vezes depois de uma longa insônia e de violentas inquietações, assenhoreou-se dele um terror irracional; convenceu-se de que o filho estava morto. Tudo quanto via e ouvia parecia confirmar o seu pavor.

"Acabou tudo", pensou, e um suor frio lhe cobriu a testa. Como louco, aproximou-se do pequeno leito, persuadido de que ia encontrá-lo vazio, de que a criada escondera a criança morta. Afastou os cortinados e, durante algum tempo, seus olhos nada puderam distinguir. Por fim viu a criança: as faces vermelhas, a cabeça mais baixa do que o travesseiro. Mamava em sonhos e respirava com toda a regularidade. Ao vê-la, o príncipe André, tanto mais alegre quanto era certo estar persuadido de que a tivesse perdido, debruçou-se e, à semelhança do que vira fazer a irmã, chegou os lábios à fronte do filho para se certificar se ele teria febre. A tenra pele estava úmida; tateou-a com a palma da mão; até os cabelos escorriam, tão abundante era a transpiração. Não só não estava morto, como era evidente ter o principezinho vencido a crise e que recuperara a saúde. André teria querido agarrar, estreitar contra o seu coração aquele serzinho delicado, mas não ousou. Ali ficou, de olhos fitos naquela cabecinha, naquelas mãozinhas, naquelas perninhas que se desenhavam debaixo das roupas. O sussurro de um vestido se ouviu junto dele e uma sombra apareceu sob o cortinado da cama. André não se voltou, continuando, de olhos fitos na criança, a ouvir a sua respiração compassada. A sombra era da princesa Maria que, em passos muito leves, havia se aproximado e soerguera o cortinado. O príncipe, sem voltar a cabeça, reconheceu-a e estendeu-lhe a mão, que ela apertou nas suas.

– Está a transpirar – disse ele.
– Era isso que eu vinha te dizer.

A criança, a dormir, agitou-se ligeiramente, sorriu e comprimiu a testazinha de encontro ao travesseiro.

André olhou para a irmã. Os luminosos olhos de Maria, na penumbra dos cortinados, brilharam mais do que habitualmente, cheios de lágrimas felizes. Inclinou-se para o irmão e beijou-o, suspendendo-se ligeiramente nas sanefas do leito. Receosos de acordar o doentinho, assim ficaram, na meia-luz dos cortinados, sem poderem apartar-se daquela intimidade em que os três formavam como que um mundo à parte de tudo o mais. Foi André quem primeiro se afastou, despenteando os cabelos na musselina dos cortinados.

"Sim, é tudo quanto me resta", murmurou ele para si mesmo, num suspiro.

CAPÍTULO X

Pouco depois da sua admissão na confraria maçônica, Pedro, munido de um memorial completo, propositadamente escrito para ele, de tudo quanto era necessário fazer-se nos seus domínios, foi-se para o distrito de Kiev, onde vivia a maior parte dos seus servos.

Chegado que foi, mandou convocar para a "contadoria"[18] principal todos os seus intendentes, a quem expôs as suas intenções e os seus desígnios. Disse-lhes que deveriam tomar imediatamente medidas tendentes à emancipação completa dos seus camponeses e que de então até essa data estes não deveriam ser sobrecarregados de trabalho, que as mulheres e as crianças seriam dispensadas de tarefas pesadas, que era necessário prestar-lhes auxílio, que os castigos corporais passariam a ser substituídos por repreensões orais e que em cada um dos seus domínios se organizariam hospitais, asilos e escolas. Alguns dos seus intendentes, e entre eles havia vários quase analfabetos, ouviam-no aterrorizados, interpretando as palavras do jovem conde como se elas quisessem dizer que ele não estava contente com a sua administração e não desconhecia os roubos de cada um; outros, depois de um momento de pânico, puseram-se a achar graça das intenções do amo e das palavras novas que nunca tinham ouvido; outros ainda escutavam-no com prazer, e outros finalmente, os mais inteligentes, a cujo número pertencia o intendente-geral, perceberam, pelo que lhe ouviam, qual a atitude que teriam de tomar para com ele para melhor conseguirem os seus fins.

O intendente-geral disse da sua grande simpatia pelos projetos do amo, mas não sem deixar de observar-lhe quão necessário

---

[18]. Nome que se dá à repartição especial onde se tratam os assuntos relativos aos servos ou à administração dos domínios. (N.E.)

lhe seria, à parte estas transformações, ocupar-se dos próprios bens, em vista do mau estado dos negócios.

Apesar do enorme patrimônio do conde Bezukov, depois que a herança lhe viera parar às mãos e com ela, segundo se dizia, os quinhentos mil rublos de rendimento, o certo é que ele se encontrava muito menos rico do que quando recebia os dez mil rublos de pensão que o pai lhe dava. Nas suas linhas gerais o orçamento do novo conde Bezukov era este, pouco mais ou menos: pagava ao conselho[19] pela totalidade dos seus domínios cerca de oitenta mil rublos; a manutenção da sua propriedade próxima de Moscou, da sua casa da mesma cidade e os encargos com as dispendiosas mesadas às princesas orçavam por trinta mil rublos; as pensões elevavam-se a quinze mil e as obras de beneficência a mesma coisa, aproximadamente. Cento e cinquenta mil eram pagos à condessa para a sua manutenção. Pagava, de juros de dívidas contraídas, cerca de setenta mil rublos. A construção de uma igreja ainda em obras tinha-lhe absorvido nos dois últimos anos perto de dez mil rublos. E o restante, cerca de cem mil, era despendido nem ele sabia como, de tal sorte que todos os anos se via obrigado a contrair novas dívidas. Além disso, constantemente o intendente-geral lhe escrevia a dar-lhe parte de incêndios, de más colheitas, de reparações em armazéns e prédios. E eis que a primeira tarefa que se impunha a Pedro era aquela para que ele tinha menos aptidão e gosto: cuidar dos seus próprios interesses.

Todos os dias Pedro trabalhava com o seu intendente-geral. Mas cedo percebeu que não adiantava. Dava-se conta de que a atividade que desenvolvia era em vão, que os negócios lhe escapavam das mãos e que, por isso mesmo, não os via progredir. Por um lado, o intendente expunha-lhe as coisas sob a sua pior luz, mostrando-lhe a necessidade de pagar as dívidas e de empreender novos trabalhos com a ajuda dos servos, e disso não queria Pedro ouvir falar. Por outro, exigia que se apressasse a emancipação, a que o intendente opunha a necessidade de pagar antes a dívida ao conselho de tutela, o que tornava impossível a realização imediata dos projetos do amo.

O intendente não declarava ser completamente impossível a sua efetivação: para conseguir esse objetivo propunha que se vendessem as florestas do distrito de Kostroma, as terras do Baixo Volga e o domínio da Crimeia. Mas estas operações, na

---

19. Espécie de banco que emprestava dinheiro sobre os domínios. (N.E.)

sua opinião, eram tão complicadas, implicavam tanta papelada, tantos embargos, tantas intimações, tantos éditos dos tribunais, tantas autorizações que Pedro perdia a cabeça e contentava-se em responder-lhe: "Bem, bem, anda para diante".

Faltava a Pedro esse espírito prático e essa tenacidade que lhe teriam permitido tomar conta ele próprio de todos os seus negócios. Mas como esse trabalho lhe repugnava, contentava-se em fingir, diante do fato, estar interessadíssimo por ele. Quanto ao intendente, esse procurava dar-lhe a impressão, na sua presença, de considerar todos esses trabalhos da mais alta importância para ele, seu amo, enquanto que para si os considerava aborrecidíssimos.

Na grande cidade encontrou pessoas conhecidas. Os desconhecidos apressavam-se em relacionar-se com ele e cumulavam de amabilidades esse ricaço da última hora, o mais importante proprietário do distrito. Aquilo que ele confessara ser a sua maior fraqueza quando da admissão na loja maçônica tentou-o tão fortemente que lhe foi impossível resistir. Passou de novo dias, semanas, meses completamente absorvido pelas recepções, pelos almoços, pelos bailes, sem tempo de se refazer, tal qual como em Petersburgo. Em lugar da vida nova que esperava, recaiu na antiga, só com a diferença de ser noutras condições.

Não tinha outro remédio senão reconhecer que dentre as três obrigações impostas pela franco-maçonaria não cumpria aquela segundo a qual cada maçom deve ser um modelo no ponto de vista moral e que das sete virtudes requeridas não possuía duas: os bons costumes e o amor da morte. Ia se consolando convencendo-se intimamente de que cumpria a outra obrigação, isto é, o interesse pela melhoria das condições de vida do gênero humano, e que era detentor de outras virtudes: o amor do próximo e principalmente a generosidade.

Na primavera de 1807, decidiu regressar a Petersburgo. Pensava percorrer durante a viagem todos os seus domínios e verificar pessoalmente em que pé se encontravam as ordens que dera e em que situação se achava nesse momento aquele povo que Deus lhe havia confiado e que ele se esforçava por cumular de benesses.

O intendente, a cujos olhos todos os projetos do moço conde não passavam de rematada loucura, ao mesmo tempo prejudicial para si, para o proprietário e para os camponeses, viu-se obrigado, no entanto, a fazer certas concessões. Embora persistisse em considerar impossível a emancipação dos servos, tomou medidas, em virtude da próxima visita do amo, no sentido de mandar construir, em todos os domínios, grandes barracões, que serviriam de escolas, hospitais e asilos. Por toda a parte preparou recepções de que eram excluídas a solenidade e a pompa, pois sabia que não agradavam a Pedro. Mas pensou que manifestações de caráter religioso, com acompanhamento de imagens e oferendas de pão e sal, prova do reconhecimento dos camponeses, essas deviam, na sua maneira de compreender o amo, influir sobre ele e impressioná-lo.

A primavera naquelas paragens do sul, uma viagem rápida e confortável na sua caleche vienense, a solidão da estrada – tudo isso foi de efeito feliz no ânimo de Pedro. Os domínios que ele ainda não tinha visitado eram todos muito pitorescos. Por toda a parte os camponeses pareciam prósperos e em extremo reconhecidos pelos benefícios recebidos, e de tal modo Pedro era acolhido por todos os seus servos. Conquanto essa recepção calorosa o enchesse de confusão, dava-lhe no fundo da sua alma uma grande alegria. Em certo lugar os camponeses apresentaram-lhe o pão e o sal com uma imagem de S. Pedro e S. Paulo, e pediram-lhe licença, em honra daqueles santos patronos e em testemunho de amor e reconhecimento pelos benefícios recebidos, para erguerem, a expensas suas, uma nova capela na igreja. Além disso, mães, com seus filhos de peito, vieram ao seu encontro agradecer-lhe tê-las poupado a trabalhos penosos. Ainda noutro lugar aguardava-o um padre, de cruz alçada, rodeado de um bando de crianças a quem, graças ao conde, ele ensinava catequese e a ler e escrever. Em todos os seus domínios Pedro pôde ver, com seus próprios olhos, dependências de alvenaria em construção, ou já concluídas, todas segundo uma planta única: hospitais, escolas, hospícios que deveriam estar prontos num prazo relativamente curto. Por toda a parte lhe foi dado ver, graças aos relatórios dos feitores, que o trabalho fora diminuído e ouvia comovedoras provas de reconhecimento da boca dos próprios camponeses que vinham ao seu encontro, em delegações, com seus cafetãs azuis na cabeça.

Ignorava porém que a aldeia onde lhe tinham apresentado o pão e o sal e onde se pretendia erguer uma capela a S. Pedro e S. Paulo era uma povoação mercantil com feira pelo S. Pedro e que aquela capela há muito fora começada pelos ricaços locais, esses mesmos que se lhe haviam apresentado em delegação, quando o certo é que nove décimos dos camponeses se achavam na mais completa miséria.

Ignorava que desde que tinham deixado de mandar executar trabalhos pesados às mães com filhos de colo, essas mesmas mulheres se viam obrigadas a suportar, dentro de casa, um trabalho tanto ou mais penoso que o que faziam fora dela. Ignorava que o padre que o recebera de cruz alçada oprimia os paroquianos obrigando-os a pagar dízimos em espécie e que os alunos reunidos à sua volta lhe tinham sido confiados entre lágrimas, e que se seus pais os quisessem reaver teriam de pagar avultadas somas. Desconhecia que as construções de pedra, consoante os seus planos, haviam sido feitas pelos próprios camponeses, o que lhes agravara as tarefas, apenas suavizadas no papel. Ignorava que ali mesmo, onde o intendente lhe mostrara os foros reduzidos de um terço, consoante os seus desejos, a tarefa fora aumentada de metade. Eis por que Pedro se sentia encantado com a viagem através dos seus domínios e de novo possuído daquele entusiasmo filantrópico que se apoderara dele quando saíra de Petersburgo, e a tal ponto que escreveu cartas entusiastas a seu irmão instrutor, nome que dava ao grão-mestre.

"Que fácil é, quão pouco esforço é preciso para se conseguir tanto bem", dizia Pedro para consigo, "e que descuidados que nós somos!"

Sentia-se feliz com o reconhecimento que lhe testemunhavam, se bem que ao mesmo tempo experimentasse um certo mal-estar aceitando-o. Isso vinha lembrar-lhe estar na sua mão fazer muitíssimo mais por aquela gente simples e boa.

O seu intendente-geral, um celerado, assaz estúpido, de resto, que soubera levar o moço conde, inteligente mas ingênuo, e que fazia dele o que queria, como se ele fosse um brinquedo, ao ver o efeito que nele provocaram os processos de que lançara mão, logo tratou de extrair daí novos argumentos sobre a impossibilidade, e sobretudo sobre a inutilidade, da emancipação dos servos, os quais não precisavam de uma tal medida para se sentirem completamente felizes.

Pedro, no fundo do seu coração, estava de acordo com ele, pelo menos para reconhecer ser difícil conceber gente mais feliz e que só Deus sabia o que a liberdade lhes viria a dar. Mas, apesar de tudo, insistia na realização do que ele considerava uma causa justa. O intendente prometia-lhe fazer tudo quanto lhe fosse possível para dar cumprimento ao seu desejo, sabendo perfeitamente que ele nunca seria capaz de verificar se se tinham tomado medidas para a venda das florestas e dos bens, para o resgate ao conselho de tutela, e que, ainda por cima, nunca mais falaria no caso e não chegaria a saber que as dependências construídas permaneciam vazias e que os camponeses continuavam a dar em trabalho e em dinheiro o que sempre tinham dado por toda a parte, ou seja, tudo de quanto fossem capazes.

CAPÍTULO XI

No regresso da sua viagem ao sul, na melhor das disposições de espírito, Pedro pôs em execução o seu muito antigo projeto de ir visitar o seu bom amigo Bolkonski, a quem não via há dois anos.

Bogutcharovo ficava numa região plana e razoavelmente feia, coberta de prados e florestas de pinheiros e bétulas, em parte dizimadas. A residência senhorial era na extremidade da aldeia, que se estendia em linha reta dos dois lados da estrada, na retaguarda de um tanque recentemente cavado, completamente cheio, cujas margens ainda não estavam guarnecidas de erva, no meio de um bosque novo onde se erguiam, aqui e ali, alguns pinheiros.

A residência compunha-se de um cerrado para os feixes de trigo, um grupo de construções que davam para o pátio, cavalariças e estufa, e de uma grande casa de pedra com um frontão semicircular, ainda não concluído. Em torno da casa havia um parque recém-plantado. As paliçadas e o portal eram sólidos e novos. Sob um alpendre viam-se duas bombas de incêndio e um tonel pintado de verde. Os caminhos eram direitos, as pontes sobre os cursos de água, resistentes e guarnecidas de parapeitos. Em tudo se via ordem e boa administração. Os criados que encontrou, aos quais perguntou onde habitava o príncipe, apontaram-lhe um pequeno pavilhão novo marginando o tanque. O velho protegido do príncipe André, Antônio, ajudou Pedro a apear-se da sua caleche, disse-lhe que o príncipe estava em casa e conduziu-o a uma pequena antecâmara muito asseada.

Pedro sentiu-se impressionado com a modéstia daquela pequena casa limpa em comparação com o luxo brilhante de que vira cercado o seu amigo a última vez que com ele estivera em Petersburgo. Deu-se pressa em entrar no pequeno salão, que cheirava a resina de pinheiro e ainda por rebocar. Quis ir mais longe, mas Antônio precedeu-o na ponta dos pés e bateu à porta.

– Que se passa? – disse uma voz rude e pouco amável.

– Uma visita – respondeu Antônio.

– Diz-lhe que entre – e ouviu-se o ruído de uma cadeira que se afastava.

Pedro aproximou-se vivamente da porta e encontrou-se cara a cara com André, que vinha a sair, de aspecto pouco satisfeito e traços envelhecidos. Pedro abraçou-o e, depois de tirar o pincenê, beijou-o na face e olhou-o de perto.

– Ora aqui está o que eu não esperava. Ótimo! – exclamou André.

Pedro, silencioso, olhava, assombrado, o amigo, sem poder apartar os olhos dele, aturdido com a mudança que nele se operara. As suas palavras eram acolhedoras, tinha o sorriso nos lábios, mas aos olhos apagados, como mortos, por mais que fizesse não conseguia comunicar-lhes nem sombra de alegria. Não que tivesse emagrecido ou estivesse pálido, mas aquele seu olhar e aquela sua fronte sulcada de rugas, sinal de pensamentos concentrados, impressionavam Pedro e causavam-lhe como que uma sensação de repulsa, uma vez não habituado a vê-los no amigo.

Como sempre acontece depois de uma longa separação, não foi fácil encetarem desde logo uma boa conversa. As perguntas e as respostas eram breves, posto abordassem assuntos de que tanto um como outro estavam certos de ser dignos de mais larga explanação. Mas, por fim, voltaram a tratar dos assuntos a que apenas se haviam referido abreviadamente: o passado, os seus planos de futuro, a viagem de Pedro, as suas ocupações, a guerra etc. A preocupação e o abatimento que Pedro notara no olhar do seu amigo refletiam-se agora mais pronunciadamente no sorriso com que ele acolhia as tiradas de Pedro, especialmente quando o ouviu falar com jovial emoção do passado e do futuro. Apesar de toda a sua boa vontade, André não podia mostrar interesse por essas palavras, e Pedro acabou por compreender que, diante do seu amigo, não caíam bem nem o seu entusiasmo, nem os seus sonhos, nem as suas esperanças de felicidade e de virtude. Sentiu-se embaraçado ao expor todas as suas novas teorias maçônicas, especialmente aquelas que a sua última viagem lhe tinha permitido renovar e despertar em si. Refreava-se, receava parecer ingênuo, ao mesmo tempo que ansiava mostrar, quanto mais depressa melhor, já não ser a mesma pessoa, que era agora um Pedro bem melhor do que aquele que André conhecera em Petersburgo.

— Não posso dizer-lhe tudo que me aconteceu nestes últimos tempos. Nem eu próprio me reconheço.

— Efetivamente mudaste muito, muito, de então para cá – disse André.

— E quanto a você, quais são os seus projetos?

— Os meus projetos? Os meus projetos? – repetiu André, surpreendido ele próprio com o sentido dessas palavras. – Como vês, dedico-me à construção, quero estar definitivamente instalado no ano que vem.

Pedro, em silêncio, ficou a contemplar firmemente o rosto envelhecido do seu amigo.

— Não é isso; estava a perguntar-lhe... – mas André interrompeu-o:

— Para que havemos de falar de mim?... Conta-me, conta-me a tua viagem, tudo o que fizeste lá longe, nos teus domínios.

Pedro pôs-se a contar-lhe o que tinha feito, procurando dissimular o mais possível a sua própria participação nos melhoramentos realizados. Por mais de uma vez André antecipou-se a Pedro na conclusão das descrições por ele encetadas, como se para ele o que o amigo contava fossem coisas há muito suas conhecidas e ele escutasse todas essas histórias não só sem interesse, mas até com algum enfado.

Pedro acabou por se sentir pouco à vontade na companhia do amigo. Calou-se.

— E, como vês, meu caro – disse André, que estava sentindo, era evidente, os mesmos embaraços e enfado que o seu amigo –, estou aqui como num acampamento e vim apenas para passar os olhos por isto. Volto hoje mesmo para junto de minha irmã. Terei muito prazer em apresentar-te. Mas creio que tu a conheces. – Parecia que não procurava senão matar o tempo na companhia do seu hóspede, cujas ideias nada tinham já de comum com as suas próprias. – Partimos depois do jantar. E, agora, queres visitar as minhas instalações?

Saíram, e até o jantar caminharam pela propriedade, conversando acerca das coisas políticas e dos amigos comuns, como se fossem pessoas de pouca intimidade. O príncipe André falou-lhe com animação, e pondo nisso um certo interesse, das obras novas que estava a fazer, mas no meio da conversa, ainda sobre os próprios andaimes, no momento em que lhe descrevia a futura disposição dos aposentos, calou-se repentinamente:

— De resto, nada disto tem o menor interesse. Vamos jantar e depois partimos.

Durante o jantar veio a propósito falarem do casamento de Pedro.

— Fiquei muito surpreendido quando me disseram — disse André.

Pedro corou, como sempre acontecia em tal momento, e apressou-se em dizer:

— Hei de lhe contar um dia como tudo isso se passou. Mas, como sabe, acabou, e para sempre.

— Para sempre? Nada se faz para sempre.

— Mas então não sabe como isso acabou? Ouviu falar do duelo?

— E tiveste de chegar a esse ponto!

— A única coisa em que estou agradecido a Deus é de não ter matado aquele homem — murmurou Pedro.

— E por quê? Não fica mal a ninguém matar um cão danado.

— Sim, mas matar um homem não está bem, não é justo...

— Não é justo por quê? — insistiu André. — Ao homem não compete decidir o que é justo ou o que não o é. O homem sempre errou e sempre há de errar, e principalmente naquilo que ele considera justo ou injusto.

— É injusto o que prejudica o próximo — observou Pedro, que sentia prazer em verificar, pela primeira vez desde que chegara, que o amigo começava a animar-se e a tomar calor pela conversa, e pretendia, deste modo, dar a conhecer tudo que o levara ao estado em que atualmente se encontrava.

— E como sabes distinguir o que prejudica o próximo? — perguntou André.

— O mal! O mal! — exclamou Pedro. — Todos nós sabemos muito bem o que é mau para nós próprios.

— Sim, é verdade, sabemos, mas o que me faz mal pode não fazer mal a outro — redarguiu André, cada vez mais animado e desejoso de expor a Pedro o seu novo ponto de vista. E acrescentou em francês: "Na vida só conheço dois males bem reais: o remorso e a doença. Só a ausência destes dois males é que é o bem". Viver para mim próprio e limitar-me a evitar estes dois males, eis, atualmente, em que consiste toda a minha sabedoria.

— E o amor do próximo, e a dedicação? — atalhou Pedro.
— Não, não posso concordar com você. Viver apenas para não fazer mal, para evitar o remorso, é pouco, muito pouco. Vivi

assim, vivi só para mim e malogrei a minha vida. E só agora é que estou a viver, ou, pelo menos, a esforçar-me por viver – retificou por modéstia – para os outros. Só agora é que compreendi a felicidade da existência. Não, não posso estar de acordo com você, e estou convencido de que não pensa o que diz.

O príncipe André fitou Pedro sem dizer nada, com um sorriso zombeteiro nos lábios.

– Vais ver a minha irmã Maria. Estarão os dois de acordo – disse. – É possível que tenhas razão no que te diz respeito – acrescentou após alguns momentos de silêncio. – Cada um vive como melhor entende. Tu, tu viveste para ti e entendes que vivendo assim ias malogrando a tua vida e que não soubeste o que era felicidade senão no dia em que começaste a viver para os outros. Eu, por mim, fiz a experiência contrária. Vivi para a glória. E que é a glória? É também o amor do próximo, o anseio de fazer alguma coisa por ele, o desejo de merecer os seus louvores. Quer dizer que eu vivi para os outros e que não só estive em risco de comprometer a minha existência, como a malogrei, de fato, completamente. Eis por que, de então para cá, desde que não vivo senão para mim, passei a ter uma vida mais serena.

– Mas como é possível viver-se só para si? – interrogou Pedro, cada vez mais exaltado. – E seu filho, sua irmã, seu pai?

– Continuam a ser eu, não são os outros – replicou André. – Os outros, o próximo, como dizem tu e Maria, são a causa principal do erro e do mal. O *próximo* são esses camponeses de Kiev a quem tu queres fazer bem.

Olhou para Pedro com um olhar irônico e provocador. Era evidente que procurava desafiá-lo.

– Pelo que vejo, quer divertir-se – replicou Pedro, cada vez mais animado. – Onde é que pode haver erro e mal no desejo que há em mim de praticar o bem? E se eu não fizer quase nada, e mal, a minha boa intenção lá está sempre, e, seja como for, fiz alguma coisa. Que mal é que pode haver em ensinar aos desgraçados dos nossos camponeses, homens como nós, que vivem e morrem sem outra noção de Deus e da verdade que não sejam ritos vãos e orações sem qualquer significado para eles, que mal é que pode haver em ensinar-lhes a consoladora crença numa vida futura, numa recompensa proporcional aos seus atos, num alívio das suas dores? Que mal, que erro é que haverá em impedir que os homens morram de doença sem qualquer socorro, quando é tão fácil auxiliá-los materialmente, arranjando para eles remédios, hospitais e asilos onde acabem os seus tristes dias? E não será um bem palpável e incontestável que eu procure descanso e alívio no trabalho para o camponês e para a mulher que amamenta o seu filho, pobres deles que não sabem o que seja repouso nem de noite nem de dia?... – acrescentou Pedro com a sua gaguice nervosa. – E foi isso que fiz, mal, incompletamente, de acordo, mas a verdade é que o fiz em certa medida, e não só ninguém me dissuadirá de que não foi um bem o que eu pratiquei, como ninguém me convencerá de que o André não pensa da mesma maneira. E o mais importante – concluiu –, e é isso que eu sei, e disso estou convencido, é que a única verdadeira felicidade da vida é a satisfação que se tira do bem que se faz.

– Sim, se se puser assim o problema, é outra coisa – disse o príncipe André. – Eu construo uma casa, planto um parque, tu fundas hospitais. Tanto o meu ato como o teu podem ser considerados mero passatempo. Mas quanto ao que é justo, ao que é o bem, deixa àquele que tudo sabe, e não a nós, o cuidado de o decidir. Contudo, se queres continuar a discussão, está bem, seja feita a tua vontade!

Levantaram-se da mesa e foram instalar-se na escada que formava como que uma varanda.

– Bom, vamos à discussão – principiou André. – Tu dizes: escolas, instrução e tudo o mais – continuou, contando pelos dedos –, isso quer dizer que tu queres tirar aquele – apontou para um camponês que ia passando e os saudou – do seu estado animal e dar-lhe o sentido das necessidades morais. Pois eu penso que a sua única felicidade possível é a felicidade animal, e tu queres privá-lo disso. Invejo-o, e tu, tu queres torná-lo *eu*, sem lhe dares, aliás, todos os meus recursos. Em segundo lugar tu dizes: aliviemo-lo do seu trabalho. Mas, na minha opinião, o trabalho físico, para ele, é uma necessidade, uma condição da sua existência, tal qual como para ti o trabalho intelectual. Tu, tu não podes deixar de pensar. Eu deito-me às três horas da manhã e tanta coisa me vem à cabeça que não posso conciliar o sono. Revolvo-me na cama, fico sem dormir até alta madrugada, apenas porque penso, e não posso deixar de pensar, da mesma maneira que ele não pode deixar de lavrar ou de ceifar. Sem isso iria para a taberna e ficaria doente. Assim como eu não poderia suportar o seu tremendo trabalho físico – bastavam oito horas para me matar –, ele não suportaria a minha ociosidade física, tanto engordaria que acabaria por morrer. Em terceiro lugar, que disseste tu, afinal? – André agarrava o seu terceiro dedo – Ah! sim, os hospitais, os medicamentos. Suponhamos que ele tem uma apoplexia. Tu o sangras e ele se cura. Ficará dez anos entrevado, um tropeço para os outros. Seria muito melhor e muito mais simples morrer. Outros virão a este mundo, e há sempre gente de sobra. Se ao menos tu lamentasses perder um trabalhador encarando o problema como eu, mas tu queres tratá-lo por amor dele próprio. Ele não precisa disso. E, de resto, que ilusão a tua ao pensares que a medicina já curou alguém! Que tem morrido muita gente é um fato! – acrescentou, de sobrancelhas carregadas e virando o rosto.

André expunha as suas ideias com tanta clareza e tanta nitidez que se depreendia facilmente não ser a primeira vez que analisava aqueles problemas, e ao falar fazia-o com tanto prazer e tão abundantemente que se via bem que não se expandia há muito. Tanto maior era a animação do seu olhar quanto era certo serem pessimistas as conclusões a que chegara.

– Ah! é terrível! é terrível! – disse Pedro. – Não posso compreender que se viva com semelhantes ideias. Sim, confesso que passei por fases semelhantes não há muito tempo, em Moscou e em viagem. Mas nesses momentos sinto-me de tal modo arrasado que é como se deixasse de viver; tudo me é odioso... a começar por mim próprio. Então deixo de comer, deixo de me lavar. – E a você, André, que lhe acontece?

– Por que hei de desleixar-me? Isso não é próprio. Pelo contrário, acho que devemos procurar tornar a nossa existência o mais agradável possível. Estou vivo, e a culpa não é minha, por isso é bom que continue a viver o melhor que puder, sem incomodar ninguém, até à hora da morte.

– Mas o que o leva a ter semelhantes ideias? Está disposto, então, a ficar assim, sem se mexer, sem qualquer iniciativa.

– A vida se encarrega de nunca nos deixar em repouso. Ficaria encantado se nada tivesse que fazer, mas deu-se o caso de a nobreza da região me ter dado a honra de me escolher para seu marechal: só eu sei quanto me custou ver-me livre dessa gente. Não havia meio de perceber que eu era completamente destituído dos predicados necessários para o desempenho de tal cargo, que me faltava essa espécie de vulgaridade inquieta, a qualidade mais apreciada nas pessoas nessa situação. E, ainda por cima, tenho esta casa, que foi preciso construir para ter umas telhas minhas que me cubram e onde eu possa viver em paz. E agora – a milícia.

– E por que é que não voltou para a tropa?

– Depois de Austerlitz? – replicou ele, sorumbático. – Não, graças a Deus! Jurei a mim mesmo não voltar a servir no ativo. E estou disposto a não fazê-lo. Ainda mesmo que Bonaparte aqui aparecesse, em Smolenko, ameaçando Lissia Gori, eu não voltaria a pegar em armas. Sim, como te dizia – prosseguiu ele, serenando –, agora estão a mobilizar a milícia, meu pai é o comandante-chefe da 3ª região, e a única maneira que eu tenho de evitar o regresso ao meu posto é estar ao seu serviço.

– Quer dizer, portanto, que continuas a prestar serviço.

– Sim, continuo.

Calou-se por alguns instantes.

– E como é que então se explica que esteja a prestar serviço?

– É simples. Meu pai é um dos homens mais notáveis da sua época. Mas está velho e, embora não possamos dizer que é uma pessoa dura, é fato que tem um caráter muito impetuoso. O hábito em que está de dispor de um poder sem limites torna-o terrível, principalmente agora, que depende, como chefe da milícia, diretamente do imperador. Há uns quinze dias, se eu tivesse chegado duas horas mais tarde, ele teria mandado enforcar um escriba em Iuknov – acrescentou André com um ligeiro sorriso. – E então presto serviço porque ninguém a não ser eu tem influência sobre meu pai, e será esta a única maneira de evitar que ele cometa algum ato de que mais tarde viria a sentir remorsos.

– Então, como vê...

– Sim, mas o caso não é como pensas! – prosseguiu André. – Não tinha nem tenho qualquer sentido de benemerência para com esse canalha desse escriba, que roubara uns pares de botas dos milicianos. Teria sentido mesmo um grande prazer em vê-lo enforcado, mas tive pena de meu pai, isto é, de mim próprio.

O príncipe André parecia cada vez mais agitado. Seus olhos brilhavam febrilmente no momento em que procurava convencer Pedro de que nos seus atos não existia o menor desejo de fazer bem ao próximo.

– Então queres mesmo dar carta de alforria aos teus camponeses. Ótimo! Mas não vejo que isso seja um bem sequer para ti, pois estou convencido de que nunca açoitaste quem quer que fosse nem nunca mandaste ninguém para a Sibéria, quer muito menos para os teus camponeses. De resto, quando acontece baterem-lhes, açoitarem-nos, deportarem-nos para a Sibéria, não creio que se venham a sentir pior por isso. Na Sibéria continuam a mesma vida animal. E, quanto aos açoites, acabam por se curar das feridas e não ficam por isso mais infelizes do que anteriormente. Mas aqueles para quem eu julgo necessária a liberdade são os que moralmente estão perdidos, os carregados de remorsos, os que fazem tudo para calar a voz da consciência, os que se endurecem no abuso que cometem do seu direito de punir justa ou injustamente. Eis o que lamento e no interesse de quem gostaria de ver libertar os servos. Tu, naturalmente, nunca conheceste ninguém, mas eu tenho tratado com criaturas muito dignas, educadas na tradição do poder sem limites, que, com o correr dos anos, se tornaram irritáveis, se fizeram duras e cruéis; conscientes disso, mas sem se poderem dominar, acumulam assim sobre si próprias desgraças sobre desgraças.

O príncipe André falava com tamanha convicção que Pedro, sem querer, dizia para consigo mesmo que tais reflexões haviam sido sugeridas ao amigo pelo estado moral de seu próprio pai.

Não soube o que lhe responder.

– Sim, isto é que me inspira piedade: a dignidade do homem, a tranquilidade da consciência, a pureza da alma comprometida, e não as costas e as cabeças dos outros, pois, quer as açoitem quer as tosquiem[20], nem por isso deixam de ser costas e cabeças.

– Seja como for, não, nunca serei da sua opinião – concluiu Pedro.

CAPÍTULO XII

À tardinha, o príncipe André e Pedro meteram-se numa caleche e partiram para Lissia Gori. André, que relanceava furtivos olhares a Pedro, de tempo em tempo interrompia o silêncio para dizer alguma coisa em que se denunciava a sua excelente disposição.

Falava-lhe, apontando para os campos, nos aperfeiçoamentos agronômicos que tinha introduzido na lavoura.

Pedro, derrotado, calava-se, limitando-se a responder por monossílabos, e parecia mergulhado nos seus pensamentos.

Ia dizendo consigo mesmo que o amigo era infeliz, que estava em erro, que ignorava a verdadeira luz e que o seu papel era vir em seu auxílio, iluminá-lo e levantar-lhe o espírito. Mas, assim que se punha a congeminar o que lhe iria dizer e como o

---

20. "Tosquiar" é fazer alguém soldado. (N.E.)

diria, compreendia que André, com uma simples palavra e um só argumento, arrasaria a sua argumentação, e tinha medo de principiar, tinha medo de expor a zombarias muito possíveis a arca santa das suas crenças.

– Ora vejamos: que é que o leva a pensar assim – principiou ele, de chofre, de cabeça baixa como um touro que arremete –, que é que o leva a pensar assim? Não tem o direito de pensar assim.

– De pensar o quê? – interrompeu André, surpreendido.

– Pensar assim a respeito da vida, do destino do homem. Isso não pode ser. Eu também pensei assim, e quer saber o que é que me salvou? A franco-maçonaria. Ah! não se ria. Pode crer, a franco-maçonaria. Não é uma seita religiosa, cheia de ritos, como eu julgava, mas a melhor, a única expressão do que há de melhor, do que há de eterno no homem. – E pôs-se a expor-lhe em que consistia a franco-maçonaria e como ele a compreendia. Disse-lhe que era a doutrina cristã emancipada dos estorvos dos governos e das religiões, a doutrina da igualdade, da fraternidade e do amor.

– A nossa santa confraria é a única que possui o verdadeiro sentido da vida – continuou ele –, tudo o mais são fantasias. Creia, meu amigo, fora desta associação só há mentira e falsidade. E eu estou de acordo com você e pronto a dizer que ao homem honesto e inteligente nada mais lhe resta que acabar por viver como o André vive, com a única preocupação de não incomodar os outros. Mas, se adotar os nossos princípios fundamentais, se entrar na nossa confraria, se se entregar a nós, se se deixar dirigir por nós, acabará por sentir, como eu próprio senti, que é um elo desta cadeia enorme e invisível cujo princípio se esconde nos céus.

André ouvia Pedro falar sem dizer palavra, de olhos fixos diante dele. Como o ruído do carro não o deixava ouvir bem, por mais de uma vez lhe pediu que repetisse o que estava a dizer. O fulgor que brilhava nas pupilas de André e o seu silêncio garantiam a Pedro que as suas palavras não eram em vão e que o príncipe não pensava interrompê-lo nem zombar do que ele dizia.

Chegaram a um rio cujas águas haviam transbordado e o qual tiveram de atravessar de barco.

O príncipe André, encostado à amurada, contemplava, calado, a massa líquida de que os raios do Sol poente arrancavam labaredas.

– Então? Que é que acha de tudo isto? – perguntou Pedro. – Por que é que não diz alguma coisa?

– Que é que eu acho? Mas estou a ouvir-te. Tudo isto está muito bem – replicou. – Tu dizes-me: entre na nossa confraria e nós lhe mostraremos o fim da vida, o destino do homem e as leis que governam o mundo. Mas quem somos nós? Homens! Como é que vocês sabem tudo isso? Por que será que só eu não vejo o que vocês veem? Vocês veem na Terra o domínio do bem e da verdade, mas eu não o vejo.

Pedro interrompeu-o.

– Acredita numa vida futura? – perguntou.

– Numa vida futura? – Mas Pedro não o deixou prosseguir e, tomando esta interrogação como uma negativa, tanto mais que de longa data sabia do ateísmo do seu amigo, interrompeu-o. – Acha que lhe é impossível ver o reino do bem e da verdade sobre a terra. Também eu não acreditava em tal coisa e não é possível admiti-lo se se considerar a nossa vida como o fim de tudo. Sobre a terra, principalmente sobre a terra – dizia ele, apontando para os campos –, não há verdade: tudo é mentira e maldade. Mas no universo, no conjunto do universo é a verdade que reina. Nós somos por um momento filhos da terra, mas eternamente somos filhos do universo. Não sentirei eu, no fundo da minha alma, que sou uma parte deste todo enorme e harmonioso? Não sentirei eu que nesta imensa e infinita quantidade de seres, através da qual se manifesta a divindade ou a suprema força, o que vem a dar no mesmo, eu sou um fuzil, um degrau da escada dos seres que vai do mais ínfimo ao mais elevado? Se eu vejo, se vejo claramente esta escada que vai da planta até o homem, por que é que hei de partir do princípio de que ela se detém precisamente em mim em vez de alcançar sempre mais longe, cada vez mais longe? Eu sinto em mim que, pela mesma razão de que nada se perde no universo, também eu não posso desaparecer e que continuarei a ser para todo o sempre como sempre tenho sido. Sinto que além de mim e para além de mim há espíritos vivos e que é nesse universo que reside a verdade.

– Sim, é a doutrina de Herder – inverveio André. – Mas, meu caro, não é essa doutrina que me convence: a vida e a morte, sim. O que me convence é ver uma criatura a quem queremos muito, a quem muito estamos presos, para com quem nos sentimos culpados e de que esperamos remir o mal que lhe fizemos – e ao dizer estas palavras a sua voz tremia e desviava a vista –, e que de um momento para o outro começa a sofrer, a padecer tremendas dores e deixa de existir... Por quê? É impossível que não haja uma resposta para isto! E eu estou convencido de que há... Eis o que me convence, eis o que me convenceu – concluiu ele.

– Claro, claro – repetiu Pedro. – Mas não é isso precisamente o que eu estive a dizer?

– Não. O que eu quero dizer é que não são os raciocínios que me convencem da necessidade de uma vida futura, mas este fato apenas: o de irmos pela vida afora de mão dada com um ser humano e este ser de repente desaparecer *além*, *no nada*, e então determo-nos diante desse abismo e ficarmos a olhar. E eu, eu olhei.

– E então? Sabe que há um *além*, que há *alguém*. Além é a vida futura. Esse alguém é Deus.

O príncipe André permanecia calado. Havia muito já que a carruagem e os respectivos cavalos tinham atingido a outra margem, que estes já estavam de novo atrelados, que o sol já mal se via no horizonte e que a geada do crepúsculo começava a cobrir de estrelas de gelo o lamaçal do atracadouro, e ainda Pedro e André, com grande espanto dos lacaios e dos barqueiros, continuavam no barco entretidos a falar.

– Se Deus existe, se há uma vida futura, a verdade existe, existe a virtude, e a suprema felicidade do homem consiste no esforço para alcançá-las. É preciso viver, é preciso amar, é preciso crer – dizia Pedro –, pois não vivemos apenas nesta hora, sobre este pedaço de terra, mas sempre vivemos e eternamente havemos de viver, além, no Todo. – E apontava para o céu.

André continuava apoiado à borda do barco e ouvia Pedro sem deixar de fitar os reflexos vermelhos do Sol poente nas águas cada vez mais azuis. Pedro calou-se. A serenidade era completa. Há muito que o barco estava atracado e não se ouvia senão o tênue ondular da superfície líquida batendo de encontro ao fundo da embarcação. Para André parecia que aquele sussurro confirmava o que dizia Pedro: "É a verdade, acredita".

Soltou um suspiro e envolveu num olhar de criança, luminoso e terno, o rosto de Pedro, muito corado e vitorioso, e como sempre intimidado diante da superioridade do amigo.

– Sim, se ao menos assim fosse! – exclamou. – Vamos, o carro espera-nos. – E pondo os pés em terra, soergueu os olhos para o céu que Pedro lhe apontara e pela primeira vez depois de Austerlitz tornou a ver aquele céu profundo e eterno, o céu que havia contemplado estendido no campo de batalha, e sentimentos há muito nele adormecidos, os melhores sentimentos, despertaram subitamente na sua alma, como numa ressurreição de alegria e juventude. Entregue aos hábitos cotidianos da vida, todas as suas tendências íntimas se haviam desvanecido pouco a pouco, mas, embora não tivesse sabido nutri-las, o certo é que continuava a senti-las vivas dentro de si. Desta sua conversa com Pedro passou a datar uma vida que, se exteriormente parecia a mesma, no seu foro íntimo passara a ser completamente nova.

CAPÍTULO XIII

Era noite quando André e Pedro se apearam diante da entrada principal de Lissia Gori. No momento em que chegavam, André chamou a atenção do amigo, todo sorridente, para a azáfama junto da escada de serviço. Uma velha, toda corcovada, de alforje às costas, e um homenzinho vestido de preto, de grande cabeleira, ao verem aproximar-se a caleche esconderam-se no alpendre. Duas mulheres correram atrás deles e os quatro, depois de haverem lançado um olhar espavorido à carruagem, desapareceram na pequena escada.

– São as almas de Deus[21], da Macha – observou André. – Julgaram que era meu pai que chegava. Eis a única coisa em que ela não se submete a ele: ele deu ordem para Macha correr com estes peregrinos, mas continua a recebê-los.

– E que vêm a ser estas "almas de Deus"? – inquiriu Pedro.

O príncipe André não teve tempo de lhe responder. Os criados acorriam ao seu encontro. Perguntou-lhes pelo velho príncipe e se esperavam-no para breve.

Naquele momento ainda estava na cidade, e aguardavam-no de um momento para o outro.

André conduziu o amigo aos seus antigos aposentos, os quais, em casa de seu pai, estavam sempre preparados para recebê-lo, e dirigiu-se ao quarto do filho.

– Vamos ver minha irmã – disse ele quando voltou para levar Pedro consigo. – Ainda não a vi. Está escondida com as suas almas de Deus. É bem feito para ela. Vai ficar envergonhadíssima. Mas ficarás conhecendo essa gente. É curioso, palavra.

– Que são estas almas de Deus?

---

21. "Almas de Deus", nome dado aos sectários diversos que acreditavam que Deus encarnava em qualquer momento numa criatura escolhida. (N.E.)

– Já vais ver.

A princesa Maria ficou realmente muito envergonhada, e o seu rosto cobriu-se de manchas escarlates ao vê-los entrar. No seu quarto confortável, com os seus oratórios de ícones diante dos quais ardiam lamparinas, sentado num divã, ao lado dela, tomando chá, estava um rapazola de nariz aquilino e cabelos compridos, vestido de frade.

Junto deles, numa poltrona, sentava-se uma velha descarnada e rugosa, de expressão cortês e infantil.

– André, por que não me preveniu? – disse ela com uma entoação de censura na voz suave e pondo-se diante dos seus peregrinos, como uma galinha diante dos seus pintinhos.

– Estou encantada por vê-lo. Estou muito contente por vê-los – disse ela para Pedro, enquanto este lhe beijava a mão. Conhecera-o ainda muito criança, e agora a amizade que ele tinha por André, as suas infelicidades com a mulher, e sobretudo o seu bondoso feitio, a sua simplicidade, dispunham-na muito bem para com ele. Olhando-o com os seus lindos olhos luminosos parecia dizer-lhe: "Gosto muito de você, mas, por amor de Deus, não faça troça dos *meus*".

Depois dos primeiros cumprimentos todos se sentaram.

– Ah! Então o Ivanuchka também está aqui! – exclamou André, sorridente, dirigindo-se ao moço peregrino.

– *André*! – suplicou a irmã.

– É preciso que saiba que é uma moça – André esclareceu Pedro.

– André, por amor de Deus – insistiu Maria.

Via-se perfeitamente que os gracejos de André a propósito dos peregrinos e a baldada intervenção de Maria em seu favor eram hábito corrente entre os dois irmãos.

– Mas, minha boa amiga – prosseguiu André –, devia, pelo contrário, estar-me reconhecida que eu explique a Pedro a sua intimidade com este rapaz.

– Realmente? – disse Pedro que, com uma expressão curiosa e cheia de serenidade, coisa por que Maria lhe estava particularmente reconhecida, observava, por detrás do pincenê, a figura de Ivanuchka. Este, percebendo que se referiam a ele, olhava para todos com o seu olhar astuto.

Não valia a pena que Maria se mostrasse tão incomodada por causa dos *seus*. Eles não mostravam o menor embaraço. A velha, de pálpebras descidas, mas relanceando furtivamente os olhos aos recém-chegados, pousara no pires a chávena de fundo para o ar, pusera de lado o torrão de açúcar já meio roído[22] e quedara-se muito sossegada na sua poltrona, esperando que lhe oferecessem mais chá. Ivanuchka, enquanto bebia, em pequenos goles, pelo pires, às escondidas ia fitando os dois amigos, com os seus olhos maliciosos, muito femininos.

– Ouve lá, estiveste em Kiev?[23] – perguntou André à velhinha.

– Estive, paizinho – replicou a velha, prolixamente. – Precisamente pela Natividade, tive a dita, junto dos santos padres, de participar nos santos mistérios do Céu. E agora vou a Koliazine, paizinho. Houve ali um grande milagre...

– E Ivanuchka vai contigo?

– Não, eu sigo o meu caminho, meu benfeitor – disse Ivanuchka, fazendo o possível por imprimir à voz um registro de baixo. – Foi em Iuknov que eu me encontrei com Pelagueiuchka.

Pelagueiuchka interrompeu a companheira. Morria por contar tudo quanto vira.

– Em Koliazine, paizinho, houve um grande milagre.

– E que foi que aconteceu? Novas relíquias? – perguntou André.

– Por amor de Deus, André – intercedeu Maria. – Pelagueiuchka, não contes nada.

– Que dizes tu, mãezinha, por que é que eu não hei de lhe contar? Eu gosto muito dele. É bom, é enviado de Deus. É meu benfeitor; deu-me dez rublos, lembro-me muito bem. Quando eu estava em Kiev, Kiriuchka falou-me. É um inocente, uma verdadeira alma de Deus. Anda sempre descalço, tanto no verão como no inverno. "Por que é que tu não vais", disse-me ele, "aonde deves ir? Vai a Koliazine. Houve ali um milagre, a nossa Mãe, a Santíssima Maria Mãe de Deus, manifestou-se." Ao ouvir estas palavras, despedi-me dos santos padres e abalei.

Todos estavam calados. Só a peregrina falava, numa voz pausada, entrecortada de profundas inspirações.

– Quando lá cheguei, paizinho, a gente disse-me: "Um grande milagre aconteceu: os santos óleos escorrem das faces da nossa Mãe, a Santíssima Mãe de Deus"...

– Bem, bem, basta, depois contarás isso – disse a princesa Maria, corando.

---

22. Na Rússia é costume tomar o chá trincando um torrão de açúcar a cada gole. (N.E.)
23. Alude-se aqui ao ícone da Mãe de Deus de Kiev, objeto de culto geral. (N.E.)

– Deixa que eu lhe faça uma pergunta – interveio Pedro. – Viste isso com os teus próprios olhos?

– Pois vi, paizinho, tive essa felicidade. No rosto da santa havia uma claridade tal que parecia uma luz do Céu, e das suas faces aquilo escorria, escorria...

– Mas isso é uma fraude! – exclamou Pedro, ingenuamente, depois de ter prestado muita atenção às palavras da peregrina.

– Ah! paizinho, que estás dizendo? – suspirou Pelagueiuchka, aterrorizada, e como se procurasse socorro junto de Maria.

– É assim que se engana o povo – prosseguiu ele.

– Oh! Jesus Cristo, Nosso Senhor! – exclamou de novo a peregrina, benzendo-se. – Oh! não fales assim, paizinho. Havia um "anaral"[24] que não acreditava e dizia: "É uma artimanha dos frades". E assim que abriu a boca cegaram-se seus olhos. E então teve um sonho, viu a Nossa Mãe das Criptas, que caminhava para ele e lhe dizia: "Acredita em mim e eu te curarei". E então ele clamou: "Levem-me, levem-me até junto dela". E tudo isto é a pura verdade, vi com os meus próprios olhos. Levaram logo dali o cego até o pé da Santa. Aproximou-se, prosternou-se diante dela: "Cura-me e eu te darei", disse ele, "tudo o que o tsar me concedeu." E eu vi, paizinho, eu vi a sua estrela[25] posta na imagem. E que julga? Ele voltou a ver. É pecado falar assim. Deus te castigará – disse ela para Pedro num tom severo.

– Realmente a estrela apareceu na imagem? – perguntou Pedro.

– Naturalmente promoveram a Nossa Mãe a general – zombou André, sorrindo.

Pelagueiuchka empalideceu de repente contorcendo os braços de desespero.

– Paizinho, paizinho, que pecado, e tu tens um filho! – exclamou ela, de pálida tornando-se subitamente escarlate. – Paizinho, que estás dizendo, que Deus te perdoe! – benzeu-se. – Senhor, perdoa-lhe! – Voltou a benzer-se. – Senhor, perdoa-lhe! Ah! mãezinha o que é que... – prosseguiu ela, voltando-se para Maria. Levantou-se e quase a chorar pôs-se a preparar o alforje. Via-se claramente estar aterrorizada, e também envergonhada de haver aceitado esmolas numa casa onde era possível pronunciarem-se coisas daquelas, ao mesmo tempo que denotava certa pena por dever renunciar a essas mesmas esmolas.

---

24. Queria dizer *general*. (N.E.)
25. A sua condecoração de general. (N.E.)

– Que prazer tiveram nisto? – interveio a princesa Maria.
– Era bem melhor que não tivessem aparecido aqui...
– Eu estava brincando, Pelagueiuchka – replicou Pedro.
– Princesa, palavra, não a queria ofender, disse isto sem querer. Não dês importância, eu estava a brincar, voltou ele, sorrindo timidamente e procurando fazer esquecer o que se passara. – E André também, ele também estava a brincar.

Pelagueiuchka, por momentos, pareceu incrédula, mas Pedro tinha uma expressão tão sincera ao confessar-se arrependido e André fitava com tanta doçura ora Pedro ora a peregrina que esta pouco a pouco acabou por se acalmar.

CAPÍTULO XIV

A peregrina, mais serena e entrando de novo na conversa, pôs-se a narrar longas histórias do tio Anfiloke, cuja vida era tão santa que das suas mãos se evolava cheiro a incenso. Depois contou como uns frades seus conhecidos, quando da sua última viagem a Kiev, lhe haviam dado a chave das criptas e como, só com uma bolacha no estômago, ali passara quarenta e oito horas junto dos santos padres. "Rezava a um deles, lia as minhas orações, ia até o pé do outro. Dormitava um bocadinho, voltava a tocar nos túmulos e, mãezinha, havia ali tanto sossego, sentia em mim tanta graça que não me apetecia voltar para a luz de Deus."

Pedro ouvia-a muito atento e com a maior serenidade. O príncipe André saiu, e Maria, deixando as almas de Deus acabarem o seu chá, conduziu Pedro até o salão.

– Muito bom é o Pedro – disse-lhe ela.
– Ah! realmente, eu não tinha a menor intenção de ofendê-la, compreendo-a perfeitamente e aprecio muito os seus sentimentos.

A princesa Maria olhou para ele e sorriu com suavidade.
– Sim, há muito que o conheço e estimo-o como se fosse meu irmão – disse ela. – Como lhe pareceu o André? – apressou-se ela a perguntar-lhe, sem lhe dar tempo a responder às suas palavras amáveis. – Ando muito preocupada com ele. No inverno passou melhor de saúde, mas na primavera a ferida voltou a abrir e o médico disse-lhe que lhe convinha ir fazer uma cura no estrangeiro. E o seu moral também me atormenta muito. Os homens não são como nós, ele não pode dar vazão à sua dor e chorar

a sua mágoa. Traz tudo isso lá dentro de si. Hoje está alegre e animado, mas é a sua presença que lhe dá essa boa disposição. Muito raramente o vejo assim. Se fosse capaz de convencê-lo a ir até o estrangeiro! Ele precisa de atividade, e esta vida calma e sempre igual acaba com ele. Os outros não dão por isso, mas eu vejo perfeitamente que é assim.

Às dez horas, assim que ouviram os guizos da carruagem do velho príncipe, que chegava, os lacaios precipitaram-se para a escada principal. André e Pedro saíram também ao seu encontro.

– Quem é? – perguntou o velho príncipe, ao apear-se, dando com os olhos em Pedro. – Ah! Muito prazer! Dá cá um beijo! – exclamou, assim que reconheceu o jovem.

Estava de ótima disposição e foi amabilíssimo com Pedro.

Antes da ceia, André, de regresso ao gabinete do pai, encontrou os dois em calorosa discussão. Pedro queria provar que ainda chegaríamos a um tempo em que acabariam as guerras. O príncipe, escarnecendo dele, mas sem se zangar, sustentava o ponto de vista contrário.

– A única maneira de acabarem as guerras é sangrar os homens e pôr-lhes água no lugar do sangue. Patetices de mulher, patetices de mulher – dizia ele, batendo amigavelmente no ombro de Pedro.

Em seguida aproximou-se da mesa junto da qual estava André, que visivelmente evitava tomar parte na discussão, folheando os papéis que o pai trouxera da cidade. Pôs-se a falar-lhe da milícia.

– O marechal da nobreza, conde de Rostov, não me pôde fornecer os homens que eram precisos. Pois não queres saber? Assim que aí chegou meteu na sua cabeça oferecer um grande jantar. Eu lhe darei os jantares... Olha, repara nisto... Pois é verdade, meu rapaz – continuou, dirigindo-se ao filho e batendo nas costas de Pedro –, é um belo rapaz o teu amigo. Gosto dele! Dá-me calor. Qualquer outro era capaz de se pôr aí com discursos muito ajuizados e não tínhamos prazer algum em ouvi-lo. Mas este farta-se de dizer patetices e enche-me de energia, a um velho como eu! Bom, vão, vão! É muito provável que eu também apareça, que vá cear com vocês. Continuaremos a nossa discussão. Espero que gostes da minha pateta, da princesa Maria – gritou ele a Pedro já do limiar da porta.

Somente ali, durante aquela estada em Lissia Gori, é que Pedro pôde apreciar todo o ímpeto e todo o encanto da sua amizade por André. E esse encanto estava não tanto nas suas relações com o amigo, mas ainda mais nas com os seus parentes e com todo o pessoal da casa. Tanto em relação ao velho príncipe, assaz rebarbativo, como à doce e tímida Maria, posto mal os conhecesse, foi como se de repente sentisse que sempre os estimara. Aliás todos gostavam dele. Maria, seduzida pelas suas maneiras delicadas para com os peregrinos, fitava-o com o mais luminoso dos seus olhares. Até o pequeno Nicolau, o príncipe de um ano, como lhe chamava o avô, tinha risadinhas para Pedro e ia aos seus braços sem chorar. Mikail lvanovitch e Mademoiselle Bourienne presenteavam-no com os seus sorrisos mais afáveis, enquanto ele conversava com o velho príncipe. Este assistiu à ceia: fazia-o, evidentemente, em honra de Pedro. Durante os dois dias que este passou em Lissia Gori, foi extremamente amável para com ele, convidando-o para conversar.

Quando Pedro partiu e toda a família voltou a encontrar-se reunida, cada um deu a sua opinião acerca dele, como é costume sempre que um convidado novo visita uma casa, e, coisa rara, ninguém teve que dizer dele senão bem.

CAPÍTULO XV

Desta feita, pela primeira vez desde que regressara de licença, Rostov percebeu até que ponto era afeiçoado a Denissov e a todo o seu regimento.

Ao chegar experimentou qualquer coisa de semelhante ao que sentira ao aproximar-se da casa da rua Povarskaia. Ao deparar com o primeiro hussardo de uniforme desabotoado, ao ver o ruivo Dementiev e as parelhas de cavalos baios, ao ouvir Lavruchka gritar jovialmente para o seu amo: "Lá vem o conde!", ao descobrir Denissov, tal como estava deitado na sua barraca, correndo a abraçá-lo e aos oficiais agrupados à sua volta, Rostov sentiu a mesma impressão que experimentara quando a mãe, o pai e as irmãs o haviam acolhido entre carinhos, e lágrimas de alegria lhe subiram aos olhos, embargando-lhe a voz. O regimento ainda era para ele um lar, uma casa tão querida e agradável como a própria casa paterna.

Depois de apresentado ao comandante do regimento e de empossado, no mesmo esquadrão em que estivera incorporado antes, nas funções do serviço de abastecimento de forragens, ei-lo que, nos mil e um pormenores da vida de caserna, naquele sentir-se privado de liberdade e forçadamente cingido a um quadro estreito e invariável, experimentava a mesma sensação de sossego, de amparo, de estar em sua própria casa, no seu devido lugar, como quando se encontrava sob o teto paterno. Ali nada se parecia com aquele tumulto da vida no mundo livre, onde não encontrava o seu lugar, onde não sabia viver, ali já não havia uma Sônia a quem fosse preciso dar ou não explicações. Acabavam-se as alternativas em que era obrigado a decidir se ia ou não a tal ou tal lugar. Não mais aqueles longos dias de vinte e quatro horas que é preciso preencher de maneiras tão diversas; não mais aquela multidão com quem não se tem a menor intimidade e que ao mesmo tempo também não nos é completamente estranha; não mais problemas de dinheiro com o pai, nem sempre muito claros; não mais a lembrança dessa terrível perda no jogo por causa de Dolokov! Ali, no regimento, tudo era preciso e simples. O universo estava dividido em duas partes desiguais: uma, o seu regimento de Pavlogrado, a outra, o resto do mundo. E esse "resto do mundo" era-lhe completamente indiferente. No regimento a todos conhecia. Sabia quem era o tenente, o capitão, quem era boa pessoa, quem era má rês, mas, de qualquer forma, todos eram seus camaradas, e isso é que importava. O cantineiro fiava-lhe; pagaria de quatro em quatro meses. Nada a combinar, nenhuma escolha a fazer no regimento de Pavlogrado, mais não havia do que abster-se cada um do que não era acertado, e, se alguém recebia ordem de levar a cabo determinada missão, só uma coisa tinha a fazer: o prescrito e ordenado em termos claros e minuciosos. E tudo batia certo.

Ao retomar os seus hábitos regulares da caserna, Rostov sentia uma alegria e um alívio muito parecidos com aqueles que experimenta um homem fatigado que descansa. Esta vida durante a campanha foi-lhe tanto mais agradável porque, depois da perda no jogo, coisa que, não obstante toda a indulgência dos pais, ele a si próprio não podia perdoar, tomara a resolução de fazer o seu serviço não como antes, mas de maneira a apagar a falta que cometera, fazendo-o bem feito, como camarada e oficial modelos, isto é, transformando-se num perfeito cavalheiro, o que lhe parecia mais difícil no mundo do que no regimento. Resolvera igualmente reembolsar os pais, no prazo de cinco anos, da dívida que contraíra por causa do jogo. Recebia uma pensão anual de dez mil rublos. Decidira contentar-se de então para o futuro com dois mil, consagrando o excedente à amortização desse débito.

Depois de múltiplos movimentos de retirada e de marchas avante, após as batalhas de Pultusk e de Preussisch-Eylau, o exército russo concentrara-se em Bartenstein. Aguardava-se a chegada do imperador para se recomeçar a campanha.

O regimento de Pavlogrado, que fazia parte daquela fração do exército que participara na campanha de 1805, depois de completar os seus efetivos na Rússia, chegara demasiado tarde para as primeiras operações. Não estivera nem em Pultusk nem em Preussisch-Eylau, e para a segunda parte da campanha, uma vez reunido ao exército em pé de guerra, fora integrado no destacamento de Platov.

Este destacamento operava independentemente do exército.

Por várias vezes os hussardos de Pavlogrado haviam tomado parte em escaramuças com o inimigo e feito prisioneiros. De uma das vezes destruíram mesmo as bagagens do marechal Oudinot. No mês de abril, tinham estado acantonados algumas semanas numa povoação alemã abandonada e completamente em ruínas, sem nunca de lá saírem.

O degelo principiava. Tudo era lama, fazia frio, os cursos de água descongelavam, os caminhos tornavam-se intransitáveis. Durante alguns dias não houve ração de forragem para as montadas nem rancho para os homens. Como os comboios de abastecimentos não podiam se deslocar, os soldados espalhavam-se pelas aldeias abandonadas e desertas à procura de batatas, que também eram cada vez mais raras.

Tudo fora devorado e quase todos os habitantes tinham desaparecido. Os poucos que ficaram viviam mais desgraçados que mendigos. Nada tinham para pilhar, e os soldados, embora pouco propensos à piedade, em vez de privarem do pouco de que dispunham, repartiam com eles as suas migalhas.

Nas operações em que tomara parte, o regimento de Pavlogrado apenas tivera dois feridos, mas depois, mercê da fome e da doença, perdera quase metade dos seus efetivos. Era tão certa a morte nos hospitais que os soldados, consumidos pela febre e cobertos de pústulas, consequência da má alimentação, preferiam continuar nas fileiras, arrastando-se penosamente, a dar baixa por doença.

Com a chegada da primavera, descobriram uma planta, parecida com o aspargo, à flor da terra, que chamaram, não se sabe por quê, de "a doce raiz de Maria". Em busca desta "raiz doce", em verdade amarga, percorriam os prados e os campos, desenterravam-na com as pontas dos sabres e comiam-na, não obstante haver ordens terminantes para que não o fizessem. Uma doença se disseminou com a primavera, que consistia no inchaço das mãos, dos pés e do rosto, e que os médicos atribuíam à ingestão desta raiz. Apesar de todas as ordens em contrário, os soldados do esquadrão de Denissov continuaram a comer a raiz desta planta, pois já havia quinze dias que os últimos biscoitos estavam racionados – cabia apenas meio arrátel a cada homem – e as batatas ultimamente recebidas chegaram germinadas.

Havia igualmente quinze dias que as montadas comiam o colmo que cobria as casas: a sua magreza era esquelética e, como ainda não tinham sido tosqueadas, o pelo de inverno formava tufos empastados.

Não obstante todas essas desgraças, tanto soldados como oficiais mantinham a mesma vida. Pálidos, de caras inchadas, cobertos com uniformes em andrajos, os hussardos continuavam a comparecer à chamada, a proceder à limpeza das suas montadas e ao polimento do correame; arrancavam o colmo das coberturas das casas para os cavalos, apresentavam-se ao rancho, de onde voltavam esfomeados, e acabavam por zombar da má alimentação e da barriga vazia. Continuavam, como sempre, nos ócios do serviço, a atear grandes fogueiras, a aquecer-se ao fogo, a fumar, a andar pelos campos na colheita de batatas para cozer, embora já germinadas e fermentadas, a contar histórias ou a ouvir o que se passara nas campanhas de Potemkine ou de Suvorov, ou ainda as aventuras de Aliocha, o espertalhão, ou de Milkolka, o artesão do pope.

Com os oficiais acontecia a mesma coisa, metidos aos dois e aos três em casas sem tetos nem paredes, parte em ruínas. Os oficiais de patente superior tratavam dos abastecimentos de forragem e de batatas e em geral da ração dos homens. Os subalternos, como sempre, jogavam cartas, pois tinham dinheiro de sobra quando não havia o que comer, ou quaisquer outros jogos inocentes, como a *svaika* ou a bola. Pouco se falava da marcha geral das operações, porque nada de positivo se sabia a tal respeito e porque confusamente se pressentia que as notícias não deviam ser grande coisa.

Rostov, como anteriormente, habitava com Denissov, e a amizade entre ambos ainda era maior agora, depois da última licença. Denissov nunca lhe falava da família, mas a carinhosa afeição que o comandante testemunhava ao seu oficial dava a perceber a este que era ao seu desventurado amor por Natacha que devia aquele recrudescimento amistoso. Denissov procurava expor Rostov o menos que podia a qualquer ação perigosa, fazendo o possível por conservá-lo em segurança, e grande era o seu contentamento sempre que o via regressar são e salvo de qualquer escaramuça. Durante uma dessas missões de reconhecimento, o jovem oficial descobrira, numa povoação evacuada e deserta onde fora procurar abastecimentos, um velho polaco, bem como uma filha deste, com um filhinho de peito. Esfarrapados e mortos de fome, não podiam arrastar-se nem tinham qualquer meio que os levasse dali.

Rostov trouxe-os consigo para o acampamento, instalou-os na sua própria cabana e, enquanto o velho não se restabeleceu, isto durante algumas semanas, foi ele quem os sustentou. Um dos seus camaradas, ao falar-se de mulheres, pusera-se a zombar dele, dizendo que Rostov ainda era mais maroto que os marotos e que o que ele tinha a fazer era apresentar aos camaradas a linda polaca a quem salvara a vida. Rostov não gostou da zombaria, cobriu de injúrias o camarada, e só a muito custo Denissov conseguiu evitar que ambos se batessem em duelo. Depois do incidente, Denissov, que também ignorava qual o gênero de relações do amigo com a polaca, pôs-se a censurá-lo pela exaltação que mostrara, e Rostov explicou-lhe:

– Que queres tu?... Para mim é como se fosse minha irmã, e nem sei dizer-te por que me senti ferido... pois a verdade é que... o que ele disse...

Denissov bateu-lhe afetuosamente no ombro e principiou a andar de um lado para o outro sem olhar para ele, costume muito seu quando se sentia comovido.

– Que doidos me saíram esses Rostov! – exclamou, e os seus olhos encheram-se de lágrimas.

CAPÍTULO XVI

Em abril, com a notícia da chegada do imperador ao campo de batalha, as tropas reanimaram-se. Rostov não teve a sorte de assistir à parada de Bartenstein em que o soberano passou revista aos corpos de exército: os hussardos de Pavlogrado estavam na primeira linha, muito longe daquelas paragens.

Tinham acampado. Denissov e Rostov instalaram-se numa barraca de terra, cavada pelos soldados, coberta de ramadas de vegetação. Esse gênero de abrigos estava então em moda no exército e a sua construção era como segue: cavava-se uma trincheira de cerca de um *archine*[26] e meio de largura, dois de profundidade e três e meio de comprimento. Numa das extremidades talhavam-se alguns degraus, que serviam de escada de acesso. A trincheira era o quarto, o qual, para os felizardos, como, por exemplo, o comandante do esquadrão, dispunha, no lado oposto ao da saída, de uma prancha de madeira, assente sobre duas estacas, que fazia de mesa. Nas duas paredes da trincheira, a terra, cavada na extensão de dois *archines*, ajeitava-se para camas e divãs. O teto dispunha-se de maneira que na parte central se podia ficar de pé; por cima das camas havia mesmo espaço suficiente para um homem se sentar, aproximando-se da mesa. Denissov, muito estimado pelos homens do seu esquadrão, vivia com um certo conforto. Podia orgulhar-se de dispor na frente da sua barraca de uma prancha de madeira com um vidro partido, mas consertado. Quando o frio apertava, vinham colocar-lhe nos degraus da escada, no "salão", como Denissov costumava dizer, uma lata coberta de brasas que iam buscar nas fogueiras do acampamento. Então a temperatura tornava-se tão agradável que os oficiais, sempre numerosos na barraca dos dois amigos, se punham em mangas de camisa.

No mês de abril, Rostov estivera de guarda. Tendo regressado ao acampamento certo dia, às oito horas da manhã, depois de uma noite em claro, mandou que lhe trouxessem brasas vivas, pois estava encharcado. Depois de mudar de roupa, fez as suas orações, bebeu o chá, aqueceu-se, arrumou as suas coisas no seu canto em cima da mesa e estendeu-se de costas, em mangas de camisa, apoiando a cabeça nos braços cruzados na nuca, o rosto todo crestado pelas mordeduras do vento. Pensava na agradável perspectiva de vir a ser promovido por esses dias, em virtude do reconhecimento que ultimamente fizera, e ia aguardando a chegada de Denissov, que estava ausente. Muito desejava conversar com ele. Nas traseiras da barraca entretanto ressoou a voz furiosa de Denissov, que parecia fora de si. Rostov precipitou-se para a janela, para ver com quem ralhava ele, e deparou com o quartel-mestre Toptcheenko.

– Tinha te dado ordens para que não os deixasses comer dessas tais raízes de Macha – vociferava Denissov. – Eu bem vi o Lazartchuk, que vinha do campo carregado.

---

26. Medida de comprimento equivalente a 71 centímetros. (N.E.)

— Eu dei ordens, Alta Nobreza, mas eles não me dão ouvidos — replicava o quartel-mestre.

Rostov voltou a deitar-se e disse para os seus botões: "Ele que resolva; agora, acabei o meu serviço e vou dormir, é claro!". Do lugar em que estava distinguiu ainda, além da voz do quartel-mestre, a de Lavruchka, a esperta e astuciosa ordenança de Denissov. Falava de comboios, de biscoitos e de bois, coisas que ele entrevira quando fora procurar mantimentos.

A voz de Denissov, porém, de novo ressoou, afastando-se e gritando: "Selar cavalos! Segundo pelotão!".

"Aonde irão eles?", perguntava Rostov a si mesmo.

Cinco minutos mais tarde Denissov entrava na barraca, subia para cima da cama com as botas enlameadas, remexia em todas as suas coisas, pegava o chicote e o sabre e saía. Como Rostov lhe perguntasse aonde ia, respondeu, vagamente e colérico, que tinha o que fazer.

— Que Deus me julgue e o grande imperador! — exclamou, ao sair, e Rostov ouviu atrás da barraca ferraduras de cavalos patinhando na lama. Não se preocupou mais com o destino do amigo. Bem quente no seu cantinho, adormeceu e não voltou a sair senão ao fim da tarde. Denissov ainda não voltara. O tempo limpara. Em volta da barraca vizinha dois oficiais e um *junker* jogavam *svaika*, enterrando, por graça, raízes na lama mole. Rostov juntou-se a eles. No meio do jogo, viram aproximar-se umas carroças, atrás das quais quinze hussardos trotavam, montados em cavalos reles. As carroças com a sua escolta aproximaram-se e logo foram rodeadas por uma multidão de hussardos.

— E Denissov estava a lamentar-se — disse Rostov — com os abastecimentos à vista.

— É verdade! — exclamaram os oficiais. — Vamos ter os homens contentes.

Um pouco mais atrás surgiu Denissov na companhia de dois oficiais de infantaria com quem conversava.

Rostov foi ao seu encontro.

— Devo preveni-lo, capitão — dizia um deles, um oficial pequenino e franzino, que parecia furioso.

— Já lhe disse, não lhe entrego coisa alguma — respondi a Denissov asperamente.

— É bom que tome nota, capitão, é um ato de violência que pratica apoderando-se dos nossos comboios! Há dois dias que os nossos soldados não comem.

— E os meus há quinze! – respondia Deníssov.
— É um ato de pilhagem, compreende, meu caro senhor?! – repetia o oficial de infantaria, elevando a voz.
— Que é que os senhores querem? Hein? – gritava Deníssov, exaltando-se de chofre. – Pois bem, fique descansado, eu prestarei contas, mas não a você, e pare de gritar aos meus ouvidos. Debandar! – acrescentou, dirigindo-se aos oficiais.
— Pois muito bem! – volveu o pequenino oficial, sem se comover e sem ceder. – É um roubo e eu...
— Vá para o diabo que o carregue! Debandar! E já, se não quer que elas lhe doam. – E Deníssov esporeou o cavalo contra ele.
— Está muito bem, está muito bem! – exclamou o oficial de infantaria, em tom ameaçador. E dando de rédea em sua montada, afastou-se a trote, mal-sentado na sela.
— Olhem para aquilo. É tal qual um cachorro em cima de uma estaca! Um autêntico cachorro em cima de uma estaca – gritou-lhe Deníssov. Era o maior insulto que um homem de cavalaria podia dirigir a um soldado de infantaria a cavalo. E desatou a rir ao aproximar-se de Rostov.
— Roubei a infantaria, roubei-lhes o comboio à força! – exclamou ele. – Então os nossos homens hão de estourar de fome?

As carroças que caíram nas mãos dos hussardos destinavam-se a um regimento de infantaria, mas Deníssov, ao saber, por Lavruchka, que o comboio não tinha escolta, tratara de se apoderar dele com os seus homens. Logo foram distribuídos biscoitos à vontade, e até os outros esquadrões receberam a sua parte.

No dia seguinte, o comandante do esquadrão convocou Deníssov e disse-lhe, fitando-o através dos dedos afastados[27]: "Aqui tem como eu encaro o caso: nada sei e não mandarei proceder a qualquer inquérito, mas acho que seria melhor apresentar-se no estado-maior e tratar de arrumar as coisas na repartição de abastecimentos, e até, se isso fosse possível, assinar um recibo em que confirmasse ter recebido as provisões. Caso contrário, a remessa será escriturada na conta do regimento de infantaria. Instaurarão um processo, e tudo isto pode vir a acabar mal".

Deníssov, assim que deixou o comandante do regimento, dirigiu-se ao estado-maior na sincera disposição de lhe seguir

---

27. Gesto característico russo, com o qual se quer significar que não se viu nem se quer ver, que se fecha os olhos sobre alguma coisa. (N.E.)

o conselho. Ao fim da tarde regressou à barraca num estado em que Rostov nunca o vira. Não podia falar, sufocava. Quando o amigo lhe perguntou o que tinha, só lhe ouviu proferir invectivas e ameaças que ninguém podia entender, tão rouca e sem alento era a sua voz.

Alarmado com o estado do amigo, Rostov ajudou-o a despir-se, deu-lhe de beber e mandou chamar o médico.

— Vou ser julgado por pilhagem, entendes? Dá-me de beber. Pois que me julguem, mas hei de lhes dar uma coça, hei de dar uma coça nesses canalhas! E hei de falar com o imperador. Dá-me gelo — gritava ele.

O médico do regimento, depois de o observar, disse ser preciso sangrá-lo. Extraíram-lhe do cabeludo braço uma tigela cheia de sangue negro, e só então ele se viu em estado de contar tudo o que se passara.

— Chego eu — contou ele. — "Ora onde é que está o seu comandante?" "É aquele", disseram-me. "Não pode esperar?" "Tenho o que fazer, tive de caminhar trinta verstas, não tenho tempo para esperas". Vai me anunciar... Ora, pois, ali me aparece o chefe dos bandidos, e mete na sua cabeça, também ele, de me pregar moral: "Foi um assalto!" "Não é ladrão", disse-lhe eu, "aquele que se apodera de alimentos para matar a fome dos seus soldados, mas o que rouba para encher as algibeiras!" "Pelo que vejo, não está disposto a calar-se. Bom. Vai assinar uma declaração no comissário e o caso seguirá o seu curso." Chego ao comissariado. Entro. Sentado à mesa... quem vejo eu? Hein! Vê se adivinhas?... Quem é que nos condena a morrer de fome? — gritou, batendo na mesa com a mão que acabara de ser sangrada e com tal violência que a mesa oscilou e os copos bateram uns nos outros. — Telianine! "Quê? És tu quem nos condena a morrer de fome?" E, zaz-pás, ali mesmo nas bochechas! Ah! aquilo não levou muito tempo! Ah! grandissíssimos... A sova que eu lhe dei! Sim, posso me gabar, pagou-me todas! — E Denissov mostrava os dentes brancos, por baixo dos bigodes pretos, num riso feroz. — Teria dado cabo dele se não o tivessem levado da minha vista.

— Bom, não grites tanto, tem calma — disse-lhe Rostov. — Já está o sangue a correr de novo. Quietinho, hein! É preciso ajeitar outra vez a ligadura.

Fizeram-lhe de novo o penso e levaram-no para a cama. No dia seguinte, acordou sereno e jovial.

Ao meio-dia, porém, o ajudante de campo do regimento, apreensivo e triste, apareceu na barraca dos dois amigos e apresentou ao major Denissov, não sem lhe exprimir o seu pesar, um papel oficial, da parte do comandante do regimento, em que se lhe faziam diversas perguntas acerca da aventura da véspera. Comunicou-lhe que o caso ia assumir um aspecto muito grave, que fora nomeada uma comissão de inquérito e que, em face da atual severidade dos regulamentos sobre roubos e indisciplina no exército, aquilo, na melhor das hipóteses, teria por consequência uma baixa de posto.

Do ponto de vista dos queixosos, o caso apresentava-se da seguinte maneira: depois do assalto ao comboio, o major Denissov, sem para isso ter sido convocado, apresentara-se, em estado de embriaguez, no gabinete do intendente-chefe dos abastecimentos, chamara-lhe bandido, ameaçara bater-lhe, e, como tivesse sido posto na rua, precipitara-se para outra repartição, batera em dois funcionários e provocara uma luxação no braço de um deles.

Perguntando-lhe o amigo o que havia de verdade em tudo aquilo, Denissov respondeu-lhe, rindo, que efetivamente um sujeito se metera na contenda, mas que toda aquela história não passava de imbecilidade e bagatela, que não tinha medo algum dos juízes e que se aqueles miseráveis se atrevessem a tomá-lo de ponta podiam estar certos de que nunca mais se esqueceriam dele.

Afetava falar com negligência de toda aquela história, mas Rostov conhecia-o o bastante para compreender que, no fundo e apesar de tudo, receava ter de afrontar a justiça e estava seriamente preocupado com uma aventura que por certo lhe iria causar muitos dissabores. Todos os dias chegavam papéis, a que era preciso responder, pedidos de esclarecimentos para o quartel-general, e no 1º de maio recebeu ordem para entregar o comando do esquadrão ao oficial mais antigo e para se apresentar perante o estado-maior da divisão a fim de prestar declarações sobre o caso de pilhagem de que a comissão de abastecimentos fora vítima. Na véspera Platov dirigira um reconhecimento com dois regimentos de cossacos e dois esquadrões de hussardos. Denissov, como sempre, adiantara-se nas linhas para mostrar a sua coragem. Uma bala disparada pelos franceses veio atingi-lo na barriga da perna. É natural que em qualquer outra ocasião Denissov não tivesse deixado o seu regimento por virtude de um ferimento tão insignificante, mas, nas circunstâncias de momento, aproveitou-se do fato para não comparecer na divisão e deu baixa ao hospital.

CAPÍTULO XVII

Em junho deu-se a batalha de Friedland, em que os hussardos de Pavlogrado não tomaram parte e à qual se seguiu um armistício. Rostov sentiu muito a falta do amigo. Desde que ele partira nada mais soubera dele, e, atormentado com as consequências do seu caso e com os resultados do seu ferimento, aproveitou o armistício e pediu licença para visitar Denissov no hospital.

Este estava instalado num povoado prussiano por duas vezes arrasado, uma pelas tropas russas, outra pelas francesas. Precisamente porque se estava no verão, época do ano em que o campo é tão belo, essa aldeola, com os seus telhados desmantelados, os seus muros em ruínas, as suas ruas cheias de lixo, os seus habitantes esfarrapados, os soldados bêbados ou doentes errando pelas ruas, oferecia um espetáculo particularmente triste.

Uma casa de alvenaria com o pátio atulhado de destroços, as janelas e os vidros quebrados, servia de hospital. Alguns soldados, envoltos em ligaduras, pálidos e inchados, andavam de um lado para outro ou sentavam-se no pátio ao sol.

Quando Rostov entrou sentiu um cheiro de podridão e de hospital que lhe causou vômitos. Na escada encontrou o médico militar russo, de charuto na boca. Era seguido por um oficial dos serviços de saúde.

– Não posso estar em toda a parte – dizia ele. – Vem esta noite à casa de Makar Aleksieitch, que lá me encontrarás.

O oficial dos serviços de saúde perguntou-lhe ainda alguma coisa.

– Pois sim, faz o que entenderes! Não é sempre a mesma coisa? – O médico viu Rostov, que subia a escada. – Que deseja Vossa Mercê? – disse-lhe ele. – Que pretende? Pelo visto, como as balas o pouparam, prepara-se para apanhar um tifozinho, não é verdade? Isto aqui, meu velho, é a casa da peste.

– Que diz? – perguntou Rostov.

– O tifo, meu velho. Quem aqui entra fica condenado à morte. Só nós dois, Makieev e eu – apontou o oficial dos serviços de saúde – é que podemos prestar serviço nesta casa. Já se foram cinco dos nossos colegas. Sempre que chega algum de novo, dentro de oito dias vai desta para a melhor – acrescentou com visível satisfação. – Mandaram-se vir oficiais prussianos, mas os nossos queridos aliados não gostam disto.

Rostov disse-lhe que desejava ver o major de hussardos Denissov, ali hospitalizado.

– Não sei, não conheço, meu velho. Imagine, só à minha conta tenho três hospitais, para cima de quatrocentos doentes! Temos de dar graças a Deus que as senhoras piedosas prussianas nos mandem café e gaze, dois arráteis por mês. Se não fosse isso, estaríamos perdidos. Sim, meu velho – acrescentou a rir –, quatrocentos! E todos os dias estão a me mandar mais. Não é verdade, quatrocentos? Hein!? – perguntou ele, dirigindo-se ao oficial dos serviços de saúde.

Este parecia exausto. Via-se aguardar com impaciência a partida daquele médico tagarela.

– Sim, o major Denissov – repetiu Rostov –, que foi ferido em Moloten.

– Parece-me que morreu. Não é verdade, Makieev? – perguntou com indiferença.

Rostov descreveu a figura de Denissov.

– Sim, sim, tinha um assim – voltou o médico em tom prazenteiro. – Mas parece-me que morreu. De resto, vou já verificar nas minhas listas. Tu as tem aí, Makieev?

– As listas estão na casa de Makar Aleksieitch – respondeu o oficial dos serviços de saúde. – Mas vá ver na sala dos oficiais, pode verificar com os seus próprios olhos – acrescentou, dirigindo-se a Rostov.

– É melhor não se meter nisso, meu velho – disse o médico –, pois pode ser que não volte a sair de lá.

Mas Rostov não lhe deu ouvidos e pediu ao oficial dos serviços de saúde que lhe indicasse o caminho.

– Depois pelo menos não se queixe – gritou-lhe o médico, já do fundo da escada.

Rostov e o seu guia penetraram num corredor. Naquele recanto obscuro era tão intenso o cheiro de hospital que Rostov tapou o nariz e teve de parar para tomar fôlego antes de prosseguir. À direita abriu-se uma porta e no limiar surgiu um homem magro e amarelento, de muletas, descalço, e apenas com uma camisa em cima do corpo. Apoiando-se à ombreira, pôs-se a olhar para os que chegavam com pupilas brilhantes, cheias de inveja. Rostov relanceou os olhos pela porta e viu que deitados no chão, em cima de palha e de mantas, havia doentes e feridos.

– Posso ver? – perguntou.

– Que quer ver? – disse o oficial dos serviços de saúde.

Mas, precisamente por que este não parecia muito desejoso de entrar, é que Rostov avançou pela sala dos soldados. O cheiro que não tivera outro remédio senão respirar no corredor era ali ainda mais intenso. Não era bem a mesma coisa: era mais acre, e agora via-se ser dali mesmo que provinha. Na comprida sala que o sol brilhante alagava penetrando pelas altas janelas, em duas filas, as cabeças contra a parede, apenas com uma passagem no meio, estiravam-se os feridos e os doentes. A maior parte deles parecia inconsciente e não prestou a menor atenção aos que entravam. Os conscientes soergueram o corpo ou levantaram o rosto magro e amarelo, e todos se puseram a seguir Rostov, sem perdê-lo de vista, ao mesmo tempo numa expectativa de socorro e num sentimento de despeito ou inveja perante alguém em tão perfeito estado de saúde. Rostov avançou até o meio da sala, lançou um olhar, através das portas abertas, para as camas vizinhas, e dos dois lados se lhe apresentou o mesmo espetáculo. Deteve-se, olhando em volta de si, sem dizer palavra. Estava longe de pensar que se depararia com um quadro daqueles. A seus pés, meio atravessado na coxia central, ali mesmo, no soalho, estava prostrado um doente, um cossaco, com certeza, pois rapara os cabelos caracteristicamente. Deitado de costas, tinha as pernas estendidas e os braços enormes abertos. A sua cara era vermelho-púrpura, e os seus olhos, absolutamente em alvo, deixavam-lhe ver a córnea completamente branca. Nas pernas e nos braços, nus e também muito vermelhos, os tendões salientes pareciam cordas. Batia com a nuca de encontro ao soalho e numa voz rouca repetia sempre a mesma palavra. Rostov apurou o ouvido e pôde perceber o que ele dizia. "Beber! Beber! Beber!" Procurou com os olhos alguém que deitasse aquele doente na sua cama e lhe desse de beber.

– Quem diabo é que toma conta aqui destes doentes? – perguntou ao oficial dos serviços de saúde.

Neste momento, de um quarto contíguo, saiu um soldado do trem em serviço no hospital que, depois de alguns passos, se perfilou em sentido diante do oficial.

– Deus salve a Vossa Mercê! – gritou, cravando os olhos em Rostov, a quem, evidentemente, tomara pelo diretor do hospital.

– Põe-no na cama e dá-lhe água – disse Rostov, apontando para o cossaco.

— Às ordens de Vossa Mercê — tornou o soldado, condescendente, arregalando os olhos ainda mais e sempre na posição de sentido, sem se mexer, aliás.

"Ah! sim, aqui nada há a fazer", disse Rostov para consigo, baixando os olhos. E dispunha-se a retirar-se, quando, à direita, sentiu um olhar obstinadamente fito nele. Voltou-se. Quase ao canto, sentado sobre um capote, um velho soldado, de barba branca muito crescida, a cara severa, esquelética e amarela, olhava-o fixamente. O vizinho do lado murmurou-lhe qualquer coisa, acenando para Rostov. Este percebeu que o velho queria lhe fazer um pedido. Aproximou-se e viu que ele só tinha uma perna; a outra fora-lhe arrancada até um pouco acima do joelho. O seu vizinho de catre, estendido, imóvel, com a cabeça tombada para trás, a pequena distância do velho, era um soldado moço, pálido como cera, de nariz aquilino, a cara cheia de sardas e os olhos revirados. Rostov examinou o soldado e estremeceu.

— Mas parece-me que este... — disse para o oficial dos serviços de saúde.

— Já estamos fartos de pedir que o levem, Excelência — gemeu o velho soldado, o queixo a tremer de comoção. — Morreu esta manhã. Somos homens, não somos cães...

— Eu vou tratar disso, vou mandar alguém. Vão já levá-lo, vão já levá-lo — apressou-se a dizer o oficial dos serviços de saúde. — Quando quiser...

— Vamos, vamos — disse Rostov, e também apressadamente, de olhos baixos, e encolhendo-se, como para passar despercebido, saiu, varado pelo fogo dos olhares de censura e inveja que o alvejavam.

CAPÍTULO XVIII

De novo no corredor, o oficial dos serviços de saúde encaminhou Rostov para a sala dos oficiais, a qual se compunha de três corpos, cujas portas tinham ficado abertas. Havia várias camas; os oficiais feridos ou doentes estavam uns sentados, outros deitados. Alguns deles, de capote hospitalar, passeavam de um lado para o outro. A primeira pessoa que Rostov encontrou foi um homenzinho magricela e manco, de barrete de algodão e capote, que chupava um cachimbo curto, andando para cá e para lá na sala. Procurava lembrar-se onde o teria visto.

– Tem graça, muito pequeno é o mundo – disse o homenzinho. – Tuchine, sou eu, Tuchine, lembra-se de mim? Aquele que o trouxe lá de diante, de Schoengraben! E, como vê, tiraram-me um pedacinho... – acrescentou, com um suspiro, mostrando a manga vazia do capote. – Anda à procura de Vassili Dimitrievitch Denissov, um camarada que está aqui? – disse ele, adivinhando quem Rostov procurava. – Por aqui, por aqui! – E Tuchine conduziu-o à dependência contígua, onde várias pessoas riam ao mesmo tempo.

"Como é que esta gente pode viver aqui, e ainda por cima com vontade de rir?", pensou Rostov, ainda de narinas impregnadas daquele cheiro de cadáver que respirara na dependência dos soldados. E os olhares invejosos que o haviam ali dardejado continuavam a persegui-lo. Diante dele estavam sempre os olhos revirados do soldado moço.

Denissov, a cabeça enterrada no travesseiro, dormia a sono solto, embora já fosse meio-dia.

– Eh! Rostov? Como vai isso? Como vai isso?! – exclamou ele, com a voz que tinha no regimento. Rostov, porém, pesaroso, observou que nas suas maneiras desenfadadas, na sua animação habitual, se ocultava um sentimento novo – uma espécie de azedume – que, inclusive, lhe pintava o rosto, lhe transparecia nas palavras e até na entonação da voz.

De pequena importância, o ferimento que recebera ainda não cicatrizara, embora seis semanas tivessem decorrido desde a data em que baixara ao hospital. Estava pálido e tinha o rosto inchado, como todos os demais hospitalizados. Mas não foi isso que mais impressionou Rostov. Impressionou-o sobretudo o amigo não parecer muito satisfeito em vê-lo e sorrir de modo contrafeito. Nada lhe perguntara sobre o regimento e a marcha geral das operações. E quando o camarada aflorou o assunto, deixou cair a conversa.

Rostov teve até a impressão de que ele mostrava uma certa contrariedade quando se fazia a ele qualquer referência ao regime e à vida ao ar livre lá de fora, para lá das paredes do hospital. Parecia fazer tudo para esquecer a sua vida passada e não se preocupar senão com o seu conflito com os funcionários dos abastecimentos. Como Rostov lhe perguntasse em que pé estavam as coisas, logo ele puxou um papel, de baixo do travesseiro, papel que recebera da comissão de inquérito, e o rascunho da respectiva contestação. Pôs-se a ler-lhe a resposta e nessa altura animou-se um pouco, chamando a atenção de Rostov para as ironias que dirigia aos inimigos. Os seus camaradas de hospital, que faziam círculo à volta de Rostov, alguns vindos de fora, dispersaram pouco a pouco logo que Denissov principiou a ler esses papéis. Rostov percebeu que todos eles já tinham ouvido muitas vezes aquela história, que principiava a cheirar-lhes mal. Apenas ficaram a ouvi-lo o vizinho de cama, um corpulento ulano, de cachimbo na boca, taciturno, e o pequenino maneta Tuchine, que abanava a cabeça, reprovador. No meio da leitura o ulano interrompeu-o:

– Na minha opinião – disse ele, dirigindo-se a Rostov –, só há uma coisa a fazer: pedir a clemência do imperador. Ouvi dizer que vão distribuir muitas recompensas e que naturalmente também haverá indultos...

– Quê? Eu pedir clemência ao imperador?! – exclamou Denissov num tom a que procurava imprimir o calor e a energia de outrora, mas em que não vibrava senão uma vã irritação. – E por quê? Se eu fosse um salteador pediria clemência, mas a verdade é que estou precisamente a ser perseguido por ter denunciado os ladrões. Pois que me julguem! Não tenho medo de ninguém! Servi o tsar e a pátria com honra e não sou ladrão. Arrancarem-me os galões, a mim, e... Escuta, digo-lhes isso claramente. Aqui tens o que eu escrevi: "Se eu fosse um ladrão dos dinheiros públicos...".

– Tudo isso está bem, não há dúvida – interrompeu Tuchine. – Mas não é disso que se trata, Vassili Dimitritch – e prosseguiu, dirigindo-se sempre a Rostov. – Uma pessoa tem de se submeter, e Vassili Dimitritch não está disposto. E o que é certo é que o auditor lhe disse que o caso era grave.

– Se é grave, tanto pior! – exclamou Denissov.

– O auditor já lhe redigiu um pedido de clemência – prosseguiu Tuchine. – Agora é preciso assiná-lo para que este senhor o leve consigo. – Apontou para Rostov. – É bem relacionado no estado-maior. Boa oportunidade.

– Já disse, não me vergarei diante seja de quem for – interrompeu Denissov, retomando a leitura do papel.

Rostov não ousava aconselhar o amigo, embora, instintivamente, compreendesse que o caminho apontado por Tuchine e os outros era o mais seguro, e que grande satisfação teria se lhe pudesse prestar qualquer serviço. A verdade é que lhe conhecia muitíssimo bem o gênio obstinado e estava a par da sua justíssima revolta.

Quando Denissov terminou a leitura do seu arrazoado, que durara para cima de uma hora, Rostov ficou calado e levou o resto da tarde na mais triste das disposições, na companhia dos camaradas de Denissov, outra vez reunidos em volta da cama deste. Contou tudo quanto sabia e por sua vez ouviu o que lhe contaram os doentes. Durante toda a tarde, Denissov manteve-se num taciturno silêncio.

Já de noite, quando se dispunha a partir, Rostov perguntou ao amigo se nada queria lá de fora.

– Quero, espera – disse ele. Lançou um olhar ao grupo dos oficiais e, retirando de baixo do travesseiro todos os seus papéis, dirigiu-se à janela onde tinha o tinteiro e pôs-se a escrever. – Para grandes males grandes remédios – murmurou, de volta da janela, entregando a Rostov um grande sobrescrito. Era o pedido de clemência endereçado ao imperador e redigido pelo auditor, no qual Denissov, sem a mais leve referência às suas queixas contra o intendente, se limitava a implorar um indulto. – Transmite isto; está claro que...

Não pôde concluir. No seu rosto esboçou-se um sorriso doloroso e forçado.

CAPÍTULO XIX

De regresso ao regimento, e depois de ter posto o comandante ao corrente das circunstâncias em que se encontrava o processo de Denissov, Rostov dirigiu-se a Tilsitt com a carta para o imperador.

A 13 de junho, os imperadores francês e russo haviam se encontrado nessa cidade. Bóris Drubetskoi tinha pedido à alta personagem a que estava adido que o deixasse fazer parte da comitiva que devia ir a Tilsitt:

– Gostaria de ver o grande homem – dissera ele, referindo-se deste modo a Napoleão, a quem sempre chamara, como todos, Bonaparte.

– Está a falar de Bonaparte? – perguntara-lhe, sorrindo o general.

Bóris relanceou um olhar interrogador ao superior e compreendeu imediatamente tratar-se de um gracejo para testá-lo.

– Meu príncipe, falo do imperador Napoleão – replicou ele. O general bateu-lhe amistosamente no ombro.

– Hás de ir longe – comentou, e incluiu-o na comitiva.
Bóris, com mais alguns privilegiados, estava no Niemen no dia da entrevista dos imperadores. Viu as jangadas com os monogramas imperiais, viu Napoleão, na margem oposta, passando diante do cordão da Guarda, viu o rosto pensativo de Alexandre aguardando, em silêncio, na estalagem à beira do rio, a chegada de Napoleão. Viu ainda os dois imperadores nas suas canoas e Napoleão, que fora o primeiro a chegar à jangada, avançando, em passos rápidos, e acolhendo Alexandre de mão estendida. E viu desaparecerem os dois no pavilhão. Desde que frequentava as altas esferas, Bóris habituara-se a observar atentamente o que se passava a sua volta e a tomar notas por escrito. Durante a entrevista de Tilsitt teve o cuidado de perguntar os nomes das pessoas que acompanhavam Napoleão. Observou os uniformes que envergavam. Ouviu atentamente o que diziam as altas personalidades. Precisamente no momento em que os imperadores penetravam no pavilhão, viu as horas no relógio e não se esqueceu de fazer o mesmo quando Alexandre saiu. A entrevista durara uma hora e cinquenta e três minutos. Anotou este pormenor nessa mesma noite entre outros que ele pressentia de importância histórica. Como a comitiva do imperador fora pouco numerosa, era da maior importância, para uma pessoa empenhada em subir na sua carreira, ter assistido à entrevista dos dois monarcas, e Bóris, pelo fato de lá ter estado, desde logo percebeu que a sua posição se havia fortemente consolidado. A partir daí não só passou a ser conhecido, como a atrair os olhares, e desde então a sua presença tornou-se familiar. Duas vezes foi encarregado de missões junto do imperador, de sorte que o próprio monarca o conhecia de vista, e os cortesãos, em vez de procurarem evitá-lo, como até aí, puseram-se a considerá-lo como uma nova personagem, e grande teria sido a sua surpresa se não o tornassem a ver.
Bóris coabitava com outro ajudante de campo, o conde Jilinski. Educado em Paris, este rico polaco gostava doidamente dos franceses e quase todos os dias, enquanto se conservaram em Tilsitt, oficiais da Guarda e do grande estado-maior francês se reuniam para jantar e almoçar com Jilinski e Bóris.
No dia 24 de junho, o conde Jilinski ofereceu uma ceia aos seus amigos franceses. Entre eles encontrava-se certo convidado de grande categoria, um ajudante de campo de Napoleão, vários oficiais franceses da Guarda e um jovem, de uma velha e aristocrática família, pajem do imperador. Nesse mesmo dia, Rostov,

aproveitando a obscuridade, para não ser reconhecido, chegara a Tilsitt à paisana e dirigira-se à casa de Jilinski e de Bóris.

Tanto Rostov como o exército de onde provinha estavam longe de ter mudado de sentimentos para com Napoleão e os seus súditos, os quais, até ali inimigos, tinham passado a ser amigos. Esta reviravolta só se havia verificado, porém, no quartel-general de que Bóris fazia parte. No exército todos continuavam a sentir pelos franceses, como até aí, um misto de cólera, de desdém e de terror. Ainda ultimamente, Rostov, tendo-se exaltado no decurso de uma discussão com um oficial dos cossacos de Platov, sustentara que se Napoleão viesse a ser capturado o tratariam como criminoso e não como imperador. E dias atrás, em presença de um coronel francês ferido, tanto se exasperara que dissera não poder falar-se em paz entre um imperador legítimo e um bandoleiro da espécie de Bonaparte. Eis por que fora grande o seu espanto ao depararem-se na casa de Bóris oficiais franceses e esses mesmos uniformes que ele estava habituado a ver, em circunstâncias muito diferentes, nos postos avançados. Assim que dera com um oficial francês à porta de Bóris, apossara-se dele esse sentimento bélico, esse ódio ao inimigo perfeitamente naturais num soldado. Detendo-se no limiar da porta, perguntou, em russo, se era de fato ali que habitava Drubetskoi. Bóris, ao ouvir uma voz estranha no vestíbulo, saiu a informar-se de quem era. Assim que percebeu tratar-se de Rostov não pôde ocultar uma certa contrariedade.

– Ah, és tu! Que grande prazer, que grande prazer em ver-te! – disse, no entanto, ao mesmo tempo que, sorrindo, caminhava para ele. Mas a Rostov não escapara a primeira reação de Bóris.

– Não chego em boa hora, segundo creio. E realmente não teria vindo se não tivesse o que fazer aqui – articulou friamente.

– Estou apenas admirado que tenhas podido deixar o teu regimento. Já vou, um momento – respondeu a uma voz que o chamava.

– Vejo perfeitamente que não cheguei em boa hora – repetiu Rostov.

A expressão contrariada de Bóris tinha se desvanecido. Era de crer que, depois de refletir, houvesse tomado uma atitude, e, com a maior tranquilidade deste mundo, pegou-lhe nas duas mãos e levou-o para uma dependência contígua. Bóris fitava Rostov com serenidade e firmeza. Parecia ter posto diante dos olhos qualquer coisa como as lunetas azuis peculiares a quem sabe viver. Pelo menos foi isso que Rostov pensou.

– Então, que ideia é essa? Como é que podes pensar que serias importuno?! – exclamou.

Conduziu-o à sala onde estava posta a mesa para a ceia, apresentou-o aos seus convidados, dizendo-lhe o nome e explicando não se tratar de um paisano, mas de um oficial de hussardos seu velho amigo.

– O conde Jilinski, *le comte N. N., le capitaine S. S.* – acrescentou, ao apresentar os seus convidados. Rostov lançou um olhar insulso aos franceses, saudou-os com rígido aprumo e remeteu-se ao silêncio.

Jilinski não pareceu acolher com grande satisfação no seu meio este russo desconhecido e não lhe dirigiu a palavra. Bóris fingia não perceber o constrangimento que sobreviera e fazia o possível por animar a conversa, mantendo a mesma serenidade e a mesma amabilidade mundana que mostrara ao receber Rostov. Um dos franceses, com a proverbial cortesia da sua raça, dirigiu a palavra a Rostov, sempre calado, e perguntou-lhe se não viera de propósito a Tilsitt para ver o imperador.

– Não, vim tratar de outro assunto – respondeu secamente o oficial russo.

Rostov ficara maldisposto desde que vira a expressão contrariada que aflorara ao rosto de Bóris e, como sempre acontece às pessoas em tal estado de espírito, desde logo lhe pareceu que todos os presentes eram hostis e que estava ali a servir de estorvo. E efetivamente assim era: todos se sentiam constrangidos, e só ele não tomava parte na conversa geral que desde logo se travara.

"Que diabo vem este aqui fazer?", pareciam dizer-lhe todos os olhos fitos nele. Levantou-se e aproximou-se de Bóris.

– Vejo muito bem que estou a te incomodar – disse-lhe, em voz baixa. – Permite que te fale no que aqui me traz, e irei imediatamente embora.

– De maneira alguma – replicou Bóris. – Aliás, se te sentes fatigado, vamos até o meu quarto e descansarás um pouco.

– Como tu quiseres...

Entraram no pequeno quarto onde Bóris dormia. Rostov, sem mesmo se sentar, pôs-se imediatamente a contar-lhe o que o trazia ali, num tom irritado, como se Bóris o tivesse contrariado em alguma coisa, perguntando-lhe se ele, por intermédio do general de quem era ajudante de campo, queria ou podia interceder por Denissov junto do imperador, informando-se, outrossim, por quem seria mais conveniente transmitir-lhe a carta. Só depois de ficar a sós com Bóris, Rostov se deu conta, pela primeira vez, de que não estava à vontade diante do amigo de infância. Este, sentado, de pernas cruzadas, e esfregando as mãos uma na outra, ouvia Rostov como um general costuma ouvir a exposição de um subordinado. Ora o olhava de lado, ora de frente, mas sempre com o mesmo ar dissimulado. E o certo é que de cada vez que Rostov sentia esse olhar pousado nele, embaraçado, baixava a vista.

– Já ouvi falar de histórias desse gênero e estou informado de que o imperador é muito severo em casos como estes. Em minha opinião, acho que não se deve pensar em apelar para Sua Majestade. Penso que é melhor recorrer diretamente ao comandante do corpo. Creio, de resto...

– Se não estás disposto a fazer alguma coisa, é melhor que o digas desde já! – gritou Rostov, num tom irritado, sem olhar para o interlocutor.

– Pelo contrário, farei tudo que estiver ao meu alcance; simplesmente sou de opinião de que...

No mesmo instante ouviu-se à porta a voz de Jilinski chamando Bóris.

– Bom, vai-te embora, vai-te embora... – disse Rostov que, recusando-se a tomar parte na ceia, ficou só na pequenina dependência e se pôs a andar de um lado para o outro, enquanto na sala vizinha se ouvia o estrépito jovial de vozes que falavam em francês.

CAPÍTULO XX

Rostov chegara a Tilsitt num dia muito mal escolhido para intervir a favor de Denissov. Como estava de fraque e deixara o regimento sem a devida autorização, nem ele próprio podia pensar em procurar o general. Quanto a Bóris, mesmo que quisesse, era-lhe impossível fazer o que quer que fosse no dia seguinte ao da chegada de Rostov. Nesse dia, 27 de junho, deviam ser assinadas as preliminares da paz. Os imperadores tinham trocado entre si as respectivas condecorações. Alexandre fora galardoado com a Legião de Honra, e Napoleão, com o grande cordão de Santo André, e nesse mesmo dia estava aprazado um banquete oferecido pela Guarda francesa ao batalhão de Preobrajenski. Deviam estar presentes os dois imperadores.

Rostov estava tão irritado e contrariado com Bóris que, quando este veio procurá-lo depois da ceia, fingiu dormir e na manhã seguinte, ainda de madrugada, levantou-se e partiu, evitando encontrá-lo. De fraque e chapéu redondo, pôs-se a vaguear pela cidade, observando os franceses e os seus uniformes, inspecionando as ruas e as casas onde se tinham instalado os dois imperadores. Viu as mesas postas e os preparativos do banquete em plena praça. As ruas estavam engalanadas de colgaduras e bandeiras russas e francesas com enormes monogramas: A e N. Nas janelas também havia bandeiras com os mesmos monogramas.

"Já que Bóris nada está disposto a fazer por mim, não voltarei a dirigir-me a ele. Decidido de uma vez para sempre", dizia Rostov com os seus botões. "Tudo acabou entre nós, mas não irei embora daqui sem tudo ter tentado para salvar Denissov, sobretudo sem ter feito chegar a carta às mãos do imperador..." O imperador?... E o imperador ali! E, sem dar por isso, ia se aproximando da residência imperial.

À porta estavam parados cavalos de sela, e a comitiva ia montando, naturalmente, para acompanhar o imperador.

"De um momento para o outro tenho-o diante dos olhos", dizia Rostov para consigo. "Desde que eu possa entregar-lhe diretamente o apelo, desde que eu tenha tempo de lhe explicar tudo... Serão eles capazes de me prender por eu estar à paisana? Não. Não é possível. O imperador há de saber compreender de que lado está a justiça. Compreende tudo, sabe tudo. Quem haverá aí mais equitativo e mais magnânimo do que ele? E, de resto, mesmo que me prendessem por eu estar aqui, que mal havia nisso?..." Rostov assim pensava enquanto seguia com os olhos um oficial que entrava na residência do imperador. "Ah! Estou vendo. Então as pessoas podem entrar... Que estupidez! Eu me encarregarei então de lhe entregar a carta de mão própria. Tanto pior para o Drubetskoi, que me obriga a dar este passo." E, de súbito, numa decisão de que ele próprio não se julgava capaz, tateando o papel no bolso, avançou direto à porta da residência imperial.

"Desta vez não vou perder a oportunidade, como depois de Austerlitz", dizia para consigo esperando ver-se, de um momento para o outro, diante do imperador. E só o pensar nisso trazia-lhe o sangue todo ao coração. "Vou cair a seus pés, implorarei. Ele há de ajudar-me a levantar do chão, me ouvirá, me agradecerá. Sinto-me sempre feliz quando posso fazer bem, mas não há maior felicidade para mim do que reparar uma injustiça." Eram estas as palavras que, em sua opinião, o imperador lhe dirigiria. E ei-lo que avança, ante os olhares curiosos dos presentes, pela escadaria da residência.

Depois da escadaria de acesso, outra grande escada conduzia diretamente ao andar nobre. À direita havia uma porta, que estava fechada. Ao fundo da escada, outra porta abria para o rés do chão.

– Quem procura? – perguntou alguém.

– Quero entregar uma carta, um apelo a Sua Majestade – respondeu Nicolau em voz trêmula.

– Um apelo? Ao oficial de serviço. Por aqui, se faz favor. – Indicaram-lhe a porta ao fundo da escada. – O pior é que ele não a recebe.

Ao ouvir esta voz indiferente, Rostov foi tomado de pavor. A ideia de vir a encontrar-se subitamente na presença do monarca era-lhe ao mesmo tempo tão fascinante e tão temerosa que só desejou desaparecer, mas o furriel que o tinha recebido abriu-lhe a porta do oficial de serviço e não teve remédio senão entrar.

No meio da dependência, de pé, estava um homenzinho cheio, dos seus trinta anos de idade, de calças brancas e botas de canhão, que naquele mesmo momento acabava de enfiar uma camisa de fina cambraia. De costas, o criado abotoava-lhe os suspensórios novinhos em folha, bordados a seda, que logo saltaram à vista de Rostov. Entretanto, ia conversando com alguém que devia estar no quarto vizinho.

– Bem-feita e bela como o diabo – dizia ele, mas, vendo Rostov, calou-se e franziu o sobrolho.

– Que deseja? Um apelo?...

– O que é? – perguntaram do outro quarto.

– Mais um requerente – replicou o homem dos suspensórios.

– Diga-lhe que volte outro dia. Ele vai sair, tem de montar a cavalo.

– Outro dia, outro dia, amanhã. É muito tarde...

Rostov deu meia-volta e dispôs-se a partir, mas o indivíduo dos suspensórios deteve-o.

– Da parte de quem? E o senhor quem é?

– Da parte do major Denissov – respondeu Rostov.

– E o senhor, quem é o senhor? Oficial?

– Tenente conde Rostov.

– Que audácia, hein! Transmita pelas vias competentes. E o senhor desapareça, desapareça sem perda de tempo... – Dizendo o que enfiou o uniforme que o criado de quarto lhe estendia.

Rostov saiu para o vestíbulo e viu na escadaria da entrada muitos oficiais e alguns generais, em grupo, todos de grande uniforme, através dos quais forçosamente tinha de abrir caminho.

Amaldiçoando a audácia que tivera, tomado de grande pânico ao lembrar-se de que de um momento para o outro podia vir a achar-se diante do próprio imperador, vergonha que o levaria à cadeia, e só agora medindo a imprudência do seu comportamento, que muito sinceramente lamentava, ia se esgueirando, de cabeça baixa, daquela casa à porta da qual estacionava tão brilhante comitiva, quando ouviu uma voz conhecida pronunciar-lhe o nome e sentiu uma mão que o detinha.

– Eh! meu rapaz, que anda a fazer por aqui, e ainda por cima de fraque? – perguntou-lhe uma voz de baixo.

Era um general de cavalaria que durante a campanha soubera conquistar as boas graças do imperador e por um tempo fora comandante da divisão a que Rostov pertencia.

Assustado, Rostov procurou, de princípio, justificar-se, mas, ao ver a expressão de zombadora bonomia que se pintava no rosto do general, chamou-o de parte e numa voz comovida expôs-lhe toda a história de Denissov, pedindo-lhe que intercedesse a favor do seu amigo, que ele tão bem conhecia. O general, depois de o ter ouvido, abanou a cabeça, preocupado.

– É triste, é triste a situação desse bravo. Deixa ver o apelo. – Rostov ainda não tinha acabado a sua narrativa e entregado a carta quando na escada ressoou um precipitado retinir de esporas. O general, afastando-se dele, aproximou-se da escadaria. Eram os membros da comitiva que desciam para montar a cavalo. O estribeiro Eneux, aquele mesmo que estivera em Austerlitz, aproximou-se com o cavalo que pertencia ao imperador, enquanto na escada se ouvia um ligeiro ranger de botas, que Rostov imediatamente compreendeu de quem era. Esquecendo por completo o perigo que corria, precipitou-se, com outros civis curiosos, para o parapeito da escadaria, e, como dois anos antes, tornou a ver aqueles mesmos traços adorados, aquele rosto, aquele olhar, aquele porte, aquele mesmo misto de doçura e majestade... E a sua alma de novo se sentiu repassada, mais ainda do que da última vez, de entusiasmo e amor pelo seu monarca. O imperador, com o uniforme do Preobrajenski, de calções de pele branca e botas de cano, no peito uma condecoração que Rostov nunca vira – a Legião de Honra –, surgiu no alto da escadaria, de chapéu debaixo do braço, calçando as luvas. Deteve-se, olhou em torno de si e tudo pareceu iluminado pela cintilação do seu olhar. Disse alguma coisa a um dos seus generais. Reconheceu igualmente o comandante da divisão de Rostov, sorriu-lhe e chamou-o para junto de si.

Toda a comitiva se afastou, e Rostov viu que o general dirigia ao imperador um discurso assaz longo. Este respondeu-lhe alguma coisa e deu um passo para o cavalo que o aguardava. De novo as personalidades da comitiva e o público, de que Rostov fazia parte, voltaram a aproximar-se. Parado junto do cavalo, com a mão na sela, o imperador disse, em voz alta, ao general de cavalaria, evidentemente na intenção de que todos o ouvissem:

– Não posso, general, e não posso porque a lei está acima de mim – e assentou o pé no estribo.

O general inclinou-se respeitosamente. O imperador montou a cavalo e saiu a galope. Rostov, arrebatado pelo entusiasmo, precipitou-se, com a multidão, atrás dele.

CAPÍTULO XXI

Na praça para onde se dirigia o imperador se alinhavam, à direita, um batalhão do regimento de Preobrajenski, à esquerda, outro, da Guarda, com as suas barretinas de pele de urso.

Enquanto o imperador cavalgava por um dos flancos dos batalhões, que apresentavam armas, pelo outro galopava um idêntico grupo de cavaleiros, à frente dos quais Rostov julgou ver Napoleão. Não podia ser outra pessoa. Galopava, com o seu pequeno bicórnio na cabeça, o cordão de Santo André ao pescoço, o uniforme azul desabotoado, deixando ver o colete branco, no seu puro-sangue árabe, cinzento, coberto por uma gualdrapa bordada a ouro. Ao chegar ao pé de Alexandre, soergueu o bicórnio e Rostov, num golpe de vista de cavaleiro experimentado, logo percebeu por esse gesto que Napoleão não era um bom selim. Os batalhões gritavam: "Hurra!" e *"Vive l'empereur"*. Napoleão disse alguma coisa a Alexandre. Desmontaram e apertaram as mãos. Bonaparte tinha um sorriso falso e forçado. Alexandre pronunciou algumas palavras muito corteses.

Sem perder de vista os dois imperadores, não obstante o tropear das montadas dos gendarmes franceses, que mantinham a multidão à distância, Rostov seguia-lhes todos os movimentos. O que mais o impressionou, pois não o esperava, foi ver Alexandre tratar Bonaparte de igual para igual e verificar o à vontade deste na presença do tsar da Rússia, como se essa familiaridade lhe fosse tão íntima como habitual.

Alexandre e Napoleão, seguidos do longo cortejo da sua comitiva, aproximaram-se do flanco direito do batalhão do regimento de Preobrajenski, caminhando de frente para a multidão que estava desse lado. O público tão perto se viu subitamente do imperador que Rostov, na primeira fila de povo, teve medo de ser reconhecido.

– Majestade, peço-lhe autorização para dar a Legião de Honra ao mais valente dos seus soldados – disse uma voz cortante e clara, destacando cada sílaba.

Era o miúdo Bonaparte quem falava, fitando Alexandre nos olhos. Este prestou grande atenção às suas palavras e, aprovando com um movimento de cabeça, sorriu, numa expressão amável.

– Ao que melhor se conduziu na última guerra – acrescentou Napoleão, martelando palavra por palavra e percorrendo com os olhos, numa serenidade e numa segurança que revoltaram Rostov, as fileiras dos russos que, diante dele, numa atitude militar, se mantinham em sentido, fixando os olhos no seu imperador, sem um movimento.

– Vossa Majestade autoriza-me a perguntar qual a opinião do coronel? – disse Alexandre, e deu alguns passos precipitados para o príncipe.

Bonaparte, entretanto, descalçava de uma das suas mãos brancas uma luva que se rasgou e ele jogou fora. Um ajudante de campo precipitou-se a apanhá-la.

– Quem escolheremos? – perguntou Alexandre, em russo, e em voz baixa, ao príncipe Kozlovski.

– Quem Vossa Majestade haja por bem ordenar.

O imperador franziu ligeiramente as sobrancelhas e disse, circunvagando a vista:

– Mas temos de lhe responder seja o que for.

Kozlovski, tomando uma decisão, percorreu as fileiras com os olhos, e Rostov sentiu-se abrangido por esse olhar.

"Serei eu, porventura?", disse para consigo.

– Lazarev! – gritou o coronel, num tom severo, e Lazarev, o primeiro soldado da fileira, galhardamente, avançou na forma.

– Aonde vais? Fica aqui! – murmuravam algumas vozes àquele homem, que não sabia para onde ir. Lazarev estacou, olhando de viés, receoso, para o seu coronel. Movimentos nervosos faziam-lhe estremecer as linhas do rosto, como costuma acontecer aos soldados chamados nas fileiras.

Napoleão voltou a cabeça imperceptivelmente e fez um gesto com a sua pequena mão rechonchuda como se fosse pegar em alguma coisa. Os membros da comitiva, adivinhando imediatamente de que se tratava, agitaram-se, segredaram entre si alguma coisa, fizeram circular ordens, e um pajem, o mesmo que Rostov vira na véspera na casa de Bóris, acorreu e, inclinando-se respeitosamente para a mão estendida, e sem delongas, depôs nela uma condecoração com uma fita vermelha. Napoleão, sem olhar, apertou-a entre dois dedos. Avançou para Lazarev, o qual, de olhos arregalados, obstinadamente, continuava a não ver senão o seu imperador, e relanceou a vista ao tsar Alexandre como a mostrar-lhe que o que naquele momento estava a fazer era pelo seu aliado. A pequena mão branca que sustinha a cruz aflorou os botões do uniforme do soldado Lazarev. Parecia que Napoleão sabia que para fazer perpetuamente feliz aquele soldado, para que ele se tornasse alvo de recompensas e de atenções de toda a gente, era quanto bastava a sua mão dignar-se a tocar-lhe na arca do peito. Napoleão limitou-se a aproximar a cruz do arcabouço de Lazarev, e, retirando a mão, voltou-se para Alexandre, como se estivesse ciente de que a cruz lá ficaria dependurada. E a verdade é que ficou.

Mãos solícitas, tanto de russos como de franceses, apanharam-na instantaneamente e fixaram-na no uniforme. Lazarev fitou, taciturno, o homenzinho das mãos brancas que sobre ele fizera certos gestos, e continuando, imóvel, a apresentar armas, pôs-se a olhar para Alexandre, firme nos olhos, como a perguntar-lhe se devia continuar ali, se devia afastar-se ou, talvez, fazer qualquer outra coisa. Mas como não lhe davam nenhuma ordem, assim ficou, imóvel, por muito tempo.

Os imperadores montaram, de novo, nos seus cavalos e afastaram-se. Os soldados do regimento Preobrajenski debandaram, misturando-se aos da Guarda, depois foram sentar-se às mesas do banquete preparado para eles.

Lazarev ocupou o lugar de honra. Oficiais russos e franceses abraçavam-no, felicitavam-no, apertavam-lhe as mãos. Muito povo e grande número de oficiais se aproximaram para vê-lo de perto. Havia um burburinho de risos e conversas, em russo e em francês, por toda a praça, em volta das mesas. Dois oficiais, de rosto iluminado, alegres e contentes, passaram ao lado de Rostov.

— Ora aí tens, amigo, um mimo! Até nos servem em tachos de prata – disse um deles. – Viste Lazarev?

— Vi.

— Segundo ouvi dizer, amanhã os do Preobrajenski vão dedicar-lhe uma festa.

– Imagina! Que sorte que teve aquele Lazarev! Uma pensão de doze mil francos por ano, hein!

– Eh! Isto é que é uma barretina, rapazes! – exclamou um soldado, enterrando na cabeça a barretina de pelo de urso de um camarada francês.

– Soberbo! Magnífico!

– Sabes qual é o santo e a senha? – indagou um oficial do Preobrajenski ao camarada. – Antes de ontem era: "Napoleão, França, bravura". Ontem: "Alexandre, Rússia, grandeza". Hoje é o imperador que os dá; amanhã, Napoleão. O imperador vai dar amanhã a cruz de S. Jorge ao mais valente dos soldados da Guarda francesa. Não pode deixar de ser. Tem de pagar-lhe na mesma moeda.

Bóris, com o amigo Jilinski, veio também fazer uma visita ao local do banquete aos soldados do Preobrajenski. Ao voltar-se, viu Rostov parado no recanto de uma casa.

– Eh! Rostov, viva! Mal chegamos a nos ver – disse-lhe ele, e não pôde deixar de perguntar-lhe o que tinha ele, tão sombria e perturbada lhe viu a expressão.

– Nada, absolutamente nada – replicou Rostov.

– Passas lá por casa?

– Naturalmente, sem falta.

Ficou muito tempo, de pé, no seu recanto, olhando de longe os convivas. Operava-se nele um doloroso trabalho que não conseguia levar a bom fim. Dúvidas terríveis lhe invadiam o espírito. Recordava-se de Denissov e da mudança que nele se dera, da sua inesperada submissão, e do hospital, com os seus amputados de braços ou de pernas, da sua imundície, dos seus doentes. Tão viva fora a impressão que tudo aquilo lhe produzira que continuava a sentir nas narinas o cheiro cadavérico do hospital, e chegava a voltar-se para ver de onde é que lhe viria tamanha pestilência. Diante dos seus olhos representavam-se Bonaparte, bem-disposto, e a sua mão branca, esse homem agora nada mais nada menos que imperador e por quem Alexandre sentia afeição e respeito. Mas então por que aquelas pernas e aqueles braços mutilados, por que aqueles mortos? E vinha-lhe à memória Lazarev, condecorado, e Denissov, castigado, sem esperança de perdão. Tão estranhos eram os pensamentos que o assaltavam que teve medo.

De um lado os aromas que se evolavam das mesas do banquete e de outro a fome que o devorava arrancaram-no daquela perplexidade. Não tinha remédio senão comer alguma coisa antes de pôr-se a caminho. Encaminhou-se para o hotel que vira nessa manhã. Transbordava de gente. Eram muitos os oficiais à paisana como ele; com dificuldade, conseguiu que o servissem. Dois camaradas da mesma divisão a que pertencia vieram juntar-se a ele. A conversa que se entabulou veio abordar naturalmente o tema da paz. Estes oficiais, como quase todos os seus camaradas em armas, mostravam-se descontentes com a paz depois de Friedland. Eram de opinião de que se tivessem resistido mais tempo Napoleão estaria perdido, pois as tropas francesas já não tinham nem biscoitos nem munições. Nicolau comia sem dizer palavra, e ainda bebia mais do que comia. Só à sua conta emborcou duas garrafas. As preocupações que o afligiam interiormente, sem que ele lhes visse solução, não deixavam de o atormentar. Tinha medo de abandoná-las, sem, de resto, poder fugir delas. De súbito, ao ouvir de um dos oficiais que era uma humilhação aquele encontro com os franceses, pôs-se aos gritos, com uma veemência que nada parecia justificar e que muito surpreendeu os camaradas presentes. Estava muito corado.

— Com que autoridade é que se atrevem a julgar o que está feito? Como se atrevem a julgar os atos do imperador?! Não está ao nosso alcance compreender nem as suas intenções nem os seus atos!

— Mas eu não mencionei o imperador — protestou o oficial, não sem deixar de atribuir à embriaguez aquela súbita discussão.

Rostov, porém, não se calava:

— Nós não somos diplomatas, somos soldados, e nada mais do que isso — prosseguiu. — Mandam-nos dar a vida, e não temos outra coisa a fazer senão dar a nossa vida. Se nos castigarem é porque somos culpados. Não nos compete julgar. Se apraz ao nosso monarca reconhecer Bonaparte como imperador e se entende que deve estabelecer com ele uma aliança, é isso mesmo que é necessário. Se nos puséssemos a julgar e a discutir tudo, nada seria sagrado. Podíamos dizer que Deus não existe, que nada existe! — Enquanto falava, Nicolau batia com o punho fechado em cima da mesa, e por mais intempestivos que os seus discursos se apresentassem aos seus interlocutores, o certo é que obedeciam exatamente ao curso dos pensamentos que o atormentavam. — A nossa obrigação é cumprir o nosso dever, batermo-nos, não pensar, e é tudo — concluiu.

— E beber também! — exclamou um dos oficiais, pouco disposto a discussões.

— Isso mesmo, e beber — confirmou Nicolau. — Eh, tu, tu aí, venha de lá mais uma garrafa — clamou.

SEXTA PARTE

CAPÍTULO PRIMEIRO

Em 1808, o imperador Alexandre dirigiu-se a Erfuth para de novo se encontrar com Napoleão, e na alta sociedade de Petersburgo muito se falou dos esplendores dessa entrevista solene.

Em 1809, as relações entre os dois "soberanos do mundo", como então se lhes chamava, haviam se tornado tão íntimas que quando, nesse ano, o imperador francês declarou guerra à Áustria, um corpo de exército russo atravessou a fronteira a fim de cooperar com o seu ex-inimigo Bonaparte contra o seu ex-aliado o imperador da Áustria, e até nas altas esferas se falou do casamento de Napoleão com uma das irmãs de Alexandre. E à margem das combinações políticas exteriores, a sociedade russa da época dava mostras de uma preocupação particularmente viva em face das transformações que se operavam então em todos os setores da administração do Estado.

Entretanto, a vida, a existência cotidiana, com os seus interesses materiais – a saúde, a doença, o trabalho, o descanso – e com as suas preocupações intelectuais e quejandas – a ciência, a poesia, a música, o amor, a amizade, o ódio, as paixões, o mal – continuava, como anteriormente, alheia às recentes alianças políticas e a todas as novas reformas em projeto.

O príncipe André passou consecutivamente dois anos no campo. Todas as iniciativas que Pedro procurara pôr em prática nos seus domínios, e que haviam resultado infrutíferas, pois passava a vida a mudar de ideias, realizou-as o príncipe André sem disso se vangloriar e sem grande dificuldade.

Era dotado no mais alto grau dessa tenacidade prática que tanta falta fazia a Pedro. Realizava qualquer coisa sem imprevistos nem esforço.

Os trezentos servos de um dos seus domínios foram inscritos no número dos trabalhadores de condição livre[28], e foi este um dos primeiros atos do gênero praticados em toda a Rússia. Em outros dos seus domínios, o trabalho forçado foi substituído pelo foro. Em Bogutcharovo instalara, à sua custa, uma parteira, e

---

28. Foi Sérgio Petrovitch Rumiantsov (1756-1838) quem teve a ideia da instituição desta classe. (N.E.)

um padre, pago por ele, ensinava a ler os filhos dos camponeses e os criados.

Parte do tempo passava-o o príncipe em Lissia Gori, na companhia do pai e do filho, então ainda ao cuidado das criadas, e a outra parte decorria para ele no seu "eremitério" de Bogutcharovo, como lhe chamava o velho príncipe. Apesar da indiferença que costumava exibir diante de Pedro por tudo quanto se passava no mundo, seguia atentamente os acontecimentos, recebendo muitos livros, e com grande espanto observava que as pessoas, recém-chegadas de Petersburgo – o centro da vida do país – que porventura os visitavam, quer a ele, quer ao pai, sabiam muito menos de política interna e externa que ele próprio, que nunca deixava a sua aldeia.

Além de cuidar da administração dos seus domínios e de se dar às mais variadas leituras de ordem geral, André, por essa época, ocupava-se especialmente do exame crítico das últimas duas infelizes campanhas russas, ao mesmo tempo em que se dava à elaboração de um projeto de reforma dos códigos e regulamentos militares do país.

Na primavera de 1809, foi de visita aos domínios de Riazan, propriedade de seu filho, de quem era tutor.

Estendido na sua caleche, aos raios já quentes de um sol primaveril, ei-lo que contempla a relva tenra, as primeiras folhas das bétulas e as primeiras nuvens brancas da primavera correndo pelo azul vivo do céu. Em nada pensava, e ia olhando, alegre e vago, ora para a direita ora para a esquerda do caminho.

Ficaram-lhe para trás o rio e o barco em que no ano anterior palestrara longamente com Pedro. E também um povoado sujo, cerrados, trigo de inverno ainda verde. Depois desceu à ponte, onde ainda se viam vestígios de neve, galgou uma ladeira argilosa, percorreu campos de restolho e brejos de onde em onde com os seus tufos verdes e penetrou numa mata de bétulas que bordejava os dois lados da estrada. No meio da mata quase fazia calor, não soprava a mínima aragem. As bétulas, salpicadas de folhas verdes e viscosas, estavam imóveis, e de sob o tapete de folhas secas do ano anterior rompiam, verdejantes, soerguendo-o, as primeiras ervas, semeadas de flores violetas. Pinheiros baixos esparsos pelo meio dos vidoeiros, com a sua perpétua e sombria verdura, evocavam desagradavelmente o inverno que findara. Os cavalos assustaram-se ao entrar na mata e daí a pouco estavam cobertos de suor.

Piotre, o lacaio, disse qualquer coisa ao cocheiro, que lhe respondeu afirmativamente. Logo se viu, porém, que o assentimento do cocheiro não lhe bastava. Voltou-se na almofada para o amo.

– Veja Vossa Excelência que bem que se respira! – disse, sorrindo com deferência.

– O quê?

– Que bem que se respira, Excelência.

"Que é que ele quer dizer?", pensou André. "Ah! sim, já sei, está a referir-se à primavera". E circunvagando o olhar: "Que verde que tudo está... e tão depressa! As bétulas, as cerejeiras, os álamos já principiaram... E os carvalhos, não se veem. Ah! ali está um".

No extremo do caminho avultava um carvalho. Provavelmente dez vezes mais velho que as bétulas da mata, era dez vezes mais grosso e erguia-se dez vezes mais alto. Era um carvalho enorme, uma árvore de duas braças de tronco, com ramos certamente há muito lascados e a casca rachada com grandes cicatrizes. Com os seus braços e os seus dedos tortuosos e estirados, desairosos e sem simetria, parecia, no meio das bétulas novinhas todas sorridentes, um velho monstro intratável e desdenhoso. Só os pinheiros esparsos pela floresta, com a sua verdura morta e perpétua, os pinheiros e aquele carvalho teimavam em mostrar-se insensíveis aos encantos da primavera, recusando-se a dar pelo sol que brilhava e pela primavera que chegava.

"Primavera, amor, felicidade!", parecia proclamar o velho carvalho. "Será possível não estardes ainda desiludidos com todas estas néscias e absurdas miragens? Sempre a mesma coisa, sempre as mesmas ficções! Não há primavera, nem sol, nem felicidade! Olhai, vede estes pobres pinheiros como mortos, ali esmagados, sempre sós, e volvei os olhos para mim, que também continuo a estender os meus dedos retalhados e esmigalhados, onde quer que rompam, do meu dorso, dos meus flancos, e aqui estou, como eles me querem, e não creio nas vossas esperanças nem nas vossas mentiras!"

O príncipe André, ao atravessar a floresta, mais de uma vez se voltou para esse carvalho, como à espera de vê-lo dirigir-lhe um aceno amistoso. Mesmo à sombra dele havia relva, flores, embora a velha árvore, sombria, imóvel, continuasse monstruosamente carrancuda no meio da vida em torno.

"Sim, este carvalho tem razão, toda a razão", pensava o príncipe André. "As ilusões são boas para os outros, para os que são novos; para nós, que conhecemos a vida, tudo acabou!" E toda uma onda de novos pensamentos desesperados, em que para ele havia contudo um certo encanto embora triste, se ergueu em sua alma à vista daquele carvalho. No decurso desse dia veio a refletir de novo na sua própria existência, acabando por chegar, como sempre, a esta desencantada, se bem que apaziguadora, conclusão: que nada devia tentar na vida, limitando-se a acabar os seus dias sem praticar o mal, sem se atormentar e sem desejar coisa alguma.

CAPÍTULO II

Em virtude de certas questões de tutela sobre o domínio de Riazan, André teve necessidade de se avistar com o marechal da nobreza do distrito, nem mais nem menos que o conde Ilia Andreievitch Rostov. Em meados de maio apresentou-se em sua casa. Entrara-se já no período tépido da primavera. As florestas já estavam vestidas de folhagem. Havia poeira e fazia calor, e quando se passava junto de um curso de água já apetecia mergulhar na corrente.

André, triste, preocupado com as mil coisas que tinha de tratar com o marechal, atravessou as aleias do parque da casa Rostov em Otradnoie. À direita pareceu-lhe ouvir nos maciços de vegetação alegres vozes femininas, e daí a pouco viu um bando de moças que se atravessava diante da caleche. À frente delas salientava-se uma mocinha trigueira, de olhos negros, muito esbelta, extraordinariamente esbelta, com um vestidinho de algodão amarelo, na cabeça um lenço branco, por debaixo do qual lhe esvoaçavam os caracóis soltos do cabelo. Gritou alguma coisa, mas, ao ver que se tratava de alguém desconhecido, tornou a desaparecer no maciço de onde emergira, rompendo a rir, sem olhar para trás.

De súbito o príncipe André sentiu uma impressão penosa. O tempo estava tão belo, o sol, tão vivo, havia tanta alegria na natureza, e aquela jovenzinha sem conhecer nem querer conhecer nada fora dela, satisfeita e feliz com a sua própria existência, a sua existência tola, sem dúvida, mas despreocupada e alegre. "De onde lhe virá tanta alegria? Em que pensará ela? Com certeza não nos regulamentos militares e na organização dos camponeses de Riazan. Em que pensará então? O que a fará feliz?", eis o que o príncipe André não podia deixar de perguntar a si mesmo, cheio de curiosidade.

O conde Ilia Andreievitch levava em Otradnoie, no ano da graça de 1809, a mesma vida de sempre, isto é, recebia em sua casa quase toda a província, sempre pronto a oferecer aos convidados caçadas, espetáculos, jantares, concertos. Quem quer que aparecesse de novo encantava-o; por isso acolheu André com grande alegria e quase à força obrigou-o a passar a noite em sua casa.

No decurso de um bem fastidioso dia, durante o qual se vira monopolizado pelo seu velho anfitrião e os convidados deste mais em evidência – estava-se em vésperas de uma rija festa e a casa estava cheia –, Bolkonski por várias vezes relanceou os olhos a Natacha, risonha e jovial no meio dos rapazes e das moças, e sempre que para ela olhou pôs a si mesmo esta pergunta: "Em que pensará ela? De onde lhe virá tanta alegria?".

À noite, sozinho num local onde vinha pela primeira vez, muito lhe custou para adormecer. Pôs-se a ler, depois apagou a vela, daí a pouco tornou a acendê-la. No quarto, com as portas fechadas por dentro, fazia calor. E sentia-se furioso com o imbecil do velho – que assim tratava Rostov – por ter querido retê-lo em sua casa, persuadindo-o de que não conseguira ainda os papéis necessários da cidade. E consigo próprio também por ter ficado. Levantou-se e aproximou-se da janela para abri-la. Mal entreabrira as portas, logo o luar, como se há muito aguardasse aquele sinal, lhe entrou pelo quarto dentro. Abriu a janela de par em par. A noite estava fresca, calma e luminosa. Precisamente defronte da sacada encontrava-se uma fileira de árvores podadas, de um dos lados muito negras, e do outro banhadas por uma claridade de prata. A seus pés entrevia-se um tapete de plantas carnudas e úmidas. As folhas frisadas e os caules escorriam luz. Mais para além, para lá das árvores escuras, entrevia-se uma espécie de telhado, que cintilava, coberto de orvalho; mais para a direita uma grande árvore desgrenhada, com o tronco e os ramos de um branco vivo, e no alto a lua quase cheia, num céu de primavera por assim dizer sem estrelas. André encostou-se ao parapeito da janela e abandonou os olhos à contemplação do firmamento.

O quarto do príncipe ficava num andar intermédio. Por cima havia outros quartos igualmente habitados, e também ali não se dormia. Ouviam-se vozes de mulher.

– Sim, só mais uma vez – murmurava uma dessas vozes, que André imediatamente reconheceu.

– Mas quando te dispões a dormir? – replicava outra dessas vozes.

– Não, não vou dormir, não quero dormir, não posso, que hei de fazer? Espera só um pouco mais...

As duas vozes femininas trautearam uma espécie de frase musical, por certo remate de alguma melodia conhecida.

– Oh, que bonito! Bom, agora vamos dormir. Acabou-se.

– Dorme tu, se queres, eu não consigo – voltou a primeira voz.

A que falava aproximara-se da janela e até certamente se debruçara, pois sentia-se o ruge-ruge do vestido e o ofegar da sua respiração. Tudo estava em silêncio e como que estático; a rua, o luar, as sombras. O príncipe André procurava não se mexer, para não denunciar a sua presença indiscreta.

– Sônia, Sônia – voltou a primeira voz. – Como queres que uma pessoa durma? Vem ver, que lindo! Oh, que lindo! Acorda, Sônia – E esta voz parecia repassada de lágrimas. – Nunca na minha vida vi noite tão linda!

Na resposta de Sônia houve qualquer coisa de impaciente.

– Mas vem ver, só um bocadinho, que linda lua!... Oh, que lindo! Vem ver! Querida, minha queridinha, vem ver! Achas que não? Basta uma pessoa pôr-se de joelhos, assim, e agarrar os joelhos, agarrar muito forte. Depois, aí vou eu pelos ares fora, a voar! Olha, assim!

– Deixa-te disso! És capaz de cair!

Ouviu-se como que uma luta e a voz descontente de Sônia, que dizia: "São quase duas horas!".

– Oh, estragas tudo. Vai-te embora, vai-te.

Tudo recaiu no silêncio, mas André sentia que alguém continuava à janela, graças aos ligeiros sussurros, aos breves suspiros que lhe chegavam aos ouvidos.

– Meu Deus! Meu Deus! Que quererá dizer tudo isto? – exclamou a voz de súbito. – Já que é preciso dormir, vamos dormir. – E fechou a janela.

"E a minha existência que lhe importa!", pensava André, ao escutar aquelas vozes e, sem saber por quê, receoso e ao mesmo tempo como que esperançado de ele próprio estar envolvido naquelas palavras. "Outra vez ela! Parece de propósito!"

De repente ergueu-se no fundo da sua alma uma tal confusão de pensamentos e de esperanças pueris, perfeito contraste com toda a sua existência, que André, incapaz de explicar a si próprio claramente o que nele se estava a passar, adormeceu quase de chofre.

CAPÍTULO III

No dia seguinte pela manhã, depois de se despedir do conde e sem aguardar que as senhoras estivessem visíveis, partiu.

Eram já princípios de junho quando André, no decurso da sua jornada de regresso, voltou a atravessar aquela mata de bétulas onde um carvalho todo contorcido lhe causara uma impressão tão curiosa e memorável. O tilintar das campainhas dos cavalos da carruagem ainda era mais surdo que mês e meio antes: tudo eram sombras e mato bravo. Os pinheiros novos esparsos pela floresta já não prejudicavam a beleza do conjunto e, harmônicos com o ambiente, os seus botões de feltro haviam se coberto de uma macia verdura.

O dia estivera quente. Algures preparava-se uma tormenta, mas apenas uma pequenina nuvem borrifara a poeira do caminho e as folhas inchadas de seiva. O lado esquerdo da floresta estava na penumbra; o direito, orvalhado e todo lustroso, brilhava ao sol, ligeiramente agitado pelo vento. Tudo estava em flor. Aqui e ali ouviam-se os rouxinóis soltarem os seus trinados e garganteios.

"Sim, foi nesta floresta que eu vi aquele carvalho que tantas afinidades tinha comigo", dizia para consigo André. "Onde estará ele agora?" E olhava à esquerda do caminho, sem saber onde encontrá-lo, sem reconhecê-lo. De súbito, maravilhado, encontrou a árvore. O velho carvalho, transfigurado, distendia-se, como uma cúpula de luxuriante e sombria vegetação, e parecia crescer, quase imóvel, sob os raios do sol poente. Dos seus membros contorcidos, das suas escaras, das suas antigas dúvidas, das suas velhas dores, nem sinal. Folhinhas novas, túmidas de seiva, rompiam-lhe diretamente da casca rija e centenária, e de tal sorte que custava a crer que aquele ancião fosse seu progenitor. "Sim, é realmente o mesmo carvalho", pensou André, e de súbito sentiu-se inundado de um obscuro sentimento de alegria e renovo primaveril. Todos os melhores instantes da sua existência passada lhe acorreram à memória de repente e ao mesmo tempo. E Austerlitz, com o seu céu profundo, e a face da sua mulher morta com a expressão de censura, e Pedro, no barco, e a mocinha embriagada pelo esplendor da noite, daquela mesma noite, e a magnificência do luar, tudo isto, de um só golpe, lhe pareceu real na imaginação.

"Não, a vida não acabou aos trinta e um anos", concluiu, firme e definitivo. "E não basta que eu veja claro em mim, é preciso que todos vejam igualmente claro em si próprios. E Pedro e esta mocinha que queria voar pelos céus afora. É preciso que todos eles me conheçam, que a minha vida não decorra só para mim, que não seja tão independente que não se reflita na deles e a deles na minha e que as suas vidas se confundam com a minha."

De regresso da viagem, André decidiu ir a Petersburgo no outono e, para justificar essa resolução, deu-se ao trabalho de colecionar várias razões. Toda uma série de deduções, qual delas a mais lógica, capazes de justificar esta viagem, e inclusive um vago projeto de retomar as suas funções na corte, acorreram ao seu encontro. Agora nem sequer podia compreender como pudera pôr em dúvida a necessidade de se consagrar a uma vida ativa, tal qual como há um mês não lhe pudera vir ao espírito a ideia de abandonar o campo. Afigurava-se a ele claramente que toda a experiência da vida que lhe fora dado adquirir se perderia sem vantagem para quem quer que fosse; não passaria de um puro contrassenso, caso ele não lhe desse a ação por finalidade e ele próprio não se decidisse a tomar parte nela. Era-lhe mesmo impossível imaginar como é que até aí, levado por deduções tão lógicas como as atuais, embora igualmente pobres, se tinha representado como certo que seria rebaixar-se, depois de tão duras lições da vida, acreditar ainda na possibilidade de ser útil, na possibilidade do amor e da ventura. A lógica agora lhe sugeria coisa completamente diferente. De volta da sua viagem, começou a aborrecê-lo o campo; as ocupações que até aí o entretinham já não lhe interessavam. Muitas vezes, sentado no seu gabinete, solitário, levantava-se, aproximava-se de um espelho e punha-se a mirar longamente os traços que lhe vincavam o rosto. Depois afastava os olhos do espelho e pousava-os no retrato de Lisa, sua falecida mulher, que, com os seus caracóis presos à maneira grega, docemente lhe sorria, na moldura dourada. Já não lhe dirigia as terríveis censuras de outrora, olhava-o alegremente, simplesmente, com um ar curioso. E André, as mãos atrás das costas, passeava no seu gabinete de um lado para o outro, por muito tempo, ora preocupado, ora sorridente, deixando que o seu espírito errasse por mil pensamentos extravagantes que as palavras não poderiam exprimir, secretos como se fossem criminosos, em que se associavam Pedro, a glória, a mocinha da janela, o carvalho, a beleza feminina, o amor, pensamentos que haviam transformado toda a sua existência. E se nesses instantes alguém o procurava, mostrava-se particularmente seco, severo, cortante, de uma rígida lógica.

"Meu amigo", sucedia, às vezes, dizer Maria inocentemente, penetrando no gabinete a uma hora dessas, "hoje não podemos sair com Nikoluchka. Está muito frio."

"Se estivesse calor", replicava ele em tom seco, "eram capazes de deixá-lo sair de camisa, mas, como está frio, basta que lhe vistam alguma coisa quente, já que as roupas quentes não foram feitas senão para isso. É o que é preciso concluir quando se verifica estar frio, e não tomar a resolução de mantê-lo em casa, quando a verdade é que uma criança precisa respirar ar puro." André demonstrava tal lógica como para se castigar a si próprio pelo trabalho ilógico e inconfessado que operava-se dentro de si.

Maria, então, dizia para consigo que a reflexão faz dos homens criaturas secas.

CAPÍTULO IV

O príncipe André chegou a Petersburgo em agosto de 1809. Estava-se no apogeu da glória do moço Speranski e era a altura em que ele mostrava mais energia na realização das suas reformas. Foi nesse mês de agosto que o imperador, ao passear de carruagem, tivera um acidente, machucara um pé e ficara três semanas fechado em Peterof, todos os dias em contato com Speranski. Nessa época se elaboraram não só os dois célebres ucasses, que tão grande alvoroço levantaram, sobre a supressão das categorias na corte e a criação dos exames para a colegiada de assessores e conselheiros de Estado, mas também uma verdadeira constituição destinada a revolucionar o regime judiciário, administrativo e financeiro vigentes, desde o conselho do império até as autoridades regionais. Foi então que se realizaram e tomaram vulto os vagos sonhos liberais que o imperador Alexandre alimentava ao subir ao trono e que já tentara aplicar com o auxílio dos seus colaboradores, os Tsartoriski, os Novossiltsov, os Kotchubei e os Strognov, a quem, por graça, costumava chamar o seu comitê de salvação pública.

Agora Speranski substituíra-os a todos nos negócios civis, e Arakcheiev ocupava-se das questões militares. O príncipe André, pouco depois da sua chegada, e, na sua qualidade de camarista, apareceu na corte e nas audiências privadas do imperador. Este, que por duas vezes o encontrara no seu caminho, não se dignara honrá-lo com uma única palavra. André pensava ser antipático ao imperador e que a sua cara e toda a sua pessoa lhe eram desagradáveis. O olhar seco e distante que Alexandre lhe lançara ainda veio confirmar mais tal suposição. Os cortesãos explicaram-lhe esta frieza atribuindo-a ao fato de Sua Majestade ter ficado descontente por ele, desde 1805, não ter voltado a prestar serviço no exército.

"Bem sei que não está nas nossas mãos regermos as nossas simpatias e as nossas antipatias", dizia André com os seus botões, "por isso, o melhor que eu tenho a fazer é não pensar em apresentar ao imperador a minha memória sobre o novo código militar. A ideia acabará por seguir o seu destino sozinha."

Expôs as suas ideias a um velho marechal amigo do pai. Este, que lhe marcara uma data para o receber, acolheu-o amavelmente e prometeu-lhe falar ao imperador. Alguns dias depois participaram-lhe que devia apresentar-se ao ministro da Guerra, o conde Araktcheiev.

Às nove horas da manhã do dia aprazado o príncipe André apresentou-se na sala de espera do conde Araktcheiev.

Não o conhecia pessoalmente e nunca o vira mesmo, mas o que dele sabia não o predispunha muito a seu favor.

"É ministro da Guerra, é homem de confiança do imperador; ninguém, portanto, pode intervir nos assuntos que lhe dizem respeito. Confiaram-lhe o exame do meu memorial porque só ele pode pô-lo em vigor", pensava André, enquanto esperava ser recebido, no meio de várias personalidades, mais ou menos importantes, na sala de espera de Araktcheiev.

No desempenho das suas funções, principalmente enquanto fora ajudante de campo, André passara por muitas antecâmaras de altas personagens e estava habituado a distinguir as suas características próprias. A do conde Araktcheiev era inconfundível. As pessoas de somenos importância que aguardavam a sua vez mostravam confusão e humildade; as de mais categoria traíam geralmente um certo embaraço, oculto sob uma falsa despreocupação, uma espécie de zombaria de si próprias, da sua própria situação e da personalidade diante de quem iam comparecer. Havia ainda os que andavam na sala para cá e para lá, preocupados, e os que riam, cochichando. André percebia que falavam da pessoa do ministro, tratando-o pela alcunha de Sila Andreitch[29] e pronunciando as palavras "ele vai tratar-te da

---

29. *Sila*: nome de homem do povo, que quer dizer "silencioso". Em russo a palavra *sila* quer dizer "forte". Dupla alusão ao caráter e ao poder do personagem. (N.E.)

saúde". Um general, personalidade importante, visivelmente vexado por ser obrigado a esperar tanto tempo, estava de pernas cruzadas e sorria para si mesmo.

Logo, porém, que a porta se abriu, em todas as faces instantaneamente transpareceu o sentimento do medo. André pediu ao funcionário de serviço que o anunciasse pela segunda vez, mas ele fitou-o com ar zombeteiro dizendo-lhe que esperasse a sua vez. Depois de algumas das personagens presentes haverem sido introduzidas no gabinete do ministro e serem de novo reconduzidas por um ajudante de campo, fizeram passar pela porta temerosa um oficial cuja humilde e assustada aparência chamara a atenção de André. A audiência deste oficial foi morosa. Ouviu-se, de súbito, atrás da porta, o fragor de uma voz irritada e lá de dentro saiu, muito pálido, de lábios trêmulos, o pobre oficial, que atravessou a sala de espera apertando a cabeça com as mãos.

Chegou em seguida a vez do príncipe André e o funcionário de serviço segredou-lhe: "À direita, ao lado da janela".

André entrou num gabinete muito simples e asseado e viu, sentado a uma mesa, um homem dos seus quarenta anos, de torso longo, em cima do qual uma cabeça, também muito longa, de cabelos curtos, grossas rugas, sobrancelhas espessas sobrepujando uns olhos apagados verdes-acastanhados e um nariz vermelho proeminente. Araktcheiev voltou a cabeça para ele sem o fitar.

– Que pretende? – perguntou.

– Nada pretendo, Excelência – replicou André com a maior tranquilidade.

Os olhos de Araktcheiev voltaram-se para ele.

– Tenha a bondade de se sentar – tornou o ministro. – Príncipe Bolkonski?

– Nada pretendo, mas o imperador dignou-se transmitir a Vossa Excelência a nota que eu apresentei...

– Deixe dizer-lhe, meu caro senhor, que li a sua memória – interrompeu Araktcheiev. Eram as primeiras palavras amáveis que pronunciava, e imediatamente se pôs a olhar para outro lado e a afetar um tom cada vez mais indiferente e desdenhoso. – O senhor propõe novas leis militares? Há muitas leis, leis antigas, e muito pouca gente para aplicá-las. Hoje em dia todos têm a mania de fazer leis. É mais fácil escrever do que agir.

– Eu vim aqui, por desejo do imperador, saber de Vossa Excelência qual o destino que pensa dar ao meu memorial – disse André polidamente.

— Anotei a minha opinião no próprio memorial e transmiti-o à comissão. Por mim não o aprovo — disse Araktcheiev erguendo-se e pegando um papel que estava em cima da mesa. — Aqui tem! — E estendeu-lhe o papel.

Atravessadas, escritas a lápis, sem maiúsculas, sem ortografia, sem pontuação, liam-se as seguintes linhas: "Elaborado com pouca seriedade visto ser copiado do código militar francês, difere sem motivo do regulamento militar em vigor".

— E a que comissão foi transmitido? — inquiriu André.

— À comissão do código militar, e propus o nome de Vossa Mercê para fazer parte dela. Mas sem honorários.

Um sorriso perpassou pelos lábios de André.

— Não os peço.

— Como membro sem honorários — repetiu Araktcheiev. — Boa tarde. Eh! A pessoa que se segue. Quem é que está aí ainda? — gritou, fazendo uma vênia ao príncipe André.

CAPÍTULO V

Enquanto aguardava a nomeação para membro da comissão do código militar, o príncipe André voltou a relacionar-se com antigos conhecidos, principalmente com as pessoas que ele sabia muito poderosas e em condições de lhe poderem vir a ser úteis. Uma curiosidade inquieta e irresistível, muito semelhante àquela que experimentara nas vésperas das batalhas, arrastava-o, agora, que estava na capital, para essas altas esferas em que se prepara o futuro e se decide o destino de milhões de homens. Ia percebendo, através da irritação dos antigos, a curiosidade dos não iniciados, a reserva dos demais, a agitação e a inquietação de todos e a profusão de juntas e de comissões, das quais o número de membros crescia hora a hora, que naquele ano de 1809 se preparava em Petersburgo uma imensa batalha civil cujo generalíssimo era essa personagem misteriosa, desconhecida para ele e que a seus olhos avultava sob a sedução de um gênio: Speranski.

E esse movimento reformador, que ele muito vagamente conhecia, e Speranski, o seu animador, começaram a interessá-lo tão apaixonadamente que não tardou a relegar para segundo plano das suas preocupações o destino do código militar.

André estava na melhor das disposições para ser bem acolhido em todas as altas esferas da sociedade petersburguesa de então. O partido dos reformadores procurava cativá-lo e testemunhava-lhe simpatia, primeiro porque ele gozava da fama de homem muito inteligente e de vasta cultura, e em segundo lugar porque já conquistara, emancipando os camponeses, reputação de espírito liberal. O partido dos velhos descontentes, contrário às reformas, mostrava interesse por ele supondo-o adepto das ideias do pai. As mulheres, ou, como se diz, "o mundo", festejavam-no como um futuro marido rico e titular e uma figura nova, aureolada da aventura romanesca de haver passado por morto e de ter perdido a esposa em circunstâncias trágicas. Além disso, a opinião unânime de todos quantos outrora o haviam conhecido era de que ele mudara muito, e com vantagem, naqueles cinco anos, que se robustecera e suavizara o seu caráter, que perdera os ares afetados de antigamente, o orgulho e o espírito cáustico, e que ganhara a serenidade que só o tempo vai dando aos homens. Falavam dele, interessavam-se por ele e toda a gente o procurava.

No dia seguinte ao da sua visita a Araktcheiev, foi a uma recepção na casa do conde Kotchubei, a quem contou o que se passara na entrevista com Sila Andreitch. Kotchubei assim se referia a Araktcheiev, empregando a alcunha com essa mesma vaga ironia que André tivera ocasião de observar na antecâmara do ministro da Guerra.

— Meu caro, mesmo no seu caso, não poderá deixar de precisar de Mikail Mikailovitch. É um grande homem. Eu falarei com ele. Prometeu-me vir aqui esta noite.

— Mas que tem Speranski com os regulamentos militares? – perguntou André.

Kotchubei abanou a cabeça, sorrindo, como que surpreendido com a ingenuidade de Bolkonski.

— Falamos de você há dias – prosseguiu ele –, dos seus trabalhadores livres...

— Ah! foi então o senhor, príncipe, que emancipou os seus camponeses? – perguntou um velho da época de Catarina, voltando-se para Bolkonski com um ar desdenhoso.

— Era um pequeno domínio que não dava rendimento algum – replicou este, para não irritar inutilmente o velho e assim atenuar a importância do seu ato.

— Receais vos atrasar – continuou o ancião, lançando um olhar a Kotchubei. – Há uma coisa que eu pergunto: quem há de trabalhar a terra se se der a liberdade aos servos? Fazer leis é fácil, mas governar é bem mais difícil. É o mesmo que vai acontecer agora. Diga-me, conde, quem virá a ser presidente dos tribunais se todas as pessoas têm de ser submetidas a um exame?

– Aqueles que forem aprovados nesse exame, suponho eu – replicou Kotchubei, cruzando as pernas e circunvagando os olhos pela sala.

– Assim, por exemplo, eu tenho nos meus escritórios um tal Prianitchnikov: é um homem excelente, um homem precioso, mas já fez sessenta anos. Irá ele apresentar-se para exame?

– Sim, é de fato difícil, tanto mais que a instrução está muito pouco espalhada, mas...

O conde Kotchubei não concluiu a frase. Levantou-se e, pegando no braço de André, encaminhou-se a alguém que acabava de chegar: um grande homem louro, calvo, dos seus quarenta anos, alta testa, rosto comprido, estranho, e de uma brancura extraordinária. Vestia um fraque azul, trazia uma condecoração ao pescoço e um crachá no lado esquerdo do peito. Era Speranski. O príncipe André reconheceu-o imediatamente e sentiu uma emoção interior, como é costume nos momentos cruciais da existência. Seria respeito, seria inveja, seria curiosidade? Ignorava-o.

A figura de Speranski era de um tipo original que o fazia sobressair no meio de todas as demais. Nunca, em qualquer das pessoas que André conhecia, surpreendera uma calma semelhante e uma tal segurança associadas a tanto embaraço e a tanto acanhamento nos gestos. Em ninguém encontrara um olhar ao mesmo tempo tão enérgico e tão suave nuns olhos assim semicerrados e como que repassados de água, tanta firmeza num sorriso insignificante, uma voz tão débil, tão igual, tão calma e sobretudo uma tal brancura fina num rosto e principalmente numas mãos, excessivamente gordas e meigas, embora grandes. Tal brancura e tal suavidade de pele nunca André pudera observá-las senão nos soldados com muito tempo de hospital. Eis Speranski, o secretário de Estado, o referendário do imperador, seu companheiro em Erfurth, onde, por mais de uma vez, se encontrara com Napoleão.

O olhar de Speranski não ia de uma pessoa para outra como acontece involuntariamente quando alguém é introduzido numa sociedade numerosa. Também não tinha pressa em falar. Sua voz era serena, sentia-se nela a certeza de quem sabe que é escutado, e não olhava senão para a pessoa com quem conversava.

André observava com atenção particular todas as palavras e todos os gestos de Speranski. Como é vulgar nas pessoas habituadas a julgar severamente o próximo, quando se via diante de um desconhecido, sobretudo quando se tratava de alguém de reputação, tendia sempre a encontrar nesse alguém uma súmula de todas as perfeições humanas.

Speranski afirmou a Kotchubei que lamentava muito não ter podido chegar mais cedo, mas estivera retido no palácio. Não disse ter sido o imperador quem o retivera. E André notou esta afetação de modéstia. Quando Kotchubei lhe apresentou o príncipe André, Speranski dirigiu lentamente os olhares para ele, sempre com o mesmo sorriso, e olhou-o silenciosamente.

– Tenho muito prazer em conhecê-lo. Ouvi falar do senhor, como, aliás, muita gente – disse ele.

Kotchubei aludiu em poucas palavras ao acolhimento que Araktcheiev fizera a Bolkonski. O sorriso de Speranski acentuou-se.

– O presidente da comissão do código militar é amigo meu – M. Magnitski – observou, articulando claramente cada sílaba e cada palavra –, se quiser posso proporcionar-lhe uma conferência com ele. – Calou-se para sublinhar a pausa do parágrafo. – Espero que vá encontrar simpatia junto dele e o desejo de fazer tudo que seja razoável.

Imediatamente se formou uma roda em volta de Speranski, e o ancião que falara de um tal Prianitchnikov também se permitiu dirigir-lhe uma pergunta.

André, sem tomar parte na conversa, observava todos os movimentos daquele homem, ainda ontem um obscuro seminarista, e em cujas mãos brancas e gordas estava agora o destino da Rússia. Impressionou-o a serenidade extraordinária e o ar desdenhoso na resposta de Speranski ao velho. Parecia deixar cair de inacessíveis alturas a palavra condescendente. Tendo o velho elevado um pouco a voz, sorriu e disse que não era juiz das vantagens ou dos inconvenientes das decisões que o imperador tinha por bem tomar.

Depois de participar por algum tempo na conversa geral, Speranski levantou-se e, aproximando-se do príncipe André, levou-o consigo para o outro extremo da sala.

Era evidente que julgava necessário parecer interessar-se por Bolkonski.

– Não tive tempo de falar com o senhor, príncipe, no meio da animada conversa a que me obrigou aquele venerando ancião – disse-lhe, sorrindo, com uma certa discrição desdenhosa, querendo demonstrar com isso saberem ambos muitíssimo bem a que ponto eram nulas as pessoas com quem ele acabava de conversar. E esta atitude não deixou de lisonjear André. – Conheço-o há muito, primeiro graças à sua conduta para com os camponeses, exemplo que nós gostaríamos de ver seguido por muitos outros proprietários, e em segundo lugar porque o príncipe é o único dos camaristas que não se julgou atingido pelo novo ucasse relativo às categorias da corte, que tanta discussão e tantas recriminações provocou.

– Sim – replicou André. – Meu pai não quis que eu me beneficiasse desse direito. Principiei o meu serviço pelos graus inferiores.

– Seu pai, embora homem de outro tempo, está realmente muito acima dos nossos contemporâneos, que tanto criticam uma medida em que se procura simplesmente estabelecer a justiça nas suas bases naturais.

– No entanto, parece-me que essas críticas não deixam de ter o seu fundamento... – disse André, que diligenciava combater em si próprio a influência de Speranski, de que se apercebia crescente.

Desagradava-lhe aprová-lo em tudo: desejava refutá-lo. O certo é, porém, que, embora de costume se exprimisse com fluência e clareza, naquele momento, ao falar com o homem de Estado, sentia certo embaraço. Aquela personalidade, que o levara a tantas observações, prendia-lhe demasiadamente a atenção.

– Quero dizer que na maior parte dos casos essas críticas não têm talvez por fundamento senão o amor-próprio ferido – objetou, tranquilamente, Speranski.

– Ou então, em parte também, os interesses do Estado – volveu o príncipe André.

– Como assim?... – inquiriu Speranski, baixando os olhos.

– Eu sou partidário de Montesquieu – respondeu André. – E a sua máxima de que o princípio da monarquia é a honra parece-me incontestável. Certos direitos e privilégios da nobreza parecem-me meios de manter esse sentimento.

O sorriso desapareceu do branco rosto de Speranski e a sua fisionomia só ganhou com isso. Seguramente, a máxima citada por André parecera-lhe digna de interesse.

– Se encara a questão desse ponto de vista... – principiou ele, exprimindo-se em francês com dificuldade visível e pondo ainda mais morosidade na dicção que quando falava russo, mas com muita serenidade.

Exprimiu a opinião segundo a qual a honra não pode ser mantida por privilégios prejudiciais ao bom andamento dos negócios públicos, de que a honra ou é a noção puramente negativa da abstenção de atos censuráveis ou um certo estimulante capaz de nos levar a conquistar a aprovação ou as recompensas em que esta se traduz. As suas deduções eram concisas, simples e claras.

– A instituição que encorajasse a honra como fonte de emulação seria a todos os títulos semelhante à Legião de Honra do grande imperador Napoleão, que, em vez de prejudicar, concorre para o bom andamento dos serviços, sem que seja por isso privilégio de casta ou de corte.

– De acordo, mas não há como negar que os privilégios da corte atingem o mesmo objetivo – contraveio André. – Todos os privilegiados se consideram na obrigação de manter dignamente a sua categoria.

– No entanto, pelo que vejo, não quis tirar partido desse benefício – observou Speranski, rematando deste modo com uma palavra amável um debate que principiava a embaraçar o interlocutor. – Queira dar-me a honra de me procurar na próxima quarta-feira – acrescentou –, entretanto terei falado com Magnitski e já poderei dizer alguma coisa que lhe interesse, além do prazer que me dará conversar mais longamente com o senhor.

Saudou, de olhos baixos, e, à francesa, sem se despedir, saiu, procurando não ser notado.

CAPÍTULO VI

Logo nos primeiros tempos da sua permanência em Petersburgo, André deu-se conta de que toda a construção de ideias que nele se elaborara no decurso da sua vida solitária fora relegada para um canto, preterida pelas inúmeras pequeninas preocupações que o absorviam.

Ao fim da tarde, de regresso a casa, registrava no seu livro de notas quatro ou cinco visitas indispensáveis ou um encontro marcado para determinada hora. As ocupações cotidianas, o emprego do tempo fixado de maneira a chegar pontualmente onde era mister absorviam-lhe o melhor da sua capacidade de trabalho. Nada fazia, não pensava mesmo em coisa alguma, não tinha tempo, e as opiniões que emitia – com razoável êxito – eram apenas o resultado do muito que meditara enquanto estivera no campo.

Às vezes observava, desgostoso, que repetira no mesmo dia as mesmas coisas em locais diferentes. Tão ocupado andava o dia inteiro que nem mesmo tinha tempo de reconhecer que não pensava em coisa alguma.

À semelhança do que acontecera quando do seu primeiro encontro em casa de Kotchubei, foi grande a impressão que lhe causou Speranski ao recebê-lo, quarta-feira, em sua casa e ao manter com ele um longo e confiante colóquio.

Tanta era a gente que o príncipe André julgava desprezível ou nula e tão grande o seu desejo de encontrar em quem quer que fosse o ideal vivo da perfeição a que aspirava, que não lhe foi difícil acreditar que Speranski representava efetivamente esse padrão ideal de inteligência e de virtude.

Se Speranski pertencesse ao mesmo meio que André, se tivesse a mesma educação, a mesma formação moral, cedo este teria descoberto as fraquezas humanas desse homem, a sua carência de qualquer espécie de heroísmo. Mas a verdade é que esse espírito lógico que o surpreendia inspirava tanto mais respeito quanto era certo não o apreender em toda a sua extensão. Além disso, ou porque apreciasse a capacidade de André ou porque julgasse conveniente conquistá-lo, na presença do príncipe Speranski exibia um juízo sereno, isento de parcialismo, e mostrava-lhe essa lisonja sutil, misturada com uma certa presunção, que consiste em um homem reconhecer tacitamente que o seu interlocutor e ele próprio são as únicas pessoas capazes de compreender quão néscios são os demais e sensatas e profundas as suas próprias ideias, as ideias só deles, os dois.

No decurso da longa conversa que mantiveram quarta-feira à noite, Speranski repetira muitas vezes frases deste jaez: "Entre *nós* considera-se tudo quanto ultrapassa o nível dos hábitos inveterados...", ou então, sorrindo: "Mas *nós* queremos ao mesmo tempo que os lobos se saciem e os cordeiros fiquem intactos", ou ainda: "*Eles* não podem compreender isto..." E falava num tom que queria dizer: "Nós, isto é, tu e eu, sabemos muito bem o que *eles* valem e quem nós somos, nós".

Esta demorada conversa havia consolidado em André a impressão que Speranski lhe causara no primeiro dia em que lhe falara. Tinha-o por um espírito poderosamente lógico e pensante, um homem de alta inteligência, que conseguira conquistar o poder à força de energia e de vontade e que não se servia dessas qualidades senão para maior glória da Rússia. A seus olhos Speranski era precisamente o homem que ele próprio teria desejado ser, aquele que sabe joeirar na peneira da razão todas as manifestações da vida, o homem que só considera digno de interesse o que é razoável e que a tudo aplica o mesmo padrão racional. Nas deduções de Speranski tudo se apresentava a ele tão simples e claro que, sem dar por isso, estava sempre de acordo com ele. O fato de lhe fazer algumas objeções e de o discutir obedecia apenas ao desejo de se mostrar independente e de lhe fazer compreender que não se submetia a todas as suas opiniões. Nele tudo estava certo, tudo era perfeito. Duas coisas, porém, perturbavam André: aquele olhar frio, glacial como o cristal de um espelho, que impedia que se penetrasse na sua alma, e aquelas mãos brancas e macias, que ele não podia deixar de contemplar como se contemplam as mãos dos detentores do poder. Esse olhar com reflexos de cristal e essas mãos macias exasperavam André. Era também desagradável a ele o desprezo pelos homens que notara em Speranski e a variedade de argumentos de que lançava mão para apoiar as suas opiniões. Utilizava todas as armas do raciocínio ao seu alcance, salvo a analogia, e essas suas transições de uma para outra linha de defesa afiguravam-se ao príncipe André demasiado violentas. Ora se instalava no plano prático e censurava sonhadores, ora lançava mão da sátira e varava, sarcástico, os adversários, ora ainda se mostrava severamente lógico quando não ascendia repentinamente ao plano metafísico. E esse processo de raciocínio era a sua arma favorita. Conduzia os problemas até os altos páramos da metafísica, dava definições do espaço, do tempo, do pensamento e, extraindo daí argumentos polêmicos, regressava ao terreno da discussão.

Em suma, o traço principal desta inteligência, aquele que mais vivamente impressionara o príncipe André, era a sua fé incontestável, inabalável, no poder e nos direitos do espírito. Via-se perfeitamente que nunca lhe aflorara ao pensamento esta ideia, tão familiar a André, segundo a qual nem sempre é possível ao homem exprimir o que ele próprio pensa, nem jamais perguntara a si próprio se porventura tudo aquilo em que pensava, tudo aquilo em que acreditava não seriam, no fim de contas, puras tolices. E o certo é que esta forma particular do espírito de Speranski era a que mais seduzia o príncipe André.

Nos primeiros tempos das suas relações com este homem, o príncipe sentira por ele uma exaltação apaixonada muito parecida com a que alimentara outrora por Bonaparte. O fato de ser filho de um padre, circunstância que levava muito tolo a olhá-lo com desprezo, considerando-o membro de uma classe inferior, fazia com que André se mostrasse circunspecto no seu entusiasmo, reforçando-lhe inconscientemente os sentimentos que por ele nutria. Naquela primeira noite que estiveram juntos, Speranski, a propósito da comissão encarregada da revisão das leis, contou-lhe que essa comissão existia há cento e cinquenta anos, que já custara milhões de rublos, nada tendo feito ainda, e que Rosenkampf se limitara a colar etiquetas em todos os artigos da legislação comparada.

– E aqui tem para o que o Estado despendeu todos esses milhões! – disse ele. – Queremos dar ao Senado um poder judiciário novo e não temos leis. E é por isso mesmo que considero um crime ver afastadas do poder pessoas como o príncipe.

Bolkonski respondeu que para tanto carecia de uma formação jurídica que não tinha.

– Mas se ninguém a tem, como queria tê-la o príncipe? É um círculo vicioso, de que só à força poderemos sair.

Oito dias depois, André tornou-se membro da comissão do código militar e – coisa com que não contava – chefe da secção da comissão de legislação. A pedido de Speranski consentiu em encarregar-se da primeira parte do Código Civil. E, socorrendo-se do código de Napoleão e das leis de Justiniano, começou a revisão do capítulo respeitante aos direitos do homem.

CAPÍTULO VII

Dois anos antes, em 1808, Pedro, no regresso da viagem que fizera aos seus domínios, vira-se, sem pretendê-lo, à testa da franco-maçonaria de Petersburgo. Organizou lojas capitulares e lojas funerárias, recrutou novos membros, tratou da unificação das diversas lojas e das atas que lhes competiam. Distribuiu donativos para a construção de templos e tanto quanto lhe foi possível completou o produto de coletas, coisa em que geralmente os membros davam provas de avareza e pouca diligência. Quase só com dinheiro seu manteve a casa dos pobres fundada pela ordem em Petersburgo.

Entretanto continuava a viver da mesma maneira, entre as mesmas tentações e as mesmas manifestações de libertinagem. Gostava de comer bem e de beber melhor e, conquanto considerasse isso degradante e imoral, não podia abster-se de compartilhar dos prazeres dos celibatários com quem se associava.

Apesar do entusiasmo que punha no desempenho das suas múltiplas ocupações, Pedro começou a compreender, um ano decorrido, que o terreno da franco-maçonaria em que assentava pés se tornava menos firme quanto mais firmemente nele se apoiava. E ao mesmo tempo sentia que, quanto mais aquele solo movediço lhe faltava debaixo dos pés, mais difícil era libertar-se dele. Ao entrar para a franco-maçonaria tivera a impressão de pousar o pé confiante na superfície lisa de um pântano. E mal o pousara, logo se sentira afundar. Para melhor experimentar a solidez do terreno, avançara o outro pé e enterrara-se ainda mais, atolara-se, e agora patinhava, mergulhado até os joelhos na lama do pântano.

José Alexeievitch não estava em Petersburgo. Ultimamente havia se desinteressado das lojas da capital e nunca deixava Moscou. Todos os membros das lojas eram indivíduos com quem Pedro privava na sociedade e era-lhe difícil ver neles só irmãos maçônicos, esquecendo serem também o príncipe B. ou Ivan Vassilievitch D., criaturas que ele geralmente conhecia por fracos caracteres e pessoas sem valor moral. Por debaixo dos aventais e das insígnias maçônicas via aparecer os uniformes e as condecorações, a maior aspiração de tais criaturas. Muitas vezes, ao recolher as esmolas e ao completá-las com os vinte ou trinta rublos solicitados – era frequente uma dezena de membros, metade dos quais tão ricos como ele próprio, deixarem a coleta em débito –, Pedro lembrava-se do juramento maçônico em que cada irmão se compromete a dar todos os seus bens ao próximo, e na sua alma nasciam dúvidas, que procurava desvanecer.

Os irmãos seus conhecidos dividiam-se, para ele, em quatro categorias. Da primeira faziam parte os que não participavam ativamente quer nos assuntos das lojas, quer nos problemas da humanidade, exclusivamente ocupados no estudo dos mistérios da ordem, nos problemas relativos à Trindade Divina ou ao tríplice princípio de todas as coisas – o enxofre, o mercúrio e o sal – ou ainda ao significado do quadrado e das figuras simbólicas do templo de Salomão. Pedro venerava esta categoria de irmãos, a que pertenciam os mais antigos, e na qual, pensava, incluía-se o próprio José Alexeievitch, embora não partilhasse das suas preocupações. O lado místico da franco-maçonaria não lhe cativava as preferências.

Na segunda categoria considerava, consigo próprio, aqueles que se assemelhavam a ele, os que procuravam, que hesitavam e que, sem terem achado na franco-maçonaria um caminho correto e límpido, persistiam na esperança de vir a encontrá-lo.

No terceiro grupo incluía aqueles – e eram os mais numerosos – que não viam na ordem mais que as suas manifestações exteriores e as cerimônias e que se consagravam ao cumprimento desses ritos sem se preocupar com o seu conteúdo e o seu sentido oculto. Era o caso de Villarski e até do grão-mestre da loja principal.

O quarto, por fim, abrangia igualmente grande número de irmãos, neófitos sobretudo. Nele figuravam, consoante lhe fora dado observar, os que em nada acreditavam, nada desejavam, e que apenas se haviam filiado para conhecerem os irmãos jovens, ricos e poderosos, graças às suas relações e à sua fidalguia, espécie muito abundante.

Pedro começava a sentir-se pouco contente com a atividade que desenvolvia. A maçonaria, pelo menos a maçonaria que tinha diante dos olhos, na maior parte dos casos se afigurava a ele não passar de puro formalismo. Claro está que não pensava em atacar os fundamentos da própria instituição, mas estava persuadido de que a maçonaria russa ia por caminho errado e se afastava dos seus objetivos. Eis por que no fim do ano partiu para o estrangeiro na intenção de se iniciar nos altos mistérios da ordem.

No verão de 1809, Pedro estava de regresso a Petersburgo. Os pedreiros-livres russos haviam sabido, através dos seus correspondentes no estrangeiro, que Bezukov conquistara a confiança de vários altos dignitários, fora iniciado num grande número de mistérios e tinha sido promovido aos graus mais elevados, regressando cheio de projetos úteis à maçonaria russa. Os irmãos de Petersburgo todos se apressaram em visitá-lo, procurando conquistar-lhe a simpatia, e ficaram persuadidos de que ele lhes reservava uma surpresa.

Convocou-se a reunião solene de uma loja do segundo grau, onde Pedro prometera comunicar a mensagem, de que era portador, destinada aos irmãos de Petersburgo, da parte dos altos dignitários da ordem. A sessão era plenária. Após as cerimônias habituais, Pedro levantou-se e principiou:

"Queridos irmãos!", disse, corando e gaguejando, com o discurso escrito na mão, "não basta cumprir os nossos mistérios no segredo da loja, é preciso agir... sim, agir. Estamos neste momento adormecidos e precisamos agir."

Pegou as folhas e pôs-se a ler:

A fim de espalhar a verdade pura e de conseguir o triunfo da virtude, devemos libertar os nossos semelhantes dos preconceitos, difundir regras de acordo com o espírito do nosso tempo, darmo-nos à tarefa de instruir a mocidade, unirmo-nos por laços indissolúveis aos espíritos mais esclarecidos, vencer, ao mesmo tempo corajosos e prudentes, a superstição, a incredulidade e a estultícia, formando, entre aqueles que nos são dedicados, pessoas ligadas entre si pela unidade do objetivo e dispondo do poder e da força. Para alcançar esta finalidade é preciso que a virtude prevaleça sobre o vício e que o homem de bem receba já neste mundo recompensa eterna das suas virtudes. Mas a verdade é que a estes altos desígnios se opõe um grande número de instituições políticas externas. Que fazer em tal estado de coisas? Favorecer as revoluções, arrasar tudo, usar da força contra a força?... Não, isso não está nos nossos desígnios. Todas as reformas impostas pela violência são censuráveis, pois nunca corrigirão o mal enquanto os homens continuarem a ser o que são e visto que a prudência dispensa perfeitamente a violência. A nossa ordem deve procurar formar homens decididos, virtuosos e unidos pela identidade de convicção, a qual consiste em querer, por toda a parte e com todas as suas forças, castigar o vício e a estupidez e proteger o talento e a virtude, numa palavra, arrancar da lama os que disso são dignos, para os associarmos à nossa ordem. Só então a nossa instituição terá o poder de amarrar insensivelmente as mãos dos fautores da desordem e de dirigi-los sem que eles próprios deem por isso. Em resumo, seria preciso estabelecer uma forma de governo universal e dirigente capaz de se propagar pelo mundo inteiro, sem no entanto romper os laços civis dos vários Estados, e sob cuja égide todos os demais governos continuariam a existir de acordo com a sua lei habitual, em tudo livres na sua ação, exceto em oporem-se ao fim supremo da nossa ordem, qual é o de procurar que a virtude triunfe do vício. Esse é o objetivo do próprio cristianismo. Foi ele que ensinou os homens a serem prudentes e bons e a seguirem, para seu bem, o exemplo e as lições dos melhores e dos mais prudentes.

No tempo em que tudo estava mergulhado nas trevas bastava a exortação por si só. O ineditismo da verdade proclamada dava-lhe uma força especial; mas hoje precisamos de meios muito mais poderosos. Atualmente é necessário que o homem, guiado pela sua própria sensibilidade, encontre na virtude como que um encanto sensual. Não é possível extirpar as paixões. Temos de limitar-nos a dirigi-las para uma finalidade nobre, e é por isso que cada um de nós deve poder dar-lhes satisfação nos limites da virtude e a nossa ordem estar pronta a proporcionar-nos os meios.

Logo que haja em cada Estado um certo número de homens dignos de nós, cada um deles se encarregará de formar outros iguais a si: todos acabarão por estar estreitamente unidos e então tudo será possível na nossa ordem, a qual, em segredo, já tanto conseguiu para o bem da humanidade.

O discurso provocou na loja não só uma forte impressão, mas também uma certa emoção. Reconhecendo nas doutrinas expostas as perigosas teorias do iluminismo, a maioria acolheu-o com uma frieza que surpreendeu Pedro. O grão-mestre procurou refutá-lo. Pedro, cada vez mais caloroso, pôs-se a desenvolver as suas ideias. Havia muito que não se assistia a uma sessão tão tempestuosa. Formaram-se partidos: uns atacavam Pedro, acusando-o de iluminista; outros defendiam-no. Foi a primeira vez que este se deu conta da diversidade infinita dos espíritos, razão pela qual nenhuma verdade é vista do mesmo aspecto por duas pessoas. Até mesmo aqueles que pareciam seus partidários o compreendiam a sua maneira, sugerindo-lhe restrições, modificações com que ele não podia estar de acordo, uma vez que o seu objetivo principal era precisamente o de transmitir as suas ideias tal qual ele próprio as concebera.

No fim da sessão o grão-mestre deu-lhe a entender, com alguma malevolência e num tom irônico, que ele se exaltara demais e que fora antes o entusiasmo da discussão que o amor da virtude que o determinara. Pedro não respondeu e em poucas palavras perguntou se a sua proposta era aceita. Como lhe respondessem negativamente, saiu sem aguardar as formalidades ordinárias e voltou para casa.

CAPÍTULO VIII

Pedro viu-se de novo assaltado pelo tédio que tanto receava. Nos três dias que se seguiram ao discurso que proferira na loja, esteve estendido no divã sem receber ninguém e sem ir à parte alguma.

Foi nessa altura que recebeu uma carta da mulher pedindo-lhe um encontro. Queixava-se da mágoa que aquela separação lhe causava e dizia-se disposta a consagrar-lhe, daí para o futuro, toda a sua existência.

No fecho da carta anunciava-lhe chegar dentro de dias a Petersburgo, de regresso do estrangeiro.

Pouco depois, um dos menos estimados entre os irmãos maçônicos de Pedro forçava-lhe o isolamento, e, conduzindo a conversa para o capítulo da sua vida conjugal, insinuava-lhe, como se fosse um irmão que lhe falasse, quanto era injusta a sua dureza para com a esposa e que procedendo desse modo se mostrava em contradição com a regra essencial da maçonaria, segundo a qual devemos perdoar a quem se arrepende.

Por essa altura também a sogra, a mulher do príncipe Vassili, lhe mandara recado a pedir-lhe que a visitasse, por pouco tempo que fosse, pois queria falar-lhe de coisas muito importantes. Pedro percebeu existir uma conjura e que o queriam reconciliar com a mulher, e a verdade é que no estado moral em que se encontrava nem sequer achou o caso desagradável. Tudo lhe era indiferente. Nada lhe parecia de grande importância na vida, e sob a influência do tédio que o atormentava não procurava defender a sua independência nem sequer já pensava na resolução que tomara de castigar a mulher.

"Ninguém tem razão, ninguém é culpado; talvez ela própria não seja culpada", dizia para si mesmo.

Se não cedeu imediatamente, aceitando desde logo uma reconciliação, foi apenas porque no estado de apatia moral em que se encontrava não tinha forças para fazer coisa alguma. Se a mulher viesse naquele momento ao seu encontro seria certo que não a afastaria de si. Pois não lhe era indiferente, perante as preocupações que o absorviam, viver ou não com ela?

Sem responder nem à mulher nem à sogra, um dia, já noite fechada, meteu-se a caminho de Moscou na intenção de consultar José Alexeievitch. Eis o que anotou no seu diário:

Moscou, 17 de novembro.

Acabo de sair de casa do *Benfeitor* e apresso-me em registrar as minhas impressões a esse respeito. José Alexeievitch vive pobremente e há três anos que sofre muito com uma doença de bexiga. Ninguém lhe ouviu ainda uma queixa ou um murmúrio. Desde de manhã até noite alta, excetuando as horas em que toma as suas mais que frugais refeições, está todo entregue a trabalhos científicos. Recebeu-me afetuosamente e mandou-me sentar na cama em que ele próprio estava estendido. Fiz-lhe o sinal dos cavaleiros do Oriente e de Jerusalém, a que ele me respondeu no mesmo estilo, e com o seu meigo sorriso perguntou-me o que tinha eu aprendido nas lojas da Prússia e da Holanda. Contei-lhe tudo quanto sabia, expus-lhe as ideias que desenvolvera na nossa loja de Petersburgo e contei-lhe o mau acolhimento que aí encontrara e o meu rompimento com os irmãos. José Alexeievitch, depois de muito ter refletido em silêncio, expôs-me o seu ponto de vista, o qual iluminou instantaneamente todo o meu passado e o caminho que doravante se abria diante de mim. Fiquei surpreendido ao perguntar-me ele se eu me lembrava do tríplice objetivo da ordem: 1º A conservação e o estudo dos mistérios: 2º A purificação e a regeneração de nós próprios com vista a podermos participar desses mistérios; e 3º O aperfeiçoamento do gênero humano graças aos esforços feitos em vista desta purificação. Qual destes objetivos é o mais importante e o primeiro deles? Claro está que a emenda e a purificação de nós próprios. É este o único que nós sempre nos podemos esforçar por conseguir, independentemente de todas as circunstâncias. Ao mesmo tempo, porém, é ele que exige de nós os maiores esforços: eis por que, desorientados pelo orgulho, deixamos de lado este objetivo essencial e nos consagramos quer ao conhecimento dos mistérios que no nosso estado de impureza não somos dignos de compreender, quer ao aperfeiçoamento do gênero humano, quando o certo é que nós próprios estamos a ser exemplo de indignidade e de perversão. O iluminismo não é boa doutrina precisamente porque os seus adeptos se deixaram levar pelo desejo de desempenhar um papel social e é o orgulho que os domina. Desse ponto de vista José Alexeievitch censurou o meu discurso e tudo quanto eu fizera. No fundo da minha alma senti-me de acordo com ele.

A respeito da minha vida familiar, eis o que ele me disse: "O principal dever do franco-maçom, como acabo de lhe dizer, está no aperfeiçoamento de si próprio. Muitas vezes, porém, julgamos poder alcançar mais depressa esse objetivo afastando de nós todas as dificuldades da vida. É o contrário, meu caro senhor", afirmou, "é no meio da agitação do mundo que nós podemos alcançar os nossos três objetivos: 1º O conhecimento de nós mesmos, pois o homem não pode conhecer-se verdadeiramente senão por comparação; 2º O aperfeiçoamento, que não se alcança senão na luta; 3º A virtude suprema, que é o amor da morte. Só as vicissitudes da vida nos podem mostrar toda a vaidade desta, contribuindo para nos inspirar o amor da morte, isto é, o desejo da ressurreição numa nova vida".

Estas palavras eram tanto mais extraordinárias quanto é certo José Alexeievitch, apesar de todos os seus sofrimentos físicos, nunca sentir o peso da existência, mas amar a morte, para a qual, apesar de toda a sua pureza e toda a sua sublimidade, ainda não se sentia suficientemente preparado. Em seguida o *Benfeitor* explicou-me por completo o significado do grande quadrado da criação e demonstrou-me que os algarismos três e sete são o fundamento de tudo quanto existe. Aconselhou-me a que não renunciasse a todas as relações com os meus irmãos de Petersburgo e, conquanto me limitasse a desempenhar na loja funções de segunda ordem, que devia me esforçar por desviá-los dos caminhos do orgulho, trazendo-os para a verdadeira senda do conhecimento e do aperfeiçoamento de nós próprios. Além disso, a mim, pessoalmente, aconselhou-me a que antes de mais nada observasse a mim mesmo, e nessa intenção ofereceu-me um caderno – este mesmo em que neste momento escrevo –, onde de futuro registrarei todos os meus atos.

Petersburgo, 23 de novembro.

Voltei a viver com minha mulher. Minha sogra, toda chorosa, veio a minha casa e disse-me que Helena se encontrava em Petersburgo e me implorava que a ouvisse, que estava inocente, que era infeliz abandonada por mim e mais muitas outras coisas. Eu sabia que desde que consentisse em tornar a vê-la não teria coragem para resistir às súplicas que me fizesse. Sem saber o que fazer, perguntava a mim mesmo a quem pediria socorro e conselho. Se o *Benfeitor* aqui estivesse ter-me-ia guiado. Recolhi-me em mim mesmo, reli as cartas de José Alexeievitch, recordei as nossas conversas e concluí que, se não devia me negar a quem pede, antes estender a todos mão caritativa, com mais razão o devia fazer a uma pessoa que estava ligada a mim por laços tão estreitos, não me furtando à minha cruz. Mas já que é em nome do triunfo da virtude que eu lhe perdoo, ao menos que a minha união com ela tenha apenas finalidade espiritual. Tomei esta resolução e dei parte dela a José Alexeievitch. Pedi a minha mulher que esquecesse todo o passado, que me perdoasse aquilo em que eu tivesse andado mal para com ela e que pela minha parte nada tinha a perdoar-lhe. Sentia-me feliz por lhe falar nestes termos. Que ela não saiba quanto me foi penoso tornar a vê-la. Instalei-me nos andares superiores da nossa casa, e a felicidade que sinto neste momento é a de alguém que de novo recomeçou a vida.

CAPÍTULO IX

A alta sociedade que se reunia quer na corte quer nos grandes bailes dividia-se então, como sempre, de resto, em vários círculos, cada um com a sua fisionomia própria. O mais numeroso era o francês – partidário da aliança com Napoleão –, o do conde Rumiantsov e Caulaincourt. Helena passou a ocupar neste círculo um dos lugares mais em evidência assim que veio reinstalar-se em Petersburgo com o marido. A gente da embaixada da França, e grande número de pessoas, notáveis pelo seu espírito e pela sua polidez, que faziam parte da mesma sociedade, frequentaram os salões da condessa.

Helena encontrava-se em Erfurth quando da famosa entrevista dos imperadores e foi aí que encetou as suas relações com todos os nomes ilustres da Europa e do meio napoleônico. Brilhante fora o seu êxito. Napoleão, que a vira no teatro, dissera dela: "*C'est un superbe animal*". Estes êxitos de mulher bela e elegante não surpreenderam Pedro, pois, com os anos, tornara-se ainda mais formosa. Grande foi, porém, a sua surpresa ao verificar que naqueles dois anos ela arranjara maneira de gozar da reputação de uma mulher encantadora, tão espirituosa quanto bela".

O famoso príncipe de Ligne escrevia-lhe cartas de oito páginas. Bilibine reservava as primícias dos seus ditos de espírito para a condessa Bezukov. O ser-se admitido nos seus salões equivalia a receber diploma de pessoa de espírito. Os jovens liam livros de propósito antes de se apresentarem nas suas recepções, para assim disporem de um assunto de conversa, e os secretários de embaixada, e por vezes os próprios embaixadores, confiavam-lhe segredos diplomáticos, de tal sorte que Helena, no seu gênero, era um verdadeiro potentado. Pedro, que a tinha por muito estúpida, assistia por vezes, num estranho misto de perplexidade e de receio, às recepções e aos jantares que ela dava e em que se falava de política, de poesia ou de filosofia. Experimentava um sentimento semelhante ao do prestidigitador que espera a todo o instante ver descoberto o truque que usa. Ou porque a estupidez fosse precisamente o que convinha para dirigir um salão desse gênero ou porque os logrados sentissem prazer em se deixar iludir, o certo é que o truque não era descoberto e a reputação de mulher encantadora e espirituosa tão solidamente se arraigara à personalidade de Helena Vassilievna Bezukov que ela podia pronunciar as maiores necessidades e as mais rotundas tolices que nem por isso os seus admiradores deixavam de se extasiar perante o que ela dizia, dando-se ao cuidado de atribuir a cada uma das suas palavras um sentido profundo, sentido que ela própria estava longe de suspeitar.

Pedro, eis o marido talhado para essa brilhante mundana. Era o original distraído, o esposo grande senhor, que não incomodava ninguém, e não só não estragava a impressão geral do alto tom do salão, mas, pelo contrário, mercê do contraste que estabelecia com a distinção e o tato da mulher, lhe servia de vantajoso pano de fundo. No decorrer desses dois anos, a contínua contensão de espírito a que se obrigara na familiaridade com as coisas abstratas, o seu perfeito desdém por tudo o mais levara-o a assumir nessa sociedade bem pouco interessante para ele um certo tom de indiferença, de desprendimento e de indulgência para com tudo – coisa que não se adquire artificialmente – que não deixava de inspirar respeito. Entrava no salão da mulher como um ator que entra no palco, conhecia toda a gente, a todos acolhia bem, mantendo-se a igual distância de todos. Por vezes participava numa conversa que o interessava, e então, sem se preocupar em saber se os senhores da embaixada estavam ou não presentes, exprimia, tartamudeando, ideias que frequentemente eram muitíssimo contrárias ao tom da ocasião. Porém, a opinião acerca do excêntrico marido da mulher mais distinta de Petersburgo estava tão radicada que ninguém levava a sério as inconveniências dele.

Entre os numerosos jovens que frequentavam assiduamente os salões de Helena, um dos mais íntimos, após o regresso de Erfurth, era Bóris Drubetskoi, que já então fizera uma brilhante carreira. Helena chamava-o de meu pajem e tratava-o como se ele fosse uma criança. Os sorrisos que lhe dirigia eram iguais aos que dirigia a todos os outros, e no entanto Pedro por vezes sentia-se perante eles desagradavelmente impressionado. Bóris testemunhava ao marido de Helena uma deferência especial, cheia de dignidade e como que de compaixão, e punha nisso uma nuance que ainda mais inquietava Pedro. Este sofrera tanto, três anos antes, com a ofensa que recebera da esposa que procurava agora evitar um ultraje semelhante, em primeiro lugar mantendo-se como se não fosse marido de Helena e em seguida não se permitindo a si próprio suspeitar da sua conduta.

"Sim, agora que ela tornou-se uma *bas-bleu*[30], é porque renunciou para sempre aos desvarios de outrora", dizia para si mesmo. "Não há exemplo de uma *bas-bleu* se deixar levar por desvarios do coração", repetia, desenterrando, nem ele sabia de onde, este axioma a que se agarrava com unhas e dentes. No entanto, coisa estranha, a presença de Bóris no salão da mulher, onde era visto a todo o instante, exercia sobre ele um efeito quase físico: paralisava-o de braços e pernas, suprimia-lhe o automatismo dos movimentos e dos gestos.

"Que curiosa antipatia", dizia consigo mesmo, "no entanto, antigamente até gostava dele, e mesmo muito."

Eis como, aos olhos do mundo, Pedro passava por um grande senhor, marido, um pouco míope e ridículo, de uma mulher célebre, um original espiritual que nada fazia, mas que, por isso mesmo, não fazia mal a ninguém, um fraco e pobre-diabo. Na alma de Pedro ia se realizando, entretanto, um trabalho complicado e de difícil desenvolvimento interior, que lhe abria largos horizontes e o conduzia, ao mesmo tempo, a muitas dúvidas e a muitas alegrias.

---

30. *Bas-bleu* ou *bluestocking*: mulher pedante, intelectual, por vezes escritora. (N.E.)

CAPÍTULO X

Prosseguindo no seu diário, eis o que ele escrevia por essa altura:

24 de novembro.

Levantei-me às oito horas, li as Sagradas Escrituras, depois fui à minha reunião (Pedro, a conselho do *Benfeitor*, consentira em fazer parte de uma comissão). Voltei para jantar. Comi só. A condessa tem muitos convidados que a mim são desagradáveis. Comi e bebi moderadamente e depois da refeição copiei documentos para os irmãos. À noite desci aos salões da condessa; contei ali uma divertida história acerca de B. e tarde demais é que reconheci, em virtude das grandes gargalhadas de toda a gente, que não devia ter contado a história.

Deito-me, sereno e feliz de espírito. Senhor Todo-Poderoso, ajuda-me a seguir pelas tuas sendas, isto é: 1º A dominar os meus ataques de cólera, graças à cordura e à paciência, 2º A vencer a luxúria, graças à continência, 3º A afastar-me das agitações mundanas, embora não abandonando: a) os negócios públicos; b) os interesses de família; c) as relações de amizade e d) os assuntos econômicos.

27 de novembro.

Levantei-me tarde e, uma vez acordado, fiquei muito tempo na cama, por preguiça. Ó meu Deus! Ajuda-me e fortalece-me, para que eu possa caminhar pelas tuas sendas. Li as Sagradas Escrituras, mas sem o recolhimento necessário. O irmão Urussov apareceu, falamos das vaidades deste mundo. Referiu-se aos novos projetos do imperador. Principiei por criticá-los, mas lembrei-me das regras e do que me disse o *Benfeitor*, que o verdadeiro irmão maçônico deve ser zeloso instrumento do Estado quando lhe pedem o seu concurso e espectador passivo do que não lhe diz respeito. A minha língua é a minha maior inimiga. Os irmãos G. V. e O. também apareceram. Tivemos uma conversa preambular sobre a admissão de um novo irmão. Confiaram-me as funções de reitor. Sinto-me indigno e incapaz de bem desempenhar esse cargo. Falamos depois da interpretação das sete colunas e dos degraus do templo, das sete ciências, das sete virtudes, dos sete vícios, dos sete dons do Espírito Santo. O irmão O. foi muito eloquente. À noite houve recepção. As novas instalações concorreram largamente para a magnificência do espetáculo. Foi Bóris Drubetskoi o irmão recebido. Coube-me ser seu padrinho e igualmente seu reitor. Um estranho sentimento me agitou durante todo o tempo em que estive com ele no templo obscuro. Surpreendi-me a sentir por ele um ódio que debalde procurei dominar. E, no entanto, sinceramente desejaria salvá-lo do mal e conduzi-lo ao caminho da verdade, mas os maus pensamentos não me abandonavam. Para comigo dizia que, ao filiar-se, o seu objetivo não era outro senão aproximar-se de certas pessoas, ganhar as boas graças daqueles que pertencem a nossa loja. Efetivamente, por mais de uma vez perguntou se Fulano ou Sicrano não faziam parte da loja, coisa que aliás eu não lhe pude confirmar. Como me foi dado observar, é com toda a certeza incapaz de ter respeito pela nossa santa ordem e está por demais preocupado com a sua pessoa física e por demais satisfeito consigo mesmo para aspirar a qualquer aperfeiçoamento moral. No entanto não tenho razões especiais para duvidar dele. Pareceu-me, todavia, pouco sincero, e durante todo o tempo em que esteve sozinho comigo no templo obscuro pareceu-me que sorria com desdém dos meus discursos, e não me faltaram desejos de lhe trespassar a valer o peito nu com a espada que nele apoiava. Não pude me mostrar eloquente, mas, sinceramente, não podia dar parte das minhas dúvidas aos irmãos e ao grão-mestre. Ó Grande Arquiteto do Universo, ajuda-me a encontrar as verdadeiras sendas que me farão sair do labirinto da mentira.

Três páginas em branco se sucediam. Depois estava escrito o seguinte:

Tive uma longa e instrutiva conversa em segredo com o irmão V., que me aconselhou a que me acautelasse com o irmão A. Muitas coisas me foram reveladas, ainda que eu seja indigno delas. Adonai é o nome daquele que criou o mundo. Elloim é o nome do que dirige todas as coisas. O terceiro nome é aquele que não se pronuncia: significa o Todo. As minhas conversas com o irmão V. fortalecem-me, iluminam-me e consolidam-me no caminho da virtude. Nele a dúvida não existe. Vejo claramente a diferença que há entre as pobres ciências que se ensinam no mundo e a nossa santa doutrina, que abarca tudo. As ciências humanas fragmentam tudo para compreenderem, matam tudo para examinarem. Na santa ciência da nossa ordem tudo é uno, tudo é inteligível na sua complexidade, na sua vida. A tríade, os três elementos das coisas, são o enxofre, o mercúrio e o sal. O enxofre tem ao mesmo tempo as propriedades do azeite e do fogo; junto ao sal excita nele, graças ao fogo que encerra, o desejo, por meio do qual atrai o mercúrio, o apanha, o retém e produz com ele corpos distintos. O mercúrio é a essência espiritual no estado líquido e gasoso. É o Cristo, o Espírito Santo, o Ser.

3 de dezembro.
Acordei tarde, li as Sagradas Escrituras mas fiquei insensível. Em seguida saí do meu quarto e andei de um lado para o outro no salão. Queria meditar, mas em vez disso a minha imaginação representou-me um fato ocorrido há quatro anos. Encontrando-me em Moscou, depois do duelo, Dolokov disse-me que esperava que eu usufruísse agora de uma perfeita quietude da alma, apesar da ausência de minha mulher. Não lhe respondi então; mas agora lembro-me de todos os pormenores dessa conversa e mentalmente dirijo-lhe as diatribes mais malévolas e as

palavras mais cáusticas. Refiz-me e sacudi de mim estes pensamentos, mas não me arrependi devidamente. Depois apareceu Bóris Drubetskoi e pôs-se a contar diversas anedotas. Não lhe mostrei boa cara e dirigi-lhe mesmo algumas palavras pouco amáveis. Respondeu-me. Exaltei-me e disse-lhe uma série de coisas desagradáveis e até mesmo descorteses. Calou-se; eu quis fazer esquecer as minhas palavras, mas já era tarde demais. Meu Deus, não consigo saber comportar-me para com ele. A causa está no meu amor-próprio. Considero-me muito acima dele, de modo que a minha conduta é bem pior do que a sua. Ele mostra-se indulgente para com a minha grosseria, enquanto eu, pelo contrário, só mostro desdém para com ele. Meu Deus, permite que eu diante dele veja melhor a minha indignidade e que proceda de modo a ser útil, até mesmo a ele. Depois de jantar, passei pelo sono durante o qual ouvi distintamente uma voz que me dizia ao ouvido esquerdo: "Chegou a tua hora".

    Sonhei que caminhava na escuridão e que de súbito me via rodeado de cães. Nem por isso caminhava com menos medo. De repente um cachorrinho mordeu a barriga da minha perna esquerda e não me largava. Lancei-lhe as mãos ao pescoço e estrangulei-o. Mal me libertara de um, logo outro, muito maior, me ferra os dentes. Agarro-o, e quanto mais o levanto no ar mais pesado e maior ele se torna. De súbito aparece o irmão A., que me pega por debaixo dos braços, me leva consigo e me conduz a um edifício onde não se pode entrar senão depois de se atravessar uma prancha muito estreita. Quando principiei a andar por cima dela, a prancha oscilou e caiu e eu trepei por uma paliçada a que com dificuldade podia me agarrar. Depois de grandes esforços, consegui içar o corpo de tal sorte que fiquei com as pernas de um lado e o tronco do outro. Voltei-me e vi o irmão A., de pé em cima da paliçada, apontando-me uma grande avenida e um parque no qual havia uma bela e imponente construção. Acordei. Senhor, Grande Arquiteto do Universo, ajuda-me a ver-me livre destes cães, que são as minhas paixões, e do último dentre todos, aquele que em si concentra a potência de todos os demais. Ajuda-me a penetrar nesse templo da virtude cuja visão eu tive no meu sonho.

    7 de dezembro.
    Sonhei que José Alexeievitch estava em minha casa e que eu me sentia feliz e muito desejava tratá-lo bem. Mas como eu tagarelava indefinidamente com estranhos e de súbito me lembrei de que isso lhe era desagradável, tive vontade de me aproximar dele e de o apertar nos meus braços. Porém, ao aproximar-me, vi que o seu rosto se transfigurava, remoçando, e ouvi algumas palavras suas em voz muito baixa sobre a doutrina da ordem, e tão baixa que não o pude compreender. Em seguida saímos todos da sala e então aconteceu uma coisa muito curiosa. Estávamos sentados ou deitados no chão. E ele falava-me. Mas eu, querendo mostrar-lhe a minha sensibilidade, sem prestar atenção às suas palavras, pus-me a evocar dentro de mim o estado do meu ser

interior e a graça de Deus que me inunda. E então meus olhos encheram-se de lágrimas e muito feliz me senti por ele ter visto que eu chorava. Mas lançou-me um olhar de descontentamento e afastou-se de mim, interrompendo a conversa. Senti-me intimidado e perguntei-lhe se era de mim que ele tinha querido falar. Não me respondeu, mostrou-me uma expressão amável e depois, repentinamente, surpreendemo-nos no meu quarto, onde há uma cama de casal. Deitou-se ele à beira da cama e eu, que senti desejos de por ele ser acariciado, estendi-me também a seu lado. E eis que ele me interroga: "Diga-me a verdade, qual é a sua maior paixão? Sabe qual é? Creio que já a conhece". Perturbado com a pergunta, redargui-lhe que a preguiça era a minha maior paixão. Abanou a cabeça, incrédulo. Então respondi-lhe, cada vez mais perturbado, que, embora estivesse com minha mulher, como ele me aconselhara, não vivia com ela maritalmente. A isto ele objetou que eu não devia privar minha mulher das minhas carícias. Deu-me a entender ser essa a minha obrigação. Eu, porém, respondi-lhe que tinha vergonha, e de repente tudo desapareceu. Acordei e veio-me à memória este passo das Sagradas Escrituras: "E a vida era a luz dos homens. E a luz brilhou nas trevas e as trevas não a receberam". O rosto de José Alexeievitch resplandecia de juventude. Nesse mesmo dia recebi uma carta do *Benfeitor* a propósito dos deveres conjugais.

9 de dezembro.

Tive um sonho que me fez acordar com o coração febril. Sonhei que estava na minha casa de Moscou, deitado num divã, e que José Alexeievitch saía do salão. Vi imediatamente que se havia operado nele como que uma ressurreição e corri ao seu encontro. Beijei-lhe o rosto e as mãos e ele disse-me: "Notaste que a minha cara não é a mesma?". Olhei-o, mantendo-o apertado nos meus braços, e vi que ele tinha cara de mulher, mas que lhe faltavam os cabelos e que mudara por completo de fisionomia. E disse-lhe então: "Tê-lo-ia reconhecido apesar de tudo se o tivesse encontrado por acaso". E, entretanto, para mim mesmo murmurava: "Estarei a dizer a verdade?". E de súbito vi-o diante de mim estendido como um cadáver; depois, pouco a pouco, voltou a si, e entrou comigo no meu espaçoso gabinete tendo na mão um grande livro pintado, de folhas de papiro. E eu disse-lhe: "Fui eu quem o pintou". E ele respondeu-me com um aceno de cabeça. Abri o livro; em todas as suas páginas havia lindos desenhos. E eu sabia que esses desenhos representavam as aventuras amorosas da alma com aquele a quem a alma ama. Numa das páginas vi uma linda imagem de uma virgem, com vestes transparentes, a erguer-se nas nuvens. E eu sabia que essa virgem mais não era que uma representação do *Cântico dos Cânticos*. E, ao contemplar esses desenhos, sentia perfeitamente que estava fazendo mal, mas não podia desprender deles os olhos. Senhor, ajudai-me! Ó meu Deus! Se o abandono a que me votas é obra tua, que seja feita a tua vontade.

Mas, se sou eu a sua causa, ensina-me o que devo fazer. Morrerei vítima da minha depravação se me abandonas completamente.

CAPÍTULO XI

A situação econômica dos Rostov não melhorara no decurso dos dois anos que haviam passado no campo. Embora Nicolau, obstinado na sua resolução, continuasse a sua obscura carreira num regimento desconhecido, gastando relativamente pouco, o certo é que o estilo de vida que a família levara em Otradnoie era o que se sabe. Além disso, Mitenka tão bem ou tão mal conduzia os negócios que as dívidas aumentavam de ano para ano. O velho conde só via uma maneira de salvar a situação: aceitar um cargo, e ei-lo que vai para Petersburgo à cata de um lugar. Procurava um lugar, mas, assim o dizia, ao mesmo tempo fazia por divertir as pequenas pela última vez. Pouco depois de chegarem a Petersburgo, Berg pediu a mão de Vera e o pedido foi aceito.

Em Moscou os Rostov faziam parte da alta sociedade sem darem por isso e sem perguntarem a si próprios de que sociedade faziam parte. Em Petersburgo, porém, a sua situação era incerta e pouco definida. Provincianos, não eram visitados pela mesma gente que em Moscou teria jantado à custa dos Rostov, nem eles previamente perguntaram a que sociedade pertenciam. Viviam em Petersburgo tão faustosamente como em Moscou, e os seus jantares reuniam as mais variadas personagens: vizinhos no campo, velhos proprietários rurais pouco abastados com suas filhas, a dama de honra Peronskaia, Pedro Bezukov e o filho de um mestre-escola do distrito empregado na capital. Não tardou que os íntimos dos Rostov fossem Bóris, Pedro, a quem o velho conde trouxera consigo certa vez que o encontrara na rua, e Berg, que passava dias inteiros na casa prestando à filha mais velha dos Rostov, a condessa Vera, as homenagens que habitualmente presta à noiva o rapaz com intenções matrimoniais.

Berg mostrava com orgulho a toda a gente o braço direito ferido em Austerlitz. Na mão esquerda trazia um sabre que para nada lhe servia. Tão obstinadamente decidira contar o seu feito a qualquer um que lhe aparecia, e tão grande era a importância que lhe atribuía, que acabara por fazer com que os outros acreditassem na autenticidade e no valor do seu ato, e o certo é que, graças a essa proeza, obtivera duas condecorações.

Tivera igualmente ocasião de se distinguir na guerra da Finlândia. Apanhara um estilhaço de obuseiro que acabava de matar um ajudante de campo junto do general em chefe e entregara-o ao comandante. E exatamente como acontecera com o caso de Austerlitz, com tantos pormenores e tão insistentemente relatara o fato que todos acabaram por acreditar tratar-se de um ato exemplar e, finda que foi a guerra da Finlândia, lá lhe foram concedidas mais duas condecorações. Em 1809, era capitão da Guarda, com o peito constelado de condecorações, e em Petersburgo desempenhava um cargo bem-remunerado.

Havia céticos que costumavam sorrir sempre que diante deles se falava dos méritos de Berg, mas ninguém se atrevia a dizer que ele não era um soldado pontual e corajoso, muito bem-visto pelos seus superiores, moço de ótima moralidade, com uma carreira brilhante diante de si e até mesmo uma sólida situação na sociedade.

Quatro anos antes, ao encontrar na plateia de um teatro de Moscou um dos seus camaradas alemães, apontara-lhe Vera Rostov, dizendo-lhe, em alemão: "Aquela será minha mulher". E a partir desse momento a sua resolução estava tomada. Atualmente, em Petersburgo, comparando a posição dos Rostov com a sua própria, decidira que o momento tinha chegado e fizera o seu pedido.

A proposta de Berg principiara por ser acolhida com um espanto pouco lisonjeiro para ele. Considerava-se um pouco estranho que o filho de um obscuro fidalgo da Livônia pedisse em casamento uma condessa Rostov, mas o traço principal do caráter de Berg era o egoísmo, um egoísmo tão ingênuo e inofensivo que os Rostov, inconscientemente, concluíram tudo estar certo, visto ele próprio disso se mostrar firmemente convencido. Além do mais, tão abalada estava a fortuna da família que o noivo não podia ignorar a situação. E a verdade é que Vera tinha vinte e quatro anos, aparecia muito em sociedade e, embora bonita e sensata, ainda ninguém se lembrara de lhe fazer a corte. A proposta foi aceita.

"Estás vendo", dizia Berg ao camarada, a quem só dava o nome de amigo pela simples razão de que era natural que tivesse pelo menos um. "Estás vendo, examinei o caso por todos os lados. Não me teria casado se não tivesse feito convenientemente todos os meus cálculos e se não chegasse à conclusão de que o passo não tinha desvantagens para mim. Pelo contrário. Atualmente meus pais gozam de uma situação desafogada, desde que eu lhes arranjei uma quinta nos países bálticos. Agora eu posso viver perfeitamente em Petersburgo com o meu soldo, a fortuna dela e o meu espírito de economia. Podemos viver mesmo muito bem. Não me caso por causa do dinheiro: acho isso pouco nobre. Mas é bom que a mulher contribua com a sua cota-parte e o marido com a dele. Eu tenho as minhas funções a desempenhar, ela, as suas relações e uma pequena fortuna. Nos tempos que correm isto não é coisa para desdenhar, não é verdade? E o principal é uma pessoa casar com uma linda e honesta menina, e ela gostar de nós..."

Berg, ao dizer isto, sorriu, corando.

"E eu também gosto dela, pois acho ter um caráter sério e excelente. E aí tens, por exemplo, a irmã: essa é muito diferente, tem um caráter desagradável, falta-lhe bom-senso e não sei o que há nela, não atrai... Enquanto que a minha noiva... Espero que venhas a nossa casa..." – Ia dizer "jantar", mas conteve-se: "... tomar chá", e, graças a um especial movimento da língua, emitiu um pequeno arco de fumo de tabaco, emblema perfeito de todos os seus sonhos de felicidade.

Uma vez passado o primeiro momento de embaraço provocado pelo pedido de Berg, a família, como é costume em casos tais, entrou numa quadra de festas e alegria, embora de alegria pouco sincera e toda exterior. Os pais pareciam constrangidos e um pouco envergonhados. Receavam deixar transparecer que gostavam pouco de Vera e que não era desagradável a eles verem-se livres dela. Mais do que ninguém na família, o conde era a pessoa mais contrariada. É certo que ele próprio não poderia claramente explicar a causa da contrariedade que sentia, mas eram os embaraços de dinheiro que o atormentavam. Ignorava por completo o que possuía, qual o montante das dívidas e o que estava em condições de dar a Vera como dote. Quando nasceram, a cada uma das filhas atribuíra-lhes, respectivamente, trezentos servos em dote. Mas uma das aldeias abrangidas já fora vendida, a outra estava hipotecada e tão atrasada no pagamento dos juros que era mister vendê-la, e assim não havia mais remédio que renunciar às propriedades-base. Quanto a dinheiro de contado, era coisa que também não existia.

Havia já mais de um mês que Berg estava noivo, só faltavam oito dias para o casamento, e o conde ainda não resolvera, pela sua parte, o caso do dote nem falara ainda no assunto à mulher.

Ora queria atribuir à filha o domínio de Riazan, ora vender uma floresta, ora ainda pedir dinheiro emprestado sobre letra. Alguns dias antes da cerimônia, Berg apresentou-se de manhã cedo no gabinete do conde e, sorridente, perguntou, com respeito ao futuro sogro, em que consistia o dote da condessa Vera. O conde tão embaraçado ficou com a pergunta, a qual, aliás, há muito previa, que respondeu ao acaso a primeira coisa que lhe veio à cabeça.

– Acho muito bem que te preocupes com isso, estou muito contente. Vais ver que não terás razão de queixa.

E, dando algumas pancadinhas no ombro de Berg, levantou-se como que disposto a dar por finda a conversa. Mas Berg, sempre sorridente, declarou que continuava sem saber em que consistia precisamente o dote de Vera e que, se não lhe fosse dado tomar conta imediatamente, pelo menos de parte dele, ver-se-ia obrigado a retirar o seu pedido.

– Reflita, conde, que se eu consentisse em casar sem dispor dos meios necessários para manter minha mulher, o meu procedimento seria desonesto.

O conde, desejoso de se mostrar mãos-largas e não querendo expor-se a novos pedidos, deu por finda a conversa pondo a sua assinatura numa letra no valor de oitenta mil rublos. Berg deu um sorriso benigno, beijou o ombro do conde e disse estar-lhe muito agradecido, mas que lhe era impossível organizar a sua nova vida sem dispor de trinta mil rublos em dinheiro.

– Ao menos vinte mil, conde – acrescentou –, e nesse caso a letra seria apenas de sessenta mil.

– Bem, bem, muito bem – acorreu o conde –, desculpa-me, meu amigo, podes contar com os teus vinte mil rublos em dinheiro e a letra não será de menos de oitenta mil. Bem, dá cá um abraço.

CAPÍTULO XII

Estava-se em 1809 e Natacha acabara de fazer dezesseis anos, o termo que havia assinalado no dia em que ela e Bóris se tinham beijado, quatro anos antes. Desde então nunca mais tornara a vê-lo, uma vez que fosse. Quando se falava de Bóris diante de Sônia e da mãe, Natacha dizia, com o maior desembaraço, ser evidente que todas essas velhas histórias não passavam de infantilidades de que não valia a pena falar, completamente esquecidas há muito. Mas no fundo do seu coração perguntava-se a si mesma com ansiedade se em verdade o laço que a prendia a Bóris seria uma brincadeira ou uma promessa séria a que estivesse realmente ligada.

Desde a época em que Bóris, em 1805, deixara Moscou para ingressar no exército, nunca mais tornara a ver os Rostov. Várias vezes estivera em Moscou, passara à pequena distância de Otradnoie, mas nunca se decidira a visitá-los.

Natacha pensava às vezes que ele não queria tornar a vê-la, e as suas suspeitas vieram a confirmar-se graças ao tom contristado que assumiam as pessoas idosas da família ao falarem no caso.

– Nos tempos de hoje esquecem-se facilmente os amigos – dizia a condessa sempre que alguém aludia a Bóris.

Também Ana Mikailovna aparecia ultimamente muito pouco, adotara uma espécie de atitude de dignidade, e sempre que falava dos méritos do filho e da brilhante carreira que encetara fazia-o com um acento de entusiasmo e compenetração. Quando os Rostov chegaram a Petersburgo, Bóris foi visitá-los.

Não o fez sem emoção. A lembrança de Natacha era uma das suas mais poéticas reminiscências. No entanto dava este passo na firme resolução de fazer compreender, tanto a ela pessoalmente como aos pais, que as suas relações de infância não implicavam qualquer espécie de compromisso quer da parte dela, Natacha, quer da parte dele, Bóris. Gozava de brilhantíssima situação na sociedade, graças à sua intimidade com a condessa Bezukov. E também estava fazendo brilhante carreira, mercê da proteção de certa importante personagem junto de quem gozava de inteira confiança, nutrindo, além disso, um projeto de casamento com um dos mais ricos partidos de Petersburgo, projeto facilmente realizável. Quando Bóris entrou no salão dos Rostov, Natacha estava nos seus aposentos. Ao saber que ele chegara, apareceu, muito corada, nos lábios um sorriso onde havia alguma coisa mais que amabilidade.

Bóris lembrava-se da Natacha de vestidos curtos, olhos negros faiscando sob os caracóis do cabelo, o riso infantil em catadupa, que ele conhecera quatro anos antes. Por isso, quando viu entrar no salão uma Natacha completamente diferente, grande perturbação o tomou e também uma profunda admiração. Natacha deu por isso e regozijou-se.

– Então, já não conheces a tua amiguinha irriquieta? – disse-lhe a condessa.

Bóris beijou a mão de Natacha, dizendo não estar em si com a modificação que nela se operara.

– Como está linda!

– Assim parece! – replicaram-lhe os olhos risonhos da mocinha. – E o pai, acha que envelheceu? – perguntou ela.

Natacha sentou-se e, sem tomar parte na conversa de Bóris e da condessa, pôs-se a examinar, concentrada, o noivo da sua infância nos mais pequeninos pormenores. Por sua vez, Bóris sentia aflorá-lo um olhar afetuoso, mas obstinado, e de tempo em tempo olhava também para ela.

O uniforme, as esporas, a faixa, o penteado de Bóris, era tudo à última moda e muito *comme il faut*... Foi o que ela notou imediatamente. Bóris estava sentado, a três quartos, numa poltrona ao pé da condessa e ia afagando com a mão direita a luva imaculada que lhe moldava a mão esquerda. Falava, com uma prega especial dos lábios, um pouco afetada, da alta sociedade petersburguesa, e com ligeira ironia, do tempo de Moscou e das pessoas conhecidas de então. Não foi por acaso, como Natacha teve ocasião de notar, que aludiu, a propósito da alta aristocracia, ao baile da embaixada onde estivera, dos convites para casa de Fulano e de Sicrano.

Natacha conservou-se calada todo esse tempo, relanceando os olhos furtivamente. Estes seus olhares acabaram por inquietar e perturbar Bóris. A cada passo se voltava para ela, interrompendo o que estava a dizer. Não se demorou mais de dez minutos, erguendo-se e pedindo licença para se retirar. E sempre os mesmos olhos curiosos, um pouco provocantes e zombeteiros, seguindo-lhe os movimentos. Depois desta primeira visita, Bóris, reconhecendo que achava Natacha tão atraente como outrora, entendeu não dever abandonar-se a esse sentimento, uma vez que um casamento com ela, menina quase desprovida de fortuna, acarretaria a ruína da sua carreira, e renovar as antigas relações sem pensar em casar seria proceder com pouca correção. Decidiu consigo mesmo evitar encontrá-la. No entanto, apesar desta resolução, voltou a aparecer na casa dos Rostov alguns dias mais tarde, renovando depois essas visitas com frequência e lá ficando dias inteiros. Passava o tempo a dizer a si próprio que se tornava necessária uma explicação entre ele e Natacha, que lhe devia fazer compreender que era preciso esquecerem o passado, que apesar de tudo... ela não podia vir a ser sua mulher, que ele não tinha fortuna e que jamais lhe concederiam a sua mão. Mas nunca conseguia falar, e sentia-se embaraçado demais para abordar semelhante explicação. À medida que os dias passavam, mais difícil a situação se tornava. Natacha, assim o observava a mãe e Sônia, parecia de novo enamorada de Bóris como antigamente. Cantava-lhe as melodias preferidas, mostrava-lhe o álbum de recordações, pedia-lhe que escrevesse alguma coisa e impedia-o de pensar nos tempos antigos, tão belos lhe tornava os momentos presentes. De dia para dia ele se ia perdendo no meio da neblina, sem lhe comunicar as suas intenções, não sabia o que fazia, nem por que voltava a vê-la, nem como tudo aquilo iria acabar. Bóris deixara de aparecer na casa de Helena, de quem recebia todos os dias bilhetinhos cheios de queixas. Nem por isso, contudo, as suas visitas à casa dos Rostov, onde passava dias inteiros, mostravam rarear.

CAPÍTULO XIII

Certa noite em que a condessa velha, de camisa de dormir, sem os caracóis postiços e com as madeixas a aparecer por debaixo da touca de algodão, fazia, ajoelhada no tapete, as profundas genuflexões das suas orações da noite, gemendo e tossicando, a porta abriu-se e Natacha apareceu a correr, os pés sem meias, dentro das chinelas de quarto, também de camisa de dormir e com papelotes. A condessa voltou-se e franziu o cenho. Terminava a última oração: "Será este leito o meu túmulo?". De súbito todo o seu recolhimento se desvaneceu. Natacha, muito corada e em grande excitação, ao ver que a mãe rezava, estacou, de súbito, meia acocorada, e pôs a língua de fora, como se acabasse de ser surpreendida em alguma maldade. Como a mãe continuava a rezar, correu para a cama, num pé só, tirou as chinelas e deu um pulo para cima do leito que a condessa receava viesse a ser o seu túmulo. Era uma grande cama de penas, com cinco travesseiros, de tamanho decrescente.

Natacha, uma vez em cima da cama, meteu a cabeça no edredom, deixou-se descair até junto da parede e pôs-se a encolher-se, a aninhar-se, puxando os joelhos para o queixo, agitando as pernas, com um riso abafado, ora escondendo a cabeça, ora lançando um olhar de viés para o lado onde estava a mãe. A condessa, findas as suas orações, aproximou-se da cama com uma expressão severa. Ao ver, porém, que Natacha escondia a cabeça debaixo das cobertas, um sorriso meigo e bom lhe veio aos lábios.

– Então, que é isso? – disse ela.

— Mãe, podemos conversar um pouco? — perguntou Natacha.
— Deixe-me beijar-lhe aqui, no pescoço, uma só vez. — Abraçou-se à condessa e beijou-a debaixo do queixo. Nestes seus modos havia uma certa brusquidão, mas era tão ligeira e hábil que quando abraçava a mãe conseguia sempre não lhe fazer mal algum, nem aborrecê-la ou maçá-la.

— Bom, que aconteceu hoje? — disse a mãe, ajeitando-se nos travesseiros e esperando que a filha, depois de dar duas voltas sobre si mesma, viesse instalar-se a seu lado, debaixo da mesma coberta, as mãos fora dos lençóis e a cara muito séria.

Estas visitas noturnas que Natacha fazia à mãe antes de o conde regressar do clube eram os momentos mais felizes das duas — mãe e filha.

— Que aconteceu hoje? Eu também queria falar contigo.

Natacha pôs-lhe a mão na boca.

— De Bóris... Bem sei — disse ela, num tom muito sério —, foi por isso que vim até aqui. Não diga, eu sei. Agora, fale — tirou a mão. — Diga, mãe. Acha-o gentil?

— Natacha, já fizeste dezesseis anos. Na tua idade eu já estava casada. Dizes que Bóris é gentil. Sim, é um rapaz muito gentil, gosto dele como se fosse meu filho, mas, que queres fazer?... Que intenções são as tuas? Viraste-lhe a cabeça, é o que eu tenho visto...

Dizendo estas palavras, a condessa voltou-se para a filha. Natacha continuava estendida, sem se mexer, de olhos fixos numa das esfinges de acaju esculpidas a cada canto da cama, de modo que a mãe apenas podia vê-la de perfil. A condessa sentiu-se impressionada pela expressão séria e concentrada que se lia no seu rosto.

Natacha estava insistente.

— Bom, então, o que aconteceu? — disse ela.

— Viraste-lhe a cabeça, é um fato, e que quer isso dizer? Que lhe queres? Bem sabes que não podes casar com ele.

— Por quê? — perguntou Natacha, sem alterar a posição.

— Porque ele ainda é muito novo, porque é pobre, porque é teu parente... porque tu própria não gostas dele.

— Quem lhe disse?

— Tenho a certeza, e isso não é bonito, minha filha.

— E eu... se eu quisesse... — balbuciou Natacha.

— Não digas tolices.

— E se eu quiser...

— Natacha, sério, sério...

Natacha não a deixou concluir, puxou para si a grossa mão da condessa, beijou-a por cima e por baixo, em seguida voltou-a e beijou-lhe os nós dos dedos, depois o intervalo entre cada um deles, ainda os outros nós contando: – Janeiro, fevereiro, março, abril, maio. Então, fale, mãe, por que está calada? Fale!

Fitava a mãe, que a envolvia num olhar terno, e na contemplação em que estava parecia ter esquecido tudo o que tinha para dizer.

– Isso não é decente, minha querida. Nem toda a gente conhece a vossa familiaridade de criança, e o verem-te em tal intimidade pode prejudicar-te aos olhos dos outros rapazes que frequentam a nossa casa. E sobretudo só serve para atormentá-lo inutilmente. É natural que a esta hora já tenha encontrado um partido rico que mais lhe convenha. E o certo é que anda com a cabeça perdida.

– Acha? – disse Natacha.

– Vou falar-te com juízo. Também eu tive em certa época um primo...

– Sim, bem sei... Kirilo Matveitich, mas esse é velho.

– Nem sempre foi velho. Por isso, Natacha, é bom que eu fale com Bóris. Não convém que venha aqui tantas vezes...

– E por que não, se lhe dá prazer?

– Porque eu sei que isto não tem pé nem cabeça...

– Quem lhe disse? Não, mãe, não fales com ele. São tolices! – exclamou a mocinha, assumindo o tom de alguém a quem querem tirar o que lhe pertence. – Fica descansada. Não caso com ele. Então, por que não há de aparecer, se isso nos diverte tanto a ele como a mim? – Natacha pôs-se a sorrir olhando para a mãe. – Não caso com ele, e tudo ficará como estava.

– Que dizes tu, minha filha?

– Sim, como estava. É absolutamente necessário que eu não case com ele? Então tudo ficará como está.

– Como está, como está – repetiu a condessa enquanto uma grande gargalhada a agitava dos pés à cabeça, uma grande gargalhada de velha.

– Oh, não se ria assim, cale-se! – exclamou Natacha. – A cama está toda a tremer. É tão parecida comigo, é tão alegre... Espere... – pegou-lhe nas duas mãos e continuou a contar, beijando-as a partir do dedo mínimo: – junho, julho – e passando para a outra mão: – agosto... Diga, mãe, acha que ele gosta muito de mim? Que lhe parece? Também gostaram assim tanto de você? Sim, é muito gentil, muito, muito gentil! Mas para meu gosto é um bocadinho estreito, assim como a caixa do relógio... Não parece?... Sim, estreito, e cinzento-claro...

– Que estás dizendo?

– Não me diga que não compreende – prosseguiu ela. – O Nikolenka, esse, compreenderia tudo... Bezukov, por exemplo, é azul, azul-forte, com vermelho misturado... e é quadrado.

– Parece-me que também te fazes um bocadinho afetada com esse, não é verdade? – disse a rir.

– Não. Disseram-me que era pedreiro-livre. É bom rapaz, mas vermelho e azul-carregado... Como é que hei de lhe explicar?

– Condessinha – disse a voz do conde atrás da porta. – Estás acordada? – Natacha deu um pulo para o chão, procurou os chinelos e fugiu para o quarto.

Custou-lhe a adormecer. Não se cansava de dizer a si própria que ninguém podia compreender tudo quanto ela sentia, tudo quanto ela tinha na cabeça.

"Sônia!", dizia para consigo, olhando para a prima, que dormia toda enrolada como uma gatinha felpuda. "Ah, sim, é verdade, esta sim, é virtuosa a valer. Está apaixonada pelo Nikolenka e de nada mais quer saber. A mãe também não me compreende. Ninguém é capaz de perceber a menina inteligente que eu sou e como a menina Natacha é bonita", prosseguiu, falando de si mesma na terceira pessoa, como se fosse alguém muito inteligente, uma joia de homem, que dela estivesse falando. "Tem tudo, tudo por si. É espirituosa, extraordinariamente gentil e boa, extraordinariamente boa, e habilidosa... Nada, monta muito bem a cavalo e tem uma voz! É o que lhe digo: uma voz surpreendente!".

Cantou a sua frase favorita de uma ópera de Cherubini, deitou-se em cima da cama, pôs-se a rir ao pensar que ia adormecer repentinamente, chamou Duniacha para apagar a vela, e ainda Duniacha não saíra do quarto ela já partira para o venturoso mundo dos sonhos, onde tudo é tão fácil e tão belo como na realidade, e até mesmo muito mais belo, pois é de outra maneira.

No dia seguinte, a condessa mandou chamar Bóris, com quem teve uma conversa, e desse dia em diante Bóris deixou de frequentar a casa.

CAPÍTULO XIV

No dia 31 de dezembro, véspera do Ano-Novo de 1810, para festejar o *réveillon*, havia um baile na casa de um grande fidalgo do tempo de Catarina. O corpo diplomático e o próprio tsar deviam comparecer.

Uma brilhante iluminação fazia resplandecer a fachada do muito conhecido palácio da grande personalidade, situado no Cais dos Ingleses. No átrio, atapetado de vermelho, estava a polícia, e não apenas guardas, mas o próprio chefe, com uma dúzia de oficiais. Carruagens partiam e chegavam incessantemente, com seus lacaios de farda vermelha ou chapéus emplumados, conduzindo senhores de uniformes agaloados, com grandes cordões e veneras. Senhoras, de vestidos de cetim e peliças de arminho, apeavam-se, com grandes precauções, por entre o ruído das ferragens que faziam os estribos ao fecharem-se, e lá iam, tapete afora, em passos apressados e silenciosos.

De cada vez que uma nova carruagem se aproximava era quase certo desprender-se um murmúrio da multidão. Havia chapéus no ar.

"É o tsar?... Não, é o ministro... o príncipe... o embaixador... Não vês as plumas?"..., ouvia-se no meio da turba.

Alguém, ao que parecia, mais bem-vestido do que os outros, conhecia toda a gente e designava pelo nome os mais ilustres dignitários da época.

Já um terço dos convidados tinha chegado e na casa dos Rostov, que deviam assistir ao baile, ainda se procedia aos últimos retoques febris na sua indumentária.

Quantas conferências, quantos preparativos feitos já, que receios de não serem convidados, de os vestidos não estarem prontos a tempo, de as coisas não se arranjarem como convinha...

Maria Ignatievna Peronskaia, amiga e parenta da condessa, dama de honra da antiga corte, criatura magra e amarelenta, acompanhava os Rostov, guiando aqueles provincianos nos meandros da alta sociedade de Petersburgo.

Às dez horas, deviam os Rostov ir buscar a dama de honra no Palácio de Tavritcheski. Já eram cinco para as dez e as meninas ainda não estavam vestidas.

Era o primeiro grande baile de Natacha. Levantara-se às oito horas e levara todo o dia numa febril agitação. Desde de manhã que não fazia outra coisa senão empenhar-se em que todos, a mãe, Sônia e ela própria, se apresentassem o melhor possível. Sônia e a condessa entregavam-se a ela inteiramente. A condessa devia usar um vestido de veludo vermelho-escuro, as duas jovens trajes brancos vaporosos, em cima de um forro de seda cor-de-rosa com rosas no corpete. E iriam penteadas à grega. O essencial já estava feito. Já tinham lavado o rosto, já se haviam perfumado, e o rosto, as mãos, o colo, as orelhas, tudo fora cuidadosamente polvilhado de pó de arroz, como convinha para um baile. Já estavam enfiadas as meias de seda de ponto aberto e calçados os sapatinhos de cetim com fitas. Os penteados estavam prontos. Sônia dava os últimos retoques, a condessa também. Mas Natacha, que ajudara a todos, ainda estava atrasada. Com o roupão pelos ombros magricelas, lá estava diante do espelho. Sônia, já pronta, no meio do quarto, espetava um alfinete, picando-se, com o dedo mínimo, procurando ajeitar a última fita, que repontava.

— Assim não, assim não, Sônia – dizia Natacha. De cabeça voltada, por causa da criada que a penteava, agarrara os cabelos, antes que a aia tivesse tempo de os largar. – O nó assim não. Vem cá.

Sônia sentou-se. Natacha pôs-lhe a fita de outra maneira.

— Desculpe, menina, assim nada posso fazer – protestou a criada de quarto, sem largar os cabelos de Natacha.

— Oh, meu Deus, bem, espera, espera um pouco. Assim, Sônia.

— Vejam se se apressam – disse a condessa. – Estão dando dez horas.

— Já, já. E a mãe, já está pronta?

— Só me falta pôr o toucado.

— Não ponha a touca sem eu a ajudar – gritou Natacha. – A mãe não sabe!

— Mas são dez horas.

Resolvera estar no baile pelas dez e meia e Natacha ainda tinha de enfiar o vestido, e havia que passar ainda pelo Palácio de Tavritcheski.

Terminado que foi o penteado, Natacha, de saia de baixo, que lhe deixava à mostra os sapatinhos de baile, e vestida numa camisola da mãe, aproximou-se de Sônia, examinou-a e depois correu para a condessa. Obrigou-a a voltar a cabeça, ajeitou-lhe o toucado, beijou-lhe os cabelos brancos e aí vem ela outra vez a correr para as criadas que lhe cosiam a bainha do vestido.

Procuravam encurtar a saia, comprida demais. Duas criadas empenhavam-se nessa tarefa, na precipitação cortando as linhas com os dentes. Ainda outra criada, de alfinetes na boca, ia e vinha entre a condessa e Sônia. E outra ainda sustinha, de braço erguido, o vaporoso vestido.

— Mavrucha, despacha-te, minha querida!

– Deixe ver o dedal, menina.

– Então, estamos finalmente prontos? – disse o conde, que apareceu no limiar da porta. – Aqui têm os seus perfumes. Mademoiselle Peronskaia já deve estar à espera.

– Pronto, menina – disse a criada de quarto, erguendo, em dois dedos, o vaporoso vestido bordado. E soprou-lhe, agitando-o, gesto que punha em relevo a sua leveza e a sua brancura.

Natacha começou a vesti-lo.

– Um momento, um momento, não entres, pai – gritou ao conde, que entreabrira a porta. A voz de Natacha emergia da nuvem de tecido que a escondia por completo.

Sônia foi fechar a porta. Um minuto depois deixaram entrar o conde. Vestia um fraque azul, meias de seda e escarpins. Todo ele era perfume e pomadas.

– Ah! pai querido, que lindo estás, que encanto! – disse Natacha, de pé, no meio do quarto, ajeitando as pregas da saia.

– Espere, menina, espere – dizia uma das criadas, que, de joelhos, segurava o vestido e com a língua movia os alfinetes que tinha na boca.

– Digam o que quiserem – exclamou Sônia, excitadíssima, examinando o vestido de Natacha. – Digam o que disserem, ainda está muito comprido!

Natacha afastou-se para se mirar no espelho do trenó. Efetivamente Sônia tinha razão.

– Meu Deus, não, menina, não está comprido – protestou Mavrucha, de quatro, no chão, atrás da ama.

– Se está muito comprido faz-se mais curto. É um instante enquanto se arranja – disse, num tom decidido, Duniacha, tirando uma agulha do corpete e metendo mãos à obra.

Nesse mesmo instante, a condessa, com um ar tímido e em passinhos miúdos, entrou no quarto, de toucado e vestido de veludo.

– Eh! Eh! minha linda! – exclamou o conde. – É a mais linda de todas!...

Quis abraçá-la, mas ela, corando, afastou-o, para que ele lhe não amarrotasse o vestido.

– Mãezinha, o toucado um pouco mais descaído para o lado – disse Natacha. – Eu vou espetar-lhe um alfinete. – E precipitou-se para a mãe, mas as criadas que lhe cosiam a bainha do vestido não tiveram tempo de a seguir no seu movimento e um pedaço da musselina rasgou-se.

– Oh, meu Deus! Que aconteceu? Francamente, a culpa não foi minha...

– Não tem importância, eu vou ajeitar tudo, nada se vê – acorreu Duniacha.

– Minha linda, minha rainha! – exclamou a ama, que acabava de entrar. – E a Soniuchka, então! Ah! minhas lindas!...

Às dez horas e quinze, finalmente, toda a família subia para a carruagem e partia. Mas ainda era preciso passar pelo Jardim de Tavritcheski.

Mademoiselle Peronskaia estava pronta. Apesar da sua idade e de ser feia, tudo havia se passado na casa dela como na dos Rostov, só com menos precipitação, já que estava muito habituada a situações idênticas. Sua velha carcaça fora perfumada, frisada, empoada, não havia pormenor no seu rosto que não tivesse sido cuidadosamente inspecionado e até o vestido que usava provocou a admiração entusiástica da criada de quarto quando ela apareceu de vestido amarelo ornado com o emblema imperial[31]. Mademoiselle Peronskaia admirou os vestidos das senhoras Rostov.

Estas, por sua vez, louvaram o gosto da velha senhora e os seus enfeites e, com mil cautelas no penteado e nos vestidos, cerca das onze horas todas se meteram nas suas carruagens e partiram.

CAPÍTULO XV

Durante todo o dia, Natacha não tivera, por assim dizer, um minuto de descanso e por isso não lhe fora possível pensar um instante que fosse no que a aguardava.

No ar úmido e frio da noite, comprimida nos assentos da carruagem, aos solavancos, no meio de uma profunda escuridão, pela primeira vez se representou na imaginação o espetáculo que ia contemplar: o baile, as salas iluminadas, a música, as flores, as danças, o imperador, toda a brilhante juventude de Petersburgo. Era tão belo o que a esperava que não queria acreditar, ali com aquela sensação de frio, de incômodo e de obscuridade dentro da carruagem. Só no momento em que, depois de ter pisado o tapete vermelho do átrio, penetrou no vestíbulo, tirou a peliça e se engolfou, ao lado de Sônia, à frente da mãe, por entre as flores da grande escadaria iluminada, pôde avaliar o que isso

---

31. Distinção concedida às mulheres, que consistia numa fita onde estava bordado o monograma do imperador. (N.E.)

era. Só então pensou na compostura que devia mostrar no baile e procurou assumir esse porte solene que julgava indispensável a toda mocinha em tais circunstâncias. Porém, felizmente para ela, teve a sensação de que seus olhos giravam nas órbitas: nada podia ver com nitidez, o pulso batia-lhe desordenadamente e o sangue afluía-lhe ao coração. Não lhe foi possível assim afetar aqueles ares que a teriam ridicularizado, e avançou, num desfalecimento de emoção, procurando por todos os modos dissimular a perturbação que a tomava. E era exatamente essa a compostura que mais lhe convinha. Por todos os lados caminhavam convidados também com trajes de baile e trocando palavras em voz baixa. Os espelhos da escadaria iam devolvendo imagens de senhoras nos seus vestidos brancos, azuis, cor-de-rosa, carregados de pérolas e diamantes os braços e ombros nus.

Natacha via-se nos espelhos e não era capaz de se reconhecer, confundida com as outras. Tudo se misturava, fundindo-se num desfile brilhante. Quando entrou no primeiro salão, o murmúrio das vozes, dos passos, dos cumprimentos que se trocavam ensurdeceu-a e a refulgência da luz ainda mais a cegou. Os donos da casa, que se encontravam havia meia hora, de pé, à porta, repetindo a cada um dos seus convidados a eterna frase: "*Charmé de vous voir*", acolheram amavelmente os Rostov e Mademoiselle Peronskaia.

As duas meninas, de vestidos brancos iguais, com rosas nos cabelos pretos, fizeram a mesma reverência, mas o olhar da dona da casa demorou-se mais na cintura fina de Natacha. Ao olhá-la teve para ela um sorriso especial, diferente dos que consagrava aos demais. Lembrava-se, sem dúvida, ao vê-la, do seu passado brilhante de donzela, para sempre perdido, e do seu primeiro baile. O dono da casa seguiu-a igualmente com os olhos e perguntou ao conde se era sua filha.

– *Charmante*! – disse ele, enviando-lhe um beijo na ponta dos dedos.

O grande salão regurgitava de convidados, que se acumulavam à porta de entrada aguardando o imperador. A condessa foi colocar-se nas primeiras filas. Natacha apurava o ouvido e tinha a impressão de que falavam dela e que a miravam. Adivinhava agradar a todos quantos a notavam e isso apaziguou-lhe um pouco a emoção que a tomara.

"Há idênticas a nós, mas há quem se apresente muito pior", dizia para consigo.

Mademoiselle Peronskaia segredava à condessa o nome das pessoas mais conhecidas.

– Lá está o embaixador da Holanda, vê, aquele, ali, o de cabelos brancos – dizia, indicando um velhinho de cabeleira de prata muito anelada, rodeado de senhoras a quem fazia rir. – E ali tem a rainha de Petersburgo, a condessa Bezukov – acrescentou, mostrando Helena, que dava entrada no salão. – Linda mulher! Nada fica a dever a Maria Antonovna. Repare como novos e velhos a rodeiam. É linda e tem espírito... Dizem que o príncipe imperial... está doido por ela. E estas duas, embora nada bonitas, ainda têm uma corte mais numerosa.

Indicou duas senhoras que entravam, mãe e filha, realmente muito feias.

– Um partido que vale milhões – disse Mademoiselle Peronskaia. – E ali tem os amadores.

– Aquele é o irmão da condessa Bezukov, Anatole Kuraguine – prosseguiu ela, mostrando um belo oficial, de uniforme da Guarda, que ia passando, de cabeça erguida, diante delas, o olhar distante. – Que belo moço! Não é verdade? Vão casá-lo com uma noiva riquíssima. Mas o vosso primo Drubetskoi também lhe faz a corte. Fala-se em milhões. Mas, que vejo? O embaixador da França em carne e osso – observou, mostrando Caulaincourt, enquanto respondia a uma pergunta da condessa. – Repare. Parece um rei. Apesar de tudo, são amáveis, muito amáveis, esses franceses. Não há pessoas mais amáveis em sociedade. Ah! lá está ela finalmente. Esta, sim, leva a palma a todas, a nossa Maria Antonovna! E a simplicidade com que ela se veste! Que mulher encantadora! E aquele gordo, de pincenê, pedreiro-livre universal – disse, designando Bezukov. – Ponha-o ao lado da mulher. Um autêntico fantoche!

Pedro caminhava, rebolando o seu espesso corpo, atropelando as pessoas, acenando com a cabeça para a direita e para a esquerda, com tanta franqueza e despreocupação como se circulasse na praça do mercado. Abria caminho, parecia procurar alguém.

Natacha viu com satisfação a figura de Pedro, tão sua conhecida, esse "fantoche", como lhe chamava Mademoiselle Peronskaia. Sabia que eram eles, e ela particularmente, quem ele procurava entre a multidão. Pedro prometera-lhe que viria àquele baile e que lhe apresentaria rapazes para dançar.

No entanto, antes de se aproximar, Bezukov deteve-se ao pé de um homem moreno, de estatura mediana, bonito rapaz, de uniforme branco, que conversava com um outro, de grande estatura, carregado de condecorações, no vão de uma janela. Natacha reconheceu imediatamente o jovem de uniforme branco: era Bolkonski, que lhe pareceu remoçado, mais alegre e bonito.

– Ali está outra pessoa conhecida, mãe: Bolkonski, vê? – disse Natacha. – Lembra-se? Passou a noite em nossa casa, em Otradnoie.

– Ah! conhecem-no? – perguntou Mademoiselle Peronskaia. – Eu não posso com ele. Agora ele é manda-chuva. E é de um orgulho sem limites! Sai ao pai. É todo do Speranski. Passam a vida a fazer projetos. Repare como ele trata as senhoras! Olhem aquela que se dirige a ele, e ele a voltar-lhe as costas. Eu lhe diria se se atrevesse a portar-se assim comigo!

CAPÍTULO XVI

De súbito, um frêmito percorreu os salões, a multidão segredou alguma coisa, afastou-se, e por uma ala aberta no meio dos espectadores, ao som das fanfarras, entrou o imperador. Os donos da casa seguiam-no. O tsar caminhava, saudando ligeiramente à esquerda e à direita, como se tivesse pressa de acabar com aquela estopada. A orquestra tocava uma polaca, então em voga, de cuja letra constava: "Alexandre, Isabel, como o nosso coração rejubila...".

O imperador dirigiu-se para o salão menor. Todos vieram espreitar à porta. Pessoas com ar circunspecto principiaram a andar de um lado para o outro. Então os convidados desimpediram a porta do salão onde o tsar conversava com a dona da casa. Um jovem de expressão perturbada veio pedir às senhoras que recuassem. Algumas, esquecendo todas as conveniências mundanas, sem receio de descompor as *toilettes*, fizeram parede na primeira fila. Os cavalheiros aproximaram-se das damas e formaram-se os pares para a polaca.

Todos se afastaram, e o imperador, sorridente, dando a mão à dona da casa, saiu do salão. Não caminhava a compasso. Atrás dele vinha o anfitrião com Maria Antonovna Narichkina, em seguida os embaixadores, os ministros, os generais. Mademoiselle Peronskaia ia recitando os seus nomes sem interrupção. Mais de metade das senhoras, convidadas para dançar, dispunham-se para a polaca. Foi então que Natacha percebeu que tanto Sônia, como a mãe e ela própria faziam parte do pequeno número condenado a servir de pano de fundo. Natacha ali estava, de pé, os braços finos balançando, os pequeninos seios, ainda adolescentes, em alvoroço, retendo a respiração. Olhava em frente, com os olhos brilhantes e inquietos, uma expressão indecisa, agitada entre uma grande alegria e um imenso desgosto. Não a preocupavam nem o imperador nem qualquer das outras altas personagens que Mademoiselle Peronskaia havia apontado. Só pensava numa coisa: "Será realmente verdade que ninguém me convidará para dançar? Não figurarei entre os primeiros pares? Não serei notada por nenhum destes homens que parecem não me ver agora, ou, se porventura olham para mim, é como se dissessem: 'Ah! não é ela! Então não precisamos olhá-la'. Não, isto não pode ser! É preciso que eles saibam que quero dançar, que danço muitíssimo bem e que grande seria o prazer que eu lhes daria se dançassem comigo".

Os compassos da polaca que por muito tempo ressoavam não tardaram que chegassem aos ouvidos de Natacha com uma cadência lúgubre. Davam-lhe vontade de chorar. Mademoiselle Peronskaia afastara-se. O conde estava no outro extremo do salão. E ela, a condessa e Sônia ali estavam, sozinhas, como que perdidas no meio de uma floresta, entre toda aquela gente que lhes era estranha, sem despertarem o interesse de ninguém, sem que ninguém se preocupasse com elas. Passou por elas o príncipe André, com uma senhora pelo braço, sem dar sinais de as ter reconhecido. O belo Anatole, sorridente, trocava algumas palavras com o par, relanceando a Natacha o olhar indiferente com que se olha para uma tapeçaria. Por duas vezes Bóris passou perto delas, voltando disfarçadamente o rosto. Só Berg e a mulher, que não dançavam, vieram juntar-se a eles.

Natacha sentiu-se mortificada com aquela cena de família, ali, em pleno baile, como se um baile fosse o local mais indicado para semelhantes confraternizações. Não prestava a mínima atenção a Vera, que lhe falava do seu vestido verde. Por fim o imperador reconduziu o seu terceiro par; já dançara com três senhoras e a orquestra deixara de tocar. Um ajudante de campo, com um ar preocupado, aproximou-se das senhoras Rostov pedindo-lhes que recuassem um pouco mais, embora já estivessem encostadas à parede, e a orquestra encetou os primeiros acordes de uma valsa, lentos e suaves, arrebatadores e bem ritmados. O imperador percorreu a sala com os olhos, sorrindo. Decorreram segundos sem que qualquer par se mexesse. Outro ajudante de campo com funções protocolares aproximou-se da condessa Bezukov e convidou-a para dançar. Esta, sorrindo e sem para ele olhar, pousou-lhe a mão no ombro. O ajudante de campo, com mestria, seguro de si, sem se apressar, enlaçou-a vigorosamente e levou-a consigo, primeiro deslizando até a extremidade da pista, depois, pegando-lhe na mão esquerda, fazendo-a rodopiar ao ritmo cada vez mais célere da música. Só se ouvia o retinir cadenciado das esporas nos pés ágeis do dançarino, enquanto o vestido de veludo da senhora que rodopiava fazia balão naquelas evoluções, acompanhando o compasso a três tempos. Natacha ao vê-los quase chorava, por não ter sido convidada para aquela primeira valsa.

O príncipe André, de uniforme branco de coronel de cavalaria, meias de seda e escarpins, ar alegre e animado, estava na primeira fila, não longe dos Rostov. Conversava com ele, acerca da primeira sessão do Conselho do Império, que devia realizar-se no dia seguinte, o barão Vierov. André, íntimo de Speranski e membro da comissão de legislação, podia proporcionar seguros esclarecimentos a respeito da sessão anunciada, a qual estava provocando uma série de comentários. A verdade, porém, é que não ouvia o que Vierov ia dizendo e ora olhava para o imperador ora para os pares que se preparavam para dançar a valsa sem se decidirem a fazê-lo.

Examinava os cavalheiros, intimidados pela presença do imperador, e as senhoras, mortas por serem convidadas para dançar.

Pedro aproximou-se e tomou-lhe o braço.

– O príncipe, que está sempre pronto para dançar, por que não convida a minha *protégée*, a menina Rostov? Ali a tem – disse ele.

– Onde? – perguntou Bolkonski. – Queira desculpar-me – disse para o barão. – Falaremos depois neste assunto; num baile é preciso dançar. – Avançou na direção que Pedro lhe apontara. A figurinha ansiosa e desolada de Natacha impressionou-o imediatamente. Reconheceu-a, adivinhando-lhe os desejos, percebeu que era a primeira vez que vinha a um baile, lembrou-se da conversa que surpreendera à janela e com uma expressão jovial aproximou-se da condessa Rostov.

– Dê-me licença que lhe apresente minha filha – disse a condessa, corando.

– Já tenho o prazer de conhecê-la, se a condessa bem se recorda – volveu o príncipe, inclinando-se profundamente com uma cortesia que desmentia por completo a rudeza que lhe atribuíra Mademoiselle Peronskaia. Aproximou-se de Natacha e estendeu o braço para lhe enlaçar a cintura, antes mesmo de ter formulado qualquer convite. A carinha desolada de Natacha, tão pronta a refletir o desespero como a suprema alegria, iluminou-se subitamente com um sorriso infantil, cheio de felicidade e reconhecimento.

"Há quanto tempo eu te esperava", parecia dizer, ao mesmo tempo assustada e feliz, no seu sorriso, que desabrochava no meio das lágrimas prontas a correr, mal apoiou a mão no ombro do príncipe André. Era o segundo par que entrava na pista. Bolkonski era um dos melhores dançarinos da época. Por sua vez, Natacha acompanhava-o maravilhosamente. Os seus pés, nos sapatinhos de cetim, rápidos e ligeiros, pareciam não tocar o solo. No rosto fulgia-lhe uma venturosa animação. Seu colo nu e seus braços eram magros e não muito bonitos, comparados com os de Helena. Não tinha os ombros cheios, nem os seios formados, os braços eram delgados, mas a verdade é que Helena parecia já poluída pelo fogo dos milhares de olhos que lhe deslizavam pelo corpo, enquanto Natacha era a perfeita imagem da donzela que pela primeira vez enverga um vestido decotado e que naturalmente por isso se teria sentido envergonhada caso não tivessem lhe dito ser indispensável.

O príncipe André gostava de dançar e como antes de mais nada queria subtrair-se às conversas políticas e sérias com que o atormentavam, como queria afastar de si quanto mais depressa melhor a atmosfera de embaraço provocada pela presença do imperador, pusera-se a valsar e escolhera Natacha, primeiro para ser agradável a Pedro, depois por ser ela a primeira garota bonita que lhe chamara a atenção. Quando, porém, lhe passou o braço pela cintura fina e flexível e a sentiu tão perto de si agitada pelo ritmo da dança e a viu sorrir-lhe de tão perto, parecia que uma embriaguez o tomara. Quando, anelante, voltou a conduzi-la para junto da condessa e por alguns instantes, em repouso, fitou os pares que continuavam a dançar, uma onda de mocidade e de vida se ergueu dentro dele.

CAPÍTULO XVII

Depois de André veio Bóris convidar Natacha e em seguida o ajudante de campo que organizava as danças e inaugurara o baile, e ainda outros, de tal modo que Natacha transferia para Sônia o excedente dos seus pares. Muito animada e feliz dançou toda a noite. Não viu nem deu por nada à sua volta. Não reparou que o imperador conversava demoradamente com o embaixador da França, que falava a esta ou àquela senhora com uma amabilidade especial, que o príncipe Fulano ou Sicrano fizera isto ou aquilo, que Helena tivera um grande êxito e que determinado cavalheiro lhe prestara uma atenção particular. Nem sequer deu pela partida do imperador, a não ser porque depois dela o baile recrudescera de animação. O príncipe André voltou a dançar com ela um dos mais alegres cotilhões antes da ceia. Lembrou-lhe que a vira pela primeira vez na avenida de Otradnoie e recordou-lhe aquela noite de luar em que ela não podia dormir e a conversa que involuntariamente ouvira. Estas recordações fizeram corar Natacha; procurou justificar-se, como se tivesse vergonha dos sentimentos que o príncipe André nela surpreendera.

Bolkonski, como toda a gente de sociedade, adorava encontrar-se com pessoas isentas do banal selo mundano. Era o caso de Natacha, com os seus deslumbramentos, a sua alegria, a sua timidez. Até os seus erros de francês tinham encanto. Conversando com ela, tratava-a com suave e afetuosa delicadeza. Sentado a seu lado, falando-lhe das coisas mais vulgares e insignificantes, admirava-lhe o fulgor do olhar e o sorriso, que não traduzia respostas a palavras trocadas, mas uma espécie de alegria interior. Enquanto dançava com outros, admirava-lhe especialmente a graça ingênua. No meio do cotilhão, Natacha, depois de uma figura, voltou, anelante, para o seu lugar. Um novo par a convidou. Sem fôlego, sem poder mais, estava prestes a recusar, mas de súbito, apoiou-se no ombro do par, sorrindo para o príncipe André.

"Gostaria muito de descansar e de ficar ao seu lado; estou cansada, mas, bem vê, procuram-me... Sinto-me alegre, sou feliz; esta noite gosto de todos; e nós entendemo-nos tão bem!" Eis o que o seu sorriso dizia, isto e muito mais ainda. Quando o par a reconduziu, Natacha pôs-se a correr pela sala para arranjar duas senhoras para a figura.

"Se for a prima a primeira pessoa a quem se dirigir, e só depois procurar outra, será minha mulher", disse o príncipe André, para consigo, de maneira absolutamente inesperada, enquanto a seguia com os olhos. Foi à prima que Natacha se dirigiu primeiro.

"Que tolices nos passam às vezes pela cabeça", pensou ele. "Mas a verdade é que esta menina é tão gentil e tão original que não lhe dou um mês para ir a bailes antes de estar casada... Ninguém aqui se lhe compara". Eis em que pensava quando Natacha, compondo a rosa do corpete, voltou a sentar-se junto dele.

No fim do cotilhão, o velho conde, de fraque azul, aproximou-se. Convidou o príncipe André a visitá-los e perguntou à filha se se divertira. Natacha não respondeu logo e sorriu, como se dissesse: "E pode perguntar-se uma coisa destas?".

– Diverti-me como nunca na minha vida! – disse ela, e André viu-a, num gesto espontâneo, erguer os braços delgados para estreitar o pai e depois tornar a deixá-los cair. Sim, sentia-se feliz como nunca. Atingira esse supremo instante de felicidade em que tudo é perfeição e bondade e em que não se pode acreditar nem no mal, nem na desgraça, nem na dor.

No decurso deste baile Pedro sentiu-se pela primeira vez humilhado pelo prestígio de que gozava a mulher nas altas esferas da sociedade. Estava taciturno e distraído. Uma grande ruga lhe sulcava a fronte, e de pé, junto de uma janela, olhava, sem ver, através dos vidros do pincenê.

Natacha, que ia cear, passou pela sua frente.

Impressionou-a a sua expressão triste e infeliz. Parou junto dele. Teria desejado socorrê-lo, comunicar-lhe a felicidade a mais que sentia.

– Como todos estão se divertindo, não acha, conde? – disse ela.

Pedro sorriu com um ar distraído, sem entender o que a jovem lhe dizia.

– Sim, estou muito feliz – tornou ele.

"Como é que uma pessoa pode estar descontente?", dizia Natacha de si para consigo. "E tratando-se de um homem tão bom como este Bezukov!" A seus olhos, todos os que estavam no baile eram igualmente bons, gentis, belos e amavam-se uns aos outros. Ninguém seria capaz de ofender o semelhante, e eis por que todos deviam sentir-se felizes.

CAPÍTULO XVIII

No dia seguinte, André lembrou-se do baile da véspera, mas não se demorou muito tempo a pensar nisso. "Sim, um baile brilhantíssimo. E então... sim, aquela Rostov, que gentil! Há nela qualquer coisa de fresco, de especial, que não é de Petersburgo e que a distingue de todas as demais." A isto se limitaram os seus pensamentos. E depois do chá pôs-se a trabalhar.

No entanto, ou por fadiga ou insônia, o certo é que não estava nos seus melhores dias, e era-lhe impossível fazer fosse o que fosse. Achava pouco interesse no trabalho em mãos, e, como muitas vezes acontece, foi grande o seu contentamento quando lhe vieram anunciar uma visita, um tal Bitski, membro de diversas comissões, assíduo nos círculos de Petersburgo, encarniçado partidário de Speranski e das suas reformas e zeloso alvissareiro dos escândalos da capital, um desses homens prontos a acompanhar as opiniões em voga como quem se adapta à moda no vestir e que assim gozam da fama de partidários das ideias novas. De aspecto preocupado, mal se desembaraçou do chapéu, precipitou-se para André e inopinadamente pôs-se a falar. Acabava de ser informado do que se passara essa manhã na sessão do Conselho do Império, inaugurado pelo imperador, e foi com grande entusiasmo que se referiu a ele. O discurso do tsar fora a todos os títulos notável. Falara como só o costumam fazer os monarcas constitucionais. "O imperador disse sem rodeios que o Conselho e o Senado constituíam corpos do Estado, que o governo devia basear-se não na arbitrariedade, mas em princípios sólidos. Afirmou que as finanças e os orçamentos públicos deviam ser reorganizados." Bitski relatava tudo isto, frisando certas palavras e esbugalhando muito os olhos.

– É um fato, estamos perante um acontecimento que representa o início de uma era nova, a era mais grandiosa da nossa história – concluiu.

O príncipe André ouvia aquele relato sobre a inauguração do Conselho do Império, que com tanta impaciência aguardara e a que atribuía tamanha importância, e surpreendia-se que um tal acontecimento, agora que se realizara, não só não lhe causasse a menor emoção, mas lhe afigurasse até insignificante. Ouvia com serena ironia o relato entusiasta de Bitski. Uma ideia muito simples lhe vinha ao espírito: "Que tenho eu e que tem este Bitski que ver com isto? Que nos importa que o imperador se tenha dignado falar assim no Conselho? Isto me tornará mais feliz ou melhor?"

E esta pequenina reflexão reduziu a nada subitamente todo o interesse que ele poderia ter nas reformas realizadas. Nesse mesmo dia jantaria na casa de Speranski *en petit comité*, como dissera o anfitrião. Este jantar, na roda da família e dos amigos de um homem por quem ele tinha tão grande entusiasmo, despertara-lhe tanto maior interesse quanto é certo nunca haver surpreendido Speranski na intimidade. Mas agora perdera todo o interesse em participar do jantar. No entanto, à hora marcada, batia à porta da pequena moradia de Speranski, no Jardim de Tavritcheski. Na sala de jantar da residência de Speranski, de um meticuloso asseio, que fazia lembrar uma cela de convento, André, um pouco atrasado, às cinco horas, veio encontrar já reunidos todos os componentes desse *petit comité*, pessoas íntimas apenas. Não havia outra senhora além da filha do ministro, com a mesma esguia figura do pai, e a preceptora. Os convidados eram Gervais, Magnitski e Stolipine. Já no vestíbulo André ouvia o estritor das vozes e um riso sonoro e claro semelhante ao que se costuma ouvir no palco. Alguém – parecia Speranski – espaçava os ah! ah! ah! E como o príncipe André nunca ouvira Speranski rir, sentiu-se desagradavelmente impressionado por aquele riso vibrante e agudo.

Entrou na sala de jantar. Toda a gente estava de pé, entre duas janelas, junto da mesinha das entradas. Speranski, de fraque cinzento e condecorações, ainda, evidentemente, com o mesmo colete branco e a mesma alta gravata clara que levara à famosa sessão do Conselho do Império, estava, diante da mesa, com uma expressão jovial. Os convidados faziam roda em torno dele. Magnitski, voltado para Mikail Mikailovitch, contava uma anedota. Speranski ouvia, rindo antecipadamente do que ele diria. Quando o príncipe André entrou, as gargalhadas abafavam de novo as palavras de Magnitski. Stolipine ria num tom grave, mastigando um pedaço de pão com queijo, Gervais, com um riso sibilante, Speranski, com o seu riso agudo e desbragado.

Sem deixar de rir, estendeu ao príncipe André a mão branca e macia.

– Muito prazer em vê-lo, príncipe – disse. – Um instante – acrescentou, dirigindo-se a Magnitski e interrompendo a sua história. – Fizemos um acordo: hoje é jantar de amigos, estão proibidos os assuntos sérios. – E, voltando-se para o narrador, pôs-se novamente a rir.

André, ao ouvi-lo rir assim, sentiu-se ao mesmo tempo surpreendido e desapontado. Parecia-lhe estar diante de outro homem. Tudo que até aí ele representara para si de misterioso e de sedutor se desvanecera subitamente e nada de cativante via nele agora.

A alegre conversa continuou. Era um rosário de anedotas. Assim que Magnitski se calou, logo outro convidado mostrou desejos de contar uma coisa ainda mais jocosa.

Em geral eram anedotas relativas senão ao meio dos burocratas, pelo menos a alguns deles. Naquela roda todos pareciam tão convencidos da nulidade de tal gente que o partido que tomavam a seu respeito era o de uma sátira indulgente. Speranski contou que na sessão do Conselho dessa manhã, como alguém perguntasse a um dignitário duro de ouvido qual a sua opinião, este respondera que era da mesma, Gervais contou pormenorizadamente um caso de inspeção particularmente notável pela estupidez de todos os comparsas que nele intervinham. Por sua vez Stolipine, gaguejando, associou-se ao colóquio e pôs-se a falar calorosamente dos abusos do regime anterior, o que fazia com que a conversa corresse o perigo de assumir um tom sério. Magnitski troçou do entusiasmo de Stolipine, Gervais disse um gracejo e a conversa retomou o tom frívolo desejado.

Era um fato que Speranski gostava de descansar dos seus trabalhos e desopilar com os amigos, e os seus convidados, cientes desse seu desejo, procuravam distraí-lo, divertindo-se a si próprios. Mas esta alegria produziu em André um efeito penoso. O timbre agudo da voz de Speranski era-lhe desagradável, o seu riso constante parecia soar-lhe falso e irritava-lhe os nervos. E ele, o único que não ria, teve receio de parecer enfadonho, embora, em verdade, ninguém houvesse reparado que ele não estava no diapasão da roda. Todos pareciam alegríssimos.

Por várias vezes tentou André entrar na conversa, mas de todas elas as suas palavras pulavam como uma rolha na água. Era-lhe impossível afinar pelo tom dos gracejos.

Nada havia de mal ou de inconveniente no que eles diziam, tudo era espirituoso e podia até ser divertido, mas a verdade é que lhe faltava fosse o que fosse, o sal de toda a verdadeira alegria. E o certo é que os convivas nem sequer pareciam suspeitar de que esse sal existisse.

Finda que foi a refeição, a filha de Speranski e a preceptora levantaram-se. Speranski acariciou com a sua branca mão o rosto da filha e beijou-a. E também este gesto pareceu pouco natural ao príncipe André.

À moda inglesa, os homens ficaram sentados à mesa e beberam vinho do Porto. No meio da conversa que se entabulou a propósito da guerra da Espanha, em que todos estavam de acordo para aprovar Napoleão, André pôs-se a defender um ponto de vista contrário. Speranski sorriu e, no desejo evidente de mudar de conversa, contou uma anedota sem a menor relação com o que se estava a dizer. Todos se calaram durante alguns instantes.

Tendo ficado mais algum tempo à mesa, Speranski arrolhou a garrafa do vinho, dizendo:

– Hoje este vinho anda por mesas altas. – E entregou-a a um criado, levantando-se. Todos o imitaram e em ruidosa conversa entraram no salão. Vieram entregar a Speranski duas cartas que um correio acabava de trazer. Pegando nelas, o dono da casa retirou-se para o seu gabinete. Mal ele saiu da sala a alegria geral desapareceu e os convidados puseram-se a conversar entre si em voz baixa e num tom sensato.

– Bom, agora são horas de recitar! – disse Speranski, ao voltar do gabinete. – Tem um talento extraordinário! – acrescentou, dirigindo-se ao príncipe André. Imediatamente, Magnitski se empertigou principiando a declamar versos humorísticos em francês, inspirados em personagens célebres de Petersburgo. E por várias vezes os aplausos o obrigaram a calar-se. Finda a recitação, André aproximou-se de Speranski e pediu-lhe licença para retirar-se.

– Onde é que vai tão cedo? – perguntou-lhe ele.

– Prometi ir à casa de uns amigos...

Ambos se calaram. O príncipe André fitou de perto aqueles olhos de reflexos metálicos que impediam qualquer penetração e sentiu-se ridículo por ter pensado poder esperar alguma coisa daquele homem e dos empreendimentos em que andava envolvido. E perguntou a si mesmo como pudera tomar a sério tudo quanto ele fazia. Aquele riso forçado, sem verdadeira alegria, por muito tempo ficou a ressoar-lhe nos ouvidos depois que deixou a casa de Speranski.

De regresso à casa, entregou-se a recordar toda a sua existência em Petersburgo durante aqueles últimos quatro meses, como se se tratasse de uma coisa nova. Lembrou-se das suas diligências, das suas iniciativas, da história do seu projeto de código militar aceito para exame e sobre o qual todos se empenhavam em guardar silêncio unicamente porque outro trabalho, muito inferior, já estava preparado e havia sido apresentado ao imperador. Vieram-lhe ao espírito as sessões da comissão de que Berg fazia parte. Recordou-se como nessas sessões se haviam discutido, cuidadosa e longamente, todas as questões de forma e de processo e como houvera o cuidado de pôr de lado o essencial. E lembrou-se também dos seus próprios trabalhos legislativos, de como traduzira cuidadosamente em russo os artigos do Direito Romano e do Código Francês, deplorando o tempo que perdera com isso. Depois o pensamento levou-o até Bogutcharovo, lembrou-se das suas ocupações na aldeia, da sua viagem a Riazan, dos seus mujiques, do estaroste Drone e, aplicando-lhes os artigos do Direito das Gentes que cuidadosamente distribuíra por artigos, sentiu-se admirado por ter consagrado tanto tempo a um trabalho tão estéril.

CAPÍTULO XIX

No dia seguinte, o príncipe André foi visitar algumas pessoas a quem ainda não vira, e entre elas os Rostov, com quem reatara relações no último baile. Não era só a cortesia que o levava a fazer esta visita, também se sentia arrastado a fazê-la pelo desejo de rever aquela menina cheia de vivacidade e caráter, que lhe deixara uma impressão tão agradável.

Natacha foi a primeira pessoa a aparecer-lhe. Usava um vestido azul, caseiro, e assim vestida pareceu ainda mais bonita ao príncipe André que no traje de baile. Tanto ela como toda a família Rostov o acolheram como a um velho amigo, simples e cordialmente. Aquela gente, que ele severamente julgara outrora, afigurava-se a ele agora composta de pessoas excelentes, simples e boas. Tais eram a hospitalidade e a bonomia do velho conde, qualidades particularmente encantadoras em Petersburgo, que ele não pôde recusar o convite para jantar.

"Sim, é gente boa e simpática", dizia para consigo mesmo. "E nem sabem o tesouro que têm em Natacha. Boas pessoas e ótimo fundo para fazer sobressair uma jovem tão poética, tão cheia de vida."

Ao pé de Natacha sentia-se abeirar de um mundo que ignorava completamente, um mundo especial, pleno de alegrias de que nunca compartilhara, um mundo que muito o intrigara já na alameda de Otradnoie e à janela banhada pelo luar. E agora já esse mundo não o intrigava, já não lhe era estranho. Abeirando-se dele, novas alegrias viera encontrar.

Depois de jantar, e a seu pedido, Natacha sentou-se ao cravo e cantou. O príncipe André, de pé junto da janela, conversando com as senhoras, escutava-a. No meio de uma frase calou-se, e, sem que ele próprio soubesse como, sentiu que uma comoção lhe subia à garganta, coisa de que não se julgava capaz. Fitou Natacha, que continuava a cantar, e uma vaga de felicidade como jamais sentira lhe inundou a alma. Parecia feliz e ao mesmo tempo tristíssimo. Não tinha razão para chorar, e no entanto estivera a ponto disso. Chorar por quê? Pelo seu primeiro amor? Pela defunta princesinha? Pelas suas ilusões perdidas? Pelas suas esperanças de futuro?... Por tudo isso e também por outra coisa. O que antes de mais nada lhe provocava aquela comoção era a súbita revelação que nele se operava de uma assustadora contradição entre o que sentia de infinitamente grande e de inacessível no fundo de si próprio e o ser estreito e corpóreo que ele também era e que ela era também. Tal contradição era todo o seu tormento e toda a sua alegria enquanto Natacha cantava.

Quando ela acabou, aproximou-se de André e perguntou-lhe se gostara de ouvi-la. Feita a pergunta, logo uma grande perturbação a tomou, compreendendo que não a devia ter feito. André olhou-a sorrindo e disse-lhe que o seu canto lhe agradara como lhe agradava tudo quanto ela fazia.

O príncipe André só tarde, pela noite adentro, se retirou da casa dos Rostov. Deitou-se maquinalmente, mas não tardou que verificasse não poder conciliar o sono. Ora se deixava estar deitado na cama, de vela acesa, ora se erguia, para voltar a deitar-se, sem que aquela insônia o fatigasse, tais os sentimentos novos e alegres que sentia. Era como se saísse da atmosfera asfixiante de um quarto fechado para o ar livre da natureza. Não lhe passava pela cabeça a ideia de estar enamorado de Natacha. Não pensava nela sequer, embora a tivesse diante dos olhos, e por isso mesmo a vida se lhe apresentava agora sob uma luz completamente nova. "Que receio eu? Por que é que me aflijo, por que é que me preocupo dentro deste quadro estreito, quando o certo é que a vida, toda a vida, com todas as suas alegrias, está diante de mim?", dizia consigo mesmo. E pela primeira vez desde muito tempo se pôs a fazer alegres planos para o futuro. Decidiu chamar a si a educação do filho, que precisava arranjar um preceptor a quem confiá-lo, e depois que deveria pedir a demissão e viajar pelo estrangeiro, visitar a Inglaterra, a Suíça, a Itália. "Tenho de aproveitar a minha liberdade enquanto me sinto com juventude e força", pensava. "Pedro tinha razão quando dizia ser preciso acreditar na felicidade para sermos realmente felizes, e eu agora também o creio. Que os mortos enterrem os mortos. Enquanto estamos vivos precisamos viver e ser felizes."

CAPÍTULO XX

Uma manhã, o coronel Adolfo Berg, que Pedro conhecia como, de resto, conhecia a todos em Moscou e Petersburgo, apresentou-se a ele em casa com o seu vistoso uniforme novo, as madeixas penteadas para diante e lustrosas de cosméticos, à moda do imperador Alexandre Pavlovitch.

– Acabo de estar com a condessa sua mulher – disse ele, sorrindo –, e não posso esconder o meu desgosto por não ter visto deferido o meu requerimento. Espero ser mais feliz com o senhor, conde.

– Que deseja, coronel? Estou às suas ordens.

– Conde, estou hoje completamente instalado na minha nova casa – disse Berg, persuadido de antemão de que esta notícia não podia deixar de ser acolhida com sumo prazer –, e por isso desejava oferecer uma pequena festa às pessoas das minhas e das relações da minha mulher. – E um sorriso ainda mais gracioso lhe perpassou pelos lábios. – Queria pedir à condessa e ao senhor, caro conde, que me dessem a honra de vir a nossa casa tomar uma chávena de chá e partilhar da nossa ceia.

Infelizmente, a condessa Helena Vassilievna, considerando a sociedade de Berg indigna dela, tivera a crueldade de declinar o seu convite. Tão claramente Berg explicou por que desejava reunir em sua casa um grupo de pessoas pouco numeroso, mas escolhido, pois isso a ele lhe daria grande prazer e seria o primeiro a lamentar fazer sacrifícios para outros fins, como jogar as cartas ou coisas igualmente prejudiciais, embora para receber gente de tom não se poupasse a sacrifícios, tanto insistiu, que Pedro não pôde recusar o convite e prometeu aparecer.

– Mas não venha muito tarde, conde, já que me permite, aí pelas dez para as oito, se faz favor. Jogaremos uma partida, também lá estará o nosso general. É muito bom para mim. Depois cearemos. Fica então combinado.

Contrariamente ao seu costume, que era chegar sempre atrasado, Pedro nessa noite chegou à casa dos Berg às sete e quarenta, e não às sete e cinquenta.

Os Berg, já com tudo a postos para a recepção, aguardavam os convidados.

Berg e a mulher recebiam no seu gabinete, muito asseado, muito bem-iluminado, decorado de bustos e de quadros e guarnecido de mobiliário novo. Ele, de uniforme, igualmente novo e rigorosamente abotoado, explicava à mulher ser de toda a conveniência ter relações entre as pessoas de uma situação mais elevada, visto dessa gente só poderem esperar-se coisas agradáveis. "Há sempre alguma vantagem nisso, há sempre alguma coisa que se lhes pode pedir. Observa, por exemplo, a minha carreira desde os mais baixos postos. – Não contava o tempo por anos, mas por promoções. – Os meus camaradas nesta altura ainda nada são, e eu, como vês, estou em vésperas de ser nomeado comandante de regimento e tenho a grande dita de ser teu marido." Levantou-se para beijar a mão de Vera, mas de passagem ajeitou um dos cantos do tapete, que estava dobrado. "E a quem devo tudo? Antes de mais nada à parte de escolher as minhas relações. Claro está que além disso é bom sermos virtuosos e cumpridores."

Berg sorriu com a consciência da sua superioridade sobre uma fraca mulher e calou-se, dizendo para consigo que, afinal de contas, aquela encantadora pessoa a quem chamava esposa era fraca como todas as mulheres e não podia aspirar ao que constitui a dignidade do homem, a dignidade de *ein Mann zu sein*.[32]

Entretanto, Vera sorria também, consciente da sua superioridade sobre o virtuoso e excelente marido, o qual, no entanto, em sua opinião, compreendia mal a vida, como, aliás, todos os homens. Berg, que julgava as outras mulheres através da sua própria, considerava-as a todas seres fracos e estúpidos. Vera, julgando os homens através do marido e generalizando as suas observações, supunha que todos eles não faziam outra coisa senão considerar-se cheios de razão, embora na realidade nada compreendessem e não passassem de criaturas orgulhosas e egoístas.

Berg levantou-se e, enlaçando a mulher cautelosamente, para não lhe amarrotar o mantelete que custara a ele muito caro, beijou-a nos lábios.

– Há uma coisa que temos de considerar: não devemos ter filhos por ora – ponderou, mercê de uma inconsciente associação de ideias.

– Tens razão – assentiu Vera. – Também é esse o meu desejo. Precisamos viver para a sociedade.

– A princesa Iusupova tem um muito parecido – disse Berg, apontando para o mantelete com um sorriso bondoso e feliz.

---

32. Ser-se um homem. (N.E.)

Neste momento anunciaram o conde Bezukov. Os esposos trocaram um sorriso de satisfação, cada um deles chamando a si a honra daquela visita.

"A isto é que se chama saber cultivar relações", pensou Berg. "A isto é que se chama saber-se um homem conduzir na vida!"

– Peço-te que não venhas interromper-me quando eu estiver a falar com os convidados – advertiu Vera. – Sei muitíssimo bem como hei de me dirigir a cada um e o que é preciso dizer às pessoas com quem conversar.

Berg sorriu.

– Nem sempre; às vezes, com os homens, é preciso ter conversas de homens – observou ele.

Pedro foi recebido numa sala inteiramente mobiliada de novo, onde era impossível uma pessoa sentar-se sem alterar a meticulosa simetria. Parecia compreensível e de modo algum insólito que Berg, generosamente, se tivesse proposto alterar a disposição das poltronas e do divã em atenção a tão querido visitante, mas a sua perplexidade era tanta que deixou o convidado decidir. Este, porém, não teve dúvidas em quebrar a simetria, puxando uma cadeira. E imediatamente Berg e Vera deram início à recepção, interrompendo-se a cada momento um ao outro no decurso da conversa com o conde.

Vera, que, mulher sensata, decidira que devia falar a Pedro na embaixada da França, principiou logo por abordar esse tema. Por sua vez, Berg, partindo do princípio de que uma conversa de homens se tornava igualmente necessária, interrompeu a mulher para abordar o caso da guerra com a Áustria e inconscientemente não tardou que tivesse transitado das considerações gerais para as circunstâncias pessoais acerca das propostas que lhe haviam sido feitas para tomar parte na campanha e das razões que o tinham levado a declinar o convite. Embora a conversa resultasse, por isto mesmo, assaz descosida e Vera estivesse furiosa com a intervenção do marido, foi com prazer que os esposos verificaram ter a noite principiado muito bem, conquanto nessa altura apenas ainda com um só convidado, e parecer-se, como duas gotas de água se parecem, com todas as demais recepções em que se conversa, se bebe chá e há velas acesas.

Daí a pouco apareceu Bóris, velho camarada de Berg. E foi com um matiz de superioridade e certo ar protetor que se dirigiu ao casal. Depois chegou a vez do coronel e de uma senhora, e do próprio general, e dos Rostov, e então a noite tornou-se incontestavelmente igual a qualquer outra. Berg e Vera não podiam esconder a satisfação que lhes causava o bulício que reinava na sala, ao ouvirem aquelas conversas desirmanadas, o ruge-ruge dos vestidos e as saudações que se iam trocando. Tudo se passava como em toda a parte. Sobretudo o general parecia-se com todos os outros generais, todo ele elogios à instalação, batendo amistosamente no ombro de Berg e organizando, com uma desenvoltura toda paternal, a mesa do *boston*. Depois sentou-se ao lado do conde Ilia Andreitch, considerando-o, depois de si, a pessoa de maior representação. Os velhos com os velhos, os jovens com os jovens, a dona da casa na mesa de chá com os seus bolos em cestinhos de prata, absolutamente como na recepção dos Panine, tudo decorreu sem tirar nem pôr como em qualquer outra.

CAPÍTULO XXI

Pedro, na sua qualidade de convidado de marca, teve de tomar lugar à mesa do *boston* com Ilia Andreitch, o general e o coronel. E ali veio a encontrar-se sentado diante de Natacha e não pôde deixar de sentir-se impressionado com a estranha mudança que nela se operara desde a noite do baile. Conservava-se calada, e não só menos bonita que então, mas até mesmo pareceria feia se não fosse a expressão de doçura e a indiferença por tudo que se espalhava em seu rosto.

"Que terá ela?", dizia para consigo enquanto a olhava. Natacha, sentada ao lado da irmã na mesa de chá, desprendida e sem fitá-lo, ia respondendo a Bóris, que estava perto de ambas. Pedro, que acabava de jogar uma partida completa e fizera cinco vazas, ouvindo rumor de passos e troca de cumprimentos, lançou um olhar a Natacha.

"Que lhe terá acontecido?", repetiu, ainda mais admirado.

O príncipe André, com um ar atencioso e enternecido, estava diante de Natacha e dirigia-lhe a palavra. Ela erguia os olhos para ele, muito corada, procurando dissimular a emoção que a tomava. De novo lhe flamejava no rosto a labareda de um fogo interior. Parecia completamente transfigurada: feia que ainda há momentos parecia, voltara a recuperar a beleza da noite do baile.

André aproximou-se de Pedro e este julgou ver também na face do amigo uma expressão nova e um ar de juventude.

No decurso da partida, Pedro mudou várias vezes de lugar, ora de costas para Natacha, ora de frente para ela, e durante o tempo dos seis *robers* nunca deixou de observá-los.

"Há entre eles alguma coisa de muito importante", pensou, e um misto de alegria e de mágoa a tal ponto o emocionou que se esqueceu das suas próprias preocupações.

Findos os seis *robers*, o general levantou-se dizendo não ser possível jogar em condições tão adversas, e Pedro voltou a estar livre. A um canto, Natacha conversava com Sónia e Bóris; Vera dizia qualquer coisa ao príncipe André, sorrindo com finura. Pedro aproximou-se do amigo e sentou-se ao lado dos dois, tendo o cuidado de perguntar se não estaria a ser indiscreto. Vera, que percebera as atenções de André para com Natacha, julgara-se na obrigação de, numa festa em sua casa, uma autêntica recepção, fazer algumas finas alusões sentimentais, e, aproveitando uma oportunidade em que vira o príncipe só, encetara com ele uma conversa sobre o amor em geral e a irmã em particular. Julgava ela necessário, perante um convidado inteligente, que assim aos seus olhos se apresentava o príncipe André, pôr em jogo toda a sua diplomacia.

Quando Pedro se aproximava, notou que Vera parecia muito exaltada e que o príncipe André, coisa que raramente lhe acontecia, estava comovido.

– Que acha? – perguntava ela, com um sorriso sutil. – Diga-me, príncipe, já que é tão perspicaz e tão bem compreende o caráter das pessoas, que pensa da Natacha? Acha-a capaz de ser constante nos seus afetos, como qualquer outra mulher? (Queria, claro está, referir-se a si própria.) E que será capaz de gostar de um homem e ser-lhe fiel para sempre? Isto considero eu o verdadeiro amor. Que acha, príncipe?

– Conheço muito pouco a sua irmã – replicou o príncipe André com um sorriso onde a ironia procurava ocultar uma certa perturbação –, conheço-a muito pouco para poder responder a uma pergunta tão delicada. E, de resto, devo confessar-lhe, a mulher é tanto mais fiel quanto menos atraente – E, enquanto dizia isto, ia olhando para Pedro, que se aproximava.

– Sim, tem razão, príncipe – retomou Vera. – No nosso tempo... – Vera falava do seu tempo como em geral as pessoas de espírito acanhado, que supõem ter descoberto e julgado as particularidades do seu tempo e estão persuadidas de que os homens se transformam consoante as épocas. – No nosso tempo as moças gozam de tanta liberdade que o prazer de ser cortejada asfixia nelas muitas vezes o verdadeiro sentimento. E Natacha, é preciso admitir, é muito sensível. – Esta nova alusão a Natacha fez com que André franzisse outra vez o sobrolho. Quis levantar-se, mas Vera continuou, sorrindo ainda com mais finura:

– Creio que ninguém tem sido mais cortejada do que ela. Mas a verdade é que até agora ainda nenhum homem lhe agradou a sério. E o conde sabe isso muito bem – acrescentou dirigindo-se a Pedro. – Até mesmo o nosso primo Bóris, que chegou, entre nós, muito, muito longe no país da ternura...

Ao ouvir estas palavras, o príncipe André franziu as sobrancelhas e continuou calado.

– É amigo de Bóris? – perguntou-lhe Vera.

– Sim, conheço-o...

– Naturalmente, ele já lhe falou no seu amor de infância por Natacha?

– Ah! Houve um amor de infância? – perguntou o príncipe André, corando repentinamente.

– Sim. Como sabe, entre primo e prima esta intimidade muitas vezes conduz ao amor: quanto mais prima mais se lhe arrima, não é verdade?

– Oh! Evidentemente – tornou o príncipe André, e, numa forçada animação, pôs-se a gracejar com Pedro dizendo-lhe que ele precisava ter muito cuidado com as primas quinquagenárias de Moscou. E, sempre no mesmo tom de gracejo, levantou-se, travou-lhe do braço e levou-o consigo para um recanto.

– Que se passa? – perguntou Pedro, surpreendido com a estranha agitação do amigo, a quem não passara despercebido o olhar que André lançara a Natacha quando se erguera.

– Preciso... preciso falar contigo – respondeu ele. – Como sabes, as nossas luvas de mulher... – referia-se às luvas que era costume oferecer aos franco-maçons recém-iniciados para que estes ofertassem à mulher de quem viessem a gostar. – Eu... Não, depois falarei contigo... – E com uma estranha chama no olhar e um extremo nervosismo, aproximou-se de Natacha e sentou-se a seu lado. Pedro percebeu que ele lhe pedia alguma coisa e que ela lhe respondia corando subitamente.

Mas nesse mesmo momento Berg aproximou-se de Pedro para lhe pedir encarecidamente que viesse tomar partido na disputa que se travara entre o general e o coronel acerca dos acontecimentos da Espanha.

Berg sentia-se contente e feliz. Havia no seu rosto um sorriso perene. A sua recepção era perfeita e em tudo igual às demais a que ele assistira. Tudo tal qual: as delicadas conversas das senhoras, os jogos, o general jogando as cartas e engrossando a voz, o samovar, os bolos. Só faltava uma coisa, uma coisa que ele observara em todas as recepções cujo modelo imitava: uma conversa ruidosa entre homens e uma discussão sobre um assunto grave e interessante. O general encetara uma conversa desse gênero e Berg deu-se pressa em chamar Pedro para que viesse tomar parte nela.

CAPÍTULO XXII

No dia seguinte, o príncipe André foi jantar na casa do conde Ilia Andreitch e passou a tarde inteira na casa dos Rostov. Todos adivinharam a razão da sua visita e ele, sem se importar com os demais, todo o dia procurou não se afastar de Natacha. Esta, assustada no fundo, mas feliz e palpitante, pressentia, como todos em casa, que um acontecimento solene ia dar-se. A condessa lançava ao príncipe olhares sérios e tristes quando o via com Natacha e, timidamente, para disfarçar, punha-se a tagarelar disto e daquilo sempre que o olhar de André se dirigia para ela. Sônia receava afastar-se de Natacha e ao mesmo tempo tinha medo de ser importuna ficando ao pé deles. Natacha empalidecia de receio quando ficava por instantes sozinha com o príncipe André, cuja timidez a surpreendia. Sentia-o pronto a fazer-lhe uma confidência que não chegava.

Quando, à noite, o príncipe retirou-se, a condessa foi ter com Natacha e disse-lhe em voz baixa:

– Então?

– Mãe, por Deus, peço-lhe, nada me pergunte neste momento. Não posso falar nisso – replicou ela.

Isto não a impediu, contudo, de permanecer nessa mesma noite, por muito tempo, na cama da mãe, ora num sobressalto de emoção, ora em palpitante de receio, o olhar imóvel num ponto qualquer. Contava que ele lhe dissera muitas coisas amáveis e que falara numa viagem ao estrangeiro e que lhe perguntara onde pensavam passar o verão, e que também falara de Bóris.

– Mas nunca, nunca me aconteceu uma coisa assim! – murmurou. – Diante dele tenho medo, tenho sempre medo. Que quer dizer isto? Quer dizer que desta vez é verdade, não é? Está a dormir, mãe?

– Não, minha querida, também estou cheia de medo. Bom, vai para a tua cama.

– Já sei que não poderei dormir. Que absurdo dormir! Mãezinha, mãezinha, nunca senti nada parecido com isto! – exclamou, assustada e surpreendida com o sentimento que descobria na alma. – Quem havia de dizer!...

Natacha julgava-se enamorada de André desde a primeira vez que o vira, em Otradnoie. E estava assustada, como perante uma felicidade estranha e inesperada, com o fato de aquele homem em que ela reparara então – estava firmemente persuadida disso – ter surgido de novo no seu caminho e ela não lhe parecer indiferente.

– E havia de vir precisamente nesta ocasião a Petersburgo, agora que nós aqui estamos. E havíamos de nos encontrar naquele baile. O destino é que é o culpado. Sim, o destino: tudo isto tinha de acontecer. Já então, quando o vi, senti qualquer coisa de extraordinário.

– Que mais te disse ele? Que versos são esses? Lê-os, filha... – perguntou a mãe, que estivera cismando e a interrogava agora sobre uns versos que André escrevera no álbum de Natacha.

– Mãe, acha que parece mal casar com um viúvo?

– Cala-te, Natacha. Reza a Deus. Os casamentos se decidem nos céus.

– Querida mãezinha adorada, gosto tanto de você, e que feliz eu sou! – exclamou Natacha, lançando-se nos braços da mãe, os olhos cheios de lágrimas repassadas de felicidade e emoção.

A essa mesma hora, André, na casa de Pedro, falava do seu amor por Natacha e da firme resolução de casar com ela.

Nesse mesmo dia, a condessa Helena Vassilievna dava uma recepção em sua casa. Estavam presentes o embaixador da França, o príncipe imperial, havia pouco visita íntima da condessa, muitas senhoras e personalidades de distinção. Pedro desceu ao rés do chão, deu uma volta pelos salões e todos repararam no seu aspecto alheio e taciturno.

Desde a noite do baile que Pedro, pressentindo a aproximação de um ataque de hipocondria, fazia o possível por reagir. Desde que o príncipe era íntimo de sua mulher vira-se inopinadamente nomeado camarista, e a partir desse momento passara a sentir na alta sociedade uma impressão desagradável, misto de vergonha e de embaraço, e de novo principiavam a assaltá-lo os seus tristes pensamentos sobre a vaidade de todas as coisas humanas. E a disposição melancólica ainda mais realçava a comparação que a cada passo estabelecia entre a sua situação e a de André, depois que assistia à marcha dos sentimentos que de dia para dia aproximavam o seu amigo e a sua protegida. Procurava não pensar igualmente nem na mulher, nem em Natacha, nem em André. De novo tudo lhe pareceu sem importância ao pé do sentimento de eternidade, e de novo se formulou em seu espírito este pensamento: "Para quê?". E dia e noite, ocupado com os trabalhos da maçonaria, tentava afastar do seu espírito os maus pensamentos. Era meia-noite, saíra há pouco dos aposentos da condessa, e estava instalado nas suas dependências do andar inferior, numa sala de teto baixo, cheia de fumaça, com um roupão enxovalhado nas costas, sentado à mesa, copiando as atas autênticas das lojas escocesas, quando alguém entrou no aposento. Era o príncipe André.

– Ah! É o príncipe? – exclamou Pedro, distraído e enfadado.
– Eu, como vê, estou a trabalhar – acrescentou, mostrando o caderno em que escrevia num gesto de pessoa infeliz que trabalhando procura esquecer os aborrecimentos da vida.

André deteve-se diante dele, o rosto radiante e como que transfigurado pela alegria, e sorriu-lhe, num egoísmo de felicidade, sem reparar no aspecto infeliz do amigo.

– É verdade, Pedro, quis falar-te ontem, e aqui estou hoje pronto a fazê-lo. Nunca senti nada que se pareça com isto. Estou enamorado, meu amigo.

Pedro, de súbito, soltou um grande suspiro e deixou-se cair sobre o divã, ao lado de André, com todo o peso do corpo.

– De Natacha Rostov, não é verdade?

– Sim, sim, de quem havia de ser? Nunca pensei, mas este amor é mais forte do que eu. Ontem atormentei-me e sofri, e, no entanto, por nada desta vida desejaria não ter sofrido assim. Não vivia. Agora, sim, agora vivo, e não posso viver sem ela. E ela, gostará ela de mim?... Para Natacha já sou um velho... Então, nada me dizes?

– Eu, eu? Que hei de dizer? – exclamou Pedro, de repente, erguendo-se e principiando a andar de um lado para o outro.
– Sempre pensei que... Esta menina é um verdadeiro tesouro, um tesouro tal... sim, uma pérola! Meu querido amigo, não pense mais. Deixe-se de hesitações, case-se, case-se, case-se... Estou convencido que não haverá homem mais feliz no mundo.

– E ela?
– Gosta de você.

– Não digas tolices... – replicou André sorrindo e olhando para Pedro bem nos olhos.

– Gosta, tenho certeza – insistiu Pedro enfadado.

– Então ouve – tornou o príncipe, travando-lhe do braço. – Sabes em que situação moral me encontro? Preciso abrir o coração seja a quem for.

– Bom, bom, diga. Sentir-me-ei muito feliz – replicou Pedro, e com efeito a sua expressão modificou-se subitamente; as rugas da testa desapareceram-lhe, e, sorrindo, pôs-se a ouvir o príncipe André, que parecia outro homem. Onde o seu tédio, o seu desprezo pela vida, o seu desencanto? Pedro era a única pessoa diante de quem ele se atrevia a desabafar. E disse-lhe tudo quanto lhe ia na alma. Descreveu-lhe os seus planos fáceis e audaciosos para o futuro, declarou-lhe que não podia sacrificar a sua felicidade a um capricho do pai, que estava disposto a obrigá-lo a dar o seu consentimento para a boda e a fazê-lo gostar da sua noiva, ou que então passaria sem isso. E por outro lado mostrou-lhe o assombro que sentia perante aquele sentimento desconhecido que o dominava por completo, como se fosse uma coisa estranha e independente dele.

– Se alguém me tivesse dito que eu viria a gostar assim de uma mulher, não teria acreditado – acrescentou. – O que sinto agora é completamente diferente do que outrora experimentei. Atualmente o universo divide-se para mim em duas partes: uma, em que ela está presente, e onde tudo é felicidade, esperança, luz; a outra, em que ela não figura, e onde tudo são trevas e dores...

– Trevas e obscuridade – repetiu Pedro –, sim, compreendo, compreendo.

– Não posso deixar de amar a luz, não tenho culpa de que assim seja. E sinto-me muito feliz. Compreendes? Sei que compartilhas da minha alegria.

– Sim, sim – confessou Pedro, observando o amigo com um olhar enternecido e tristonho. Quanto mais o destino do príncipe se iluminava, mais lúgubre lhe parecia o seu.

CAPÍTULO XXIII

Para casar, André precisava do consentimento paterno, e por isso no dia seguinte partiu para a aldeia.

O velho encarou a comunicação do filho com uma serenidade aparente e uma cólera secreta. Não podia compreender que alguém quisesse modificar a sua vida e nela introduzir qualquer coisa de novo quando a sua própria chegava ao fim. "Que, ao menos, me deixem acabar os meus dias a meu gosto, depois poderão fazer o que quiserem", dizia para consigo o ancião. Para com o filho, contudo, procedeu com a diplomacia das grandes ocasiões. Foi com um ar sereno que discutiu com ele.

Em primeiro lugar, aquele casamento, do ponto de vista do parentesco, da fortuna e da fidalguia, não era uma aliança brilhante. Em segundo lugar, André não estava na primeira juventude e tinha pouca saúde, e o velho insistia principalmente neste ponto, porquanto ela era muito jovem. Em terceiro lugar, havia uma criança, que não podia ser confiada aos cuidados de uma garota. E por fim, acrescentou, fitando o filho com um ar trocista:

– Eis o que te peço, espera um ano, vai viajar pelo estrangeiro, cuida de ti, trata de arranjar um alemão para dirigir a educação do príncipe Nicolau, como é teu desejo, e depois, se o teu amor, a tua paixão, a tua obstinação, tudo o que tu quiseres continuarem os mesmos, então casa-te. E aqui tens a minha última palavra, fica sabendo, a minha última palavra... – E concluiu num tom que significava nada haver no mundo que o fizesse mudar de opinião.

O príncipe André percebeu que o pai esperava que os sentimentos dele, seu filho, ou os de sua noiva não resistiriam à prova de um ano, ou então que, tendo em vista a sua avançada idade, ele próprio viria a morrer entretanto. E decidiu acatar a sua vontade, adiando o casamento para daí a um ano. Três semanas depois da última noite na casa dos Rostov, André estava de regresso a Petersburgo.

No dia que se seguiu à conversa que tivera com a mãe, Natacha, da manhã à noite, esperou a visita de Bolkonski, mas este não apareceu. No segundo e no terceiro dia a mesma coisa. Pedro também não apareceu, e Natacha, que ignorava que André partira para a aldeia, não podia compreender aquela ausência.

E assim decorreram três semanas. Natacha recusava-se a aparecer em parte alguma e andava de um lado para o outro, de sala para sala, como uma sombra, ociosa e desolada. À noite, escondida de toda a gente, chorava, e já não procurava a mãe na sua cama. A cada momento corava e irritava-se. Imaginava que todos sabiam das suas decepções, todos troçavam dela ou a deploravam. E estas mordeduras no seu amor-próprio, acrescidas do seu grande desgosto, ainda a tornavam mais infeliz.

Certo dia foi ter com a mãe, quis dizer-lhe alguma coisa e rompeu a chorar. As suas lágrimas eram como as de uma criança castigada que não sabe por que a puniram.

A condessa procurou consolá-la. Natacha principiou por ouvir o que a mãe dizia, depois, subitamente, interrompeu-a:

– Não diga mais, mãe, não penso e não quero voltar a pensar mais nisso! A verdade é que apareceu e depois ninguém o tornou a ver, nunca mais...

Tremia-lhe a voz, ia chorar de novo, mas conteve-se e prosseguiu tranquilamente:

– Não quero me casar. Além disso, tinha medo dele. Agora estou completamente sossegada, completamente.

No dia seguinte, Natacha enfiou um vestido velho de que muito gostava, porque se lembrava das manhãs alegres em que o vestira, e voltou à vida antiga, que havia abandonado em seguida à noite do baile. Depois do chá, dirigiu-se ao salão mais espaçoso, seu preferido por causa da boa acústica, e recomeçou o solfejo. Assim que terminou a primeira lição, postou-se no meio da sala e entoou uma frase musical de que muito gostava. Entretinha-se a ouvir o efeito maravilhoso e inesperado para ela daquelas notas soltas derramando-se pelo vazio da sala e lentamente morrendo. E de repente sentiu-se alegre. "Para que hei de eu pensar em tudo isto? Assim também estou bem", dizia para consigo. E começou a andar de um lado para o outro do grande salão, caminhando pelo sonoro pavimento, não em passo natural, mas apoiando primeiro o tacão e depois a biqueira dos sapatos novos, seus preferidos. E ao ouvir o martelar cadenciado do tacão e da biqueira dos sapatos, rangendo, experimentava um prazer tão grande como o que sentira ao escutar o eco da sua própria voz. Passando diante de um espelho, relanceou-lhe um olhar. "Aquela sou eu!", parecia dizer a expressão que se pintara em seu rosto. "Ótimo! Não preciso de ninguém."

Um criado quis entrar na sala para proceder à limpeza, mas ela mandou-o embora, fechou a porta e prosseguiu no seu passeio. Naquela manhã regressara ao profundo amor de si própria e à admiração pela sua própria pessoa. "Que encanto esta Natacha!", exclamava, dando a palavra a uma terceira pessoa, ser coletivo e do sexo forte. "É bonita, nova, tem uma linda voz, não incomoda ninguém. Deixem-na então em paz." Mas ainda mesmo que a deixassem em paz, não mais saberia recuperar a tranquilidade antiga, isso mesmo teve ocasião de verificar não tardou muito.

A porta do vestíbulo que abria para a rua abriu-se e alguém perguntou: "Estão em casa?". E uns passos se ouviram. Natacha lançou um olhar ao espelho, mas já lá não estava. Ouvia ruído no vestíbulo. Porém, quando conseguiu tornar a ver-se no espelho empalideceu. Era *ele*. Tinha certeza, embora a custo ouvisse a voz para além da porta fechada.

Muito pálida e assustada, correu para o salão.

– Mãe, aqui está Bolkonski! – exclamou. – Não posso, mãe, é insuportável. Não quero sofrer. Que hei de fazer?...

A condessa ainda não tivera tempo de responder e já o príncipe entrava na sala, com um aspecto preocupado e sério. Assim que seus olhos encontraram Natacha, o seu rosto se iluminou. Beijou a mão da condessa e da filha e sentou-se.

– Há muito tempo não tínhamos o prazer... – principiou a condessa, mas o príncipe André cortou-lhe a palavra, para lhe responder imediatamente, tanta pressa tinha de dizer o que queria:

– Não tornei a aparecer porque estive em casa de meu pai: precisava conversar com ele sobre um assunto muito grave. Cheguei esta noite – disse, fitando Natacha. – Preciso lhe falar, condessa – acrescentou, depois de um momento de silêncio.

A condessa baixou os olhos, suspirando.

– Estou às suas ordens – disse ela.

Natacha percebia que devia retirar-se, mas não era capaz de se decidir a fazê-lo. Tinha um nó na garganta e olhava para André de uma forma quase descortês, bem de frente, com os olhos muito abertos. "Vai ser agora? Já?... Não, não pode ser", dizia para si mesma.

André voltou a fitá-la, e então Natacha convenceu-se de que não se enganava. Sim, agora, já, ia decidir-se o seu destino.

– Vai, Natacha, eu te chamarei – segredou-lhe a condessa.

Natacha lançou a André e à mãe um derradeiro olhar, súplice e consternado, e saiu.

– Condessa, vim pedir-lhe a mão de sua filha – principiou André.

Um grande rubor subiu à face da condessa, mas ela não respondeu logo.

– O seu pedido... – disse, pausadamente, enquanto ele se calava e a fitava nos olhos. – O seu pedido... – estava perturbada – é-nos agradável, e por mim aceito-o, estou muito contente. E meu marido... espero... mas tudo depende dela.

— Falarei a Natacha quando tiver o seu consentimento... Concede-o? – inquiriu o príncipe André.

— Com certeza – replicou ela, e estendeu-lhe a mão. E depois, num misto de embaraço e de ternura, pousou-lhe os lábios na testa no momento em que ele se inclinava para lhe beijar a mão. Desejaria querer-lhe como a um filho, mas sentia-o por demais distante. Intimidava-a. – Estou convencida de que meu marido não se oporá – acrescentou ela. – Mas seu pai...

— Meu pai, a quem comuniquei os meus projetos, pôs-me como condição do seu consentimento que o casamento não se realize antes de um ano. E era isto precisamente o que eu queria lhe dizer.

— É verdade que Natacha ainda é muito nova, mas tanto tempo...

— Não pode ser de outra maneira – volveu André, suspirando.

— Vou chamar Natacha – disse a condessa, saindo da sala.

— Senhor, tende piedade de nós! – ia implorando ao afastar-se.

Sônia disse-lhe que Natacha estava no quarto. Sentada na cama, pálida, os olhos secos cravados nos ícones, os lábios balbuciantes, persignando-se rapidamente, murmurava alguma coisa. Ao ver entrar a mãe, saltou da cama, correu para ela e caiu-lhe nos braços.

— Que é, mãe? Que é?

— Vai, vai, está à tua espera. Pediu-me a tua mão – disse a condessa friamente, pelo menos assim pareceu a Natacha. – Vai... vai – prosseguiu ela com tristeza e reprovação, ao vê-la sair numa carreira, e soltou um profundo suspiro.

Mais tarde Natacha quis lembrar-se de como entrara no salão e não conseguia. Ao chegar ao limiar da porta, ao vê-lo, estacou. "Será possível que este estranho se haja tornado agora tudo para mim?", perguntou a si própria, e imediatamente ouviu a resposta: "Sim, tudo, ele, e só ele, é agora para mim a pessoa mais querida deste mundo". O príncipe André aproximou-se dela de olhos baixos.

— Enamorei-me de você desde o primeiro instante em que a vi. Posso ter esperanças?...

Ergueu os olhos para ela, e a expressão grave e apaixonada de Natacha impressionou-o. Aquele rosto parecia dizer-lhe: "Perguntar para quê? Para que duvidar do que é evidente? Para que falar quando as palavras não podem exprimir o que uma pessoa sente?".

Aproximou-se, e de novo parou. André pegou-lhe na mão e beijou-a.

– Gosta de mim?

– Gosto, gosto! – exclamou Natacha, como se lhe estivessem a arrancar uma confissão. E por várias vezes respirou fundo, como se sufocasse, e rompeu em soluços.

– Que foi? Que tem?

– Oh, sou tão feliz! – balbuciou ela, suspirando, os olhos cheios de lágrimas. Inclinou-se para ele e, hesitando um momento, como a perguntar-se a si própria se o poderia fazer, beijou-o.

O príncipe André apertava-lhe as mãos nas dele, olhava-a nos olhos, e já não conseguia encontrar no fundo do seu coração o mesmo amor que sentira por ela. Produzira-se nele subitamente como que uma revolução. A misteriosa e poética atração do desejo desaparecera, e em seu lugar surgia agora uma espécie de compaixão por aquela fragilidade de criança e de mulher, agora havia nele uma espécie de susto diante daquele abandono e daquela entrega. Era a consciência, misto de alegria e de tristeza, do dever que para sempre o ligava a ela. Conquanto não tão poéticos e luminosos como outrora, os sentimentos que ela agora lhe inspirava eram mais sérios e mais fortes.

– Sua mãe disse-lhe que só nos poderemos casar daqui a um ano? – articulou André, sem deixar de olhá-la nos olhos.

"Será possível que eu, a garota que sou para toda a gente", dizia Natacha de si para consigo, "será possível que eu seja agora a mulher deste homem amável, uma igual deste homem inteligente, um estranho ainda para mim, e a quem o meu próprio pai respeita? Será isto verdade? Será verdade que a vida tenha deixado de ser para mim uma brincadeira, que eu seja agora um adulto, que tenha de prestar contas de todos os meus atos e de todas as minhas palavras? Mas que estava ele a me dizer?"

– Não – replicou ela, sem perceber o que André lhe perguntava.

– Perdoe-me – disse ele –, a Natacha é tão nova e eu já passei por tantas coisas na vida. Tenho medo por você. Ainda não conhece a si mesma.

Natacha escutava-o com toda a atenção, fazendo esforços para compreender o sentido das palavras que ele lhe dizia, mas sem o conseguir.

– Por mais penoso que seja para mim este ano que me separa da felicidade – prosseguiu André –, dar-lhe-á tempo de avaliar os seus sentimentos. Peço-lhe que me faça feliz dentro de um ano. Até lá considere-se sem compromissos. O nosso noivado se manterá secreto, e se entretanto se convencer de que não me ama ou, pelo contrário, se continuar a gostar de mim... – acrescentou com um sorriso forçado.

– Por que é que me fala assim? – interrompeu Natacha.
– Bem sabe que principiei a gostar de você desde que o vi pela primeira vez, em Otradnoie – acentuou com o firme acento da verdade.

– Tem um ano para bem se conhecer...

– Um ano inteiro! – disse, de súbito, Natacha, compreendendo finalmente que o casamento só se realizaria daí a doze meses. – Mas um ano, por quê? Por que um ano?... – O príncipe André pôs-se a explicar-lhe os motivos. Natacha, porém, já não o ouvia.

– Mas não pode ser de outra maneira? – perguntou. André não respondeu, e Natacha percebeu pela sua fisionomia que a decisão era irrevogável.

– É horrível. Oh! é horrível, horrível! – exclamou de súbito Natacha, rompendo a chorar. – Se tiver de esperar um ano, morro. Não pode ser, é horrível! – Ergueu os olhos para o noivo e viu que a perplexidade e a dor o afligiam. – Bom, bom! Farei tudo que for preciso – disse ela, enxugando rapidamente as lágrimas. – Estou tão feliz!

Então os pais de Natacha entraram na sala e deram a sua bênção aos noivos.

A partir desse dia, o príncipe André passou a frequentar a casa dos Rostov na qualidade de noivo de Natacha.

CAPÍTULO XXIV

Não se festejou o noivado e a ninguém foi participado que Bolkonski e Natacha eram noivos. O príncipe André assim o quis. Dizia que, desde que era ele o causador daquele contratempo, sobre ele deviam pesar todos os seus inconvenientes. E acrescentou que a palavra dada era para ele um compromisso eterno, mas que Natacha continuaria senhora da sua inteira liberdade. Se dentro de seis meses verificasse que não o amava, teria pleno direito de se desligar do compromisso. Escusado dizer que nem Natacha nem os pais queriam ouvir falar nisto, mas André era inabalável nesse ponto. Ia todos os dias à casa dos Rostov, mas não tratava Natacha como noiva: não a tratava por "tu" e limitava-se a beijar-lhe a mão. Entre os dois, após o pedido de casamento, as relações passaram a ser muito diferentes do que até então – mais íntimas, mais simples. Até aí haviam sido como estranhos um ao outro. Achavam graça lembrar a maneira como mutuamente se encaravam naquele tempo em que ainda não eram *nada* um para o outro. E agora era como se se sentissem outras pessoas: antigamente dissimulavam, agora eram simples e sinceros. De princípio, a família experimentava certo embaraço na presença de André. Consideravam-no como que pertencendo a outro mundo, e Natacha levou muito tempo antes de conseguir familiarizar a sua gente com o noivo: dizia-lhes, orgulhosa, que só na aparência ele era assim uma pessoa especial, mas que no fundo era igual aos demais, que não a intimidava e que ninguém devia intimidar-se dele. Depois de algum tempo, habituaram-se, e naturalmente voltaram aos seus hábitos de vida antigos, hábitos com que o próprio príncipe, de resto, se identificava. Sabia falar de assuntos agrícolas com o conde, de vestidos com a condessa e Natacha, e de bordados e álbuns com Sônia. Por vezes, a família Rostov, na intimidade ou na presença de André, referia-se à surpresa que lhe causava o que acontecera, vendo sinais de destino em tudo: na chegada do príncipe a Otradnoie, na vinda deles para Petersburgo, as semelhanças de Natacha e do noivo assinaladas pela velha criada quando da primeira visita deste, a discussão em 1805 entre André e Nicolau e ainda muitas outras coisas.

Na casa respirava-se esse tédio poético e silencioso que costuma envolver os noivos. Às vezes, sentados à mesma mesa, todos se calavam. E acontecia de as outras pessoas levantarem-se e irem-se embora, e os noivos, que ficavam sós, continuarem calados. Raramente falavam do futuro. O príncipe André receava esse tema e tinha escrúpulos em abordá-lo. Natacha partilhava do mesmo sentimento, como, aliás, de todos os seus pensamentos secretos, que sempre adivinhava. Só uma vez se lembrou de lhe falar do filho. André sorriu, o que muitas vezes acontecia agora, e o que muito agradava a Natacha, e replicou que o filho não viveria com eles.

– E por quê? – interrogou Natacha, assustada.

– Não posso tirá-lo do avô, e além disso...

– Ia gostar tanto dele! – exclamou Natacha, que logo lhe adivinhou o pensamento. – Já sei, não quer que tenham alguma coisa a dizer de nós.

O velho conde costumava abeirar-se às vezes do príncipe André, beijava-o, pedia-lhe conselhos sobre a educação de Pétia ou a respeito da vida militar de Nicolau. Quanto à velha condessa, essa suspirava olhando para os noivos. Sônia, receosa a todo o momento de ser indiscreta, estava sempre a arranjar pretextos para deixá-los sós, mesmo quando não era necessário. Quando André falava – tinha um verdadeiro talento de narrador –, Natacha ouvia-o cheia de orgulho, e quando era ela quem falava podia ver, num misto de alegria e de receio, como ele a olhava, atento e escrutador. E perguntava-se, inquieta: "Que procura ele em mim? Que quer ele dizer com este olhar? Que acontecerá se não encontrar em mim o que procura?". Às vezes apoderava-se de Natacha aquela louca alegria tão própria do seu temperamento, e era com grande satisfação que via e ouvia rir o príncipe André. Este raramente ria, mas quando o fazia, era sem reservas, e então mais ela se sentia, graças a esse riso, identificada com ele. Se não fosse a ideia da separação que se aproximava, enchendo-a de pavor e a ele, quando nisso pensava, fazendo-o empalidecer, Natacha ter-se-ia sentido plenamente feliz.

Na véspera da sua partida para Petersburgo o príncipe André apareceu na companhia de Pedro, que não voltara à casa dos Rostov desde a noite do baile. Pedro parecia confuso e perturbado. Pôs-se a conversar com a condessa. Natacha e Sônia foram jogar xadrez e convidaram André, que se aproximou delas.

– Há muito que conhecem Bezukov? – perguntou. – Gostam dele?

– Gostamos. É muito bom rapaz. Mas um pouco ridículo.

E como sempre que falava de Pedro, Natacha contou histórias a propósito das suas distrações, algumas das quais eram inventadas.

– Sabe que lhe falei no nosso segredo? – disse André. – Conheço-o desde criança. É um coração de ouro. Peço-lhe uma coisa, Natacha – acrescentou, de súbito, muito sério. – Vou partir e só Deus sabe o que pode vir a acontecer. Pode deixar de gostar de mim... Sim, bem sei que não devo falar assim. Mas, enfim, aconteça o que acontecer, durante a minha ausência...

– Que poderá acontecer?

– Se acontecesse alguma desgraça – prosseguiu ele, dirigindo-se a Sônia –, peço-lhe, Mademoiselle, suceda o que suceder, só a ele peça conselho e amparo. É uma pessoa distraída, um pouco ridícula, mas um coração de ouro.

Nem o pai, nem a mãe, nem Sônia, nem o próprio André puderam prever o efeito que a partida deste produziria em Natacha. Agitada, muito vermelha, os olhos sem uma lágrima, ia e vinha pela casa, ocupada nas coisas mais insignificantes, como se não compreendesse o que a esperava. Não chorou sequer no momento em que ele, ao despedir-se, lhe beijou pela última vez a mão. "Não vá embora!", disse ela apenas, numa tal voz que ele se perguntou a si próprio se não deveria ficar realmente, e por muito tempo havia de lembrar-se daquele instante. Depois de ele partir, também não chorou, mas durante alguns dias deixou-se ficar sentada nos seus aposentos, sem se interessar por coisa alguma, repetindo de quando em quando:

"Ai! por que ele se foi embora?".

No entanto, quinze dias depois, inesperadamente, ante a surpresa de todos, despertou daquele torpor, voltou a ser como era antes, embora com outra expressão mental, como costuma acontecer às crianças quando se levantam depois de uma prolongada doença.

CAPÍTULO XXV

A saúde e o caráter do velho príncipe Nicolau Andreievitch Bolkonski no ano que se seguiu à partida do filho pioraram muito. Tornou-se ainda mais irritável e todos os seus arrebatamentos de cólera imotivada caíam geralmente sobre a princesa Maria. Parecia escolher de propósito todos os recantos sensíveis do coração desta para fazê-la sofrer moralmente com a maior crueldade que podia. Maria tinha duas paixões, e portanto duas alegrias: o sobrinho Nikoluchka e a religião, e esses os dois objetivos favoritos dos ataques e das ironias do príncipe. Qualquer que fosse o assunto de que se falasse, logo ele conduzia a conversa para as superstições das solteironas e a indulgência e os mimos excessivos destas para com as crianças. "O que querias era fazer dele uma menina como tu. Fazes mal. O príncipe André precisa de um filho, não de uma filha", dizia-lhe ele. Ou então, dirigindo-se a Mademoiselle Bourienne, perguntava-lhe, na presença de Maria, que pensava ela dos popes e dos ícones russos, e lá vinham de novo os seus sarcasmos.

Feria a cada passo e a qualquer pretexto a princesa Maria, mas a filha, para lhe perdoar, nem por isso tinha de fazer um grande esforço. Como poderia ele ser culpado a seus olhos? E como é que ele, que no fundo tanto lhe queria, podia ser injusto para com ela? E, de resto, em que consistia realmente e equidade? A princesa não tinha a menor noção dessa palavra grandiloquente. Para ela todas as complicadas leis da humanidade se resumiam numa só, simples e clara, a lei do amor e do sacrifício, a lei ensinada aos homens por aquele que, sendo Deus, muito padeceu por amor da humanidade. Que lhe importava a ela a justiça ou a injustiça de outrem? A sua condição era sofrer e amar, e isso mesmo estava ela fazendo.

No inverno o príncipe André apareceu em Lissia Gori. Mostrara-se alegre, compassivo e terno como a irmã ainda não o vira. E previu que alguma coisa acontecera, mas André nada lhe disse a respeito dos seus amores. Antes de tornar a partir, teve uma longa conversa com o pai, e a princesa Maria pôde observar que a entrevista os deixara a ambos descontentes.

Pouco depois da partida do irmão, a princesa escreveu de Lissia Gori para Petersburgo à sua amiga Júlia Karaguine, a noiva que ela sonhava – sonho sempre na mente das moças solteiras – para o príncipe André. Júlia estava de luto pelo irmão, que morrera na guerra da Turquia:

Está escrito que a nossa sina seja o sofrimento, minha querida e boa amiga Júlia.

Tão cruel é a perda que acabas de sofrer que eu não a posso explicar senão como uma mercê particular de Deus, que assim quer, por muito vos amar, pôr-te à prova a ti e à tua boa mãe. Ah! minha amiga, só a religião, só ela, pode, não digo consolar-nos, mas salvar-nos de cairmos no desespero. Só a religião nos pode explicar tudo quanto, sem a sua ajuda, o homem é incapaz de compreender, ou seja, porque Deus chama a si as criaturas de bom coração, de nobres sentimentos, que sabem dar felicidade aos outros na vida, não fazem mal a ninguém e são mesmo necessárias para a felicidade alheia, enquanto deixa viver criaturas más, inúteis, prejudiciais, e um fardo para elas próprias e para os outros. A primeira morte a que assisti e que não mais poderei esquecer – a da minha cunhada – obrigou-me a pensar muito. Assim como tu perguntas ao destino por que foi o teu bom irmão chamado para o seio de Deus, também eu lhe perguntei por que Lisa, aquele anjo, tinha de morrer, ela, que não só nunca fizera mal a alguém, mas em cuja alma só houvera bons sentimentos. E que queres que te diga, minha amiga? Cinco anos são passados e só agora na minha fraca inteligência começo a compreender por que é que ela devia morrer e como esta morte não era senão um sinal da misericórdia infinita do Criador, cujas ações, ainda mesmo quando nós não as compreendemos, são sempre a prova do amor sem limites que ele dedica à criatura humana. Muitas vezes penso que ela era, naturalmente, de uma inocência angélica demais para dispor de energias que a deixassem cumprir os seus deveres de mãe. Se como mulher era irrepreensível, talvez não o tivesse sido como mãe. Agora não só nos deixou a todos, e muito especialmente a André, as saudades mais preciosas, como o certo é que a esta hora já deve ter alcançado lá em cima um lugar que eu não ouso esperar para mim própria. Sem falar da recompensa que terá obtido, esta morte prematura e terrível teve sobre meu irmão e sobre mim o efeito mais benéfico, apesar da nossa dor. Quando passamos por esse desgosto, se tais pensamentos me tivessem ocorrido, tê-los-ia afastado de mim com horror; agora, porém, tudo isto se tornou tão claro e incontestável! Se te digo estas coisas, minha amiga, é apenas para te convencer da verdade evangélica, que se tornou a regra da minha vida! "Nem um só cabelo nos cai da cabeça sem a Sua vontade." E a vontade do Senhor só o Seu ilimitado amor por nós a conduz e é por isso que tudo quanto nos sucede só para nosso bem acontece. Perguntas-me se passaremos o inverno em Moscou? Apesar do meu desejo de tornar a ver-te, não o creio nem o desejo. Estranharás, talvez, que a culpa seja de Bonaparte. Já verás como. A saúde de meu pai está a decair muito; não suporta a menor contradição e está muito irritável. Esta irascibilidade, como sabes, é provocada especialmente pela política. Não pode tolerar a ideia de Bonaparte tratar de igual para igual todos os soberanos da Europa e em particular o nosso, o neto da grande Catarina! Como deves calcular, a política não me interessa, mas, através do que diz meu pai e das suas conversas com Mikail Ivanovitch, estou a par de tudo quanto sucede no mundo, e sobretudo de todas as honras que prestam a Bonaparte, e, ao que parece, no mundo inteiro; só em Lissia Gori lhe recusam o título de grande homem e de imperador dos franceses. Realmente, meu pai não pode tolerar que assim seja. Calculo que, principalmente em virtude das suas ideias políticas e na previsão de todos os aborrecimentos que poderia vir a lhe causar a sua maneira de proceder e os hábitos em que está de exprimir as suas opiniões sem querer saber do que os outros pensam, não vê com bons olhos a ida para Moscou. Tudo quanto ganha no tratamento que está a seguir se perderia mercê das inevitáveis discussões sobre Bonaparte. De qualquer maneira, muito em breve saberei o que se resolve. A nossa vida familiar segue o seu curso habitual, a não ser no que diz respeito a meu irmão André, que continua ausente. Como já te disse, mudou muito nestes últimos tempos. É este o primeiro ano depois da infelicidade de que foi vítima em que parece em verdade ter renascido moralmente para a vida. Voltou a ser o que era quando criança: bom, terno, um coração de ouro, como outro melhor não conheço. Compreendeu por fim, ao que parece, que a vida ainda não acabou para ele. Mas, se mudou do ponto de vista moral, fisicamente decaiu muito. Está mais magro e mais nervoso. Estou inquieta por ele e sinto-me muito contente que ele tenha resolvido fazer esta viagem ao estrangeiro, há muito prescrita pelos médicos. Tenho esperanças nos seus resultados salutares. Disseste-me que em Petersburgo se fala dele como um dos jovens mais ativos, mais cultos e mais inteligentes. Perdoa-me este orgulho de irmã, mas sempre assim pensei. Não podes calcular o bem que ele tem feito aqui tanto aos seus mujiques como à nobreza da região. Em Petersburgo só encontrou o que merecia. Estou muito surpreendida com os boatos que correm e que chegaram até aí, a Moscou, especialmente com rumores como esse de que me falas sobre um suposto casamento de meu irmão com a pequena Rostov. Não acredito que ele volte a casar seja com quem for e com muito mais forte razão com essa pequena. E aqui tens por quê: primeiro, embora ele fale raramente da sua falecida mulher, o desgosto que sofreu foi tão profundo que não creio que pense em substituí-la e em dar uma madrasta ao nosso anjinho: em segundo lugar, pelo menos quanto me é dado sabê-lo, essa moça não pertence à categoria das mulheres que lhe podem agradar. Não creio que o príncipe André case com ela e francamente te digo que não o desejo. Mas já vai longa esta carta e estou a terminar a minha segunda folha de papel. Adeus, minha querida amiga, que Deus te tenha na sua santa guarda. A minha querida companheira, Mademoiselle Bourienne, envia-te um beijo. – MARIA.

CAPÍTULO XXVI

Em meados do estio, Maria recebeu da Suíça uma carta inesperada do irmão em que este lhe dava parte de um caso imprevisto e surpreendente. Participava-lhe estar noivo de Mademoiselle Rostov. Esta carta vinha banhada do mais exaltado amor pela noiva e da maior ternura e de uma completa confiança pela irmã. Dizia-lhe nunca ter amado como agora e que só também agora compreendia a vida; pedia-lhe que perdoasse nada ter dito, quando da sua visita a Lissia Gori, a respeito das suas intenções, embora houvesse falado disso ao pai. Não lhe falara no caso porque Maria teria intercedido junto do velho príncipe para ele dar o seu consentimento e com isso só teria concorrido para o exasperar, sem nada obter, ficando depois a suportar o peso inteiro do descontentamento paterno.

Aliás [escrevia ele] as coisas ainda não estavam definitivamente resolvidas nessa altura, mas agora sim. O pai, então, impôs-me que esperasse um ano: já lá vão seis meses, metade do prazo, e a verdade é que nunca estive mais decidido na minha resolução. Se os médicos não me obrigassem a conservar-me aqui, nas águas, já eu estaria na Rússia, mas ainda tenho de esperar três meses. Tu conheces-me bem e sabes quais as minhas relações com o pai. Não preciso lhe pedir seja o que for e sempre serei independente, mas agir contra sua vontade, despertar-lhe a cólera, talvez quando já tão pouco tempo tem para viver conosco, seria tornar incompleta a minha felicidade. Escrevo-lhe sobre o mesmo assunto e peço-te que escolhas o momento que te parecer mais favorável para lhe entregares a carta que te remeto, informando-me, depois, da maneira como ele encarou a situação e se achas que há alguma esperança em consentir que antecipe de quatro meses o prazo fixado.

Depois de largas vacilações, de muitos escrúpulos e fervorosas preces, Maria entregou a carta ao pai. No dia seguinte, o velho príncipe disse-lhe com a maior tranquilidade:

– Escreve a teu irmão e diz-lhe que espere que eu morra... Não tardará muito... Dentro de pouco tempo estará livre de mim.

Maria quis objetar qualquer coisa, mas o pai não consentiu, e foi levantando a voz.

– Casa-te, casa-te, querido amigo... Soberba parentela!... Pessoas de mérito, não haja dúvida! E ricas, não é verdade? Ah! Claro, que linda madrasta para o Nikoluchka! Diz-lhe que se case amanhã mesmo. Eh! Eh! Eh! Nikoluchka terá uma madrasta, e eu, eu por mim caso com a Burienka!... Eh! Eh! Eh! Assim também eu darei a ele uma madrasta! O pior é que não quero mais mulheres cá em casa. Que se case, mas que vá viver em outra parte. Talvez tu queiras ir viver na casa dele. Pois muito boa viagem! E que passes por lá muito bem! Muito bem!...

Depois deste desabafo, o príncipe não voltou a falar no assunto. Mas o desagrado que lhe causava a fraqueza de André transparecia a cada passo nas relações entre o velho príncipe e a filha. Um novo motivo de ironia veio juntar-se aos anteriores – o da madrasta e o do seu namoro em perspectiva com Mademoiselle Bourienne.

– Por que diabo não hei de casar com ela? – dizia ele para a filha. – Fazia-se dali uma ótima princesa!

E, com efeito, naqueles últimos tempos Maria notara, com grande pasmo, que o pai, de dia para dia, se mostrava mais íntimo com a francesa. Escreveu a André sobre a forma como o pai acolhera a carta que ele lhe escrevera, dando-lhe, no entanto, algumas esperanças, pois talvez conseguisse levá-lo a dar o seu consentimento.

Nikoluchka e a sua educação, André e a religião, eis as únicas alegrias e os únicos motivos de satisfação da princesa Maria. Mas, além disso, como todos precisamos de aspirações pessoais, no mais fundo do seu coração Maria ocultava um sonho e uma esperança, todo o lenitivo da sua vida. Essa ilusão consoladora e essa esperança devia-as aos homens de Deus, os inocentes e os peregrinos que frequentavam a casa às escondidas do príncipe. Quanto mais vivia, quanto mais experiência adquiria, quanto mais observava a vida, tanto mais se surpreendia com a cegueira dos homens que procuram na terra a felicidade e os gozos, que lutam, que sofrem e que mutuamente se querem mal para alcançar essa miragem impossível e vã a que chamam felicidade. O príncipe André tinha amado uma mulher, que morrera; e isso não lhe bastava, queria procurar de novo a felicidade junto de outra mulher. O pai opunha-se a esse casamento porque desejava para ele uma mulher de sangue mais nobre e de família mais rica. E ei-los lutando e sofrendo e atormentando o semelhante e perdendo a sua alma, a sua alma imortal, para alcançarem prazeres que não duram mais do que uma hora. Não só o sabemos por nós próprios, mas também por Cristo, o filho de Deus, que desceu à Terra e nos disse que esta vida não é mais do que um breve espaço de tempo e uma prova. E no entanto aí estamos nós, que nos agarramos a ela, pensando encontrar a felicidade cá embaixo. "Como é que ninguém ainda percebeu isto?", interrogava-se Maria. "Ninguém, a não ser os homens de Deus, escárnio de toda a gente. E eles, de sacola ao ombro, aí vêm, pela escada de serviço, com medo de que o príncipe os veja, não com receio de serem maltratados, mas apenas para que ele não caia em pecado. Abandonarem a família, a terra natal, todas as preocupações deste mundo, não se prenderem a seja o que for e errarem de um lado para o outro, cobertos de andrajos, sob um nome suposto, sem nunca fazerem mal a outrem e rezando tanto pelos que os protegem como pelos que os maltratam, não, não há vida, não há verdade superiores à sua!" Maria conhecia uma peregrina, uma tal Fiedossiuchka, mulher dos seus cinquenta anos, pequenina, picada das bexigas, sossegada, que havia trinta anos andava descalça e carregada de correntes. Tinha por ela uma especial afeição. Certo dia em que Fiedossiuchka lhe falava da sua vida, no seu obscuro quarto apenas iluminado pela lamparina do ícone, a princesa Maria pensou de súbito tão intensamente que só aquela mulher encontrara o verdadeiro caminho da vida que ela própria decidiu fazer-se peregrina. Quando Fiedossiuchka se retirou, a princesa meditou muito tempo e por fim chegou à conclusão de que, por mais estranho que isso fosse, o devia fazer. Confiou esta decisão ao seu confessor, o monge Akinfii, que aprovou as suas intenções. A pretexto de dar um presente a uma das peregrinas, Maria tratou de arranjar um traje completo: bata, cafetã, sandálias e um lenço preto. Por vezes, ao abeirar-se da cômoda onde escondera essas coisas, detinha-se, irresoluta, perguntando a si própria se não chegara o momento de pôr em prática o seu projeto.

Escutando as histórias dos peregrinos, essas histórias simples e mecânicas para eles, mas cheias de profundo sentido para ela, a princesa Maria, por várias vezes, esteve a ponto de tudo abandonar e de fugir de casa. Em sua imaginação, via-se já com Fiedossiuchka, vestida como ela, de grosseiros andrajos, de bordão em punho e sacola ao ombro, por essas estradas pedregosas, de um lado para o outro, sem ódios nem amores humanos, sem desejos nem invejas, chegando definitivamente onde não há mais dores nem mais suspiros, mas sim a alegria e a beatitude eternas.

"Chegarei a algum lugar, rezarei, e antes que ganhe amor a esse lugar partirei para outro. Continuarei a andar até que chegue finalmente a esse asilo eterno e sereno onde não há mais tristeza nem dores...", dizia Maria para consigo.

Mas mal via o pai, e sobretudo o pequeno Koko, vacilava na sua resolução, chorava às escondidas e reconhecia ser uma pecadora: queria mais ao pai e ao sobrinho do que a Deus.

SÉTIMA PARTE

CAPÍTULO PRIMEIRO

A tradição bíblica ensina-nos que a felicidade do primeiro homem antes da queda consistia na ausência de trabalho, isto é, na ociosidade. O gosto da ociosidade manteve-se no homem réprobo, mas a maldição divina continua a pesar sobre ele, não só por ser obrigado a ganhar o pão de cada dia com o suor do seu rosto, mas também porque a sua natureza moral o impede de encontrar satisfação na inatividade. Uma voz secreta diz ao homem que ele é culpado de se abandonar à preguiça. E, no entanto, se o homem pudesse achar um estado em que se sentisse útil e em que tivesse o sentimento de que cumpria um dever, embora inativo, nesse estado viria a encontrar uma das condições da sua felicidade primitiva. Esta condição de ociosidade imposta e não censurável é aquela em que vive toda uma classe social, a dos militares. Em tal ociosidade está e estará o principal atrativo do serviço militar.

Nicolau Rostov desde 1807 que saboreava as delícias no regimento de Pavlogrado, onde continuava incorporado no esquadrão cujo comando lhe fora transmitido por Denissov.

Rostov transformara-se num belo rapaz, de maneiras rudes. Os seus conhecidos de Moscou tê-lo-iam achado *mauvais genre*. A verdade, porém, é que os seus camaradas, os seus subordinados e até os seus superiores o estimavam e respeitavam, e por isso mesmo a vida militar lhe sorria. Nos últimos tempos, quer dizer em 1809, nas cartas que recebia de casa havia frequentes queixas da mãe acerca do estado financeiro da família, de fato assaz precário, acrescentando a condessa que principiava a ser tempo de ele voltar, para consolo e alegria dos seus velhos pais.

Ao ler estas cartas, Nicolau receava que o quisessem tirar do meio em que ele, alheado de todas as preocupações, vivia tranquilo e ditoso. Pressentia que mais cedo ou mais tarde se veria obrigado a entrar de novo na engrenagem da vida, com todas as suas trapalhadas, as contas com os administradores, as discussões, as intrigas, as relações, a sociedade, o caso de Sônia e as promessas que lhe fizera. Tudo isto se apresentava a ele terrivelmente difícil e confuso, e então respondia à mãe, em cartas frias e clássicas, que principiavam sempre: "Minha querida mãe", terminando pela fórmula: "Seu filho muito obediente" e em que nada dizia quanto ao regresso à casa. Em 1810, uma carta dos pais veio informá-lo do noivado de Natacha com Bolkonski, acrescentando que o casamento não se realizaria senão daí a um ano, em virtude da oposição do velho príncipe. Esta notícia entristeceu e mortificou um pouco Nicolau. Em primeiro lugar tinha pena de ver afastar de casa Natacha, a irmã querida, e depois, do seu ponto de vista de hussardo, lamentava não ter estado presente para fazer compreender a Bolkonski que não era honra tão grande quanto ele supunha a aliança que lhe oferecia, e que se era verdade ele gostar da irmã, eis o bastante para dispensar a autorização do louco do seu pai. Pensou, por momentos, pedir uma licença para falar com Natacha antes do casamento, mas aproximava-se a época das manobras, e ao lembrar-se de Sônia e das complicações que o aguardavam resolveu adiar o projeto. Entretanto, na primavera desse mesmo outono recebeu uma carta da mãe, escrita às escondidas do conde, e esta carta decidiu-o a partir. Dizia-lhe ela que se ele não se resolvesse a tomar conta dos negócios da família, todo o patrimônio acabaria vendido em hasta pública e eles todos estariam reduzidos à miséria. O conde era um fraco, confiava demais em Mitenka, era muito bom e qualquer um o enganava e as coisas iam sempre de mal a pior. "Por Deus te peço que venhas imediatamente se queres pôr fim à desgraçada situação de toda a nossa família."

Esta carta impressionou muito Nicolau, que era dotado desse bom-senso dos medíocres que lhes indica sempre o que mais convém fazer.

Se quisesse partir, desde logo teria de pedir baixa ou então uma licença. Não sabia lá muito bem por que fazê-lo, mas, depois de dormir a sesta, deu ordem para lhe selarem Março, o cavalo pigarço, garanhão fogoso que não montava havia muito, e ao voltar para casa com o animal coberto de espuma participou a Lavruchka (o criado que herdara de Denissov) e aos camaradas reunidos para a noite que pedira uma licença para voltar a ver os pais. Custava-lhe partir sem ter sido informado pelo estado-maior, coisa para ele de alta importância, se iria ser promovido a capitão e se lhe seria concedida a cruz de Sant'Ana por causa das últimas manobras. Também lhe custava partir sem ter vendido ao conde Golukovski a troica de cavalos pigarços que aquele fidalgo polaco regateara com ele e que apostara vender-lhe por dois mil rublos. Igualmente lhe parecia impossível não assistir ao baile que os hussardos promoviam em honra de Madame Psazdetzka para arreliar os ulanos, que estavam a organizar outro em honra de Madame Borzovska. Apesar de tudo, sabia que tinha de abandonar aquele meio tão franco e tão simpático, para trocá-lo por outro onde não o aguardavam senão tolices e complicações. Oito dias depois chegava a concessão da licença. Os hussardos seus camaradas, não só os do regimento, mas de toda a brigada, ofereceram-lhe um jantar, a quinze rublos por cabeça, com duas orquestras e dois grupos de cantores. Rostov dançou a *trepak* com o major Bassov; os oficiais, cada qual mais bêbado, balançaram-no, apertaram-no nos braços e deixaram-no cair. Os soldados do 3º esquadrão, por sua vez, também o balançaram, gritando: "Hurra!". Por fim meteram Rostov no trenó e levaram-no até a primeira estação de posta.

Durante a primeira metade do caminho, isto é, de Krementchug a Kiev, como é costume, todos os pensamentos de Rostov foram para os lugares que acabava de deixar, para o seu esquadrão. Mas, uma vez percorrida esta parte do trajeto, começou a esquecer-se dos cavalos pigarços, do ferrador Dojoveika, e pôs-se a pensar, apreensivo, sobre o que iria encontrar em Otradnoie. Quanto mais se aproximava, mais intensamente pensava na casa. Parecia que nele os sentimentos morais obedeciam à lei da queda dos corpos. Na última troca de cavalos antes de Otradnoie, deu três rublos de gorjeta ao postilhão e foi como um verdadeiro garoto que trepou, sem fôlego, os degraus de sua casa.

Depois das efusões do primeiro instante, apoderou-se dele essa sensação estranha de desapontamento que faz dizer, quando alguém não encontra o que procura: "Tudo está na mesma. Para que tive eu tanta pressa?". Mas, pouco a pouco, acabou por se habituar ao antigo ambiente da casa. Os pais, as mesmas pessoas, apenas haviam envelhecido um pouco. O que neles havia de novo era uma espécie de inquietação, por vezes uma como que desinteligência, que outrora não existia, originada, assim em breve o reconheceu, pela má situação financeira. Sônia já andava perto dos vinte anos. Sua beleza atingira o ponto máximo; nada mais prometia, já era suficiente. Tudo nela falava de amor e felicidade desde que Nicolau chegara, e o certo é que a fiel e inabalável dedicação daquela moça o enchia de orgulho. Pétia e Natacha, eis quem mais o surpreendia. Pétia estava um rapagão de treze anos, inteligente, bem-disposto e travesso, cuja voz principiava a engrossar. Quanto a Natacha, por muito tempo a olhou admirado e sorrindo:

– Já não és a mesma! – exclamou.

– Quê? Estou mais feia?

– Pelo contrário, olhem para o seu ar importante! Uma princesa! – murmurou ele.

– Sim, sim – replicou Natacha, muito contente.

E pôs-se a contar-lhe os seus amores com o príncipe André, a chegada deste a Otradnoie, e mostrou-lhe a última carta que dele recebera.

– Estás contente? – perguntou ela. – Por mim, estou tranquila e sinto-me feliz.

– Muito contente – replicou Nicolau. – É um homem encantador. E estás realmente apaixonada?

– Muito – exclamou ela. – Gostei do Bóris, do meu professor, de Denissov, mas agora é outra coisa. Sinto-me tranquila, estou em terreno sólido. Sei que não há pessoa melhor do que ele e sinto-me agora tão sossegada, tão feliz! Não, não é como antigamente...

Nicolau disse a Natacha quanto achava desagradável aquele compasso de espera de um ano, mas Natacha replicou-lhe, com certa irritação, demonstrando-lhe não poder ser de outra maneira, e que não seria bom entrar na sua nova família contra a vontade do sogro, e que ela própria, de resto, assim o quisera.

– Nada percebes, absolutamente nada – concluiu.

Nicolau, concordando com a irmã, calou-se. Às vezes, olhando-a às escondidas, estranhava-a. A atitude de Natacha não era de modo algum a de uma noiva apaixonada longe do noivo. Mostrava-se serena, alegre e sempre igual, exatamente como outrora. E isto surpreendia-o: olhava aquele noivado com uma ponta de desconfiança. Não acreditava, de fato, que o futuro da irmã estivesse definitivamente estabelecido, tanto mais quanto era certo nunca ter visto juntos os dois noivos. Parecia-lhe que alguma coisa faltava àquele projeto de casamento. "Que significa este compasso de espera? Por que não se celebrou o pedido de casamento?", perguntava a si próprio. E um dia em que conversava com a mãe pôde verificar, com surpresa e quase satisfação, que também ela, lá no fundo do seu coração, confiava pouco naquela aliança.

– Olha o que ele diz – disse para o filho mostrando-lhe uma carta do príncipe André, com aquele tom de hostilidade secreta que há em todas as mães quando se trata do futuro conjugal de suas filhas –, olha o que ele escreve: que não poderá vir antes de dezembro. Que o prende longe daqui? Naturalmente está doente. Tem muito pouca saúde. Nada digas a Natacha. Embora pareça alegre, realmente não o está. São os últimos dias da sua vida de moça, e eu sei bem o que lhe vai no coração cada vez que recebe uma carta. Aliás, quem sabe? Talvez tudo acabe bem – concluía cada vez que falava no caso. – É uma excelente pessoa.

CAPÍTULO II

Nos primeiros tempos, Nicolau parecia preocupado e triste. Atormentava-o a ideia de ver-se envolvido naquelas estúpidas histórias de interesses por causa das quais a mãe o mandara regressar à casa. Para se ver livre o mais depressa possível de um tal fardo, três dias depois da sua chegada, furioso e sem dizer aonde ia, de má catadura, encaminhou-se para o pavilhão de Mitenka a fim de lhe pedir contas de tudo. Que vinham a ser essas contas *de tudo*? Nicolau sabia-o menos que o próprio Mitenka, aterrorizado e surpreso com a sua visita. As contas e as explicações de Mitenka não foram longas. Os starostes, o ajudante e o staroste do distrito, que aguardavam no vestíbulo, ouviram, assustados, mas não sem satisfação, a voz do jovem conde, primeiro surda, depois cada vez mais alta, e por fim as palavras injuriosas com que o verberou.

"Bandido! Ingrato!... Mato-te como se mata um cachorro... Não estás tratando com meu pai... Ladrão!..."

Depois, essas mesmas criaturas, não com menos susto e também não menor contentamento, viram o jovem conde, muito encarnado, os olhos injetados, arrastar Mitenka pelo pescoço e, com grande destreza, aplicar-lhe um pontapé por cada palavra que ia dizendo.

"No olho da rua! Que eu nunca mais te torne a ver aqui, malandro!"

Mitenka precipitou-se pela escada abaixo e desapareceu no meio de um maciço da mata. Aquele maciço era o refúgio de todos os culpados de Otradnoie. O próprio Mitenka, quando voltava bêbado da cidade, aí costumava ocultar-se, e muitos outros, que por sua vez tinham de esconder-se de Mitenka, lá procuravam asilo.

A mulher do intendente e as cunhadas, assustadas, assomaram à porta do quarto onde cantava um samovar reluzente e em que se via a cama alta de Mitenka, com a sua colcha de trapos.

O jovem conde, sufocado, passou junto delas sem lhes prestar atenção, e num passo resoluto entrou em casa.

A condessa, a quem as criadas vieram contar imediatamente o que se passara no pavilhão, por um lado tranquilizou-se, dizendo para consigo que desta vez as coisas iam entrar no bom caminho, mas, por outro, inquietou-a o estado em que esta cena deixara o filho. Várias vezes se aproximou na ponta dos pés da porta do quarto onde Nicolau fumava cachimbo sobre cachimbo.

No dia seguinte, o velho conde chamou Nicolau de parte e advertiu-o, com um sorriso embaraçado:

– Digo-te que te exaltaste em vão. Mitenka contou-me tudo.

"Eu já sabia", disse Nicolau com os seus botões, "que nada conseguia perceber do que se passa nesta casa de doidos."

– Zangaste-te por ele não ter escriturado aqueles setecentos rublos, mas estavam na outra página, que tu não viste.

– Meu pai, é um canalha, um ladrão, tenho a certeza. E o que eu fiz foi bem feito. Mas se assim quer, nada mais lhe direi.

– Não, meu amigo... – O conde estava um pouco perturbado. Sabia que administrara mal a fortuna da mulher e que aos olhos dos filhos era culpado, mas não via maneira de remediar o seu erro. – Peço-te que te ocupes de tudo, estou velho e...

– Perdoe, pai, se fui desagradável, mas ainda sei menos que o pai de tudo isto.

"Diabos levem estes camponeses, estas contas, estas verbas inscritas na outra página", dizia para consigo. "Em tempo ainda cheguei a compreender o que era um *paroli* de seis vazas, mas do que eles dizem nada entendo." E daí para o futuro não voltou a tocar naqueles assuntos. No entanto, certo dia a condessa mandou-o chamar e disse-lhe que tinha em seu poder uma letra assinada por Ana Mikailovna, no valor de dois mil rublos, e gostaria de saber que destino entendia ele dever dar-lhe.

– Pois aqui tem o que penso – replicou Nicolau. – Diz a mãe que depende de mim. Não gosto nem de Ana Mikailovna nem de Bóris, mas foram nossos amigos e são pobres. Aqui tem o que devemos fazer! – E rasgou a letra. A mãe principiou a chorar de alegria. A partir de então, o jovem Rostov, sem se preocupar com os assuntos administrativos da família, apaixonou-se por um divertimento novo para ele, a caça, divertimento que na casa do velho conde era tido em grande conta.

CAPÍTULO III

Os primeiros gelos matinais apareceram, e as terras, alagadas pelas chuvas de outono, ficaram endurecidas pela geada. Os trigos outonais principiavam a deitar tufos e o seu verde vivo destacava-se das manchas amarelas do restolho das ceifas anteriores, pisado pelo gado e entrecortado pelas franjas avermelhadas do trigo sarraceno. As copas das árvores, que em fins de agosto ainda formavam ilhas de verdura no meio dos campos negros novamente lavrados e dos restolhos, eram agora ilhas de ouro ou então de um vermelho vivo por entre o trigo novo verde-claro. As lebres cobriam-se de pelo, as raposas novas principiavam a dispersar e os lobinhos deitavam corpos maiores que o dos cães. Era a melhor época para a caça. A matilha do jovem e fogoso caçador Rostov não só ainda estava magra, mas em tal estado que foi decidido no conselho geral dos caçadores que se dessem aos cães três dias de repouso e que não principiassem a caçar antes de 16 de setembro, iniciando a batida pela mata onde fora vista uma ninhada de lobinhos por ora intacta.

Eis a situação a 14 de setembro. Durante aquele dia os caçadores permaneceram em casa; havia gelo e frio, mas lá para o fim da tarde o tempo melhorou e principiou a degelar. No dia seguinte, quando o jovem Rostov assomou, pela manhã, de roupão, à janela do seu quarto, viu que estava uma manhã de caça como outra melhor não havia. O céu parecia fundir-se e, sem vento, deixar-se cair sobre a terra. O único movimento que se percebia na atmosfera era a precipitação, de cima para baixo, das microscópicas partículas do opaco nevoeiro. Gotas transparentes que caíam sobre as folhas recém-tombadas pendiam dos ramos nus das árvores da mata. Na horta a terra negra molhada e brilhante, como sementes de papoula, confundia-se a certa distância com o lençol embaciado e úmido da neblina. Nicolau veio até a escada encharcada, coberta de lama: tinha nas narinas o aroma lânguido das florestas misturado com o cheiro dos cães. Milka, a cadela preta malhada, de largas ancas, com grandes olhos negros à flor da testa, levantou-se mal viu o dono, espreguiçou-se, voltou a deitar-se como uma lebre e depois, de chofre, deu um pulo e veio lamber-lhe o rosto e os bigodes. Outro cão, um galgo, ao vê-lo, correu de um maciço de flores, onde estava deitado, precipitou-se para a escada e, alçando a cauda, começou a roçar-se pelas pernas de Nicolau.

"Oh! Oh!", ouviu-se naquela altura. Era o grito inimitável dos caçadores em que a voz de baixo, mais profunda, se une à mais aguda, de tenor, e o monteiro Danilo surgiu, vindo de um dos ângulos da casa. Era um caçador de cabeça branca, com o rosto sulcado de rugas e cabelos aparados em forma de ferradura, à moda da Ucrânia. De chibata dobrada na mão, havia nele aquele ar importante e de supremo desdém peculiar aos caçadores. Ao chegar junto do amo, tirou o gorro circassiano e lançou-lhe um olhar altivo. Nesse olhar, um pouco desdenhoso, nada havia porém de ofensivo. Nicolau pôde ver que aquele homem, que desprezava a todos e se considerava mais do que ninguém, era afinal o seu homem de confiança, o seu caçador.

– Danilo! – exclamou, impressionado por aquele tempo ideal, pelos cães, pelo monteiro, como que trespassado por aquele frêmito irresistível que tudo faz esquecer aos caçadores e em que há seja o que for da emoção de um namorado diante da mulher amada.

– Que deseja, Excelência? – perguntou Danilo, numa voz grossa, que fazia lembrar a de um primeiro diácono, uma voz rouca de tanto gritar aos cães. Dois olhos negros, brilhantes, olharam de soslaio o amo, que continuava calado. "Então, parece que não te aguentas!", pareciam dizer aqueles olhos.

– Lindo dia, não é verdade? Que dirias tu a uma caçada? – murmurou Nicolau, coçando Milka atrás das orelhas.

Danilo piscou os olhos sem responder.

– Mal amanheceu mandei Uvarka ver o que havia – voltou o monteiro, na sua voz de baixo, após alguns instantes de silêncio. – Disse-me que passaram para a reserva de Otradnoie[33]. Ouviu-os uivar.

(Queria isto dizer que a loba que sabiam ambos andar por ali passara com a sua ninhada para a floresta de Otradnoie, reserva de caça aproximadamente a duas verstas da propriedade).

– Então temos de ir já? – voltou Nicolau. – Venham cá, tu e Uvarka.

– Às suas ordens!

---

33. Nestas "reservas" é expressamente proibido cortar seja o que for durante um ano. A inviolabilidade é garantida por uma bênção especial. (N.E.)

– Espera. Não dês ainda de comer aos cães.
– Bom.

Cinco minutos depois, Danilo e Uvarka chegaram ao grande gabinete de Nicolau. Danilo era de pequena estatura, mas ali, dentro de uma sala, dava a impressão de um cavalo ou de um urso num assoalho de parquete, no meio de móveis ou por entre objetos de uso diário. E ele próprio se dava conta disso mesmo, e por isso, como de costume, não passava do limiar da porta, fazendo esforços para falar em voz baixa, por em nada mexer, receoso de quebrar alguma coisa nos aposentos do amo e procurando despachar o mais depressa que podia tudo quanto tinha a dizer, pressuroso de voltar ao ar livre e sair de sob aquele teto para de novo se sentir debaixo da curva do firmamento.

Concluídas que foram as perguntas e depois que Danilo lhe garantiu que os cães não corriam qualquer risco, ele próprio não desejava outra coisa senão ver-se a caçar. Nicolau deu ordem para selarem os cavalos. Quando porém Danilo saía, entrava Natacha, numa carreira, ainda por pentear e vestir, embrulhada no xale da criada. Com ela vinha Pétia.

– Vais à caça? – disse ela. – Bem me queria parecer. A Sônia dizia que não, mas eu sei muito bem que com um dia destes não deixarias de sair.

– Sim, é verdade – replicou Nicolau de cara feia, pois já que se propusera uma caçada a valer não queria ter consigo nem Natacha nem Pétia, que só podiam embaraçá-lo. – Mas só os lobos. E isso para ti não é divertido.

– Estás enganado. É do que mais gosto – replicou Natacha. – Oh! que mau, resolveu ir à caça, mandou selar os cavalos e nada nos disse.

– "Para os russos não há obstáculos!"[34] – exclamou Pétia.

– Mas tu não podes ir, foi a mãe quem o disse – tornou Nicolau, dirigindo-se a Natacha.

– Pois irei, sem dúvida alguma – tornou esta, peremptória. – Danilo, manda selar os cavalos e diz a Mikaílo que traga o meu casal de galgos – acrescentou, dirigindo-se ao monteiro.

Assim como parecia a Danilo inconveniente e penoso estar numa sala, tratar com uma senhora também lhe parecia impossível. Baixou os olhos e, como se aquilo não fosse com ele, apressou-se em sair, pondo o maior cuidado em não tocar em Natacha com algum movimento brusco.

---

34. Verso de cantata de Kutuzov, a que se faz referência ao começo da obra. (N.E.)

CAPÍTULO IV

O velho conde, que sempre mantivera um excelente grupo de caça, cuja direção agora confiara ao filho, naquele dia, 15 de setembro, estava muitíssimo bem-disposto e preparava-se também para tomar parte na caçada.

Uma hora depois todos os caçadores estavam reunidos junto da escadaria principal. Nicolau, sério e preocupado, o que significava não ter tempo para atentar em ninharias, passou por Natacha e Pétia sem prestar atenção ao que eles diziam. Examinou todos os preparativos da caçada, deu ordem para que uma das matilhas, com os seus respectivos batedores, fosse na frente, montou o seu alazão do Dom e, depois de ter assobiado à sua própria matilha, atravessou a sebe e dirigiu-se aos campos que levavam à floresta de Otradnoie. O cavalo do velho conde, um alazão pequenino, de grandes crinas brancas, chamado Viflianka, era levado pela arreata por um estribeiro. O conde iria de carro para o lugar que lhe fora indicado.

Contavam-se ao todo cinquenta e quatro cães, conduzidos por seis monteiros ou guardas de canil. Além dos amos havia oito caçadores, com mais de quarenta galgos, de tal sorte que, no conjunto, para a caçada contavam-se cerca de cento e trinta cães e vinte caçadores montados.

Cada galgo conhecia bem o seu dono e dava pelo seu nome. Por sua vez, cada caçador sabia o que tinha a fazer e tinha um conhecimento preciso do seu posto e do papel que lhe cabia. Assim que atravessaram a sebe da floresta, todos, sem fazer ruído, sem pronunciar uma palavra, alinharam-se, simétrica e tranquilamente, pelos caminhos e pelos campos que levavam à mata de Otradnoie.

Os cavalos avançavam campo afora como por um tapete macio, patinhando por vezes nos charcos ao atravessarem os caminhos. A neblina continuava a descer sobre a terra, vagarosa e imperceptivelmente, fundindo-se com as coisas. De tempo a tempo ouvia-se quer o assobio de um caçador, quer o relincho de um cavalo, quer o estalido de um chicote ou o ganir de um cão chamado à ordem.

Já teriam andado uma versta quando emergiram do nevoeiro, ao encontro dos caçadores, mais cinco cavaleiros com os seus respectivos cães. À frente deles trotava um velho de agradável aspecto, fresca tez e fartos bigodes brancos.

— Bons dias, tio – disse Nicolau, quando o velho se aproximou dele.

— Muito bem, vamos a isto... já desconfiava – disse o tio, parente afastado dos Rostov, não muito rico e seu vizinho –, já desconfiava que não te ias ficar, e fizeste bem. – "Muito bem, vamos a isto", era a sua expressão favorita. – Toma já conta da mata; o meu Guirtchik disse-me que os Ilaguine estão em Korniki com os seus homens. Vão roubar o rasto dos lobos; muito bem, vamos a isto!

— Pois vamos. Será preciso reunir as matilhas? – perguntou Nicolau. – Que acha?

Reuniram os cães numa só matilha e o tio lá foi ao lado de Nicolau. Natacha, enrolada no lenço de onde emergia o rosto em que os olhos brilhavam, muito animados, aproximou-se deles a trote, seguida de Pétia, do seu caçador e do estribeiro Mikaílo, encarregado pela velha ama de tomar conta dela. Pétia ria sem saber de quê, fustigando e excitando o cavalo. Natacha, segura e elegante, montava o seu *arabtchik* e dirigia-o com mão firme e sem esforço.

O tio olhou, descontente, para Natacha e Pétia. Não lhe agradavam brincadeiras na caça, para ele coisa séria.

— Bons dias, bons dias, mas tenham cuidado, não pisem os cães – replicou o velho severamente.

— Nikolenka, olha o Trunila[35], que lindo cão! Conheceu-me! – exclamou Natacha, apontando o seu cão de caça predileto.

"Em primeiro lugar Trunila não é um cão como outro qualquer, é um cão de caça", disse Nicolau para consigo, fitando a irmã com severidade na esperança de lhe fazer compreender a distância que os separava naquela altura. Natacha percebeu.

— Tio, não tenha medo que a gente os vá atrapalhar – disse-lhe ela. – Prometemo-lhe não sair do nosso posto.

— Muito bem, condessinha – volveu-lhe o tio. – Mas cuidado, não vão cair do cavalo, senão então, muito bem, vamos a isto!, nunca mais nos entendemos.

A tapada de Otradnoie já se via a umas cem *sajenes*[36] e os caçadores principiavam a chegar. Rostov, que conseguira assentar definitivamente com o tio o local de onde deviam ser largados os cães, e após ter indicado a Natacha o lugar em que ela ficaria e por onde não podia passar animal algum, dirigiu-se para o mato, do outro lado da ravina.

---

35. Nome que quer dizer "trocista". (N.E.)
36. Medida russa equivalente a 2,13 metros. (N.E.)

– Tem cuidado, sobrinho, vais defrontar-te com um lobo velho – disse o tio. – Cautela, não vá ele fugir-te.

– É isso que se vai ver – retorquiu Rostov. – Karaí, aqui! – gritou ele, para responder às palavras do tio. Era um velho cão, muito feio, de pelo ruço, afamado por atacar sozinho as velhas lobas. Todos ocuparam os seus postos. O velho conde, que bem conhecia a paixão do filho pela caça, dava-se pressa para não chegar atrasado, e ainda os caçadores não tinham ocupado os seus lugares já Ilia Andreitch, muito corado e folgazão, as bochechas trêmulas, desembocava no meio dos trigais verdes, ao trote dos seus cavalos, nas imediações do posto que lhe fora designado. Desabotoando a peliça e tomando conta dos seus apetrechos de caça, montou o Viflianka, bom animal, bem-tratado, luzidio e sossegado, que também principiava a envelhecer. A carruagem que o trouxera partia de regresso. Conquanto não fosse caçador de fibra, o certo é que conhecia a fundo as leis da caça. Foi colocar-se na clareira da floresta, colheu as rédeas, e depois de bem sentado na sela e em forma, sorrindo, olhou em roda.

Junto dele estava o seu criado do quarto, Simeão Tchekmar, velho cavaleiro, que principiava a ficar pesado. Tchekmar trazia à trela três molossos vigorosos, mas gordos demais, como acontecia ao cavalo e ao cavaleiro. Dois outros cães, animais inteligentes, sem trela, deitaram-se ali ao lado. A uns cem passos, na clareira do bosque, postava-se outro estribeiro do conde, um tal Mitka, cavaleiro audaz e apaixonado caçador. O conde, de acordo com velhas usanças, antes da caçada bebeu um gole de vodca num copo de prata e trincou qualquer coisa regada com meia garrafa do seu Bordeaux favorito.

Ilia Andreitch, depois da caminhada e do vinho que bebera, corara um pouco. Os olhos, úmidos, tinham uma cintilação especial, e, montado no selim, todo embrulhado na peliça, parecia uma criança que levam a passear.

Tchekmar, magro e de faces cavadas, cumprida que foi a sua tarefa, fitou o amo, a quem servia com a maior fidelidade havia mais de trinta anos, e, sentindo-o muito bem-disposto, resolveu entabular com ele uma aprazível cavaqueira. Entretanto alguém se aproximou, circunspecto – via-se bem que assim o tinham instruído –, vindo do lado da floresta, e parou por trás do conde. Era um velho de barba branca, de casaco de mulher e gorro alto: nem mais nem menos que o bufão a quem chamavam Nastásia Ivanovna, nome de mulher.

– Olá, Nastásia Ivanovna! – exclamou o conde, em voz baixa, piscando o olho. – Cautela, não espantes as feras senão tens que te haver com o Danilo!

– Ora essa! Já tenho barba na cara! – replicou Nastásia Ivanovna.

– Chiu! Cala-te... – sussurrou o conde, e voltando-se para Simeão: – Viste Natália Ilinitchna? – indagou-lhe. – Onde está ela?

– Com Piotre Ilitch, à saída dos matagais de Jarov – replicou Simeão, sorrindo. – Também as senhoras querem meter o nariz...

– E se tu visses, Simeão, como ela monta a cavalo... – disse o conde. – Não fica atrás de nenhum homem!

– Estou pasmado. De nada tem medo, e que ligeira!

– E Nikolenka? Onde está? Para os lados do barranco de Liadov, não é verdade? – perguntou o conde, sempre em voz baixa.

– Isso mesmo. Sim, senhor, ele sabe muito bem onde é que se há de colocar. E aquilo é que é saber montar! No outro dia Danilo e eu ficamos pasmados – disse Simeão, que sabia muito bem como agradar ao amo.

– Monta bem, não é verdade? E que porte a cavalo, hein!

– É uma estampa! Ainda há tempo, quando andava à caça nos matagais de Zarvazino e levantou um raposo, era vê-lo saltar, metia medo! O cavalo vale bem mil rublos, mas o cavaleiro não há dinheiro que o pague. Não há por aí outro menino assim!

– Não há... – murmurou o conde, que parecia lamentar que Simeão tivesse acabado tão cedo o seu discurso. Não há outro... – repetiu ele, afastando as abas da peliça para tirar a caixa do rapé.

– Há dias, quando ia saindo da missa, todo janota, Mikail Sidoritch... – Simeão não concluiu a frase, pois ouvira distintamente o latir de dois ou três cães perseguidos. Pôs-se à escuta, inclinando a cabeça, e acenou ao amo em silêncio, para que este se calasse. – Vão atrás das feras... – murmurou. – Devem ter acabado de chegar ao barranco de Liadov.

O conde, ainda com um vago sorriso, olhava à distância, na sua frente, a mão em pala diante dos olhos e a caixa de rapé fechada, sem se lembrar de tomar a pitada. Depois do latido dos cães ouviu-se o grito: "Lobo", que soltava a voz de Danilo, cava como a duma trombeta. Toda a matilha veio juntar-se aos dois ou três primeiros cães e ouviu-se o alarido sonoro e prolongado do latido dos galgos, peculiar quando no encalço de um lobo. Os monteiros já não açulavam os cães e apenas gritavam: "Aboca!", e por sobre todas as demais vozes ouvia-se a de Danilo, ora grave, ora aguda e penetrante. Parecia encher toda a floresta e prolongar-se na distância.

Depois de algum tempo à escuta, calados, o conde e o estribeiro perceberam que os cães se tinham dividido em duas matilhas: a primeira, a mais numerosa, que ladrava com toda a força e se ia afastando pouco a pouco, e a outra, que corria ao longo da mata, para os lados do conde, e era daí que se ouviam os "Aboca" de Danilo. O latir das duas matilhas misturava-se, cascalhava e ia se afastando.

Simeão soltou um suspiro e agachou-se para ajeitar a trela em que o cachorro se havia enredado. Também o conde suspirou, e ao dar pela caixa de rapé na mão abriu-a e tirou uma pitada. "Para trás!", gritou Simeão a um dos cães que aparecera na clareira da floresta. O conde estremeceu e deixou cair a caixa do rapé. Nastásia Ivanovna desmontou e foi apanhar a caixa. O conde e Simeão olhavam para ele. De súbito, como costuma acontecer, a vozearia aproximou-se: parecia que estavam mesmo ali o latir dos cães e a voz potente de Danilo.

O conde virou-se e viu à sua direita Mitka a olhar para ele com os olhos fora das órbitas, enquanto, de barrete na mão, lhe apontava alguma coisa lá adiante, do outro lado.

– Atenção! – gritou numa voz que, por muito tempo retida, parecia explodir, como um trovão, e pôs-se a galopar, atrás dos cães, na direção do conde.

O conde e Simeão saíram da clareira e viram à sua direita o lobo, que, balanceando-se aos pulinhos, se dirigia para a orla do bosque que eles acabavam de deixar. Os cães, que ladravam raivosos, libertando-se da trela, lançaram-se sobre a fera mesmo sob as patas dos cavalos.

O lobo parou a custo, como se tivesse alguma coisa no cachaço, voltou a grande cabeça para os cães e sempre no mesmo balanço do corpo deu dois ou três pulos e desapareceu na orla da mata, agitando a cauda. No mesmo momento, da orla oposta, com um latido que parecia um lamento, surgiram primeiro um, depois dois, em seguida três cães, por fim a matilha inteira, todos correndo em direção ao local por onde o lobo acabara de passar. Daí a pouco, por entre as aveleiras, surgiu o alazão de

Danilo coberto de espuma. Sobre a sua larga garupa, numa bola, todo inclinado para diante, vinha ele, sem barrete, os cabelos brancos, despenteados, caindo-lhe no rosto, muito vermelho e coberto de suor.

– Abocanha! Abocanha! – gritava. Quando viu o conde, no seu olhar havia rancor.

– Arr... – vociferou, brandindo o látego, ameaçador. – Espantaram o lobo... Isto é que são caçadores! – E, como se reconhecesse que o conde, assustado e confuso, não merecia que lhe dissessem mais nada, fustigou o flanco do alazão, coberto de suor, vibrando-lhe os golpes que apetecia para o amo, e saiu na pegada dos cães. O conde, atordoado com tudo aquilo, voltou-se, tentando sorrir, como que a implorar a indulgência de Simeão. Este porém, que se afastava, contornava os matagais, para obrigar o lobo a sair do seu reduto. Os cães, por ambos os lados, continuavam a perseguir a fera, mas esta deslizara por entre os arbustos e nenhum caçador pôde alcançá-la.

CAPÍTULO V

Entretanto, Nicolau Rostov lá estava no seu posto esperando a fera. Consoante se distanciava ou se aproximava a matilha, conforme o latir dos cães, muito seu conhecido, e a voz dos monteiros, mais perto ou mais longe, ia acompanhando tudo quanto se passava na floresta. Sabia haver ali lobos velhos e crias novas, e também que as matilhas se tinham cindido em duas e que algures haviam desalojado uma fera e que a perseguição redundara em fracasso. A todo o momento esperava ver surgir um lobo na sua frente. Mil conjecturas lhe atravessavam o espírito acerca da direção que o animal tomaria e a maneira de atacá-lo. A esperança nele alternava com o desalento. Por várias vezes implorara a Deus que lhe mandasse o lobo direto a ele. Rezava com um arrebatamento um pouco pueril, como acontece quando uma causa insignificante provoca uma violenta emoção. "Que te custava fazeres isso por mim?", dizia ele. "Sei que és poderoso e que é talvez pecado pedir-te uma coisa destas, mas rogo-te, faz com que um lobo velho me apareça e que, diante de meu tio que está ali a espreitar-nos, Karaí lhe ferre os dentes no cachaço."

Milhares de vezes naquela meia hora Rostov percorreu de olhar obstinado, tenso, inquieto, a clareira do bosque, com os seus dois carvalhos de folhas ralas emergindo de um emaranhado de faias, o seu barranco de paredes abruptas e o barrete do tio, que mal se via por cima das moitas, à direita.

"Não, não vou ter essa sorte!", exclamava ele. "E isso que custava? Mas não terei essa sorte! É o que sempre me acontece em tudo, nas cartas, na guerra, só tenho azar!" Austerlitz e Dolokov perpassaram-lhe sucessivamente, com toda a nitidez, diante dos olhos. "Que ao menos uma vez na vida, uma só, me seja dado matar um lobo velho. Nada mais peço!", pensava, enquanto apurava o ouvido e perscrutava à direita e à esquerda, para que não lhe escapasse o menor rumor da perseguição.

De novo voltou a olhar para a direita e pareceu-lhe ver qualquer coisa correndo na sua direção, através do campo deserto.

"Não, não pode ser!", murmurou entre dentes, soltando um suspiro de satisfação, como um homem que vê finalmente realizar-se um sonho muito antigo. Ia cumprir-se um dos seus grandes desejos, e simplesmente, sem alarido, sem ostentação, sem qualquer circunstância particular. Não podia acreditar no que os olhos lhe mostravam, e por momentos essa dúvida manteve-se. Um lobo avançava diante dele, galgando pesadamente o barranco que lhe cortava o caminho. Era um animal já idoso, de lombo esbranquiçado, a barriga ruça e magra. Corria sem grande pressa, persuadido naturalmente de que ninguém o via. Rostov, a respiração suspensa, olhou para os cães. Uns estavam deitados, outros, de pé, mas não tinham visto o lobo e não davam por coisa alguma. O velho Karaí, de cabeça entre as pernas, caçava as pulgas, arreganhando os dentes amarelentos e, ferrando-os, irado, nas patas traseiras.

"Abocanha! Abocanha!", incitou Rostov, em voz baixa, estendendo os lábios. Os cães estremeceram e de um salto ficaram de orelhas espetadas. Karaí deixou de mordiscar as patas, levantou-se, de orelhas espetadas também, e pôs-se a agitar a cauda, de que pendiam tufos de pelo.

"Solto-os ou não?", perguntava Nicolau a si próprio, enquanto o lobo continuava a avançar para ele, afastando-se da floresta. De súbito houve uma mudança no aspecto da fera, parecia inquieto ao ver, coisa provavelmente nova para ele, olhos humanos fitos na sua corpulência e, com a cabeça ligeiramente voltada para o caçador, estacou. "Que eu hei de fazer: continuar a andar ou voltar? Tanto faz! Adiante!", parecia dizer para consigo, e prosseguiu, sem voltar a olhar para trás, em pulos suaves, espaçados, caprichosos, mas firmes.

"Abocanha! Abocanha!...", gritou Nicolau numa voz que não era a sua. E, de rompante, o seu bom cavalo lançou-se barranco abaixo, galgando os charcos, para ir cortar a retirada ao lobo. Mais rápidos ainda do que ele, os cães ultrapassaram-no. Nicolau não ouvia os seus próprios gritos, não se apercebia dos saltos que dava, não via os cães nem o terreno por onde galopava: só via o lobo, que, cada vez mais veloz, galgava os charcos sem mudar de direção. Milka, a cadela preta, de larga anca, foi a primeira a aparecer nas imediações da fera. Cada vez se aproximava mais e mais... E eis que a apanha. Mas o lobo olhou-a de soslaio, e Milka, em vez de forçar a carreira, como era seu costume, alçou o rabo e apoiou-se nas patas dianteiras.

"Abocanha! Abocanha!", gritava Nicolau.

O ruço Liubime surgiu na retaguarda de Milka, lançou-se a sete pernas sobre o lobo e ferrou-lhe os dentes nas patas traseiras. No mesmo instante, contudo, assustado, deu um salto para o outro lado. O lobo acocorou-se, rangendo os dentes, e, erguendo-se de novo, de novo se lançou numa carreira, ganhando avanço, seguido, coisa de um *archine* de distância, por toda a matilha, que não podia apanhá-lo.

"Escapa desta! Não, não pode ser!", disse Nicolau com os seus botões, e continuava a gritar em voz já rouca: "Abocanha! Abocanha!...", procurando com os olhos o seu velho cão, toda a sua esperança. Karaí, com todas as suas forças de velho, puxando quanto podia pelo corpo, os olhos cravados na fera, corria, pesadamente, a seu lado, tentando cortar o passo. No entanto, a agilidade do lobo e a relativa lentidão do galgo indicavam claramente que os prognósticos do resultado seriam favoráveis ao lobo.

Nicolau estava a ver, diante dele, a pequena distância, a mata onde certamente o lobo iria embrenhar-se. Foi então que na sua frente surgiu um caçador e os seus cães, vindos ao seu encontro. Ainda havia uma esperança. Um cachorro castanho ruço, de longo corpo, desconhecido dele e proveniente de uma matilha estranha, lançou-se sobre o lobo e quase o derrubou. Mas a fera, mais célere do que seria de esperar, soergueu-se e voltou-se, de dentes arreganhados, contra o cão, o qual, coberto de sangue, o flanco trucidado, mergulhou, de focinho na terra, lançando uivos desesperados.

"Karaiuchka! Pobrezinho!...", murmurava Nicolau, quase a chorar.

Como a fera tivesse parado, o velho cão, aproveitando a vantagem do que acontecera, já estava a uns cinco passos do lobo, pronto a cortar-lhe o passo. Como se pressentisse o perigo, a fera olhou de soslaio para Karaí, colou a cauda ao ventre e forçou a marcha. Nessa altura Nicolau deu-se conta de que alguma coisa se passava entre a fera e o cão. Num abrir e fechar de olhos, Karaí estava em cima do adversário e os dois foram rolar de cabeça num lodaçal que se abria adiante.

Foi para Nicolau um dos mais felizes momentos da sua vida aquele em que viu os dois animais chafurdando no barranco, o lombo grisalho do lobo a emergir da água, as patas traseiras entesadas, o focinho, de orelhas estiradas, que Karaí abocanhava, aterrado e arquejante. Já se agarrava ao arção da sela, pronto a desmontar e acabar com o lobo, quando, de súbito, do meio da matilha, que acorrera, o focinho da fera se soergueu e as suas patas dianteiras surgiram no rebordo do barranco. O lobo arreganhou os dentes – Karaí já lhe largara o cachaço –, ergueu-se, sobre as patas traseiras, fora do charco, e depois, com o rabo entre as pernas, de novo liberto dos cães, ei-lo que foge correndo. Por sua vez, Karaí, o pelo todo eriçado, confuso e ferido provavelmente, saiu também do fosso.

– Meu Deus! Que hei de fazer? – exclamou Nicolau, desesperado.

O monteiro do tio surgiu a galopar vindo de outro lado, para cortar a passagem do lobo, e de novo a fera se viu cercada pelos cães.

Nicolau, o seu estribeiro, o tio e o monteiro deste andavam à roda da matilha gritando "Abocanha!", prontos a desmontar cada vez que o lobo assentava os quartos traseiros no solo, para de novo voltarem à perseguição assim que ele se refazia e tentava alcançar o matagal, onde estava o seu porto de salvamento.

Desde o princípio da perseguição que Danilo ouvira os gritos dos caçadores e saíra da clareira. Vira o Karaí enrolado com o lobo e detivera a montada quando julgara tudo terminado. Mas como os caçadores não desmontavam, e o lobo, liberto dos seus inimigos, se preparava para fugir, ei-lo que lança o seu alazão, não contra a fera, mas em frente, na direção da floresta, para assim, à imitação do que fizera Karaí, lhe cortar a passagem. Graças a esta manobra caía a galope sobre o lobo no mesmo instante em que, pela segunda vez, os cães do tio o imobilizavam. Danilo galopava sem gritos, uma faca desembainhada na mão esquerda, fustigando, rápido, os flancos tensos do cavalo.

Nicolau não vira nem ouvira nada de Danilo até o momento em que o cavalo deste, arquejante, passou diante dele e em que sentiu como que a queda de um corpo e logo viu o monteiro, no meio dos cães, atacando o lobo pela retaguarda e tentando apanhá-lo pelas orelhas. Tornou-se evidente então, tanto para os cães como para os caçadores e para o próprio lobo, ter chegado o fim.

Assustada, de orelhas encolhidas, a fera tentou ainda soerguer-se, mas os cães assaltaram-na por todos os lados. Danilo, levantando-se, deu um passo a tropeçar e, com todo o peso do corpo, como se se deixasse cair na cama, precipitou-se sobre o animal, agarrando-o pelas orelhas. Nicolau quis atravessá-lo com a faca, mas Danilo murmurou-lhe:

— Não é preciso, vamos amarrá-lo vivo. — E, mudando de posição, assentou um pé no pescoço da fera. Introduziram-lhe uma estaca na goela, amarraram-lhe uma corda, como se lhe atassem um baraço, laçaram-lhe as patas, e Danilo, por duas ou três vezes, virou-o de um lado para o outro.

De semblantes sorridentes, embora cansados, os caçadores carregaram o lobo vivo às costas de um cavalo, que relinchava, assustado, e, entre os latidos da matilha, puseram-se a caminho do local onde fora combinado reunirem-se. Uns a pé, outros a cavalo, todos vieram ver a fera que, com a sua cabeçorra tombada e uma estaca atravessada nas goelas, olhava com os grandes olhos vítreos a turba de cães e de homens que a rodeava. Quando alguém lhe tocava, um frêmito lhe agitava os membros amarrados, e havia nela ao mesmo tempo qualquer coisa de simples e de selvagem. Também o conde Ilia Andreitch lhe quis tocar.

— Oh! Que grande lobo! É velho, não é? — perguntou a Danilo, de pé junto da fera.

— É, sim, Excelência — replicou este, desbarretando-se, ligeiro.

O conde lembrou-se do lobo que deixara fugir e da imprecação de Danilo.

— Estavas muito zangado comigo, hein, rapaz! — segredou-lhe.

Danilo não respondeu; limitou-se a sorrir timidamente, com um sorriso infantil, doce e agradável.

CAPÍTULO VI

O velho conde voltou para casa; Natacha e Pétia prometeram não se demorar. Como ainda era cedo, a caçada prosseguiu. Por volta do meio-dia soltaram os cães em um barranco coberto de mato espesso. Nicolau ficou num campo de restolho, de onde abrangia todos os caçadores.

Diante dele havia uma seara nova, e um pouco mais além, num fosso, estava escondido o seu monteiro, por trás de uma frondosa mata de aveleiras. Assim que soltaram os cães, Nicolau começou a ouvir, de quando em quando, o latido de um deles, conhecido seu. Era o Voltorn. Logo outros cães vieram se juntar a ele, ora calados, ora recomeçando os latidos. Momentos depois, uma voz, lá do matagal, gritou: "Raposo à vista", e toda a matilha se lançou naquela direção, afastando-se de Nicolau.

Este via os caçadores, com os seus gorros encarnados, galopando pela borda do barranco, no meio dos cães, e esperava a todo o momento ver surgir o raposo do outro lado do matagal, na seara nova. O caçador postado no fosso mudou de posição, soltando os cães, e foi então que Nicolau viu um raposo cor de fogo, animal raro, de patas curtas, que, de rabo eriçado, fugia através da seara. Os cães iam em cima dele. À medida que se aproximavam, o bicho ia descrevendo círculos, cada vez mais apertados, pelo meio da matilha, e a cauda sempre a arrastar pelo chão. Por fim caem sobre ele primeiro um cão branco, estranho, depois um preto, e tudo se confunde.

Finalmente, os cães param, formando uma estrela, e assim ficam, quase imóveis, os últimos voltados para o exterior. Dois caçadores lançam-se a galope para o campo de batalha: um, de barrete encarnado, o outro, desconhecido, de cafetã verde.

"Que vem a ser isto?", disse Nicolau para consigo. "De onde veio aquele caçador? Não é o monteiro do tio."

Os caçadores acabaram com o raposo e durante algum tempo ali permaneceram sem matarem o animal nem voltarem a montar. Em torno deles viam-se os cavalos com as suas selas altas e os cães deitados no chão. Os caçadores gesticulavam, apontando para o raposo. A certa altura ressoa a trompa de caça, sinal de disputa.

– É um caçador dos Ilaguine – disse o estribeiro de Nicolau – que está a discutir com o nosso Ivan.

Nicolau deu ordem ao escudeiro para procurar Natacha e Pétia e encaminhou-se, a passo, para o local onde os monteiros concentravam os cães. Alguns dos caçadores dirigiram-se para onde se dirimia o pleito.

Nicolau desmontou e deteve-se junto dos cães com Pétia e Natacha, acabados de chegar, aguardando o resultado da disputa.

O caçador que tomara parte na altercação apareceu na clareira do bosque com o raposo dependurado na sela do seu cavalo e aproximou-se do jovem amo. De longe desbarretou-se, procurando manter uma atitude respeitosa; estava pálido, a cólera sufocava-o e no seu rosto pintava-se a ira. Tinha um dos olhos contundido, mas parecia não dar por isso.

– Que foi? – perguntou Nicolau.

– Pois não estão vendo que eles passam agora a caçar com os nossos cães? Quem pegou o raposo foi a minha cadela cinzenta. Que se atreva a dizer o contrário! Queria apanhar-me o animal! Era o que faltava! Aqui o tem, o raposo dele. E se querem ver como elas mordem! – acrescentou, puxando a faca de caça, como se ainda estivesse perante o adversário.

Nicolau, sem lhe responder, pediu a irmã e a Pétia que o esperassem ali e encaminhou-se para o local onde estavam os caçadores de Ilaguine.

O monteiro vencedor juntou-se ao grupo dos seus camaradas e ali, no meio dos curiosos, relatou a sua façanha.

Eis o que acontecera. Ilaguine, com quem os Rostov andavam em demanda, costumava caçar nas terras da família destes desde tempos imemoriais e, naquele dia, parecia de propósito, aproximara-se do local privativo onde caçava a gente do vizinho, consentindo que um dos seus monteiros seguisse o rasto do animal levantado pelos cães de Rostov. Nicolau, que nunca pusera os olhos em cima de Ilaguine, excessivo sempre nos seus juízos e sentimentos, tendo em vista o que sabia dos atos de violência e arbitrariedade de tal senhor, odiava-o cordialmente, considerando-o o mais figadal dos seus inimigos.

Em grande irritação avançava apertando na mão, furioso, a sua chibata, decidido a recorrer aos atos mais enérgicos e perigosos.

Mal atingira a clareira da floresta, viu encaminhar-se para si um gordo cavalheiro de gorro de castor, montado num belo murzelo e ladeado por dois escudeiros.

Em lugar do inimigo com que contava, deparou-se-lhe em Ilaguine um senhor muito respeitável e cortês, assaz desejoso de conhecer o jovem conde. Assim que se aproximou, desbarretou-se e imediatamente se pôs a dizer quanto lamentava o sucedido, que mandaria castigar o monteiro que se atrevera a seguir o rasto de uma matilha alheia e que tinha muito prazer em travar relações com o moço, oferecendo-lhe, inclusive, as suas terras para nelas caçar.

Receando que o irmão cometesse alguma violência, Natacha seguira-o, de perto, muito emocionada. Ao ver os dois inimigos cumprimentarem-se amistosamente, aproximou-se. Ilaguine ainda mais se desbarretou diante de Natacha, e, sorrindo amavelmente, disse-lhe que a achava o perfeito retrato de Diana tanto na sua paixão pela caça como na sua beleza, de que aliás muito ouvira falar já.

Para reparar a falta do seu monteiro, Ilaguine pediu insistentemente a Rostov que se dignasse passar pelas suas tapadas, a uma versta dali, e onde, segundo ele, as lebres abundavam.

Nicolau acedeu, e o grupo de caçadores, agora duplicado, prosseguiu o seu caminho.

Para se atingir o outeiro de Ilaguine era preciso atravessar os campos. Os monteiros haviam se juntado e lado a lado os amos cavalgavam. O tio de Rostov e Ilaguine examinavam furtivamente os cães uns dos outros, procurando não serem mutuamente notados e sempre no receio de se lhes deparar algum exemplar melhor do que os seus próprios.

A Rostov impressionou-o sobretudo a beleza de uma das cadelas, não muito grande, de pura raça, fina, de músculos de aço, olhos negros à flor da pele e malhas avermelhadas, que fazia parte da matilha de Ilaguine. Ouvira falar na fogosidade dos cães do vizinho e aquela linda cadela parecia-lhe, de fato, rival digna de sua Milka.

No meio de uma conversa muito grave, encetada por Ilaguine, a respeito das colheitas daquele ano, Nicolau chamou-lhe a atenção para a cadela das malhas avermelhadas.

– Parece boa esta cadela – disse-lhe em tom despreocupado. – É fogosa?

– Aquela? Ah, sim, é um belo animal, e caça muito bem – retorquiu Ilaguine com certa indiferença, se bem que, em troca da sua Erza, um ano antes, houvesse cedido a um vizinho três famílias de servos. – Então em sua casa, conde, também não foi grande coisa a colheita? – prosseguiu ele. E porque lhe parecia cortês pagar a gentileza ao jovem conde, pôs-se a examinar-lhe os cães, em especial Milka, cujas amplas formas o haviam impressionado.

– Também aí tem um belo animal. É soberba a cadela das malhas pretas – observou.

– Sim, não é má. Corre bem – replicou Nicolau.

"Se agora aqui nos aparecesse uma lebre velha eu te diria o que ela vale!", pensava ele, e, voltando-se para o escudeiro que o acompanhava, disse-lhe estar pronto a dar um rublo a quem lhe levantasse uma lebre, isto é, a quem a descobrisse na toca.

— Não consigo entender por que é que os caçadores têm inveja do que os outros caçam ou dos cães que os outros possuem. Digo-lhe com toda a franqueza, conde, a mim o que me agrada é um bom passeio. Haverá alguma coisa melhor que uma boa companhia como esta? — De novo tirou o chapéu diante de Natacha. — Lá isso de contar as peles das peças mortas nada me diz!

— Claro, claro.

— Ou pôr-se uma pessoa a discutir lá porque outro cão que não o seu apanhou uma peça de caça... isso de modo nenhum. Para mim, desde que possa admirar o espetáculo de uma caçada é quanto basta. Não lhe parece que tenho razão, conde? Além disso, acho que...

"A ela! A ela!", gritou nesse momento um dos monteiros, estacando. Estava no alto de uma corcova, no meio do restolho, de chicote no ar. E de novo voltou a lançar um grito prolongado: "A ela! A ela!". Este grito e o látego erguido queriam dizer que acabava de descobrir uma lebre na toca.

— Acho que farejou uma lebre — disse Ilaguine com indiferença. — Que lhe parece? Vamos a isto, conde?

— Acho que sim... Mas como? Juntos? — replicou Nicolau, relanceando um olhar a Erza e ao cão ruço do tio, Rugaí, os dois rivais com os quais ainda não medira as forças da sua cadela.

"E se eles deixassem a minha Milka para trás?", cogitava, enquanto encaminhava, na companhia de Ilaguine e do tio, ao encontro da lebre.

— É velha? — inquiriu Ilaguine ao aproximar-se do caçador que descobrira a lebre. Depois, um pouco agitado, afastou-se e assobiou a Erza.

— E então, Mikail Nikanoritch? — perguntou, dirigindo-se ao tio.

O tio cavalgava de cenho carregado.

"Para que eu hei de me meter nisto? Foram os seus cães... então, muito bem, vamos a isto! Cada cão lhe custou uma aldeia! Animais de mil rublos! Pois faça brilhar os seus, eu contentar-me-ei em olhar."

— Rugaí! Aqui, aqui! Rugaiuchka! — gritou, pondo nesse diminutivo toda a ternura e toda a esperança que o cachorro ruço lhe inspirava. Natacha, que percebera a emoção secreta dos dois velhos e do irmão, compartilhava do mesmo sentimento.

O caçador continuava no alto da corcova, de chicote no ar, os amos aproximavam-se a passo. Os cães afastavam-se da lebre e os caçadores também, à exceção dos amos. Todos avançavam lentamente e em silêncio.

– Onde está a lebre? – perguntou Nicolau, quando chegou a uns cem passos do monteiro.

Antes, porém, de ter tempo de responder, a lebre, pressentindo o perigo, abandonara a sua toca e saíra numa carreira. A matilha inteira precipitou-se atrás dela. Toda a partida – por um lado, os picadores, contendo os cães, gritando-lhes: "Alto!", e, pelo outro, os monteiros açulando os galgos: "Abocanha!" –, depois de se agrupar, meteu a trote em direção ao campo. O impassível Ilaguine, Nicolau, Natacha e o tio cavalgavam sem saber para onde, diante deles apenas os cães e a lebre, procurando não perder, por um instante que fosse, o espetáculo da caçada. A lebre era velha e veloz. Depois de cada salto detinha-se e alçava as orelhas, atenta aos gritos e ao trotar dos cavalos que subitamente principiaram a ouvir-se de todos os lados. Tendo dado uns dez pulos sem grandes pressas, deixando aproximar os cães, escolheu a direção e, consciente do perigo, repuxou as orelhas para trás e saiu a toda a brida. Conseguira meter-se no restolho, mas diante dela estendia-se a seara nova, onde o terreno era lamacento. Os dois cães do caçador que levantara a lebre, mais próximos dela do que os outros, foram os primeiros a persegui-la. Mas não tinham corrido muito quando surgiu a cadela de Ilaguine, Erza, a das malhas avermelhadas. A poucos passos da lebre, e na intenção de lhe ferrar os dentes na cauda, largada a toda a velocidade, deu um pulo, mas veio rolar no solo de pernas para o ar. A lebre arqueou o lombo e rompeu numa carreira ainda mais veloz. Atrás de Erza apareceu a cadela de malhas pretas, a Milka, a das ancas largas, que dentro de pouco ganhava terreno sobre a lebre.

– Miluchka! Pequenina! – gritava Nicolau, vitorioso. Parecia que Milka ia apanhar a lebre e cair-lhe em cima, mas logo a ultrapassou, sendo precipitada mais longe. A lebre agachara-se, e de novo a linda Erza se lançou atrás dela, e, mesmo colada à sua cauda, parecia tomar precauções para que desta vez não se enganasse ao ferrar-lhe os dentes na perna traseira.

– Erzauchka! Pequenina! – gritava Ilaguine, numa voz suplicante, e completamente modificada. Mas Erza não ouvia as palavras do dono. Precisamente no momento em que se preparava para abocanhar a lebre, esta deu uma guinada e veio surgir na linha que separava o restolho da seara. Erza e Milka, como uma parelha de cavalos atrelados, seguiam, lado a lado, ao longo da pista. Ali a lebre estava mais à vontade e os cães não podiam batê-la em velocidade.

— Rugaí, Rugaíuchka! Muito bem, vamos a isto! — gritou naquela altura ainda uma nova voz, e Rugaí, o cão ruço e corcunda do tio, estiraçando-se e arqueando o lombo, como que movido por uma mola, alcançou as duas cadelas. Depois passou-lhes adiante, e num grande esforço colou-se à própria lebre, obrigando-a a mudar de direção e a meter pelo meio da seara nova. Perseguiu-a ainda mais encarniçadamente ao longo desses campos lamacentos, enterrando-se até o ventre. De súbito virou os pés por cima da cabeça e rolou com a presa no meio da lama. Então os outros cães rodearam-no, formando uma estrela. Num abrir e fechar de olhos, todos vieram juntar-se à volta dos cães. O tio, o único caçador contente, saltou do cavalo e, pegando a lebre, acabou com ela. Sacudia-a para que o sangue corresse enquanto olhava emocionado para a direita e para a esquerda, rolando as pupilas, sem saber que destino dar às mãos e aos pés e balbuciando palavras sem nexo: "Claro! Muito bem! Vamos a isto! Isto é que é um cão! Chegou para todos, até para os de mil rublos... Muito bem! Vamos a isto!". Sufocava e rolava os olhos com fúria, como se injuriasse alguém, como se toda a gente lhe tivesse ódio, como se o houvessem ofendido e só agora se lhe fosse dado vingar-se. "Pois aí têm para que servem os cães de mil rublos; muito bem; Vamos a isto!"

— Rugaí, toma, toma lá! — gritou atirando ao cão uma das patas da lebre, sujas de terra. — Bem a mereces! Muito bem, vamos a isto!

— Estava muito cansada! Já tinha corrido hoje três vezes — dizia Nicolau, que também não ouvia o que se dizia nem se importava se não o ouvissem.

— Essa é boa! Atravessou-se no caminho! — acorreu o monteiro de Ilaguine.

— Assim foi fácil; depois que o primeiro a deixou escapar, qualquer fraldiqueiro poderia tê-la apanhado — pôs-se a dizer Ilaguine, muito corado, arquejante, quase sem fôlego, por causa da carreira e da emoção. Por sua vez, Natacha, sufocada, soltava gritos de alegria e de entusiasmo tão agudos que vibravam nos ouvidos. Era a sua maneira de traduzir o que os caçadores exprimiam com palavras. E tão selvagens eram os seus gritos que em qualquer outra circunstância ela própria se sentiria envergonhada de soltá-los e os outros não teriam podido deixar de ficar surpreendidos. O tio amarrou a lebre à sela do seu cavalo, com um ar desembaraçado e folgazão, estendeu-a sobre a garupa, como se com tal gesto quisesse censurar alguma coisa aos companheiros, e como se a ninguém quisesse falar saltou para a montada e partiu. Todos os demais, tristonhos e arreliados, acabaram por se separar sem ter podido recuperar o aspecto de afetada indiferença que anteriormente mostravam. Por muito tempo foram seguindo com o olhar o cão ruço e corcunda, que, de lombo coberto de lama e sacudindo a coleira, prosseguia o seu caminho entre as patas do cavalo do amo com ar sereno de triunfador.

"Que diabo! Sou como qualquer outro quando não se trata de perseguir uma peça de caça. Caso contrário, cautela comigo!" Era isto, pelo menos, o que Nicolau julgava depreender da atitude de Rugaí.

Quando daí a pouco o tio se aproximou de Nicolau, este não pôde deixar de se sentir lisonjeado pelo fato de ele se dignar dirigir-lhe a palavra depois de tudo o que se passara.

CAPÍTULO VII

Pela noite, quando Ilaguine se despediu de Nicolau, este se encontrava tão longe de Otradnoie que aceitou o convite do tio para se instalar com a sua gente na casa dele, na sua aldeia de Mikailovka, e aí passarem o serão.

– Era melhor que viessem para a minha casa; muito bem, vamos lá! – disse-lhe ele. – O tempo está úmido, podiam descansar, e a condessinha voltaria para a casa de carro.

Aceitaram a proposta, enviaram um caçador a Otradnoie buscar transporte e os três irmãos se dirigiram para casa do tio.

Cinco criados, entre moços e velhos, acorreram, ao alto da escada principal, a receber o amo. Na escada de serviço juntaram-se dezenas de mulheres, de todas as idades e de todos os tamanhos, espreitando a chegada dos caçadores. A presença de Natacha, uma senhora, e uma senhora a cavalo, despertou tamanha curiosidade nos criados que muitos deles, sem cerimônia, se aproximaram dela para a olharem de perto e sobre ela se puseram a fazer observações, como se se tratasse de um desses fenômenos de feira que, não sendo criatura humana, não ouve nem entende o que dizem a seu respeito.

– Arrinka, olha para ela sentada de lado! Está sentada e tem a saia caída por baixo... e também tem uma trompa!
– Santo Deus, e a faca que ela tem!
– Parece uma tártara!
– E como é que tu não caíste? – perguntou uma mais atrevida, dirigindo-se diretamente a Natacha.

O tio desmontou em frente da escada principal da sua casa rodeada de vegetação e, lançando um olhar aos criados, gritou-lhes, autoritariamente, que se fossem os que ali não faziam falta e que preparassem as coisas para receber os convidados e os caçadores.

Todos dispersaram. O tio ajudou Natacha a desmontar e ofereceu-lhe a mão para ela subir os degraus pouco firmes da escada de madeira. A casa, de vigas à vista e paredes sem reboco, não era de um asseio muito apreciável. Via-se que os seus habitantes pouco se preocupavam com a limpeza. No entanto não se podia dizer que o enxovalho fosse grande. O vestíbulo, de cujas paredes pendiam peles de lobo e de raposa, cheirava a maçãs frescas. O tio conduziu os seus convidados através de uma salinha onde havia uma mesa de desarmar e cadeiras de mogno, depois fê-los entrar numa sala mobiliada com uma mesinha redonda de bétula e um divã e por fim no gabinete de trabalho, com o seu canapé esfarrapado, o seu tapete coçado e as suas paredes decoradas com os retratos de Suvorov, dos pais do proprietário e do próprio fardado de militar. Cheirava muito ali a tabaco e a cães. O tio disse-lhes que se sentassem, que ficassem à vontade como em sua própria casa e saiu da sala. Rugaí, ainda coberto de lama, não tardou a entrar também, indo aninhar-se debaixo do divã, onde se pôs a lamber-se. Do gabinete partia um corredor em que se via um biombo de estofo esfarrapado. Por detrás desse biombo ouviam-se risos e vozes de mulher. Natacha, Nicolau e Pétia desembaraçaram-se dos seus equipamentos de caça e sentaram-se no divã. Pétia, com a cabeça encostada ao braço, não tardou a adormecer; Natacha e Nicolau ficaram calados. Com a cara afogueada, morriam de fome, mas estavam alegres. Entreolhavam-se. Uma vez a caçada finda, Nicolau achava desnecessário continuar a manter perante a irmã a sua superioridade de homem. Natacha piscou-lhe o olho e os dois, sem poderem conter-se, romperam em grandes gargalhadas antes mesmo de encontrarem um motivo que justificasse o riso.

Daí a pouco voltava o tio de sobrecasaca, calça azul e botas de meio cano. E Natacha percebeu que aquele traje, que tanto a surpreendera e lhe despertara tamanha troça certo dia em que vira o tio assim vestido em Otradnoie, não era afinal nem pior nem melhor que o redingote e o fraque. O velho também estava muito alegre: não só não se ofendeu com as gargalhadas dos dois irmãos, pois não lhe passava pela cabeça que eles se rissem da sua maneira de vestir, como se juntou a eles e riu também.

– Muito bem, menina condessa, muito bem! Vamos a isto! Nunca na minha vida vi uma menina assim – disse, oferecendo a Rostov um cachimbo de pipo comprido e tomando para si outro de pipo mais curto, que enchia com três dedos, conforme o seu costume. – Todo o dia a cavalo como um homem, ninguém diria!

Entrementes, uma criada, naturalmente descalça, a avaliar pelo som abafado dos passos, abriu a porta e uma formosa quarentona, cheia, de duplo queixo, lábios vermelhos e grossos, entrou no gabinete com uma bandeja cheia de iguarias. Com ar hospitaleiro e gestos afáveis, observou os convidados enquanto os saudava respeitosamente com um sorriso cordial. Apesar da rotundidade invulgar, que a obrigava a empinar o seio e o ventre e a manter a cabeça inclinada para trás, esta mulher, a governanta do tio, tinha um andar muito leve. Aproximou-se da mesa, colocou sobre ela a bandeja e habilmente, com as suas mãos brancas e rechonchudas, pôs-se a retirar dela, o que fez num abrir e fechar de olhos, as garrafas, os *zakusskis* e as outras iguarias que a pejavam. Feito isto, afastou-se e, com um sorriso nos lábios, deixou-se ficar no limiar da porta. "Aqui têm! E agora compreendes o teu tio?", parecia dizer a Rostov aquela aparição. Como não compreendê-lo? Não só Rostov, como a própria Natacha, compreendiam o tio e o que significavam aquelas suas sobrancelhas um pouco altivas e aquele seu sorriso feliz e satisfeito que lhe perpassava pelos lábios quando entrara Aníssia Fiodorovna. A bandeja trouxera vodca, licores, cogumelos em vinagre, folhados de trigo, mel cozido e espumoso, maçãs, nozes frescas e torradas e nozes com mel. Aníssia Fiodorovna voltou a sair e depôs ainda em cima da mesa marmelada com mel e açúcar, presunto e um frango acabado de sair do forno.

Tudo isto fora cuidado e preparado por Aníssia Fiodorovna. Tudo sabia, por assim dizer, a Aníssia Fiodorovna e tinha a sua frescura, o seu asseio, a sua brancura e o seu agradável sorriso.

– Coma, menina condessinha – disse ela, enquanto ia oferecendo a Natacha agora isto, logo aquilo.

Natacha de tudo comeu e parecia-lhe nunca ter visto nem comido tão bons folhados, tão perfumada marmelada, tão boas nozes com mel e um frango tão apetitoso. Aníssia Fiodorovna saiu.

Rostov e o tio beberam licor de cerejas enquanto iam falando de caçadas, de Rugaí, dos cães de Ilaguine. Natacha, de olhos brilhantíssimos, mantinha-se muito direita no divã e escutava-os. Por várias vezes tentara acordar Pétia, para que ele comesse alguma coisa, mas este apenas soltara palavras ininteligíveis, sem conseguir despertar. Natacha estava tão alegre e sentia-se tão bem naquele meio novo para ela que só receava ouvir chegar cedo demais os *drojkis*[37] que a viriam buscar. Depois de um momento de silêncio inesperado, como costuma acontecer na casa daqueles que recebem pela primeira vez pessoas conhecidas, o tio disse, como se respondesse ao pensamento íntimo dos seus hóspedes:

– E aqui têm como vou acabando os meus dias... Depois de uma pessoa morrer, muito bem, vamos a isto! Acaba-se tudo! Então para que a gente há de ser infeliz?

Muito expressiva era a cara do tio! Parecia quase belo ao dizer estas palavras. Ao espírito de Rostov acorreu então o bem que o pai e os vizinhos diziam dele. Em todo o distrito gozava da reputação do mais desinteressado e do mais nobre dos homens. Era chamado para servir de árbitro nas questões de família, davam-no como executor testamentário, confiavam-lhe segredos, tinham-no eleito para o cargo de juiz e ainda para outras funções, mas ele recusara aceitar qualquer emprego público. Passava os meses de outono e da primavera a percorrer os campos no seu alazão, no inverno deixava-se ficar em casa e no verão estendia-se à sombra das árvores do seu frondoso jardim.

– Por que o tio não presta serviço no exército?

– Fui funcionário, mas depois deixei disso. Essas coisas não são para mim. De nada entendo. Isso é bom para vocês. Seria perder o meu latim. Já a caça é outro negócio. Abram a porta – gritou. – Para que a fecharam?

A porta, no extremo do corredor, a que o tio chamava o "colidor", abria para o cubículo dos caçadores, nome que era dado à habitação do pessoal servo das caçadas.

Ouviram-se uns pés descalços que caminhavam apressadamente e uma mão invisível abriu a porta do cubículo dos caçadores.

---

37. Uma espécie de carruagem russa. (N.E.)

Do corredor chegavam, nítidas, as notas de uma *balalaika,* tocada, evidentemente, por um virtuoso na sua arte. Havia algum tempo já que Natacha prestava ouvidos àquela música e saiu para o corredor para melhor ouvi-la.

– É o meu cocheiro, o Mitka... Comprei-lhe uma rica *balalaika.* Gosto muito! – disse o tio.

Era costume de Mitka, depois de uma caçada, pôr-se a tocar o seu instrumento no cubículo dos caçadores. O tio apreciava muito ouvi-lo.

– Mas que bem! Francamente, toca muito bem! – disse Nicolau um pouco desprendidamente, como que envergonhado de confessar que aquela música lhe agradava.

– Toca bem! – exclamou Natacha, ofendida com o tom do irmão. – Mas é um encanto!

Assim como os cogumelos, o mel e os licores do tio pareceram a ela os melhores do mundo, a canção que ouvia era para ela o suprassumo da arte musical.

– Continue, peço-lhe, continue – suplicou ela, da porta, quando o instrumento emudeceu. Mitka afinou a *balalaika* e atacou de novo as notas da *Barinia*[38], com variações e matizes. O tio escutava de cabeça inclinada e um leve sorriso nos lábios. O tema da *Barinia* repetiu-se algumas vezes. Por várias vezes se puseram a afinar o instrumento e de novo voltava à mesma ária, sem cansar o auditório, que continuava a pedi-la. Aníssia Fiodorovna apareceu e apoiou-se pesadamente à ombreira da porta[39].

– Está ouvindo? – perguntou Natacha, com um sorriso se diria decalcado do tio. – Ah, que bem que toca!

– Esta passagem não a toca bem! – exclamou o tio, de súbito, fazendo um gesto enérgico. – Ali é preciso um trinado, sim, muito bem, vamos a isto! É preciso um trinado!...

– Sabe tocar? – perguntou Natacha.

O tio sorriu e não respondeu.

– Vai, Anissiuska, vai ver se a minha guitarra tem cordas. Há muito tempo que não toco; muito bem, vamos lá! Tinha-a posto de lado.

Aníssia Fiodorovna apressou-se, com o seu passo ligeiro, em dar cumprimento à ordem do amo, e apareceu com a guitarra.

---

38. A canção *Barinia* (Senhora) é uma canção popular antiga, impropriamente designada, às vezes, por *tzigana*. É própria para ser cantada pela criadagem. (N.E.)
39. Atitude habitual dos servos na presença dos senhores. (N.E.)

O tio, sem cerimônias, soprou o pó do instrumento, bateu com os dedos ossudos na caixa, afinou-o e instalou-se na poltrona. Num gesto algo teatral, com o cotovelo esquerdo afastado do corpo, agarrou na guitarra pelo alto do braço e, depois de ter piscado o olho a Aníssia Fiodorovna, em vez de atacar as notas da *Barinia,* após um acorde sonoro e puro, pôs-se a trinar, tranquilo, lentamente e com mão segura, uma melodia muito serena, a conhecida canção "Pela estrada empedrada". Nicolau e Natacha sentiram vibrar na sua alma em uníssono e com alegria o tema daquela canção – a alegria que respirava todo o ser de Aníssia Fiodorovna. A governanta ficou toda corada e, escondendo a cara no lenço, partiu sem deixar de sorrir.

O tio continuava a tocar com energia, precisão e firmeza, lançando um olhar inspirado para o lugar onde estivera Aníssia Fiodorovna. Um vago sorriso lhe irradiava do rosto e do bigode grisalho, acentuando-se à medida que a canção prosseguia, que acelerava o ritmo e se tornava mais emocionante em certos passos.

– É maravilhoso, é maravilhoso, tio! Mais, mais! – exclamou Natacha, quando ele acabou. Saltando do divã, lançou os braços à volta do pescoço do tio e beijou-o. – Nikolenka! Nikolenka! – acrescentou, voltando-se para o irmão, como a dizer-lhe: "Que tal?".

Nicolau também estava encantado. O tio atacou de novo a canção. O rosto sorridente de Aníssia Fiodorovna apareceu outra vez à porta e atrás dela outras pessoas.

Espera, espera, moça
grita ele quando ela à fonte vai.

E uma nova variação lhe brotou dos dedos, rematando num acorde que ele acompanhou com um movimento de ombros.

– Continue, continue, querido tio! – suplicou Natacha, tão implorativamente que se diria a sua vida correr perigo.

O tio levantou-se e então foi como se houvesse nele dois homens: um, sério, que sorria ao alegre companheiro, e o outro, o folião, que se entregava a ingênuos trejeitos antes de principiar a dançar.

– Anda, sobrinha! – gritou. E, com um movimento da mão, feriu um acorde.

Natacha tirou o lenço, colocou-se diante do tio e com as mãos na cintura, à espera, fez um movimento de ombros.

Onde, quando e como é que aquela condessinha, educada por uma emigrada francesa, pudera, apenas em contato com o ar russo que respirava, assimilar aquele à vontade, aquelas maneiras que o *pas de châle* de há muito deveria ter anulado? Mas a verdade é que Natacha fez precisamente os gestos e tomou as atitudes inimitáveis, não aprendidas, legitimamente russas, que o tio esperava dela. Assim que ela se plantou diante do tio, com a sua expressão sorridente de confiança em si própria e de malícia, o receio que se apossara de Nicolau e dos demais assistentes, que a julgaram incapaz de chegar ao fim, desapareceu e todos se puseram a admirá-la. Tão bem se saiu que Aníssia Fiodorovna, que lhe passara logo o xale indispensável aos meneios, se pôs a rir com as lágrimas nos olhos diante daquela menina delgada, graciosa, tão diferente dela em tudo, criada no meio das sedas e dos veludos, e que tão bem sabia exprimir a sua própria alma, dela, Aníssia Fiodorovna, e a do pai de Aníssia e a de sua tia e a de sua mãe e a de cada russo em particular.

– Muito bem, condessinha, muito bem, vamos lá! – exclamou o tio, rindo, assim que a dança acabou. – Bravo, minha sobrinha! Agora só precisas arranjar um bom marido; muito bem, vamos lá!

– Já o arranjou! – disse Nicolau, a sorrir.

– Hein! – voltou o tio, surpreendido e interrogando-a com o olhar. Natacha, com um sorriso feliz, acenou afirmativamente com a cabeça.

– E que marido! – exclamou ela. Mas assim que acabara de pronunciar estas palavras, outras ideias e outros sentimentos tomaram conta dela. "Que queria dizer o sorriso de Nicolau quando exclamara: 'Já o arranjou!'. Gostará ou não deste casamento? Parecia querer dizer que o meu Bolkonski não aprovaria, não compreenderia a nossa alegria. Engana-se, compreenderia tudo. Onde estará ele neste momento?" E, de súbito, uma grande tristeza se pintou no seu rosto. Por pouco tempo, porém. "Não pensemos nisto! Não tenho que pensar nisto!", disse para consigo, e, retomando o seu sorriso, veio sentar-se de novo ao lado do tio, para lhe pedir que tocasse mais alguma coisa.

O tio tocou outra canção e uma valsa, e depois de um silêncio tossicou e pôs-se a entoar a sua canção de caça preferida:

Como ela caía
A neve pela noite...

Cantava, como o povo costuma cantar, com a mesma inocente certeza de que todo o sentido da canção está nas palavras, que a melodia se vem juntar a ela por si, naturalmente, e que por si própria não existe, apenas serve para reger a cadência. É essa a razão por que aquele canto, tão inconsciente, por assim dizer, como o de uma ave, era tão belo na voz do tio. Natacha, fora de si, decidiu ali mesmo que não continuaria a estudar harpa e que queria aprender a tocar guitarra. Pediu ao tio que lhe emprestasse o instrumento e pôs-se imediatamente a dedilhar uma canção.

Às dez da noite chegaram uma *lineika*[40], alguns *drojkis* e três cavaleiros que vinham buscar Natacha e Pétia. O conde e a condessa, que não sabiam onde eles se encontravam, estavam inquietos, no dizer dos homens.

Pegaram em Pétia, mesmo a dormir, e deitaram-no, como morto, na *lineika*. Natacha e Nicolau instalaram-se nos *drojkis*. O tio enrolou a sobrinha em cobertores e despediu-se dela com grande ternura. Acompanhou-os a pé até à ponte, que precisavam contornar para passar a vau, e deu ordem aos monteiros que fossem adiante com lanternas.

— Adeus, minha querida sobrinha — gritou-lhe, na obscuridade. E a sua voz não era a voz de todos os dias, mas a voz que tinha quando entoava a sua canção:

Como ela caía
A neve pela noite...

Na aldeia, que atravessaram, havia muitas luzes vermelhas e cheirava ao bom aroma da fumaça das lareiras.

— Que tio encantador! — exclamou Natacha, quando principiaram a rolar na estrada real.

— É verdade — replicou Nicolau. — Não tens frio?

— Não, estou muito bem, muito bem. Sinto-me tão bem! — volveu ela, como que surpreendida com o bem-estar que sentia.

Por muito tempo foram calados. A noite estava escura e úmida. Não se viam os cavalos, ouvia-se apenas seu tropear na lama invisível.

Que se passava naquela alma impressionável de criança, pronta a refletir e a assimilar tão avidamente as impressões mais diversas? Como é que tudo isso se organizava dentro dela? De qualquer modo sentia-se muito feliz. Quando se aproximaram de

---
40. Outra espécie de carruagem. (N.E.)

casa, subitamente, pôs-se a cantar a canção: "Como ela caía...", a qual viera procurando de memória todo o percurso e finalmente aprendera.

— Apanhaste-a afinal! — disse-lhe Nicolau.

— Em que estavas a pensar agora, Nikolenka? — perguntou Natacha.

Às vezes gostavam de fazer um ao outro esta pergunta imprevista.

— Eu? — balbuciou Nicolau. — Pois bem! Primeiro pensei que o Rugaí, o cão ruço, se parece com o tio, e que, se ele fosse homem e o tio cão, o teria sempre em casa, senão para caçar, para seu regalo. Nunca o largaria. Que bom caráter aquele tio! Não achas? E tu, em que estavas a pensar?

— Eu? Espera aí. Ah, sim, já sei, primeiro pensei: aqui vamos nós de carro como se fôssemos para casa, mas não vamos; só Deus sabe para onde, por este negrume, e de repente eis que chegamos não a Otradnoie, mas a um país encantado. Depois pensei... Não, em nada mais pensei...

— Sei, tenho a certeza de que pensaste nele — acrescentou Nicolau, com um sorriso, que assim pelo menos parecia a Natacha graças à entonação da voz nas trevas.

— Não — replicou ela, embora, efetivamente, houvesse pensado no príncipe André ao perguntar-se a si própria se o tio seria homem para agradar a ele. — E todo o caminho tenho vindo a dizer: que boa aquela Anissiuska, como ela sabe... — E Nicolau adivinhava, na obscuridade, o riso sem razão de Natacha, sonoro e feliz. — Queres saber? — continuou ela, de súbito. — Sinto que nunca mais hei de voltar a ser tão feliz, tão tranquila como neste momento.

— Que tolice! — exclamou Nicolau, enquanto pensava: "Que encantadora esta Natacha! Nunca tive nem nunca terei uma amiga como ela! Para que há de casar? Poderíamos andar sempre os dois juntos!".

"Que encantador este Nicolau!", pensava Natacha, pelo seu lado.

— Olha, ainda há luz no salão — disse ela, apontando para as janelas que brilhavam na obscuridade úmida e aveludada da noite.

CAPÍTULO VIII

O conde Ilia Andreitch renunciara às suas funções de marechal da nobreza porque isso lhe acarretava grossas despesas.

No entanto as suas finanças não davam mostras de melhorar. Por vezes, Natacha e Nicolau surpreendiam os pais em conversas secretas e inquietantes e acabaram por perceber tratar-se da venda do rico patrimônio senhorial dos Rostov em Moscou e da propriedade nas imediações da capital. Desde que se demitira do seu cargo, o conde já não precisava oferecer grandes recepções, e a vida de Otradnoie tornou-se mais sossegada do que nos anos anteriores. Nem por isso, contudo, a enorme casa e os pavilhões anexos tinham menos gente. À mesa juntavam-se todos os dias mais de vinte convivas: familiares, gente da casa, como que da família, ou então pessoas que se diria não poderem deixar de lá viver. Era o caso de Dimmler, o músico, e da sua mulher, o do mestre de dança Ioguel e de toda a sua família, o da velha solteirona Bielova e o de muitos outros ainda, como os preceptores de Pétia e uma antiga preceptora das meninas ou, então, nada mais nada menos que os indivíduos que achavam muito mais prático viver na casa do conde que na sua própria. É certo não haver tão grandes reuniões como outrora, mas o trem de vida mantinha-se o mesmo, e o conde e a condessa pareciam não saber viver de outra maneira. Conservavam sempre o mesmo pessoal das caçadas, ainda aumentado pela presença de Nicolau, na cocheira lá estavam sempre os mesmos cinquenta cavalos e os seus quinze cocheiros, e eram sempre os mesmos ricos presentes pelos aniversários e os mesmos banquetes de gala em tais ocasiões, com a presença do pessoal das vizinhanças, e as mesmas partidas de uíste ou de *boston*, em que o conde habitualmente mostrava as cartas a todos os parceiros, de onde resultava os vizinhos do lugar o aliviarem regularmente de algumas centenas de rublos, considerando, por isso mesmo, fonte de receita muito vantajosa aquelas partidas de cartas do conde Ilia Andreitch.

O conde caminhava às cegas pelo meio da imensa rede dos seus embaraços financeiros, procurando convencer-se de que não se enredava e comprometendo-se cada vez mais. Não tinha ânimo quer para romper com aquela rede, quer para tomar disposições sábias e pacientes próprias para acabar com ela. A condessa, no fundo do seu coração amantíssimo, pressentia a ruína dos seus filhos, dizendo para consigo que o conde não era culpado, que não podia ser de outra maneira, que ele próprio sofria, embora o escondesse, por causa daquela situação deplorável, tanto para ela como para os seus, e lá ia procurando uma solução. Do seu ponto de vista de mulher, só uma se lhe oferecia: casar Nicolau com uma herdeira rica.

Eis a sua última esperança, ciente de que se Nicolau recusasse o partido que ela lhe propunha seria necessário renunciar para sempre a restabelecer a situação. Esse partido era nem mais nem menos que Júlia Karaguine, filha de excelentes e virtuosos pais, íntima de Rostov desde criança e presentemente rica herdeira à espera de noivo por virtude do falecimento de seu último irmão.

A condessa escreveu diretamente, para Moscou, a Madame Karaguine falando-lhe deste plano, e recebeu resposta favorável. Madame Karaguine dizia-lhe que pela sua parte estava de acordo, mas que tudo dependia das inclinações de sua filha. Convidava Nicolau a ir a Moscou.

Por várias vezes a condessa, com lágrimas na voz, dissera ao filho que, neste momento em que suas irmãs estavam arrumadas, o seu único desejo seria vê-lo casado. Garantira-lhe que morreria descansada se isso acontecesse. E acrescentara depois que já lançara as suas vistas sobre uma encantadora moça desejosa de saber o que Nicolau pensava do caso.

Aproveitando certas ocasiões fizera o elogio de Júlia e aconselhara Nicolau a que fosse a Moscou, para se distrair, quando das festas do Natal. Nicolau, que facilmente adivinhara a intenção da mãe, obrigou-a um dia a explicar-se com toda a franqueza. A mãe declarou-lhe que a única esperança no restabelecimento da fortuna dos seus assentava agora no casamento dele com Mademoiselle Karaguine.

– Quer dizer, mãe, que se eu gostasse de uma menina sem fortuna, eras capaz de me obrigar a sacrificar o meu amor e a minha palavra por causa do dinheiro? – disse ele à condessa, sem se dar conta da crueldade da pergunta e apenas na intenção de mostrar a sua nobreza de sentimentos.

– Ainda não me compreendeste – volveu-lhe a mãe, que não sabia como justificar-se. – Não me compreendeste, Nikolenka. O que desejo é a tua felicidade. – Falando assim ela sabia muitíssimo bem que não dizia a verdade. E por isso, muito perturbada, rompeu a chorar.

– Mãe, não chore, basta que me diga ser isso o que quer de mim, e fique certa de que estarei pronto a dar a minha vida, que estarei pronto a tudo para vê-la satisfeita. Tudo sacrificarei pela senhora, até os meus sentimentos.

Mas a condessa não o ouvia. Não lhe pedia que se sacrificasse. Era ela quem teria querido sacrificar-se por ele.

– Não, não me compreendeste, não falemos mais nisso – disse ela enxugando as lágrimas.

"Sim, posso gostar de uma moça pobre," dizia Nicolau para si mesmo, "e então será preciso que eu sacrifique ao dinheiro os meus sentimentos e a minha palavra. Custa-me a crer que minha mãe me tenha proposto uma coisa destas. Só porque Sônia é pobre não posso amá-la, não posso corresponder ao seu amor fiel e devotado? E por certo serei mais feliz com ela que com essa espécie de boneca que é a tal Júlia. Sacrificar os meus sentimentos, eis o que estou pronto a fazer por amor de meus pais, mas o que não posso é anulá-los. Se amo Sônia, este amor, para mim, está mais alto e é mais forte do que tudo o mais.".

Nicolau não partiu para Moscou, a condessa nunca mais lhe falou no casamento, e contristada e, às vezes, até encolerizada, observava a intimidade cada vez maior entre o filho e Sônia, menina sem dote. Embora se censurasse a si própria, não podia evitar certos azedumes para com Sônia e certas quizílias com ela, interpelando-a sem motivo e tratando-a por "senhora" e "minha querida". E o que mais irritava a boa condessa era o fato de esta pobre sobrinha sua, de olhos pretos, ser tão meiga, tão boa, tão dedicada e tão reconhecida para com os seus benfeitores e tão fiel, tão constante, tão desinteressada no seu amor por Nicolau que em verdade era impossível censurar-lhe qualquer coisa.

Nicolau estava a chegar ao termo da sua licença na casa dos pais. Recebera-se do príncipe André uma nova carta – a quarta –, esta de Roma, onde ele dizia que há muito devia estar de regresso, caso não tivesse acontecido, inopinadamente e em virtude do clima quente, a abertura de sua ferida, o que o forçava a adiar a partida até o princípio do ano próximo.

Natacha ainda estava enamorada do noivo, a certeza de ser amada sossegava-lhe a imaginação e continuava a mostrar-se acessível a todas as alegrias da vida. A verdade, porém, é que, após o quarto mês de separação, era tomada por momentos de tristeza contra os quais não sabia lutar. Tinha pena de si própria, lamentava todo aquele tempo perdido sem proveito para ninguém, quando era certo sentir-se capaz de amar e de ser amada.

Na casa dos Rostov a alegria acabara.

CAPÍTULO IX

Chegaram as festividades do Natal[41], e, à exceção da missa solene, das felicitações rituais e enfadonhas dos vizinhos e dos criados, dos trajos novos que cada um estreara, nada de especial assinalou essa quadra. No entanto, com aquele frio de vinte graus abaixo de zero, sem vento, aquele dia de um sol claro, resplandecente, e aquela noite de inverno picada de estrelas, era impossível não se sentir a necessidade de celebrar a noite de qualquer modo.

No terceiro dia das festas, depois do jantar, cada um se retirou para os seus aposentos. Foi o momento mais enfadonho da jornada. Nicolau, que nessa manhã andara em visita aos amigos da vizinhança, adormecera na sala do divã. O velho conde descansava no seu gabinete. No salão, em torno da mesa redonda, Sônia copiava um desenho e a condessa fazia uma paciência. Nastásia Ivanovna, o bufão, sentara-se, de expressão triste, ao pé da janela, com duas velhinhas. Natacha entrou na sala, foi direto a Sônia, deitou os olhos ao trabalho que ela tinha entre mãos e acercou-se da mãe, junto da qual se deixou ficar parada, sem abrir a boca.

– Que andas tu aí a fazer como uma alma penada? – disse-lhe a mãe. – De que precisas?

– Preciso "dele"... e já, preciso dele neste mesmo instante – replicou Natacha, os olhos brilhantes e uma expressão muito séria.

A condessa abriu os olhos e fitou a filha atentamente.

– Não olhe para mim, mãe, não olhe para mim, ou ponho-me a chorar imediatamente.

– Senta-te, senta-te perto de mim.

– Mãe, é dele que eu preciso. Que ando eu aqui a fazer, mãe?

Suspendeu-se-lhe a voz, os olhos encheram-se de lágrimas, e para escondê-las apressou-se em virar o rosto e sair.

Entrou no seu quarto, hesitou um momento, refletindo, e dirigiu-se para a dependência do pessoal. Uma criada idosa repreendia uma moça que acabava de entrar, tiritando de frio, vinda das dependências dos criados.

– Basta de divertimentos – dizia a velha. – Há tempo para tudo.

---

[41]. Pelo Natal, na Rússia, havia o costume de fazer mascaradas, e mascarados os parentes se visitarem. (N.E.)

– Deixa-a, Kondratievna – interveio Natacha. – Vai, anda, vai, Mavrucha.

Depois de pôr Mavrucha em liberdade, Natacha atravessou o salão e dirigiu-se ao vestíbulo. Um velho e dois lacaios moços jogavam cartas. Ao vê-la chegar suspenderam a partida e puseram-se de pé.

"Que lhes hei de dar a fazer?", disse Natacha para consigo mesma.

– Vamos, Nikita, faz favor.

"Onde hei de mandá-lo?", murmurou para si mesma.

– Vai à dependência dos criados e traz-me um galo, e tu, Micha, vai buscar-me aveia.

– Não muita aveia? – perguntou Micha, jovial e divertido.

– Vai, vai, corre! – interveio o velho.

– E tu, Fiodor, vai-me buscar greda.

Ao passar pela copa, deu ordem para se preparar o samovar, embora ainda não fossem horas.

O mordomo Foka era o homem mais desabrido de toda a casa. Natacha gostava de manifestar a autoridade que tinha sobre ele. Foka não queria acreditar nos seus ouvidos e foi informar-se se devia obedecer.

– Oh! Estas meninas! – exclamou Foka, fingindo má cara a Natacha.

Ninguém em casa incomodava tanta gente nem dava tanto que fazer como Natacha. Quando via alguém desocupado, logo tratava de lhe ordenar algo. Parecia procurar testar se as pessoas não se zangariam com ela, se não se enfadariam com as ordens que ela dava, mas a verdade é que todos se apressavam a executá-las com muito maior satisfação do que quando obedeciam às ordens de outros.

"Que hei de fazer? Onde é que irei?", perguntava ela a si mesma pelo corredor afora.

– Nastásia Ivanovna, que filhos porei eu no mundo? – perguntou ao bufão, que vinha ao encontro dela, metido na sua *katsaveika*[42].

– Pulgas, cigarras, grilos – replicou o bufão.

"Meu Deus, meu Deus, sempre a mesma coisa! Onde hei de ir me meter? Que hei de fazer?" E batendo com os pés no chão, galgou a escada de Ioguel, que vivia com a mulher no andar de cima.

---

42. Jaqueta feminina tradicional, geralmente forrada de pele. (N.E.)

Ali estavam as duas preceptoras, na mesa havia pratinhos com uvas secas, alfarrobas e amêndoas. As preceptoras falavam da carestia da vida, comparando os preços de Moscou com os de Odessa. Natacha sentou-se, ficou a ouvir a conversa, com ar sério e cismador, e depois levantou-se.

– A ilha de Madagascar – exclamou. – Ma-da-gas-car – repetiu, destacando as sílabas, e, sem responder a Madame Schoss, que lhe perguntava o que ela dizia, saiu.

Pétia, o irmão, estava também no andar de cima, preparando, com o auxílio do seu velho preceptor, um fogo de artifício que queria queimar nessa noite.

– Pétia! Pétia! – gritou-lhe ela – leva-me a cavalo até lá embaixo.

Pétia veio a ela e ofereceu-lhe as costas. Natacha saltou-lhe para cima, passando-lhe os braços em volta do pescoço. Pétia, cambaleando, deu alguns passos com a irmã sobre as costas.

– Obrigada, é quanto basta... ilha de Madagascar – articulou ela, e, pondo os pés no chão, voltou a descer a escada.

Como se tivesse percorrido os seus estados e, depois de fazer sentir bem a sua autoridade, se sentisse satisfeita com a obediência dos súditos, sem deixar de reconhecer o enfado de todos, regressou ao salão, pegou uma guitarra, sentou-se num recanto sombrio atrás de um armário e, pisando as cordas, procurou dedilhar um compasso de que se lembrava e que ouvira na ópera em Petersburgo, na companhia do príncipe André. Para os outros o que ela estava a tocar nada lhes dizia, mas para ela aquelas notas despertavam-lhe muitas recordações. Ela ali estava, atrás do armário, os olhos fitos numa zona de luz que se projetava da porta da copa, escutando-se a si mesma e recordando-se. Toda ela se afundava na evocação do tempo passado.

Sônia, com um copo na mão, atravessou a sala na direção da copa. Natacha relanceou-lhe um olhar em que perpassou, igualmente, a fenda da porta entreaberta, e teve a impressão de ter visto já aquela faixa de luz e Sônia passando com um copo na mão. "Sim, exatamente como agora", murmurou ela.

– Sônia, que é isto? – gritou-lhe Natacha, pisando o bordão da guitarra.

– Ah! Estás aí – disse Sônia, estremecendo. Aproximou-se para a ouvir. – Não sei. Talvez "A tempestade", não? – acrescentou timidamente, receando enganar-se.

"Pois bem! Sim, foi assim mesmo que ela estremeceu, foi assim mesmo que se aproximou e que timidamente sorriu da outra vez, quando tudo isto se passou", dizia Natacha. "E então também pensei, como agora, que lhe faltava alguma coisa."

– Não, não, é o coro dos Aguadeiros, não ouves? – E pôs-se a trautear, de ponta a ponta, todo o motivo, para que Sônia se recordasse. – Aonde ias? – perguntou-lhe.

– Mudar a água do copo. Acabei o meu desenho.

– Tu tens sempre que fazer, mas eu, como vês, para nada tenho jeito. E Nicolau, onde está ele?

– Está dormindo, creio.

– Vai acordá-lo, Sônia – voltou Natacha. – Diz-lhe que venha cantar aqui.

Natacha continuou agachada no seu canto, perguntando-se a si mesma como podia ter aquilo acontecido e, sem ser capaz de resolver esse problema, o que, de resto, não lhe preocupava, transportou-se de novo, em imaginação, à época em que ela e André estavam juntos e ele a fitava com os seus olhos apaixonados.

"Ah! Que venha o mais depressa possível. Tenho tanto medo que ainda se demore muito! E depois tudo será diferente, estou a envelhecer, é o que é! Já não serei como agora. E quem sabe? Talvez ele chegue hoje, talvez chegue agora mesmo. Quem sabe se já chegou e já está lá embaixo no salão! Quem sabe se já chegou ontem e foi isso que eu esqueci!"

Levantou-se, pousou a guitarra e entrou no salão.

Todos da casa, os preceptores, as preceptoras e os hóspedes se sentavam já à mesa do chá. Os criados estavam de pé em volta da mesa, mas em parte alguma o príncipe André, e tudo decorreu como de costume.

– Ah! aí está ela! – disse Ilia Andreitch ao ver entrar Natacha. – Muito bem, senta-te aqui a meu lado. – Mas Natacha deteve-se junto da mãe, enquanto, com os olhos, parecia procurar alguma coisa.

– Mãe – exclamou. – Eu quero ele o mais depressa possível. – E de novo lhe custou refrear as lágrimas.

Sentou-se à mesa e ficou a ouvir a conversa das pessoas mais idosas e de Nicolau, que chegou depois dela. "Meu Deus, meu Deus! Sempre as mesmas caras, sempre as mesmas frases, sempre o pai com a chávena na mão a soprar o chá, como todos os dias!", murmurou ela para consigo, sentindo-se tomada por uma profunda aversão contra toda aquela gente, nada mais nada menos por todos eles serem iguais todos os dias.

Depois do chá, Nicolau, Sônia e Natacha dirigiram-se à sala do divã, procurando refugiar-se no seu recanto favorito, onde conversavam sempre com a maior intimidade.

CAPÍTULO X

– Não te acontece às vezes pensar – disse Natacha ao irmão, uma vez instalados –, não te acontece pensar que nada mais terás, absolutamente mais nada, que toda a felicidade que podias usufruir já te foi concedida? E isto não é tão triste?

– Naturalmente! – volveu ele. – Às vezes, quando me sinto feliz, quando todos estão alegres em volta de mim, de repente sinto uma espécie de desgosto de tudo e vem-me à ideia que todos temos de morrer. Uma vez, quando estava na tropa, não quis sair a passear, embora a música estivesse tocando no jardim... Fui tomado por um tédio tal...

– Oh! sei muito bem o que isso é! Como te compreendo! – acorreu Natacha. – Era ainda muito pequenina quando isso aconteceu. Lembras-te? Tinham-me castigado por eu ter comido ameixas. Enquanto todos vocês dançavam, eu fiquei fechada na sala da aula. E o que eu chorava! Nunca me esquecerei desse momento! E tinha pena de vocês também, por mim e por vocês, por todos. E o principal é que não tinha culpa. Lembras-te?

– Sim, lembro-me – volveu Nicolau. – Lembro-me de que depois fui ter contigo e quis consolar-te, e, queres saber?, não sabia como. Muito patuscos éramos! Eu tinha nessa altura um boneco e quis oferecê-lo a ti. Lembras-te?

– E tu lembras-te? – voltou Natacha com um sorriso sonhador. – Muito antes, muito antes, quando nós ainda éramos muito pequeninos, o tio nos chamou ao gabinete. Era ainda na velha casa e estava muito escuro. Entramos, e que vemos nós?

– Um preto – concluiu Nicolau, sorrindo alegremente. – Pois então não me havia de lembrar? E ainda hoje não tenho certeza se era realmente um preto ou se nós o teríamos visto apenas em sonhos ou se nos teriam contado uma história assim.

– Estava muito sujo, lembras-te? E tinha os dentes brancos, e estava ali de pé e nós a olharmos para ele.

– Lembras-te, Sônia? – perguntou Nicolau.

– Sim, sim, eu também me lembro vagamente – interveio Sônia, hesitando.

– Falei deste preto ao pai e à mãe – disse Natacha – e eles disseram-me que nunca tinha havido nenhum preto aqui em casa. Mas a verdade é que te lembras disso perfeitamente.

– Claro, e lembro-me mesmo dos seus dentes, como se os tivesse diante de mim.

– Que engraçado, parecia que sonhamos. E é isso que é maravilhoso!

– E lembras-te de uma vez, estávamos rolando ovos no salão, quando de repente entram duas velhas e se põem a andar à roda em cima do tapete. Teria isto acontecido ou não? Lembras-te? Que engraçado era!

– Sim, e quando o pai, de peliça azul, deu um tiro na escada principal?

Sorridentes, iam fazendo desfilar diante deles não recordações tristes, mas esses quadros poéticos da infância, essas impressões do mais longínquo passado, em que os sonhos se confundem com a realidade. Sônia, como sempre, mantinha-se à margem, se bem que as suas reminiscências fossem comuns. De resto, as suas eram mais pobres; e as que porventura recordava não lhe despertavam na alma as mesmas impressões poéticas. No entanto, já era muito para ela contentar-se com a alegria dos dois e poder vibrar ao mesmo tempo.

Só interveio na conversa quando eles se puseram a recordar a chegada dela à casa paterna. Sônia contou que Nicolau lhe causara medo ao vê-lo com um avental atado com cordões, e que a ama lhe dissera que ela também seria amarrada assim.

– Pois eu recordo-me de que me contaram que tu nasceras debaixo de uma couve – disse Natacha. – E então não me atrevia a pensar que não fosse verdade, embora me custasse a acreditar.

Nessa altura surgiu na frincha da porta traseira da sala do divã a cabeça de uma criada de quarto.

– Menina, já aí está o galo – disse ela em voz baixa.

– Já não é preciso, Pólia, diz que o levem – replicou Natacha.

A certa altura deste colóquio, Dimmler entrou e foi sentar-se diante da harpa, que estava a um canto. Tirou-lhe a capa que a cobria e o instrumento soltou uma nota discordante.

– Eduardo Karlich, toque, se faz favor, o meu noturno favorito, de Field – exclamou a velha condessa, lá de dentro do salão.

Dimmler deu um acorde e, voltando-se para os três jovens, disse-lhes:

— Que formal está a mocidade!

— Sim, estamos a filosofar — volveu Natacha, relanceando-lhe um olhar e prosseguindo na conversa. Falavam agora de sonhos.

Dimmler pôs-se a tocar. Natacha, sem fazer ruído, na ponta dos pés, aproximou-se da mesa, pegou numa vela, trouxe-a consigo e retomou silenciosamente o seu lugar. Na sala, especialmente ao pé do divã onde eles estavam sentados, estava escuro, mas através das altas janelas entrava luz prateada da lua cheia, que vinha projetar-se no chão.

— Sabes em que estou a pensar? — perguntou Natacha, em voz surda, aproximando-se de Nicolau e de Sônia, quando Dimmler, acabada a execução da sua peça, dedilhava ligeiramente as cordas da harpa, como a perguntar se devia erguer-se ou tocar outro trecho. — Que quando estamos a evocar as nossas recordações acabamos por nos lembrar do que se passou antes de virmos a este mundo.

— Isso é a metempsicose — disse Sônia, que fora sempre muito estudiosa e tinha presente o que aprendera. — Os egípcios acreditavam que as nossas almas viveram primitivamente nos corpos dos animais e para eles voltarão depois da nossa morte.

— Pois eu não creio que tenhamos sido animais — replicou Natacha, sempre em voz baixa, embora os sons da harpa se houvessem suspendido. — Do que eu tenho a certeza é que fomos anjos, lá não sei onde, e aqui também, e é por isso que nos lembramos de tudo.

— Posso ficar perto dos meninos? — perguntou Dimmler, aproximando-se e sentando-se junto deles.

— Se tivéssemos sido anjos, como é que teríamos vindo parar aqui, tão embaixo? — observou Nicolau. — Não, isso não pode ser.

— Por que não? Quem te disse que estamos mais embaixo?... Como é que eu hei de saber o que fui anteriormente? — observou Natacha, convicta. — A alma é imortal... e isso quer dizer que se eu tenho de viver para sempre é que já vivi na eternidade.

— É certo, mas é muito difícil fazermos uma ideia dessa eternidade — interveio Dimmler, que principiara por se juntar ao grupo dos jovens com um sorriso afável, embora um tudo-nada trocista, e agora tomava parte a sério na discussão.

— Por que há de ser assim tão difícil fazer uma ideia da eternidade? — observou Natacha. — Depois de hoje será amanhã e sempre da mesma maneira por aí adiante; ontem já passou, antes de ontem também lá vai e é sempre assim...

– Natacha, agora é a tua vez. Canta qualquer coisa para nós ouvirmos – disse a mãe na sala contígua. – Que estão vocês a fazer aí dentro, como se fossem conspiradores?

– Oh, mãe, não me apetece! – volveu-lhe Natacha, erguendo-se no entanto.

Ninguém, nem o próprio Dimmler, que já não era criança, desejava interromper aquela conversa e abandonar o recanto da sala do divã, mas Natacha levantara-se e Nicolau fora sentar-se ao cravo. Como era seu costume, colocando-se no meio do salão, no lugar onde a acústica era melhor, Natacha pôs-se a cantar a melodia de que a mãe mais gostava.

Dissera não lhe apetecer cantar, e no entanto há muito não o fazia como naquela noite, e por muito tempo não voltaria a cantar tão bem. O conde Ilia Andreitch, do seu gabinete, onde falava com Mitenka, ouvia-a, e tal qual o estudante que morre por brincar finda a lição, ei-lo que se embrulha nas ordens que dá, e por fim acaba por calar-se. Mitenka, de ouvido à escuta também, permanecia de pé diante do conde, calado, sorrindo. Nicolau não tirava os olhos da irmã e respirava quando ela respirava.

Ouvindo-a, Sônia pensava quão diferentes eram uma da outra, ela e a prima, e para si mesma dizia que nunca, nem de longe, seria capaz de exercer uma semelhante fascinação. A velha condessa, a sorrir, melancólica e feliz ao mesmo tempo, de lágrimas a bailar-lhe nos olhos, escutava, pensativa, abanando a cabeça de tempo em tempo. Pensava em Natacha e na sua própria mocidade, e ia dizendo para si mesma haver qualquer coisa de pouco natural e de inquietante naquele casamento da filha com o príncipe André.

Dimmler, sentado perto da condessa, ouvia, de olhos fechados.

– Realmente, condessa – acabou por dizer –, está ali um talento europeu. Já nada tem que aprender: aquela sonoridade, aquela doçura, aquela força...

– Oh, provoca-me tanto medo, tanto medo esta pequena! – exclamou a condessa, sem reparar com quem falava. O seu instinto maternal dizia-lhe haver em Natacha alguma coisa de excessivo que não lhe permitiria ser feliz. E ainda ela não tinha acabado de cantar, apareceu Pétia, todo contente, anunciando que haviam chegado os mascarados.

Natacha calou-se imediatamente.

– Tonto! – gritou para o irmão, e precitou-se para uma cadeira, onde se deixou cair, rompendo em soluços tais que muito tempo decorreu antes que serenasse. – Não é nada, mãe, não é nada, juro-lhe, foi Pétia quem me assustou – dizia ela, procurando sorrir, mas as lágrimas continuavam a correr e os soluços embargavam-lhe a voz.

Os criados, disfarçados de ursos, de turcos, de taberneiros, de senhoras, uns temíveis, outros burlescos, entraram, joviais, trazendo consigo o trio lá de fora. Começaram por aparecer, timidamente, na antecâmara, depois, escondendo-se uns atrás dos outros, irromperam pelo salão; uma vez ali, primeiro acanhados, depois mais à vontade, começaram a cantar, a dançar, a fazer rodas e outros entretenimentos próprios do Natal. A condessa reconhecia-os um por um, ria com os seus disfarces e, por fim, retirou-se do salão. O conde Andreitch, todo ele sorrisos, ficou na sala, encorajando-os. A juventude desaparecera.

Meia hora mais tarde apareceu, por entre os mascarados que já estavam no salão, uma senhora idosa, de anquinhas: era Nicolau. Pétia estava vestido de turco. Dimmler, de palhaço, Natacha, de hussardo e Sônia, de circassiano, com sobrancelhas e bigodes feitos a carvão.

Quando os não mascarados acabaram de se mostrar simuladamente surpresos, fingindo não os reconhecer e tributando-lhes grandes louvores, os meninos, muito orgulhosos dos seus disfarces, que julgavam perfeitos, resolveram ir dali mostrar-se a outras pessoas conhecidas.

Nicolau, que muito desejava dar um passeio na sua troica e levar consigo a todos, propôs apresentarem-se mascarados na casa do tio na companhia de uma dezena de criados.

– Então, que ideia é essa de irem maçar o pobre velho? – disse a condessa. – E além disso, onde é que vocês têm lá espaço para se moverem? Se querem ir a algum lugar, vão à casa dos Meliukov.

A Meliukova era uma viúva cuja moradia, cheia de filhos de todas as idades, de preceptoras e de preceptores, ficava a umas quatro verstas da propriedade dos Rostov.

– Ora aí está, *ma chère*, uma boa ideia – interveio o velho conde, todo folgazão. – Esperem, eu também vou me mascarar e saio com vocês. Vão ver como eu vou fazer rir a Pachette.

A condessa, porém, não deixou que o conde fosse com eles: nos últimos dias queixara-se muito da sua perna. Decidiu-se que ele não iria, mas sim as meninas, se Luisa Ivanovna, isto é, Madame Schoss, as acompanhasse. Sónia, embora sempre muito tímida e reservada, foi quem mais insistiu com Madame Schoss para anuir.

O traje de Sónia era o mais feliz de todos. Os bigodes e as sobrancelhas ficavam-lhe a matar. Todos lhe diziam estar muito bonita, e a verdade é que se encontrava numa disposição de espírito pouco vulgar nela, cheia de entusiasmo e de alegria. Uma voz interior dizia-lhe que aquela noite seria decisiva, então ou nunca, e vestida de homem parecia outra pessoa. Luisa Ivanovna acabou por consentir e meia hora depois quatro troicas, com guizos e campainhas, estavam diante da porta de entrada, com os seus patins rangendo sobre a neve.

Natacha foi a primeira a dar a nota de alegria naquela noite de Natal, e essa alegria, comunicando-se de uns aos outros, cresceu, cresceu cada vez mais, até que atingiu o auge quando todas as máscaras apareceram fora, ao ar frio da noite, e, chamando umas pelas outras, rindo e gritando, se instalaram nos trenós.

Duas das troicas eram trenós de serviço; a terceira era do velho conde e tinha um grande trotão das coudelarias de Orlov atrelado ao meio; a quarta, que era de Nicolau, nos varais centrais tinha o seu pequeno cavalo negro, de pelo emplumado. Era o próprio Nicolau, vestido de senhora idosa, com o capote de hussardo por cima, quem estava de pé no meio do trenó, com as rédeas na mão.

A noite estava tão clara que ele via brilhar, à luz da lua, as placas de cobre dos arreios e os olhos dos cavalos, que voltavam as cabeças, medrosos, para os viajantes, agitando-se ruidosamente sob o alpendre obscuro da entrada.

No trenó de Nicolau sentaram-se Natacha, Sónia, Madame Schoss e duas criadas; no do velho conde, Dimmler, a mulher e Pétia; nos demais, os criados mascarados.

– Vai tu à frente, Zakar! – gritou Nicolau ao cocheiro do pai, para assim ter oportunidade de o ultrapassar na estrada.

A troica do velho conde, aquela que transportava Dimmler e o seu grupo, partiu, fazendo ranger os patins, que pareciam colados à neve, e tilintando com todas as suas campainhas.

Os cavalos dos lados comprimiam-se contra os varais, enterrando as patas na neve sólida e brilhante como açúcar.

Nicolau partiu atrás da primeira troica, e a seguir à dele partiram as outras, no meio de alaridos e rangidos. De princípio meteram a passo pelo caminho estreito. Enquanto atravessavam o jardim, a sombra das árvores desnudas atravessava-se na estrada e interceptava a luz da lua, mas, assim que transpuseram os muros, uma planície nevada, reluzente como diamante, com reflexos azulados, descobriu-se, a perder de vista, imóvel e banhada de luar. Primeiro um, depois outro, os trenós da vanguarda foram sacudidos; aos que vinham atrás aconteceu-lhes o mesmo, e rompendo audazmente a profunda serenidade afastaram-se em fila.

– Olha o rasto de uma lebre, outro, outro! – ressoou a voz de Natacha no ar gelado.

– Que noite tão clara, Nicolau! – exclamou Sônia.

Nicolau voltou-se para ela e teve de se debruçar para lhe ver melhor o rosto. Uma carinha nova, encantadora, com uns bigodes e umas sobrancelhas vincadas a preto, emergia da zibelina e fitava-o à luz do luar, muito próxima e muito distante ao mesmo tempo.

"Onde está a Sônia de outrora?", disse de si para consigo, contemplando-a, sorridente.

– Que tens, Nicolau?

– Nada – replicou ele, voltando-se para os cavalos.

Ao chegarem à estrada real, em que, à luz do luar, se viam os sulcos abertos pelos patins dos trenós e os trilhos das parelhas, os próprios cavalos arrebataram as rédeas e aceleraram o andamento. O cavalo da esquerda, a cabeça voltada para fora, dava puxões no bridão. O do meio balançava-se, eriçando as orelhas, como se perguntasse se podia principiar ou se ainda seria cedo. Ao longe, já a uma certa distância, num tropel de campainhas que se afastava, via-se nitidamente, sobre o fundo branco da neve, a troica negra de Zakar. Ouviam-se os gritos, as exclamações e as gargalhadas dos mascarados.

– Eh, meus amigos! – gritou Nicolau, segurando as rédeas com uma das mãos e com a outra brandindo o chicote.

E bastava o vento mais vivo que fustigava os rostos e a tensão dos cavalos das extremas, cada vez maior, para se avaliar da rapidez da troica. Nicolau olhou para trás. Os outros trenós lá vinham, entre gritos e rangidos, e ouviam-se as vozes e as chicotadas estimulando os cavalos. O animal do meio balançava, valentemente, sob o arco dos varais, sem pensar em desistir, e disposto, pelo contrário, a ir cada vez mais depressa, desde que lhe pedissem.

Nicolau alcançou a primeira troica. Desciam agora uma ladeira e meteram por um caminho espaçoso, sulcado por trilhos de carruagens abertos num prado ao longo de um rio.

"Onde estamos nós?", perguntou Nicolau aos seus botões. "Naturalmente é o prado Kossói. Não, não, são lugares novos, que eu nunca vi. Não é o prado Kossói, não é a colina de Demiane. Só Deus sabe o que é! São lugares novos e mágicos! Enfim, tanto faz!" E, gritando aos cavalos, propôs-se ultrapassar a primeira troica.

Zakar, refreando por instantes os cavalos, voltou para o amo o rosto cheio de gelo até as sobrancelhas.

Nicolau lançou a troica a toda a brida; Zakar, sempre de braços estendidos, fez estalar o chicote e picou os seus animais.

– Cuidado, patrão! – gritou-lhe.

Ambas as troicas correram, lado a lado, e o galope dos cavalos tornou-se ainda mais largo. Nicolau ganhou terreno. Zakar, sempre com os braços estendidos, fez um gesto com a mão que segurava as rédeas.

– Está enganado, patrão! – gritou-lhe.

Nicolau, com os seus cavalos sempre a galope, ultrapassou Zakar. Os animais salpicavam o rosto dos viajantes com uma neve fina e seca, e na troica rival tudo eram gritos e desafios, sombras que passavam a toda a velocidade. Só se ouviam rangidos de patins sobre a neve e vozes de mulher, de timbre agudo.

Nicolau refreou os cavalos e olhou em torno de si. Em volta era sempre a mesma planície feérica, banhada pelo luar e salpicada de estrelas de prata.

"Zakar grita-me que volte à esquerda, mas por que hei de voltar à esquerda?", disse para consigo. "Iremos nós, de fato, à casa dos Meliukov? Não será ali a aldeia? Só Deus sabe para onde vamos e só Deus sabe o que fazemos. Seja como for, tudo isto é estranho e maravilhoso!" Voltou-se para dentro do trenó.

– Olha para estas sobrancelhas e estes bigodes todos brancos – disse um daqueles seres estranhos, gentilíssimos e desconhecidos que se sentavam no trenó, precisamente o das sobrancelhas e dos bigodes bem-desenhados.

"Aquela parece a Natacha", dizia Nicolau para consigo. "E aquela outra é Madame Schoss, e talvez não seja. E aquele circassiano de bigodes? Esse não sei quem seja, mas sei que gosto dele."

– Não têm frio? – perguntou-lhes.

Não responderam e puseram-se a rir. Dimmler, do trenó da retaguarda, gritou qualquer coisa, naturalmente muito engraçada, mas não puderam compreender o que ele dizia.

– Sim, sim – replicaram umas vozes risonhas.

Entretanto, eis que surge uma floresta encantada, com grandes sombras movediças, cintilações de diamante, degraus de mármore, e depois os telhados de prata de um palácio mágico e os guinchos finos de uma fera. "Se esta é aldeia de Meliukova, ainda é mais estranho que, tendo nós andado à aventura, pudéssemos chegar a porto seguro", murmurou para si mesmo Nicolau.

Era, realmente, Meliukova, e já se viam criados e lacaios acudindo à entrada de risonhos semblantes e velas acesas.

– Quem são? – perguntaram do alto da escada.

– Mascarados do conde; já conheci os cavalos – responderam outras vozes.

CAPÍTULO XI

Pelagueia Danilovna Meliukova, uma robusta matrona, de pincenê e capa a flutuar, estava sentada no salão rodeada das filhas, a quem procurava distrair. Fundiam cera e observavam no escuro as figuras que se iam formando[43] quando ressoaram no vestíbulo os passos e as vozes dos recém-chegados.

Os hussardos, as senhoras, as bruxas, os palhaços, os ursos tossindo e limpando a cara coberta de gelo penetraram no salão, onde se acenderam as luzes apressadamente. Dimmler, de palhaço, e Nicolau, de senhora idosa, abriram o baile. Os mascarados, acolhidos pelo alarido jovial das crianças, escondendo a cara e falando em falsete, cumprimentavam a dona da casa e iam encostar-se em fila contra as paredes.

– Oh, é impossível reconhecê-los! Espera, esta é a Natacha! Olhem para o ar dela! A sério, lembra-me não sei quem. E que bem o Eduardo Karlich! Não era capaz de o reconhecer. E como ele dança! Oh, meu Deus! um circassiano! Que bem a Soniuchka! E este quem é? Que divertido! Nikita, Vania, retirem as mesas! E nós que estávamos aqui tão sossegados!

– Ah! ah! ah! Um hussardo! Parece um miúdo. E os pés dele!... Não posso ver... – dizia alguém.

Natacha, a predileta dos jovens Meliukov, desapareceu com eles nos aposentos dos fundos. Pediu que lhe arranjassem uma

---
43. Uma das "adivinhas" características do Natal russo. (N.E.)

rolha e alguns roupões e trajes de homem, que uns braços nus recolheram, através da porta entreaberta, das mãos dos lacaios.

Dez minutos depois a juventude da família Meliukov vinha juntar-se às outras máscaras.

Pelagueia Danilovna, que dera ordem para se arranjar espaço para as visitas e mandara preparar uma refeição, ia de um lado para o outro, as lunetas encavalitadas no nariz, com o seu sorriso discreto, pelo meio de toda aquela gente mascarada, olhando um por um cara a cara e sem conseguir identificar nenhum. Não só não reconhecia os Rostov e Dimmler, mas também as suas próprias filhas, mascaradas com roupões de homem e uniformes sortidos.

– E aquela, quem é aquela? – perguntava à preceptora, apontando para a sua própria filha, vestida de tártaro de Kazan. – Parece-me um dos Rostov. E o senhor hussardo, a que regimento pertence? – perguntou a Natacha. – À turca deem-lhe geleia de fruta – dizia ao criado de mesa, que servia em volta. – A religião não lhe proíbe de comer...

Por vezes, ao ver os passos estranhos e patuscos que os dançarinos executavam, pois, uma vez persuadidos de que ninguém os reconhecia assim mascarados, sentiam-se à vontade para fazer o que lhes apetecesse, Pelagueia Danilovna escondia o rosto no lenço de assoar, e toda a sua possante corpulência estremecia, abalada por um irresistível gargalhar de velha matrona.

– Minha Sacha! eh! minha Sacha! – exclamava ela.

Depois das danças e dos coros russos, Pelagueia Danilovna reuniu todos os criados e todos os amos numa grande roda. Trouxeram um anel, um fio e um rublo e principiaram a jogar.

Ao fim de uma hora todos os trajes estavam amarrotados e desfeitos, as sobrancelhas e os bigodes pintados a rolha queimada haviam desaparecido das caras juvenis e animadas, reluzentes de suor. Pelagueia Danilovna pôde finalmente reconhecer os que estavam mascarados, soltando grandes exclamações perante a perfeição dos disfarces, principalmente os das meninas, e agradecendo a todos a alegria que lhe tinham proporcionado. A ceia dos amos foi servida no salão e na sala comeram os criados.

– É terrível ouvir a sina na estufa! – exclamou uma velha criada no fim da refeição.

– Por quê? – perguntou a filha mais velha dos Meliukov.

– A menina não seria capaz, é preciso ter muita coragem...

– Pois eu seria – disse Sônia.

– Conte-nos o que aconteceu a essa menina – pediu a segunda filha dos Meliukov.

– Um dia foi lá uma menina – contou a velha criada. – Tinha levado consigo um galo, dois talheres, tudo o que era preciso. Sentou-se. E assim esteve, por muito tempo, à espera. De repente, eis que chega uma carruagem... era um trenó, com as suas campainhas e os seus guizos a tilintar. A menina põe-se à escuta: uma pessoa chegava. Essa pessoa entrou, tinha a figura de um homem, parecia um oficial a valer. Chegou e sentou-se, diante da menina, em frente do segundo talher.

– Oh! Oh! – exclamou Natacha, de olhos arregalados, cheia de medo.

– E então, falou?

– Sim, como se fosse um homem qualquer, naturalmente. E pôs-se a contar-lhe muita coisa. E ela, a menina, tinha de conversar com ele até o cantar do galo. Mas teve tanto medo que escondeu o rosto nas mãos. E então ele agarrou-a. Felizmente, as criadas vieram acudir-lhe...[44]

– Para que estão a assustar as meninas? – repreendeu Pelagueia Danilovna.

– Mãe, mas tu própria tiraste a sina – disse-lhe a filha.

– E também se tira a sina no celeiro? – perguntou Sônia.

– Pois, agora mesmo, quem quiser pode ir ao celeiro e pôr-se à espera. Escuta. Se ouvir umas marteladas, se baterem, é mau sinal, mas se ouvir o milho a cair, é bom, e também acontece.

– Mãe, conte-nos o que uma vez lhe aconteceu no celeiro.

Pelagueia Danilovna sorriu.

– Ah, de nada me lembro... – tornou ela. – Haverá algum de vocês que queira ir lá?

– Eu, eu, Pelagueia Danilovna, deixe-me ir – disse Sônia.

– Pois sim, se não tens medo.

– Luisa Ivanovna, dá licença? – pediu Sônia.

Ou quando se jogava às prendas, ou quando se conversava como naquele momento, Nicolau não tirava os olhos de Sônia, a quem olhava como pela primeira vez. Afigurava-se a ele, ao vê-la com aquele traje e com aqueles bigodes pintados, nunca tê-la visto antes. Efetivamente, naquela noite, Sônia estava alegre, bonita e muito animada. Natacha também nunca a vira assim.

"E ali está como ela é, eu não passo de um imbecil!", pensava ele observando-lhe os olhos brilhantes, o sorriso feliz e

---

44. Lenda do Natal. (N.E.)

vitorioso – o sorriso que lhe desenhava nas faces duas covinhas por debaixo dos bigodes pintados –, coisas em que não reparara até aí.

– De nada tenho medo – disse ela. – Já, se quiserem. – E levantou-se.

Explicaram-lhe onde ficava o celeiro e disseram-lhe que ela devia ficar calada, a escutar, e deram-lhe a peliça.

Embrulhou-se nela, passando-a pela cabeça, ao mesmo tempo que relanceava os olhos a Nicolau.

"Que encantadora pequena!", dizia ele para consigo. "Em que tenho estado a pensar até agora?"

Sônia saiu para o corredor, na intenção de se dirigir ao celeiro. Nicolau deu-se pressa em desaparecer pela porta principal, alegando haver ali muito calor. Realmente lá dentro sufocava-se, tanta era a gente ali acumulada.

Lá fora continuava o mesmo frio e a mesma imobilidade, havia a mesma lua, apenas um pouco mais brilhante ainda. Tão intensa era a claridade e tantas as chispas de luz que se desprendiam da neve que nem apetecia erguer os olhos para a abóbada celeste, onde cintilavam as estrelas. O céu estava negro e triste, mas a terra, pelo contrário, toda era alegria.

"Que pateta! Para que esperei eu até agora?", pensava Nicolau. Desceu a escada e contornou a casa pela alameda que conduzia à porta de serviço. Sabia que Sônia tinha de passar por ali. A meio do caminho havia uma pilha de toros de madeira, coberta de neve, que ensombrava a alameda. Do outro lado, sobre a neve e o caminho que conduzia ao celeiro, projetava-se a sombra das velhas tílias desnudadas. As paredes do celeiro e o telhado da construção, alvos de neve, que se diria talhados em pedras preciosas, chispavam à luz do luar. Uma árvore estalou na mata e tudo de novo recaiu no silêncio. A Rostov afigurava-se não ser ar que os seus pulmões respiravam, mas os poderosos eflúvios da eterna mocidade e da eterna alegria.

Pela escada de serviço descia alguém e os passos soavam mais fortes no último degrau, coberto de neve. Depois ouviu-se a voz da velha criada.

– Sempre reto, sempre reto, por este caminho, menina. Mas não olhe para trás.

– Não tenho medo – entoou a voz de Sônia, e no caminho, cada vez mais perto de Nicolau, rangeram os seus sapatinhos leves, aproximando-se.

Caminhava toda embrulhada na peliça. Só viu Nicolau a dois passos dele. E, ao vê-lo, também o irmão de Natacha foi para Sônia uma pessoa completamente diferente da que ela conhecia e a quem sempre temera um pouco. Vestido de mulher, tinha os cabelos desgrenhados e nos lábios um sorriso feliz como ela nunca vira nele. Sônia correu para ele.

"Parece outra e no entanto é a mesma", murmurou Nicolau para consigo ao fitar-lhe o rosto banhado na luz do luar. Tateou-lhe a peliça que lhe cobria a cabeça, apertou-a nos braços, estreitou-a contra si e beijou-lhe os lábios, que cheiravam a rolha queimada. Sônia, por sua vez, beijou-o também na boca e, libertando as mãos, pegou-lhe no rosto com as palmas nas duas faces.

– Sônia!...

– Nicolau!... – foi tudo quanto disseram. Correram ao celeiro e regressaram à casa entrando cada um pela porta por onde haviam saído.

CAPÍTULO XII

Quando saíram da casa de Pelagueia Danilovna, Natacha, que sempre via e notava tudo, organizou as coisas de tal modo que tanto ela como Luisa Ivanovna ficaram no trenó de Dimmler, indo Sônia para o de Nicolau e das criadas.

Este, sem pensar já em tomar a dianteira aos outros, manteve os seus cavalos num andamento moderado. A cada momento contemplava Sônia à estranha luz do luar, como que procurando descobrir àquela luz cambiante, por debaixo das sobrancelhas e dos bigodes mascarados, a Sônia de outrora e a de hoje, a Sônia de quem estava firmemente resolvido a não mais se separar. Olhava-a fixamente, e, ao vê-la sempre a mesma e sempre diferente, lembrava-se do cheiro de rolha queimada que ela tinha nos lábios, e respirava a plenos pulmões o ar gelado. Diante da paisagem que lhe fugia debaixo dos olhos e do céu cintilante sentia-se de novo num reino encantado.

– Sônia, estás bem? – perguntava-lhe de vez em quando.

– Estou – replicava ela. – E tu?

No meio do caminho, Nicolau passou as rédeas ao cocheiro, apeou-se do trenó, correu para o de Natacha e trepou para cima dos patins.

– Natacha – segredou-lhe em francês. – Queres saber? Resolvi-me a respeito de Sônia.

– Disseste-lhe?! – exclamou Natacha, de súbito, radiante.

– Oh, não sei o que pareces com esses bigodes postiços! Natacha, estás contente?

– Estou, estou contente, muito contente! Principiava a zangar-me contigo. Nada te dizia, mas achava que procedias mal para com ela. Tem tão bom coração, Nicolau! Estou tão contente! Eu sou má muitas vezes; confesso-te, no entanto, que chegava a ter vergonha de ser feliz sozinha, sem ela – continuou Natacha. – Agora estou contente. Anda, corre para junto dela.

– Não, espera... Estás tão engraçada! – voltou Nicolau, sem deixar de fitá-la e descobrindo nela, nos seus traços, qualquer coisa de novo, de inusitado, qualquer coisa de maravilhoso e de terno que nunca vira antes nela. – Não achas, Natacha, que tudo isto parece magia?

– Parece – replicou ela –, mas procedeste muito bem.

"Se eu alguma vez a tivesse visto como hoje", dizia Nicolau para consigo, "há muito me teria aconselhado com ela, e tudo teria corrido bem."

– Então, estás contente e achas que fiz bem?

– Oh, sim, fizeste. Ainda há pouco tive uma discussão com a mãe por tua causa. A mãe dizia que ela andava atrás de ti. Como se pode dizer uma coisa dessas? Quase me zanguei com ela. Nunca consentirei que digam nem que pensem mal dela. É a bondade e o bom-senso em pessoa.

– Então achas que fiz bem – repetiu Nicolau, observando mais uma vez a expressão da irmã, como para ter a certeza de que ela estava a falar com sinceridade, e, fazendo ranger as botas, saltou do trenó de Natacha para regressar ao seu. Lá estava o mesmo circassiano, feliz e risonho, com os seus grandes bigodes e os seus olhos brilhantes que o fitavam do fundo do capuz de zibelina. E aquele circassiano era nem mais nem menos que Sônia, e aquela Sônia iria ser, com certeza, mais tarde ou mais cedo, a sua amantíssima e felicíssima mulher.

Chegaram, e, depois de terem contado à condessa o que se passara na casa dos Meliukov, foram para a cama. Enquanto se despiam, ainda de bigodes, foram conversando das suas venturosas vidas. Falaram do seu futuro de mulheres casadas, da boa harmonia do casal, da felicidade que as aguardava. Na mesa de Natacha estavam ainda os espelhos que Duniacha ali pusera na véspera.

– Quando chegará esse dia? Receio tanto que nunca chegue... – Ah! seria bom demais! – exclamou Natacha, levantando-se e aproximando-se dos espelhos.

– Senta-te, Natacha, talvez o vejas – disse Sônia.

Natacha acendeu as velas e sentou-se.

– Estou a ver uma pessoa de bigodes – murmurou ela, que acabava de descobrir a sua própria imagem.

– Não faça troça, menina – repreendeu Duniacha.

Com o auxílio de Sônia e da criada do quarto, Natacha conseguiu a boa posição do espelho. Ficou muito séria e calada. E assim esteve por muito tempo sentada no mesmo lugar com os olhos na série infinita das velas multiplicando-se pelos espelhos afora, sempre à espera de ver refletido no último, onde tudo se misturava e confundia, como rezava a lenda, quer um caixão, quer ele, o príncipe André. Por muito que quisesse contudo descobrir numa sombrazinha a cara de um homem ou um caixão, o certo é que não viu coisa alguma. Começou a pestanejar e acabou por afastar-se dos espelhos.

– Por que será que as outras pessoas veem e só eu não distingo coisa alguma? – disse ela. – Vem cá, Sônia, senta-te aqui no meu lugar. Hoje tem de ser, sem falta... Ao menos faz isso por mim... Tenho tanto medo hoje!

Sônia sentou-se diante do espelho, colocou-o segundo o preceito e pôs-se a olhar.

"Sônia Aleksandrovna tem que ver, sem falta", murmurou Duniacha em surdina. – As meninas também estão sempre a rir-se...

Sônia ouviu estas palavras e a resposta ciciada de Natacha.

– Sim, tenho a certeza de que ela há de vê-lo. Já no ano passado viu alguma coisa.

Durante dois ou três minutos as meninas conservaram-se caladas. "Tem que ser!", acrescentou Natacha em voz surda, sem concluir o seu pensamento. De súbito, Sônia repelira o espelho e escondia o rosto nas mãos.

– Ai, Natacha! – exclamou ela.

– Viste? Viste? Que viste? – acudiu Natacha, segurando o espelho, que ia cair.

Sônia nada via. Ia levantar-se para descansar a vista no momento em que Natacha murmurara o seu "Tem que ser!!!".

Não queria ser uma decepção para as duas, mas estava cansada daquela postura.

Nem ela própria sabia ao certo como e por que gritara e também por que escondera a cara entre as mãos.

– Viste-o, a *ele*? – perguntou Natacha, pegando-lhe nas mãos.

– Sim, espera... sim, foi *ele* quem vi – respondeu Sônia, involuntariamente, sem saber a quem Natacha se referia, e se o *ele* a que Natacha se referia era Nicolau ou André.

"E por que não hei de dizer que vi? Já muitas outras viram. Quem será capaz de me provar que vi ou não vi?", pensava ela.

– Sim, vi-o – disse Sônia.

– Como? Como? De pé ou sentado?

– Isto é, eu vi-o... Primeiro nada se via, e depois, de repente, lá estava ele estendido.

– André? Está doente? – perguntou Natacha, fitando Sônia, de olhos assustados.

– Não, pelo contrário, pelo contrário, estava alegre, e voltou-se para mim. – E ao dizer isto afigurava-se a ela ter visto realmente o que dizia.

– E depois, Sônia?...

– Não se via bem... Era alguma coisa azul e vermelha...

– Sônia! Quando ele voltará? Quando tornarei a vê-lo? Meu Deus, tenho receio por ele e por mim! Tudo me mete medo... – Sem responder às palavras com que Sônia procurava consolá-la, deitou-se e as luzes já estavam apagadas há muito e ainda ela continuava estendida na cama, imóvel, os olhos muito abertos, fitando o frio luar através das vidraças cobertas de geada.

CAPÍTULO XIII

Pouco tempo depois do Natal, Nicolau falou à mãe no seu amor por Sônia e na sua resolução de casar com ela. A condessa, que há muito observava os dois e já esperava aquela confidência, ouviu-o calada até o fim. Depois volveu-lhe que estava na sua mão casar-se com quem quisesse, mas que nem ela nem o pai jamais consentiriam naquele enlace. Foi a primeira vez na sua vida que Nicolau viu a mãe descontente com ele e disposta a não transigir por muito que lhe quisesse. Friamente, e sem olhar para ele, mandou chamar o marido. Quando este chegou, em poucas palavras, muito serena, na presença de Nicolau, tentou fazer-lhe compreender do que se tratava, mas acabou por não poder reprimir-se: despeitada, rompeu a chorar, saindo da sala.

O velho conde pôs-se a repreender Nicolau num tom hesitante, pedindo-lhe que renunciasse ao seu projeto. O filho replicou-lhe não poder retirar a palavra dada, e o pai, visivelmente comovido e suspirando, deu-se pressa em interromper a discussão indo ao encontro da condessa. Sempre que se via diante do filho, o conde, lembrando-se da má situação da sua casa, sentia-se culpado para com ele. Efetivamente não tinha o direito de lhe querer mal por ele haver recusado casar com uma rica herdeira, preferindo Sônia, menina sem dote. A verdade é que se ele não tivesse dilapidado a fortuna, que melhor esposa poderia desejar Nicolau? Se havia um culpado, era ele e o Mitenka, com os seus hábitos incorrigíveis.

Nem o pai nem a mãe voltaram a trocar palavra com o filho sobre o assunto. Alguns dias depois, porém, a condessa mandou chamar Sônia e com uma crueldade que nem a própria jovem nem ela própria, condessa, podiam prever, acusou a sobrinha de haver seduzido o filho e de ser uma ingrata. Sônia, calada e de olhos baixos, ouviu as duras palavras da condessa sem compreender o que exigiam dela. Estava pronta a tudo sacrificar pelos seus benfeitores. A ideia do sacrifício não lhe era estranha, mas no presente caso não sabia a quem queriam vê-la sacrificada. Se lhe era impossível deixar de amar a condessa e toda a família Rostov, também não podia esquecer Nicolau e ignorar que a felicidade dele dependia do seu amor. Ficou calada e triste, sem nada responder. Nicolau, não podendo suportar por mais tempo a situação, teve uma conversa com a mãe. Principiou por pedir-lhe que lhes perdoasse, a Sônia e a ele, e consentisse no casamento, ameaçando-a em seguida de que casaria imediatamente com Sônia em segredo caso viessem a persegui-la.

A condessa, com uma frieza que o filho não conhecia, respondeu-lhe que ele era maior e que se o príncipe André ia casar-se sem o consentimento do pai também ele o podia fazer; no entanto, ela é que nunca reconheceria aquela "intriguista" por sua filha.

Indignado pela palavra "intriguista", Nicolau ergueu a voz, disse à mãe nunca ter pensado que ela fosse capaz de obrigá-lo a vender o coração, e que se essa era a sua vontade, seria aquela a última vez que lhe falava... Não teve tempo, porém, de pronunciar a palavra decisiva, que a mãe aguardava com pavor, a julgar pela expressão do rosto, palavra essa que naturalmente teria ficado entre os dois como alguma coisa inesquecível. Não pôde concluir porque Natacha, pálida e séria, aparecera no limiar da porta. Ouvira tudo.

— Nikolenka, não digas tolices! Cala-te, cala-te! Peço que te cales!... — gritou quase, para abafar o ruído da voz do irmão. — Mãe, minha querida mãe, não é isso... mãezinha querida! — implorou da condessa, a qual, à beira de um rompimento definitivo com o filho, olhava para ele apavorada, embora sem querer nem poder ceder, obstinada que estava mercê da própria luta.

— Nikolenka, eu explico tudo, vai-te embora; e a mãe, ouça, ouça, querida mãezinha.

Estas palavras, sem qualquer sentido, deram o resultado desejado.

A condessa, soluçando, escondeu o rosto no colo da filha, enquanto Nicolau se levantava, de cabeça entre as mãos, e saía da sala.

Natacha, prosseguindo na sua obra de reconciliação, conseguiu que a mãe prometesse a Nicolau deixar Sônia em paz desde que ele se comprometesse a não tomar qualquer atitude sem o conhecimento dos pais.

Na firme intenção de abandonar a vida militar uma vez tudo em ordem no seu regimento, para, de regresso à casa, desposar Sônia, Nicolau, triste e apoquentado com a ideia do seu desacordo com os pais, embora, segundo supunha, apaixonadíssimo, voltou para a tropa no princípio de janeiro.

Depois da partida de Nicolau, a casa de Rostov ficou mais triste do que nunca. A condessa, abalada por tantas comoções, caiu de cama.

Se a ausência de Nicolau era um motivo de sofrimento para Sônia, esta também sofria, e muito mais, com os modos hostis que a condessa não podia esconder para com ela. Grande era o embaraço do conde, preocupado com o mau aspecto da sua situação financeira, a pedir enérgicas medidas. Tornava-se inadiável vender a casa de Moscou e a propriedade nas imediações da capital. Para isso tinha de deslocar-se àquela cidade, mas o estado de saúde da condessa obrigava-o a adiar consecutivamente a viagem.

Natacha, que principiara por aceitar sem dificuldade e até com alegria a separação do noivo, tornava-se agora dia a dia mais nervosa e impaciente. A ideia de que o tempo ia passando desperdiçado, quando ela o teria sabido aproveitar tão bem com a sua mocidade, tornara-se para ela um tormento de todos os instantes. A maior parte das vezes as cartas de André irritavam-na. Ofendia-a pensar que enquanto ela levava o tempo a lembrar-se dele, por seu lado, ele, numa vida perfeitamente normal, via novas terras e conhecia novas gentes que o interessavam. Quanto mais pormenorizadas e cativantes as suas cartas, mais ela se sentia despeitada. Ao escrever-lhe, não o fazia com prazer, era como se cumprisse uma obrigação, obrigação que lhe soava falsa. Não encontrava o que dizer-lhe, pois era-lhe impossível exprimir por palavras a milésima parte do que estava habituada a dizer de viva voz, com o sorriso, com o olhar. As cartas que lhe escrevia eram monótonas, secas, cartas clássicas, a que ela própria não atribuía a mínima importância, e cuja ortografia a mãe se encarregava de corrigir ainda no rascunho.

A condessa continuava a gozar de pouca saúde. A viagem a Moscou ia sendo adiada. No entanto era preciso mandar fazer o enxoval e vender a casa, além de que o príncipe André devia ir à capital, onde o príncipe Nicolau Andreievitch passava o inverno. Natacha estava até convencida de que ele já estaria em Moscou. Eis por que a condessa ficou na aldeia e o conde, acompanhado de Sônia e Natacha, partiu para a cidade no fim de janeiro.

OITAVA PARTE

CAPÍTULO PRIMEIRO

Depois do noivado do príncipe André e de Natacha, Pedro, sem qualquer causa aparente, sentiu de súbito ser-lhe impossível continuar a vida que levava. Apesar da sua firme convicção nas verdades que lhe havia revelado o *Benfeitor* e da alegria que lhe provocava o trabalho de regeneração interior a que se entregara com tanto entusiasmo, depois do noivado do príncipe André, e sobretudo depois da morte de Osip Alexeievitch, de que tivera conhecimento quase na mesma altura, a vida para ele perdera por completo todo o seu encanto. Nada mais lhe ficou, por assim dizer, que o esqueleto da vida: a casa, a mulher, cada vez mais esplendorosa e gozando então das boas graças de uma personagem muito importante, as suas relações mundanas com toda Petersburgo e as funções que desempenhava, com o seu cortejo de indigestas formalidades. A vida que levava inspirou-lhe de súbito profundo horror. Deixou de escrever o diário, evitou a companhia dos irmãos, principiou a frequentar de novo o clube, voltou a beber, e muito, e passou a andar outra vez com o grupo dos celibatários. A vida a que se entregou era de tal ordem que a condessa Helena Vassilievna se sentiu na obrigação de repreendê-lo severamente. Pedro achou que ela tinha razão e partiu para Moscou, disposto a não comprometer mais a mulher.

Quando entrou no seu imenso palácio, com as princesas, que mais pareciam múmias, e os seus numerosos criados, quando viu, ao atravessar a cidade, a capela da Virgem Iverskaia, com os seus inumeráveis círios acesos diante de ícones de molduras douradas, e pôs os olhos na Praça do Kremlim, com a sua neve quase imaculada, quando tornou a ver os cocheiros e as vetustas casas de Sivtsev Vrajek[45], os velhos moscovitas, que nada desejavam e lá iam acabando tranquilamente os seus dias, as senhoras, os bailes e o clube inglês, foi como se se sentisse em sua própria casa, num verdadeiro porto de abrigo. Moscou era para ele como um velho roupão, confortável, quentinho, a que estivesse habituado, embora um tanto sujo.

---

45. Rua de Moscou. (N.E.)

Toda a sociedade moscovita, a principiar nos velhos e a acabar nos mais novos, acolheu Pedro como um hóspede há muito esperado, cujo lugar estivera devoluto sempre preparado para recebê-lo. O conde era para essa gente o mais encantador, o melhor, o mais inteligente, o mais alegre, o mais generoso dos originais, o tipo por excelência do fidalgo russo à moda antiga, distraído e generoso. De tão abertos para todos, seus bolsos andavam sempre vazios. Estava sempre pronto a auxiliar espetáculos de caridade, a adquirir quadros e estátuas sem mérito, a ajudar sociedades de beneficência, tziganas, escolas, subscrições para jantares, orgias, irmãos da maçonaria – coletas de igreja, publicações de obras, e, se não fossem dois ou três amigos, acabaria por distribuir tudo quanto tinha. No clube não havia jantar ou recepção a que ele não comparecesse. Assim que se afundava no seu lugar habitual no divã, após ter ingerido duas ou três garrafas de Chateau-Margaux, formava-se uma roda em torno dele e principiavam as discussões, as pilhérias, as anedotas. Se alguém se irritava, Pedro, com o seu bom sorriso e uma palavra cordata dita a tempo restabelecia a boa disposição. As lojas maçônicas, se ele não estava, eram enfadonhas e tristes.

Quando, depois de uma ceia de solteirões, acedendo ao desejo dos convivas joviais, Pedro se levantava, com o seu bom e doce sorriso, disposto a acompanhá-los, gritos de vitória e satisfação prorrompiam dentre os mais jovens. Nos bailes, se faltava um par, lá estava ele para dançar. Agradava às senhoras e às meninas, visto que, sem cortejar nenhuma, se mostrava indistintamente amável com todas, sobretudo depois da ceia. É encantador, não tem sexo, diziam dele.

Pedro fazia parte do número desses camaristas na inatividade, às centenas em Moscou, que terminam os seus dias na maior tranquilidade.

Grande indignação teria sido a sua se sete anos antes, ao desembarcar, de regresso do estrangeiro, alguém lhe houvesse dito que nada tinha nem a procurar nem a imaginar, pois o seu caminho há muito estava traçado para sempre e que o que quer que fizesse viria a ser o que haviam sido todos os outros na mesma situação que ele! Pois não desejara, de todo o seu coração, implantar a república na Rússia ou ser um Napoleão ou um filósofo, ou o estratego que venceria o imperador? Não fora ele quem julgara possível a regeneração do gênero humano e apaixonadamente a desejava, contando chegar ao mais alto grau de aperfeiçoamento moral? Não fora ele quem fundara escolas e hospitais e dera liberdade aos seus servos?

E em vez de tudo isso, que era ele afinal? O marido rico de uma mulher infiel, um camarista reformado, o bom-copo e o bom-talher que, à vontade depois de um bom jantar, se põe comedidamente a criticar o governo. E ali estava o membro do clube inglês de Moscou e o predileto da sociedade moscovita. Durante muito tempo custou-lhe acreditar que era isso mesmo, o tipo do camarista moscovita na inatividade, essa personagem a quem tão profundamente desprezara sete anos antes.

Por vezes consolava-se dizendo ser apenas momentânea a vida que levava, mas logo o aterrorizava a ideia de que muitos como ele também se haviam dado momentaneamente a tal vida, àquela existência de clube, ainda com todos os cabelos na cabeça e todos os dentes na boca, tendo chegado ao fim carecas e desdentados.

Nas suas horas de orgulho, quando se punha a refletir no que era, dizia para consigo não se parecer em coisa alguma com esses tais camaristas a quem outrora desprezara, com essas criaturas vulgares e estúpidas, contentes e satisfeitas consigo próprias. "Eu, pelo contrário, atualmente, não me sinto satisfeito com coisa alguma, continuo a desejar fazer seja o que for para bem da humanidade", pensava então. "Mas, quem sabe? Também eles, atualmente meus companheiros, se atormentaram assim, procurando como eu um novo caminho na vida e, tal como eu, vítimas da força das circunstâncias, do meio, do nascimento, escravos desta tirania dos elementos contra a qual o homem nada pode, todos eles se viram arrastados para a situação em que eu próprio estou", dizia para consigo nas horas de modéstia. E ei-lo que depois de alguns meses de Moscou, em vez de os desprezar, pusera-se a amá-los, a estimá-los e a lamentá-los, como se eles fossem ele próprio, esses seus pobres companheiros de infortúnio.

Já não o assaltavam, como antigamente, momentos de desespero, desgosto e hipocondria. A doença, que antes se manifestava por violentos acessos, fora recalcada para o seu íntimo, sem por isso deixar de atormentá-lo. "Para quê? Por quê? Que drama se representa no mundo?", perguntava-se a si próprio, angustiado, muitas vezes ao dia, procurando, debalde, compreender o sentido dos fenômenos da vida. Sabendo, porém, que as suas interrogações ficariam sem resposta, apressava-se em desviar delas o pensamento. Pegava num livro, ia até o clube ou punha-se a tagarelar com Apolo Nikolaievitch sobre os escândalos da cidade.

"Helena Vassilievna, que nunca amou nada além do seu belo corpo e é uma das mais estúpidas mulheres na face da terra", repetia Pedro com os seus botões, "aos olhos do mundo é como que o suprassumo do espírito e da inteligência, e a sociedade se prosterna diante dela. Napoleão Bonaparte, enquanto foi um grande homem, todos o desprezaram, e agora, que não passa de um desprezível comediante, até o imperador Francisco lhe oferece a filha por concubina. Os espanhóis rendem graças a Deus, por intermédio do clero católico, por lhes haver concedido derrotarem os franceses no dia 14 de junho, e os franceses fazem outro tanto, por intermédio do mesmo clero, por no mesmo dia 14 de junho igualmente terem vencido os espanhóis[46]. Os meus irmãos pedreiros-livres juram, pelo sangue das suas veias, estarem prontos a tudo sacrificar por amor do próximo, e não se dignam dar um rublo sequer no peditório para os pobres. E intrigam, tomando o partido da Astreia contra o dos Buscadores do Maná, prestando-se a todas as baixezas para conseguirem o verdadeiro 'tapete' escocês e uma ata que ninguém entende, nem mesmo aquele que a redigiu, nada significando, nem tendo qualquer préstimo. Todos nós professamos a lei cristã, que manda perdoar as injúrias e amar o próximo, e em nome desta lei erigimos em Moscou quarenta vezes quarenta igrejas[47], embora ainda ontem açoitássemos de morte um desgraçado desertor a quem o ministro desta mesma lei de amor e perdão, o sacerdote, deu a cruz a beijar antes do suplício." Assim meditava Pedro, e esta geral hipocrisia, aceita por todos, apesar do hábito que dela tinha, todos os dias o revoltava como se fosse um caso novo.

"Sinto-as, vejo-as por todo o lado, esta hipocrisia e esta cegueira", prosseguia ele ainda, "mas onde arranjar palavras para explicar-lhes tudo quanto tenho a dizer-lhes? Sempre que o tentei pude verificar que lá no fundo eram todos da minha opinião, mas que se negavam a reconhecer o fato. É possível que assim tenha de ser! Mas eu, que destino será o meu?..." Pedro gozava deste triste privilégio, frequente em muitos homens, mas

---

46. Alusão ao ataque e cerco do Convento de Santa Cruz, pelo marechal Ney, em junho de 1810. (N.E.)
47. Antigo hábito eslavo de contar por quarenta. (N.E.)

especialmente nos russos, graças ao qual, embora acreditem na verdade e no bem, com tanta clareza veem o mal e a mentira dos humanos que lhes faltam forças para combatê-los a fundo. A seus olhos, todos os domínios da atividade humana estavam imbuídos do mal e da mentira. Fizesse o que fizesse, tentasse o que tentasse, sempre se sentia repelido por esta mentira perpétua: todas as vias da atividade humana se fechavam para ele. E no entanto era preciso viver, algo tinha de fazer, apesar de tudo. Deixar se esmagar sob o peso destes problemas insolúveis, eis o que lhe parecia horrível, e por isso mesmo, quanto mais não fosse para esquecê-los, entregava-se ao que quer que houvesse a fazer. Frequentava todas as sociedades, bebia muito, colecionava quadros, construía casas e lia, lia principalmente.

Lia, lia tudo o que lhe vinha à mão e de tal maneira que até mesmo à noite quando o criado o ajudava a se despir, continuava a ler. Finda a leitura, vinha o sono, e, findo o sono, era a conversa dos salões e do clube, da conversa passando às orgias e às mulheres, e, das orgias, voltando outra vez à conversa, à leitura e ao vinho. Beber tornara-se para ele uma necessidade ao mesmo tempo física e moral. Não obstante a opinião dos médicos, que o advertiam do perigo do vinho com a sua corpulência, continuava a beber e furiosamente. Não se sentia bem senão quando, quase inconsciente, depois de beber uma boa dose de copos de vinho, sentia então por todo o corpo uma agradável sensação de calor, e todo ele era ternura para com o semelhante e tendência para abordar todos os problemas sem ir ao fundo de nenhum.

Só depois de haver bebido uma ou duas garrafas percebia vagamente que aquele nó tão terrível e complicado da existência, nó que o enchia de horror, era afinal menos medonho do que ele imaginava. Com a cabeça a zumbir, falando, ouvindo as conversas alheias ou lendo após as refeições, a seu lado estava sempre aquele nó que era preciso cortar. Apenas sob a ação do vinho, porém, dizia para consigo: "Não é nada. Hei de desatá-lo... Sim, tenho uma explicação ao meu alcance. Por agora falta-me tempo. Depois pensarei nisso". Este "depois", contudo, nunca chegava.

Pela manhã, ainda em jejum, os mesmos problemas lhe apareciam tão insolúveis e terríveis como sempre, e ei-lo que se dava pressa, então, de pegar num livro, e, se alguém o vinha visitar, ficava encantado.

Às vezes lembrava-se de ter ouvido contar que os soldados na guerra, nas linhas avançadas, sob o fogo do inimigo, quando ociosos, procuravam uma ocupação qualquer para mais facilmente esquecerem o perigo. A seus olhos os homens sempre procediam como esses soldados, na esperança de se esquecerem da vida, e davam-se à ambição, ao jogo, elaboravam leis, entretinham-se com mulheres, divertiam-se, criavam cavalos, dedicavam-se à política, ou à caça, ou ao vinho, ou aos negócios públicos. "Em conclusão, nada há desprezível, nada há importante, tudo é indiferente", pensava Pedro, "desde que uma pessoa saiba subtrair-se a essa realidade da vida, desde que uma pessoa não se veja frente a frente com a vida, esta terrível vida!"

CAPÍTULO II

No princípio do inverno, o príncipe Nicolau Andreievitch Bolkonski veio instalar-se com a filha em Moscou. Graças ao seu passado, à sua inteligência e à sua originalidade, mercê sobretudo de um amortecimento, naquela altura, do entusiasmo que o reinado do imperador Alexandre provocou e também do renascimento dos sentimentos antifranceses e patrióticos que então reinava nos espíritos, logo ele se tornou para os moscovitas o objeto de um respeito muito particular e o fulcro da oposição ao governo.

O príncipe envelhecera muito naquele ano. Já dava indiscutíveis indícios de senilidade: ficava a dormir intempestivamente, esquecia acontecimentos recentíssimos, recordando-se, em compensação, dos fatos mais remotos, e aceitava com infantil vaidade o papel de chefe da oposição moscovita. Apesar disto, quando, especialmente nas recepções, aparecia à hora do chá, de peliça curta e cabeleira empoada, e alguém o provocava, dando-se a contar, entrecortadamente, como sempre, anedotas de antigamente, e formulando sobre o tempo presente juízos incisivos, em geral o sentimento de respeito que então provocava entre os seus convidados aquele velho palácio, com os seus grandes tremós, o seu mobiliário anterior à Revolução, os seus lacaios de cabeleira empoada e aquele velho do século passado, de modos bruscos mas inteligente, com uma filha tímida e uma francesa bonita, que o veneravam, representava para as visitas um espetáculo cheio de encanto. O que todos ignoravam, porém, é que, para além das duas ou três horas em que viam os donos da casa, havia vinte e duas de uma vida íntima e secreta. Nos últimos tempos, em Moscou, essa vida tornara-se extremamente penosa para a princesa Maria. Faltavam-lhe as suas maiores alegrias: as longas conversas com os Homens de Deus e a solidão que em Lissia Gori a reconfortava de todos os seus desgostos. E em contrapartida não lhe era dado gozar de qualquer das vantagens e distrações da vida da capital. Não frequentava a sociedade; era evidente que o pai não a deixava sair sozinha e que ele, em virtude da precária saúde, não a podia acompanhar. Eis por que não a convidavam para jantares ou recepções. Perdera toda a esperança de casar. A frieza e o azedume com que o pai desde logo acolhia, para depois afastar, todos os rapazes em situação de a pedirem em casamento que porventura se atreviam a frequentar-lhe a casa eram do conhecimento público. Tampouco tinha amigas. Desde que chegara a Moscou, perdera todas as ilusões sobre a conduta de duas pessoas a quem consagrara uma grande afeição. Mademoiselle Bourienne, com quem já não podia ser inteiramente franca, era-lhe agora abertamente desagradável, e Maria tinha razões para mantê-la afastada. Júlia, que vivia em Moscou, e com quem trocara cartas durante cinco anos, tornara-se para ela uma estranha mal tivera oportunidade de privar diretamente com a sua amiga. Esta, que depois da morte dos irmãos se convertera numa das mais ricas herdeiras de Moscou, dera-se de corpo e alma ao turbilhão dos prazeres mundanos. Andava sempre rodeada de uma chusma de rapazes que, assim ela pensava, de um momento para o outro se tinham posto a apreciar-lhe os méritos. Chegara àquele período da vida das meninas de sociedade já maduras em que estas sentem ser o momento de aproveitar a última oportunidade, caso contrário nunca mais encontrarão marido. A princesa Maria, com um melancólico sorriso, todas as quintas-feiras se lembrava de que já a ninguém tinha que escrever, visto Júlia, essa Júlia cuja presença não lhe dava já qualquer alegria, viver a dois passos e todas as semanas se encontrarem. Tal qual esse velho emigrado que não quisera casar com a senhora em casa de quem passara todos os seus serões durante anos, ei-la que lamentava agora estar Júlia tão perto dela, privando-a assim de lhe escrever. Em Moscou ninguém mais tinha com quem falar e a quem confiar as suas tristezas, e agora muitas preocupações novas a torturavam. A data do regresso do príncipe André aproximava-se e o seu casamento também, e o certo é que ela não só não se desempenhara a missão de que ele a encarregara junto do pai, preparando-o para isso, como essa missão lhe parecia inútil: bastava ouvir o nome dos Rostov para o velho príncipe perder as estribeiras; aliás, estava sempre de má catadura. Às demais preocupações que a afligiam viera juntar-se nestes últimos tempos a das lições que dava ao sobrinho, de seis anos. Verificara com terror no decurso destas lições dar mostras de uma irritabilidade muito semelhante à do seu velho pai. Por mais que a si própria dissesse que não devia exasperar-se, sempre que pegava no alfabeto francês para dar lição ao sobrinho, tão apressada se mostrava em iniciá-lo em tudo que ela própria sabia que à menor desatenção da criança, de antemão receosa de encolerizar a tia, ficava nervosa, impacientava-se, exaltava-se, levantava a voz, chegando a dar-lhe beliscões e a mandá-la de castigo para o canto da casa. Depois de castigá-la chorava, acusando-se a si própria de ser má, e Nikoluchka, choroso também, lá vinha do seu canto, sem autorização, e aproximando-se da tia, num gesto carinhoso, punha-lhe as mãos no rosto úmido de lágrimas, consolando-a. O que mais a afligia no entanto era o caráter irascível do pai, que estava mais duro para com ela. Se ele se lembrasse de mandá-la passar a noite de joelhos, se lhe batesse, se a obrigasse a carregar lenha ou água, nunca lhe teria passado pela cabeça considerar isto qualquer coisa de penoso; mas aquele verdugo, cruel sobretudo por muito lhe querer, e essa era a razão por que a atormentava e se atormentava a si próprio, de propósito, não só a ofendia e humilhava, mas a todo o momento lhe queria mostrar como em tudo e por tudo procedia mal. Nos últimos tempos, um fato novo surgira que ainda mais penalizara a princesa Maria: as atenções que ele tributava a Mademoiselle Bourienne. Desde que soubera da inclinação do filho, metera na cabeça a tola mania de casar com Mademoiselle Bourienne se André teimasse na sua ideia. Parecia sorrir-lhe esta perspectiva, e naqueles últimos tempos, apenas para humilhá-la – assim pensava Maria –, dava-se ao capricho de se mostrar particularmente atencioso para com a francesa e irritado para com a filha, como se estivesse enamorado daquela.

Um dia, em Moscou, diante de Maria, que bem vira ter ele feito de propósito, o velho príncipe beijou a mão de Mademoiselle Bourienne e, puxando-a para si, abraçou-a com certa intimidade. A princesa Maria, muito corada, saiu da sala. Daí a pouco, Mademoiselle Bourienne veio ter com ela, muito sorridente, e pôs-se a contar-lhe uma coisa alegre com voz insinuante. Maria enxugou as lágrimas que lhe umedeciam o rosto, aproximou-se dela em passo resoluto e sem se dar conta do que fazia, num acesso de cólera e em voz estentórea, gritou-lhe: "E feio, é baixo, é inumano tirar partido da fraqueza". E sem concluir a frase: "Saia, saia daqui", acrescentou, já em soluços.

No dia seguinte, o príncipe não lhe dirigiu a palavra, e ao jantar Maria notou que ele dera ordem ao criado para servir Mademoiselle Bourienne em primeiro lugar. No fim da refeição, quando o lacaio, conforme o costume, servia o café principiando pela princesa, o príncipe, num súbito ataque de ira, atirou a bengala à cabeça do criado e imediatamente deu ordens para que o alistassem como soldado.

– Não ouviste?... Disse-lhe duas vezes... Não ouviste? É a primeira pessoa da casa. É a minha melhor amiga! – vociferou ele. – E tu – acrescentou, furioso, dirigindo-se à filha pela primeira vez desde a véspera –, se te atreveres, se ousares outra vez, como ontem... esqueceres-te disso diante dela, eu te ensinarei quem é aqui o dono da casa. Fora, que eu não volte a te ver. Pede-lhe perdão.

A princesa Maria pediu perdão a Amélia Evguenievna e ao pai, em seu nome e no do lacaio Filipe, que lhe rogara intercedesse por ele.

Em tais momentos Maria experimentava na alma um sentimento a que poderia dar-se o nome de orgulho do sacrifício. Logo em seguida, porém, aquele pai, a quem ela censurava, punha-se à procura do pincenê, às apalpadelas, sem ver, esquecendo coisas que acabavam de suceder, ou as débeis pernas lhe faziam dar um passo em falso e ele voltava a cabeça para ver se alguém dera por isso ou, coisa bem pior, quando não havia convidados ficava a dormir sentado à mesa, o guardanapo caído, enquanto a cabeça trêmula lhe pendia sobre o prato... "Tão velho e fraco e eu atrevo-me a censurá-lo!", pensava a princesa, horrorizada consigo mesma.

CAPÍTULO III

Em 1810, vivia em Moscou um médico francês que gozava de grande voga. Era alto, elegante, amável, como todos os franceses, e, segundo se dizia em Moscou, de extraordinário talento. Chamava-se Métivier. Na alta sociedade recebiam-no mais como amigo que propriamente como médico.

O príncipe Nicolau Andreievitch, que ria da medicina, aconselhado por Mademoiselle Bourienne, chamara-o nesses últimos tempos e acostumara-se a ele. Métivier visitava o príncipe duas vezes por semana.

No dia de S. Nicolau, festa onomástica do velho, toda Moscou se apresentou em sua casa, mas ele deu ordem para não receberem ninguém, salvo as pessoas íntimas, cuja lista confiara a Maria e a quem esta convidou para jantar.

Métivier, que viera pela manhã apresentar as suas felicitações, julgou conveniente, na sua qualidade de médico, "passar dos limites", segundo disse à princesa Maria, e entrou para ver o príncipe. Aconteceu precisamente que nessa manhã o velho príncipe se achava num dos seus dias de má disposição. Começara o dia de um lado para o outro repreendendo a todos e fingindo não ouvir o que lhe diziam e não ser compreendido pelos outros. Por demais conhecia Maria este estado de espírito em que o pai se mostrava de uma irascibilidade concentrada e aparentemente serena, e que, geralmente, terminava num ataque de fúria. Toda a manhã se sentira por isso como diante do cano de uma espingarda carregada, sempre à espera do tiro inevitável. Tudo correra bem até o momento da chegada do médico. Depois de tê-lo acompanhado, foi sentar-se, com um livro, no salão, junto da porta de onde poderia ouvir o que se passava no gabinete.

De princípio apenas lhe chegou aos ouvidos a voz de Métivier, depois ouviu a voz do pai e por fim as de ambos, que falavam ao mesmo tempo. Subitamente a porta abriu-se de par em par, surgindo no limiar a alta estatura do médico, com a sua carapinha preta e a cara espantada, e logo atrás o príncipe, de barrete de dormir e roupão, a máscara descomposta e os olhos fora das órbitas.

– Não compreendes? – gritava-lhe ele. – Mas eu compreendo perfeitamente! Espião francês, lacaio de Bonaparte, espião, fora daqui! Fora daqui, fora daqui!... – E fechou-lhe a porta nas costas. Métivier, encolhendo os ombros, aproximou-se de Mademoiselle Bourienne, que acorrera, vinda da sala contígua, ao ouvir a gritaria.

– O príncipe não está muito bem de saúde. A bílis e o delírio. Tranquilize-se. Voltarei amanhã – disse, pondo um dedo nos lábios, a pedir silêncio, saindo apressadamente.

Por detrás da porta ouviram-se os chinelos de quarto do príncipe e exclamações: "Espiões! Traidores! Traidores por toda a parte! Já não pode uma pessoa estar sossegada em sua casa!".

Depois da saída de Métivier, o velho príncipe chamou a filha e sobre ela despejou toda a sua indignação. Era Maria quem tinha a culpa de aquele espião haver entrado em sua casa. Pois não fizera ele uma lista e não dera ordem para não deixarem entrar quem nela não figurasse? Por que tinham então aberto a porta àquele miserável? A culpa era dela. Por sua causa não podia ter um minuto de repouso, não podia morrer tranquilo – disse-lhe ele.

– Sim, minha menina, temos de nos separar, temos de nos separar! Fica sabendo. Sim, fica sabendo! Já não posso mais – prosseguiu ele, dando um passo para a porta. E receoso, naturalmente, de que ela não tomasse a sério as suas palavras. voltou atrás e acrescentou, procurando manter a serenidade: – E não julgues que te digo isto num momento de exaltação. Estou sereno, tenho pensado muito e a minha última palavra é esta: separemo-nos. Arranje onde ficar!... – Não se conteve todavia por muito tempo e numa exaltação só possível talvez no homem que muito ama, ergueu os punhos ameaçadores para a filha, ele próprio presa de um grande sofrimento, gritando: – Ainda se houvesse um imbecil que casasse com ela! – Em seguida bateu com a porta, mandou chamar Mademoiselle Bourienne ao seu gabinete e sossegou.

Às duas horas chegaram as seis pessoas convidadas para jantar: o célebre conde Rostoptchine, o príncipe Lopukhine, com o sobrinho, o general Tchatrov, velho camarada do príncipe, e, entre os jovens, Pedro e Bóris Drubetskoi. Todos o aguardaram no salão.

Bóris, havia pouco chegado a Moscou em gozo de licença, desejara ser apresentado ao príncipe Nicolau Andreievitch e tão bem soubera conquistar-lhe as graças que este abrira uma exceção a seu favor, visto não receber jovens solteiros.

O palácio do príncipe não estava classificado entre as casas consideradas "da sociedade": frequentava-o uma pequena roda, de que pouco se falava; contudo ser nele admitido constituía uma honra. Eis o que Bóris pudera perceber oito dias antes, quando, na sua presença, o conde Rostoptchine respondera, ao general-governador, que o convidava para jantar no dia de S. Nicolau, não poder aceitar o convite:

– Nesse dia vou sempre venerar as relíquias do príncipe Nicolau Andreievitch.

– Ah, sim, é verdade – respondera o general. – E ele como vai?... – O pequeno grupo reunido antes do jantar no salão à moda antiga, com o seu velho mobiliário, dava a impressão de um conselho solene de juízes convocado para tomar uma deliberação. Mantinha-se calado, e quando alguém falava era em voz baixa.

O príncipe Nicolau Andreievitch estava grave e silencioso. A princesa Maria parecia mais tímida e doce do que nunca. Raramente os convidados lhe dirigiam a palavra, certos de que não lhe interessava o que estavam dizendo. Quem conduzia a conversa era o conde Rostoptchine, que falava dos últimos acontecimentos políticos e das novidades da capital. Tanto Lopukhine como o velho general poucas vezes abriram a boca.

O príncipe Nicolau Andreievitch ouvia, como um juiz supremo ouve a informação que lhe prestam, limitando-se a mostrar com o silêncio ou algumas breves palavras tomar nota do que lhe diziam. Tal era o tom da conversa, que logo se percebia ninguém aprovar o que estava acontecendo nos meios políticos. O que se dizia dos acontecimentos confirmava plenamente irem as coisas de mal a pior. No entanto, algo era de notar no que cada um dizia ou no que cada um opinava: que o narrador se interrompia ou se via interrompido sempre que se aproximava daquele ponto em que a personalidade do imperador poderia estar em causa.

Durante o jantar falou-se das últimas novidades políticas: da ocupação pelo imperador dos franceses do grão-ducado de Oldemburgo e da nota russa, muito hostil à França, endereçada a todas as cortes da Europa.

– Bonaparte procede para com a Europa como um pirata na ponte de um navio conquistado – disse o conde Rostoptchine, repetindo uma frase que lhe andava na boca há algum tempo. – O que me surpreende é a apatia ou a cegueira dos reis. Agora é o papa quem está em jogo, e Bonaparte, que perdeu a vergonha, parece disposto a derrubar o chefe supremo da Igreja, e ninguém diz nada! Só o nosso imperador protestou contra a ocupação do grão-ducado de Oldemburgo. E ainda isso... – Rostoptchine calou-se, sentindo que chegara ao extremo limite onde todos os juízos eram suspensos.

– Ofereceram-lhe outras possessões em troca do ducado de Oldemburgo – interveio o príncipe Nicolau Andreievitch. – Procede para com os duques como eu para com os meus mujiques quando transportei os meus camponeses de Lissia Gori para Bogutcharovo e os meus domínios de Riazan.

– O duque de Oldemburgo suporta a sua infelicidade com uma força de caráter e uma resignação admiráveis – disse Bóris, tomando parte na conversa em tom respeitoso.

Falava desta maneira porque no momento de deixar Petersburgo tivera a honra de ser apresentado ao duque. Nicolau

Andreievitch fitou o jovem como se fosse sua intenção responder-lhe, mudando de parecer por julgá-lo, talvez, novo demais.

– Li o nosso protesto a propósito deste caso e fiquei surpreendido com a deplorável redação dessa nota – comentou Rostoptchine, no tom indiferente de quem fala de um assunto muito do seu conhecimento.

Pedro olhou para ele com ingênua surpresa, sem compreender por que o preocupava tanto aquela má redação.

– O estilo que importa, conde? – observou ele – desde que o fundo seja enérgico?

– Meu caro, com os nossos quinhentos mil homens armados, será fácil ter um bom estilo – disse Rostoptchine.

Pedro compreendeu então por que o inquietava, ao conde, a redação da nota.

– Parece-me que escribas não faltam agora – voltou o velho príncipe. – Lá em Petersburgo não fazem senão escrever, e não apenas notas, volumes inteiros cheios de novas leis. O meu Andriucha, só à sua parte, compôs um livro de leis para a Rússia. Hoje em dia passa-se a vida a escrever! – acrescentou, com um sorriso forçado.

A conversa cessou por um momento. O velho general chamou a atenção, tossicando.

– Ouviram falar do que aconteceu na parada de Petersburgo? Aquele comportamento do novo embaixador da França!

– Ah, sim, contaram-me: deu uma resposta inconveniente a Sua Majestade.

– Sua Majestade chamara-lhe a atenção para a divisão de granadeiros e o seu desfile em passo de parada – prosseguiu o general – e, ao que parece, o embaixador não só não lhe prestou a mínima atenção como se permitiu mesmo dizer-lhe que no seu país, a França, ninguém se preocupava com bagatelas daquela espécie. O imperador não se dignou responder e na parada seguinte, segundo se diz, nem uma só vez lhe dirigiu a palavra.

Todos se conservaram calados. Como o fato se referia ao imperador, não era possível fazer qualquer comentário.

– Insolentes! – exclamou o príncipe. – Conhecem o Métivier? Pus ele na rua esta manhã. Apareceu aí, deixaram-no entrar, embora eu tivesse dado ordens para não permitirem a entrada a qualquer pessoa – acrescentou, lançando um olhar irritado à filha. E pôs-se a contar o que se passara entre ele e o francês, e as razões que o levavam a acreditar tratar-se de um espião. Embora as suas razões fossem praticamente improcedentes e muito pouco claras, ninguém fez qualquer objeção.

Depois do assado foi servido o champanhe. Os convidados ergueram-se para felicitar o velho príncipe. Maria também se aproximou.

O príncipe olhou-a com frialdade e dureza enquanto lhe oferecia a rugosa face recém-barbeada. Maria compreendeu que a conversa dessa manhã não estava esquecida e que a resolução do pai se mantinha inabalável; só a presença dos convidados o retinha.

Quando passaram ao salão para tomar o café, os velhos sentaram-se todos juntos.

O príncipe Nicolau Andreievitch animou-se um pouco mais e expôs o que pensava a respeito da guerra futura.

Disse que as guerras com Bonaparte não teriam êxito enquanto os russos não se aliassem com os alemães e interviessem nos assuntos europeus, e a isso se viam arrastados pela paz de Tilsitt. Os russos não deviam intervir nem contra a Áustria nem a seu favor. A nossa política está toda no Oriente, e no que diz respeito a Bonaparte só temos uma coisa a fazer: armar a nossa fronteira e mostrarmo-nos firmes. Eis o recurso a empregar para ele nunca mais transpor a nossa fronteira, como aconteceu em 1807.

– E como poderíamos lutar contra os franceses, príncipe? – interrogou então o conde Rostoptchine. – Poderemos acaso armarmo-nos contra nossos amos e deuses? Ponde os olhos na nossa juventude, olhai para as senhoras da nossa sociedade. Os nossos deuses são os franceses, o nosso éden é Paris – prosseguiu mais alto, naturalmente para que todos o ouvissem. – Modas francesas, ideias francesas, sentimentos franceses, tudo é francês! Pôs na rua o Métivier, por ser francês e canalha, mas as nossas belas damas se rojam aos seus pés. Ainda ontem estive numa recepção: das cinco senhoras presentes três eram católicas e bordavam ao domingo, com autorização especial do papa. Pois estavam quase nuas como se fossem tabuletas de um balneário, com sua licença. Ah! príncipe, quando ponho os olhos na nossa juventude vêm-me ganas de ir buscar o bastão de Pedro, o Grande no museu e de lhe dar uma sova à russa. Talvez assim lhe passasse a maluqueira![48] – Fez-se silêncio. O velho príncipe olhava Rostoptchine, aprovando com a cabeça, o rosto iluminado por um sorriso.

---

48. É lendário o bastão de Pedro, o Grande. Um historiador russo diz que habituava os seus familiares a serem homens livres e europeus à bengalada. (N.E.)

— Bom, adeus, excelência. Muita saúde! – acrescentou Rostoptchine, erguendo-se e estendendo a mão ao príncipe, com a brusquidão que lhe era peculiar.

— Adeus, meu caro. E o teu *gusli*[49]? Sempre gostei muito de ouvi-lo – disse o velho príncipe, retendo entre as suas as mãos de Rostoptchine, enquanto lhe dava a face a beijar. Seguindo o exemplo de Rostoptchine, os demais ergueram-se também.

CAPÍTULO IV

A princesa Maria, que assistira à falação dos velhos, nada compreendera do que eles disseram. Só tinha uma preocupação: que os convidados não percebessem o seu desacordo com o pai. Não reparara sequer nas atenções e amabilidades que Drubetskoi lhe testemunhara durante todo o jantar. Era a terceira visita que lhe fazia. Com um olhar interrogador e distraído, a princesa dirigiu-se a Pedro, que, de chapéu na mão e muito sorridente, se aproximou dela depois de o príncipe sair, quando ficaram sós no salão.

— Posso ficar mais um bocadinho? – disse ele, deixando cair o corpanzil numa poltrona, junto da princesa.

— Com certeza – volveu ela. "Notou alguma coisa?", lia-se no seu olhar.

Pedro estava muito bem-disposto, como era seu costume após as refeições. Sorria docemente, olhando, vago, em torno de si.

— Há muito tempo que conhece este rapaz, princesa? – perguntou.

— Que rapaz?

— Drubetskoi.

— Não, há pouco...

— E gosta dele?

— Gosto, é um rapaz agradável... Por que pergunta? – disse ela, sempre preocupada com a conversa que tivera com o pai nessa manhã.

— Porque observei uma coisa: não é natural que um rapaz venha de Petersburgo a Moscou noutra intenção que não seja a de arranjar um casamento rico.

— Notou isso? – volveu ela.

— Notei – prosseguiu ele, sorrindo –, e esse rapaz costuma aparecer sempre onde há herdeiras ricas. Leio-lhe na alma como

---

49. Instrumento musical tradicional, semelhante à harpa. (N.E.)

num livro aberto. A esta hora está ele a perguntar a si mesmo por qual das duas deve principiar o ataque: pela senhora ou por Júlia Karaguine. Está sempre ao lado dela.

– Costuma ir lá?

– Sim, muitas vezes. E sabe como é moda agora fazer a corte às senhoras? – disse ele, com um sorriso jovial naturalmente num desses momentos de indulgente ironia de que não poucas vezes se lamentava no diário.

– Não – tornou Maria.

– Agora, para agradar as meninas casadouras de Moscou, é preciso ser melancólico... e ele, junto da menina Karaguine, está sempre melancólico – disse Pedro.

– Realmente? – tornou ela fitando o bondoso rosto do moço, sem esquecer o seu desgosto: "Seria um alívio para mim poder confiar as minhas preocupações a alguém", pensava ela. "E Pedro é a pessoa a quem eu gostaria de contar tudo. Tem tão bom coração! É tão nobre! Que bem me faria! Podia dar-me um conselho!"

– Seria capaz de casar com ele? – perguntou Pedro.

– Oh! meu Deus, conde! Há momentos em que casaria fosse com quem fosse – exclamou Maria, quase inconscientemente, com um soluço na garganta. – Oh! é tão triste gostarmos de alguém e sentirmos que somos um motivo de desgosto para esse alguém, sobretudo quando sabemos que é sem remédio – acrescentou em voz trêmula. – Só há uma solução: afastarmo-nos. Mas eu, para onde hei de ir?

– Que tem? Que é isso, princesa?

A princesa Maria rompeu num choro convulso.

– Não sei o que tenho hoje. Não dê importância, esqueça o que acabo de lhe dizer.

A alegria de Pedro desapareceu. Pôs-se a interrogar carinhosamente a princesa, pediu-lhe que lhe contasse tudo, que lhe confiasse o seu desgosto. Ela, porém, limitou-se a pedir-lhe que esquecesse o que lhe dissera, que ela já de nada se lembrava, que não havia na sua vida outros desgostos além daqueles que ele muito bem conhecia, visto o casamento de André pôr em perigo as relações do pai com o filho.

– Tem tido notícias dos Rostov? – perguntou ela para mudar de conversa. – Disseram-me que estão para chegar em breve. Também espero André de um dia para o outro. Muito gostaria que se encontrassem aqui.

– Como encara ele atualmente o casamento? – perguntou Pedro, referindo-se ao velho príncipe.

Maria abanou a cabeça.

– Que havemos nós de fazer? Poucos meses faltam já para terminar o prazo de um ano. E não pode ser. Desejaria poupar a meu irmão as primeiras horas do seu regresso. Seria melhor que eles chegassem primeiro. Gostaria de ter uma conversa com ela. Já que os conhece tão bem e há tanto tempo, diga-me, com a mão no coração, o que pensa de tudo isto: que espécie de pessoa é ela e qual a sua opinião a seu respeito? Peço-lhe que me fale com toda a franqueza. Casando contra vontade do pai, André arrisca-se tanto que eu gostaria de ter certeza...

Um instinto obscuro fez saber a Pedro que por detrás destas instâncias e destes reiterados pedidos da princesa Maria para lhe falar com toda a franqueza se escondia, da parte dela, uma certa má vontade para com a futura cunhada, e que era seu desejo que ele não aprovasse a escolha de André. Pedro, contudo, disse mais o que sentia do que o que pensava.

– Não sei como hei de responder à sua pergunta – balbuciou, corando sem saber por quê. – Não posso lhe dizer de maneira alguma que espécie de menina ela é. Não me é possível analisar-lhe o caráter. É uma pessoa encantadora, mas por quê? Não sei. E nada mais lhe sei dizer.

A princesa Maria suspirou e no seu rosto lia-se: "Sim, era isto mesmo que eu esperava e que também receava".

– É inteligente? – perguntou ela.

Pedro ficou um momento calado a refletir.

– Talvez não e talvez sim – redarguiu. – Ser inteligente nada diz a ela... Basta-lhe ser encantadora, e é tudo.

A princesa Maria voltou a abanar a cabeça com uma expressão de quem desaprova.

– Oh! Queria tanto gostar dela! Diga-lhe isso mesmo, se por acaso a vir antes de mim.

– Ouvi dizer que está para chegar por estes dias – replicou ele.

Maria expôs a Pedro o seu projeto de visitá-la, assim que a família chegasse a Moscou, e a intenção em que estava de fazer tudo para que o velho príncipe a recebesse.

CAPÍTULO V

Bóris, que perdera um rico casamento em Petersburgo, viera a Moscou arranjar outro. Hesitava entre os dois partidos mais ricos da capital: Júlia e a princesa Maria. Apesar da sua fraca beleza, a princesa parecia-lhe, evidentemente, mais sedutora do que Júlia, mas a verdade é que de certo modo experimentava uma espécie de embaraço na corte que lhe fazia. A última vez que a vira, no dia do aniversário do velho príncipe, sempre que tentara declarar-se, ela respondera-lhe distraidamente, sem perceber, com efeito, o que ele pretendia dela.

Júlia, pelo contrário, embora de uma forma muito especial, e bem sua, aceitara com agrado os seus galanteios.

Tinha então Júlia perto de vinte e sete anos. Com a morte dos seus dois irmãos ficara riquíssima. Já não era bonita. No entanto, não só se tinha na conta de muito bela, como se julgava ainda mais sedutora do que antigamente. O que lhe alimentava este erro era antes de mais nada o fato de ter passado a ser um riquíssimo partido, e em segundo lugar o pensar que quanto mais envelhecia menos perigosa se tornava para os homens, que se achavam no direito de ter mais liberdades para com ela e, sem assumirem qualquer responsabilidade, beneficiarem-se dos seus jantares, das suas recepções e da agradável sociedade que se reunia em sua casa. Aquele que, dez anos antes, tivesse evitado frequentar assiduamente o lar onde havia uma menina de dezessete primaveras, com receio de comprometê-la ou de se comprometer, agora pouco se lhe daria apresentar-se todos os dias nos seus salões e de tratá-la não como donzela casadoura, mas como alguém de agradável convívio cujo sexo pouco importa.

Naquele inverno o salão das Karaguine era considerado entre os mais brilhantes e hospitaleiros de Moscou. Não contando com as recepções e os jantares especiais, todos os dias se reunia na casa das Karaguine numerosa sociedade, principalmente masculina. Ceava-se por volta da meia-noite, e ali se ficava até cerca das três horas da madrugada. Júlia não faltava a um baile, a um passeio, a um espetáculo. Vestia à última moda. No entanto, cultivava o gênero de quem está desencantada de tudo: dizia a toda a gente não acreditar nem na amizade, nem no amor, nem em qualquer das alegrias da vida, e não esperar sossego senão no além. Adotava o tom da mulher que passou por uma grande decepção, como se tivesse perdido um ser adorado ou houvesse sido cruelmente enganada. Embora nada disso lhe tivesse acontecido na vida, todos fingiam acreditar nela, e o certo é que ela própria acabara por convencer-se de que efetivamente sofrera grandes desgostos. Esta disposição melancólica, que não a impedia de se divertir, tampouco impedia os rapazes que frequentavam a sua casa de passarem muito bem o seu tempo. Todos os seus convidados principiavam por pagar tributo à melancolia da dona da casa, para depois se darem com o maior entusiasmo à conversa mundana, à dança, aos jogos de salão e às frases rimadas, então em moda na sua roda. Só alguns rapazes, entre os quais Bóris, acompanhavam mais de perto a melancolia de Júlia, e ela gostava de ter com eles colóquios prolongados e solitários sobre a vaidade das coisas deste mundo, e mostrava-lhes os seus álbuns, cheios de desenhos, de pensamentos e de poesias repassados da mais pungente tristeza.

Júlia mostrava-se particularmente carinhosa com Bóris: lamentava o seu prematuro desencanto da vida e prodigalizava-lhe as consolações da amizade nas suas possibilidades, dela, que tanto sofrera, já, devassando-lhe o seu álbum. Nele desenhara Bóris duas árvores com esta legenda: "Árvores rústicas, os vossos sombrios ramos sacodem sobre mim as trevas e a melancolia".

Noutra página desenhara um túmulo e escrevera:

A morte é um socorro e uma tranquilidade.
Ah! contra as dores não há outro asilo.

– Há qualquer coisa de tão encantador no sorriso da melancolia – dizia-lhe ela, repetindo, palavra a palavra, a frase que lera num livro. – É um raio de luz nas trevas, um matiz entre a dor e o desespero, que revela uma possível consolação.

E a isto respondera Bóris com os seguintes versos:

Alimento venenoso de uma alma demasiado sensível,
Tu, sem o que a felicidade seria impossível,
Terna melancolia, ah! vem consolar-me,
Vem serenar os tormentos de um retiro sombrio,

E mistura uma doçura secreta
Às lágrimas que sinto correr.

Júlia tocava na sua harpa os mais plangentes noturnos para Bóris ouvir, e ele, que lhe lia em voz alta a *Pobre Lisa*[50] estran-

---
50. Novela sentimental do autor russo Nikolai Karazin (1766–1826). (N.E.)

gulado pela emoção, via-se por vezes obrigado a interromper a leitura. Quando se encontravam na sociedade, seus olhares diziam um ao outro serem eles os únicos a quem era indiferente o que se passava à sua volta e que só eles se compreendiam.

Ana Mikailovna, que vinha muitas vezes visitar as Karaguine, organizava partidas de cartas para a mãe de Júlia e ia-se informando do dote da filha: dote esse que consistia nas suas propriedades de Penza e em florestas em Nijni-Novgorod. Plenamente submissa à vontade da Providência e sempre muito humilde, encarava com simpatia a dor etérea que unia a rica Júlia a seu filho.

— Sempre encantadora e melancólica, esta querida Júlia — dizia-lhe ela. — Bóris tem me dito que só nesta casa a sua alma tem descanso. Tem tido tantas decepções e é tão sensível! — acrescentava, para a mãe. — Oh! meu querido, nem sabes como me tenho dedicado a Júlia nestes últimos tempos! — comunicava ao filho. — E realmente quem não há de gostar dela! É um anjo do céu! Oh, Bóris, Bóris! E a pena que eu tenho da mãe dela! — prosseguia, após uma curta pausa. — Ainda hoje me esteve a mostrar as cartas e as contas que lhe mandam de Penza, onde têm uma propriedade imensa. Pobre senhora, vê-se obrigada a fazer tudo sozinha, e estão sempre a enganá-la!

Bóris sorria imperceptivelmente ao ouvir a mãe. Esta ingênua astúcia despertava nele um sorriso afável, mas ouvia-a com atenção e às vezes fazia-lhe perguntas sobre as propriedades de Penza e de Nijni.

Júlia esperava havia muito que o seu melancólico adorador se declarasse, disposta, está claro, a não repeli-lo. Mas uma repulsa secreta, sobretudo perante o violento desejo em que ela estava de arranjar um marido, a sua pouca naturalidade, o terror de ter de renunciar para sempre a um amor sincero, ainda detinham Bóris. Aproximava-se o termo da licença que gozava. Levava dias inteiros na casa das Karaguine, mas todos os dias, refletindo, adiava para o dia seguinte a declaração. Diante de Júlia, perante aquele seu rosto e aquele seu queixo cobertos de pó de arroz, diante daqueles seus olhos úmidos, daquela sua expressão pronta a passar da melancolia ao entusiasmo exaltado se alguém se lembrasse de pedi-la em casamento, Bóris sentia-se incapaz de pronunciar as palavras decisivas, embora há muito, em imaginação, se visse possuidor dos seus imensos domínios e a empregar à larga os seus rendimentos. Júlia notava a indecisão de Bóris, pensando às vezes que não lhe agradava, se bem que a sua vaidade feminina logo lhe viesse oferecer consolações e ela se pusesse a dizer para si mesma que era o amor afinal que o tornava tão tímido. No entanto, a melancolia de Júlia ameaçava tornar-se exáspero e eis como pouco tempo antes do dia marcado para a partida de Bóris pôs em prática um enérgico plano de campanha. Na altura em que ia terminar a licença do seu pretendente chegava a Moscou, e, como é natural, logo apareceu no seu salão, Anatole Kuraguine, e Júlia, dizendo adeus à melancolia, imediatamente se mostrou alegríssima, testemunhando ao recém-chegado a mais acentuada preferência.

– Meu filho... – disse Ana Mikailovna ao filho –, sei de fonte segura que o príncipe Vassili mandou o filho a Moscou para conseguir que ele case com Júlia. Gosto muito dela e tenho pena que isso aconteça. Que pensas tu?

A ideia de passar por tolo e de haver desbaratado inutilmente todo aquele mês de galã melancólico junto de Júlia, vendo cair nas mãos de outro todos os rendimentos de Penza e congêneres, aos quais, em imaginação, já dera bom destino, e principalmente o saber que esse outro era o imbecil do Anatole, fê-lo perder a cabeça. Acorreu à casa das Karaguine decidido a declarar-se. Júlia recebeu-o sorridente e com um ar distraído, contando-lhe, negligente, quanto se divertira no baile da véspera e depois perguntou-lhe quando tencionava partir. Bóris, que viera disposto a falar-lhe do seu amor e resolvido a mostrar-se carinhoso, não pôde deixar de lamentar, em tom acerbo, a inconstância das mulheres e a facilidade com que elas trocam a dor pela alegria, acrescentando que o seu estado de espírito só depende afinal daqueles que as cortejam. Júlia, ofendida, replicou-lhe que efetivamente tinha razão, que as mulheres apreciam a variedade e que nada é mais enfadonho para elas que a monotonia.

– Por isso mesmo aconselho-a... – principiou Bóris, procurando ferir Júlia. Nesse momento, contudo, lembrou-se da humilhação que seria para ele deixar Moscou sem atingir o seu objetivo e perdidos todos os seus passos, coisa que jamais lhe acontecera.

Calou-se no meio da frase, baixando os olhos para não ver a expressão irritada e irresoluta que se pintara no rosto dela e disse-lhe:

– Não foi para me zangar com você que aqui vim. Pelo contrário... – Fitou-a, a ver se devia prosseguir. Toda a irritação lhe desaparecera do rosto e os seus olhos implorativos e inquietos pousavam-se nele numa febril ansiedade. "Hei de dar um jeito de vê-la o menos que puder", dizia Bóris para consigo. "Já que as coisas chegaram até aqui, é bom que tenham um fim." Corou muito, ergueu os olhos para ela e murmurou:

– Bem sabe o que sinto por você!

Não precisava dizer mais. Júlia resplandecia de contentamento e triunfo. Mas obrigou Bóris a pronunciar as palavras que se dizem habitualmente em tais circunstâncias: que a amava e que nunca pensara noutra mulher com aquele entusiasmo... Júlia sentia, em nome dos seus domínios de Penza e das suas florestas de Nijni, que tinha o direito de exigi-lo, e obteve o que tanto desejava.

Os noivos, sem tornarem a falar das "árvores que os cobriam de trevas e melancolia", fizeram os seus projetos para se instalarem num luxuoso palácio em Petersburgo, visitaram as pessoas conhecidas e consagraram-se aos preparativos do brilhante enlace.

CAPÍTULO VI

O conde Ilia Andreitch, em fins de janeiro, chegou a Moscou na companhia de Sônia e Natacha. A condessa, sempre doente, não estava em condições de viajar e era impossível permanecer na aldeia até o seu restabelecimento. O príncipe André era esperado de um dia para o outro; além disso, havia que tratar do enxoval, vender a propriedade dos arredores de Moscou e aproveitar a estada do velho príncipe na capital para lhe apresentar a futura nora. A residência dos Rostov não estava aquecida, a família demorava-se pouco e a condessa não o acompanhava – eis as razões que levaram Ilia Andreitch a instalar-se na casa de Dimitrievna Akrossimova, que tantas vezes lhe oferecera a sua hospitalidade.

Já pela noite adiante, as quatro carruagens que conduziam os Rostov entraram no pátio de Maria Dimitrievna, na rua das Velhas Estrebarias[51]. Esta senhora vivia sozinha. Casara a filha, e todos os seus filhos estavam no exército. Conservava-se tão direita como noutro tempo. Falava sem papas na língua, dizia o que pensava com toda a franqueza e em voz alta e parecia censurar aos outros com toda a sua pessoa as fraquezas e paixões que

---

51. Rua de Moscou, que recorda o tempo em que a corte residiu naquela cidade. (N.E.)

não admitia. Levantava-se muito cedo e apenas com um roupão sobre os ombros consagrava-se aos trabalhos caseiros e, depois da igreja, às compras. Assistia todos os domingos à missa e ia visitar os cárceres, onde a levavam assuntos que a ninguém comunicava. Nos dias de semana, assim que se arrumava, recebia visitantes de condições diversas, que diariamente lhe acorriam à casa, e depois jantava. Das refeições, suculentas e abundantes, compartilhavam sempre três ou quatro convidados. Em seguida vinha a partida de *boston*. Ao serão tinha quem lhe lesse os jornais em voz alta e os livros novos, enquanto tricotava. Raramente fazia visitas, e se se permitia qualquer exceção era apenas para ir à casa das pessoas mais importantes da cidade.

Ainda não estava deitada quando os Rostov chegaram. Ouviu ranger os gonzos da porta do vestíbulo, que se abrira para deixar entrar os viajantes com os criados e o frio que vinha lá de fora. De lunetas acavaladas no nariz, a cabeça repuxada para trás, lá estava, de pé, no limiar da porta da sua grande sala, olhando com o seu ar severo e furioso. Parecia irritada por vê-los chegar e pronta a correr com eles, mas a verdade é que dera logo ordens para instalarem os viajantes e as bagagens.

– São do conde? Traga-as para cá – dizia ela, apontando para as malas, sem cumprimentar ninguém. – São das meninas? Para lá, pela direita. Que estão vocês aí a fazer com tantas mesuras? – gritou para as criadas. – Tratem de acender o samovar! Engordaste, estás mais bonita! – exclamou, agarrando Natacha, muito vermelha do frio, pela ponta do capuz. – Oh, estás gelada! Trata de te despir imediatamente. Estás gelada, palavra! – repetiu, ao ver o conde que se dispunha a beijar-lhe a mão. – Deem-lhe rum com o chá! Soniuchka, *bonjour* – disse, por fim, dirigindo-se a Sônia, pondo no francês um matiz de à vontade afetuoso, como era seu costume quando falava com ela.

Depois de mudarem de roupa e de se haverem recomposto da fadiga da jornada, foram tomar chá, e Maria Dimitrievna a todos beijou, um por um.

– É com a maior alegria que vos vejo hóspedes da minha casa – disse ela. – Ah! Já não era sem tempo! – acrescentou, piscando o olho, significativamente, para Natacha. – O velho está em Moscou e o filho é esperado de um momento para o outro. Sim, é preciso, é preciso que o conheças. Bom, temos tempo de falar nisso – prosseguiu ela, relanceando um olhar a Sônia que significava não desejar abordar o assunto diante dela. – E agora ouve – continuou, voltando-se para o conde. – Que pensas fazer amanhã? Quem vais mandar vir? Chinchine? – perguntou, contando pelos dedos. – A chorona da Ana Mikailovna? – E dobrou outro dedo. – Está aí com o filho. Já sabes? O filho vai casar! Quem mais? Bezukov? Também aí está com a mulher. Tinha-lhe escapulido, mas ela tratou de lhe deitar a mão. Jantou aqui na terça-feira. E quanto a elas – apontou para as meninas –, vão amanhã comigo a Iverskaia e depois a Madame Aubert-Chalmé. Não é verdade que querem tudo novo? Não vão me imitar. Agora as mangas usam-se assim... No outro dia a princesa Irene Vassilievna, a nova, veio visitar-me: era de meter medo! Parecia que tinha dois barris em cada braço. De resto, a esta hora já a moda é outra. Muda todos os dias. E tu, pessoalmente, que te traz por cá? – perguntou ela ao conde, reassumindo a sua expressão severa.

– Tudo se juntou ao mesmo tempo – replicou o conde. – É preciso tratar dos trapos e arranjar um comprador para a minha propriedade e para a casa de Moscou. Se não fosse muita maçada, aproveitava para ir a Marinskoie e lhe deixaria as minhas garotas.

– Pois sim. Na minha casa estarão seguras. Irão comigo aonde for preciso. Saberei ralhar com elas, mas também lhes saberei dar mimos – disse Maria Dimitrievna, acariciando com a sua manopla as facezinhas da afilhada e menina preferida que era Natacha.

Na manhã do dia seguinte, Maria Dimitrievna levou as meninas a Iverskaia e à loja de Madame Aubert-Chalmé. Esta tanto medo tinha dela que lhe cedia sempre os tecidos pelo preço mais baixo, na esperança de vê-la pelas costas quanto mais depressa melhor. Maria Dimitrievna encomendou-lhe a maior parte do enxoval. De regresso à casa, despediu a todos menos Natacha, a quem mandou sentar numa poltrona a seu lado.

– Pois bem, agora vamos conversar um bocadinho. Dou-te os meus parabéns pelo noivo que arranjaste. Apanhaste um dos bons! Estou muito contente por ti. Conheci-o quando ainda ele era deste tamanho... – Pusera a mão espalmada a um *archine* do soalho. Natacha corara de satisfação. – Gosto muito dele e de toda a sua família. E agora, ouve. Como sabes, o velho príncipe Nicolau não gosta lá muito que o filho se case. Que velho casmurro! Está claro que o príncipe André não é uma criança e dispensará o consentimento do pai. No entanto, a verdade é esta:

não é bom uma pessoa entrar numa família contra a vontade do chefe. É bem melhor conseguir a paz, fazer com que gostem de nós. Não és tola, espero que saibas te sair bem. Procede com tato e inteligência e tudo acabará pelo melhor.

Natacha conservava-se calada, por timidez, supunha Maria Dimitrievna; mas na realidade não estava contente que viessem imiscuir-se nos seus problemas sentimentais com o príncipe André. Eram tão diferentes de todos os demais problemas humanos, que ninguém, em sua opinião, poderia compreendê-los. Só o amava e conhecia a ele; ele também a queria e ia chegar de um momento para o outro e casar com ela. Nada mais era preciso.

– Sabes? Conheço-o há muitos anos, a ele e à Machenka, de quem gosto muito também. Cunhadas são cunhadas, é verdade, mas esta não é capaz de fazer mal a uma mosca. Pediu-me que te levasse a sua casa. Irão lá amanhã, tu e teu pai: sê carinhosa com ela. És mais nova. Quando ele chegar já tu a conhecerás e terás visto o pai, e assim todos já estarão gostando de ti. Não é verdade? Não achas muito melhor assim?

– Claro – respondeu Natacha, contrariada.

CAPÍTULO VII

No dia seguinte, de acordo com o conselho de Maria Dimitrievna, o conde Ilia Andreitch dirigiu-se com Natacha à casa do príncipe Nicolau Andreievitch. O conde não morria de amores por aquela visita: no fundo tinha medo da entrevista. Lembrava-se da última vez que vira o velho, na altura da formação da milícia, quando em resposta ao convite para jantar que lhe endereçara fora mimoseado com uma série de impropérios por não ter fornecido o número de homens suficiente. Natacha, com o seu mais lindo vestido, estava, pelo contrário, muito bem-disposta. "É impossível que não me achem simpática", dizia para consigo. "Todos gostam de mim. Estou disposta a fazer por eles tudo o que quiserem, a gostar do velho, que é seu pai, e dela, que é sua irmã. Não posso compreender por que não hão de gostar de mim!"

Tinham chegado à velha e sombria casa da Vozdvijenka[52] e entraram para o vestíbulo.

– Bom, que Deus nos abençoe! – exclamou o conde, meio sério meio a rir. Natacha notou a agitação do pai ao entrar e que

---
52. Rua de Moscou. (N.E.)

fora em voz baixa e tom humilde que perguntara se o príncipe e a princesa estavam em casa.

Quando se soube quem eram os visitantes, houve grande rebuliço entre a criadagem. O lacaio que fora anunciá-los viu-se detido no salão por um dos seus camaradas e ambos se puseram a segredar alguma coisa. Também apareceu uma criada de quarto que lhes disse, muito à pressa, algumas palavras sobre a ama. Finalmente surgiu um velho lacaio, de ar severo, que declarou aos Rostov que o príncipe não podia recebê-los, mas que a princesa Maria pedia o favor de entrarem para os seus aposentos.

Mademoiselle Bourienne foi a primeira a receber as visitas. Acompanhou-as com extrema cortesia, conduzindo-as junto da princesa. Esta, com o rosto transtornado e em pânico, as faces cobertas de placas vermelhas, veio ao encontro deles no seu andar pesado, tentando debalde aparentar expressão despreocupada e alegre. Natacha não lhe agradou logo ao primeiro golpe de vista. Pareceu-lhe demasiado elegante e de uma alegria frívola e vaidosa demais. Não se dava conta de que antes de ter posto os olhos na sua futura cunhada já estava maldisposta para com ela graças à inveja involuntária que lhe despertavam a sua beleza, a sua mocidade, a sua felicidade e o amor que lhe tinha o irmão. Além disso, ainda estava perturbadíssima com o incidente que acabava de se dar. O pai, quando lhe anunciaram as visitas, pusera-se a gritar não estar disposto a recebê-las, que Maria o fizesse, se assim queria, mas que era escusado pensarem em conduzi-las à sua presença. A princesa decidira recebê-las, mas receava que, de um momento para o outro, o pai fizesse algum escândalo, tão excitado parecia.

– Pois bem, minha querida princesa, aqui lhe trago a minha cantora – disse o conde, numa mesura, enquanto olhava para a direita e para a esquerda, sempre à espera, cheio de medo, de ver surgir o velho príncipe. – Gosto tanto que se conheçam... Que pena, que pena o príncipe continuar adoentado. – Em seguida, após mais alguns lugares-comuns, levantou-se. – Se me dá licença, princesa, enquanto vou aqui ao lado, à Praça dos Cães[53], à casa de Ana Semionovna, deixo com a senhora a minha Natacha. É questão de um quarto de hora. Venho já buscá-la.

Ilia Andreitch inventara aquele estratagema diplomático, assim o confessou à filha depois, para que as futuras cunhadas falassem com toda a franqueza e também para evitar encontrar-se

---

53. Praça de Moscou. (N.E.)

com o príncipe, a quem tanto receava. Isto ele não disse a Natacha, mas esta percebeu o terror e a inquietação do pai e não pôde deixar de se sentir melindrada. Corou de vergonha por ele, e ter corado ainda mais o irritou. O seu olhar ousado e provocante, que dizia não ter medo de pessoa alguma, fixou-se na princesa. Esta entretanto respondera ao conde ter o maior prazer e que só uma coisa lhe pedia, o demorar-se quanto mais melhor. E Ilia Andreitch desapareceu.

Mademoiselle Bourienne, apesar dos olhares impacientes com que Maria a dardejava, ansiosa por ficar só com Natacha, não saía da sala e continuava a falar das diversões e dos teatros de Moscou. Natacha sentia-se magoada ao mesmo tempo pela confusão que presenciara no vestíbulo, pela apreensão do pai e pelo tom forçado da princesa, que se diria fazer um grande favor em recebê-la. Tudo isto lhe era muito desagradável. Não gostou da princesa Maria. Pareceu-lhe muito feia, afetada e seca. Sentiu de súbito crispar-se-lhe a alma e assumiu sem querer um ar de indiferença que ainda mais contribuiu para afastar de si a interlocutora. Cinco minutos depois de terem encetado uma conversa forçada e penosa ouviram-se os passos rápidos de um homem arrastando chinelos de quarto. A princesa Maria ficou lívida. A porta abriu-se e entrou o príncipe, de roupão e gorro branco.

– Oh! menina – exclamou –, a senhora condessa... a condessa Rostov, se não estou em erro... Queira desculpar. Mil perdões... Não sabia, menina. Juro por Deus que ignorava que nos tivesse dado a honra de visitar-nos. Era no quarto de minha filha que eu julgava entrar... vestido desta maneira. Queira desculpar... Juro por Deus que não sabia – repetiu, num tom tão pouco natural, acentuando a palavra Deus, e tão desagradável, que a princesa Maria permaneceu calada, de olhos baixos, sem ter coragem de olhar o pai nem Natacha.

Natacha, que se levantara, e depois voltara a sentar-se, também não sabia o que fazer. Só Mademoiselle Bourienne continuava a sorrir.

– Queira desculpar, queira desculpar. Juro por Deus, não sabia – roncou o velho, que, depois de mirar Natacha dos pés à cabeça, afastou-se dali.

Mademoiselle Bourienne foi a primeira a recompor-se após esta aparição, pondo-se a falar da pouca saúde do príncipe. Natacha e Maria olhavam uma para a outra sem dizerem palavra, e à medida que este exame mútuo se prolongava, sem que qualquer delas quisesse exprimir o que sentia, parecia ir crescendo a antipatia que experimentavam uma pela outra.

Quando o conde voltou, Natacha nada fez para esconder a alegria que sentiu e logo apressou de partir. Naquele momento quase odiava aquela princesa seca e envelhecida que a obrigava àquela situação desagradável, tornando possível passarem juntas meia hora sem dizer uma palavra acerca do príncipe André.

"Não podia ser eu a primeira a falar dele, e ainda por cima na presença desta francesa", dizia para si mesma. A Maria, atormentava-a o mesmo pensamento. Sabia o que devia ter dito a Natacha, mas não pudera fazê-lo, primeiro por sentir-se embaraçada com a presença de Mademoiselle Bourienne, e depois, sem que soubesse por que, por lhe ser penoso falar daquele casamento. No momento em que o conde saía, Maria aproximou-se de Natacha e, pegando-lhe resolutamente na mão, disse-lhe num profundo suspiro:

– Espere, eu gostaria...

Sem saber por quê, Natacha olhou para ela com ar trocista.

– Querida Natália – disse Maria –, não quero deixar de lhe manifestar a alegria que sinto por meu irmão ter encontrado a felicidade.

Calou-se, sentindo não dizer a verdade. Natacha notou esta hesitação e adivinhou-lhe a causa.

– Parece-me, princesa, que já passou o momento de falar no assunto – volveu Natacha com uma dignidade e uma frieza aparentes, sentindo a voz embargada pelos soluços.

"Que disse eu? Que disse eu?", pensou ao transpor a porta da sala.

Naquele dia esperaram muito tempo Natacha para jantar. Fechada no seu quarto, soluçava como uma criança, dolorosamente sentida. Sônia, de pé, junto dela, beijava-lhe os cabelos.

– Natacha, por que choras? – dizia-lhe ela. – Para que hás de preocupar-te com eles? Tudo passará, Natacha.

– Ah, se tu soubesses o que custa... É como se eu...

– Não falemos mais nisso, Natacha. Não tens culpa. Então por que te preocupas? Dá-me um beijo, anda – murmurou Sônia.

Natacha ergueu a cabeça e beijou a amiga nos lábios, apertando contra o dela o seu rosto, banhado de lágrimas.

– Não sei, não sei. Ninguém é culpado – balbuciou Natacha. – Sou eu a culpada. Como tudo isto é horrível! Ai, por que ele não vem?...

Quando desceu para jantar tinha os olhos vermelhos. Maria Dimitrievna, que sabia como o príncipe recebera Rostov, fingiu não reparar na mágoa de Natacha, levando a refeição a dizer graças ao conde e aos seus hóspedes na sua voz grossa e potente.

CAPÍTULO VIII

Nessa noite, os Rostov foram à ópera, para onde Maria Dimitrievna lhes arranjara um camarote.

Natacha não queria ir, mas não pôde recusar esta amabilidade de Maria Dimitrievna, que os convidara precisamente por sua causa. Quando, já vestida, entrou no salão, para aí aguardar o pai, depois de relancear a vista ao grande espelho e verificou estar bonita, e mesmo muito bonita, ainda mais triste se sentiu; à sua tristeza misturava-se uma espécie de amoroso desfalecimento.

"Meu Deus, se ele aqui estivesse, não seria como antigamente, não sentiria esta timidez estúpida, eu me abraçaria a ele, me apertaria contra ele, e o obrigaria a olhar para mim com aquele lampejo de curiosidade interrogadora que tantas vezes vi nos seus olhos. Depois o faria rir como antigamente. Ah! aqueles olhos, parece que estou a vê-los!", murmurava Natacha para si mesma. E depois pensava: "E a mim que me importam o pai e a irmã? É dele que gosto, só dele, do seu rosto, dos seus olhos, do seu sorriso ao mesmo tempo de homem e de criança... Ah! o melhor é não pensar nisso, em nada pensar, esquecer, esquecer tudo, pelo menos por algum tempo. Esta ausência mata-me, mas posso reter as lágrimas." Afastou-se do espelho, num grande esforço para conter o pranto. "Como pode Sônia gostar de Nikolenka assim tão serena, tão tranquilamente, e esperar tanto tempo e com tanta paciência?", pensava ainda ao ver entrar a amiga, já vestida também, com o leque na mão. "Sônia é muito diferente de mim. Eu não posso!"

Naquele momento tamanha era a ternura refreada que Natacha sentia que não lhe bastava amar e saber-se amada: tomava-a um desejo imperioso de apertar nos seus braços, imediatamente, o homem amado e de lhe dizer e de colher de seus lábios as frases de amor que lhe transbordavam do peito. Durante o percurso, de carruagem, ao lado do pai, olhando, cismada, perpassar pelos vidros embaciados das portinholas os relâmpagos furtivos dos lampiões, a sua alma ainda estava mais triste e amorosa, e esquecia tudo à sua volta. Tomando lugar na fileira das carruagens, o carro dos Rostov, que arranhava suavemente a neve, chegou à entrada do teatro. Natacha e Sônia saltaram ligeiras para o chão, erguendo os vestidos. Depois apeou-se o conde, ajudado pelos lacaios, e de roldão com as senhoras e os cavalheiros que entravam e à mistura com os vendedores de programas, dirigiram-se, todos três, para o corredor dos camarotes. Através das portas fechadas já se ouviam os acordes da orquestra.

– Natália, seus cabelos... – murmurou Sônia.

O empregado, com uma pressurosa cortesia, deslizou por diante das senhoras e abriu a porta do camarote. Ouviu-se mais distintamente a orquestra e do outro lado surgiu a fila dos camarotes iluminados, cheios de senhoras decotadas, e a plateia resplandecente de uniformes de gala. Uma dama que entrava num camarote vizinho observou Natacha com um olhar cheio de inveja. O pano ainda não subira e tocavam a abertura. Depois de compor o vestido, Natacha entrou com Sônia, sentou-se e pôs-se a olhar a fila dos camarotes do outro lado. De repente apoderou-se dela uma sensação não experimentada há muito: aquelas centenas de olhos fitos nos seus braços e no seu colo nus eram uma coisa ao mesmo tempo agradável e penosa, acordando nela enxames de recordações, de desejos, de inquietações. As duas jovens, muito belas, acompanhadas do conde Ilia Andreitch, que há muito não era visto em Moscou, chamaram imediatamente a atenção de toda a assistência. Além disso, muito se ouvira falar do noivado de Natacha com o príncipe André, e também se sabia que desde então os Rostov viviam no campo. Aquela que ia casar com um dos melhores partidos de toda a Rússia era examinada com a maior curiosidade.

Natacha fizera-se mais bonita durante a temporada na aldeia. Essa era a opinião de todos, e nessa noite, precisamente, graças à emoção que experimentava, estava ainda mais linda. Impressionava a sua exuberância de vida, a plenitude das suas formas e também a indiferença por tudo quanto a rodeava. Seus olhos pretos erravam pela multidão sem procurar ninguém e tinha o braço delicado, nu até um pouco acima do cotovelo, pousado no parapeito de veludo do camarote. Maquinalmente abria e fechava a pequenina mão, como a marcar o compasso da abertura, enquanto ia vincando o programa.

– Olha, as Alenina – dizia Sônia. – A filha e a mãe, parece-me.
– Santos Padres! Mikail Kirilitch! Está ainda mais gordo! – exclamava o velho conde.
– Olhe para a touca da nossa Ana Mikailovna!
– As Karaguine e o Bóris. Estão noivos, ele e Júlia. Vê-se logo. Já a teria pedido?
– Pediu, sim, acabam de me dizer – disse Chinchine, que entrava no camarote dos Rostov.

Natacha olhou na direção que tomavam os olhos do conde e viu Júlia, sentada ao lado da mãe, com um ar feliz; do seu grosso e vermelhusco pescoço, que ela sabia todo empoado, pendia um grosso colar de pérolas. Atrás delas, todo sorridente e debruçando-se para ouvir o que Júlia dizia, Bóris mostrava a linda cabeça muito penteada. Tendo olhado de relance para os Rostov, murmurou alguma coisa ao ouvido da noiva.

"Estão a falar de nós, de mim!", dizia Natacha consigo mesma. "Naturalmente está a dizer-lhe que não precisa ter ciúmes de mim. Não vale a pena! Se soubessem como me são todos indiferentes!"

Ana Mikailovna, com a sua touca verde, sempre entregue a Deus com uma expressão de dias de festa, triunfante, sentara-se atrás deles. O camarote parecia banhado nessa atmosfera especial dos noivos que Natacha conhecera e lhe causava inveja. Virou-se e de repente veio-lhe à memória toda a humilhação por que passara durante a visita dessa manhã.

"Que direito tem ele de não querer me aceitar na família? Oh, é melhor não pensar nisso, pelo menos enquanto o príncipe André não vier!", disse para consigo, e pôs-se a percorrer, uma por uma, as caras conhecidas e desconhecidas da plateia. Na primeira fila, bem ao meio, de costas apoiadas à ribalta, estava Dolokov, com os seus espessos cabelos frisados penteados para diante. Vestia à persa. Pusera-se bem em evidência, sabendo que todo o teatro olhava para ele, e tão à vontade como se estivesse em sua própria casa. Toda a juventude elegante de Moscou fazia roda em torno dele e via-se perfeitamente ser ele o chefe.

O conde Ilia Andreitch acotovelou, rindo, Sônia, muito corada, para lhe mostrar o seu antigo admirador.
– Conheceste-o? – disse-lhe ele. – De onde veio ele? – perguntou o conde a Chinchine. – Desaparecera por completo.
– É verdade – replicou Chinchine. – Esteve no Cáucaso e desertou. Dizem que foi ministro de um príncipe persa e que

matou o irmão do xá. Ora aí tem! Todas as mulheres de Moscou estão doidas por ele. *Dolokov, le persan*, e está tudo dito! Não se fala noutra coisa. Juram invocando o nome dele. E fazem-se convites para vê-lo, como se se tratasse de comer um esturjão. – E acrescentou: – Dolokov e Anatole Kuraguine viraram a cabeça de todas as mulheres.

Nesse momento penetrou no camarote vizinho uma alta e bela mulher, exibindo uns ombros e um colo cheios e muito brancos, com um colar de duas voltas de grossas pérolas. Levou tempo a instalar-se, exibindo ruidosamente o amplo vestido de seda.

Natacha, involuntariamente, contemplou aquele colo, aqueles ombros, aquelas pérolas, aquele penteado, admirando tanto a beleza da mulher como o fulgor das joias. Quando a observava pela segunda vez ela voltou-se e, ao encontrar os olhos do conde Ilia Andreitch, fez-lhe um breve aceno de cabeça, sorrindo-lhe. Era a condessa Bezukov, a mulher de Pedro. O conde, que conhecia a todos, debruçou-se para ela e principiou a conversar.

– Já está aqui há muito tempo, condessa? – disse ele. – Irei sem falta fazer-lhe uma visita. Eu vim tratar de negócios e trouxe comigo as pequenas. Dizem que a Semionovna trabalha maravilhosamente. O conde Piotre Kirilovitch Bezukov não nos esqueceu, com certeza. Está aí?

– Sim, tinha intenção de vir – disse Helena, olhando atentamente Natacha.

O conde retomou o seu lugar.

– É bonita, não é? – perguntou em voz baixa à filha.

– Maravilhosa! – replicou Natacha. – Compreendo que os homens gostem dela!

Naquele momento ressoaram os últimos acordes da abertura e ouviram-se as três pancadas da batuta do maestro. Os cavalheiros retardatários deram-se pressa em ocupar os seus lugares e o pano subiu.

Fez-se então na sala um profundo silêncio. Tanto os velhos como os jovens, de fraque ou de uniforme, as senhoras decotadas e cobertas de joias, todos, curiosos, voltaram os olhos para a cena. Natacha seguiu-lhes o exemplo.

CAPÍTULO IX

O centro do cenário era de tábuas uniformes; de cada um dos lados, cartões pintados fingindo árvores e no fundo um pano corrido. Moças de blusas vermelhas e saias brancas formavam um grupo ao meio do palco. Uma delas, corpulenta, de vestido de seda branca, estava sentada num banco muito baixo atrás do qual havia um cartão verde colado. Cantavam em coro. Quando acabaram, a vestida de branco deu alguns passos na direção da caixa do ponto. Então aproximou-se dela um homem de calções de seda, que lhe cingiam as grossas pernas, chapéu emplumado e punhal à cinta, que se pôs a cantar com muitos gestos.

O homem dos calções justos cantou sozinho, depois cantou a jovem de branco. Em seguida calaram-se ambos, ouviu-se a orquestra e o homem pegou na mão da companheira, como para lhe contar os dedos, aguardando o compasso para o dueto. Quando acabaram de cantar, o teatro em peso aplaudiu e os dois artistas que desempenhavam o papel de namorados sorriram, fazendo mesuras e agitando as mãos para um lado e para o outro da plateia.

Acabada de chegar da aldeia e na sua disposição de espírito não podia Natacha deixar de encarar o espetáculo como uma coisa grotesca e insólita. Era-lhe impossível acompanhar o desenvolvimento da ação, e nem sequer seguia a música; apenas via panos pintados, homens e mulheres vestidos de estranha maneira, mexendo-se, falando e cantando rodeados de luz intensa. Evidentemente que compreendia o que a cena representava, mas tudo lhe parecia, no seu conjunto, tão convencional e falso, tão pouco natural, que ora tinha vergonha pelos atores ora lhe dava vontade de rir. Olhava em volta de si, procurando descobrir na fisionomia dos espectadores o mesmo estado de espírito, mas verificava que toda a plateia seguia com atenção o que estava a passar-se no palco, e nos seus rostos havia um entusiasmo que a ela se afigurava falso. "Naturalmente, tem de ser assim", dizia para consigo. Tão depressa observava as filas das cabeças da plateia espelhantes de brilhantina como as senhoras decotadas dos camarotes, especialmente Helena, sua vizinha, que, seminua, olhava para o palco, com um sorriso doce e plácido, sem nunca desviar os olhos, toda ela exposta à luz violenta que se derramava na sala e à quente palpitação que emanava da plateia. Pouco a pouco Natacha sentiu-se tomada de uma espécie de embriaguez, disposição que há muito não sentia. Já não sabia o que fazia, onde estava, o que se passava diante dos seus olhos. Olhava sem ver, enquanto os pensamentos mais estranhos e incoerentes lhe atravessavam o cérebro. Ora lhe davam ganas de escalar o proscênio e de cantar a ária que a atriz garganteava, ora lhe vinham desejos de, com a ponta do leque, espevitar o velhinho sentado na plateia, não muito longe dela, ou ainda de se debruçar para Helena e lhe fazer cócegas nas costas.

Numa dessas pausas da orquestra que antecedem os acordes de um novo andamento, a porta da plateia rangeu, lá para os lados do camarote dos Rostov, e ouviram-se passos de alguém que chegava atrasado. "Aí está Kuraguine!", segredou Chinchine. A condessa Bezukov voltou-se, sorrindo para quem entrava. Natacha seguiu-lhe o olhar e viu um ajudante de campo, de uma beleza extraordinária, dirigindo-se para o seu camarote com um ar ao mesmo tempo seguro de si e cheio de cortesia. Era Anatole Kuraguine, a quem não esquecera desde que o vira no baile de Petersburgo. Vestia o uniforme de gala de ajudante de campo, com dragonas e agulhetas. Mantendo em atitude arrogante a perfumada cabeça, avançava, num passo contido, que teria sido ridículo se no seu todo não exprimisse um contentamento tão cordial e tão boa disposição e se ele próprio não fosse tão belo homem. Embora o espetáculo já tivesse principiado, não se dava pressa, caminhando ao longo da passadeira do corredor com as esporas e o sabre a tilintar ligeiramente. Depois de um olhar a Natacha, aproximou-se da irmã, apoiou a mão, moldada na luva, no parapeito do camarote, acenou-lhe com a cabeça e, debruçando-se para ela, perguntou-lhe alguma coisa enquanto designava a vizinha.

– É encantadora! – exclamou, falando evidente de Natacha, que o percebeu mais pelo movimento dos lábios que propriamente por ter ouvido o que diziam. Depois Kuraguine dirigiu-se para a primeira fila de poltronas e sentou-se ao lado de Dolokov, a quem acotovelou distraída e amistosamente, o Dolokov a quem todos os outros tratavam com tanta deferência. Sorriu-lhe, piscando-lhe, jovialmente, o olho, enquanto punha o pé sobre a ribalta.

– Muito se parecem os dois irmãos! – exclamou o conde. – E são ambos bem bonitos!

Chinchine, a meia voz, contou-lhe a história de uma aventura de Kuraguine em Moscou, e Natacha ficou-se a ouvi-lo simplesmente porque ele dissera, referindo-se a ela, que a achava encantadora. O primeiro ato terminou. Todos se levantaram, uns saíram, outros começaram a passear de um lado para o outro no vestíbulo da plateia.

Bóris veio cumprimentar os Rostov em seu camarote. Com a maior naturalidade aceitou as felicitações que lhe dirigiam e, depois de assumir um ar preocupado, com um sorriso distraído, convidou Natacha e Sônia, em nome da noiva, para o seu casamento. E saiu. Natacha felicitara aquele mesmo Bóris de quem outrora estivera enamorada, com um sorriso em que havia jovialidade e uma certa afetação. No estado de embriaguez em que estava tudo lhe parecia simples e natural.

Helena, seminua, sentada muito perto dela, dirigia a todos, indistintamente, o seu perpétuo sorriso, e assim Natacha, do mesmo modo, sorrira para Bóris.

Não tardou que o camarote de Helena estivesse cheio e ela rodeada de titulares e homens distintos, que pareciam querer mostrar a toda a gente serem das suas relações.

Kuraguine, durante o intervalo, ficou na plateia, ao lado de Dolokov, apoiado à ribalta, de olhos fitos no camarote dos Rostov.

Natacha, sabendo que ele falava dela, sentia-se lisonjeada. Colocou-se mesmo de maneira que ele a pudesse ver de perfil, posição que a favorecia, segundo pensava. Antes de principiar o segundo ato, apareceu Pedro na plateia. Os Rostov ainda não o tinham visto desde que estavam em Moscou. Parecia triste e ainda engordara mais desde a última vez que Natacha o vira. Caminhou para as primeiras filas da plateia sem olhar para ninguém. Anatole aproximou-se dele e disse-lhe alguma coisa, enquanto lhe chamava a atenção para o camarote dos Rostov. Ao ver Natacha, Pedro animou-se e, passando apressadamente por entre as filas de cadeiras, aproximou-se do camarote do conde, que era rente à plateia. Apoiou os cotovelos no parapeito e ficou-se a conversar com ela. Enquanto o escutava, Natacha julgou ouvir uma voz de homem no camarote da condessa Bezukov e entendeu que era Anatole. Voltou-se e os seus olhos encontraram-se. Com um ligeiro sorriso, ele fitava-a com um olhar ao mesmo tempo tão caloroso e acariciador que lhe pareceu estranho ver-se tão perto dele e olhá-lo assim tão segura de lhe ter agradado, embora não o conhecesse senão de vista.

O cenário do segundo ato representava uns monumentos funerários e tinha um buraco no pano de fundo a fingir a lua. Haviam retirado o quebra-luz das gambiarras, as trombetas e os contrabaixos tocavam em surdina e da direita e da esquerda surgia muita gente de manto negro. Brandiam alguma coisa, talvez punhais. Em seguida apareceram outras pessoas que impeliam na sua frente a moça que no primeiro ato estava vestida de branco e agora se vestia de azul. Não a levaram logo, mas cantaram muito tempo com ela antes de o fazerem, e então, por três vezes, ouviu-se nos bastidores um ruído metálico, e todos ajoelharam entoando uma oração. Tudo isto foi interrompido várias vezes pelos gritos entusiastas dos espectadores.

Durante o espetáculo, sempre que Natacha olhava para a plateia, via Anatole Kuraguine, com o braço passado por trás da poltrona, todo voltado, a olhar para ela. Sentia-se encantada ao vê-lo enamorado dela e não lhe passava pela cabeça que nisso houvesse qualquer mal.

Quando terminou o segundo ato, a condessa Bezukov levantou-se, voltando-se para o lado do camarote dos Rostov, que só então puderam ver que ela tinha os seios quase descobertos. Depois, chamando, com um sinalzinho da sua mão enluvada, o velho conde, sem prestar a menor atenção às pessoas que entravam no seu camarote, pôs-se a conversar com ele, sorrindo graciosamente.

– Apresente-me às suas encantadoras filhas – disse-lhe ela. – Todos falam delas em Moscou e só eu não as conheço.

Natacha levantou-se e fez uma reverência à esplêndida condessa. Lisonjeada pelo galanteio daquela beleza célebre, sentiu-se corar.

– Agora também quero tornar-me moscovita – prosseguiu Helena. – Não se envergonha de ter pérolas dessas escondidas na aldeia?

Merecia, realmente, a fama de feiticeira de que gozava. Tinha o dom de dizer o que não pensava e especialmente de manejar a arma da lisonja com a maior naturalidade.

– Querido conde, tem de consentir que eu me ocupe de suas filhas. Embora não vá demorar-me aqui muito tempo, como, de resto, todos nós, quero que elas se divirtam. Ouvi falar muito de você em Petersburgo e há muito que desejava conhecê-la – acrescentou, dirigindo-se a Natacha e dedicando-lhe o seu amável sorriso. – Falaram-me muito de você, em primeiro lugar o meu pajem, Drubetskoi – sabe que vai casar? –, e depois o grande amigo de meu marido, o príncipe André Bolkonski. – Frisou particularmente este nome, para dar a entender não ignorar as relações que havia entre eles. Para melhor se relacionarem, pediu ao conde que consentisse que uma das suas filhas viesse para o seu camarote. E Natacha passou para junto da condessa.

No terceiro ato, a cena representava um salão todo iluminado, com as paredes cobertas de retratos de cavaleiros barbados. No centro do palco estavam duas personagens, naturalmente o rei e a rainha. Aquele fez um gesto com a mão direita e, visivelmente intimidado, cantou uma ária bastante mal, indo depois sentar-se num trono cor de amaranto. A jovem que aparecera primeiro vestida de branco, depois de azul, agora nada mais tinha em cima de si além de uma camisa, e, de cabelos caídos, estava ao lado do trono. Pôs-se a cantar o seu desespero, dirigindo-se à rainha, mas o rei fez com a mão um gesto severo e, vindos dos lados, apareceram homens e mulheres, todos de roupa de malha, que cantaram em coro. Em seguida os violinos tocaram uma ária ligeira e jovial. Uma das mulheres, com as suas volumosas coxas moldadas pela malha e uns braços magricelas, depois de se separar das companheiras, entrou nos bastidores, para arranjar o corpete, voltando para o meio do palco, onde desatou aos pulos enquanto batia com os pés um no outro, muito enérgica. Toda a plateia rompeu em aplausos, gritando: "Bravo!". Em seguida um homem foi colocar-se a um canto. Na orquestra os címbalos e as trombetas ressoaram mais alto e, sozinho, o homem de roupa de malha pôs-se a dar saltos muito altos, batendo com os pés um no outro. Esse homem era Duport, o qual, só por fazer aqueles exercícios, ganhava sessenta mil rublos anuais. Todos os espectadores, tanto na plateia como nos camarotes e na galeria, romperam em aplausos e a chamá-lo com toda a força dos pulmões, e o bailarino deteve-se e a sorrir veio agradecer, voltando-se para todos os lados do teatro. Outras pessoas vieram dançar também, homens e mulheres, e o rei, acompanhado pela orquestra, gritou umas palavras e todos, como uma só voz, entoaram um coro. De súbito desencadeou-se uma tempestade, a orquestra executou escalas cromáticas e acordes da sétima menor; todos acorreram, arrastando consigo, de novo, para os bastidores um dos artistas, depois do que caiu o pano. Os espectadores principiaram então a vociferar e todos gritavam com o maior entusiasmo: "Duport! Duport! Duport!".

Natacha já nada achava estranho. Olhava para o que ia à sua volta com satisfação e sorrindo.

– Não achas que é admirável, Duport? – perguntou-lhe Helena.

– *Oh! oui* – replicou Natacha.

CAPÍTULO X

Durante o intervalo, abriu-se a porta e uma corrente de ar frio filtrou-se no camarote de Helena. Anatole entrou, inclinando-se, para não tropeçar em alguém.

– Dá licença que lhe apresente meu irmão? – disse Helena, mirando ora um ora outro, um pouco preocupada.

Natacha voltou a sua linda cabeça para aquele belo moço e sorriu-lhe por cima do ombro nu. Anatole, que era bonito rapaz tanto de perto como de longe, sentou-se a seu lado, dizendo-lhe que havia muito desejava ser-lhe apresentado, desde que tivera o prazer, inesquecível para ele, de vê-la no baile dos Narichkine. Kuraguine era muito mais simples e inteligente ao pé das mulheres do que com os homens. Falava resolutamente e com simplicidade e foi com prazer que Natacha verificou nada encontrar de assustador naquele homem de quem se dizia tanta coisa, e em quem, antes pelo contrário, via um sorriso simples, alegre e cordial.

Perguntou-lhe Anatole se gostara do espetáculo e contou-lhe que na representação antecedente Semionovna caíra em cena.

– Sabe, condessa – acrescentou, tratando-a, de chofre, como se ela fosse uma velha conhecida sua –, estamos a organizar um baile de máscaras. Não pode faltar. Vai ser muito divertido. Reunimo-nos em casa das Karaguine. Peço-lhe, não deixe de aparecer.

Enquanto falava não deixava de fitar, com os seus risonhos olhos, o rosto, o colo e os braços nus de Natacha. Agora ela tinha a certeza de que ele a admirava. E isto era-lhe agradável, embora, sem que soubesse por quê, a presença dele, ao mesmo tempo que a perturbava, lhe fosse penosa. Quando apartava dele a vista sentia nos ombros o peso dos seus olhares e inconscientemente desejaria poder interceptar esses olhares, para que ele a fitasse antes no rosto. Porém quando o olhava de frente percebia não existirem já entre os dois essas barreiras que o pudor, naturalmente, costumava levantar entre ela e os outros homens. Sem se dar conta, em menos de cinco minutos sentiu-se extremamente próxima daquele homem. Quando voltava o rosto, receava vê-lo pegar-lhe na mão nua ou surpreendê-lo a beijar-lhe os ombros. Falavam das coisas mais insignificantes, mas Natacha, para consigo, dizia serem íntimos e haver entre eles uma familiaridade como nunca existira entre ela e qualquer outro homem. Interrogava Helena e o pai com os olhos, como se quisesse perguntar-lhes o significado de tudo aquilo, mas a condessa estava entretida a conversar com um general e não lhe respondeu e o pai dizia-lhe o mesmo de sempre: "Divertes-te? Ainda bem, gosto muito disso".

Para romper um silêncio embaraçoso, em que Anatole a olhava, tranquila e obstinadamente, com os seus olhos à flor da pele, Natacha perguntou-lhe se gostava de Moscou. Mal lhe fizera esta pergunta logo se sentiu corar: parecia-lhe, a todo o momento, estar fazendo alguma coisa de inconveniente quando falava com ele. Anatole sorriu como a encorajá-la.

– De princípio, Moscou não me entusiasmou tanto assim. O que faz uma cidade agradável são as mulheres bonitas, não é verdade? Mas agora agrada-me muito – acrescentou, fitando-a de maneira significativa. – Vai ao baile, condessa? Vá. – E avançando a mão para as flores que Natacha trazia consigo, e baixando a voz: – Será a mais bonita. Venha cá, querida condessa, e em penhor deixe ver essa flor.

Natacha não pôde compreender por completo o sentido oculto que ele punha naquelas palavras, mas nem por isso deixou de sentir que eram inconvenientes. Sem saber o que responder, desviou o rosto, fingindo não ter ouvido. Mas nesse mesmo instante a ideia de que ele estava ali, atrás dela, e tão perto, de novo a tomou.

"Que estará ele a fazer?", perguntava a si própria. "Terá ficado atrapalhado? Estará zangado comigo? É preciso arranjar as coisas!" E não resistiu: voltou a cabeça para trás. Os olhos dela foram pousar diretamente nos dele, e a sua presença tão próxima, a sua confiança, a sua simpática cordialidade conquistaram-na. Sorriu com ele, olhando-o bem de frente. E de novo pensou, assustada, que entre eles não havia barreiras.

O pano voltou a subir. Anatole saiu do camarote, feliz e sereno.

Natacha voltou para junto do pai, completamente subjugada pelo novo mundo que acabava de entrever. Tudo o que passava à sua roda lhe parecia agora o que havia de mais natural, e nem por um instante sequer lhe vieram à mente as suas antigas preocupações com o noivo, com a princesa Maria, com a vida na aldeia: era como se tudo isso fizesse parte de um passado longínquo.

No quarto ato apareceu no palco, gesticulando, uma espécie de demônio, que se pôs a cantar até que um alçapão se entreabriu e ele desapareceu pelo chão abaixo. Eis tudo quanto Natacha viu. Sentia-se inquieta e perturbada, e Kuraguine, a quem ela não deixava de seguir com os olhos, mesmo sem querer, era o responsável por aquela agitação. À saída aproximou-se, mandou avançar a sua própria carruagem, e instalou-os a todos lá dentro.

Ao ajudar Natacha a subir para o carro apertou-lhe o braço um pouco acima do cotovelo. Muito corada e confusa, ela ergueu para ele as pupilas. Anatole fitou-a com seus olhos brilhantes e sorriu-lhe.

Só ao chegar em casa Natacha pôde medir com clareza o que se passara, e de súbito, ao lembrar-se do príncipe André, um grande medo a tomou, soltou um grito e saiu da sala onde todos tomavam chá, corada até as orelhas.

"Meu Deus! Estou perdida!", exclamou para consigo. "Como pude eu permitir-lhe?" Longo tempo assim ficou, o rosto, muito afogueado, escondido nas mãos, tentando dar-se conta exata do que se passara no teatro, embora sem conseguir perceber nem o que sentira nem o que estava experimentando. Tudo lhe parecia obscuro, indistinto e terrível.

Lá, naquela imensa sala toda iluminada, onde, sobre o palco, acompanhado pela orquestra, Duport dava pulos, de roupa de malha e coberto de lantejoulas, e em que moças, velhos, Helena, toda decotada, sorrindo sempre serena e orgulhosa, gritavam entusiásticos bravos, ali, à sombra daquela Helena, tudo era claro e simples, mas agora, ao ver-se sozinha, entregue a si mesma, nada compreendia. "Que quer isto dizer? Que significam o terror que senti diante dele e estes remorsos que me esmagam?", murmurava.

Só na cama, à noite, à velha condessa teria podido confiar aqueles pensamentos. Sônia, por demais o sabia, com os seus severos e rígidos princípios, ou nada teria percebido ou teria se sentido aterrada com tal confissão. Entregue a si própria, sozinha, Natacha procurava descobrir a causa das suas angústias.

"Estarei ou não perdida para o amor de André?", perguntava-se a si própria, e a si mesma respondia, trocista: "Que parva sou com estas perguntas! Que aconteceu? Nada. Nada fiz, não tenho culpa alguma do que sucedeu. Ninguém saberá nada e eu não voltarei a vê-lo". E pensava ainda: "Está claro que nada se passou, que não tenho que me arrepender seja do que for. O príncipe André pode continuar a gostar de mim como sou. Mas que serei eu, realmente? Ah! Meu Deus, meu Deus! Por que não o tenho aqui a meu lado?".

Natacha por instantes ficara sossegada, mas daí a pouco um instinto secreto lhe dizia de novo que, embora tudo aquilo fosse verdade e nada tivesse acontecido, a antiga pureza do seu amor por André fora-se de uma vez para sempre. E em imaginação ia recordando a conversa com Kuraguine e tornava a ver o rosto, os gestos, o terno sorriso daquele homem audacioso e belo no momento em que lhe apertara o braço.

CAPÍTULO XI

Anatole Kuraguine vivia em Moscou porque o pai o mandara sair de Petersburgo, onde gastava mais de vinte mil rublos por ano e contraía dívidas de igual importância, que o príncipe se via obrigado a satisfazer.

O pai fizera compreender ao filho ser a última vez que lhe pagava metade das dívidas, mas com a condição de ele ir para Moscou como ajudante de campo do general em chefe, cargo que ele próprio lhe conseguira, e de casar, finalmente, com uma rica herdeira. A princesa Maria e Júlia Karaguine eram as visadas.

Anatole acedeu e foi para Moscou, hospedando-se na casa de Pedro. Este principiou por recebê-lo de má vontade, mas acabou por se habituar à sua presença. Às vezes participavam das mesmas orgias e a título de empréstimo adiantava-lhe dinheiro.

Anatole, como dizia acertadamente Chinchine, fizera perder a cabeça a todas as mulheres desde que chegara a Moscou, precisamente porque não lhes dava importância, desdenhando-as pelas belas tziganas e as francesas, especialmente por uma tal Mademoiselle Georges, com quem, segundo constava, mantinha relações íntimas. Não faltava a nenhuma orgia na casa de Danilov e de outros boêmios de Moscou, bebia como uma esponja noites inteiras e comparecia a todas as recepções e a todos os bailes da alta sociedade. Contavam-se dele vários escândalos com senhoras de Moscou, e nos bailes cortejava algumas delas. Mas com as moças nada queria, especialmente com as casadouras, as quais, pela maior parte, não tinham graça alguma, e pela excelente razão, que todos desconheciam, salvo os amigos íntimos, de estar casado havia já dois anos.

Dois anos antes, efetivamente, durante o tempo em que estivera com o regimento na Polônia, um fidalgo polaco, não muito rico, obrigara-o a casar com uma filha. Anatole abandonou a mulher e, a troco de dinheiro, que prometera enviar ao sogro, comprara o direito de passar por celibatário.

Anatole estava sempre contente com a vida, consigo e com os outros; instintivamente, parecia convencido de que não podia viver de outra maneira e de que nunca procedera mal. Não era capaz de compreender que os seus atos podiam prejudicar as outras pessoas. Estava persuadido de que pela mesma razão que o pato fora feito para viver na água, ele fora criado por Deus para viver com trinta mil rublos de rendimento e para ocupar um lugar preponderante na sociedade. E tão persuadido estava disso que os outros, ao vê-lo, igualmente se convenciam de que ele tinha razão, não lhe recusando nem a posição relevante na sociedade nem o dinheiro que ele pedia emprestado ao primeiro que lhe aparecia, evidentemente sem a mais leve intenção de pagar.

Não jogava, ou, pelo menos, não jogava para ganhar. Não tinha amor-próprio. Era-lhe absolutamente indiferente o que os outros pensassem dele. Tampouco podia ser considerado ambicioso. Mais de uma vez fizera o pai perder a cabeça comprometendo a sua própria carreira, e menosprezava todas as honrarias. Não era avaro e nunca negava o que lhe pediam. Acima de tudo amava o prazer e as mulheres, e, como em sua opinião não havia nisso qualquer sentimento vil, não lhe passava pela cabeça que pudesse prejudicar os outros a satisfação, que buscava, dos seus prazeres, considerando-se sinceramente irrepreensível, desprezando com a mesma sinceridade os patifes e os covardes, erguendo bem alto a cabeça, sinal de uma consciência tranquila.

Todos os desocupados, tanto os homens como as mulheres, vivem com a secreta e ingênua convicção de serem perfeitamente inocentes, persuadidos de que todos estão dispostos a perdoar-lhes. "Muito lhe será perdoado pelo muito que amou; muito lhe será perdoado pelo muito que se divertiu."

Dolokov, que reaparecera naquele ano em Moscou depois do seu exílio e das suas aventuras na Pérsia, e que vivia ali no luxo e na devassidão, voltara a relacionar-se com Kuraguine, seu antigo camarada de Petersburgo, e dele se utilizava por interesse próprio.

Anatole apreciava sinceramente a inteligência e a coragem do amigo. Dolokov, que precisava do nome, da notoriedade e das relações de Anatole Kuraguine para atrair e depenar no jogo os rapazes ricos, tirava partido dele, sem dar a entender, e com isso se divertia. Além dos seus cálculos interesseiros, o simples fato de dirigir a seu talante a vontade de outrem era para ele um hábito e uma necessidade.

Natacha impressionara vivamente Kuraguine. Durante a ceia, depois do espetáculo, descreveu pormenorizadamente, perito que era, na presença de Dolokov, a beleza dos braços, dos ombros, dos minúsculos pés e dos cabelos da filha do conde Ilia Andreitch, confessando-se na disposição de lhe fazer uma corte sem tréguas. Quanto ao que daí podia resultar, pouco importava a Anatole, pela simples razão de que nunca o preocupavam as consequências de qualquer dos seus atos.

– Sim, é bonita, meu velho, mas não é para a nossa boca – volveu-lhe Dolokov.

– Vou dizer a minha irmã que a convide para jantar – tornou Anatole. – Que achas?

– É melhor esperares que esteja casada.

– Sabes? – declarou Anatole –, adoro as jovenzinhas: perdem logo a cabeça.

– Uma vez já foste apanhado por uma jovem – comentou Dolokov, que sabia da história do casamento. – Tem cuidado!

– Não se é apanhado duas vezes! Que achas? – replicou Anatole, numa gargalhada.

CAPÍTULO XII

No dia seguinte ao do espetáculo, ninguém saiu na casa dos Rostov e nenhuma visita apareceu. Maria Dimitrievna, às escondidas de Natacha, teve uma conversa com o pai. Natacha percebeu que haviam falado do velho príncipe e que tinham combinado pôr em prática um plano qualquer, o que a deixou inquieta e irritada. Aguardava de um momento para o outro o príncipe André e por duas vezes nesse dia mandou o porteiro a Vozdvijenka saber se ele teria realmente chegado. Mas o príncipe não viera. Sentia-se ainda mais acabrunhada do que nos primeiros dias após a sua chegada. Agora, à impaciência e ao desgosto por ele ocasionados, vinham acrescentar-se a penosa lembrança do seu encontro com a princesa Maria e o velho príncipe e um terror e uma inquietação cuja causa não sabia explicar. Parecia-lhe que ele nunca mais viria ou que antes da sua chegada qualquer coisa fatal para ela aconteceria. Era-lhe impossível agora pensar nele, como outrora, serena e amorosamente, a sós consigo mesma. Assim que se dava a pensar em André, vinha misturar-se aos seus pensamentos a lembrança do velho príncipe, da princesa Maria, da noite no teatro e de Kuraguine. E de novo surgia nela a pergunta que a si própria fazia: não seria culpada? Não teria atraiçoado a sua fidelidade ao príncipe André? – obrigando-se a recapitular, nos seus mínimos pormenores, cada palavra, cada gesto, cada expressão fisionômica daquele homem que soubera despertar nela um sentimento tanto mais para recear quanto era certo lhe ser incompreensível. Aos olhos das pessoas de família, Natacha parecia mais animada do que de costume, mas a verdade é que estava longe de se encontrar tão serena e feliz como antigamente.

No domingo, pela manhã, Maria Dimitrievna propôs aos seus hóspedes ouvirem missa na paróquia da Assunção de Moguilts.

– Não gosto das igrejas à moda – dissera, jactando-se da sua largueza de espírito. – Deus é o mesmo em toda a parte. Temos ali um pope muito bom, diz lindamente os ofícios, e mesmo até com nobreza, e o diácono também. Não consigo perceber como os concertos no coro tornam mais santos os templos. Não gosto, são divertimentos como outros quaisquer. – Maria Dimitrievna apreciava muito os domingos e sabia festejá-los. No sábado era a casa cuidadosamente lavada e espanejada; ao domingo tanto ela como o seu pessoal se abstinham de trabalhos manuais, vestiam-se com trajes festivos e iam todos à missa.

O jantar dos amos era acrescentado com pratos suplementares e a criadagem tinha uma dose de vodca, pato assado ou leitão. Mas em nenhum outro rosto, por toda a casa, se espelhava mais festivo ar que no largo e severo rosto de Maria Dimitrievna, que por essa altura assumia a expressão imutável dos dias solenes.

Quando, depois da missa, tomado já o café no salão, de onde se haviam retirado as capas que cobriam os móveis, vieram anunciar a Maria Dimitrievna que a sua carruagem a esperava, ela, com o seu ar severo, embrulhada no seu xale de cerimônia, levantou-se e declarou que ia à casa do príncipe Nicolau Andreievitch Bolkonski, para com ele ter uma conversa a respeito de Natacha.

Assim que ela saiu, chegou uma costureira da parte de Madame Chalmet, e Natacha, a quem esta diversão muito agradava, fechou a porta do quarto contíguo ao salão e preparou-se para provar a sua nova roupa. Vestia ela um corpinho apenas alinhavado e ainda sem mangas, e de cabeça descaída para trás observava no espelho o seu cair nas costas, quando ouviu no salão a voz animada do pai e de uma outra pessoa, o que a fez corar imediatamente. Era a voz de Helena. Ainda não tivera tempo de despir o corpinho que provara e já a porta se abria e a condessa Bezukov entrava, radiosa no seu bom e afetuoso sorriso, vestida de veludo lilás carregado e gola alta.

– Ah! Minha deliciosa! – exclamou para Natacha, que corara muito.

– Não, isto é impossível, meu querido conde – acrescentou, dirigindo-se a Ilia Andreitch, que a seguia. – Viver em Moscou e não ir a parte alguma! Sim, já não os largo. Esta noite recebo em minha casa. Vamos ouvir Mademoiselle Georges recitar, haverá apenas algumas pessoas íntimas. Se não me traz as suas lindas filhas, que valem bem mais do que ela, corto relações com você. O meu marido não está, foi para Tvier, caso contrário lhe pediria que as viesse buscar. Venham, sem falta, sem falta, às nove horas.

Saudou com um movimento de cabeça a costureira sua conhecida, que lhe fez uma respeitosa reverência, e sentou-se numa poltrona junto do toucador, ajeitando graciosamente as pregas do vestido de veludo. Num tom jovial e cheio de cordialidade, continuou a tagarelar, a cada momento extasiada perante a beleza de Natacha. Viu uma por uma as *toilettes* da jovem condessa, elogiou-as muito, pondo em relevo, igualmente, a sua própria, novinha, de gaze metálica, acabada de chegar de Paris, aconselhando Natacha a que mandasse fazer uma igual.

– De resto, em você, minha linda, tudo fica bem – acrescentou.

O rosto de Natacha resplandecia de satisfação. Sentia-se feliz, e toda ela era vida ouvindo os elogios daquela amável condessa Bezukov, que de princípio se lhe afigurara tão altiva e inabordável e que a tratava agora com tanta simpatia. Contentíssima, ei-la pronta a adorar aquela mulher tão bela e tão boa. Helena, por seu lado, era sincera na admiração que mostrava por Natacha e no desejo que tinha de distraí-la. Anatole pedira-lhe que os aproximasse e por essa razão viera à casa dos Rostov. A ideia de aproximar o irmão daquela jovem afigurava-se divertida para ela.

Embora tivesse sentido outrora um certo despeito por Natacha lhe haver roubado Bóris, já não se lembrava disso e queria-lhe bem, do coração, à sua maneira. Antes de retirar-se, chamou de parte a sua *protégée*.

– Ontem meu irmão jantou em minha casa, morremos a rir... Não come e passa a vida a suspirar por você, feiticeira! Está loucamente apaixonado por você, minha querida.

Ao ouvir isto, Natacha ficou toda corada.

– Ai que corada, que corada, minha deliciosa! Então não falte; se gosta de alguém, minha deliciosa, isso não é razão para se enclausular. Mesmo que esteja noiva, estou convencida de que o seu noivo gostaria que frequentasse a sociedade na sua ausência em vez de morrer de aborrecimento.

"Então, ela sabe que eu estou comprometida; naturalmente falaram disso, ela e o marido, com Pedro, esse homem que é a retidão em pessoa", dizia para consigo Natacha. "E riram-se desta aventura. Portanto, é coisa sem importância..." E subitamente, sob a influência de Helena, o que ainda há pouco lhe parecia horrível afigurou-se a ela tudo que havia de mais simples e natural. "E ela, essa *grande dame*, tão gentil, e que com certeza gosta muito de mim! Realmente, por que não hei de me distrair?", concluía, pousando em Helena os seus grandes olhos inocentes, muito abertos.

Maria Dimitrievna voltou para casa à hora do jantar. Pelo seu ar taciturno e pensativo via-se que sofrera uma decepção na casa do velho príncipe. Ainda estava demasiado impressionada para poder contar serenamente o que se passara. À pergunta do conde, respondeu que tudo corria bem e que no dia seguinte falariam do caso. Ao saber da visita da condessa Bezukov e do seu convite, declarou:

– Não gosto da companhia de Madame Bezukov e não aconselho a que vão à sua casa, mas, se lhe prometeste, então vai. É uma distração para ti – acrescentou dirigindo-se a Natacha.

CAPÍTULO XIII

O conde Ilia Andreitch levou as meninas à casa da condessa Bezukov. Havia muita gente nos salões, mas quase todos os convidados eram desconhecidos de Natacha. O pai verificou, pouco satisfeito, que a maior parte eram homens e senhoras conhecidas pela sua liberdade de costumes. Mademoiselle Georges, rodeada de uma corte de rapazes, estava num dos recantos do salão. Havia alguns franceses, entre os quais Métivier, que se tornara íntimo da casa desde que Helena chegara.

O conde Ilia Andreitch resolveu não jogar para não se afastar das filhas e retirar-se assim que a artista houvesse recitado.

Anatole estava à porta procurando não perder a chegada de Natacha. Depois de cumprimentar o conde, aproximou-se dela e seguiu-a de perto. Esta mal o vira logo sentira, como no teatro, esse estranho sentimento misto de vaidade, por perceber que lhe agradava, e de temor, por verificar que não os separavam quaisquer barreiras morais.

Helena acolheu alegremente Natacha e extasiou-se em voz alta elogiando-lhe a beleza e o vestido. Pouco demais Mademoiselle Georges desaparecia do salão para mudar de *toilette*.

Principiaram a dispor as poltronas e a mandar sentar os convidados. Anatole trouxe uma cadeira a Natacha e quis sentar-se a seu lado, mas o conde, que não perdia a filha de vista, ocupou o lugar e Anatole sentou-se atrás dela.

Mademoiselle Georges, com os seus fortes braços desnudados, um xale encarnado atirado sobre o ombro, avançou pelo espaço livre reservado entre as cadeiras e ficou imóvel numa atitude afetada. Pela sala perpassou um sussurro de admiração.

Depois de percorrer a assistência com um olhar profundo e sombrio, Mademoiselle Georges principiou a declamar uns versos franceses em que se falava da sua própria criminosa paixão pelo filho. Em certos passos elevava a voz, noutros falava baixo empertigando a cabeça soberbamente, e noutros ainda calava-se suspirando e rolando as pupilas.

"Adorável, divina, deliciosa!", ouvia-se dizer por todos os lados.

Natacha, de olhos fitos na volumosa Georges, nada percebia, nada via, nada compreendia do que se passava à sua roda. De novo e definitivamente se sentia arrastada para esse mundo louco e estranho, tão diferente daquele em que sempre vivera, um mundo onde não se podia distinguir o bem do mal, o razoável do insensato. Atrás dela estava Anatole e, sentindo-o tão próximo de si, esperava, angustiada.

Findo que foi o monólogo, todos se levantaram, rodeando Mademoiselle Georges, a quem manifestavam o seu entusiasmo.

– É tão bonita! – exclamou Natacha para o pai, que também se erguera e se dirigia para a atriz levado pela assistência.

– Não acho quando olho para você – murmurou Anatole, que a seguia, aproveitando uma oportunidade em que só ela o poderia ouvir.

– É encantadora... Desde o momento em que a vi nunca mais deixei...

– Vamos, vamos, Natacha – disse o conde, voltando ao encontro da filha. – Que linda!

Natacha, sem dizer palavra, aproximou-se do pai, interrogando-o, assustada, com os olhos.

Depois de declamar ainda algumas cenas, Mademoiselle Georges retirou-se e a condessa Bezukov pediu aos seus convidados que passassem para a sala.

O conde dispôs-se a partir, mas Helena implorou-lhe que não lhe estragasse o prazer que tinha naquele baile improvisado. E os Rostov ficaram. Anatole convidou Natacha para dançar a valsa, e enquanto dançava com ela, apertando-lhe a cintura e as mãos, repetia-lhe que a achava encantadora e que a amava. Durante a escocesa, que também dançaram juntos, no momento em que ficaram sós, Anatole limitou-se a olhá-la sem lhe dirigir palavra. E Natacha perguntou-se então a si mesma se não teria sonhado com o que ele lhe dissera enquanto dançavam a valsa. No fim da primeira marca, de novo ele lhe apertou a mão. Natacha ergueu para ele uns olhos assustados, mas o olhar terno e o sorriso de Anatole tinham tanta segurança e doçura que ela não pôde deixar de lhe dizer o que entendia ser obrigação sua. Baixou as pálpebras.

– Não me diga essas coisas – pronunciou, rapidamente. – Estou noiva e amo outra pessoa. – E então olhou para ele.

Anatole não parecia nem perturbado nem ofendido com o que ela dissera.

– Não me fale disso. Que me importa? Já lhe disse que estou louco, loucamente apaixonado por você. Que culpa tenho eu de que seja encantadora? Somos nós que temos de principiar.

Natacha, animada e inquieta, olhava sem ver com os olhos assustados, muito abertos, e parecia mais alegre do que de costume. Não dava pelo que se passava à sua volta. Dançaram a escocesa, e depois o *grossvater*[54]. O pai quis levá-la, mas ela pediu-lhe que ficassem mais algum tempo. Onde quer que fosse, conversasse com quem conversasse, sentia sobre ela aquele olhar. Depois recordava-se de ter dito ao pai que ia ao toucador arranjar o vestido e de que Helena a seguira, lhe falara, rindo, do amor do irmão, se encontrara com Anatole num pequeno gabinete e Helena desaparecera, os dois haviam ficado sós e Anatole, pegando-lhe nas mãos, lhe dissera numa voz cheia de ternura:

---

54. Espécie de dança muito em voga na Rússia da época. (N.E.)

– Não posso visitá-la em sua casa, mas será possível que não a torne a ver? Amo-a loucamente. Será possível que nunca?... E, cortando-lhe o caminho, aproximou o seu rosto do dela.

Dois grandes olhos faiscantes estavam tão próximos dos dela que para Natacha tudo o mais deixou de existir.

– *Nathalie*! – murmurou a sua voz, e Natacha sentiu as suas mãos muito apertadas. – *Nathalie*!

"Nada sei, nada tenho que lhe dizer", parecia replicar o seu olhar atônito.

Uns lábios ardentes premiram os seus e no mesmo instante sentiu-se subitamente livre. Ouviu uns passos e o ruge-ruge do vestido de Helena. Natacha voltou-se, depois olhou para Anatole com uns olhos onde havia angústia e pavor e encaminhou-se para a porta.

– Uma palavra, uma só palavra, por Deus! – prosseguiu Anatole.

Natacha parou. Precisava que ele pronunciasse a palavra que lhe explicaria o que acontecera, e a que ela responderia.

– Natália, uma palavra, só uma! – repetia ele, não sabendo, evidentemente, o que havia de dizer, e não deixou de pronunciar estas palavras enquanto Helena se aproximava deles.

Helena e Natacha regressaram ao salão. Os Rostov retiraram-se antes da ceia.

De regresso à casa, Natacha não dormiu. Não deixava de atormentá-la um problema insolúvel: a quem amava ela, a Anatole ou ao príncipe André? Amava a André, com certeza, não esquecera quão viva se mantinha a sua afeição por ele. Mas também gostava de Anatole, era incontestável. "Se assim não fosse, como poderia ter acontecido o que aconteceu?", dizia ela. "Se eu pude, depois, ao despedir-me, responder com um sorriso ao sorriso dele, se pude chegar até aí, não quererá isto dizer que desde o primeiro momento gostei dele? Não quererá dizer que ele é bom, nobre e excelente, e que era impossível não amá-lo?" E não achava resposta para estas angustiosas interrogações.

CAPÍTULO XIV

Chegou a manhã com as suas ocupações e os seus afazeres cotidianos. Todos se levantaram, se agitaram, tagarelaram. De novo apareceram as modistas. Depois Maria Dimitrievna e todos se reuniram para tomar chá. Natacha, cujos olhos a insônia ainda tornara maiores, como se quisesse impedir que a olhassem fundo nas pupilas, mirava a todos com inquietação, esforçando-se por parecer igual à Natacha de todos os dias.

Depois do almoço, Maria Dimitrievna – e era esse o seu grande momento – sentou-se na sua poltrona e chamou para junto de si Natacha e o velho conde.

– Ora aqui têm, meus amigos: pensei muito em tudo isto, e o meu conselho é este – principiou ela. – Ontem, como sabem, fui à casa do príncipe Nicolau. E falei com ele. Deu-lhe para gritar. E eu ainda gritei mais. Despejei ali todo o meu saco!

– E ele, o que disse? – inquiriu o conde.

– Ele é doido... nada quer ouvir. Para que serve tornar a falar no caso? Já atormentamos bastante esta pobre pequena. A minha opinião é esta: trate o conde de resolver as suas coisas e voltem para casa, para Otradnoie... e esperem ali.

– Não! Não! – gritou Natacha.

– Sim, sim, é preciso voltar para casa – insistiu Maria Dimitrievna – e esperar lá. Se o noivo agora aqui aparecesse, era certa uma discussão; mas uma vez só com o velho, saberá levar a água ao seu moinho e depois lá irá ter convosco. – Ilia Andreitch aprovou a proposta de Maria Dimitrievna, assimilando imediatamente a prudência da medida. Se o velho se humanizasse, era sempre tempo de regressarem a Moscou ou de o procurarem em Lissia Gori. Caso contrário, não seria possível casarem sem o seu consentimento senão em Otradnoie.

– Tem toda a razão – corroborou ele. – Sinto ter ido a sua casa e ter levado comigo minha filha.

– Não tem que se arrepender. Estando em Moscou, não podia deixar de lhe dar essa prova de cortesia. Mas se ele não quer, que se resolva! – acrescentou Maria Dimitrievna, enquanto procurava algo no bolso. – E, visto que o enxoval está pronto, não têm que esperar mais tempo. O que faltar eu me encarrego de expedi-lo. Tenho pena de que se vão embora, mas acho melhor. Ide e fazei boa viagem.

Tendo encontrado no bolso o que procurava, entregou-o a Natacha. Era uma carta da princesa Maria.

– Escreveu-te. Muito sofre ela, coitada! Tem medo de que possas pensar que não gosta de ti.

– E é verdade, não gosta de mim – disse Natacha.

– Tolice, não digas isso – exclamou Maria Dimitrievna.

– Em nada acredito do que me digam; sei muito bem que ela não gosta de mim – insistiu Natacha com decisão, pegando na carta. No seu rosto pintava-se uma resolução fria e maldosa, que levou Maria Dimitrievna a fitá-la com atenção, franzindo o sobrolho.

– Não digas isso, minha santa – censurou ela. – O que estou a te dizer é a verdade. Deves responder-lhe.

Natacha, sem dar réplica, retirou-se para o seu quarto, disposta a ler a carta.

A princesa Maria dizia-lhe que o mal-entendido que se estabelecera a deixara num grande desespero. Fossem quais fossem os sentimentos do pai, pedia a Natacha que acreditasse não querer negar o seu afeto àquela que fora escolhida por seu irmão, e que estava pronta a tudo sacrificar pela felicidade dela.

"De resto", prosseguia, "não pense que meu pai tem qualquer má vontade para com você. É um velho e um doente, a quem é preciso perdoar; mas no fundo é bom, magnânimo, e acabará por estimar aquela que fizer a felicidade do filho." Maria pedia-lhe depois que lhe marcasse um dia para tornar a vê-la.

Natacha, finda que foi a leitura da carta, sentou-se à mesa disposta a responder. "Querida princesa", escreveu, rápida e maquinalmente. Em seguida deteve-se. Que havia ela de dizer depois do que se passara na véspera? "Sim, sim, não é a mesma coisa, agora tudo é diferente", disse para consigo, diante da carta principiada. "É preciso acabar com isto. Mas será preciso? É horrível! E para fugir àquelas medonhas ideias foi ter com Sônia e ambas se puseram a ver riscos de bordados.

Depois do jantar, Natacha retirou-se para o quarto e continuou a carta. "Será possível que tudo tenha terminado já?", pensou. "Como é que tudo sucedeu tão depressa e tão depressa fez esquecer o passado?" Lembrou-se do seu amor pelo príncipe André então em plena força e percebeu ser Kuraguine a quem amava. Pôs-se a imaginar-se casada com André e a imaginação pintou-lhe diante dos olhos o quadro, tantas vezes evocado, da felicidade que a aguardava junto dele, mas no mesmo instante sentiu que toda a sua alma se incendiava à lembrança do encontro a sós, na véspera, com Anatole.

"Por que não poderei eu amar os dois ao mesmo tempo?", interrogava-se, por vezes, numa perfeita obnubilação de espírito. "Só então me sentiria completamente feliz; mas agora tenho de escolher, e privada de um deles nunca mais poderei ser feliz. Confessar a André o que se passou ou ocultar-lhe é por igual impossível. Afinal nada aconteceu de irremediável. Serei eu obrigada a renunciar para sempre ao amor de André, esse amor que por tanto tempo foi toda a minha felicidade?"

– Menina – murmurou uma criada, em voz muito baixa e com um ar misterioso, entrando-lhe no quarto. – Olhe o que um homem me deu para lhe entregar. – E a moça passou-lhe uma carta para as mãos. – Mas, por Deus... – prosseguiu a criada.

Natacha, porém, sem lhe responder, arrancou maquinalmente o lacre e leu a carta. Não entendeu uma só palavra. Apenas sabia que aquela carta era dele, do homem a quem amava. Sim, amava-o. Se não o amasse, poder-se-ia dar o que estava a suceder? Poderia ela ter entre as suas mãos aquela carta apaixonada que ele lhe endereçara?

Nas suas mãos trêmulas tinha Natacha a carta inflamada de paixão que Dolokov redigira para Anatole e, lendo-a, era como se encontrasse nela íntimas correspondências com os sentimentos que julgava transbordar-lhe do coração.

"Desde ontem à noite que o meu destino está decidido: ou o seu amor ou a morte. Não tenho outro caminho!" Assim principiava a carta. Depois dizia saber que os pais dela nunca consentiriam em dar-lhe a sua mão, que para isso havia razões secretas que só a ela podia revelar, mas se em verdade ela o amava bastava dizer que sim e não havia forças humanas capazes de se oporem à sua felicidade. O amor vence todos os obstáculos. Raptá-la-ia para a levar consigo para o fim do mundo.

"Sim, sim, amo-o!", exclamava Natacha para si mesma, lendo pela vigésima vez aquela carta e deixando-se trespassar por cada uma das suas palavras, como se nelas houvesse um sentido profundo.

Nessa noite Maria Dimitrievna foi à casa dos Arkarov e propôs às meninas que a acompanhassem. Natacha, sob o pretexto de que lhe doía a cabeça, ficou em casa.

CAPÍTULO XV

Já tarde, ao regressar à casa, Sônia entrou no quarto de Natacha e com grande surpresa sua foi encontrá-la a dormir num canapé, toda vestida. Na mesa, a seu lado, estava a carta aberta de Anatole. Sônia pegou nela e pôs-se a ler. Enquanto a lia ia olhando para Natacha adormecida, como que a procurar no seu rosto a explicação do que lia e sem conseguir encontrá-la. O rosto dela respirava serenidade, felicidade e doçura. Levando as mãos ao peito para não sufocar, Sônia, pálida e trêmula de emoção e receio, deixou-se cair numa cadeira, rompendo em soluços.

"E eu não dei por coisa alguma. Como puderam as coisas chegar a este ponto? Teria ela deixado de gostar do príncipe André? E como pôde chegar a isto o Kuraguine? Não há dúvida de que é um impostor e um miserável. Que dirá Nicolau, o nobre, o gentil Nicolau, quando vier a saber? Agora já compreendo o que queria dizer aquele rosto transtornado, decidido a tudo, nada natural, que ela tinha nestes últimos dias", dizia Sônia para consigo. "Mas não, não pode amá-lo. Naturalmente abriu a carta sem saber de quem vinha. É impossível que não tivesse se sentido ofendida. Não pode fazer uma coisa destas!"

Sônia enxugou as lágrimas e aproximou-se de Natacha, examinando-a mais uma vez.

– Natacha! – chamou muito baixo.

Natacha acordou e viu Sônia.

– Já voltaste?

E, num desses acessos de ternura que se costumam ter ao acordar, lançou-se nos braços da amiga. Ao ver, porém, a emoção que se pintava no rosto de Sônia, Natacha perturbou-se também e mostrou-se desconfiada.

– Sônia, tu leste a carta? – perguntou ela.

– Li – murmurou Sônia. Natacha sorriu vitoriosa.

– Oh, Sônia, não posso, não posso mais esconder-te... Sabes? Amamo-nos!... Sônia querida, escreve-me... Sônia...

Sônia, como se não entendesse o que ouvia, olhou para ela com os olhos muito abertos.

– E Bolkonski? – interrogou.

– Oh! Sônia, oh! se tu pudesses saber como sou feliz! – exclamou Natacha. – Mas se tu não sabes o que é amor...

– Mas, então, Natacha, tudo acabou com o outro?

Natacha olhava para ela, com os olhos muito abertos, como se não compreendesse.

– Então rompeste com o príncipe André?

– Oh! nada entendes. Não digas tolices. Ouve... – respondeu Natacha, com impaciência.

– Não, não posso acreditar – repetiu Sônia. – Confesso que não compreendo. Quer dizer que tu, durante um ano inteiro, gostaste de um homem e de repente... Um homem que tu mal viste por duas ou três vezes. Natacha, não acredito, tu estás a brincar. Em três dias esqueceres tudo e...

— Três dias... — exclamou Natacha. — Tenho a impressão de que o amo há cem anos. Parece-me que nunca amei alguém antes dele. Não podes compreender... Sônia, vem cá, senta-te junto a mim. — E estreitou-a nos braços, depondo-lhe um beijo na face. — Tinha ouvido dizer que estas coisas acontecem, e com certeza também ouviste dizer o mesmo, mas só agora me foi dado sentir um amor assim. Oh! é muito diferente do outro. Assim que o vi, senti ser aquele o meu senhor e eu a sua escrava, senti que não podia deixar de amá-lo. Sim, sou a sua escrava! Pode mandar o que quiser, que estou pronta a obedecer. Não podes compreender. Mas, diz-me, que posso eu fazer, que posso eu fazer, Sônia? — acrescentou com uma expressão de felicidade a que se misturava qualquer coisa de receoso.

— Pensa no que fazes — tornou Sônia. — Eu não posso deixar as coisas assim. Estas cartas recebidas às escondidas... Como pudeste consentir? — continuou com um horror e uma repulsa impossíveis de dissimular.

— Já te disse — replicou Natacha. — Deixei de ter vontade. Pois não compreendes? Amo-o!

— Não consentirei, vou contar tudo! — exclamou Sônia, rompendo em soluços.

— Oh, meu Deus! que estás a dizer?... Se contares alguma coisa, considero-te minha inimiga. É que me queres mal, é que queres que nos separem...

Ao ver o pânico de que Natacha fora tomada, Sônia chorou lágrimas de vergonha e compaixão pela amiga.

— Que houve então entre vocês? — perguntou. — Que te disse ele? Por que não vem ele à nossa casa?

Natacha não respondeu à pergunta.

— Por amor de Deus, Sônia, nada digas a ninguém, não me faças sofrer — implorou ela. — Lembra-te de que ninguém deve se meter nestas coisas. Confessei-te...

— Por que todo esse mistério? Por que não vem ele à nossa casa? Por que não pede ele diretamente a tua mão? Realmente, o príncipe André deu-te plena liberdade para decidires, caso esta oportunidade surgisse. Mas numa coisa eu não posso acreditar. Já pensaste, Natacha, no que podem ser essas "razões secretas"?

Natacha fitou em Sônia uns olhos assombrados. Era, evidentemente, a primeira vez que esta pergunta lhe vinha ao espírito, e na verdade não sabia responder-lhe.

– Não sei que razões serão essas. Mas devemos crer que as haja!

Sônia suspirou e abanou a cabeça com desconfiança.

– Se há razões... – principiou ela.

Natacha, adivinhando as dúvidas da amiga, interrompeu-a, assustada.

– Sônia, não devemos duvidar dele! Não devemos, não devemos, compreendes? – exclamou.

– Gosta de ti?

– Se gosta de mim? – redarguiu Natacha com um sorriso de comiseração. – Não leste a carta dele, não a leste?

– E se ele não fosse um homem digno?

– Ele? Um homem indigno? Se tu o conhecesses!

– Se é um homem digno – voltou Sônia com energia –, deve dizer quais as suas intenções ou então deixar de te ver. E se tu não quiseres dizer a ele, eu me encarregarei disso. Escrever-lhe-ei e contarei tudo ao pai.

– Não posso viver sem ele! – exclamou Natacha.

– Natacha, não te compreendo. Que estás a dizer? Lembra-te de teu pai, de Nicolau.

– De ninguém preciso, não quero saber de mais ninguém senão dele. Atreves-te a dizer que ele não é um homem digno? Não sabes que o amo? Sônia, vai-te embora! Não quero me zangar contigo. Vai-te, vai-te, por amor de Deus! Vai-te! Não vês que me fazes sofrer? – Natacha falava com ira e numa voz cheia de desespero. Sônia, não podendo suster as lágrimas, retirou-se.

Natacha sentou-se à sua mesa e sem um momento de reflexão escreveu à princesa Maria a carta que não fora capaz de redigir durante a manhã inteira. Em poucas palavras dizia-lhe que o mal-entendido entre elas acabara, que o príncipe André, ao partir, lhe dera plena liberdade e que ela aproveitava a sua generosidade. Pedia-lhe que esquecesse o que se passara e lhe perdoasse se em alguma coisa a magoara, declarando-lhe que não podia ser mulher de seu irmão. Naquele momento tudo lhe parecia fácil, simples e claro.

Na sexta-feira deviam os Rostov regressar à aldeia, e na quarta-feira o conde dirigiu-se à sua propriedade nas imediações de Moscou na companhia de um comprador.

No dia da partida do conde, Sônia e Natacha estavam convidadas para um jantar na casa das Karaguine, e foi Maria Dimitrievna quem as acompanhou. Natacha voltou a encontrar-se com Anatole, e Sônia pôde ver que ela lhe falava de maneira a não ser ouvida por mais alguém e que durante o jantar ainda lhe pareceu mais agitada do que antes. No regresso à casa, Natacha foi a primeira a dar a explicação que Sônia esperava da amiga.

– Vês, Sônia, eu bem dizia que só tinhas dito tolices a respeito dele – principiou ela, nesse tom insinuante habitual nas crianças quando querem que as elogiem. – Tivemos uma conversa.

– E então? Que te disse ele? Ainda bem que não estás zangada comigo, Natacha. Conta-me toda a verdade. Que te disse?

Natacha ficou um momento pensativa.

– Oh, Sônia, se tu o conhecesses como eu o conheço! Disse-me... Perguntou-me em que pé estava o meu noivado com Bolkonski. Ficou tão contente quando soube que de mim dependia acabar com tudo!

Sônia soltou um profundo suspiro.

– Mas não acabaste com Bolkonski – disse ela.

– E se eu realmente tivesse acabado? Se, efetivamente, tudo tivesse acabado com ele? Por que pensas tu tão mal de mim?

– Não penso mal de ti. Mas não entendo...

– Espera, Sônia, já vais compreender tudo. Já vais ver como ele é. Não penses mal nem dele nem de mim.

– Não penso mal de ninguém. Gosto de todos e tenho piedade de cada qual. Mas que hei de fazer?

Sônia não se deixava levar pelas meigas palavras de Natacha. Quanto mais mimados e insinuantes os modos da amiga, mais sério e grave era o seu rosto.

– Natacha – disse ela –, pediste-me que não te falasse nisso, de nada te falei e és tu a primeira a te referires ao caso. Natacha, eu não tenho confiança nele. Que significa este mistério?

– Outra vez! Outra vez!

– É que tenho medo por ti, Natacha.

– De que tens medo?

– Tenho medo de que te percas – disse Sônia, num tom enérgico, como se ela própria se sentisse assustada com o que estava a dizer.

O rosto de Natacha de novo assumiu uma expressão de ira.

– Pois bem, perder-me-ei, perder-me-ei, e o quanto antes! Nada tens com isso. O mal será para mim e não para vós. Deixa-me. Deixa-me. Odeio-te!

– Natacha! – exclamou Sônia, assustada.

– Odeio-te! Odeio-te! És minha inimiga para sempre!

E Natacha saiu a correr do quarto.

Não voltou a falar mais com Sônia e evitou tornar a encontrá-la. Natacha vagueava pela casa com o seu ar perturbado e a sua expressão de pessoa culpada, ora fazendo isto, ora aquilo e sem acabar coisa alguma.

Embora isso lhe fosse penoso, Sônia não perdia de vista Natacha. Na véspera do dia em que o conde devia regressar, notou que ela estivera toda a manhã à janela do salão como se aguardasse alguma coisa e viu-a fazer sinais a um militar que passava pela rua e lhe pareceu Anatole.

Então pôs-se a observá-la com mais atenção e reparou que durante o jantar e à noite Natacha tinha uma atitude estranha e pouco natural: respondia às perguntas atrapalhada, principiava frases que não acabava e ria a propósito de tudo.

Depois do chá viu uma criada muito atrapalhada esperando à porta do quarto de Natacha. Aguardou que ela entrasse e, escutando à porta, veio a saber que uma nova carta chegara.

E de súbito Sônia compreendeu que Natacha ocultava um plano inconfessável para aquela mesma noite. Bateu à porta, mas não a deixaram entrar.

"Vai fugir com ele", disse Sônia para si mesma. "Capaz disso ela é! Pareceu-me hoje especialmente triste, mas decidida. Ao despedir-se do pai, chorou. Sim, estou convencida de que vai fugir com ele; que hei de fazer?", interrogou-se a si própria, recordando todos os pormenores que podiam revelar o terrível projeto de Natacha. "O conde não está. Que hei de fazer? Escrever uma carta a Kuraguine a pedir-lhe uma explicação? Quem o obrigaria a responder-me? Escrever a Pedro, como me recomendou o príncipe André se viesse a dar-se alguma desgraça...? Mas não acabou ela com Bolkonski? Efetivamente, foi ontem à noite que ela respondeu à princesa Maria. E o meu tio não está em casa..." Dirigir-se a Maria Dimitrievna, que tinha tanta confiança em Natacha, parecia-lhe horrível. "Seja como for", dizia ela, para consigo, no corredor sombrio, "chegou agora o momento de mostrar que não esqueço o bem que eles me têm feito e que gosto de Nicolau. Ainda que tenha de passar três noites sem dormir, deste corredor é que eu não arredo pé, e hei de evitar que ela saia daqui, nem que seja à força. Não consinto que tal vergonha cubra esta família!"

CAPÍTULO XVI

Ultimamente Anatole fora viver em casa de Dolokov. O plano de rapto de Mademoiselle Rostov fora combinado e preparado por este havia vários dias e devia ser posto em execução na noite em que Sônia, escutando atrás da porta de Natacha, decidira não perdê-la de vista. Natacha prometera ir ter com Kuraguine às dez horas da noite, saindo pela escada de serviço. Anatole a meteria numa troica preparada de antemão e a conduziria a umas sessenta verstas de Moscou, ao povoado de Kamenka, onde um pope interdito deveria uni-los. Em Kamenka estariam preparados novos cavalos, que os levariam para mais longe, pela estrada de Varsóvia, de onde, na mala-posta, seguiriam para o estrangeiro.

Anatole arranjara um passaporte, um livre-trânsito[55], dez mil rublos, que a irmã lhe havia emprestado, e mais outros dez mil, que conseguira por intermédio de Dolokov.

As testemunhas, Kvostikov, um antigo amanuense que Dolokov utilizava nas suas operações de jogador, e Makarine, hussardo na reserva, homem franco e ingênuo, de uma ilimitada dedicação por Kuraguine, estavam sentadas na sala de espera tomando chá.

No amplo gabinete de Dolokov, revestido de alto a baixo de tapetes persas, peles de urso e armas, o dono da casa, de traje de viagem e botas altas, estava sentado diante da secretária aberta, onde havia contas e maços de notas. Anatole, com o uniforme desabotoado, andava de um lado para o outro, entre a sala onde estavam as testemunhas, atravessando o gabinete, e um quarto dos fundos, onde o seu criado francês, ajudado por outros, preparava as bagagens. Dolokov contava o dinheiro e anotava as somas.

– Bom, então é preciso dar dois mil rublos a Kvostikov.

– Pois dá a ele – replicava Anatole.

– Makarka – assim tratava Makarine – de nada precisa. Era capaz de se afogar por ti. Bom, as contas estão prontas – disse Dolokov, mostrando-lhe a nota. – Está bem?

– Com certeza – replicou Anatole, que evidentemente nada ouvira e olhava vago na sua frente, sempre com o mesmo sorriso.

Dolokov fechou a secretária e dirigiu-se em tom zombeteiro a Anatole:

---

55. Passaporte usado para exibir nas estações de posta. (N.E.)

— Sabes o que te digo? Ainda estás em tempo, deixa-te disso!
— Imbecil! — exclamou Anatole. — Não digas tolices. Se soubesses... Só o diabo sabe o que é isto!
— Falo sério; deixa-te disso — insistiu Dolokov. — Estou a falar-te a sério. Estarás convencido de que se trata de uma brincadeira?
— Lá estás tu outra vez. Vai para o diabo que te carregue! — exclamou Anatole, franzindo o sobrolho. — Palavra, não estou com disposição de te ouvir dizer tolices. — E saiu do gabinete.

Dolokov sorriu, ao mesmo tempo formalizado e condescendente.

— Escuta, peço-te pela última vez. Para que havia eu de estar a brincar contigo? Porventura te levantei algum obstáculo? Quem preparou tudo, te arranjou um pope, te obteve um passaporte, te conseguiu dinheiro? Eu.

— Pois bem, e estou agradecido. Julgas talvez que não estou reconhecido? — E Anatole, suspirando, abraçou Dolokov.

— Ajudei-te, mas, no entanto, devo dizer-te a verdade: a aventura é perigosa, e, se nos pomos a pensar nela, é mesmo estúpida. Bom, tu raptá-la, está bem. Mas julgas que vão deixar as coisas assim? Hão de acabar por saber que és casado. Serás chamado aos tribunais.

— Tolices, tolices! — contraveio Anatole, contrariado. — Pois eu já não te expliquei, hein? — E Anatole, com a obstinação própria das pessoas pouco inteligentes sempre que tomam uma resolução, repetiu o raciocínio que lhe expusera já mais de cem vezes. — Já te expliquei. Aqui tens o que eu resolvi. — E, contando pelos dedos: — Primeiro, se este casamento não é válido, não tenho qualquer responsabilidade; segundo, se é válido, não estou preocupado: ninguém saberá disso no estrangeiro. Não é assim? E nem mais uma palavra, nem mais uma palavra, nem mais uma palavra!

— Ouve o que te digo: deixa-te disso! Vais enterrar-te.

— Vai para o diabo! — vociferou Anatole, e com as mãos na cabeça saiu do gabinete, para voltar em seguida a sentar-se, escarranchado numa poltrona, diante do amigo. — Só o diabo sabe o que é isto! Olha, repara como ele bate — pegou-lhe na mão e pousou-a sobre o coração — Ah! que pé, meu caro, que olhar! Uma deusa!

Dolokov, sorrindo friamente, olhava para ele com os seus belos olhos insolentes e brilhantes, divertido, evidentemente, à custa do amigo.

– Acaba-se o dinheiro, e depois?

– Depois? – repetiu Anatole, repentinamente embaraçado diante de tal perspectiva. – Depois? Sei lá! E depois, deixa-te de tolices. São horas! – acrescentou, consultando o relógio.

Entrou no quarto dos fundos.

– Então, está pronto? Que estão aí a fazer? – gritou para os criados.

Dolokov guardou o dinheiro, chamou um dos criados, para que ele lhes trouxesse alguma coisa para comer antes da partida, e entrou na sala onde estavam Kvostikov e Makarine.

Anatole, estirado no divã do gabinete, sorria, pensativo, enquanto sua bela boca ia balbuciando palavras ternas.

– Vem comer alguma coisa! – gritou-lhe Dolokov da outra sala.

– Não tenho fome – replicou Anatole, sem deixar de sorrir.

– Anda, já aí está o Bálaga.

Anatole levantou-se do divã e entrou na sala de jantar. Bálaga era um afamado condutor de troica, que havia cinco ou seis anos servia os dois amigos; recorriam frequentes vezes aos seus serviços. Mais de uma vez, quando o regimento de Anatole estava em Tvier, o trouxera de noite daquela cidade: chegava a Moscou de madrugada e voltava a levá-lo na noite do dia seguinte. Por várias vezes conseguira livrar Dolokov dos destacamentos que o perseguiam. Passeara os dois pela cidade na companhia de tziganos e "senhoritas", como costumava dizer. E até, ao bater as ruas com eles, atropelara pessoas ou cocheiros, e sempre aqueles "senhores", como ele dizia, o tinham livrado de complicações. Quantos cavalos ele já rebentara ao seu serviço! Muitas vezes o tinham emborrachado, enfrascando-o de champanhe e Madeira, o seu vinho predileto, e a verdade era estar no segredo de aventuras que a outros, que não a eles, de há muito os teriam atirado para a Sibéria. Convidavam frequentes vezes Bálaga para as suas orgias, obrigavam-no a dançar e a beber na casa dos tziganos e já lhe tinham passado pelas mãos muitos milhares de rublos. Arriscava a vida e a pele mais de vinte vezes por ano para lhes ser agradável e já rebentara cavalos que o dinheiro que eles lhe haviam dado a ganhar não pagava de modo algum. Mas gostava deles à sua maneira; morria por aquelas corridas loucas, a dezoito verstas à hora, adorava fazer os cocheiros de praça virarem os pés por cima da cabeça e esmagar os peões nas ruas de Moscou, lançando-se depois à disparada. Gostava de ouvir vozes avinhadas gritar-lhe, frenéticas: "Mais depressa! Mais depressa!", quando já não lhe era possível ir mais veloz. O que ele gostava era de chicotear a nuca dos camponeses que, mais mortos do que vivos, não se afastavam a tempo. "São uns senhores de bom caráter", dizia para consigo.

Por seu lado, tanto Dolokov como Anatole tinham Bálaga em alta conta, grande mão de rédea que era, e em matéria de gosto afinavam uns pelos outros. Quando se tratava de outras pessoas, fazia os seus preços, pedia vinte e cinco rublos por uma corrida de duas horas, sendo raro também ser ele a conduzir quando eram outros os fregueses, e nesse caso mandava um dos seus moços. Com "aqueles senhores", porém, como costumava dizer, era ele quem aparecia em carne e osso e nunca pedia coisa alguma. Quando sabia pelos criados que eles tinham dinheiro, coisa que acontecia uma vez de dois em dois ou de três em três meses, aparecia pela manhã, sem ter bebido, e pedia-lhes que o livrassem de apuros. Então "aqueles senhores" mandavam-no sempre sentar.

"Acuda-me, meu paizinho Fiodor Ivanovitch", ou então: "Excelências, estou sem cavalos. Tenho de ir à feira: emprestem-me o dinheiro que puderem".

Anatole e Dolokov, quando abonados, davam-lhe sempre mil ou dois mil rublos.

Bálaga era um camponês dos seus vinte e seis anos, louro, corado, de pescoço vermelho e cheio, membrudo, de nariz arregaçado, olhos vivos e uma barbicha curta. Usava cafetã azul com forro de seda por cima da peliça.

Benzeu-se ao passar pelo recanto dos ícones e aproximou-se de Dolokov, estendendo-lhe a mão negra.

– Boas noites, Fiodor Ivanovitch! – disse, inclinando-se.

– Boas noites, irmão! Ora aqui está ele!

– Boas noites, Excelência – repetiu, para Anatole, que acabava de entrar, estendendo-lhe igualmente a mão.

– Ouve, Bálaga – disse-lhe Anatole, batendo-lhe no ombro. – És realmente meu amigo? Então, presta-me um serviço... Que cavalos tens tu? Hein?

– Aqueles que me mandou trazer, os seus, os fogosos.

– Então, ouve, Bálaga! Arrebenta a tua troica, mas quero que me ponhas lá em três horas, hein!

– Se arrebento os cavalos, como havemos de lá chegar? – observou Bálaga, malicioso.

– Deixa-te de graças ou apanhas dois estalos! – gritou Anatole, subitamente, com os olhos fora das órbitas.

– Por que não hei de brincar? – volveu o cocheiro, sorrindo. – Já alguma vez disse que não a estes senhores? Enquanto os cavalos puderem, está visto.

– Bom! – exclamou Anatole. – Vamos, senta-te.

– Senta-te, não ouves? – insistiu Dolokov.

– Estou bem de pé, Fiodor Ivanovitch.

– Tolice! Senta-te e bebe – voltou Anatole, enchendo-lhe um copázio de Madeira.

Ao ver o vinho os olhos do cocheiro coriscaram. Primeiro recusou, por cortesia, e depois bebeu de um trago, limpando os beiços com um lenço de seda vermelha que trazia no forro do boné.

– Então quando partimos, Excelência?

– Pois... imediatamente – disse Anatole, consultando o relógio. – E presta atenção, Bálaga, hein! É preciso chegar a tempo.

– Depende da partida. Se estivermos com sorte... E por que não havemos nós de chegar a tempo? – tornou Bálaga. – Pois não viemos uma vez de Tvier em sete horas? Lembra-se, Excelência?

– Sim, é verdade, uma vez, pelo Natal, viemos de Tvier – disse Anatole sorrindo. Lembrava-se muito bem. E, voltando-se para Makarine, que o olhava cheio de devoção, de olhos muito abertos. – Não calculas, Makarka, até nos cortava a respiração, tão depressa vínhamos. A certa altura deparamo-nos com um comboio de carros: passamos por cima de duas galeras. Que te parece?

– Também aquilo é que eram cavalos! – prosseguiu Bálaga, e, dirigindo-se a Dolokov: – Tinha atrelado dois animais novos ao meu alazão claro. Acredita, Fiodor Ivanovitch, aqueles diabos fizeram de uma tirada sessenta verstas. Não havia quem os segurasse. Tinha as mãos dormentes. Gelava que era um louvar a Deus! Acabei por abandonar as rédeas. Pegue nelas, eu disse a Sua Excelência. Não podia mais e deixei-me cair no fundo do trenó. Não era preciso tocá-los, mas me custava segurá-los. Aqueles diabos fizeram o percurso em três horas! Só o da esquerda se foi abaixo.

CAPÍTULO XVII

Anatole desapareceu, voltando daí a pouco com uma peliça cingida à cintura por uma correia com fivela de prata, um gorro de zibelina posto gaiatamente à banda e que muito bem lhe ficava ao rosto. Depois de passar os olhos pelo espelho e na postura em que se mirara postou-se diante de Dolokov e bebeu de um trago um copo de vinho.

– Bom, Fédia, adeus! Obrigado por tudo. Adeus! – exclamou. – Camaradas, amigos da minha mocidade, vamos – acrescentou, pensativo, dirigindo-se a Makarine e aos outros. – Adeus!

Embora todos o acompanhassem, Anatole queria dar um tom solene e comovido àquela despedida. Falava alto e devagar, enchendo o peito e abanando uma perna.

– Vamos beber todos, tu também, Bálaga. Camaradas, amigos da minha mocidade, passamos juntos muitos anos e muita loucura fizemos. Quando nos tornaremos a ver? Vou para o estrangeiro. Adeus, rapazes! À vossa saúde! – Bebeu de um trago e jogou o copo ao chão.

– À sua saúde! – disse Bálaga, virando também o seu copo e limpando a boca com o lenço.

Makarine, os olhos rasos de lágrimas, abraçou-se a Anatole.

– Oh, príncipe! Custa-me tanto separar de ti – murmurou.

– Vamos! A caminho! – comandou Anatole.

Bálaga ia sair.

– Espera! Um momento! – interrompeu Anatole. – Fecha a porta, sentemo-nos todos. Ali, assim.

Fecharam a porta e todos se sentaram.[56]

– E agora, a caminho, rapazes! – exclamou Anatole, erguendo-se.

Joseph, o criado, entregou-lhe uma maleta e o sabre e todos saíram para o vestíbulo.

– Onde está a peliça? – perguntou Dolokov. – Eh! Ignatka! Vai num rufo pedir a peliça para Matriona Matviena, uma rica zibelina. Sim, eu sei como estas coisas se fazem, os raptos – acrescentou, piscando o olho. – A pequena vai sair de casa mais morta do que viva, tal como está. Basta um pequeno atraso e lá vêm as lágrimas, o papá e a mamã e ela toda a tremer de frio e a querer voltar para casa... Mas tu embrulha-a logo ali na peliça e mete-a no trenó.

Um lacaio veio com um casaco de mulher de pele de raposa.

---

56. Hábito russo da época. Antes de partirem em jornada, em alturas solenes, a família reunia-se em oração, depois de fechar todas as portas. (N.E.)

– Imbecil! Eu não te disse que era de zibelina? Eh! Matriochka! A capa de zibelina! – gritou numa voz tão forte que ressoou por toda a casa.

Uma linda tzigana, magra e pálida, de olhos pretos, muito brilhantes, e caracóis negros cheios de reflexos, como a asa de um corvo, um xale vermelho nas costas, apareceu com a capa de zibelina.

– Julgas que tenho pena dela? Toma-a, leva-a – disse, visivelmente intimidada diante do amo e cheia de pena pela perda da peliça.

Dolokov, sem lhe responder, pegou na capa, assentou-a nas costas de Matriochka e embrulhou-a nela.

– Assim, e depois assim – disse, levantando a gola de sorte que só lhe ficava de fora parte do rosto. – E depois assim, vês? – E obrigou Anatole a espreitar pela abertura através da qual se via brilhar o sorriso da tzigana.

– Bom, adeus, Matriochka – disse Anatole, beijando-a. – Acabaram-se todas as minhas loucuras aqui! Diz adeus por mim a Stiochka. Vamos, adeus, adeus, Matriochka. Deseja-me sorte!

– Que Deus lhe dê todas as venturas, príncipe! – murmurou Matriochka, com o seu sotaque tzigano.

À porta estavam duas troicas com dois postilhões a postos. Bálaga subiu para a primeira e, erguendo os cotovelos, apanhou as rédeas sem pressas. Anatole e Dolokov sentaram-se na sua troica. Makarine, Kvostikov e os criados tomaram lugar na outra.

– Tudo pronto? – perguntou Bálaga. – Avante! – gritou enrolando as rédeas em volta do braço, e o trenó saiu a galope pela avenida Nikitski.

– Oh! Oh!... Avante!... Oh! Oh!... – gritavam Bálaga e o rapaz sentado a seu lado.

Na Praça Arbatskaia, a troica abalroou outro carro. Ouviu-se um estampido, depois um grito, não obstante prosseguiram velozes.

Depois de ter percorrido de ponta a ponta Podnovinski, Bálaga refreou os cavalos e parou na encruzilhada da rua Staraia Koniuchina.

O moço saltou do assento para pegar no bridão dos cavalos, Anatole e Dolokov seguiram pelo passeio. Ao chegar junto do portão, Dolokov assobiou. Respondeu-lhe outro assobio e à porta apareceu uma criada.

– Entre para o pátio. Aqui podem vê-lo. A menina já aí vem – disse ela.

Dolokov ficou junto do portão. Anatole seguiu a criada, contornou o recanto do pátio e galgou os degraus da escada.

Gavrilo, um homenzarrão que tratava dos cavalos de Maria Dimitrievna, saiu ao encontro de Anatole.

– A senhora quer falar com o senhor, faça favor – disse, numa voz de baixo, cortando-lhe o caminho.

– Que senhora? Quem és tu? – perguntou Anatole, numa voz entrecortada.

– Faça favor, tenho ordens para isso.

– Kuraguine! Para trás! – gritou Dolokov. – Fomos traídos! Foge!

Dolokov, que ficara no portão, lutava com o porteiro, que tentava fechar a porta para não deixar Anatole sair. Apelando para todas as suas forças, conseguiu empurrar o porteiro. Depois, agarrando um braço de Anatole, que aparecera, correndo, puxou-o para a rua e ambos fugiram em direção à troica que os esperava.

CAPÍTULO XVIII

Maria Dimitrievna encontrara Sônia a chorar no corredor e obrigara-a a contar-lhe tudo. Depois de apanhar a carta de Natacha e de tê-la lido, apresentou-se no quarto dela com o papel na mão.

– Miserável! Desavergonhada! – gritou-lhe. – Não quero ouvir nem uma palavra.

Empurrando Natacha, que, assustada, olhava para ela com os olhos enxutos, fechou-a à chave e depois de ter dado ordens ao porteiro para deixar entrar as pessoas que aparecessem naquela noite, não as deixando, porém, sair, disse ao criado que as trouxesse à sua presença e sentou-se no salão à espera dos raptores.

Quando Gavrilo lhe veio anunciar que eles tinham fugido, levantou-se; de sobrolho carregado e de mãos atrás das costas pôs-se a passear na sala, refletindo sobre o que devia fazer.

À meia-noite, apalpando a chave no bolso, apresentou-se no quarto de Natacha. Sônia estava no corredor, a soluçar.

– Maria Dimitrievna, deixe-me entrar com a senhora, peço-lhe! – suplicou.

Maria Dimitrievna abriu a porta sem lhe responder e entrou. "Que vergonha!... Que porcaria!... Debaixo do meu teto... Miserável! Má filha!... Só tenho pena do pai!", dizia para consigo, procurando refrear a cólera que a tomava. "Embora não seja fácil, farei com que todos se calem, e o conde nada há de saber." Entrou no quarto de Natacha num passo decidido.

Esta, estiraçada no divã, com a cabeça nas mãos, sem se mexer, continuava na posição em que Maria Dimitrievna a deixara.

— Muito bem, muito bonito! — exclamou ela. — Na minha casa, receber amantes na minha casa! Não precisas esconder! Ouve quando te falam! — Maria Dimitrievna tocou-lhe no braço. — Ouve quando te falam. Portaste-te como uma desavergonhada! Eu bem sei o que devia fazer... mas tenho pena de teu pai. Nada lhe direi.

Natacha não se mexeu, mas todo o seu corpo estremeceu. Soluços secos e convulsivos a sufocavam. Maria Dimitrievna trocou um olhar com Sônia e veio sentar-se ao lado dela.

— Ele teve sorte em escapar. Mas hei de apanhá-lo — disse ela, na sua voz rude. — Ouves o que estou a dizer-te?

Passou a grande mão pelo queixo de Natacha e obrigou-a a virar-se para ela. Maria Dimitrievna e Sônia ficaram aterradas com a expressão que lhe viram. Seus olhos estavam brilhantes e sem uma lágrima, os seus lábios, cerrados, as suas faces, cavadas.

— Deixem-me... Quero lá saber... Vou morrer... — murmurou, libertando-se, com um puxão, de Maria Dimitrievna e retomando a sua primeira postura.

— Natália!... — disse Maria Dimitrievna. — Só quero o teu bem. Deixa-te estar deitada, deixa-te estar assim, não te tocarei, mas ouve... Não preciso te dizer da culpa que te cabe. Tu bem sabes. Mas o teu pai chega amanhã. Que hei de lhe dizer? Hein!

De novo estremeceu, abalada pelos soluços.

— Há de sabê-lo, sim, e teu irmão, e teu noivo também!

— Já não tenho noivo, acabei — gritou Natacha bruscamente.

— Tanto faz — prosseguiu Maria Dimitrievna. — Seja como for, hão de saber tudo. Julgas que deixarão as coisas assim? E o teu pai, conheço-o muito bem... E se o desafiar para um duelo, vai ser bonito, hein?

— Oh, deixe-me. Por que estragou tudo? Por quê? Quem lhe pediu? — gritou Natacha, soerguendo-se e olhando para Maria Dimitrievna com uns olhos irados.

– E tu, que querias tu fazer? – exclamou a pobre senhora, exaltando-se. – Tínhamos-te fechada, porventura? Quem o impedia de vir à nossa casa? Por que havia ele de te raptar como se fosses uma boêmia? E se te tivesse raptado, julgas que não o encontrariam? Ou o teu pai, ou o teu irmão, ou o teu noivo... Um desavergonhado, um irresponsável é o que ele é!

– Vale mais que todos vós! – gritou Natacha, empertigando-se. – Se não me tivessem impedido... Oh, meu Deus! Por quê? Por quê? Sônia, por quê? Deixem-me!

E rompeu a chorar com tanto desespero como só choram aqueles que se sentem a causa das suas próprias infelicidades.

Maria Dimitrievna quis ainda dizer alguma coisa, mas Natacha pôs-se a gritar: – Vão-se embora! Vão-se embora! Todos me odeiam, todos me detestam! – E voltou a deixar-se cair sobre o divã.

Maria Dimitrievna ainda esteve algum tempo a exortá-la, dizendo-lhe ser preciso ocultar tudo do conde e que ninguém saberia coisa alguma desde que Natacha prometesse esquecer e evitasse que qualquer coisa daquele assunto viesse a público. Natacha não respondeu. Deixara de chorar, mas agora arrepios de febre a faziam estremecer. Maria Dimitrievna pôs-lhe um travesseiro debaixo da cabeça, cobriu-a com dois cobertores e trouxe-lhe uma chávena de tília. Natacha, porém, continuava calada.

– Bom, deixemo-la dormir! – disse Maria Dimitrievna, retirando-se, persuadida de que Natacha adormecera.

Natacha não dormia porém, e os seus olhos, muito abertos, no rosto pálido, olhavam fixamente diante de si. Toda a noite esteve sem dormir, sem chorar, sem dizer nada a Sônia, que várias vezes se levantou para vigiá-la.

No dia seguinte, à hora do almoço, como prometera, chegou o conde Ilia Andreitch, de regresso das suas propriedades nas imediações de Moscou. Vinha muito contente. Tudo ficara resolvido com o comprador e já nada o retinha em Moscou e longe da condessa, de quem se sentia muito saudoso.

Maria Dimitrievna foi ao seu encontro e contou-lhe que a filha estivera muito doente na véspera, que mandara chamar o médico, mas que estava agora muito melhor. Natacha nessa manhã ficou no quarto. De lábios fechados e a tremer de frio, os olhos secos e fixos, permaneceu à janela, observando ansiosamente o vaivém dos transeuntes e voltando-se, de súbito, sempre que alguém entrava no seu quarto. Aguardava, evidentemente, notícias de Anatole, esperava que ele se apresentasse pessoalmente ou lhe escrevesse.

Quando o conde entrou, Natacha estremeceu ao ouvir passos de homem, mas assim que o reconheceu a sua expressão tornou-se fria e teve mesmo um movimento de irritação. Nem sequer se levantou.

– Que tens, meu anjo, estás doente? – perguntou-lhe o pai.

Natacha ficou calada.

– Sim, estou doente – acabou por dizer.

Inquieto, o conde quis saber por que estava ela tão abatida e se acontecera alguma coisa entre ela e o noivo. Natacha garantiu-lhe que nada acontecera, pedindo-lhe que não se atormentasse, e Maria Dimitrievna confirmou junto do conde as palavras de Natacha. Apesar de tudo, o conde, diante da doença simulada de Natacha e da expressão embaraçada de Sônia e Maria Dimitrievna, percebeu que alguma coisa de grave ocorrera durante a sua ausência. A verdade, porém, é que a ideia de que poderia ter acontecido alguma coisa capaz de afetar a dignidade da sua filha preferida o assustava de tal modo, e tão amigo era da sua tranquilidade, que tratou de não fazer perguntas, persuadindo-se de que nada de anormal tinha ocorrido e limitando-se a lastimar que a doença de Natacha viesse retardar o seu regresso à aldeia.

CAPÍTULO XIX

Pedro, desde que a mulher chegara a Moscou, passava a vida a arranjar pretextos para sair de casa, a fim de não se ver obrigado a encontrar-se com ela. A impressão que lhe provocara Natacha, quando da sua viagem, ainda mais concorrera para acelerar a realização dos seus propósitos. Dirigiu-se a Tvier, à casa da viúva de Osip Alexeievitch, que há muito lhe prometera confiar-lhe os papéis de seu defunto marido.

De regresso a Moscou, entregaram-lhe uma carta de Maria Dimitrievna, que lhe pedia que viesse à sua casa por causa de um assunto muito importante que dizia respeito a André Bolkonski e à noiva. Pedro procurava não ver Natacha. Para si mesmo dizia que ela lhe inspirava um sentimento mais vivo do que aquele que seria razoável na sua qualidade de homem casado e amigo do noivo. No entanto, o destino parecia comprazer-se em reuni-los a cada passo.

"Que terá acontecido? E que tenho eu a ver com isso?", cogitava ele enquanto se preparava para dirigir-se à casa de Maria Dimitrievna. "O que é preciso é que André venha quanto mais depressa melhor e que eles tratem de se casar", pensou, já a caminho.

Ao passar pela avenida de Tvier, alguém chamou-o.

– Pedro, já chegaste há muito tempo? – gritou-lhe uma voz conhecida. Levantou a cabeça. Num trenó tirado por dois cavalos cinzentos que levantavam nuvens de neve passaram junto dele Anatole e o seu inseparável camarada, Makarine. Anatole aprumava-se no assento, na clássica postura dos militares elegantes, o queixo enterrado na gola de castor, a cabeça ligeiramente inclinada. Tinha a pele rosada e fresca, e o chapéu, com uma pluma branca, posto ao lado, deixava ver os cabelos frisados e cheios de brilhantina, salpicados de uma poeira de neve muito fina.

"Ora ali está um homem com juízo!", exclamou Pedro. "Não tem olhos para ver mais longe que o prazer do momento. Nada o preocupa e por isso passa a vida alegre, contente e tranquilo!" E olhou-o com inveja. "Que não daria eu para me parecer com ele!"

No vestíbulo de Madame Akrosiuova, o criado, enquanto o ajudava a despir a peliça, disse-lhe que Maria Dimitrievna lhe pedia que subisse ao seu quarto.

Ao abrir a porta do salão viu Natacha sentada à janela, de rosto afilado e pálido, com uma expressão dura e má. Olhou para ele, franzindo as sobrancelhas, e desapareceu, afetando uma reserva fria.

– Que aconteceu? – perguntou Pedro, ao entrar no quarto de Maria Dimitrievna.

– Lindas coisas! – exclamou ela. – Há cinquenta e oito anos que ando cá por este mundo e nunca tive ocasião de presenciar uma vergonha assim.

E depois de ter exigido de Pedro a sua palavra de honra de que não abriria a boca acerca do que ela lhe diria, contou-lhe que Natacha desfizera o casamento sem nada dizer à família e que a culpa era de Anatole Kuraguine, que a mulher de Pedro lhe apresentara e com quem Natacha pensava fugir, na ausência do pai, para com ele casar secretamente.

Pedro, de ombros encolhidos e a boca aberta, ouvia toda aquela história sem poder acreditar nos seus ouvidos. Pois que a noiva bem-amada do príncipe André, a encantadora Natacha

Rostov, havia desistido de Bolkonski e optado pelo imbecil do Anatole, homem casado aliás (Pedro estava a par do seu casamento secreto), e a tal ponto gostava dele que consentia que a raptasse? Eis o que Pedro não podia compreender nem admitir.

Não lhe era possível consentir que no seu espírito se associasse a simpática e encantadora figura de Natacha, que ele conhecia desde pequena, a tanta baixeza, a tanta estupidez, a tanta crueldade. Lembrou-se da sua própria mulher. "São todas iguais", dizia para consigo, pensando que, no fim de contas, nem só a ele cabia o triste privilégio de estar ligado a uma mulher desprezível. E no entanto vieram-lhe as lágrimas aos olhos ao lembrar-se do príncipe André, sofrendo pelo seu ferido orgulho. E quanto mais lastimava o amigo, maior era o seu desprezo pela Natacha que havia momentos passara por ele afetando um ar de fria dignidade. Mal sabia ele que a alma de Natacha transbordava então de desespero, de vergonha, de humilhação, não sendo culpada de trazer afivelada aquela máscara fria e severa.

– Quê? Casar? – balbuciou Pedro. – Ele não pode casar-se, já é casado.

– Era o que faltava – suspirou Maria Dimitrievna. – É ordinário, o menino! Que canalha! E aí está ela à espera, há dois dias que espera. Que ao menos deixe de esperar. É preciso que saiba.

Depois de tomar conhecimento dos pormenores do casamento de Anatole, Maria Dimitrievna aliviou a sua cólera, soltando violentas injúrias, e explicou a Pedro por que mandara chamá-lo. Receava que o conde ou mesmo Bolkonski, capaz de chegar de um momento para o outro, viessem a saber do caso, que ela, pela sua parte, estava disposta a esconder-lhes, e desafiassem Kuraguine para um duelo. Eis por que lhe rogava que pedisse em seu nome ao cunhado que saísse de Moscou e que nunca mais ali aparecesse. Pedro prometeu-lhe que o faria, e só então se apercebeu do perigo que ameaçava ao mesmo tempo o velho conde Nicolau e o príncipe André. Expôs-lhe, pois, em poucas palavras e com clareza o que queria dele e acompanhou-o ao salão.

– Cuidado, o conde de nada sabe. Finge nada saber – pediu-lhe ela. – Por mim, vou dizer a Natacha que não precisa esperar. E fica para jantar, se te apetece – acrescentou na sua grossa voz.

Pedro dirigiu-se ao velho conde, que parecia profundamente perturbado. Nessa mesma manhã Natacha dissera-lhe que desfizera o noivado com Bolkonski.

– Que desgraça, que desgraça, meu caro! – exclamou ele – quando lhes falta a mãe. Não calcula a pena que tenho de ter feito esta viagem. Vou ser franco com você. Pois não sabe? Despediu o noivo sem dizer coisa alguma a ninguém. Realmente nunca me entusiasmou muito este casamento. Sim, bem sei, é um homem às direitas, mas, pois não é verdade?, uma pessoa não pode ser feliz quando age contra a vontade de seu pai, e a Natacha não faltam pretendentes. Mas o que é certo é que isto já durava há muito, e dar semelhante passo sem consultar nem o pai nem a mãe!... E aí está doente, só Deus sabe com quê! Ah, conde, tudo corre mal, tudo corre mal quando falta a mãe a uma filha...

Pedro, ao ver o conde tão comovido, procurou mudar de assunto, mas ele voltava sempre à sua preocupação.

– Natacha não passa bem de saúde. Está nos seus aposentos e queria falar com você. Maria Dimitrievna está junto dela e também lhe queria falar. É verdade, como é amigo de Bolkonski, naturalmente quererá mandar-lhe algum recado – acrescentou o conde. – Meu Deus, meu Deus, e ia tudo tão bem!

E, levando as mãos aos escassos cabelos que tinha ainda na cabeça, saiu do salão.

Maria Dimitrievna dissera a Natacha que Anatole já era casado. Esta não quisera acreditar em tal e pedira a Pedro que viesse junto dela confirmar o fato. Eis o que Sônia explicou a Pedro enquanto o acompanhava ao quarto de Natacha.

Natacha, pálida e de severa expressão, ao lado de Maria Dimitrievna, assim que o viu surgir no limiar da porta pousou nele uns olhos interrogativos em que se sentia brilhar a febre. Não deu um sorriso nem um movimento de cabeça. Limitou-se a fitá-lo obstinadamente e no seu olhar apenas se lia uma pergunta: estava diante de um amigo ou de um inimigo, como todos os outros, no que dizia respeito a Anatole? Era evidente que Pedro, em si próprio naquele momento, não existia para ela.

– Pedro sabe tudo – disse Maria Dimitrievna, apontando para ele. – Ele que diga se faltei à verdade.

Natacha, tal um animal perseguido, e já ferido, que vê aproximarem-se cães e caçadores, olhava com uns olhos vagos e errantes.

– Natacha Ilinitchna – principiou Pedro, baixando os olhos, tomado de uma profunda piedade por ela e de um invencível desgosto pelo que se via obrigado a dizer. – Verdade ou mentira, isso deve-lhe ser indiferente, porque...

– Então não é verdade que está casado?
– Sim, é verdade.
– Está casado, e há muito tempo? – insistiu ela. – Palavra de honra?

Pedro deu-lhe a sua palavra de honra.
– Ainda está aqui? – perguntou Natacha vivamente.
– Está. Acabo de encontrá-lo.

Natacha não teve forças para dizer mais e fez com a mão um gesto a suplicar que a deixassem.

CAPÍTULO XX

Pedro não ficou para jantar; depois disto saiu do aposento e retirou-se. Andou por toda a cidade à procura de Anatole Kuraguine. Só pensar nele lhe fazia afluir o sangue ao coração e o deixava sem fôlego. Não estava nas Montanhas, nem com os tziganos nem na casa de Comoneno[57]. Dirigiu-se ao clube. Ali tudo na mesma: os sócios que vinham jantar formavam vários grupos. Cumprimentaram Pedro e puseram-se a falar dos casos do dia. Um criado, familiarizado com os hábitos de Bezukov, depois de lhe ter feito uma vénia, disse-lhe que a sua mesa estava reservada na salinha de jantar, que o príncipe fulano se encontrava na biblioteca e que sicrano ainda não chegara.

Um dos seus conhecidos, entre outras coisas triviais, perguntou-lhe se ouvira dizer que Mademoiselle Rostov fora raptada por Kuraguine, caso de que muito se falava em Moscou, e se era verdade. Pedro replicou-lhe, rindo, ser um absurdo, pois acabava de sair de casa dos Rostov. A todos perguntou por Anatole. Alguém disse-lhe que ele ainda não havia chegado, e houve também quem o informasse de que viria jantar com toda a certeza. Pedro observava com um estranho sentimento aquele agregado de pessoas tranquilas e indiferentes, completamente alheias ao que se estava a passar na sua alma. Andou a vaguear pelos salões, aguardando que todos chegassem, e, vendo que Anatole não aparecia, decidiu não jantar e voltar para casa.

Anatole naquele dia jantara na casa de Dolokov e conferenciara com ele acerca da maneira de reparar o que falhara. Parecia-lhe indispensável tornar a ver Mademoiselle Rostov. À noite dirigiu-se a casa da irmã para lhe falar na maneira de conseguir um encontro com Natacha. Quando Pedro, depois de

---

57. Casas de divertimentos vulgares nesse tempo na Rússia. (N.E.)

ter percorrido debalde toda a cidade, voltou para casa, soube pelo criado que o príncipe Anatole Vassilievitch se encontrava com a condessa. O salão de Helena estava cheio.

Sem cumprimentar a mulher, a quem não via desde que voltara a Moscou – mais do que nunca a odiava naquele momento –, Pedro penetrou no salão da condessa, viu Anatole e foi direto a ele.

– Ah, Pedro!... – exclamou a condessa, aproximando-se. – Não imaginas o estado em que está Anatole.

Calou-se ao ver na atitude do marido, na sua cabeça baixa, nos seus olhos brilhantes, no seu passo enérgico, aqueles terríveis sinais de ira e violência que ela tão bem conhecia e cujos efeitos experimentara quando do duelo com Dolokov.

– Onde a senhora estiver só há depravação e maldade – pronunciou Pedro. – Anatole, venha cá, preciso lhe falar – acrescentou em francês.

Anatole olhou para a irmã e levantou-se docilmente, disposto a seguir Pedro. Este, pegando-lhe por um braço, arrastou-o consigo para fora do salão.

– No meu salão se se permitem... – ia dizer Helena, em voz baixa, mas Pedro saiu da sala sem lhe responder.

Anatole seguiu o cunhado com a sua arrogância habitual, embora houvesse inquietação nos traços do seu rosto.

Assim que entrou no gabinete, Pedro fechou a porta e dirigiu-se a Anatole sem olhar para ele.

– É verdade que prometeu casar com a condessa Rostov e que quis raptá-la?

– Meu caro – replicou Anatole em francês (foi em francês, de resto, que se travou todo o diálogo), não me julgo obrigado a responder a perguntas formuladas nesse tom.

O rosto de Pedro, pálido até então, surgiu descomposto pelo furor. Agarrando Anatole, com as suas grossas mãos, pela gola do uniforme, pôs-se a sacudi-lo de um lado para o outro de tal maneira que um indizível terror se pintou no rosto do rapaz.

– Se eu lhe disse que precisava lhe falar... – repetia Pedro.

– Que é isto? Está doido! – exclamou Anatole, apalpando a gola, em que o botão arrancado pendia juntamente com um pedaço de pano.

– O senhor é um canalha, um bandido, não sei por que não lhe rebento a cabeça com isto – exclamou Pedro, exprimindo-se um pouco artificiosamente, pois falava em francês.

Pegara num bojudo peso de papéis, erguera-o num gesto de ameaça e voltara a depô-lo sobre a mesa.

– Prometeu casar com ela?

– Eu, eu, acho que não. De resto, não lhe prometi coisa alguma, visto que...

Pedro cortou-lhe a palavra:

– Tem cartas dela? Tem cartas dela? – repetiu, aproximando-se dele.

Anatole fitou-o e imediatamente, metendo a mão ao bolso, tirou a carteira.

Pedro pegou na carta que Anatole lhe estendia e, afastando a mesa, que o estorvava, deixou-se cair no divã.

– Não serei violento, nada receie... – disse, em resposta a um gesto receoso de Anatole. – Primeiro as cartas... – continuou como se repetisse de cor uma lição. – Depois... – acrescentou, após uma pausa, em seguida à qual se ergueu e se pôs a andar de um lado para o outro. – Em segundo lugar, amanhã vai sair de Moscou.

– Mas como hei de poder...

– Em terceiro lugar – continuou Pedro sem lhe dar ouvidos –, a ninguém deve dizer uma palavra acerca do que se passou entre o senhor e a condessa. Bem sei que não posso proibi-lo, mas se ainda lhe resta um vislumbre de consciência...

Pedro continuou, em silêncio, a sua caminhada.

Anatole estava sentado à mesa, de sobrancelhas carregadas e mordendo os lábios.

– É impossível que o senhor não compreenda que independentemente dos seus prazeres pessoais há a felicidade e a tranquilidade das outras pessoas; é impossível que não compreenda que põe a perder uma vida inteira apenas porque lhe apetece divertir-se. Se isso lhe agrada, divirta-se com mulheres no gênero da minha, tem direito a isso: essas sabem perfeitamente o que o senhor pretende delas. Estão armadas contra o senhor pela mesma experiência da devassidão. Mas prometer casamento a uma donzela... enganá-la... raptá-la... Será possível que não compreenda que é vilania tão grande como bater num velho ou numa criança?!

Pedro calou-se e fitou Anatole já não com ira, mas interrogativamente.

– Não sei – disse Anatole, ganhando audácia à medida que Pedro dominava a sua cólera. – Não sei nem quero saber – prosseguiu, olhando-o e com um nervoso movimento do queixo –, mas o senhor disse-me coisas... o senhor pronunciou a palavra covarde e ainda outras palavras que eu, como homem honrado, a ninguém posso admitir.

Pedro olhou-o com espanto, sem perceber aonde ele queria chegar.

– Embora isto se tenha passado só entre nós – prosseguiu –, eu não posso...

– Quê? Está a exigir de mim uma reparação? – murmurou Pedro, em tom sarcástico.

– Pelo menos podia retirar as suas expressões! Se quer que cumpra as suas condições, hein?

– Retiro-as, retiro-as – disse Pedro –, e peço-lhe desculpa – acrescentou, lançando um olhar ao botão arrancado de Anatole. – E se tiver necessidade de dinheiro para a viagem...

Anatole sorriu. Este sorriso tímido e covarde, que Pedro conhecia por tê-lo visto na mulher, exasperou-o.

– Oh, raça vil e sem coração! – exclamou, saindo do gabinete. No dia seguinte Anatole partia para Petersburgo.

CAPÍTULO XXI

Pedro dirigiu-se à casa de Maria Dimitrievna para lhe comunicar que o seu desejo fora satisfeito, que Kuraguine saíra de Moscou. Todos em casa estavam consternados e abatidos. Natacha adoecera gravemente e Maria Dimitrievna contou em segredo a Pedro que naquela noite, quando ela soubera que Anatole era casado, tomara arsênico, que conseguira arranjar às escondidas. Depois de ter ingerido uma pequena dose, tão assustada ficou que foi acordar Sônia, a quem revelou o que fizera. Como haviam empregado a tempo os meios mais enérgicos, estava livre de perigo, mas tão fraca que era impossível pensar em levá-la para a aldeia, e que tinham mandado vir a condessa. Pedro foi encontrar o conde compungido e Sônia desfeita em lágrimas, mas não pôde ver Natacha. Nesse dia jantou no clube. Por toda a parte se falava na tentativa de rapto de Mademoiselle Rostov, empenhando-se ele opiniosamente em refutar esse rumor, garantindo a todos que nada mais houvera além de um pedido de casamento da parte de seu cunhado, pedido que fora malsucedido. Pedro pensava ser obrigação sua esconder a verdade, salvando, assim, a reputação de Natacha.

Esperava aterrorizado o regresso do príncipe André e todos os dias ia saber dele na casa do velho príncipe.

O príncipe Nicolau Andreievitch fora informado por Mademoiselle Bourienne do que se dizia na cidade e lera a carta que Natacha escrevera à princesa Maria considerando o noivo desobrigado da palavra dada. Parecia mais alegre do que habitualmente e aguardava, impaciente, a chegada do filho.

Alguns dias depois da partida de Anatole, Pedro recebeu um bilhete do príncipe André comunicando-lhe que regressara a Moscou e pedindo-lhe que passasse por sua casa.

Assim que chegara, fora o príncipe André informado pelo pai do teor da carta de Natacha à irmã, carta esta furtada à princesa Maria por Mademoiselle Bourienne e por ela entregue ao príncipe. Além disso, o pai tivera o cuidado de lhe contar, consideravelmente ampliado, o que se dizia sobre o rapto de Natacha.

Pedro foi à casa do príncipe André na manhã seguinte ao dia da sua chegada. Julgando encontrá-lo num estado semelhante ao de Natacha, grande foi o seu espanto ao ouvir, no momento em que entrava no salão, a bem timbrada voz de André que no seu gabinete contava, animado, uma intriga recente de Petersburgo. O velho príncipe e uma pessoa desconhecida interrompiam-no de quando em quando. Ao encontro de Pedro veio a princesa Maria. Num suspiro, apontou-lhe com os olhos a porta do quarto do irmão, procurando deste modo mostrar quanto sentia o desgosto de André, mas Pedro viu claramente na sua expressão que ela estava satisfeita com o que acontecera e com a maneira como ele recebera a notícia da traição da noiva.

– Disse que já contava com isso – observou ela. – Compreendo que o orgulho não lhe deixe exprimir o que sente, mas a verdade é que recebeu a notícia melhor do que eu esperava. Evidentemente que assim tinha de ser...

– Será possível que tudo tenha acabado? – perguntou Pedro.

A princesa Maria olhou-o surpreendida. Nem sequer compreendia a razão da pergunta. Pedro penetrou no gabinete. O príncipe André, à paisana, muito mudado, e naturalmente com melhor aspecto, mas com uma nova ruga entre as sobrancelhas, estava de pé diante do pai e do príncipe Mechtcherski e discutia acaloradamente, gesticulando com energia. Falava-se de Speranski, da notícia do seu repentino exílio e da sua pretensa traição, que acabava de se espalhar em Moscou.

– Agora, todos os que há um mês se entusiasmavam com ele estão prontos a acusá-lo e a condená-lo – dizia o príncipe André –, gente incapaz de compreender o alcance das suas medidas. É muito fácil julgar um homem quando cai em desgraça e atribuir-lhe então todos os erros alheios. Pois bem, na minha opinião, entendo que se alguma coisa de bom se fez no atual reinado a ele e só a ele se deve.

Calou-se ao ver entrar Pedro. Um estremecimento nervoso lhe perpassou pelo rosto, denotando de súbito uma violenta irritação.

– A posteridade se encarregará de lhe fazer justiça – concluiu. E depois, voltando-se para Pedro: – Ah! és tu? Continuas a engordar – disse com vivacidade, enquanto se lhe cavava mais funda a nova ruga da testa. – Sim, isto vai melhor! – replicou ele, sorrindo, em resposta a uma pergunta de Pedro acerca da sua saúde.

Este sorriso queria dizer, e assim o compreendeu Pedro: "Sim, bem sei, mas ninguém precisa saber se estou bom de saúde".

Depois de ter trocado algumas palavras com Pedro sobre o medonho estado das estradas entre a fronteira da Polônia e Moscou, de lhe ter falado de umas pessoas que encontrara na Suíça e que eram das relações do amigo, e de ter aludido a Monsieur Dessalles, que consigo trouxera do estrangeiro para dirigir a educação do filho, André enfronhou-se de novo com entusiasmo na discussão sobre Speranski, que prosseguia entre os dois velhos.

– Se houvesse traição e se existissem provas da sua conivência secreta com Napoleão já a esta hora seriam conhecidas – disse ele com uma apaixonada vivacidade. – Pessoalmente não gosto de Speranski, mas sou pela equidade.

Pedro via que o amigo sentia a necessidade – necessidade que bem lhe conhecia – de entusiasmar-se e discutir qualquer assunto estranho para assim mais facilmente esquecer pensamentos íntimos demasiado penosos.

Quando o príncipe Mechtcherski se retirou, André travou do braço de Pedro e conduziu-o ao quarto expressamente preparado para si. Estava ali uma cama armada e no chão havia malas e baús abertos.

O príncipe André aproximou-se de um deles e pegou numa caixa. Dentro estava um pacote embrulhado em papel. Tudo isto ele fez muito depressa e sem dizer palavra. Depois soergueu-se, tossicando. A expressão era taciturna e tinha os lábios cerrados.

– Desculpa se te incomodo...

Pedro compreendeu que ele lhe queria falar de Natacha e no seu cheio rosto pintaram-se compaixão e simpatia. A irritação de André foi maior ainda. Prosseguiu, num tom cortante e resoluto, mas que soava a falso:

– A condessa Rostov repudiou-me e ouvi falar de um pedido de casamento do teu cunhado ou de qualquer coisa no mesmo gênero. É verdade?

– É verdade e não é – principiou Pedro, mas André interrompeu-o:

– Aqui tens as cartas dela e o seu retrato – articulou.

Pegou no maço de papéis e entregou-o a Pedro.

– Entrega isto à condessa... quando a vires.

– Está muito doente – disse Pedro.

– Ah! Ainda está em Moscou? E o príncipe Kuraguine? – perguntou, precipitadamente.

– Partiu há dias. Ela esteve à morte...

– Tenho muita pena – replicou, sorrindo com uma expressão fria, má, desagradável, muito parecida com a do pai.

– Pelo que vejo o senhor Kuraguine não se dignou conceder a sua mão à condessa Rostov? – disse ele.

Por várias vezes pareceu fungar.

– Não podia casar com ela, já é casado – observou Pedro.

O príncipe André pôs-se a rir, exatamente como o pai.

– E onde está ele neste momento, o teu cunhado, pode-se saber?

– Foi para Peters... Isto é, não tenho a certeza.

– Sim, pouco importa – comentou André. – Peço que digas, da minha parte, à condessa Rostov que ela sempre foi e continua a ser completamente livre e que lhe desejo muitas felicidades.

Pedro pegou no maço das cartas. O príncipe André, como se a si próprio perguntasse se não estaria a esquecer-se ainda de alguma coisa ou como se aguardasse o que iria Pedro dizer, interrogou-o com os olhos.

– Escute, lembra-se da nossa discussão em Petersburgo? – murmurou Pedro. – Lembra-se?...

– Lembro-me – apressou-se André a responder. – Dizia-te que era preciso perdoar à mulher que cai, mas não disse que *eu* poderia perdoar. Eu não posso.

– Podem comparar-se as duas situações? – observou Pedro.

André interrompeu-o. Em tom sarcástico exclamou:

– Sim, pedir de novo a sua mão, ser magnânimo e outras coisas do mesmo teor?... Sim, é muito nobre, mas não me sinto capaz de pretender o mesmo que outro... Se queres que eu continue a ser teu amigo, nunca mais me fales no caso. Bom, então adeus! Está combinado, tu entregas-lhe...

Pedro foi dali aos aposentos do velho príncipe e da princesa Maria.

O velho parecia mais animado do que de costume. Maria continuava a mesma, mas Pedro via claramente que na compaixão que ela mostrava pela infelicidade de André se traía a alegria que lhe causava o desmanchar daquele casamento. Observando-os, pôde compreender o desdém e a inimizade que ambos nutriam pelos Rostov, e percebeu que não seria possível sequer pronunciar na sua presença o nome daquela que fora capaz de trocar o príncipe André por um homem qualquer.

À mesa falou-se da guerra, que parecia iminente. O príncipe André não parava de falar e de discutir, ora com o pai ora com Dessalles, o preceptor suíço, e mais do que nunca se diria dominado por uma excitação cuja causa Pedro conhecia muitíssimo bem.

CAPÍTULO XXII

Nessa mesma noite Pedro foi ter com os Rostov a fim de dar cumprimento à sua missão. Natacha estava de cama, o conde fora para o clube e Pedro, depois de entregar as cartas a Sônia, procurou Maria Dimitrievna, ansiosa por saber como o príncipe André acolhera o caso. Passados uns dez minutos, Sônia apareceu também nos aposentos de Maria Dimitrievna.

– Natacha quer ver sem falta o conde Pedro Kirillovitch – disse ela.

– Como assim? Há de ir ao quarto dela, onde está tudo desarrumado? – disse Maria Dimitrievna.

– Arranjou-se e espera por ele no salão – voltou Sônia. Maria Dimitrievna limitou-se a encolher os ombros.

– Quando chegará a condessa? Já não posso mais. Tem cuidado, não lhe digas tudo – recomendou a Pedro. – Não há coragem para censurá-la: é tão infeliz, tão infeliz!

Natacha, magra, pálida e com uma expressão severa, mas sem de modo nenhum denunciar a menor humildade, como Pedro esperava, recebeu-o de pé no meio do salão. Ao vê-lo aparecer no limiar da porta teve um movimento de hesitação, como que indecisa, sem saber se devia aproximar-se ou aguardar que ele viesse para ela.

Pedro apressou o passo. Julgou que ela ia lhe estender a mão como de costume, mas ao aproximar-se viu-a imóvel, a respiração opressa e os braços caídos, numa atitude exatamente igual à que costumava tomar outrora quando cantava, embora fosse muito diferente a sua expressão.

– Pedro Kirillovitch – principiou ela numa voz precipitada –, o príncipe Bolkonski era seu amigo; é seu amigo – retificou. Parecia que para ela nada havia do que existira e que tudo era diferente agora. – Disse-me então que me dirigisse ao senhor...

Pedro fitava-a calado, a respiração opressa. Até aquele momento não fizera outra coisa senão censurá-la no fundo do seu coração, esforçando-se por desprezá-la. Naquele instante, porém, tamanha era a piedade que ela lhe inspirava que não lhe passava pela cabeça dirigir-lhe qualquer censura.

– Ele está aqui... Diga-lhe... que me per... que me perdoe.

Natacha calou-se, o peito a arfar, mas sem uma lágrima.

– Sim... eu direi – replicou Pedro – mas...

Não sabia o que dizer.

Natacha, assustada com a ideia que poderia ter acorrido a Pedro, disse-lhe vivamente:

– Não, sei muito bem que tudo acabou. Nunca mais poderá recompor-se. A única coisa que me atormenta é o mal que lhe causei. Mas diga-lhe que peço que me perdoe, me perdoe, me perdoe...

Um estremecimento nervoso lhe percorreu todo o corpo. Sentou-se numa cadeira.

Um sentimento de piedade como nunca experimentara até então inundou a alma de Pedro.

– Eu direi, eu direi tudo... mas desejaria saber uma coisa...

"Saber o quê?", perguntavam os olhos de Natacha.

– Desejaria saber se amou... – Pedro perguntou a si mesmo se devia pronunciar o nome de Anatole, e este pensamento fê-lo corar... – se amou esse malvado.

– Não lhe chame malvado – disse Natacha. – Não sei, já nada sei...

Rompeu a chorar. Um sentimento de piedade, de ternura e de amor mais veemente ainda inundou a alma de Pedro. Sentia as lágrimas a escorrerem pelos vidros do pincenê e desejava que ela não se apercebesse disso.

– Não falemos mais nisso, minha amiga – disse ele.

Esta voz doce, terna, em que vibrava uma nota profunda, surpreendeu Natacha.

– Deixemos isso, minha amiga, vou dizer tudo a ele; mas só uma coisa lhe peço: é que de hoje para o futuro me considere seu amigo. Se precisar de auxílio, de conselho, se algum dia sentir a necessidade de abrir o seu coração a alguém, agora não, quando puder olhar com clareza para dentro de si mesma, lembre-se de mim. – Pegou-lhe na mão e beijou-a. – Eu me sentirei muito feliz, se for capaz...

Pedro perturbou-se.

– Não me fale assim, eu não o mereço! – exclamou Natacha, fazendo menção de retirar-se. Pedro, contudo, reteve-a.

Sabia haver ainda uma coisa para lhe dizer. Pronunciadas que foram porém as suas palavras, ele próprio se surpreendeu.

– Não, não, não diga isso: tem a vida toda diante de você – murmurou ele.

– Eu? Não, para mim tudo acabou – replicou ela num sentimento em que havia vergonha e humildade.

– Tudo acabou! – repetiu ele. – Se eu não fosse quem sou, se fosse o mais belo e o mais inteligente dos homens sobre a terra, e se fosse livre, pedir-lhe-ia, neste mesmo momento, de joelhos, a sua mão e o seu amor.

Natacha, pela primeira vez há muito tempo para cá, foi acometida de um ataque de choro, choro de reconhecimento e de emoção, abandonando a sala com um olhar de agradecimento.

Pedro saiu logo atrás dela, refugiando-se, por assim dizer, no vestíbulo, enquanto sufocava as lágrimas de felicidade que lhe haviam subido aos olhos. E, enfiando a peliça ao acaso, subiu para o trenó que o aguardava.

– Aonde vamos agora? – perguntou o cocheiro.

"Aonde vamos?", repetiu Pedro para consigo. "Aonde poderemos ir agora? Ao clube ou fazer visitas?" Tudo parecia tão miserável para ele, tão pobre, em comparação com os sentimentos de amor e doçura que o tinham invadido com aquele olhar comovido e cheio de reconhecimento, velado de lágrimas, que Natacha pousara nele.

– Para casa – gritou Pedro, que, apesar de dez graus abaixo de zero, abrira a peliça de urso e deixava dilatar de felicidade o seu largo peito.

Nevava, mas o tempo estava muito claro. Ao alto das ruas sujas e quase em trevas, por cima dos telhados negros, alastrava-se um céu escuro salpicado de estrelas. Só a contemplação dessas altas esferas permitia a Pedro evadir-se do aflitivo contraste entre a baixeza do que é humano e os nobres sentimentos que lhe enchiam a alma. Ao chegar à Praça de Arbate, viu, por cima da cabeça, uma vasta toalha de céu estrelado. Quase no centro deste horizonte, ao alto da avenida Pretchistenski, cercado de estrelas por todos os lados, mas avultando no meio de todas elas, muito mais próximo, com a sua branca luminosidade e a sua longa cabeleira arqueada na ponta, surgia o brilhante e enorme cometa de 1812, esse mesmo cometa, dizia-se, presságio de grandes desgraças e do fim do mundo. A verdade, porém, é que esta luminosa estrela, com a sua longa cabeleira cintilante, não despertou o menor terror em Pedro. Muito pelo contrário: olhava-a com os olhos cheios de lágrimas. Parecia que depois de haver percorrido, a uma velocidade incalculável, espaços incomensuráveis, seguindo uma curva parabólica, se imobilizara, de súbito, como uma flecha que se crava na terra, no ponto que escolhera naquele negro céu, e ali estava plantada, a cabeleira hirsuta, espelhando as cintilações da sua branca claridade no meio de um sem-número de outras cintilantes estrelas. Pedro sentia que aquele astro vinha acordar na sua alma, toda aberta, uma vida nova, comovida e reconfortada.

CONTINUA NO VOLUME 3

Coleção L&PM POCKET (ÚLTIMOS LANÇAMENTOS)

417. **Histórias de robôs:** vol. 1 – org. Isaac Asimov
418. **Histórias de robôs:** vol. 2 – org. Isaac Asimov
419. **Histórias de robôs:** vol. 3 – org. Isaac Asimov
423. **Um amigo de Kafka** – Isaac Singer
424. **As alegres matronas de Windsor** – Shakespeare
425. **Amor e exílio** – Isaac Bashevis Singer
426. **Use & abuse do seu signo** – Marília Fiorillo e Marylou Simonsen
427. **Pigmaleão** – Bernard Shaw
428. **As fenícias** – Eurípides
429. **Everest** – Thomaz Brandolin
430. **A arte de furtar** – Anônimo do séc. XVI
431. **Billy Bud** – Herman Melville
432. **A rosa separada** – Pablo Neruda
433. **Elegia** – Pablo Neruda
434. **A garota de Cassidy** – David Goodis
435. **Como fazer a guerra: máximas de Napoleão** – Balzac
436. **Poemas escolhidos** – Emily Dickinson
437. **Gracias por el fuego** – Mario Benedetti
438. **O sofá** – Crébillon Fils
439. **O "Martín Fierro"** – Jorge Luis Borges
440. **Trabalhos de amor perdidos** – W. Shakespeare
441. **O melhor de Hagar 3** – Dik Browne
442. **Os Maias (volume1)** – Eça de Queiroz
443. **Os Maias (volume2)** – Eça de Queiroz
444. **Anti-Justine** – Restif de La Bretonne
445. **Juventude** – Joseph Conrad
446. **Contos** – Eça de Queiroz
448. **Um amor de Swann** – Marcel Proust
449. **À paz perpétua** – Immanuel Kant
450. **A conquista do México** – Hernan Cortez
451. **Defeitos escolhidos e 2000** – Pablo Neruda
452. **O casamento do céu e do inferno** – William Blake
453. **A primeira viagem ao redor do mundo** – Antonio Pigafetta
457. **Sartre** – Annie Cohen-Solal
458. **Discurso do método** – René Descartes
459. **Garfield em grande forma (1)** – Jim Davis
460. **Garfield está de dieta (2)** – Jim Davis
461. **O livro das feras** – Patricia Highsmith
462. **Viajante solitário** – Jack Kerouac
463. **Auto da barca do inferno** – Gil Vicente
464. **O livro vermelho dos pensamentos de Millôr** – Millôr Fernandes
465. **O livro dos abraços** – Eduardo Galeano
466. **Voltaremos!** – José Antonio Pinheiro Machado
467. **Rango** – Edgar Vasques
468(8). **Dieta mediterrânea** – Dr. Fernando Lucchese e José Antonio Pinheiro Machado
469. **Radicci 5** – Iotti
470. **Pequenos pássaros** – Anaïs Nin
471. **Guia prático do Português correto – vol.3** – Cláudio Moreno
472. **Atire no pianista** – David Goodis
473. **Antologia Poética** – García Lorca
474. **Alexandre e César** – Plutarco
475. **Uma espiã na casa do amor** – Anaïs Nin
476. **A gorda do Tiki Bar** – Dalton Trevisan
477. **Garfield um gato de peso (3)** – Jim Davis
478. **Canibais** – David Coimbra
479. **A arte de escrever** – Arthur Schopenhauer
480. **Pinóquio** – Carlo Collodi
481. **Misto-quente** – Bukowski
482. **A lua na sarjeta** – David Goodis
483. **O melhor do Recruta Zero (1)** – Mort Walker
484. **Aline: TPM – tensão pré-monstrual (2)** – Adão Iturrusgarai
485. **Sermões do Padre Antonio Vieira**
486. **Garfield numa boa (4)** – Jim Davis
487. **Mensagem** – Fernando Pessoa
488. **Vendeta** seguido de **A paz conjugal** – Balzac
489. **Poemas de Alberto Caeiro** – Fernando Pessoa
490. **Ferragus** – Honoré de Balzac
491. **A duquesa de Langeais** – Honoré de Balzac
492. **A menina dos olhos de ouro** – Honoré de Balzac
493. **O lírio do vale** – Honoré de Balzac
497. **A noite das bruxas** – Agatha Christie
498. **Um passe de mágica** – Agatha Christie
499. **Nêmesis** – Agatha Christie
500. **Esboço para uma teoria das emoções** – Sartre
501. **Renda básica de cidadania** – Eduardo Suplicy
502(1). **Pílulas para viver melhor** – Dr. Lucchese
503(2). **Pílulas para prolongar a juventude** – Dr. Lucchese
504(3). **Desembarcando o diabetes** – Dr. Lucchese
505(4). **Desembarcando o sedentarismo** – Dr. Fernando Lucchese e Cláudio Castro
506(5). **Desembarcando a hipertensão** – Dr. Lucchese
507(6). **Desembarcando o colesterol** – Dr. Fernando Lucchese e Fernanda Lucchese
508. **Estudos de mulher** – Balzac
509. **O terceiro tira** – Flann O'Brien
510. **100 receitas de aves e ovos** – J. A. P. Machado
511. **Garfield em toneladas de diversão (5)** – Jim Davis
512. **Trem-bala** – Martha Medeiros
513. **Os cães ladram** – Truman Capote
514. **O Kama Sutra de Vatsyayana**
515. **O crime do Padre Amaro** – Eça de Queiroz
516. **Odes de Ricardo Reis** – Fernando Pessoa
517. **O inverno da nossa desesperança** – Steinbeck
518. **Piratas do Tietê (1)** – Laerte
519. **Rê Bordosa: do começo ao fim** – Angeli
520. **O Harlem é escuro** – Chester Himes
521. **Café-da-manhã dos campeões** – Kurt Vonnegut
522. **Eugénie Grandet** – Balzac
523. **O último magnata** – F. Scott Fitzgerald
524. **Carol** – Patricia Highsmith
525. **100 receitas de patisseria** – Sílvio Lancellotti

527. **Tristessa** – Jack Kerouac
528. **O diamante do tamanho do Ritz** – F. Scott Fitzgerald
529. **As melhores histórias de Sherlock Holmes** – Arthur Conan Doyle
530. **Cartas a um jovem poeta** – Rilke
532. **O misterioso sr. Quin** – Agatha Christie
533. **Os analectos** – Confúcio
536. **Ascensão e queda de César Birotteau** – Balzac
537. **Sexta-feira negra** – David Goodis
538. **Ora bolas – O humor de Mario Quintana** – Juarez Fonseca
539. **Longe daqui aqui mesmo** – Antonio Bivar
540. **É fácil matar** – Agatha Christie
541. **O pai Goriot** – Balzac
542. **Brasil, um país do futuro** – Stefan Zweig
543. **O processo** – Kafka
544. **O melhor de Hagar 4** – Dik Browne
545. **Por que não pediram a Evans?** – Agatha Christie
546. **Fanny Hill** – John Cleland
547. **O gato por dentro** – William S. Burroughs
548. **Sobre a brevidade da vida** – Sêneca
549. **Geraldão (1)** – Glauco
550. **Piratas do Tietê (2)** – Laerte
551. **Pagando o pato** – Ciça
552. **Garfield de bom humor (6)** – Jim Davis
553. **Conhece o Mário?** vol.1 – Santiago
554. **Radicci 6** – Iotti
555. **Os subterrâneos** – Jack Kerouac
556(1). **Balzac** – François Taillandier
557(2). **Modigliani** – Christian Parisot
558(3). **Kafka** – Gérard-Georges Lemaire
559(4). **Júlio César** – Joël Schmidt
560. **Receitas da família** – J. A. Pinheiro Machado
561. **Boas maneiras à mesa** – Celia Ribeiro
562(9). **Filhos sadios, pais felizes** – R. Pagnoncelli
563(10). **Fatos & mitos** – Dr. Fernando Lucchese
564. **Ménage à trois** – Paula Taitelbaum
565. **Mulheres!** – David Coimbra
566. **Poemas de Álvaro de Campos** – Fernando Pessoa
567. **Medo e outras histórias** – Stefan Zweig
568. **Snoopy e sua turma (1)** – Schulz
569. **Piadas para sempre (1)** – Visconde da Casa Verde
570. **O alvo móvel** – Ross Macdonald
571. **O melhor do Recruta Zero (2)** – Mort Walker
572. **Um sonho americano** – Norman Mailer
573. **Os broncos também amam** – Angeli
574. **Crônica de um amor louco** – Bukowski
575(5). **Freud** – René Major e Chantal Talagrand
576(6). **Picasso** – Gilles Plazy
577(7). **Gandhi** – Christine Jordis
578. **A tumba** – H. P. Lovecraft
579. **O príncipe e o mendigo** – Mark Twain
580. **Garfield, um charme de gato (7)** – Jim Davis
581. **Ilusões perdidas** – Balzac
582. **Esplendores e misérias das cortesãs** – Balzac
583. **Walter Ego** – Angeli
584. **Striptiras (1)** – Laerte
585. **Fagundes: um puxa-saco de mão cheia** – Laerte
586. **Depois do último trem** – Josué Guimarães
587. **Ricardo III** – Shakespeare
588. **Dona Anja** – Josué Guimarães
589. **24 horas na vida de uma mulher** – Stefan Zweig
591. **Mulher no escuro** – Dashiell Hammett
592. **No que acredito** – Bertrand Russell
593. **Odisséia (1): Telemaquia** – Homero
594. **O cavalo cego** – Josué Guimarães
595. **Henrique V** – Shakespeare
596. **Fabulário geral do delírio cotidiano** – Bukowski
597. **Tiros na noite 1: A mulher do bandido** – Dashiell Hammett
598. **Snoopy em Feliz Dia dos Namorados! (2)** – Schulz
600. **Crime e castigo** – Dostoiévski
601. **Mistério no Caribe** – Agatha Christie
602. **Odisséia (2): Regresso** – Homero
603. **Piadas para sempre (2)** – Visconde da Casa Verde
604. **À sombra do vulcão** – Malcolm Lowry
605(8). **Kerouac** – Yves Buin
606. **E agora são cinzas** – Angeli
607. **As mil e uma noites** – Paulo Caruso
608. **Um assassino entre nós** – Ruth Rendell
609. **Crack-up** – F. Scott Fitzgerald
610. **Do amor** – Stendhal
611. **Cartas do Yage** – William Burroughs e Allen Ginsberg
612. **Striptiras (2)** – Laerte
613. **Henry & June** – Anaïs Nin
614. **A piscina mortal** – Ross Macdonald
615. **Geraldão (2)** – Glauco
616. **Tempo de delicadeza** – A. R. de Sant'Anna
617. **Tiros na noite 2: Medo de tiro** – Dashiell Hammett
618. **Snoopy em Assim é a vida, Charlie Brown! (3)** – Schulz
619. **1954 – Um tiro no coração** – Hélio Silva
620. **Sobre a inspiração poética (Íon)** e ... – Platão
621. **Garfield e seus amigos (8)** – Jim Davis
622. **Odisséia (3): Ítaca** – Homero
623. **A louca matança** – Chester Himes
624. **Factótum** – Bukowski
625. **Guerra e Paz: volume 1** – Tolstói
626. **Guerra e Paz: volume 2** – Tolstói
627. **Guerra e Paz: volume 3** – Tolstói
628. **Guerra e Paz: volume 4** – Tolstói
629(9). **Shakespeare** – Claude Mourthé
630. **Bem está o que bem acaba** – Shakespeare
631. **O contrato social** – Rousseau
632. **Geração Beat** – Jack Kerouac
633. **Snoopy: É Natal! (4)** – Charles Schulz

634. **Testemunha da acusação** – Agatha Christie
635. **Um elefante no caos** – Millôr Fernandes
636. **Guia de leitura (100 autores que você precisa ler)** – Organização de Léa Masina
637. **Pistoleiros também mandam flores** – David Coimbra
638. **O prazer das palavras** – vol. 1 – Cláudio Moreno
639. **O prazer das palavras** – vol. 2 – Cláudio Moreno
640. **Novíssimo testamento: com Deus e o diabo, a dupla da criação** – Iotti
641. **Literatura Brasileira: modos de usar** – Luís Augusto Fischer
642. **Dicionário de Porto-Alegrês** – Luís A. Fischer
643. **Clô Dias & Noites** – Sérgio Jockymann
644. **Memorial de Isla Negra** – Pablo Neruda
645. **Um homem extraordinário e outras histórias** – Tchékhov
646. **Ana sem terra** – Alcy Cheuiche
647. **Adultérios** – Woody Allen
651. **Snoopy: Posso fazer uma pergunta, professora? (5)** – Charles Schulz
652(10). **Luís XVI** – Bernard Vincent
653. **O mercador de Veneza** – Shakespeare
654. **Cancioneiro** – Fernando Pessoa
655. **Non-Stop** – Martha Medeiros
656. **Carpinteiros, levantem bem alto a cumeeira & Seymour, uma apresentação** – J.D.Salinger
657. **Ensaios céticos** – Bertrand Russell
658. **O melhor de Hagar 5** – Dik e Chris Browne
659. **Primeiro amor** – Ivan Turguêniev
660. **A trégua** – Mario Benedetti
661. **Um parque de diversões da cabeça** – Lawrence Ferlinghetti
662. **Aprendendo a viver** – Sêneca
663. **Garfield, um gato em apuros (9)** – Jim Davis
664. **Dilbert (1)** – Scott Adams
666. **A imaginação** – Jean-Paul Sartre
667. **O ladrão e os cães** – Naguib Mahfuz
669. **A volta do parafuso** seguido de **Daisy Miller** – Henry James
670. **Notas do subsolo** – Dostoiévski
671. **Abobrinhas da Brasilônia** – Glauco
672. **Geraldão (3)** – Glauco
673. **Piadas para sempre (3)** – Visconde da Casa Verde
674. **Duas viagens ao Brasil** – Hans Staden
676. **A arte da guerra** – Maquiavel
677. **Além do bem e do mal** – Nietzsche
678. **O coronel Chabert** seguido de **A mulher abandonada** – Balzac
679. **O sorriso de marfim** – Ross Macdonald
680. **100 receitas de pescados** – Sílvio Lancellotti
681. **O juiz e seu carrasco** – Friedrich Dürrenmatt
682. **Noites brancas** – Dostoiévski
683. **Quadras ao gosto popular** – Fernando Pessoa
685. **Kaos** – Millôr Fernandes
686. **A pele de onagro** – Balzac
687. **As ligações perigosas** – Choderlos de Laclos
689. **Os Lusíadas** – Luís Vaz de Camões
690(11). **Átila** – Éric Deschodt
691. **Um jeito tranqüilo de matar** – Chester Himes
692. **A felicidade conjugal** seguido de **O diabo** – Tolstói
693. **Viagem de um naturalista ao redor do mundo** – vol. 1 – Charles Darwin
694. **Viagem de um naturalista ao redor do mundo** – vol. 2 – Charles Darwin
695. **Memórias da casa dos mortos** – Dostoiévski
696. **A Celestina** – Fernando de Rojas
697. **Snoopy: Como você é azarado, Charlie Brown! (6)** – Charles Schulz
698. **Dez (quase) amores** – Claudia Tajes
699. **Poirot sempre espera** – Agatha Christie
701. **Apologia de Sócrates** precedido de **Êutifron** e seguido de **Críton** – Platão
702. **Wood & Stock** – Angeli
703. **Striptiras (3)** – Laerte
704. **Discurso sobre a origem e os fundamentos da desigualdade entre os homens** – Rousseau
705. **Os duelistas** – Joseph Conrad
706. **Dilbert (2)** – Scott Adams
707. **Viver e escrever** (vol. 1) – Edla van Steen
708. **Viver e escrever** (vol. 2) – Edla van Steen
709. **Viver e escrever** (vol. 3) – Edla van Steen
710. **A teia da aranha** – Agatha Christie
711. **O banquete** – Platão
712. **Os belos e malditos** – F. Scott Fitzgerald
713. **Libelo contra a arte moderna** – Salvador Dalí
714. **Akropolis** – Valerio Massimo Manfredi
715. **Devoradores de mortos** – Michael Crichton
716. **Sob o sol da Toscana** – Frances Mayes
717. **Batom na cueca** – Nani
718. **Vida dura** – Claudia Tajes
719. **Carne trêmula** – Ruth Rendell
720. **Cris, a fera** – David Coimbra
721. **O anticristo** – Nietzsche
722. **Como um romance** – Daniel Pennac
723. **Emboscada no Forte Bragg** – Tom Wolfe
724. **Assédio sexual** – Michael Crichton
725. **O espírito do Zen** – Alan W.Watts
726. **Um bonde chamado desejo** – Tennessee Williams
727. **Como gostais** seguido de **Conto de inverno** – Shakespeare
728. **Tratado sobre a tolerância** – Voltaire
729. **Snoopy: Doces ou travessuras? (7)** – Charles Schulz
730. **Cardápios do Anonymus Gourmet** – J.A. Pinheiro Machado
731. **100 receitas com lata** – J.A. Pinheiro Machado
732. **Conhece o Mário?** vol.2 – Santiago
733. **Dilbert (3)** – Scott Adams
734. **História de um louco amor** seguido de **Passado amor** – Horacio Quiroga
735(11). **Sexo: muito prazer** – Laura Meyer da Silva
736(12). **Para entender o adolescente** – Dr. Ronald Pagnoncelli

737(13).**Desembarcando a tristeza** – Dr. Fernando Lucchese
738.**Poirot e o mistério da arca espanhola & outras histórias** – Agatha Christie
739.**A última legião** – Valerio Massimo Manfredi
741.**Sol nascente** – Michael Crichton
742.**Duzentos ladrões** – Dalton Trevisan
743.**Os devaneios do caminhante solitário** – Rousseau
744.**Garfield, o rei da preguiça (10)** – Jim Davis
745.**Os magnatas** – Charles R. Morris
746.**Pulp** – Charles Bukowski
747.**Enquanto agonizo** – William Faulkner
748.**Aline: viciada em sexo (3)** – Adão Iturrusgarai
749.**A dama do cachorrinho** – Anton Tchékhov
750.**Tito Andrônico** – Shakespeare
751.**Antologia poética** – Anna Akhmátova
752.**O melhor de Hagar 6** – Dik e Chris Browne
753(12).**Michelangelo** – Nadine Sautel
754.**Dilbert (4)** – Scott Adams
755.**O jardim das cerejeiras** seguido de **Tio Vânia** – Tchékhov
756.**Geração Beat** – Claudio Willer
757.**Santos Dumont** – Alcy Cheuiche
758.**Budismo** – Claude B. Levenson
759.**Cleópatra** – Christian-Georges Schwentzel
760.**Revolução Francesa** – Frédéric Bluche, Stéphane Rials e Jean Tulard
761.**A crise de 1929** – Bernard Gazier
762.**Sigmund Freud** – Edson Sousa e Paulo Endo
763.**Império Romano** – Patrick Le Roux
764.**Cruzadas** – Cécile Morrisson
765.**O mistério do Trem Azul** – Agatha Christie
768.**Senso comum** – Thomas Paine
769.**O parque dos dinossauros** – Michael Crichton
770.**Trilogia da paixão** – Goethe
773.**Snoopy: No mundo da lua! (8)** – Charles Schulz
774.**Os Quatro Grandes** – Agatha Christie
775.**Um brinde de cianureto** – Agatha Christie
776.**Súplicas atendidas** – Truman Capote
779.**A viúva imortal** – Millôr Fernandes
780.**Cabala** – Roland Goetschel
781.**Capitalismo** – Claude Jessua
782.**Mitologia grega** – Pierre Grimal
783.**Economia: 100 palavras-chave** – Jean-Paul Betbèze
784.**Marxismo** – Henri Lefebvre
785.**Punição para a inocência** – Agatha Christie
786.**A extravagância do morto** – Agatha Christie
787(13).**Cézanne** – Bernard Fauconnier
788.**A identidade Bourne** – Robert Ludlum
789.**Da tranquilidade da alma** – Sêneca
790.**Um artista da fome** seguido de **Na colônia penal e outras histórias** – Kafka
791.**Histórias de fantasmas** – Charles Dickens
796.**O Uraguai** – Basílio da Gama
797.**A mão misteriosa** – Agatha Christie
798.**Testemunha ocular do crime** – Agatha Christie
799.**Crepúsculo dos ídolos** – Friedrich Nietzsche
802.**O grande golpe** – Dashiell Hammett
803.**Humor barra pesada** – Nani
804.**Vinho** – Jean-François Gautier
805.**Egito Antigo** – Sophie Desplancques
806(14).**Baudelaire** – Jean-Baptiste Baronian
807.**Caminho da sabedoria, caminho da paz** – Dalai Lama e Felizitas von Schönborn
808.**Senhor e servo e outras histórias** – Tolstói
809.**Os cadernos de Malte Laurids Brigge** – Rilke
810.**Dilbert (5)** – Scott Adams
811.**Big Sur** – Jack Kerouac
812.**Seguindo a correnteza** – Agatha Christie
813.**O álibi** – Sandra Brown
814.**Montanha-russa** – Martha Medeiros
815.**Coisas da vida** – Martha Medeiros
816.**A cantada infalível** seguido de **A mulher do centroavante** – David Coimbra
819.**Snoopy: Pausa para a soneca (9)** – Charles Schulz
820.**De pernas pro ar** – Eduardo Galeano
821.**Tragédias gregas** – Pascal Thiercy
822.**Existencialismo** – Jacques Colette
823.**Nietzsche** – Jean Granier
824.**Amar ou depender?** – Walter Riso
825.**Darmapada: A doutrina budista em versos**
826.**J'Accuse...!** – **a verdade em marcha** – Zola
827.**Os crimes ABC** – Agatha Christie
828.**Um gato entre os pombos** – Agatha Christie
831.**Dicionário de teatro** – Luiz Paulo Vasconcellos
832.**Cartas extraviadas** – Martha Medeiros
833.**A longa viagem de prazer** – J. J. Morosoli
834.**Receitas fáceis** – J. A. Pinheiro Machado
835(14).**Mais fatos & mitos** – Dr. Fernando Lucchese
836(15).**Boa viagem!** – Dr. Fernando Lucchese
837.**Aline: Finalmente nua!!! (4)** – Adão Iturrusgarai
838.**Mônica tem uma novidade!** – Mauricio de Sousa
839.**Cebolinha em apuros!** – Mauricio de Sousa
840.**Sócios no crime** – Agatha Christie
841.**Bocas do tempo** – Eduardo Galeano
842.**Orgulho e preconceito** – Jane Austen
843.**Impressionismo** – Dominique Lobstein
844.**Escrita chinesa** – Viviane Alleton
845.**Paris: uma história** – Yvan Combeau
846(15).**Van Gogh** – David Haziot
848.**Portal do destino** – Agatha Christie
849.**O futuro de uma ilusão** – Freud
850.**O mal-estar na cultura** – Freud
853.**Um crime adormecido** – Agatha Christie
854.**Satori em Paris** – Jack Kerouac
855.**Medo e delírio em Las Vegas** – Hunter Thompson
856.**Um negócio fracassado e outros contos de humor** – Tchékhov
857.**Mônica está de férias!** – Mauricio de Sousa
858.**De quem é esse coelho?** – Mauricio de Sousa
860.**O mistério Sittaford** – Agatha Christie
861.**Manhã transfigurada** – L. A. de Assis Brasil
862.**Alexandre, o Grande** – Pierre Briant
863.**Jesus** – Charles Perrot

864. **Islã** – Paul Balta
865. **Guerra da Secessão** – Farid Ameur
866. **Um rio que vem da Grécia** – Cláudio Moreno
868. **Assassinato na casa do pastor** – Agatha Christie
869. **Manual do líder** – Napoleão Bonaparte
870. (16).**Billie Holiday** – Sylvia Fol
871. **Bidu arrasando!** – Mauricio de Sousa
872. **Desventuras em família** – Mauricio de Sousa
874. **E no final a morte** – Agatha Christie
875. **Guia prático do Português correto – vol. 4** – Cláudio Moreno
876. **Dilbert (6)** – Scott Adams
877. (17).**Leonardo da Vinci** – Sophie Chauveau
878. **Bella Toscana** – Frances Mayes
879. **A arte da ficção** – David Lodge
880. **Stripiras (4)** – Laerte
881. **Skrotinhos** – Angeli
882. **Depois do funeral** – Agatha Christie
883. **Radicci 7** – Iotti
884. **Walden** – H. D. Thoreau
885. **Lincoln** – Allen C. Guelzo
886. **Primeira Guerra Mundial** – Michael Howard
887. **A linha de sombra** – Joseph Conrad
888. **O amor é um cão dos diabos** – Bukowski
890. **Despertar: uma vida de Buda** – Jack Kerouac
891. (18).**Albert Einstein** – Laurent Seksik
892. **Hell's Angels** – Hunter Thompson
893. **Ausência na primavera** – Agatha Christie
894. **Dilbert (7)** – Scott Adams
895. **Ao sul de lugar nenhum** – Bukowski
896. **Maquiavel** – Quentin Skinner
897. **Sócrates** – C.C.W. Taylor
899. **O Natal de Poirot** – Agatha Christie
900. **As veias abertas da América Latina** – Eduardo Galeano
901. **Snoopy: Sempre alerta! (10)** – Charles Schulz
902. **Chico Bento: Plantando confusão** – Mauricio de Sousa
903. **Penadinho: Quem é morto sempre aparece** – Mauricio de Sousa
904. **A vida sexual da mulher feia** – Claudia Tajes
905. **100 segredos de liquidificador** – José Antonio Pinheiro Machado
906. **Sexo muito prazer 2** – Laura Meyer da Silva
907. **Os nascimentos** – Eduardo Galeano
908. **As caras e as máscaras** – Eduardo Galeano
909. **O século do vento** – Eduardo Galeano
910. **Poirot perde uma cliente** – Agatha Christie
911. **Cérebro** – Michael O'Shea
912. **O escaravelho de ouro e outras histórias** – Edgar Allan Poe
913. **Piadas para sempre (4)** – Visconde da Casa Verde
914. **100 receitas de massas light** – Helena Tonetto
915. (19).**Oscar Wilde** – Daniel Salvatore Schiffer
916. **Uma breve história do mundo** – H. G. Wells
917. **A Casa do Penhasco** – Agatha Christie
919. **John M. Keynes** – Bernard Gazier
920. (20).**Virginia Woolf** – Alexandra Lemasson

921. **Peter e Wendy** *seguido de* **Peter Pan em Kensington Gardens** – J. M. Barrie
922. **Aline: numas de colegial (5)** – Adão Iturrusgarai
923. **Uma dose mortal** – Agatha Christie
924. **Os trabalhos de Hércules** – Agatha Christie
926. **Kant** – Roger Scruton
927. **A inocência do Padre Brown** – G.K. Chesterton
928. **Casa Velha** – Machado de Assis
929. **Marcas de nascença** – Nancy Huston
930. **Aulete de bolso**
931. **Hora Zero** – Agatha Christie
932. **Morte na Mesopotâmia** – Agatha Christie
934. **Nem te conto, João** – Dalton Trevisan
935. **As aventuras de Huckleberry Finn** – Mark Twain
936. (21).**Marilyn Monroe** – Anne Plantagenet
937. **China moderna** – Rana Mitter
938. **Dinossauros** – David Norman
939. **Louca por homem** – Claudia Tajes
940. **Amores de alto risco** – Walter Riso
941. **Jogo de damas** – David Coimbra
942. **Filha é filha** – Agatha Christie
943. **M ou N?** – Agatha Christie
945. **Bidu: diversão em dobro!** – Mauricio de Sousa
946. **Fogo** – Anaïs Nin
947. **Rum: diário de um jornalista bêbado** – Hunter Thompson
948. **Persuasão** – Jane Austen
949. **Lágrimas na chuva** – Sergio Faraco
950. **Mulheres** – Bukowski
951. **Um pressentimento funesto** – Agatha Christie
952. **Cartas na mesa** – Agatha Christie
954. **O lobo do mar** – Jack London
955. **Os gatos** – Patricia Highsmith
956. (22).**Jesus** – Christiane Rancé
957. **História da medicina** – William Bynum
958. **O Morro dos Ventos Uivantes** – Emily Brontë
959. **A filosofia na era trágica dos gregos** – Nietzsche
960. **Os treze problemas** – Agatha Christie
961. **A massagista japonesa** – Moacyr Scliar
963. **Humor do miserê** – Nani
964. **Todo o mundo tem dúvida, inclusive você** – Édison de Oliveira
965. **A dama do Bar Nevada** – Sergio Faraco
969. **O psicopata americano** – Bret Easton Ellis
970. **Ensaios de amor** – Alain de Botton
971. **O grande Gatsby** – F. Scott Fitzgerald
972. **Por que não sou cristão** – Bertrand Russell
973. **A Casa Torta** – Agatha Christie
974. **Encontro com a morte** – Agatha Christie
975. (23).**Rimbaud** – Jean-Baptiste Baronian
976. **Cartas na rua** – Bukowski
977. **Memória** – Jonathan K. Foster
978. **A abadia de Northanger** – Jane Austen
979. **As pernas de Úrsula** – Claudia Tajes
980. **Retrato inacabado** – Agatha Christie
981. **Solanin (1)** – Inio Asano
982. **Solanin (2)** – Inio Asano
983. **Aventuras de menino** – Mitsuru Adachi

984. (16).**Fatos & mitos sobre sua alimentação** – Dr. Fernando Lucchese
985. **Teoria quântica** – John Polkinghorne
986. **O eterno marido** – Fiódor Dostoiévski
987. **Um safado em Dublin** – J. P. Donleavy
988. **Mirinha** – Dalton Trevisan
989. **Akhenaton e Nefertiti** – Carmen Seganfredo e A. S. Franchini
990. **On the Road – o manuscrito original** – Jack Kerouac
991. **Relatividade** – Russell Stannard
992. **Abaixo de zero** – Bret Easton Ellis
993. (24).**Andy Warhol** – Mériam Korichi
994. **Os últimos casos de Miss Marple** – Agatha Christie
995. **Nico Demo** – Mauricio de Sousa
996. **Rousseau** – Robert Wokler
997. **Noite sem fim** – Agatha Christie
998. **Diários de Andy Warhol (1)** – Editado por Pat Hackett
999. **Diários de Andy Warhol (2)** – Editado por Pat Hackett
1000. **Cartier-Bresson: o olhar do século** – Pierre Assouline
1001. **As melhores histórias da mitologia: vol. 1** – A.S. Franchini e Carmen Seganfredo
1002. **As melhores histórias da mitologia: vol. 2** – A.S. Franchini e Carmen Seganfredo
1003. **Assassinato no beco** – Agatha Christie
1004. **Convite para um homicídio** – Agatha Christie
1005. **História da vida** – Michael J. Benton
1006. **Jung** – Anthony Stevens
1007. **Arsène Lupin, ladrão de casaca** – Maurice Leblanc
1008. **Dublinenses** – James Joyce
1009. **120 tirinhas da Turma da Mônica** – Mauricio de Sousa
1010. **Antologia poética** – Fernando Pessoa
1011. **A aventura de um cliente ilustre** *seguido de* **O último adeus de Sherlock Holmes** – Sir Arthur Conan Doyle
1012. **Cenas de Nova York** – Jack Kerouac
1013. **A corista** – Anton Tchékhov
1014. **O diabo** – Leon Tolstói
1015. **Fábulas chinesas** – Sérgio Capparelli e Márcia Schmaltz
1016. **O gato do Brasil** – Sir Arthur Conan Doyle
1017. **Missa do Galo** – Machado de Assis
1018. **O mistério de Marie Rogêt** – Edgar Allan Poe
1019. **A mulher mais linda da cidade** – Bukowski
1020. **O retrato** – Nicolai Gogol
1021. **O conflito** – Agatha Christie
1022. **Os primeiros casos de Poirot** – Agatha Christie
1023. (25).**Beethoven** – Bernard Fauconnier
1024. **Platão** – Julia Annas
1025. **Cleo e Daniel** – Roberto Freire
1026. **Til** – José de Alencar
1027. **Viagens na minha terra** – Almeida Garrett
1028. **Profissões para mulheres e outros artigos feministas** – Virginia Woolf
1029. **Mrs. Dalloway** – Virginia Woolf
1030. **O cão da morte** – Agatha Christie
1031. **Tragédia em três atos** – Agatha Christie
1032. **O fantasma da Ópera** – Gaston Leroux
1033. **Evolução** – Brian e Deborah Charlesworth
1034. **Medida por medida** – Shakespeare
1035. **Razão e sentimento** – Jane Austen
1036. **A obra-prima ignorada** *seguido de* **Um episódio durante o Terror** – Balzac
1037. **A fugitiva** – Anaïs Nin
1038. **As grandes histórias da mitologia greco-romana** – A. S. Franchini
1039. **O corno de si mesmo & outras historietas** – Marquês de Sade
1040. **Da felicidade** *seguido de* **Da vida retirada** – Sêneca
1041. **O horror em Red Hook e outras histórias** – H. P. Lovecraft
1042. **Noite em claro** – Martha Medeiros
1043. **Poemas clássicos chineses** – Li Bai, Du Fu e Wang Wei
1044. **A terceira moça** – Agatha Christie
1045. **Um destino ignorado** – Agatha Christie
1046. (26).**Buda** – Sophie Royer
1047. **Guerra Fria** – Robert J. McMahon
1048. **Simons's Cat: as aventuras de um gato travesso e comilão – vol. 1** – Simon Tofield
1049. **Simons's Cat: as aventuras de um gato travesso e comilão – vol. 2** – Simon Tofield
1050. **Só as mulheres e as baratas sobreviverão** – Claudia Tajes
1051. **Pré-história** – Chris Gosden
1052. **Pintou sujeira!** – Mauricio de Sousa
1053. **Contos de Mamãe Gansa** – Charles Perrault
1054. **A interpretação dos sonhos: vol. 1** – Freud
1055. **A interpretação dos sonhos: vol. 2** – Freud
1056. **Frufru Rataplã Dolores** – Dalton Trevisan
1057. **As melhores histórias da mitologia egípcia** – Carmem Seganfredo e A.S. Franchini
1058. **Infância. Adolescência. Juventude** – Tolstói
1059. **As consolações da filosofia** – Alain de Botton
1060. **Diários de Jack Kerouac – 1947-1954**
1061. **Revolução Francesa – vol. 1** – Max Gallo
1062. **Revolução Francesa – vol. 2** – Max Gallo
1063. **O detetive Parker Pyne** – Agatha Christie
1064. **Memórias do esquecimento** – Flávio Tavares
1065. **Drogas** – Leslie Iversen
1066. **Manual de ecologia (vol.2)** – J. Lutzenberger
1067. **Como andar no labirinto** – Affonso Romano de Sant'Anna
1068. **A orquídea e o serial killer** – Juremir Machado da Silva
1069. **Amor nos tempos de fúria** – Lawrence Ferlinghetti
1070. **A aventura do pudim de Natal** – Agatha Christie
1071. **Amores que matam** – Patricia Faur

1079. **Histórias de pescador** – Mauricio de Sousa
1080. **Pedaços de um caderno manchado de vinho** – Bukowski
1081. **A ferro e fogo: tempo de solidão (vol.1)** – Josué Guimarães
1082. **A ferro e fogo: tempo de guerra (vol.2)** – Josué Guimarães
1084(17). **Desembarcando o Alzheimer** – Dr. Fernando Lucchese e Dra. Ana Hartmann
1085. **A maldição do espelho** – Agatha Christie
1086. **Uma breve história da filosofia** – Nigel Warburton
1088. **Heróis da História** – Will Durant
1089. **Concerto campestre** – L. A. de Assis Brasil
1090. **Morte nas nuvens** – Agatha Christie
1092. **Aventura em Bagdá** – Agatha Christie
1093. **O cavalo amarelo** – Agatha Christie
1094. **O método de interpretação dos sonhos** – Freud
1095. **Sonetos de amor e desamor** – Vários
1096. **120 tirinhas do Dilbert** – Scott Adams
1097. **200 fábulas de Esopo**
1098. **O curioso caso de Benjamin Button** – F. Scott Fitzgerald
1099. **Piadas para sempre: uma antologia para morrer de rir** – Visconde da Casa Verde
1100. **Hamlet (Mangá)** – Shakespeare
1101. **A arte da guerra (Mangá)** – Sun Tzu
1104. **As melhores histórias da Bíblia (vol.1)** – A. S. Franchini e Carmen Seganfredo
1105. **As melhores histórias da Bíblia (vol.2)** – A. S. Franchini e Carmen Seganfredo
1106. **Psicologia das massas e análise do eu** – Freud
1107. **Guerra Civil Espanhola** – Helen Graham
1108. **A autoestrada do sul e outras histórias** – Julio Cortázar
1109. **O mistério dos sete relógios** – Agatha Christie
1110. **Peanuts: Ninguém gosta de mim... (amor)** – Charles Schulz
1111. **Cadê o bolo?** – Mauricio de Sousa
1112. **O filósofo ignorante** – Voltaire
1113. **Totem e tabu** – Freud
1114. **Filosofia pré-socrática** – Catherine Osborne
1115. **Desejo de status** – Alain de Botton
1118. **Passageiro para Frankfurt** – Agatha Christie
1120. **Kill All Enemies** – Melvin Burgess
1121. **A morte da sra. McGinty** – Agatha Christie
1122. **Revolução Russa** – S. A. Smith
1123. **Até você, Capitu?** – Dalton Trevisan
1124. **O grande Gatsby (Mangá)** – F. S. Fitzgerald
1125. **Assim falou Zaratustra (Mangá)** – Nietzsche
1126. **Peanuts: É para isso que servem os amigos (amizade)** – Charles Schulz
1127(27). **Nietzsche** – Dorian Astor
1128. **Bidu: Hora do banho** – Mauricio de Sousa
1129. **O melhor do Macanudo Taurino** – Santiago
1130. **Radicci 30 anos** – Iotti
1131. **Show de sabores** – J.A. Pinheiro Machado
1132. **O prazer das palavras** – vol. 3 – Cláudio Moreno
1133. **Morte na praia** – Agatha Christie
1134. **O fardo** – Agatha Christie
1135. **Manifesto do Partido Comunista (Mangá)** – Marx & Engels
1136. **A metamorfose (Mangá)** – Franz Kafka
1137. **Por que você não se casou... ainda** – Tracy McMillan
1138. **Textos autobiográficos** – Bukowski
1139. **A importância de ser prudente** – Oscar Wilde
1140. **Sobre a vontade na natureza** – Arthur Schopenhauer
1141. **Dilbert (8)** – Scott Adams
1142. **Entre dois amores** – Agatha Christie
1143. **Cipreste triste** – Agatha Christie
1144. **Alguém viu uma assombração?** – Mauricio de Sousa
1145. **Mandela** – Elleke Boehmer
1146. **Retrato do artista quando jovem** – James Joyce
1147. **Zadig ou o destino** – Voltaire
1148. **O contrato social (Mangá)** – J.-J. Rousseau
1149. **Garfield fenomenal** – Jim Davis
1150. **A queda da América** – Allen Ginsberg
1151. **Música na noite & outros ensaios** – Aldous Huxley
1152. **Poesias inéditas & Poemas dramáticos** – Fernando Pessoa
1153. **Peanuts: Felicidade é...** – Charles M. Schulz
1154. **Mate-me por favor** – Legs McNeil e Gillian McCain
1155. **Assassinato no Expresso Oriente** – Agatha Christie
1156. **Um punhado de centeio** – Agatha Christie
1157. **A interpretação dos sonhos (Mangá)** – Freud
1158. **Peanuts: Você não entende o sentido da vida** – Charles M. Schulz
1159. **A dinastia Rothschild** – Herbert R. Lottman
1160. **A Mansão Hollow** – Agatha Christie
1161. **Nas montanhas da loucura** – H.P. Lovecraft
1162(28). **Napoleão Bonaparte** – Pascale Fautrier
1163. **Um corpo na biblioteca** – Agatha Christie
1164. **Inovação** – Mark Dodgson e David Gann
1165. **O que toda mulher deve saber sobre os homens: a afetividade masculina** – Walter Riso
1166. **O amor está no ar** – Mauricio de Sousa
1167. **Testemunha de acusação & outras histórias** – Agatha Christie
1168. **Etiqueta de bolso** – Celia Ribeiro
1169. **Poesia reunida (volume 3)** – Affonso Romano de Sant'Anna
1170. **Emma** – Jane Austen
1171. **Que seja em segredo** – Ana Miranda
1172. **Garfield sem apetite** – Jim Davis
1173. **Garfield: Foi mal...** – Jim Davis
1174. **Os irmãos Karamázov (Mangá)** – Dostoiévski
1175. **O Pequeno Príncipe** – Antoine de Saint-Exupéry
1176. **Peanuts: Ninguém mais tem o espírito aventureiro** – Charles M. Schulz

1177. **Assim falou Zaratustra** – Nietzsche
1178. **Morte no Nilo** – Agatha Christie
1179. **Ê, soneca boa** – Mauricio de Sousa
1180. **Garfield a todo o vapor** – Jim Davis
1181. **Em busca do tempo perdido (Mangá)** – Proust
1182. **Cai o pano: o último caso de Poirot** – Agatha Christie
1183. **Livro para colorir e relaxar** – Livro 1
1184. **Para colorir sem parar**
1185. **Os elefantes não esquecem** – Agatha Christie
1186. **Teoria da relatividade** – Albert Einstein
1187. **Compêndio de psicanálise** – Freud
1188. **Visões de Gerard** – Jack Kerouac
1189. **Fim de verão** – Mohiro Kitoh
1190. **Procurando diversão** – Mauricio de Sousa
1191. **E não sobrou nenhum e outras peças** – Agatha Christie
1192. **Ansiedade** – Daniel Freeman & Jason Freeman
1193. **Garfield: pausa para o almoço** – Jim Davis
1194. **Contos do dia e da noite** – Guy de Maupassant
1195. **O melhor de Hagar 7** – Dik Browne
1196(29). **Lou Andreas-Salomé** – Dorian Astor
1197(30). **Pasolini** – René de Ceccatty
1198. **O caso do Hotel Bertram** – Agatha Christie
1199. **Crônicas de motel** – Sam Shepard
1200. **Pequena filosofia da paz interior** – Catherine Rambert
1201. **Os sertões** – Euclides da Cunha
1202. **Treze à mesa** – Agatha Christie
1203. **Bíblia** – John Riches
1204. **Anjos** – David Albert Jones
1205. **As tirinhas do Guri de Uruguaiana 1** – Jair Kobe
1206. **Entre aspas (vol.1)** – Fernando Eichenberg
1207. **Escrita** – Andrew Robinson
1208. **O spleen de Paris: pequenos poemas em prosa** – Charles Baudelaire
1209. **Satíricon** – Petrônio
1210. **O avarento** – Molière
1211. **Queimando na água, afogando-se na chama** – Bukowski
1212. **Miscelânea septuagenária: contos e poemas** – Bukowski
1213. **Que filosofar é aprender a morrer e outros ensaios** – Montaigne
1214. **Da amizade e outros ensaios** – Montaigne
1215. **O medo à espreita e outras histórias** – H.P. Lovecraft
1216. **A obra de arte na era de sua reprodutibilidade técnica** – Walter Benjamin
1217. **Sobre a liberdade** – John Stuart Mill
1218. **O segredo de Chimneys** – Agatha Christie
1219. **Morte na rua Hickory** – Agatha Christie
1220. **Ulisses (Mangá)** – James Joyce
1221. **Ateísmo** – Julian Baggini
1222. **Os melhores contos de Katherine Mansfield** – Katherine Mansfied
1223(31). **Martin Luther King** – Alain Foix
1224. **Millôr Definitivo: uma antologia de *A Bíblia do Caos*** – Millôr Fernandes
1225. **O Clube das Terças-Feiras e outras histórias** – Agatha Christie
1226. **Por que sou tão sábio** – Nietzsche
1227. **Sobre a mentira** – Platão
1228. **Sobre a leitura *seguido do* Depoimento de Céleste Albaret** – Proust
1229. **O homem do terno marrom** – Agatha Christie
1230(32). **Jimi Hendrix** – Franck Médioni
1231. **Amor e amizade e outras histórias** – Jane Austen
1232. **Lady Susan, Os Watson e Sanditon** – Jane Austen
1233. **Uma breve história da ciência** – William Bynum
1234. **Macunaíma: o herói sem nenhum caráter** – Mário de Andrade
1235. **A máquina do tempo** – H.G. Wells
1236. **O homem invisível** – H.G. Wells
1237. **Os 36 estratagemas: manual secreto da arte da guerra** – Anônimo
1238. **A mina de ouro e outras histórias** – Agatha Christie
1239. **Pic** – Jack Kerouac
1240. **O habitante da escuridão e outros contos** – H.P. Lovecraft
1241. **O chamado de Cthulhu e outros contos** – H.P. Lovecraft
1242. **O melhor de Meu reino por um cavalo!** – Edição de Ivan Pinheiro Machado
1243. **A guerra dos mundos** – H.G. Wells
1244. **O caso da criada perfeita e outras histórias** – Agatha Christie
1245. **Morte por afogamento e outras histórias** – Agatha Christie
1246. **Assassinato no Comitê Central** – Manuel Vázquez Montalbán
1247. **O papai é pop** – Marcos Piangers
1248. **O papai é pop 2** – Marcos Piangers
1249. **A mamãe é rock** – Ana Cardoso
1250. **Paris boêmia** – Dan Franck
1251. **Paris libertária** – Dan Franck
1252. **Paris ocupada** – Dan Franck
1253. **Uma anedota infame** – Dostoiévski
1254. **O último dia de um condenado** – Victor Hugo
1255. **Nem só de caviar vive o homem** – J.M. Simmel
1256. **Amanhã é outro dia** – J.M. Simmel
1257. **Mulherzinhas** – Louisa May Alcott
1258. **Reforma Protestante** – Peter Marshall
1259. **História econômica global** – Robert C. Allen
1260(33). **Che Guevara** – Alain Foix
1261. **Câncer** – Nicholas James

IMPRESSÃO:

Pallotti
GRÁFICA EDITORA
IMAGEM DE QUALIDADE

Santa Maria - RS - Fone/Fax: (55) 3220.4500
www.pallotti.com.br